Susan Mallery

Die Brombeerschwestern

Roman

Aus dem amerikanischen Englisch von
Christiane Meyer

HarperCollins

Die Originalausgabe erschien 2021 unter dem Titel
The Stepsisters bei MIRA Books, Toronto.

1. Auflage 2022

Deutsche Erstausgabe

Published by arrangement with
HARLEQUIN ENTERPRISES II B.V. / SARL
Gesetzt aus der Stempel Garamond
von GGP Media GmbH, Pößneck
Druck und Bindung von GGP Media GmbH, Pößneck
Printed in Germany
ISBN 978-3-7499-0361-0
www.harpercollins.de

Für Kelly, MSN, CRNA. Du weißt, wer du bist!

Tausend Dank für deine Unterstützung bei meiner Recherchearbeit. Du hast mir geholfen, Daisys Beruf, der sie auch als Mensch ausmacht, verständlich zu erläutern. Du warst so unglaublich geduldig mit mir. Etwaige Fehler bei technischen Begriffen der Anästhesie liegen allein in meiner Verantwortung.

Und an all die Stiefschwestern da draußen: Es ist oft keine einfache Beziehung, aber ich hoffe, dass sie mit genügend Geduld und Verständnis füreinander für beide Seiten eine großartige Stütze sein kann.

Und *last, but not least:* Falls irgendjemand tatsächlich eine *Hermès* Birkin Bag aus Krokodilleder besitzt, möge er/sie bitte ein Bild auf meiner Facebook-Seite posten. Ich würde so gern einmal ein echtes Exemplar in freier Wildbahn sehen! www.facebook.com/SusanMallery

1. KAPITEL

»Mom, ich glaube, ich muss mich übergeben.«

Daisy Bosarge spürte die Angst, die jedes Elternteil überfiel, wenn das Kind diese sieben Worte aussprach. Noch besorgniserregender war die Tatsache, dass ihr Sohn bereits mit einem Magen-Darm-Infekt zu Hause im Bett lag.

Sie hätte es eigentlich besser wissen müssen und ihre Tochter heute Morgen gar nicht erst zur Schule gehen lassen dürfen. Doch Krissa hatte gefleht und gebettelt, und da Daisy sowieso schon spät dran gewesen war, war es leichter gewesen, einfach Ja zu sagen. Eine Entscheidung, die ihr nun zum Verhängnis werden würde. Das wurde Daisy klar, als sie, so schnell es der dichte Verkehr zuließ, nach Hause fuhr.

»Nur noch zehn Minuten«, sagte sie und warf ihrer Achtjährigen im Rückspiegel einen Blick zu. »Wir sind in zehn Minuten da.«

»Mir ist schlecht.«

»Ich weiß, Süße. Ich bringe dich sofort nach Hause.«

Sich jetzt auf ihre Tochter zu konzentrieren und ihr gut zuzureden war immer noch besser, als krampfhaft das Unheil verkündende Warnsignal am Armaturenbrett ihres Wagens zu ignorieren, das blinkte, seit Daisy ihre Tochter in der Schule abgeholt hatte. Noch ein Problem, um das sie sich gerade nicht kümmern konnte, weil sie schlicht keine Zeit hatte.

Prioritäten. Zuerst musste sie Krissa nach Hause schaffen und ins Bett stecken, dann nach Ben sehen und danach einen Termin in der Mercedes-Werkstatt machen. Anschließend würde sie …

»Mommy, ich muss *jetzt* spucken!«

Daisy unterdrückte ein Stöhnen. Schnell blickte sie in den Rück- und die Seitenspiegel, ehe sie das Auto vorsichtig an den rechten Fahrbahnrand lenkte und dort hielt.

»Noch eine Sekunde«, murmelte sie, obwohl sie wusste, dass sich das Unvermeidliche durch keine Worte der Welt mehr aufhalten lassen würde.

Im nächsten Moment nahm ihr ohnehin schon *fabelhafter* Tag eine weitere unerfreuliche Wendung, als ihre Tochter sich erbrach. Auf sich selbst, die Rückbank und die Fußmatte. Der Geruch und das Schluchzen, als Krissa in Tränen ausbrach, trafen sie gleichzeitig.

Sie schaltete den Warnblinker ein und rannte vorn um den Wagen herum zur Beifahrerseite, wo sie ihrer Tochter aus dem Auto und auf den Gehweg half. Die anderen Fahrzeuge auf der Straße rasten so dicht an ihnen vorbei, dass Daisy den Luftzug spüren konnte. Sie hielt ihre Tochter sicher im Arm, während sie mit ihr zum Kofferraum ging, wo sie eine Notfalltasche mit einer Rolle Küchenpapier, Feuchttüchern und einem Wechselshirt für beide Kinder deponiert hatte.

Sie wischte das Gesicht ihrer Tochter sauber und griff nach dem Saum des T-Shirts.

»Ich ziehe dir das eben aus«, sagte sie. »Hier ist ein frisches T-Shirt für dich.«

Aber Krissa riss ihr das Shirt aus der Hand und zog es wieder herunter.

»Nein!«, kreischte sie und blickte sich hektisch um. »Hier draußen können die Leute mich doch sehen.«

Wer denn? Krissa war acht Jahre alt, das Auto befand sich zwischen ihnen und dem fließenden Verkehr, und Daisy stand so vor ihrem Kind, dass wirklich niemand etwas erkennen konnte.

»Willst du dich auf dem Beifahrersitz umziehen?«, fragte sie und bemühte sich, vernünftig zu klingen und sich nicht anmerken zu lassen, dass sie kurz davorstand, die Nerven zu verlieren.

»Nein.« Tränen rannen der Kleinen über die erhitzten Wangen. »Mommy, nein!«

Die Kopfschmerzen, die sich gegen Mittag schon angekündigt hatten, wurden schlimmer. Daisy verspürte einen stetig stärker werdenden Druck hinter den Augen. Sie ignorierte den Schmerz und legte ihrer Tochter die Hand auf die Stirn. Das Kind glühte. Bevor sie darüber nachdenken konnte, was sie nun tun sollte, übergab Krissa sich noch einmal. Diesmal landete alles auf Daisys Arbeitskleidung und ihren Schuhen.

Krissa weinte noch heftiger, und in diesem Moment wollte Daisy am liebsten auch in Tränen ausbrechen. Sie hatte einen anstrengenden Arbeitstag gehabt, ihre Kinder waren krank, und sie würde den Gestank des Erbrochenen wohl nie mehr aus ihrem Wagen bekommen. Und weil das anscheinend noch nicht ausreichte, war vor zwei Tagen ihr Ehemann ausgezogen. Um ihnen beiden »Abstand und Zeit zum Nachdenken« zu geben, wie er es genannt hatte.

In der SMS, die er ihr geschickt hatte.

Idiot, dachte sie, und in die vertraute Wut mischte sich ein Anflug von Panik. Obwohl »Arsch« der viel passendere Ausdruck gewesen wäre als »Idiot«. Wie hatte er ihr das nur antun …

Eines nach dem anderen, ermahnte sie sich. Zuerst musste sie Krissa nach Hause bringen, sich dann um das Auto kümmern und danach …

Aus den Augenwinkeln bemerkte sie einen dunkelblauen BMW, der langsamer wurde, als er vorbeifuhr. Sie hätte diesem Gaffer liebend gern irgendein unflätiges Schimpfwort an den Kopf geworfen, aber ihr war klar, dass sie damit kein gutes Vorbild abgeben würde, also zwang sie sich zu einem Lächeln.

»Süße, ich mache kurz die Rückbank sauber, damit du wieder einsteigen kannst. Dann kannst du dich hinten umziehen, und niemand wird dich sehen. Ist das okay?«

Zögerlich nickte Krissa.

Daisy stellte die Kleine neben das Auto, wo sie sie im Blick hatte, und beseitigte das Chaos, so gut sie konnte. Bei den gut und gern siebenundzwanzig Grad, die im Frühling in Los Angeles öfter mal herrschten, fing der Innenraum des Wagens bereits an, sich aufzuheizen. Der Gestank löste bei Daisy Brechreiz aus. Mit Blut kam sie ohne Weiteres zurecht. Bei einer Operation hatte sie überhaupt keine Probleme, doch das hier? Ein Albtraum.

Sie beendete ihre notdürftigen Putzmaßnahmen und redete Krissa gut zu, sich ins Auto zu setzen, als sie wieder den BMW bemerkte, der an ihnen vorbeirollte. Da die Sonne jedoch direkt auf die Seitenscheibe des Wagens fiel, konnte sie nicht erkennen, wer am Steuer saß.

Am besten, sie beachtete den Fahrer nicht weiter. Sie zog ihrer Tochter das Poloshirt der Schuluniform aus und reichte ihr ein T-Shirt mit Elsa, der Eiskönigin. Leider hatte sie für sich selbst keine Wechselkleidung dabei. Daher wischte sie ihre Hose und ihre Schuhe fürs Erste mit Feuchttüchern sauber und wollte Krissa gerade anschnallen, als der BMW hinter ihrem Wagen an der Bordsteinkante hielt.

Daisy versuchte, sich zusammenzureißen und nicht in Panik zu geraten. Hätte sie doch bloß mal einen Kurs in Karate oder einer ähnlich todbringenden Sportart belegt. Oder hätte sie sich wenigstens Pfefferspray besorgt. Ob das in Los Angeles legal war? Bevor sie näher darüber nachdenken konnte, wurde die Fahrertür des BMW geöffnet und eine hochgewachsene, bildschöne blonde Frau stieg aus.

Im Geist ging Daisy alle Schimpfwörter durch, die ihr einfielen, wobei sie sogar noch auf einige interessante Neuschöpfungen kam. Und dann fragte sie sich, wieso der liebe Gott sie zu hassen schien – denn anders ließ sich nicht erklären, warum in diesem Moment ausgerechnet Sage Vitale auf sie zukam. Dabei sah sie so fabelhaft aus, wie nur Sage in Skinny Jeans und einem Top aus weich fließendem Stoff das konnte – sexy und zugleich ätherisch. Ankle Boots mit einem Zehn-Zentimeter-Absatz rundeten den Look ab. Daisy dagegen war seit vier Uhr morgens auf den Beinen, hatte seit mehr als vierundzwanzig Stunden nicht geduscht und … ach ja … die Kotze.

Das Letzte, was sie von Sage gehört hatte, war, dass sie in Italien lebte und mit einem Grafen verheiratet war. Denn so sah Sages Leben aus: Rennfahrer und Grafen, diese wundervolle Figur und die unglaubliche Schönheit, mit der sie gesegnet war. Daisy hingegen war klug und hatte eine sprühende Persönlichkeit. Es war einfach nicht fair.

Neugierig blickte Sage zwischen ihr und ihrer Tochter hin und her. »Daisy? Dachte ich's mir doch, dass du es bist, als ich an euch vorbeigefahren bin. Geht's dir gut?«

Nein. Nein, es ging ihr alles andere als gut. Jeder Idiot konnte das sehen. Ihr Kind hatte ganz offensichtlich einen Magen-Darm-Infekt und sie selbst war von oben bis unten vollgekotzt. Also nein. Es ging ihr *nicht* gut.

»Uns geht es gut«, sagte Daisy und bemühte sich, nicht die Zähne aufeinanderzubeißen. Ihr Zahnarzt hatte sie gewarnt, dass sie, wenn sie nicht endlich lernen würde, sich zu entspannen, nachts eine Aufbissschiene würde tragen müssen, damit sie nicht mehr mit den Zähnen knirschte. Schon jetzt hatte sie das Gefühl, dass ihre Abendroutine einiges an Sex-Appeal vermissen ließ, und sie war sich ziemlich sicher, dass sie keine Aufbissschiene benötigte, um dieses Problem noch zu verschärfen.

»Ihr wirkt aber nicht so, als würde es euch gut gehen«, entgegnete Sage und zog die Nase kraus – anscheinend war ihr der Geruch inzwischen auch aufgefallen.

»Wer bist du?«, wollte Krissa wissen.

»Ich … äh … ich bin …«

»Das ist Sage. Sie ist meine Stiefschwester.« Zumindest war sie früher einmal ihre Stiefschwester gewesen.

Krissa fuhr sich mit dem Handrücken über die Nase, die mit einem Mal lief. »Dann bist du meine Tante?«

»Nein«, erwiderte Daisy sehr entschieden. »Bitte, schnall dich jetzt an, damit wir nach Hause fahren können.«

Ausnahmsweise einmal jammerte Krissa nicht und gab auch keine Widerworte. Stattdessen schnallte sie sich an. Dabei drehte sie den Kopf und ließ Sage nicht aus den Augen. Kurz spielte Daisy mit dem Gedanken, ihre Tochter zu warnen: Denn Sage war wie die Sonne – wenn man sie zu lange ansah, hinterließ das irreparable Schäden.

Später würde sie *vielleicht* darüber nachdenken, welche Laune des Schicksals es war, dass ihre ehemalige Stiefschwester ausgerechnet in dem Moment, der den absoluten Tiefpunkt in ihrem derzeitigen Leben darstellte, an ihr vorbeifahren musste. Wie viele Einwohner hatte L. A.? Acht Millionen? Wie standen da die Chancen für so einen miesen Zufall? Obwohl sie die Vermutung hatte, dass sie gar nicht weit voneinander entfernt lebten. Irgendwie. Aber trotzdem!

Sie zwang sich zu einem ziemlich angestrengten Lächeln. »Danke, dass du angehalten hast. Das war sehr nett von dir.«

»Ich konnte nicht glauben, dass du es bist, die da am Straßenrand steht«, gab Sage zu. »Ich wusste zwar, dass du Kinder hast, doch dich mit deiner Tochter zu sehen … Das ist irgendwie komisch.«

»Man kann ja auch nicht gerade behaupten, dass wir den Kontakt zueinander gesucht und gepflegt hätten«, erwiderte Daisy und ging langsam zur Fahrertür ihres Wagens.

»Stimmt. Genau genommen haben wir uns seit deiner Hochzeit nicht mehr gesehen.«

Daisy starrte ihre Stiefschwester an. *Echt jetzt?* Musste Sage ausgerechnet *dieses* Thema ansprechen? »Ja, seit meiner Hochzeit vor zwölf Jahren, auf der du laut verkünden musstest, dass du immer noch in den Mann verliebt bist, den ich an dem Tag geheiratet habe. Das war einer der schönsten Augenblicke meines Lebens.«

Sage errötete. »*So* war es ja nun auch nicht …«

Oh doch, genau so war es gewesen. Aber Daisy hatte kein gesteigertes Interesse daran, zu bleiben und mit Sage zu plaudern. »Danke noch mal.«

Sie winkte kurz und stieg in ihr Auto.

»Sie ist so hübsch«, sagte Krissa voller Bewunderung. »Mir gefallen ihre Kleider.«

»Das sind doch nur eine Jeanshose und ein Shirt«, zischte Daisy, ehe sie sich diese Bemerkung verkneifen konnte. »Tut mir leid, Krissa. Ich bin müde und bringe dich jetzt nach Hause.«

Im Rückspiegel sah sie, wie Sage in ihren Wagen stieg. Ihre Blicke trafen sich kurz im Spiegel, ehe Daisy sich daranmachte, den Motor zu starten. Sie drückte den Startknopf … aber nichts passierte. Sämtliche Leuchten am Armaturenbrett blinkten – auch das rote Lämpchen, das anzeigte, dass es ein Problem mit dem Motor gab. Doch ebendieser Motor gab keinen Laut von sich.

Mit beiden Händen umklammerte Daisy das Lenkrad und bemühte sich, nicht laut loszuschreien. Sie wollte ihrer Tochter und auch sich selbst keine Angst einjagen, indem sie dem irren Gefühl, das sich in ihr ausbreitete, nachgab. Aber warum musste das alles gerade jetzt passieren?

Jemand klopfte ans Seitenfenster, und sie öffnete es.

»Alles in Ordnung?«, erkundigte sich Sage.

»Nicht so ganz. Der Wagen springt nicht an.«

»Soll ich euch nach Hause bringen?«

Daisy dachte darüber nach, zu entgegnen, dass sie lieber einen *Uber* oder *Lyft* oder so was rufen würde. Doch vermutlich spielte das Schicksal ihr gerade übel mit, und deshalb konnte sie sich auch einfach gleich geschlagen geben. Je eher sie dieser Hölle entfloh, in der sie gerade gefangen zu sein schien, desto schneller wäre es vorbei. Später, wenn die Kinder im Bett wären und sie geduscht hätte, würde sie noch einmal über ihr Leben nachdenken und dann vielleicht herausfinden, an welcher Stelle und zu welchem Zeitpunkt sie es so vermasselt hatte, dass sie es verdiente, derart hart bestraft zu werden. Aber für den Moment sah es so aus: Sie hatte ein krankes Kind und ein kaputtes Auto, und da war jemand, der ihr eine Mitfahrgelegenheit anbot.

»Danke«, presste sie zwischen zusammengebissenen Zähnen hervor und blickte in die wunderschönen grünen Augen der Frau, die sie von allen Menschen auf dieser Welt am meisten hasste. »Das wäre toll.«

»Wie lange kennst du meine Mom schon?«, fragte Krissa, die plötzlich schon wieder viel fitter klang als noch vor fünf Minuten. Noch ein Beweis für Sages unfassbare Macht, dachte Daisy verbittert, als sie ihren Gurt anlegte.

»Seit wir Kinder waren«, antwortete Sage. »Ich glaube, wir waren acht oder neun Jahre alt.«

»Ich bin auch acht!« Krissas Tonfall ließ vermuten, dass da offensichtlich Magie im Spiel sein musste. »Aber ich verstehe das noch immer nicht. Ihr wart Stiefschwestern. Also war Grandpa ...«

»... mit Sages Mutter verheiratet«, erklärte Daisy. »Ungefähr sechs Jahre lang. Erinnerst du dich noch an Tante Cassidy?«

»Ich glaube nicht.« Die Kleine klang unsicher. »Ist sie genauso hübsch wie Sage?«

»Ja.« *Unglücklicherweise.* »Cassidy ist unsere Halbschwester. Mein Vater – dein Großvater – ist ihr Vater, und Sages Mutter ist Cassidys Mom. Ich bin mir sicher, dass du Cassidy mindestens schon einmal getroffen hast.«

Sie warf einen Blick über die Schulter und sah, wie Krissa die Nase krauszog und die Stirn runzelte, als versuchte sie, das alles zu begreifen.

»Sie ist deine Tante«, sagte Sage.

»Warum kenne ich sie dann nicht?«

Eine sehr gute Frage, dachte Daisy. Das lag zum einen daran, dass Cassidy nach der Scheidung vor all den Jahren sehr eindeutig klargemacht hatte, dass sie Sage Daisy vorzog und dass sie dann, sobald sie achtzehn Jahre alt geworden war, losgezogen war, um die Welt kennenzulernen. Der Kontakt zu Wallace, ihrem gemeinsamen Vater, war zwar nie abgebrochen, doch mit Daisy hatte sie sich nicht mehr in Verbindung gesetzt.

»Hast du nichts von ihr gehört?«, wollte Sage wissen und bog durch eins der Tore, die die Einfahrt nach Bel Air markierten. »Das überrascht mich.«

Echt? Aber Daisy stellte die Frage nicht laut. Wozu auch? Im Krieg der Schwestern hatte sie immer den Kürzeren gezogen. Als sie selbst noch ein Kind gewesen war, hatte sie nicht verstanden, warum sie und Sage keine Freundinnen hatten sein können. Anders als viele andere Kinder hatte sie sich aufrichtig gefreut, als ihr Vater ihr erzählt hatte, dass er Joanne heiraten und sie dadurch eine Stiefschwester bekommen würde. Sie hatte sich vorgestellt, immer jemanden zum Spielen zu haben, eine Freundin, der sie sich anvertrauen könnte. Sie hatte sich gewünscht, dass sie eine Bindung zueinander aufbauen würden, hatte von einer besten Freundin geträumt und davon, dass sie einander so nahestehen würden, wie sie es schon so oft im Fernsehen gesehen oder in Büchern gelesen hatte.

Doch Sage hatte jeden Versuch der Kontaktaufnahme abgeblockt. Und selbst wenn sie einmal einen Nachmittag lang nett gewesen war, hatte sie Daisy am folgenden Tag sofort wieder die kalte Schulter gezeigt und war distanziert gewesen. In der Schule hatte es ihr großen Spaß bereitet, sich über Daisy lustig zu machen. Sage mochte an ihrer exklusiven Privatschule zwar die »Neue« gewesen sein, aber es war Daisy gewesen, die sich ausgeschlossen gefühlt hatte.

Sage warf einen Blick in den Rückspiegel. »Deine Tante Cassidy ist Reisejournalistin. Sie ist auf der ganzen Welt unterwegs und schreibt über interessante Orte und Menschen. Im Augenblick ist sie in Patagonien und besucht dort eine Gruppe von Frauen, die mit Textilien handeln.«

Aus großen Augen sah Krissa sie an. »Klingt, als wäre sie echt cool.«

»Fast schon eine Heilige«, murmelte Daisy leise, bevor sie auf eine Straße zu ihrer Rechten wies. »Da vorn ist es.«

Sage lächelte. »Ich weiß noch, wo das Haus ist.«

»Ich war mir nicht sicher.«

Es war lange her – mehr als zwanzig Jahre –, seit Wallace und Joanne geschieden worden waren, auch wenn sie sich das Sorgerecht für ihre Tochter geteilt hatten. Cassidy war während ihrer gesamten Highschoolzeit zwischen dem Haus ihrer Mutter und dem ihres Vaters hin- und hergependelt. Vermutlich hatte Sage sie dort mehr als einmal hingebracht oder wieder abgeholt.

Instinktiv zeigte Daisy auf die lange Zufahrt zum Haus. Sage lachte und wiederholte: »Ich weiß, wohin ich muss.«

Daisy fühlte sich dumm – wie immer eigentlich, wenn sie in Sages Nähe war.

»Ich bin erstaunt, dass du in Los Angeles bist«, sagte Daisy – vor allem auch, um sich selbst abzulenken. »Lebst du nicht irgendwo in Italien?«

»In Rom«, erklärte Sage. »Da habe ich gelebt.«

»Du lebst in Rom?« Durch Krissas ungläubigen Tonfall klang es fast so, als hätte Sage ihnen gerade eröffnet, eine Zweitwohnung auf dem Jupiter zu besitzen. »Das ist in Europa.«

»Dort ist es wunderschön.« Sie blickte zu Daisy. »Ich bin vor ein paar Wochen zurückgekommen. Meine Mutter hatte Angst, an Krebs erkrankt zu sein.«

Und von einer Sekunde auf die andere war Daisys Wut verraucht, und sie fühlte sich klein und gemein.

»Das tut mir leid«, sagte sie. »Wenn du eine Empfehlung für einen fähigen Onkologen benötigst, kann ich dir ein paar Namen geben.«

In Sages makellosem Gesicht flackerte etwas auf – allerdings zu kurz, als dass man es hätte benennen können. »Danke. Zum Glück hat sich herausgestellt, dass die Angst unbegründet war.

Es geht ihr wieder gut.« Sie erreichte das Ende der langen Zufahrt und starrte das riesige Haus an. »Es sieht noch immer so aus wie früher.«

Innen hat sich einiges verändert, dachte Daisy. Sie hatten die Küche und das Wohnzimmer renoviert. Das große Elternschlafzimmer und das Bad waren ebenfalls neu gestaltet worden. Das alles war nach Wallace' Auszug passiert, damit Daisy und Jordan sich in dem großen Haus wohlfühlten. Nicht, dass sie Lust verspürte, das mit Sage zu erörtern.

»Die Nachbarschaft hat sich kaum verändert«, meinte Daisy, als Sage anhielt. »Ein paar Häuser sind abgerissen worden, doch im Grunde genommen mögen wir es hier in der Gegend, wenn alles so bleibt, wie es ist.« Sie öffnete ihren Gurt und holte tief Luft. »Danke, dass du angehalten und uns hier vorbeigebracht hast. Das wäre nicht nötig gewesen.«

Sage runzelte die Stirn. »Kein Problem. Ich hatte nicht vor, euch allein an der Straße stehen zu lassen.«

Eine Information, die Daisy überraschte. Noch vor einer halben Stunde hätte sie alles darauf verwettet, dass Sage an ihr vorbeigefahren wäre, ohne sich auch nur noch einmal umzusehen.

Sie half Krissa beim Aussteigen. »Danke noch mal.«

Sage winkte ihnen zu und setzte zurück, während Daisy ihrer Tochter die Treppe zur Haustür hinaufhalf.

Nachdem die Kleine sich nun nicht mehr in Sages exklusivem Dunstkreis befand, schien der Infekt, den sie sich eingefangen hatte, wieder mit voller Wucht durchzuschlagen. Krissa sackte in sich zusammen und klammerte sich an Daisys Taille fest.

»Mir geht's immer noch nicht gut.«

»Ich weiß, Süße. Ich bringe dich jetzt ins Bett.«

Sie wollte gerade ihren Schlüssel hervorkramen, als die Haustür aufging. Esmerelda, die Haushälterin/Nanny/der Klebstoff, der alles bei ihnen zusammenhielt, winkte sie hinein.

»Was ist passiert?« Sie streckte den Arm aus und legte die

Hand auf Krissas Stirn. »Ich wusste, dass du dich bei deinem Bruder anstecken würdest. Du musstest dich übergeben, oder?«

Krissas Augen füllten sich mit Tränen. »Im Auto.«

»Das ist ja nicht so schön.« Esmerelda zog sie in die Arme. »Du arme Kleine. Aber jetzt bist du ja wieder zu Hause, und ich kümmere mich um dich.«

Krissa schmiegte sich an sie und beruhigte sich etwas.

Esmerelda blickte in Richtung der Haustür. »Wo ist Ihr Auto?«

»Steht irgendwo am Straßenrand. Nachdem ich rechts rangefahren war, weil Krissa spucken musste, ist es nicht mehr angesprungen. Ich muss im Autohaus anrufen.«

»Und wer hat Sie nach Hause gebracht?«

»Sage.«

Esmerelda hatte erst lange nach der Scheidung angefangen, für die Familie zu arbeiten, trotzdem verengte sie die braunen Augen zu schmalen Schlitzen und presste die Lippen aufeinander.

»Ihre Stiefschwester?«

Ihr Tonfall ließ keinen Zweifel daran, dass sie Sage ungefähr genauso gut leiden konnte wie … Kakerlaken.

»Sie hat angehalten, um zu helfen. Unter den Umständen war ich ihr wirklich dankbar.« *Verwirrt, aber dankbar.*

»Mommy, ich …«

Mehr konnte Krissa nicht sagen, denn sie musste sich erneut übergeben. Esmerelda war geistesgegenwärtig genug, um zur Seite zu springen, und den Marmorfußboden würde man leicht reinigen können. Und so war Daisy ganz zuversichtlich, dass der Tag vielleicht doch noch eine glückliche Wendung nehmen würde.

Sie streckte die Arme nach ihrer Tochter aus. »Ich mache sie kurz sauber und stecke sie ins Bett. Wenn Sie dann bitte ein Glas Ginger Ale nach oben bringen könnten?«

Esmerelda nickte und schrieb bereits einer der Hausangestellten eine Nachricht, damit sie das Malheur im Eingangsbereich beseitigen konnte. Daisy nahm sich vor, den Buchhalter zu bitten, den Angestellten in dieser Woche wegen der Extrawäsche und der Kinder, die sich ständig und überall übergeben mussten, einen kleinen Bonus zu überweisen.

Daisy hatte noch keine zwei Schritte gemacht, als Sheba und Lucky die Treppe heruntergejagt kamen. Schnurstracks stürmten sie auf Krissa zu und schnüffelten aufgeregt an ihr. Lucky sah die Kleine besorgt an, ehe er zu Daisy blickte, um von ihr die Bestätigung zu bekommen, dass tatsächlich etwas nicht stimmte.

»Es geht ihr bald wieder gut«, versicherte Daisy dem gelben Labrador. »Genau wie Ben. Sie hat sich bei ihm angesteckt.«

Als Daisy ihre Tochter gewaschen und ihr ein Nachthemd angezogen hatte, stand Esmerelda bereits in Krissas Zimmer, hatte die Bettdecke zurückgeschlagen und ihr einen Becher mit Ginger Ale auf das Nachttischchen gestellt. Während Daisy ihrer Tochter die Kopfkissen aufschüttelte, sprang Lucky am Fußende auf das Bett, als wollte er die Kleine vor etwaigen Gefahren beschützen.

»Meinst du, du kannst einen Schluck Ginger Ale trinken?«, fragte Daisy ihre Tochter.

Krissa nickte.

Nach ein paar kleinen Schlucken betrachtete Daisy das errötete Gesicht ihres Kindes. Der Infekt schien ungefähr achtundvierzig Stunden zu dauern. Die Kleine würde sich also hoffentlich schon am nächsten Tag deutlich besser fühlen.

Krissa reichte ihrer Mutter den Becher und kuschelte sich in die Kissen. »Ich bin so müde.«

»Ja, das glaube ich.«

Zärtlich strich Daisy der Kleinen die Haare aus der Stirn. Die dunkelbraune Haarfarbe hatte sie von beiden Elternteilen, aber die haselnussbraunen Augen hatte sie von ihrem Vater – genau wie die Form des Gesichts und des Mundes. Sie war so kräftig gebaut wie ihre Mutter, was sie später bestimmt einmal verfluchen würde.

Zumindest war Krissa in der Lage, zu sagen, was ihr fehlte. Daisy erinnerte sich noch gut an das erste Mal, als ihr Sohn krank geworden war. Ben hatte mit vier Monaten Fieber bekommen. Damals war sie total in Panik geraten. Sich einzureden, die Situation einfach durchzustehen und stark zu bleiben, hatte nichts gebracht.

Jordan dagegen hatte die Sache wie ein Profi in die Hand genommen. Er hatte mit einem Kinderarzt telefoniert und ihn um Rat gefragt, hatte Ben dann Paracetamol verabreicht und ihn behutsam mit einem Schwamm abgewaschen. Innerhalb weniger Stunden war das Fieber gesunken, und der Kleine war eingeschlafen.

»Aber ich bin doch Krankenschwester«, hatte sie gesagt und sich unfähig und nutzlos gefühlt. »Ich hätte damit zurechtkommen müssen.«

»Du bist vor allem eine junge Mutter. Es ist ganz normal, in einer solchen Situation in Panik zu geraten. Wenn es wieder passiert, wirst du die Lage im Griff haben.«

Damit hatte er recht gehabt. Als Ben das nächste Mal gefiebert hatte, hatte sie das nicht aus der Bahn geworfen. Das erste Mal war allerdings ein absoluter Albtraum gewesen. Ein Albtraum, den sie ohne ihren Mann an ihrer Seite nicht überstanden hätte. Früher hatten sie alles gemeinsam gemeistert ... Wann genau hatte es angefangen, so verdammt schiefzulaufen?

Sie wandte sich der Haushälterin zu.

»Wenn sie das Ginger Ale bei sich behält, können Sie ihr in zwanzig Minuten Paracetamol geben. Das hilft gegen das Fieber.« Sie lächelte Krissa an. »Esmerelda hat das Babyfon schon geholt und aufgestellt. Falls du irgendwas brauchst, ruf einfach, dann kommen wir schnell angerannt.«

Krissa lächelte matt. »Im Haus wird nicht gerannt. So sind die Regeln.«

»Du hast recht. Versuch jetzt zu schlafen, meine Kleine. Ich liebe dich.«

»Ich dich auch, Mommy.«

Daisy und Esmerelda traten in den Flur hinaus.

»Ich bleibe in der Nähe«, versprach Esmerelda. »Zwanzig Minuten und Paracetamol.«

»Danke. Ich sehe noch mal nach Ben.«

Das Zimmer ihres Sohnes war auf der anderen Seite des Korridors. Wie Krissas Zimmer war es ein großer Raum mit riesigen Fenstern und hohen Decken. Das angrenzende Bad war geräumiger als die meisten Hauptbadezimmer in anderen Häusern – das war nun einmal so, wenn man in einem Gebäude lebte, das fast eintausendfünfhundert Quadratmeter maß. Es gab zwar nicht übermäßig viele Zimmer, aber alle waren sehr geräumig.

Ben war noch immer im Bett, saß allerdings aufrecht und las etwas auf seinem Tablet. Sheba lag an ihrem Stammplatz mitten auf dem Bett. Simba, die Katze, hatte sich an ihren Lieblingshund gekuschelt.

Als er seine Mutter sah, lächelte Ben. »Hey, Mom.«

»Selber hey.«

Er war zehn Jahre alt, hatte sandbraunes Haar und die gleichen haselnussbraunen Augen wie seine Schwester. Er war ernster als seine Schwester und hatte schon immer älter und reifer gewirkt, als er es war.

»Deine Schwester ist krank. Du hast wirklich sehr robuste Bazillen, junger Mann.«

Er grinste und beugte den rechten Arm, um seine Muskeln zu präsentieren. »Ich bin superstark.«

»Stimmt.« Sie setzte sich auf die Bettkante und gab ihm einen Kuss auf den Scheitel. »Wie geht's dir?«

»Besser. Ich habe zum Mittagessen Suppe und Toast gegessen. Esmerelda meint, dass ich heute Abend zum Essen nach unten kommen kann.« Er sah seine Mutter an. »Mom, ich möchte meine Hausaufgaben machen. Wenn ich das nicht tue, verliere ich den Anschluss.«

»Ich glaube ja, dass die Chancen, dass du den Anschluss verlierst, sehr gering sind.« Sie warf einen Blick auf die Uhr. »Also gut. Du kannst aufstehen und dich eine Stunde lang an deinen Schreibtisch setzen. Allerdings nur eine Stunde lang. Dann gehst du wieder ins Bett.«

Er grinste und stand auf. Sheba beobachtete genau, was vor sich ging. Als Ben jedoch nur zum Schreibtisch tapste, schloss sie wieder die Augen.

Daisy sah sich im Zimmer um. Als Ben bereit gewesen war, das Kinderzimmer hinter sich zu lassen und ein »Jugendzimmer« zu beziehen, hatte sie den Raum vollkommen umgestalten lassen. Die neutralen, eher maskulinen Farben würden ihn bis zum College begleiten. Das Bett und die Kommoden waren neu. Nur der Kapitänsschreibtisch war alt – geborgen von einem Segelschiff aus dem achtzehnten Jahrhundert. Der Tisch war elegant und hatte gerade genug Kratzer, um interessant zu wirken.

Plötzlich schoss Daisy durch den Kopf, dass es früher einmal Sages Zimmer gewesen war. Sie versuchte, sich ins Gedächtnis zu rufen, wie der Raum damals ausgesehen hatte. Die Möbel waren zierlicher, die Gardinen mit Rüschen besetzt gewesen. Sie erinnerte sich an ein großes Puppenhaus in der Zimmerecke. Ein Puppenhaus, das aus dem Spielzimmer in Sages Zimmer gestellt worden war – etwas, das Daisy ihr immer übel genommen hatte.

Doch ihr Vater hatte ihr erklärt, dass der Umzug für Sage nicht leicht gewesen wäre. Er hatte gesagt, dass sie alles, was sie kannte, hinter sich gelassen hätte, um bei ihnen zu leben. Und dann hatte er noch hinzugefügt, dass es an Daisy läge, ihr das Gefühl zu geben, in ihrem neuen Zuhause willkommen zu sein. Es hatte nicht lange gedauert, bis Daisy begriffen hatte, dass die einzige Person, die nicht mehr in dieses Zuhause gehörte, sie selbst gewesen war.

Sogar nach der Scheidung war es nicht besser geworden. Wegen des geteilten Sorgerechts für Cassidy waren Sage und ihre Mutter in ein Haus ganz in der Nähe gezogen, und Sage war auch weiterhin auf dieselbe Privatschule gegangen. Daisy hatte Sages Herrschaft als »Queen der gemeinen Mädchen« nicht entkommen können. Klug zu sein spielte keine Rolle, wenn man zugleich auch etwas übergewichtig und nicht gerade hübsch war.

»Das ist schon lange her«, flüsterte Daisy, als sie das Schlafzimmer verließ. Mittlerweile waren sie und Sage praktisch Fremde. Sie musste nicht länger über die Vergangenheit nachgrübeln. Ihrer ehemaligen Stiefschwester in die Arme zu laufen war ein dummer Zufall, eine einmalige Sache gewesen. Wie hoch standen schon die Chancen, dass das in einer Stadt wie Los Angeles noch einmal passieren würde? Eine Million zu eins, versicherte sie sich selbst.

2. KAPITEL

Nachdem Daisy telefonisch vereinbart hatte, dass jemand ihren Wagen abholte und in die Werkstatt des Autohauses brachte, sah sie noch einmal nach Krissa, bevor sie ans entgegengesetzte Ende des Korridors im oberen Stockwerk lief. Der elterliche Wohnbereich war riesengroß und umfasste mehrere Räume – inklusive eines Arbeitszimmers, das sie als häusliches Büro nutzte, je eines Badezimmers für sie und für ihn und einiger Schränke.

Sie schnappte sich eine Jeans und ein T-Shirt, frische Unterwäsche und einen neuen BH, ehe sie in ihr Badezimmer ging. Dort steckte sie sich das Haar hoch und trat dann in die Dusche.

Zum ersten Mal an diesem Tag war sie allein und erlaubte es sich, an Jordan zu denken. Irgendwann würde sie ihm mitteilen müssen, dass Krissa krank war. Er war immerhin der Vater der beiden Kleinen.

Sie fühlte Bitterkeit in sich aufsteigen. Ja, er war ihr Vater. Und der Mann, der seine Frau und seine Kinder vor zwei Tagen ohne jede Vorwarnung verlassen hatte. Sie hatte gerade ihre Schicht im Krankenhaus beendet, war zu ihrem Spind gegangen und hatte dort seine Nachricht auf ihrem Handy entdeckt, in der er ihr mitgeteilt hatte, dass er für ein paar Tage aus dem gemeinsamen Haus ausziehen würde. Einfach so. Kein Gespräch, keine Erklärung. Er war einfach abgehauen.

Sie hatte sich überrumpelt gefühlt, war verletzt, empört, wütend, verängstigt gewesen. Glücklicherweise hatte die Wut gesiegt, sodass sie nicht an der neuen Situation zerbrochen war. Denn während Jordan irgendwo in ein Hotel eingecheckt hatte, hatte sie mit allem allein dagestanden. Auch mit der Tatsache, dass sie ihren Kindern hatte erklären müssen, dass ihr Vater jetzt erst einmal nicht mehr zurückkehren würde.

Sie hatte ihm gesagt, dass es unfair wäre, die beiden mit der Situation zu überfordern und ihnen Angst einzujagen. Er war ihrer Meinung gewesen, und sie hatten beschlossen, Ben und Krissa erst einmal zu sagen, dass er auf einer Konferenz wäre. Aber diese Ausrede werden sie uns nicht lange abkaufen, dachte sie, als sie aus der Dusche stieg und sich ein Handtuch schnappte. Irgendwann würden sie und Jordan mit den Kindern darüber reden müssen, was gerade mit ihrer Ehe passierte. Leichter gesagt als getan – angesichts der Tatsache, dass sie selbst keine Ahnung hatte, was los war.

Sicherlich stritten sie sich von Zeit zu Zeit, und in den vergangenen Wochen war Jordan ziemlich still gewesen. Auch waren sie in letzter Zeit so beschäftigt gewesen, dass sie sich kaum umeinander hatten kümmern können. Doch das war normal. In einer Ehe stieß man immer wieder auf Probleme, die es zu bewältigen galt. Und normalerweise fanden sie immer eine Lösung. Doch im Moment hatte sie eher das Gefühl, dass Jordan nicht daran interessiert war, ihr Problem aus der Welt zu schaffen. Stattdessen hatte er sich für diese dramatische Geste entschieden.

Während sie sich anzog, versuchte sie dahinterzukommen, was ihm durch den Kopf gehen mochte. Die Wut überschattete ihr Urteilsvermögen und weckte das dringende Bedürfnis in ihr, ihn zu packen und zu schütteln, damit er zur Vernunft kam. Angesichts der Tatsache, dass sie nicht besonders stark und er gute zwanzig Zentimeter größer war als sie, waren die Chancen, dass das klappte, allerdings eher gering.

Sie zog sich flache Schuhe an und schnappte sich ihr Handy, um der Schule mitzuteilen, dass sie die Kinder noch …

Ich ziehe heute noch in ein
Hotel für Langzeitgäste,

damit ich auch mal die Kinder nehmen kann, während wir versuchen, herauszufinden, was mit uns los ist.

Sie starrte auf die Nachricht. Zorn überflügelte ihre Entrüstung. »Nein, das hast du nicht getan.«

Sie drückte auf den Anruf-Button und wartete, obwohl sie wusste, dass er wahrscheinlich nicht rangehen würde. Das Telefon klingelte und klingelte. Sie war sich nicht sicher, ob er ihr einfach aus dem Weg gehen wollte oder ob er gerade in einer Behandlung war. Sie wollte schon wieder auflegen, als er sich doch noch meldete.

»Du hast meine Nachricht anscheinend erhalten«, sagte Jordan statt einer Begrüßung.

»Ja, hab ich. Echt jetzt? Willst du mir so sagen, was los ist? Mit einer SMS? Du kannst nicht mit mir reden oder anrufen? Lass mich deine Frage beantworten. Was mit uns los ist, willst du wissen? Du bist abgehauen – das ist mit uns los. Du bist ohne jede Vorwarnung verschwunden und hast mich mit allem alleingelassen. Ist dir mal in den Sinn gekommen, dass deine Unfähigkeit zu kommunizieren vielleicht ein Grund dafür sein könnte, dass wir überhaupt Probleme haben?«

»Warum bist du immer so?«

Diese ungerechte Bemerkung machte sie sprachlos. »Du bist in ein Hotel gezogen. Du hast nicht mit mir geredet, du hast mir eine *Nachricht* geschickt. Als ich versucht habe, dich anzurufen, bist du nicht rangegangen. Ich weiß noch immer nicht, *warum* du überhaupt gegangen bist. Eigentlich wolltest du nur ein paar Tage wegbleiben. Jetzt teilst du mir – übrigens wieder per SMS – mit, dass du bis auf Weiteres in ein Hotel für Langzeitgäste ziehst. Nicht, dass wir über *irgendetwas* geredet hätten. Du bist einfach weg. Und jetzt willst du wissen, warum ich so bin?«

»Ich kann nicht mit dir reden, wenn du so unvernünftig und unangemessen reagierst.«

Wut kochte in ihr hoch. Zugleich verspürte sie Angst. Weil es irgendwie immer so war – egal, wie es anfing, er fand einen Weg, sie zum Schweigen zu bringen, zu übertönen. Wenn sie ihn jetzt anschrie, was gerade ihr erster Impuls war, würde sie ihn nur in seiner Meinung bestätigen. Wie also sah die angemessene Reaktion aus?

»Krissa ist krank«, sagte sie stattdessen. »Sie übergibt sich immer wieder und hat Fieber. Ben geht es besser, aber offensichtlich hat er die Kleine angesteckt. Ist es unvernünftig und unangemessen zu fragen, ob du mal nach deinen Kindern sehen möchtest?«

»Dein Sarkasmus hilft uns nicht weiter.«

»Genauso wenig wie dein Versuch, mir die ganze Schuld für alles in die Schuhe zu schieben und einfach abzuhauen. Wenn du darüber reden möchtest, was wir unseren Kindern wegen deines Auszugs erzählen, schlage ich vor, dass wir dafür einen Termin vereinbaren.«

»Nach der Arbeit bin ich da.«

»Toll.« Sie machte den Mund auf, um noch etwas zu sagen, doch er hatte den Anruf bereits beendet.

Genau wie in den Straßen von Bel Air hatte sich an der Privatschule, die Sage Vitale von der dritten bis zur zwölften Klasse besucht hatte, überraschenderweise kaum etwas verändert. Die hölzerne Vertäfelung glänzte wie eh und je, und die Schüler trugen noch immer schwarze Hosen und weiße Polohemden als Uniform. Die Computer wirkten moderner, aber ansonsten hätte sie fast denken können, sie wäre in der Zeit zurückgereist. Selbst Mrs. Lytton hatte sich äußerlich kaum verändert. Ihr praktischer Kurzhaarschnitt zeigte erste graue Strähnen, und sie trug inzwischen eine Lesebrille, doch ansonsten sah die strenge Leiterin der Sprachenabteilung noch genauso aus wie vor zwanzig Jahren.

»Sie sind zu spät«, sagte Mrs. Lytton statt einer Begrüßung, als Sage in ihr Büro kam und sich setzte. »Fast eine halbe Stunde. Ich sollte Sie nicht daran erinnern müssen, dass wir von unseren Schülern Pünktlichkeit erwarten und dass das Schulpersonal mit gutem Beispiel vorangehen sollte. Vor allem die Lehrenden und Nachhilfelehrer.«

Als Teenager hätte Sage sich gelangweilt auf den Stuhl geflätzt. Ihre Haltung und ihr Augenrollen hätten deutlich gezeigt, wie egal es ihr war, was Mrs. Lytton von ihr hielt. Aber da Sage inzwischen älter und (hoffentlich) auch klüger war, wusste sie, dass ein solches Verhalten sie nicht weiterbringen würde.

»Ja, ich bin zu spät«, sagte sie und lächelte Mrs. Lytton gewinnend an. Dieses Lächeln nutzte sie auch bei schwierigen Kundinnen. »Aber nur, weil ich unterwegs angehalten habe, um jemandem mit einer Autopanne zu helfen.«

Mrs. Lytton presste die ohnehin schon dünnen Lippen zusammen. »Wirklich, Sage? Ist das alles, was Ihnen einfällt? Früher haben Sie immer sehr kreative Ausreden benutzt. Meine Lieblingsausrede war die, als Sie erklärt haben, dass Sie anhalten mussten, um ein paar Entenküken vor einem Rotluchs zu retten, der durch die Straßen von Bel Air gestreift ist.«

»Ich habe Daisy geholfen«, sagte Sage. Es war zwar etwas früh, diesen Trumpf auszuspielen, doch Mrs. Lytton ließ ihr keine andere Wahl. »Krissa hat sich im Auto übergeben, und Daisy musste rechts ranfahren. Ich habe sie gesehen und angehalten, um zu helfen. Dann sprang Daisys Wagen nicht mehr an, also habe ich die beiden schnell nach Hause gebracht. Darum bin ich zu spät.« Entschuldigend lächelte sie Mrs. Lytton an. »Sie können sich gern bei ihr erkundigen, ob die Geschichte stimmt, wenn Sie mögen. Offenbar war zuerst Ben krank und hat die arme Krissa dann angesteckt.«

Mrs. Lytton zog die Augenbrauen hoch. »Tja, wenn Sie Daisy helfen mussten, ist das natürlich in Ordnung. Ich wusste nicht, dass Sie zwei sich noch immer nahestehen.«

Das taten sie eigentlich nicht. Weder als ihre Eltern verheiratet waren noch nach der Scheidung und ganz sicher nicht jetzt. Wenn Sage ihre ehemalige Stiefschwester für den Rest ihres Lebens nicht mehr sehen würde, würde sie trotzdem als glücklicher Mensch sterben.

»Wir sind eine Familie«, sagte Sage einfach. Diese Lüge ging ihr leicht über die Lippen.

»Also gut, dann wollen wir mal loslegen.« Mrs. Lytton schlug einen Ordner auf ihrem Schreibtisch auf und sagte dann auf Italienisch: »Wenn ich es richtig verstanden habe, haben Sie fast drei Jahre lang in Italien gelebt. Können Sie sich in der Landessprache unterhalten?«

Sage antwortete auf Italienisch: »Ja, und ich habe auch Grundkenntnisse der Grammatik. Mein Französisch ist allerdings besser. Ich habe fast fünfzehn Jahre lang in Frankreich gelebt. Ich spreche beide Sprachen fließend.«

Mrs. Lytton machte auf Französisch weiter. »Ihr erster Ehemann war Franzose?«

»Ja.« Der dritte war Italiener gewesen. Über den zweiten Mann sprach sie nicht.

Die Leiterin der Sprachenabteilung ging mit ihr ein paar Grammatikübungen durch, ließ sie einige Gedichte auf Französisch vortragen und aus einem italienischen Modemagazin vorlesen. Als sie fertig waren, lehnte sich die alte Dame auf ihrem Stuhl zurück.

»Sie beherrschen beide Sprachen ganz ordentlich«, sagte sie etwas widerwillig. »Das Stundenhonorar für Nachhilfelehrer beträgt fünfundzwanzig Dollar, wobei die Stunde mindestens dreißig Minuten dauern muss. Wir fügen Ihren Namen in die Schul-App ein, sodass die Schüler Nachhilfe bei Ihnen buchen können, wenn Sie verfügbar sind.«

Ihr Blick fiel auf die *Prada*-Handtasche, die Sage neben sich auf den Stuhl gestellt hatte. »Sind Sie sicher, dass Sie das hier machen wollen, Sage? Gibt es nicht andere Dinge, die Sie lieber mit Ihrer Zeit anfangen möchten?«

»In Frankreich und Italien habe ich Englischunterricht gegeben und glaube, es könnte mal ganz unterhaltsam sein, den Spieß quasi umzudrehen.«

»Sie werden damit keine Reichtümer verdienen.«

Sage lächelte weiter. »Ja, das ist mir bewusst. Aber manchmal ist die Dankbarkeit derjenigen, denen man etwas geben kann, schon Lohn genug.«

Mrs. Lytton stieß einen Laut aus, der verdächtig nach einem Schnauben klang. »Also schön. Ich bringe Sie ins Schulbüro, wo wir Sie in die App einfügen können. Dann sollten Sie etwaige Buchungen direkt sehen können.«

Sage folgte der Dame den langen Korridor hinab. Ihr war klar, dass niemand ihren Wunsch, Kinder in Französisch und Italienisch zu unterrichten, nachvollziehen konnte. Und manchmal war sie sich selbst auch nicht sicher, warum sie das tun wollte. Dennoch war sie hier.

Die Idee, die ihr auf dem langen Flug von Italien nach Los Angeles gekommen war, hatte sie selbst überrascht – nicht nur, weil sie ihr überhaupt gekommen war, sondern auch, weil sie bereit war, alles dafür zu tun, diesen Plan in die Tat umzusetzen. Sie wusste, der Grund dafür war, dass Nachhilfeunterricht der Tätigkeit als Lehrerin schon recht nahe kam. Außerdem wäre es vielleicht an der Zeit, auszuprobieren, ob sie dazu überhaupt in der Lage war. Wobei die Betonung auf »vielleicht« lag. Sich einen Ehemann zu suchen, solange sie noch einigermaßen gut aussah, war wahrscheinlich noch sinnvoller. Doch ab und zu musste ein Mädchen auch etwas Verrücktes tun, oder? Also würde sie ein paar Kids Nachhilfeunterricht geben und mit ihnen Verben konjugieren. Wenn es ihr zu langweilig wurde oder sie einen interessanten Mann kennenlernte, könnte sie den Nachhilfeunterricht auch wieder aufgeben. Kein Mensch – und erst recht nicht Mrs. Lytton – wäre überrascht, wenn sich herausstellte, dass sie kein Durchhaltevermögen hatte.

Um sieben Uhr fing Daisy an zu glauben, dass sie die Krisen, die gerade ihr Leben beherrschten, schon etwas besser im Griff hatte. Krissa hatte sich seit dem Nachmittag nicht mehr übergeben, und Ben befand sich eindeutig auf dem Wege der Besserung.

Sie lehnte sich an die Küchenanrichte und dachte darüber nach, ob sie zu Abend essen oder einfach ein Glas Wein trinken und dann ins Bett gehen sollte. Vernünftiger wäre es, etwas zu essen, und sie war meistens vernünftig. Aber sie würde sich in der nächsten Stunde noch mit Jordan treffen müssen, und im Augenblick fühlte sie sich dafür schlecht gewappnet.

»Wann kommt Mr. Jordan vorbei?«, erkundigte sich Esmerelda und wischte zum sechsten Mal über die bereits blitzblank polierte Anrichte.

»Das hat er nicht gesagt.«

Daisy hatte der Haushälterin bereits von dem Telefonat erzählt. Trotz der enormen Größe des Hauses konnte man darin kaum irgendetwas geheim halten – jedenfalls nicht vor Esmerelda. Die Haushälterin hatte schon vor Daisy gewusst, dass Jordan gegangen war. Sie hatte die leeren Kleiderbügel in seinem Kleiderschrank entdeckt und gesehen, dass ein Koffer fehlte.

»Ich habe ein schönes Schweinskotelett für Sie«, sagte sie. »Mit grünen Bohnen und Mandeln. Ich könnte Ihnen allerdings auch schnell einen Salat machen. Ich habe die gelben Rüben geröstet, die Sie so mögen.«

»Danke. Ich kann mir auch selbst etwas zum Abendessen machen.«

»Sie können einiges. Das heißt jedoch nicht, dass ich nicht hier stehe und meine Arbeit machen möchte.«

Daisy lächelte. »Sie sind sehr nett zu mir.«

»Sie sind Familie.«

Angestellte/Chefin, aber auch Familie. Esmereldas ältere Cousine war Daisys Nanny gewesen, als sie noch ein Kind gewesen war. Daisy hatte Esmerelda kurz vor der Hochzeit mit

Jordan eingestellt. Esmerelda managte das Haus und half ihr mit den Kindern. Ohne sie wäre Daisy aufgeschmissen.

»Jordan ist in ein Hotel für Langzeitgäste gezogen«, sagte sie.

Esmereldas besorgte Miene änderte sich nicht. »Und wie lange will er dort bleiben?«

»Keine Ahnung. Er ist auf dem Weg hierher, damit wir reden und uns überlegen können, was wir den Kindern sagen. Ich werde etwas essen, nachdem ich mit ihm gesprochen habe.«

Esmerelda presste die Lippen aufeinander. »Nachdem Sie mit ihm gesprochen haben, werden Sie keinen Hunger mehr haben.«

»Tja, hey, ein ganz neuartiges Diätprogramm. Wir könnten damit sicher ein Vermögen verdienen.«

Esmerelda murmelte etwas, das Daisy nicht verstehen konnte, und begann, einige Dinge aus dem Kühlschrank zu holen. Sie stellte ein kleines Schälchen mit Oliven, einige Scheiben Käse und ein paar Kräcker ans Ende der großen Kochinsel. Während Daisy sich ein Glas Rotwein einschenkte, schnitt Esmerelda einen Apfel auf und gab noch ein paar Weintrauben dazu.

»Damit der Wein Ihnen nicht in den Kopf steigt«, sagte sie und legte eine Stoffserviette dazu.

»Sie denken mit – wie immer.«

Auf nüchternen Magen vertrug Daisy keinen Alkohol. Und es wäre sicher besser, wenn sie alle Sinne beisammenhätte, wenn sie mit Jordan sprach. Er war besser im Streiten als sie. Zwar hatte sie die *UCLA* mit einem perfekten Notenschnitt abgeschlossen, doch ihr fehlte einfach der Killerinstinkt, um sich am Ende auch durchzusetzen – zumindest was ihre Ehe betraf.

Während sie ein Stück Brie auf einen Rosmarinkräcker legte, schoss ihr durch den Kopf, dass es vielleicht gar nicht so schlecht war, wenn man nicht so gut im Sticheln war. Wenn sie doch nur nicht immer diejenige wäre, die die Schläge in die Magengrube abbekommen und sozusagen am Rand der ehelichen Straße liegen gelassen würde.

Gerade aß sie ihren Snack, als Jordan ankam. Esmerelda ließ ihn ins Haus, während Daisy mit dem Gedanken spielte, sich noch ein zweites Glas Wein einzuschenken.

»Vielleicht keine so gute Idee«, murmelte sie, während sie sich innerlich für die bevorstehende Unterhaltung wappnete. Sich darauf zu einigen, was sie ihren Kindern über die Trennung sagen wollten, würde nicht so einfach werden. Vermutlich hätte sie sich vorher ein paar Notizen machen sollen. Sie brauchten eine Strategie.

Jordan kam in die Küche. In der Vergangenheit hatten der Anblick seines hochgewachsenen, schlanken Körpers und seine Art, sich unglaublich elegant zu bewegen, ihr Herz schneller schlagen lassen. Auch nach einigen Ehejahren hatte er immer noch die Fähigkeit besessen, ihr Herz zum Hüpfen zu bringen. Allerdings nicht in letzter Zeit. Als ihre Blicke sich nun trafen, empfand sie nur noch Angst und sehnte sich nach der Zeit, als es vielleicht nicht leicht, aber zumindest einigermaßen entspannt und angenehm zwischen ihnen gewesen war.

»Wie geht es den Kindern?«, erkundigte er sich und schenkte sich ein Glas Wein ein.

»Besser.« Sie wies auf die Treppe. »Willst du selbst nachsehen?«

Er nahm einen großen Schluck, stellte das Glas ab und ging die Treppe hinauf. Sie folgte ihm, weil sie wissen wollte, was er mit den Kindern zu besprechen hatte. Nicht gerade ein Beweis für ein ungetrübtes Vertrauensverhältnis zwischen ihnen beiden.

Zuerst betrat er Krissas Zimmer. Ihre Tochter schlug die Augen auf und lächelte ihn an.

»Daddy, du bist wieder da! Wie war die Konferenz?«

Er setzte sich auf die Bettkante und strich der Kleinen das dunkle Haar aus dem Gesicht. »Wichtiger ist doch, mein kleines Streifenhörnchen, wie es dir geht? Mom sagte, du wärst krank?«

»Ja. Ben hatte einen Virus.«

»Und er hat dich damit angesteckt? Darüber müssen wir noch mal mit ihm reden.«

Sie setzte sich auf, um ihn zu umarmen. Lucky musste seine Stimme gehört haben, denn der gelbe Labrador kam ins Zimmer gestürmt und wedelte aufgeregt mit dem Schwanz. Sheba sprang vom Bett und wollte ebenfalls etwas Aufmerksamkeit. Selbst die für gewöhnlich so reservierte Katze Nala schien sich zu freuen, Jordan zu sehen. Zumindest interpretierte Daisy so den leichten Schwung des Schwanzes.

Jordan streichelte beide Hunde und verbrachte einige Minuten damit, Ohren zu kraulen und feuchte Küsse zu bekommen. Dann hob er Krissa hoch und stand auf.

»Wir besuchen mal deinen Bruder.«

Daisy wollte ihm gerade sagen, dass Krissa im Bett bleiben sollte. Aber dann fiel ihr ein, dass die beiden ihr nur wieder diesen Blick zuwerfen würden, der ihr sagte, dass sie es anscheinend nicht ertragen konnte, wenn sie beide Spaß miteinander hatten. Wahrscheinlich dachten die beiden das gar nicht, doch es schoss ihr durch den Kopf, wenn Vater und Tochter so vertraut miteinander waren.

Alle gemeinsam gingen sie in Bens Zimmer. Die Hunde trotteten voran. Ben lag im Bett und spielte mit seinem Tablet. Er blickte hoch und grinste, als er Jordan sah.

»Dad! Du bist wieder da!«

Jordan setzte Krissa ab und umarmte Ben. »Wie fühlst du dich, mein Junge?«

»Besser. Jetzt ist Krissa krank.«

»Das ist deine Schuld«, sagte Krissa, kletterte ins Bett und kuschelte sich unter die Decke. Lucky sprang neben ihr auf die Matratze, und Sheba machte es sich am Fußende des Bettes bequem. Mit einem Mal wirkte das große Bett doch ziemlich klein.

Daisy setzte sich auf den Schreibtischstuhl. Vermutlich würden sie jetzt erst mal ein bisschen reden. Danach würden sie und Jordan sich entschuldigen und die nächsten Schritte miteinander besprechen. Das dachte Daisy zumindest. Deshalb war sie auch so überrascht, als Jordan nun sagte: »Ich möchte, dass ihr beide wisst, dass wir euch sehr lieben.«

Daisy sprang auf und starrte ihn an. »Was machst du da?«

Er hob die Hand, ohne sie anzusehen. Es wirkte beinahe, als wollte er sie mit der Geste zum Schweigen bringen.

»Ihr kennt ja die Situation, dass manchmal einfach alles zu viel wird und ihr euch in eure Zimmer zurückziehen müsst, um Ruhe zu finden, oder?«, fuhr er fort.

Beide Kinder blickten ihn mit großen Augen an, und Ben nickte langsam.

»Jordan«, sagte Daisy eindringlich und machte einen Schritt auf ihn zu. »Wir müssen uns zuerst unterhalten.«

»Ich schaff das schon.« Er lächelte die Kinder an. »Manchmal brauchen auch Eltern eine Auszeit.«

Sie fluchte unterdrückt. »Jordan, die beiden sind krank. Das ist wirklich nicht der richtige Zeitpunkt.«

Tränen stiegen Krissa in die Augen. »Was s…sagst du da?« Ihre Stimme brach. »Daddy, nein!«

»Ist schon okay«, sagte er zu ihr.

Bens Unterlippe zitterte, und er blickte zwischen ihnen hin und her. »Mom?«

Sie kam näher und warf ihm ein, wie sie hoffte, tröstliches, beruhigendes Lächeln zu. »Es ist schon in Ordnung. Alles ist gut. Wir lieben euch, wie Dad eben gesagt hat. Es ist nur …«

Sie hielt inne – vor allem, weil sie selbst nicht wusste, was überhaupt los war.

Krissa begann zu schluchzen, und Ben wischte sich mit dem Handrücken über die Augen. Daisy wünschte sich sehnlichst, sie wäre stark genug, um ihrem Ehemann einen kräftigen Schlag auf den Hinterkopf zu verpassen – ein unreifer und wenig hilfreicher Wunsch, der allerdings von Herzen kam.

Sie scheuchte Lucky und Sheba von Bens Bett, setzte sich und breitete die Arme aus. Beide Kinder kamen zu ihr, und sie umarmte sie.

»Euer Dad wohnt für eine Weile ganz in der Nähe«, erklärte sie und ärgerte sich maßlos darüber, dass sie hier improvisieren musste und dass Jordan ihr nicht die Chance gegeben hatte, sich vorher zu besprechen. Aber so war Jordan – er verursachte ein Problem und überließ es ihr, hinter ihm die Scherben aufzulesen und alles wieder in Ordnung zu bringen. »Ihr werdet ihn so oft sehen, wie ihr wollt. Sobald er und ich einige Dinge besprochen haben, wird alles wieder so wie früher.«

Während sie sprach, funkelte sie ihn an und wollte ihn stumm dazu herausfordern, ihr zu widersprechen. Doch er zuckte nur mit den Achseln.

»Lasst ihr euch scheiden?«, fragte Ben.

»Nein. Gott, nein. Wir haben überhaupt nicht darüber gesprochen.«

Was der Wahrheit entsprach. Sie hatten noch gar nichts besprochen.

»Für euch wird sich nichts ändern, und ihr bleibt da, wo ihr jetzt seid«, fuhr sie fort. »Ihr geht weiterhin zur Schule und verbringt Zeit mit euren Freunden.«

»Bist du denn da?«, wollte Krissa mit ernstem Gesicht wissen.

Daisy gab ihr einen Kuss. »Natürlich. Ich werde immer da sein.«

»Und Esmerelda?«

Jordan erstarrte bei der Frage.

»Und Esmerelda auch«, bestätigte Daisy. »Es ist ja nur vorübergehend. Wie gesagt, ihr könnt euren Vater so oft sehen, wie ihr möchtet. Und ihr könnt ihm auch jederzeit Nachrichten mit meinem Handy schicken.«

Jordan näherte sich dem Bett. »Ich liebe euch. Das wisst ihr doch, oder?«

Die Kinder ließen sie los, streckten sich auf dem Bett aus, blickten ihren Dad an und nickten. Daisy erhob sich und gab den Hunden ein Zeichen, wieder ihre Plätze einzunehmen.

Es dauerte noch fünfzehn Minuten, in denen sie sich miteinander unterhielten und die Kinder beruhigten, bis die Ordnung einigermaßen wiederhergestellt war. Krissa bestand darauf, in Bens Bett zu bleiben, und ausnahmsweise einmal hatte ihr Bruder keine Einwände. Das zeigt, wie aufgewühlt die beiden sind, dachte Daisy bitter, als sie und Jordan schließlich wieder nach unten gingen. Sobald sie in der Küche waren, ging Daisy auf Jordan los.

»Wie konntest du nur so mit der Tür ins Haus fallen, ohne dass wir vorher miteinander geredet haben? Verdammt, Jordan, sie sind noch Kinder. Das ist kein Problem, mit dem sie sich auseinandersetzen sollten. Ich wollte, dass wir miteinander reden, nicht, dass du vor den Kindern die Bombe platzen lässt. Wir hätten uns einen Plan zurechtlegen sollen.«

Er trank seinen Wein aus. »Manchmal ist das Leben einfach so, Daisy. Du sagst mir doch immer, wie beschäftigt du bist. Ich wollte dir nur helfen, deine To-do-Liste abzuarbeiten, damit ich dir nicht mehr im Weg stehe. Kein Grund, mir zu danken.«

Die Härte seiner Worte erschreckte sie. Jordan konnte manchmal schwierig sein, aber für gewöhnlich war er nicht so gemein zu ihr.

»Du hast dich geirrt, und das weißt du auch«, zischte sie. »Okay, versuch nur, mit dieser idiotischen Masche davon abzulenken, doch das ändert nichts an dem, was du getan hast.«

Statt sich mit ihr zu streiten, grinste er schief. »Klar, ich mache ja ständig alles falsch. Ich wüsste gar nicht, was ich tun sollte, wenn es mal anders wäre.«

»Also ist dir das alles egal? Wir sind ein Witz für dich?«

Sein Grinsen verblasste. »Du hast keine Ahnung, was ich hier durchmache. Du weißt nicht, wie es ist, mit dir und deinem Leben zurechtkommen zu müssen. Ich stehe auf deiner Liste der wichtigen Dinge ganz unten. Der einzige Witz hier bin ich, und du gibst dir alle Mühe, dafür zu sorgen, dass ich das auch ja nicht vergesse.«

Damit ging Jordan hinaus. Ihn aufzuhalten kam nicht infrage, weil es Daisy die Sprache verschlagen hatte. Und den Atem. Und sie hatte keine Ahnung, was hier gerade passiert war.

Er war kein Witz – er war ihr Ehemann. Sie waren verheiratet, und sie hatte keinen Schimmer, warum er sich so verhielt. Irgendetwas stimmte nicht – so viel hatte sie mitbekommen –, aber sie wusste nicht, was es war.

Sie ließ sich auf einen Hocker an der Kochinsel sinken und schenkte sich Wein nach. Sie war müde und traurig und hatte Angst, und unzählige Emotionen, die sie nicht einmal benennen wollte, durchströmten sie. Am nächsten Morgen musste sie zur Arbeit, und zum ersten Mal verspürte sie keine Lust hinzugehen.

Esmerelda kam in die Küche. »Ist er weg?«

Daisy nickte. »Er hat es den Kindern gesagt.« Sie spürte, wie sie die Kiefer aufeinanderpresste, und versuchte, sich bewusst zu entspannen.

»Ich dachte, Sie wollten sich gemeinsam einen Plan zurechtlegen.«

»Jordan ist kein Fan meiner Pläne.«

Esmerelda trat näher und legte beruhigend die Hand auf Daisys Schulter. »Sie sind stark genug, um mit der Situation fertig zu werden.«

»Im Augenblick fühle ich mich alles andere als stark.«

»Das spielt keine Rolle. Die Wahrheit ist, dass Sie es überstehen werden, weil Sie es überstehen müssen. Ihre Kinder brauchen Sie.«

Daisy wusste, dass sie zumindest so tun müsste, als würde sie sich zusammenreißen. Die Alternative wäre loszuschreien, und das würde kein gutes Ende nehmen. »Warum sagen Sie eigentlich immer das Richtige?«

»Ich bin eben mit Weisheit gesegnet.« Doch Esmereldas Lächeln erstarb sofort wieder. »Daisy, ich mache mir Sorgen um Sie.«

»Mir geht's gut.« Eine glatte Lüge, aber was blieb ihr anderes übrig? Sie war diejenige, auf die sich alle verließen. Wie ihre Haushälterin schon gesagt hatte, war es immer ihre Aufgabe gewesen, die Familie zusammenzuhalten. Sie zwang sich zu einem Lächeln. »Ehrlich. Sie haben recht. Wir werden es überstehen.«

»Gut. Soll ich Ihnen etwas zu essen machen?«

Essen war jetzt das Letzte, was Daisy wollte, doch sie wusste, dass sie wenigstens vorgeben musste, dass alles gut wäre – solange es ging. »Ja, bitte. Ich nehme das Schweinskotelett. Klingt lecker.«

3. KAPITEL

Auf der Rückfahrt nach Hause tat Sage ihr Bestes, um den dumpfen Schmerz in ihrem Kreuz zu ignorieren. Den ganzen Tag auf den Beinen zu sein war eigentlich kein Problem. Aber dabei auf zwölf Zentimeter hohen Absätzen zu stehen war eine echte Herausforderung. Vor zehn Jahren hätte sie nicht weiter darüber nachgedacht, doch inzwischen war sie Ende dreißig. Ein unglaublich deprimierender Gedanke, den sie nun entschlossen beiseiteschob.

Sie sah sich um, als sie vor einer Ampel stand und wartete. Dabei fiel ihr auf, dass im restlichen Land noch kühler März war, während in Los Angeles bereits sommerliche Temperaturen herrschten und die Sonne schien. Das hatte ihr gefehlt, wie sie sich selbst eingestehen musste. Paris war aufregend, doch im Winter konnte es trostlos sein. Und Italien war zwar wunderschön, aber eben nicht ihr Zuhause. Vor allem nicht, nachdem ihr Mann sie um die Scheidung gebeten hatte. Sie war zurück – in jeder Hinsicht eine Versagerin –, doch wenigstens war sie jetzt an einem Ort, wo der Himmel makellos blau war und eine gewisse Oberflächlichkeit erwartet wurde und nicht verpönt war.

Sie fuhr in das Stadtgebiet, in das sie und ihre Mutter vor vielen Jahren nach deren Scheidung gezogen waren. Die gutbürgerlichen Häuser waren zwar nicht weit von der Enklave namens Bel Air entfernt, doch was die Klasse und den Komfort betraf, lagen sie Lichtjahre auseinander. »Bel-Air-benachbart« hatten sie und ihre Freundinnen es im Spaß immer genannt.

Das Haus hatte Joanne als Abfindung nach der Scheidung erhalten. Wallace hatte ein Familienvermögen mit in die Ehe gebracht, auf das Joanne laut Ehevertrag keinerlei Anspruch gehabt hatte. Aber er war ein erfolgreicher Internist gewesen, und sein Gehalt sowie die Teilhabe an der Praxis flossen in die Scheidung mit ein. Joanne hatte alle Hebel in Bewegung gesetzt, um nicht nur das Haus, sondern auch so viel Unterhalt von ihm zu bekommen, wie sie konnte. Schließlich war sie mit der Scheidung nicht einverstanden gewesen und hatte Wallace auch übel genommen, dass er weiter für Sage aufgekommen war, obwohl sie nicht seine Tochter war. Er hatte weiterhin das Schulgeld für die Privatschule gezahlt, die sie seit der Hochzeit von Joanne und ihm besucht hatte, und hatte auch Geld fürs College beiseitegelegt. Mit dem Geld hatte Sage in dem Sommer, als sie neunzehn geworden war, ihren Umzug nach Europa finanziert.

Sage bog auf die Zufahrt und hielt neben dem Lexus ihrer Mutter an. Sie mussten vielleicht kämpfen, um die Grundsteuer für ihr Haus zu bezahlen, doch sie fuhren schöne Autos. Typisch L. A., dachte sie, als sie ihre Handtasche und die High Heels zusammenklaubte, die sie ausgezogen hatte, sobald sie ins Auto gestiegen war. Geld zu haben war natürlich immer besser – aber selbst wenn man keins besaß, war es wichtig, zumindest so auszusehen, als hätte man welches. Hier zählten Äußerlichkeiten mehr als alles andere.

Sage stieg aus und schloss ihren Wagen ab, bevor sie zur Haustür ging. Einen Moment lang hielt sie inne, um sich das eingeschossige Haus im Ranchstil mit dem riesigen Panoramafenster und der schmalen Eingangsterrasse anzusehen. Ganz anders als Daisys Anwesen, dachte sie. Joannes gesamtes Haus würde mühelos in Daisys Küche und den Wohnbereich passen – wobei noch etwas Platz übrig wäre. In diesem Haus gab es drei Schlafzimmer und zwei Bäder. Der Garten hatte für die Gegend eine gute Größe. Es war ein normales, durchschnittliches Haus. Nichts, wofür man sich hätte schämen müssen. Und doch hatte sie sich geschämt. Nach der Scheidung hatte der Gedanke an einen Umzug sie erschreckt, und sie hatte nach der Schule nie Freunde mit nach Hause gebracht. Wie hätte sie auch? Ihre Freunde hatten schließlich Daisys Haus gesehen.

Komisch, wie die Zeit und eine gewisse Distanz alles verändern, dachte sie, als sie ins Haus ging. Heutzutage war sie dankbar dafür, eine Bleibe zu haben. Sicher, sie musste ihrer Mutter monatlich tausend Dollar bezahlen, um das Privileg ihres Zimmers genießen zu können, aber das war es wert. Zumindest für den Augenblick.

»Ich bin's«, rief sie und schloss die Haustür hinter sich.

Das »gute« Wohnzimmer, in dem Gäste empfangen wurden und das nur selten genutzt wurde, führte in eine Küche von durchschnittlicher Größe, von der ein zweites Wohnzimmer nach rechts abging. Zwei Gästezimmer und ein Gäste-WC befanden sich auf der anderen Seite.

»Hier bin ich«, antwortete ihre Mutter.

Sage fand ihre Mutter im Wohnbereich. Sie las ein Magazin. Joanne blickte hoch und lächelte sie an.

»Wie war dein Tag?«

»Gut. Ich habe den Morgen über Inventur gemacht.«

Für die jährliche Inventur hatte sie heute um acht Uhr morgens anfangen müssen und bis um vier Uhr am Nachmittag gearbeitet. Natürlich hatte sie auf diese Weise in den ersten drei Stunden keine Provision verdienen können, was sie sehr geärgert hatte.

Sie wollte gerade in ihr Zimmer gehen, um sich umzuziehen, als ihr die rote Seidenbluse auffiel, die ihre Mutter trug.

»Interessantes Oberteil«, stellte Sage trocken fest. »Hast du dich in meinem Schrank bedient?«

»Ich wollte nur mal schauen. Die Bluse gefällt mir richtig gut. Ist das Seide?«

»Ja. Sie hat fast vierhundert Euro gekostet.«

»Mir gefällt die Qualität.« Ihre Mutter lächelte. »Ich weiß, dass es dir nichts ausmacht. Wir haben schließlich fast die gleiche Größe.«

Joanne war Ende fünfzig, sah allerdings zehn Jahre jünger aus. Sie arbeitete hart an sich, um ihre Figur zu erhalten, doch sie hatte zwei Kleidergrößen mehr als Sage. Daran ließ die Art, wie die Bluse an den Schultern und der Knopfleiste spannte, keinen Zweifel. Nicht, dass Sage das laut gesagt hätte. Stattdessen war sie einfach nur dankbar dafür, dass ihre Mutter sich nicht in ihre Hosen quetschen konnte. Und auch bei den meisten Kleidern hätte Joanne kein Glück. Ihre Schuhe waren ebenfalls vor ihrer Mutter sicher, denn Joannes Füße waren eineinhalb Nummern kleiner.

Ihre Handtaschen waren allerdings auch in Gefahr, aber Sage hatte nur ein paar mitgenommen. Joanne wusste jedoch nichts von den sechs Handtaschen, die Sage im Kofferraum ihres Wagens aufbewahrte. Oder von den zwanzig Taschen, die sie bei einer vertrauenswürdigen Freundin in Rom eingelagert hatte. Ihre Mutter wusste nur von der *Prada*-Tasche, die sie ständig benutzte.

In den kommenden Wochen würde Sage sich überlegen müssen, wie sie die Taschen aus Italien am besten nach L.A. schaffte, um einige der Stücke zu Geld zu machen. Doch zuerst musste sie einen sicheren Ort auftun, wo sie ihre Schätze lagern konnte. Unter keinen Umständen wollte sie sie im Haus verstecken – nicht, wenn ihre Mutter auch hier lebte.

»Wenn du sie behalten willst, zahle ich dir diesen Monat dreihundert Dollar weniger Miete«, sagte Sage.

»Das ist nicht fair. Ich könnte eine Aufmunterung gut gebrauchen.« Joanne seufzte. »Anderson und ich sind nicht mehr zusammen.«

Sage rieb sich das Kreuz. »Anderson ist der aktuelle Freund?«

Joanne schürzte die Lippen. »Nicht mehr. Er meinte, er sähe keinen Grund, die Beziehung mit mir zu vertiefen und den nächsten Schritt zu wagen. Er wäre zufrieden damit, wie es ist.«

»Also Sex und keine Hochzeit.«

»Männer sind solche Schweine.« Joanne warf das Magazin auf den Couchtisch. »Er ist fast siebzig. Offen gesagt wird er keine Bessere als mich finden, aber ich schätze, das muss er selbst herausfinden.«

Übersetzt bedeutete das: Joanne war mit Anderson zusammen gewesen, weil er reich und alt war. Eine wundervolle Kombination, wenn es nach ihrer Mutter ging, die fest davon überzeugt war, dass man vor allem wegen des Geldes heiraten sollte. Sie hatte zwar nie den großen Wurf gelandet, so wie sie es sich erträumt hatte, kam aber ganz gut zurecht.

Verschenke niemals dein Herz. Das war Joannes Motto. Sage hatte ebenfalls nach diesem Grundsatz gelebt. Nicht, dass es ihr viel gebracht hätte. Sie stand wieder ganz am Anfang, arbeitete als Verkäuferin und lebte bei ihrer Mutter. Es war so deprimierend, dass man davon glatt Falten bekommen konnte.

»Ich treffe mich heute Abend mit ein paar Freundinnen«, sagte Joanne und warf einen Blick auf die Uhr. »Wir trinken Cocktails und schauen mal, ob wir jemanden finden, der uns zum Essen einlädt.«

»Viel Glück dabei.«

Ihre Mutter lächelte. »Warte nicht auf mich.«

Sage nickte und ging in ihr Zimmer. Der Raum, der mit einem Bett, einer Kommode und einem Schreibtisch ziemlich vollgestellt war, war viel unordentlicher, als sie ihn am Morgen zurückgelassen hatte. Einige der Schubladen standen offen. Ebenso die Schranktüren. Kleider lagen auf dem Bett und dem Sessel verstreut. Ihre ordentlich aufgestellten Schuhe waren ganz hinten in den Einbauschrank geschoben worden.

Sage riss sich zusammen. Es hatte keinen Sinn, sich aufzuregen. Ihre Mutter würde sich niemals ändern. Die Realität war manchmal ätzend – und ihre ganz besonders. In den vergangenen achtzehn Jahren hatte sie in Europa gelebt. Sie hatte keine Kredit- und auch keine Jobgeschichte in den USA, und das machte es fast unmöglich, ein Apartment zu ergattern. Eine kleine Eigentumswohnung zu kaufen stand nicht zur Debatte – so viel Geld besaß sie einfach nicht.

Ihr einziger Weg aus diesem Schlamassel bestand darin, ein Jahr lang zur Miete bei ihrer Mutter zu wohnen, ihren Job zu behalten und sich so eine gewisse Kreditwürdigkeit zu erarbeiten. Wegen einer Seidenbluse würde sie diesen Plan ganz sicher nicht über den Haufen werfen.

Sie zog sich eine Jeans und ein T-Shirt an und räumte ihr Zimmer auf. Als sie damit fertig war, war ihre Mutter verschwunden. Sage ging in die Küche und füllte Eis und Wasser in ein Trinkglas. Das nahm sie mit nach draußen und setzte sich auf einen der bequemen Liegesessel in den Schatten. Nachdem sie ein paarmal tief durchgeatmet hatte, schloss sie die Augen und versuchte, sich selbst davon zu überzeugen, dass alles gut werden würde. Sie war keine fürchterliche Versagerin, die nichts vorzuweisen hatte als ein paar Handtaschen und zwei oder drei gescheiterte Ehen.

Sie hätte es beinahe geschafft, sich einzureden, dass sich alles zum Guten wenden würde, als ihr ein leise klapperndes Geräusch auffiel. Sie schlug die Augen auf. Das Haus auf der rechten Seite stand hinter einer hohen Mauer aus Betonschalsteinen. Aber das Haus zu ihrer Linken trennte nur ein niedriger Holzzaun von ihrem Grundstück. Sie konnte die Bäume und den Rasen sehen. Und auch die überdachte Terrasse, wo ein Mann an einem Klapptisch saß und am Computer arbeitete.

Sage verzog das Gesicht. Die Anwesenheit eines Nachbarn missfiel ihr. Warum musste er ausgerechnet draußen arbeiten, wenn sie sich nach etwas Ruhe und Ungestörtheit sehnte? Wenigstens hatte er sie nicht angesprochen.

Erneut schloss sie die Augen und versuchte, sich zu entspannen. Sie kannte das Nachbarhaus. Ihr Freund Adam hatte dort gelebt, als sie beide noch zur Schule gegangen waren. Sie hatte keine Ahnung, was aus ihm geworden war.

Sie machte die Augen wieder auf und betrachtete ihren Nachbarn. Er war ungefähr in ihrem Alter und hatte blondes Haar wie Adam. Doch er konnte es nicht sein. Oder?

Der Mann hob den Blick und ertappte sie dabei, wie sie ihn anstarrte. Er lächelte.

»Hallo, Sage.«

»Woher kennen Sie meinen Namen?« Vielleicht hatte ihre Mutter es ihm verraten. Wobei ihre Mutter eigentlich nicht der Typ Mensch war, der die Nähe zu seinen Nachbarn suchte.

»Ich kenne dich, seit wir dreizehn waren.« Er legte die Hand auf die Brust. »Du hast mich vergessen. Ich bin am Boden zerstört.«

Das kann er doch unmöglich sein, oder? »Adam? Bist du es?«

Er lächelte. »Bingo.«

Sie grinste. »Bingo? Hast du das tatsächlich gerade gesagt?«

»Das sage ich immer, wenn ich überrascht bin.«

»Du musst dir ein anderes Wort überlegen.« Sie schüttelte den Kopf. »Ich kann nicht glauben, dass du es wirklich bist.« Verwirrt betrachtete sie seine breiten Schultern und seine scharf geschnittenen Gesichtszüge. »Du siehst irgendwie anders aus.«

»Und du bist noch genauso wie früher.«

Sie nahm einen Schluck von ihrem Wasser. »Schön wär's. Also lebst du noch immer zu Hause?« Das war traurig. Hatte er sich nie nach einem eigenen Leben gesehnt?

Adam lächelte sie an. »Nein. Ich habe das Haus von meiner Mom gekauft, nachdem Dad gestorben war und sie nach Las Vegas gezogen ist. Von uns beiden bist du die Einzige, die noch zu Hause lebt.«

Sie hatte keine Ahnung, wie er die Worte gemeint hatte, aber sie trafen sie wie eine Ohrfeige. Sie schenkte ihm ein angespanntes Lächeln, nahm ihr Glas und erhob sich.

»Und da bist du nun, zurück in der Nachbarschaft«, sagte sie so lässig, wie sie konnte. »War echt toll, dich wiederzusehen, Adam.«

»Sage, warte«, sagte er und sprang auf. »Ich habe es nicht so gemeint. Bitte.«

Sie winkte ihm noch einmal zu, während sie zur Terrassentür ging und ins Haus trat.

Nachdem sie die Schiebetür hinter sich geschlossen hatte, rannte sie in ihr Zimmer und ließ sich aufs Bett sinken. Sie war keine Versagerin – sie war *keine Versagerin*. Und es war ihr egal, was so ein gewöhnlicher und dummer Typ wie Adam von ihr hielt. Alle anderen Menschen waren ihr egal. Das war schon immer so gewesen. So war es sicherer. Und sicher zu sein war das Wichtigste.

Am Samstag hatten Ben und Krissa sich von ihrem Magen-Darm-Infekt erholt. Die beiden standen früh auf und begannen den Morgen mit einer lauten Interpretation von »Marco Polo im Pool«. Als Daisy sie wieder abgetrocknet, ihnen etwas zu essen gemacht hatte und mit den Hunden draußen gewesen war, war es an der Zeit, Ben zum Fußballtraining zu bringen. Jordan würde sie dort treffen und danach die Kinder mitnehmen, um mit ihnen den Tag zu verbringen.

Daisy tat ihr Bestes, um sich nichts anmerken zu lassen und so zu tun, als wäre es ganz normal, dass die Kinder ihre Zeit zwischen ihren Eltern aufteilten. Doch im Grunde ihres Herzens war sie vollkommen durcheinander. Ihr Magen brannte, sie war unendlich müde, weil sie nicht mehr schlafen konnte, und von einer Sekunde auf die andere war sie sich nicht mehr sicher, ob sie alle um sich herum anschreien oder in Tränen ausbrechen sollte.

An den meisten Tagen machte ihr das Chaos in ihrem Leben nichts aus. Aber in letzter Zeit war es sehr belastend für sie – und zweifellos war es ein Grund dafür, dass Jason einfach abgehauen war. Sie wusste nicht, wie es mit ihrer Ehe weitergehen sollte. Schlimmer noch: Sie hatte überhaupt keine Ahnung, *warum* er gegangen war oder was passieren musste, damit er wieder zu ihnen zurückkehrte. Bis jetzt hatten sie nicht miteinander gesprochen. Ihr Kontakt beschränkte sich auf ein paar

Kurznachrichten über das Handy. Auch das verunsicherte sie – jedoch nicht so sehr, dass sie dem ein Ende gesetzt hätte. Sie vermutete, dass ein Teil von ihr Angst davor hatte, was Jordan sagen würde, wenn sie tatsächlich einmal miteinander reden würden.

Wie feige ich doch bin, dachte sie, als sie nun durch den Flur zu den Kinderzimmern ging. Doch damit konnte sie leben, denn die Alternative wäre, genau zu wissen, was ihr Ehemann dachte – und sie fürchtete, dass es dann kein »Wir« mehr geben würde.

Was war nur geschehen? Was war aus dem »Wir« geworden? Früher einmal hatten sie einander so nahegestanden. Sie erinnerte sich noch sehr genau an die Zeit, als Ben fast fünf gewesen war und unbedingt Fußball hatte spielen wollen. Damals hatte sie Jordan gestanden, dass sie rein gar nichts über diesen Sport wusste.

Sofort war er mit ihr in den riesigen Garten hinter dem Haus gegangen und hatte ihr die Grundlagen des Spiels beigebracht. Sie hatten einige Wochen lang zusammen trainiert, bis sie gut genug gewesen war, um mit ihrem Fünfjährigen zu kicken. Jordan war so freundlich, liebevoll und fürsorglich gewesen. Wo war dieser Mensch nur hin?

»Bist du fertig?«, fragte sie, als sie Bens Zimmer betrat. Er hatte sich seine Fußballklamotten angezogen und hielt einen Rucksack in den Händen.

»Habe ich das Richtige eingepackt?«, fragte er und klang verunsichert. »Dad meinte, ich solle Kleidung für nach dem Fußballtraining mitbringen.«

Ihr Magen zog sich beinahe schmerzhaft zusammen. Es hatte schon begonnen – die Veränderung in ihrer täglichen Routine. Was kam als Nächstes?

Schnell schob sie die Sorgen beiseite und lächelte ihren Sohn an. »Ich bin mir sicher, dass du das Richtige mitgenommen hast. Aber ich sehe gern noch mal nach. Außerdem bist du ja nur … zwanzig Minuten von hier entfernt, oder? Falls du was vergessen haben solltest, kann ich es dir schnell vorbeibringen.«

Bei ihren Worten entspannte er sich sichtlich. »Du hast recht. Daran habe ich gar nicht gedacht.«

»Dafür hast du ja mich.«

Sie warf einen Blick in den Rucksack. Er hatte Sportschuhe eingepackt, Socken, eine Jeans, Unterwäsche und ein sauberes T-Shirt.

»Perfekt«, sagte sie und wuschelte ihm durchs Haar. »Wir packen noch ein paar Flaschen Wasser ein, damit du nicht verdurstest. Und denk dran: Wenn dir schwindelig oder übel wird, sag dem Coach Bescheid. Ich erkläre ihm, dass du gerade eine Grippe überstanden hast und vielleicht noch nicht hundertprozentig auf dem Damm bist.«

»Ich falle schon nicht in Ohnmacht, Mom.« Sein Ton ließ keinen Zweifel daran, dass er die Vorstellung interessant und Furcht einflößend zugleich fand.

»Das wäre gut.«

Gemeinsam gingen sie die Treppe hinunter zu Krissa, die im Wohnzimmer wartete. Die beiden Hunde lagen ausgestreckt neben ihr, und sie versuchte gerade vorsichtig, Sheba einen großen Hut aufzusetzen. Lucky trug bereits einen schwarzen Bowler auf dem Kopf und sah sehr lustig aus. Als er Daisy bemerkte, warf er ihr einen ergebenen Blick zu – fast als wollte er sagen: »Kinder. Was soll man machen?«

Daisy lächelte ihre geduldigen Hunde an, bevor sie Krissa ansprach. »Wir wollen los.«

Krissa gab den Hunden einen liebevollen Kuss auf die Nasen, erhob sich und ging zu ihrem Bruder.

»Mommy, denkt Daddy daran, dass wir noch Mittag essen müssen?«, wollte Krissa wissen.

»Ich bin mir sicher, dass er das nicht vergisst. Ihr dürft ihn allerdings gern daran erinnern.«

»Okay. Können wir in ein richtig cooles Restaurant gehen?«

»Das müsst ihr mit eurem Dad besprechen. Ganz sicher möchte er, dass ihr beide Spaß habt – falls ihr also an etwas Bestimmtes denkt, solltet ihr ihm das sagen.«

Sie nahm zwei Flaschen Wasser aus dem Kühlschrank und steckte sie in die Außentaschen des Rucksacks, ehe sie eine Schublade öffnete und ein Handy herausholte. Sie hielt es hoch.

»Ich vertraue euch das hier an.«

Überrascht riss Krissa die Augen auf. »Das Familien-Handy?« Sie klang beinahe ehrfürchtig.

Das »heilige« Familien-Handy ausgehändigt zu bekommen war etwas ganz Besonderes. Bisher hatte Daisy dem Druck widerstanden, ihren Kindern ein eigenes Handy zu kaufen. Sie und Jordan waren einer Meinung, dass es früh genug war, wenn man mit zwölf Jahren ein eigenes Handy bekam. Und eigene Social-Media-Accounts sollten die Kinder erst mit vierzehn Jahren haben.

Sie lebten in Los Angeles, und das bedeutete, dass man überall mit dem Auto hinfuhr. Die Schule hatte ein Sicherheitssystem, das es mit jeder streng geheimen militärischen Einrichtung aufnehmen konnte. Wenn man dann zu Hause war, war es wichtig, sich zu entspannen. Handys störten da nur.

»Nur für heute«, sagte Daisy, steckte das Telefon in die Innentasche des Rucksacks und machte den Reißverschluss zu. »Wenn irgendwas passieren sollte, könnt ihr mich oder Esmerelda anrufen.«

Nicht, dass sie damit rechnete, dass irgendetwas passieren würde. Doch sie hatte ja auch nicht damit gerechnet, dass ihr Ehemann nach zwölf Jahren so einfach abhauen könnte.

Sie setzte die Kinder ins Auto. Das Autohaus hatte am Wagen ein elektronisches Problem beseitigt, und seitdem schnurrte das Fahrzeug wieder wie ein Kätzchen. Das Reinigungsteam hatte ganze Arbeit geleistet und den Geruch des Erbrochenen vollständig entfernen können – wofür sie sehr dankbar war.

Sie fuhr zum Fußballplatz und sicherte sich dort den letzten Parkplatz. Nachdem Ben sie zum Abschied umarmt hatte, rannte er zu seiner Mannschaft, während Daisy Krissa auf die Tribüne setzte, den Rucksack zu ihren Füßen. Ungefähr fünfzehn Minuten später kam Jordan auf sie zu.

»Kannst du hier mal einen Moment warten, während ich mit deinem Vater rede?«, fragte sie Krissa. »Dauert auch nicht lange.«

Krissa nickte. Sie interessierte sich gerade mehr für das Geschehen auf dem Feld als für die Dinge, die die Erwachsenen zu besprechen hatten. Angespannt ging Daisy ihrem Mann entgegen und achtete darauf, dass sie weit genug von allen anderen entfernt waren, damit niemand ihr Gespräch mitbekam.

»Im Rucksack sind Wechselklamotten für Ben«, sagte sie zu Jordan und wies in Krissas Richtung. »Wenn du ihn daran erinnern könntest, wäre ich dir sehr dankbar.«

Erst nachdem sie geendet hatte, fiel ihr ein, dass sie ihn vielleicht auch irgendwie hätte begrüßen können, statt direkt in die logistischen Details einzusteigen.

»Mach ich«, entgegnete er automatisch. »Ich bringe sie um fünf Uhr zurück.«

Sie nickte. »Krissa möchte zum Mittagessen in ein cooles Restaurant. Bei ihr kann das alles bedeuten.«

Er lächelte. »Ich richte mich darauf ein.«

Sie starrten einander an, ehe sie gleichzeitig den Blick abwandten. Daisy hatte keine Ahnung, was sie sagen sollte oder was sie sagen *wollte*. Er war ohne Vorwarnung ausgezogen, sie hatten nicht einmal darüber geredet, und nun lebte er in einem Hotel für Langzeitgäste. Eigentlich hätte es also etwas zu besprechen geben müssen, oder?

Was allerdings noch schlimmer war: Sie wusste nicht, was sie empfand. Eigentlich war sie derzeit zwischen Verwirrung, Angst und Wut hin- und hergerissen. Aber als sie ihm nun gegenüberstand, fühlte sie sich hohl und irgendwie benommen.

»Ich habe Ben gesagt, er soll dem Coach Bescheid geben, wenn er sich nicht wohlfühlt«, fügte sie hinzu. »Vor zwei Tagen lag er noch krank im Bett. Ach, und im Rucksack sind noch zwei Flaschen Wasser. Er muss viel trinken.«

Jordan schob die Hände in die Hosentaschen seiner Jeans. »Noch was?«

»Ich glaube nicht.«

»Dann sehen wir uns später.«

Die knappe Verabschiedung, dieses abrupte Ende, verursachte einen Riss in der Mauer, die sie um ihre Emotionen errichtet hatte, und mit einem Mal brachen alle Gefühle aus ihr heraus. Die Wut schien die Oberhand zu behalten, dicht gefolgt von ihrer enormen Angst. Vermisste er sie überhaupt nicht? War ihm ihr gemeinsames Leben gar nichts mehr wert?

»Jordan«, begann sie, hielt jedoch inne, als er den Kopf schüttelte.

»Nicht jetzt«, sagte er ruhig, und ein flehentlicher Unterton schwang in seiner Stimme mit. »Können wir das bitte verschieben?«

»Auf wann denn?«

»Bald.«

Er drehte sich um und machte sich auf den Weg zur Zuschauertribüne. Krissa winkte ihm zu und zeigte auf den freien Platz neben sich. Jordan ging zu ihr, umarmte sie, und dann sahen sie sich gemeinsam das Spiel an. Daisy lief zu ihrem Wagen.

Als sie im Auto saß, starrte sie durch die Windschutzscheibe, ohne wirklich etwas zu erkennen. Ihr Magen war in Aufruhr, ihr Kopf schmerzte, und sie wusste nicht, wie sie das, was auch immer nicht mit ihrer Ehe stimmte, wieder in Ordnung bringen sollte. Was allerdings noch beunruhigender war: Sie konnte die Probleme nicht einmal benennen, was jedoch eigentlich der erste Schritt sein müsste. Lag es an ihr? Oder an ihm? Taten sie einander irgendwie plötzlich nicht mehr gut? Wie überstanden denn andere Leute solche schwierigen Phasen in ihrer Beziehung?

Sie hatte nur Fragen und keine Antworten. Und noch beängstigender war das Gefühl, dass sie hier die Einzige war, die nach einer Lösung suchte. Aber wenn dem so wäre, gäbe es dann überhaupt noch einen Weg zurück?

4. KAPITEL

Vermutlich war es überflüssig, die Boutique, in der Sage in Beverly Hills arbeitete, als »exklusiv« zu bezeichnen. In diesem Stadtteil war Geld obligatorisch. In den Geschäften regierten teure Labels, und in ihrem Laden waren es italienische Designer.

Als sie beschlossen hatte, in die Staaten zurückzukehren – wobei »beschlossen« eine freie Interpretation der Geschehnisse war –, hatte sie gewusst, dass ein Job im Einzelhandel das Beste für sie wäre. Schließlich hatte sie bereits in Paris, Mailand und Rom in exklusiven Boutiquen gearbeitet. Sie war es gewohnt, mit unglaublich wohlhabenden Frauen umzugehen, die nicht nur Respekt und guten Service erwarteten, sondern jemanden, der verstand, wie schwer es war, sie zu sein.

Obwohl sie die Neue im Geschäft war, machte sie ihre Sache gut. Es gab genug Laufkundschaft, sodass sie immer beschäftigt war, und die erfahrenen Verkäuferinnen hatten es sich angewöhnt, die schwierigeren Kundinnen zu ihr zu schicken. Wenn es wieder einmal so weit war, tat Sage ihr Bestes, um der Herausforderung mit Stil und Raffinesse zu begegnen. Es war zwar nicht sonderlich lustig, sich mit anspruchsvollen Bitches herumzuschlagen, doch sie hatten oft jede Menge Geld, und wenn man es geschafft hatte, eine von ihnen zu zähmen, hatte man eine treue Kundin gewonnen.

Ihre Theorie wurde gerade von einer Dame in den Dreißigern auf die Probe gestellt, die nach einem Kleid für eine Cocktailparty suchte. Bis jetzt hatte Inocencia acht Kleider abgelehnt. Toll war auch, dass ihr lächerlicher, winziger Yorkie auf den Teppich gepinkelt hatte und einfach nicht aufhören wollte zu kläffen.

Die schwarzhaarige, blauäugige Schönheit (Inocencia, nicht der Hund) funkelte sie aufgebracht an.

»Sie sind *keine* Hilfe«, sagte sie, und ihre Stimme wurde bei jedem Wort lauter. »Ich brauche etwas Besonderes. Warum geht das nicht in Ihren Schädel? Kriegen Sie das hin, oder muss ich mich an jemanden wenden, der nicht so dumm ist?«

Die Verachtung in ihren Worten wurde durch die Tatsache abgeschwächt, dass Inocencia nichts trug außer einem Tanga. Sie hatte einen unglaublichen Körper inklusive perfekter Brüste – das Ergebnis exzellenter Schönheitschirurgie.

Sage dachte über ihre Möglichkeiten nach. Allmählich gingen ihr die Kleider in Size Zero aus, aber sie wollte die Kundin auch nicht verlieren. Es war höchste Zeit, ihr etwas zu bieten.

»Es muss schwierig sein, etwas Außergewöhnliches zu finden, wenn man schon so viele wundervolle Kleider besitzt«, sagte Sage, bevor sie auf Italienisch weiterredete. *»Sono assolutalmente d'accordo.«*

Inocencia starrte sie argwöhnisch an. »Was haben Sie gesagt?«

Sage blinzelte unschuldig, bevor sie die Hand vor den Mund schlug. »Oh nein!« Sie ließ die Hand sinken. »Es tut mir leid. Ich spreche noch immer manchmal italienisch. Natürlich ist es nicht meine Muttersprache, aber ich bin erst vor ein paar Wochen in die Staaten zurückgekehrt.« Sie lächelte gewinnend. »Ich sagte, ich stimme Ihnen vollkommen zu.«

»Sie haben in Italien gelebt?«, fragte Inocencia.

»Ja. Ich bin nach der Highschool nach Europa gegangen. Zuerst habe ich in Paris gearbeitet, dann in Mailand und schließlich in Rom. Es ist schön, wieder zu Hause zu sein, aber es ist doch eine Umstellung.« Sie lachte. »Ich habe vergessen, dass wir in L. A. überall mit dem Auto hinfahren. In Europa gehen alle Leute zu Fuß. Das fehlt mir. Und die Geschichte. Vor allem in Rom. An jeder Ecke steht ein wundervolles Denkmal. Und hier? Bloß Werbetafeln.«

Inocencia entspannte sich. »Sie waren dort im Einzelhandel tätig?«

»Ja. In verschiedenen Designer-Boutiquen. Es war unglaublich aufregend, mitzuerleben, wie die Kleider kreiert und dann produziert wurden. Alles dort war Couture. Ich wünschte, ich könnte Ihnen eines der Kleider anbieten.« Sie senkte die Stimme. »Nicht jeder, der sich diese Mode leisten kann, kann sie auch tragen.«

Dass Inocencia plötzlich lächelte, war ein Schock. »Einige meiner Freundinnen versuchen, sich in Kleider zu zwängen, die sie *nicht* tragen sollten. Sie sollten ihre dicken Hintern lieber ins Fitnessstudio schwingen, stimmt's?«

Sage kam ihr näher und senkte wieder die Stimme. »Hinten haben wir noch ein paar Kleider, die für einige exklusive Kundinnen zurückgehalten werden. Aber ich denke, diese Kleider würden eher Ihrem Stil entsprechen. Ich kann ja mal schauen, ob ich da etwas für Sie arrangieren kann.«

Inocencia bückte sich und hob ihren Hund hoch. »Das würde uns freuen. Danke, Sage.«

»Selbstverständlich.«

Sage verließ den Umkleidebereich und ging in das Hinterzimmer des Geschäfts. Es gab keine Kleider, die für besondere Kundinnen zurückgehalten wurden – nur ein paar Stücke, die noch nicht ausgepackt und nach vorn gehängt worden waren. Sie fand zwei Kleider, die der Kundin gefallen könnten. Als sie sie gerade mitnehmen wollte, kam die Geschäftsführerin in das kleine Lager.

»Ich habe Ihr Verkaufsgespräch zum Teil mitbekommen«, sagte Berry leise.

Sage erstarrte. Sie war sich nicht sicher, wie die Managerin reagieren würde. Zwar konnte sie ihre kleine Notlüge damit rechtfertigen, dass sie den Verkauf nicht hatte gefährden wollen – doch Lüge blieb Lüge.

Berry lächelte. »Sehr gut. Inocencia ist bekannt dafür, wie schwierig sie ist, und sie ist keine Stammkundin. Ich würde sie gern öfter in unserer Boutique begrüßen. Wenn das hier funktionieren sollte und sie Sie als ihre Stammverkäuferin haben möchte, würden Sie mit ihr fertigwerden?«

Sage dachte an all die Frauen, denen sie im Laufe der Jahre geholfen und die sie beraten hatte. Es hatte die Brüller, die Heuler, die Kundinnen gegeben, die von ihr erwartet hatten, dass sie ihnen etwas zum Mittagessen besorgte, ihnen die Füße massierte, hinter ihren Kindern oder Hunden herräumte oder ihnen an einem Samstagabend um einundzwanzig Uhr innerhalb einer halben Stunde ein passendes Abendkleid lieferte.

»Kinderleicht«, sagte Sage zu ihrer Chefin.

»Das höre ich gern.«

Berry half ihr mit den Kleidern. Sie trugen sie in den Umkleidebereich, wo Inocencia saß und auf ihrem Handy herumtippte. Sie sprang auf, als Sage mit dem ersten Kleid hereinkam. Berry folgte ihr.

»Ich habe Sage gesagt, dass sie die Kleider nehmen kann. Ausnahmsweise. Weil Sie es sind.«

Inocencia lächelte stolz. »Ich bin schließlich eine gute Kundin bei Ihnen.«

»Nachdem Sie sich in diesen Kleidern gesehen haben, werden Sie der Meinung sein, eine Entourage verdient zu haben«, sagte Sage lachend.

Berry entschuldigte sich und zog sich zurück. Dreißig Minuten später hatten Inocencia und ihr Hund gute zwanzigtausend Dollar für Kleider ausgegeben, und Sage hatte eine neue Stammkundin gewonnen. Es hatte sie lediglich ein bisschen Zeit gekostet und die Herausgabe ihrer Handynummer, sodass Inocencia jederzeit durchklingeln konnte, um »sie wissen zu lassen, wann sie wieder einmal vorbeikommen wollte«.

Sage machte die Rechnung für die Kleider fertig und begleitete Inocencia zu ihrem Wagen. Kurz darauf kehrte sie in den Umkleidebereich des Geschäfts zurück, um die ungefähr zwölf Kleider zurückzuhängen, die Inocencia nicht hatte haben wollen, und holte dann den Teppichreiniger, um sich um das Hundemalheur zu kümmern. Inocencia war eine schwierige Kundin, doch sie gab viel Geld für Kleidung aus, also war es die Mühe wert. Sage redete sich ein, dass es eine wundervolle Chance für sie war. Sie musste Inocencia nur genug Aufmerksamkeit schenken und durfte es nicht vermasseln – wie sonst immer –, dann würde alles gut werden. Sie wollte sich gerade für ein paar Minuten in den Pausenraum zurückziehen, als Berry sie zu sich heranwinkte.

»Das hier wurde für Sie abgegeben«, sagte sie und reichte ihr eine weiße Geschenkverpackung mit einer leuchtend pinkfarbenen Schleife.

Stirnrunzelnd betrachtete Sage das Geschenk. »Interessant.«

»Ein Verehrer?«, fragte Berry neckend.

»Schön wär's. Leider nein. Ich hatte noch nicht mal genug Zeit, um richtig auszupacken, geschweige denn, jemanden kennenzulernen.«

Sie hob den Deckel der Verpackung hoch und erblickte eine Flasche Tequila, ein paar Limetten und eine Nachricht.

Ich war unverschämt. Wollen
wir heute Abend etwas trinken, damit ich mich persönlich entschuldigen kann?
Adam

Er hatte seine Handynummer dazugeschrieben.

»Offenbar haben Sie doch einen Verehrer«, bemerkte Berry.

»Ich weiß nicht, ob ich es so nennen würde. Er ist mein Nachbar.«

»Nähe kann gut und schlecht sein.«

»Das stimmt.«

Sie nahm die Schachtel mit in den Pausenraum und las sich die Nachricht noch einmal durch. Sie wusste es zu schätzen, dass er sich die Mühe gemacht hatte und dass ihm aufgefallen war, dass er sie verärgert hatte, auch wenn ihr Bauchgefühl ihr bereits gesagt hatte, dass er seine Bemerkung gar nicht so gemeint hatte.

Als sie Kinder gewesen waren, war Adam ihr Freund gewesen. Sie war sich nicht sicher, was sich nun verändert hatte, und auch nicht, ob es eine Rolle spielte. Tatsächlich war sie einsam, hatte keine Freunde. Sie war nach Hause gekommen, weil sie keine anderen Möglichkeiten gehabt hatte, und ihre Aussichten waren nicht gerade rosig. Dass jemand ihr die Hand reichte, fühlte sich ziemlich gut an.

Sie schrieb ihm eine Antwort.

Danke für den Tequila. Ich habe um sieben Uhr Feierabend.

Sofort tauchten drei Punkte auf dem Display auf.

Ich wärme schon mal den Mixer vor. Danke, dass du mir noch eine zweite Chance gibst.

Sie lächelte, als sie ihr Handy zur Seite legte.

Daisy kam in den Umkleideraum, dehnte den Nacken und versuchte, die Verspannungen in ihrem Rücken zu lösen. Die Operation hatte lange gedauert, denn ihre siebenjährige Nierenpatientin hatte völlig unerwartet noch am Dickdarm operiert werden müssen.

Angesichts der schwachen Konstitution der kleinen Patientin hatte Daisy sich Sorgen wegen der verlängerten Vollnarkose gemacht. Aber Molly hatte alles gut überstanden. Daisy war im Aufwachraum bei ihr geblieben, bis sie wieder ansprechbar war. Nachdem sie sich vergewissert hatte, dass Mollys Atmung gleichmäßig und stark war und dass die Kleine keine Schmerzen hatte, hatte sie sie dem kompetenten Team der Aufwachstation überlassen.

Sie machte ihren Spind auf, holte ihr Handy hervor und sah, dass sie einen Anruf ihres Vaters verpasst hatte. Sie drückte die Wahlwiederholung, um ihn zurückzurufen, und ließ sich auf die Bank sinken.

»Hey, Dad«, sagte sie. »Ich hatte eine OP.«

»Das habe ich mir schon gedacht. Ist alles gut gelaufen?«

Sie lächelte. »Meine Patientin hat das toll gemacht, und es geht ihr gut. Also, was ist los?«

Noch während sie die Frage stellte, bemerkte sie, wie ihre Anspannung wuchs. Ihr Vater war vor ein paar Jahren in den Ruhestand gegangen und nach Hawaii gezogen. Dort war ihm allerdings schnell bewusst geworden, dass er noch nicht bereit war, seinen Job an den Nagel zu hängen. Also hatte er sich einer kleinen Praxis auf Maui angeschlossen. Er arbeitete ein paar Tage die Woche und kam regelmäßig nach L. A., um seine Tochter zu besuchen.

Nicht jetzt, schoss es ihr durch den Kopf. Sie spürte, wie ihre Verzweiflung anstieg. Wenn ihr Dad in der Stadt wäre, könnte sie die derzeitige Situation mit Jordan wohl kaum geheim halten. Auch wenn ihr Vater oft im *Bel Air Hotel* übernachtete, wäre er doch nahe genug an der Familie, um mitzubekommen, dass es ein ernstes Problem gab. Da sie nach wie vor keine Ahnung hatte, was mit Jordan los war, bezweifelte sie, dass sie ihrem Vater die Sache erklären könnte.

»Ich rufe wegen Cassidy an«, begann ihr Vater. »Es gab einen Unfall.«

»Was? Wann?«

Daisy versuchte, sich daran zu erinnern, ob sie wusste, wo ihre Halbschwester sich derzeit aufhielt. Cassidy war Reisejournalistin. Obwohl sie eine Wohnung in Miami hatte, besuchte sie oft exotische Orte. Hatte Sage nicht irgendetwas über Patagonien erwähnt?

Da sie Schwestern waren, hätte man meinen sollen, dass Daisy und Cassidy in Kontakt geblieben wären, aber dem war nicht so. Auch wenn sie denselben Vater hatten, standen sie sich nicht gerade nahe. Cassidy war acht Jahre jünger als Daisy. Früher einmal hatten sie ein sehr enges Verhältnis gehabt. Doch nach der Scheidung war mit einem Mal alles anders gewesen. Sage war die geliebte, lustige Schwester gewesen, während Daisy nur noch toleriert worden war.

»Vor ein paar Tagen«, antwortete ihr Vater und holte sie zurück in die Gegenwart. »Sie ist beim Wandern in Patagonien gestürzt, hat sich einige Knochen gebrochen und vermutlich eine Gehirnerschütterung zugezogen. Es ist schwierig, es so genau zu sagen, weil ihr Arzt kaum englisch spricht und mein Spanisch grottenschlecht ist. Desean war auch dort. Er hat mir erzählt, was passiert ist. Er bleibt bei ihr, bis sie im Flugzeug nach Hause ist.«

»Wer ist Desean?«

»Ihr Freund.« Wallace klang überrascht, weil sie das nicht wusste. »Keine Ahnung, ob sie selbst ihn so bezeichnen würde, aber sie sind seit einer Weile zusammen. Ich habe ihn bei meinem letzten Besuch bei Cassidy kennengelernt. Er ist ein netter Kerl, und ich mag ihn. Er meinte, er würde sie zum Flugzeug bringen, das ich gechartert habe.«

»Um sie zurück nach Miami zu fliegen?«

»Nein. Nach Los Angeles. Sie braucht eine Rund-um-die-Uhr-Betreuung – und einen Platz, an dem sie bleiben kann. Ich nehme an, dass ich sie ins Haus bringen lassen kann.«

Daisy unterdrückte ein Stöhnen. Es gab nur ein Haus der Familie – und in ebendiesem wohnte sie.

Obwohl ihr Vater eigentlich wusste, dass sie und Cassidy seit Jahren kein gutes Verhältnis hatten, hatte er sich immer gewünscht, sie würden besser miteinander auskommen und sich näherstehen. Sie waren »seine Mädchen«, wie er sie noch immer nannte. Selbst nach der Scheidung hatte er noch den Kontakt zu Sage aufrechterhalten und sie sogar einige Male in Europa besucht.

»Dad, nein«, begann sie, unterbrach sich dann jedoch. Sie konnte nicht ablehnen. Das Haus war groß genug, und Cassidy war Teil der Familie. Wallace wollte sich um seine Tochter kümmern – Ende der Geschichte.

In ihrem Kopf überschlugen sich die Gedanken. Fieberhaft überlegte sie, wie lange sie die Trennung geheim halten könnte, was sie den Kindern erzählen sollte und wie gemein Cassidy zu ihr sein würde. Doch sie ignorierte diese Gedanken. Stattdessen ermahnte sie sich, sich zusammenzureißen. »Wann kommt sie?«, fragte sie.

»In zwei Tagen. Ich werde dir die Einzelheiten mailen – und noch einige Ideen zur Krankenpflege. Ich kann leider so schnell nicht frei machen. Ich habe zu viele Patienten zu betreuen. Aber ich komme, so schnell ich kann.«

»Kein Grund zur Eile, Dad. Wir kommen schon zurecht.« Eine Lüge, doch im Augenblick musste sie verhindern, dass ihr Vater auch noch in L. A. auftauchte.

»Danke, Daisy. Ich werde Joanne Bescheid geben. Wenn du es Sage sagen könntest, wäre ich dir dankbar. Hast du ihre Nummer?«

»Ich glaube nicht.«

»Ich werde sie dir schicken. Zusammen mit den Flugdaten, sobald ich sie habe. Zwar ist es traurig, dass Cassidy einen Unfall hatte, aber ich freue mich, dass ihr drei Mädchen auf diese Weise die Chance bekommt, Zeit miteinander zu verbringen. Es ist lange her, seit ihr das zuletzt tun konntet.«

Das haben wir nie getan, dachte sie grimmig. Sie und Cassidy hatten sich nahegestanden, und dann hatten Cassidy und Sage sich zusammengetan.

Plötzlich kam ihr ein unangenehmer Gedanke. Was wäre, wenn Cassidy und Sage sich noch immer so gut verstanden? Das würde bedeuten, dass auch Sage bei ihr auftauchte, wenn Cassidy im Haus gepflegt wurde. Außer, Sage wäre schon nach Italien zurückgekehrt. Was für eine Erleichterung das wäre …

»Ist Sage denn noch in L. A.?«, erkundigte Daisy sich. »Ich dachte, sie würde in Rom leben.« Das hatte sie zumindest Krissa erzählt.

»Nicht mehr. Sie ist zurück in Los Angeles und lebt bei Joanne.«

Oh, welch Freude, dachte Daisy.

»Ich werde Esmerelda Bescheid sagen«, erklärte sie und bemühte sich, sich ihren Missmut nicht anmerken zu lassen. »Ich glaube, das Gästezimmer oben würde sich anbieten. Es hat große Fenster und bietet viel Platz.«

»Das ist eine gute Idee. Die Ärzte schicken mir eine Kopie ihres Krankenberichts. Ich werde ihn dir weiterleiten, sobald ich ihn bekomme. Nachdem du einen Blick in den Bericht geworfen hast, kannst du dir ein Bild davon machen, was sie brauchen wird. Esmerelda kann dann alles vorbereiten.«

»Kein Problem, Dad. Wir machen das schon.«

Sie unterhielten sich noch ein paar Minuten, ehe sie sich verabschiedeten. Daisy blickte auf ihr Handy und wünschte sich, sie hätte einfach Nein gesagt. Doch das hatte sie nicht tun können …

»Verdammt, Dad!«

Sie stand auf, steckte ihr Handy in die Handtasche und versuchte zu verarbeiten, dass sie sich gerade hatte ausnutzen und manipulieren lassen. Es hatte keinen Grund für ihren Vater gegeben, sie zu bitten, Sage von Cassidys Unfall zu erzählen. Denn er selbst hatte gesagt, dass Sage bei ihrer Mutter lebte und dass er Joanne Bescheid geben würde. Zweifelsohne würde Joanne ihrer Tochter von dem Unfall erzählen. Aber er hatte sie, Daisy, versprechen lassen, sich mit Sage in Verbindung zu setzen.

Sie hörte das Geräusch, das erklang, wenn sie eine Textnachricht bekam. Wahrscheinlich stammte die Nachricht von ihrem Vater, der ihr die Kontaktdaten von Sage schickte. Und weil sie es versprochen hatte, würde sie sie auch anrufen müssen – denn sie hielt ihre Versprechen.

Sie war sechsunddreißig Jahre alt, und ihr Vater mischte sich noch immer in ihr Leben ein. Eines Tages würde sie sich mit diesem Problem beschäftigen müssen. Doch im Augenblick war die Tatsache, dass ihre Halbschwester bei ihr einziehen würde, das deutlich drängendere Problem. Daisy würde mit ihren Verletzungen zurechtkommen müssen, mit den Krankenschwestern, die ein und aus gehen würden, und damit, dass sie mit jemandem unter einem Dach leben würde, der sie nicht ausstehen konnte. Und gleichzeitig würde sie versuchen müssen, vor allen geheim zu halten, dass ihr Mann ausgezogen war. Der Mann, der früher einmal mit ihrer ehemaligen Stiefschwester zusammen gewesen war – der Stiefschwester, die während Jordans und ihrer Hochzeit lauthals verkündet hatte, dass sie Jordan für immer lieben würde.

»Später gibt's ein Glas Wein«, versprach Daisy sich selbst. »Und vielleicht auch Schokolade.«

Denn an manchen Tagen war das alles, was sie davon abhielt, den Verstand zu verlieren.

Sage kam in ein verlassenes Haus zurück. Erleichtert, dass sie sich nicht mit ihrer Mutter auseinandersetzen musste, ging sie in ihr Zimmer und zog sich Jeans und ein T-Shirt an. Zwar war sie ein wenig aufgeregt, wenn sie an den Abend mit Adam dachte, aber das würde sie ihm gegenüber natürlich niemals zugeben. Und sie hatte gelernt, dass man einem Mann am besten zeigen konnte, dass der Abend mit ihm einem nichts bedeutete, wenn man sich so kleidete, als wäre es einem egal, wie man aussah.

Sie ging ins Badezimmer, um sich die Haare zu kämmen, bevor sie sie zu einem schlichten Zopf zusammenband. Dabei versuchte sie, nicht auf die kleinen Fältchen zu achten, die sich um ihre Augen bildeten. Sie wusste, dass sie noch immer gut aussah. Doch wie lange noch? Fünf Jahre? Sie musste anfangen, Geld zu sparen, um ein paar vorbeugende Maßnahmen durchführen zu lassen. Das würde sie auf jeden Fall auf ihre Liste der Dinge schreiben, die sie tun würde, sobald sie Geld hätte – zusammen mit dem Kauf eines Apartments und dem Anlegen eines Sparkontos.

»Aber darüber werde ich jetzt nicht nachdenken«, flüsterte sie, ehe sie in ihr Zimmer zurückging und sich die Flasche Tequila und die Limetten schnappte.

Sie lief rüber zu Adam und klopfte an seine Haustür. Er machte ihr auf und lächelte sie an.

»Ich habe den Mixer schon angeschlossen«, sagte er und trat zur Seite, damit sie ins Haus kommen konnte.

Sie hob die Flasche Tequila und die Limetten hoch. »Gut, denn wir sollten das hier nicht verkommen lassen.«

Er führte sie in die Küche. Aus den Augenwinkeln bemerkte sie die neuen Geräte und die Ledermöbel im offenen Wohn-Ess-Bereich.

Adam war größer und auch viel muskulöser als damals auf der Highschool. Vermutlich machte er Krafttraining.

Sie nahm auf einem der Hocker an der Kücheninsel Platz. Adam goss derweil etwas von dem Tequila in den Mixer, gab Limettensaft dazu, Zuckersirup, Orangenlikör und Eis. Während der Mixer lief, holte Adam Gläser aus dem Gefrierschrank.

Kurz darauf hielt sie eine eiskalte Margarita in der Hand. Adam schenkte sich selbst auch ein, setzte sich neben sie und stieß mit ihr an.

»Auf alte Freunde.« Er zog einen Mundwinkel hoch. »Damit meine ich Freunde, die einander schon lange kennen. Ich will damit nicht sagen, dass du alt bist.«

»Gut, denn sonst hätte ich dir leider eine reinhauen müssen, und da du niemals zurückschlagen würdest, würdest du ganz schön in der Patsche sitzen.«

»Willst du mir damit sagen, dass ich keine Mädchen hauen darf?«

Sie grinste. »Ich will damit sagen, dass es nicht dein Stil ist.« Sie war sich nicht sicher, warum sie davon ausging, doch es war so.

»Du hast recht«, gab er zurück und seufzte. »So ist es.«

»Willst du denn Frauen schlagen?«

»Nein!« Er klang aufrichtig schockiert. »Wieso fragst du mich das?«

»Damit hast du bewiesen, dass ich recht habe.« Sie nahm einen Schluck von ihrem Drink. »Schön. Woher wusstest du, wo ich arbeite?«

»Ganz einfach. Ich habe deine Mom gefragt.«

»Ich bin überrascht, dass sie es dir verraten hat.«

»Na ja, ich habe ihr damit gedroht, ihr das Internet abzuschalten, falls sie es nicht tut.«

»Kannst du das?«

»Nur wenn ich mit einem Schraubendreher die Verbindung in der Kabelbox lösen würde, die für gewöhnlich versiegelt ist. Also, nein, das geht nicht so einfach. Aber ich dachte mir, dass sie es mir abkaufen würde.«

»Und das hat sie auch getan.« Sage wandte sich ihm zu, damit sie ihn ansehen konnte. »Nachdem du jetzt weißt, wo ich arbeite … Was machst *du* eigentlich?«

»Ich richte Clouds für Unternehmen ein.«

Sie dachte an ihr Smartphone und wie es ein Back-up startete, wenn sie es an die Stromversorgung anschloss. »Das ist eine Art externe Speicherung, oder?«

»Sozusagen. Willst du eine detaillierte Erklärung hören?«

»Nein, nicht wirklich.«

Er lachte leise. »Gut zu wissen. Unternehmen engagieren

mich, um Clouds für sie zu erstellen. Ich bin ein unabhängiger Dienstleister, deshalb arbeite ich von zu Hause aus.«

»Gefällt dir dein Job?«, erkundigte sie sich.

»Ja.«

»Wird er auch gut bezahlt?«

Er zog eine Augenbraue hoch. »Brauchst du einen Kredit?« Er zuckte zusammen. »Sorry, das kam jetzt falsch rüber.«

Sie sah ihn an. »Ja, stimmt. Ich versuche hier, eine Unterhaltung zwischen Erwachsenen zu führen. Es ist einfach schön, einen Job zu haben, den man mag und mit dem man auch noch seinen Lebensunterhalt bestreiten kann.«

»Du hast recht. Und, ja, der Job ist gut bezahlt.«

Er erhob sich und nahm ein Schälchen mit Guacamole aus dem Kühlschrank, bevor er Tortillachips in eine Schüssel gab.

»Ich habe Hühnchentaquitos besorgt, falls du Lust hast?«

Ihr knurrte der Magen. Irgendwie hatte sie ganz vergessen, zu Mittag zu essen.

»Ich liebe Taquitos.«

Er gab einige Taquitos auf ein Backblech und schob es in den Ofen. Dann nahm er den Küchenwecker in Form einer Tomate und stellte ihn.

»Möchtest du in den Garten?«, fragte er.

Sie nickte und nahm ihr Getränk und die Schüssel mit den Chips. Er brachte die Guacamole, seinen Drink und den Küchenwecker mit.

Seine Terrasse war größer als die ihrer Mom. Der Boden bestand aus mexikanischen Steinfliesen. Der Sitzbereich war überdacht. Neben dem Tisch, an dem er arbeitete, gab es noch zwei Sessel, einen runden Esstisch und vier Stühle. Sie nahm Platz. Adam ließ sich ihr gegenüber auf einen Stuhl sinken.

Sie drehte den Kopf und warf einen Blick über den niedrigen Zaun zwischen ihren Grundstücken. »Warum sehen Häuser so anders aus, wenn man sie aus dem Blickwinkel eines anderen Menschen betrachtet?«

»Das liegt nur am Licht.«

Sie lächelte und blinzelte zur Rückseite des Hauses ihrer Mom hinüber. »Ist das mein Schlafzimmer?«

»Ja.«

Sie sah ihn an. »Du kannst in mein Schlafzimmer gucken?«

»Allerdings. Inzwischen bin ich zwar erwachsen, aber als Teenager war es mein allabendliches Highlight, in dein Fenster zu schauen – das gebe ich zu.«

Sie dachte darüber nach, wie viele Stunden sie in ihrem Zimmer verbracht hatte. Sie hatte ihre Hausaufgaben gemacht, sich mit ihren Freundinnen unterhalten, sich umgezogen.

Irritiert blickte sie zwischen ihm und ihrem Fenster hin und her. »Du hast mich ausspioniert?«

»Und ich habe verzweifelt gehofft, dass du deine Kleider ausziehst.«

»Habe ich das getan?«

»Manchmal.« Er lehnte sich auf seinem Stuhl zurück. »Das waren die besten Tage. Du warst meine Lieblingsmasturbationsfantasie.« Er hob sein Glas. »Ich war damals sechzehn. Inzwischen bin ich weiser und kann sagen, dass mein Verhalten falsch und sexistisch war und dass ich es nie wieder tun würde.«

»Masturbieren? Oder in mein Fenster starren?«

Seine Mundwinkel zuckten verdächtig, als würde er versuchen, nicht zu grinsen. »In dein Fenster starren.«

Ein ehrlicher Kerl, dachte sie. Sie wusste, wie selten man solche Menschen traf.

»Also hast du mich schon nackt gesehen.«

In seinen Augen blitzte etwas auf. »Das ist zwar schon lange her, aber … ja.«

»Ich weiß nicht, was ich davon halten soll.«

»Vielleicht fühlst du dich ja geschmeichelt?«, fragte er hoffnungsvoll. »Du bist sehr hübsch. Die nächste Frau, die ich nackt sah, war weit weniger beeindruckend. Natürlich hatte sie

Lust auf Sex mit mir, also hätte sie auch wie ein Sack Kartoffeln aussehen können und ich wäre begeistert gewesen.«

»Bist du inzwischen etwas anspruchsvoller?«

»Ja. Und du bist immer noch das Maß aller Dinge, an dem meine Geliebten gemessen werden.«

Sie zuckte zusammen. »Tu das nicht. Keine erwachsene Frau sollte mit ihrem sechzehnjährigen Ich verglichen werden.«

Der Küchenwecker schrillte, und Adam ging rein, um die Taquitos zu holen. Unwillkürlich fragte sie sich, welche Laune der Natur eine Gesellschaft erschuf, in der Frauen nach ihrer Schönheit und Männer nach ihrer Stärke und Macht beurteilt wurden. Sie vermutete, dass es etwas mit der Fortpflanzung zu tun hatte. Was jedoch vor zehntausend Jahren funktioniert hatte, hatte inzwischen seinen Reiz verloren.

Adam kehrte mit einem Teller zurück, auf dem er die knusprigen Snackrollen aufeinandergeschichtet hatte. Er lächelte, als er den Teller zwischen sie auf den Tisch stellte.

»Warum arbeitest du im Verkauf?«

»Weil ich keine Ausbildung zum Jetpiloten habe«, entgegnete sie und nahm sich einen Taquito. Sie spielte mit dem Gedanken, vielleicht ihren Job als Nachhilfelehrerin zu erwähnen, doch auch das war nicht sonderlich beeindruckend.

»Ernsthaft. Warum? Du bist reich. Du musst nicht arbeiten.«

Sie leckte sich die Fingerspitzen ab und starrte ihn an. »Ich bin nicht reich. Wie kommst du darauf? Ich bekomme ein bisschen Unterhalt von meinem Ex-Mann, und das war's. Ich bezahle meiner Mom Miete, und ich esse ab und zu ganz gern – und das bedeutet, dass ich Geld ranschaffen muss.« Sie runzelte die Stirn. »Nicht im Sinne von Prostitution natürlich …«

»Ich bin davon ausgegangen, dass du reich geheiratet hast«, sagte er und hob die Hand. »Nicht im Sinne von Prostitution natürlich. Nur in dem Sinne, dass hübsche Frauen dazu neigen, sich zu wohlhabenden Männern hingezogen zu fühlen.«

»Hat nicht funktioniert. Mein erster Ehemann war Rennfahrer. Aber er hatte einen Unfall. Und wenn man keine Rennen mehr fahren kann, kann man auch kein Geld mehr verdienen. Mein letzter Ehemann hat mir den *Eindruck* vermittelt, reich zu sein, doch er war ein Lügner.«

Und das ist echt bitter, dachte sie. Sie musste sich zusammenreißen und ermahnen, dass sie diese Enttäuschung hinter sich gelassen hatte, und nahm sich noch einen Taquito.

»Für ein Mädchen mit normalem Einkommen hast du einen schönen Wagen«, stellte er fest, schnappte sich einen Taquito und tunkte ihn in die Guacamole.

Sie lächelte bei der Erwähnung ihres 3er BMWs. »Sie ist eine Schönheit, oder? Sie hat mich eine *Hermès* Birkin Bag aus Krokodilleder gekostet, aber das war sie wert.«

Adam runzelte die Stirn. »Ich habe kein Wort verstanden«, gab er zu.

»Ich habe eine Handtasche verkauft und mir von dem Geld einen Gebrauchtwagen gekauft.«

»Keine Handtasche ist so teuer wie ein Auto.«

»Sagt der Experte für Damenaccessoires?«

Seine Verwirrung wich völliger Verblüffung. »Aber es ist doch nur eine Handtasche. Meine Mom hat auch eine Handtasche. Wie kann es eine geben, die dreißig- oder vierzigtausend Dollar wert ist?«

»Es ist eine Birkin Bag. Eine Birkin Bag aus Krokodilleder.«

»Aber …«

Sie tätschelte ihm die Hand. »Du musst mir schon glauben. Wenn ich weg bin, kannst du es im Internet recherchieren. Dann kannst du dich später bei mir entschuldigen.«

Er wirkte noch immer geschockt. Irgendwie fand Sage das süß. Es gefiel ihr, dass die Welt der High Fashion und der lächerlich überteuerten Preise ihm so fremd war. Ohne Zweifel würde er davon ausgehen, dass sie die Tasche von einem ihrer Ehemänner bekommen hatte. Das war in Ordnung für sie. Sie sah keinen Grund, warum sie ihm erklären sollte, wie sie sich die Tasche verdient hatte. Sie genoss seine Gesellschaft, kannte ihn jedoch noch nicht gut genug, um ihm ein solches Geheimnis anzuvertrauen.

»Du lebst ein Leben, das meine Vorstellungskraft sprengt«, gab er zu.

»Das habe ich mal. Aber jetzt ist es anders. Jetzt bin ich ein ganz normaler, durchschnittlicher Mensch.«

»Und? Wie fühlt sich das an?«

Auf keinen Fall würde sie in diese Falle tappen und ihr Versagen zugeben. Daher schenkte sie ihm ein strahlendes Lächeln. »Ich bin jetzt bereit, wieder in den Staaten zu leben. Zwar bin ich nicht gerade begeistert darüber, noch mal neu anfangen zu müssen, doch dieses Mal bin ich fest entschlossen, bessere Entscheidungen zu treffen. Und jetzt haben wir genug über mich gesprochen. Erzähl mir etwas über dich, Adam. Lebst du hier allein?«

Er lächelte. »Ich hätte dich nicht auf einen Drink zu mir eingeladen, wenn ich mit jemandem zusammen wäre.« Er nahm sein Glas in die Hand. »Ich möchte klarstellen, dass das nur der Information diente, denn ich gehe nicht davon aus, dass unser Beisammensein hier mehr als freundschaftlicher Natur ist. Ich bin intelligent genug, um meinen Platz im Universum zu kennen – und der ist nicht bei Menschen wie dir.«

Sie wartete auf die Spitze, die sicherlich noch folgen würde, aber er schien zu dem Thema tatsächlich nichts weiter zu sagen zu haben.

»Was soll das bedeuten?«, fragte sie vorsichtig.

»Dass du du bist und ich bin ich.«

»Also können wir kein Paar sein, Freunde allerdings schon?«

Er lächelte wieder. »Sollte ich so viel Glück haben?«

»Du machst dich über mich lustig.«

»Nur ein bisschen. Und auf eine nette Art und Weise.«

»Warum bist du nicht verheiratet?«

»Ich war es. Meine Frau ist vor zwei Jahren gestorben.«

Damit hatte Sage nicht gerechnet. »Das tut mir leid«, sagte sie automatisch. »Damals hast du auch das Haus von deiner Mom gekauft.«

»Stimmt. Ich brauchte einen Tapetenwechsel, wie man so schön sagt. Sie hatte einen unentdeckten Herzfehler. Eines Tages stand sie von ihrem Schreibtisch auf, hatte einen Herzinfarkt und starb.«

»Das muss schrecklich gewesen sein.«

»Ja, das war es.«

»Ich habe noch nie jemanden auf diese Weise verloren«, gab sie zu. »Durch den Tod. Was dem am nächsten kommt, war der Verlust meines Vaters. Er verschwand einfach und ließ mich und meine Mom zurück – doch das ist schon sehr lange her.«

»Das war sicher auch schwer.«

»Ja. Genau wie die Scheidungen.«

»Von dem Rennfahrer und dem italienischen Ehemann.«

Es hatte da auch noch Ellery gegeben. Über ihn sprach sie jedoch mit niemandem. »Er war ein Graf. Oder *Conte*, wie man auf Italienisch sagt.«

»Dann warst du seine *Contessa*?«

Sie lachte. »Ja, das war ich ungefähr fünfzehn Minuten lang.«

»Klingt aufregend.«

»In gewisser Hinsicht war es das. Seine Familie besitzt ein sehr altes Haus und große Ländereien. Imposante Vergangenheit, lange Tradition. Aber es gab auch leckende Dächer, alte Rohre und eine Rattenplage.« Sie erwähnte nicht, dass er sie für eine ältere Dame abserviert hatte, die mehr Geld als der gesamte Staat Dänemark besaß. Das hatte sehr lange an ihr genagt.

»Also war es nur von außen betrachtet romantisch.« Er nahm sich noch einen Taquito. »Siehst du Daisy ab und zu mal?«

Bis vor ein paar Tagen hätte sie noch gesagt, dass sie sie seit der Highschool nicht mehr gesehen hätte und dass es ihr damit durchaus gut gehen würde. Sie wäre auch gut damit zurechtgekommen, ihre ehemalige Stiefschwester für den Rest ihres Lebens nicht mehr wiederzusehen. Doch ihr war bewusst, wie furchtbar es klingen würde, so etwas laut auszusprechen. »Erst letzte Woche. Warum? Steht ihr euch nahe?«

»Überhaupt nicht. Ich habe sie seit der Highschool nicht mehr gesehen.«

»Sie ist verheiratet und hat zwei Kinder. Gerade haben die beiden Kleinen die Grippe.«

»Oh, ich wusste nicht, dass ihr beide noch Kontakt habt. Es ist schön, dass ihr noch befreundet seid. Sie ist toll. Ich mochte sie schon immer.«

Nach allem, was sie erzählt hatte, ging er davon aus, dass sie und Daisy noch eine Beziehung zueinander hatten – und zwar keine, in der man dem anderen die Pest an den Hals wünschte. Aus irgendeinem Grund, der ihr völlig schleierhaft war, wollte Sage, dass er ein positives Bild von ihr hatte. Und das hatte er nun. Doch dass sie ihn angeschwindelt hatte, gefiel ihr nicht. Zwar genoss sie die Zeit mit ihm, aber sie wusste, dass sie nicht länger bleiben konnte. Nicht nachdem sie ihm hier eine Lüge nach der anderen aufgetischt hatte.

Sie trank ihre Margarita aus und erhob sich. »Es war echt schön, Adam. Danke für die Einladung.«

Eigentlich hätte sie damit gerechnet, dass er protestieren und sie zum Bleiben überreden würde, doch er lächelte sie nur an.

»Danke, dass du gekommen bist.«

Sie winkte ihm zu und ging zurück zum Haus ihrer Mutter. Als sie in ihr Zimmer kam, trat sie ans Fenster und schloss sorgfältig die Vorhänge. Dann setzte sie sich auf ihr Bett und schlug die Hände vors Gesicht.

Sie konnte damit umgehen, dass ihr Leben beschissen war – mit nichts anderem hatte sie gerechnet, als sie hierher zurückgekehrt war. Womit sie allerdings nicht gerechnet hatte, war die Tatsache, dass sie keinen Ausweg sah. Damit hätte sie nur umgehen können, wenn sie davon überzeugt wäre, dass nicht *sie* das Problem war. Denn dass sie das Problem war, bedeutete, dass das Einzige, was zwischen ihr und ihrem Glück stand, sie selbst war. Und wie, um alles in der Welt, sollte sie daran etwas ändern?

5. KAPITEL

Daisy wartete, bis die Kinder nach dem Abendessen nach oben gingen, um zu spielen, bevor sie sich mit Esmerelda zusammensetzte.

»Ich werde Ihre Hilfe brauchen«, begann sie.

Esmerelda nickte. »Ich wusste in dem Moment, als Sie durch die Tür kamen, dass etwas nicht stimmt. Was ist los? Geht es um Mr. Jordan?«

»Nein. Um Cassidy. Sie hatte einen Unfall.«

Daisy erzählte ihr alles. Von dem Sturz und Cassidys Rücktransport aus einem Krankenhaus in Patagonien nach Los Angeles.

»Sie wird in zwei Tagen hier sein. Wir müssen ein Zimmer für sie vorbereiten.« Sie gab Esmerelda eine Liste mit der medizinischen Ausrüstung, die sie benötigen würden – inklusive eines Pflegebettes, eines höhenverstellbaren Tisches und eines Podests mit Seitenstützen für die Toilette. »Ich möchte ihr das Gästezimmer im zweiten Stock herrichten. Es ist groß genug, dass sie sich dort auch bequem mit einem Rollstuhl bewegen kann, falls wir einen benötigen sollten. Wir können den Aufzug nutzen, um sie rauf- und runterzubringen.«

Esmerelda überflog die Liste. »Gut. Denn ich möchte mein Zimmer nicht für sie räumen müssen.«

Daisy lachte. »Warum diese Vorbehalte? Sie kennen sie doch gar nicht.« Esmerelda hatte erst lange nach Cassidys Auszug aus Daisys Haus für sie zu arbeiten begonnen.

»Meine Cousine hat mir genug über sie erzählt.« Esmerelda wirkte grimmig. »Ich werde tun, was von mir erwartet wird, aber gefallen muss es mir deshalb noch lange nicht …«

Loyalität hat viele Gesichter, schoss es Daisy durch den Kopf. Sie war dankbar für die Unterstützung. Esmereldas sehr viel ältere Cousine war Daisys und später auch Cassidys Nanny gewesen und hatte Cassidy in guten wie in schlechten Zeiten erlebt. Zwar wollte Daisy gern glauben, dass Cassidy sich geändert hatte, doch sie hatte da so ihre Zweifel. Die Erholungszeit in ihrem Haus würde sich sicherlich endlos hinziehen.

»Ich glaube, es wird alles glattgehen«, schwindelte sie. Dabei wusste sie, dass ihr fröhlicher Tonfall Esmerelda nicht in die Irre führen würde.

Die Haushälterin zog die Augenbrauen hoch. »Wirklich?«

»Manchmal hilft es, das Beste anzunehmen.«

»Viel Glück mit dieser Einstellung.« Esmerelda wedelte mit der Liste herum. »Ich kümmere mich gleich darum. Wir lassen die Möbel aus dem Gästezimmer entfernen, und dann werden die Sachen reingeräumt, die sie brauchen wird. Ich muss wissen, ob sie, was die Ernährung betrifft, besondere Bedürfnisse hat. Danach kann ich alles im Supermarkt besorgen.«

»Ich werde Ihnen Bescheid geben. Sie wird in den ersten Tagen ein paar Krankenschwestern haben, die eine Rund-um-die-Uhr-Versorgung gewährleisten.«

»Kein Problem.« Esmerelda lächelte sie an. »Ich lasse mich nicht aus der Ruhe bringen. Und ich behalte meine Meinung für mich.«

»Geben Sie ihr eine Chance. Vielleicht mögen Sie sie ja sogar.«

»Unwahrscheinlich. Aber warten wir's ab.«

Daisy bedankte sich bei ihr, bevor sie ins Spielzimmer im zweiten Stock ging. Ben und Krissa saßen an einem kleinen Tisch in der Ecke und spielten ein Brettspiel. Als sie hereinkam, blickten sie auf.

»Ich gewinne beim ›Spiel des Lebens‹«, erklärte Krissa stolz.

Ben schnitt eine Grimasse, und Daisy ahnte, dass Krissas bevorstehender Sieg wohl nicht allein an ihr lag. Sie hatte die absolut besten Kinder der Welt – etwas, das sie in den nächsten Wochen nicht vergessen durfte. Vielleicht half ihr der Gedanke, damit fertig zu werden, dass Cassidy mit ihr unter einem Dach leben würde.

Sie setzte sich auf einen der Kinderstühle und lächelte. »Ich habe Neuigkeiten für euch«, begann sie.

»Kommt Daddy zurück?«, fragte Krissa hoffnungsvoll. »Ich vermisse ihn so schrecklich.«

Ben beobachtete Daisy aufmerksam, sagte aber kein Wort.

Prompt bekam sie ein schlechtes Gewissen. »Es geht nicht um euren Dad. Eure Tante Cassidy wird eine Weile bei uns wohnen. Ist das nicht toll?«

»Wer ist Tante Cassidy?«, fragte Ben.

»Meine Halbschwester.«

»Sage hat sie neulich erwähnt«, erklärte Krissa ihrem Bruder. »Sage ist Moms Stiefschwester.«

Ben runzelte die Stirn. »Du hast eine Stiefschwester?«

Daisy nickte. »Cassidys und Sages Mutter war eine Zeit lang mit eurem Großvater verheiratet. Cassidy ist ihre gemeinsame Tochter.«

»Das ist kompliziert«, sagte Ben. »Ich glaube, ich habe sie schon mal kennengelernt. Das ist aber schon lange her. Vielleicht war das bei Grandpa.«

»Ich kann mich daran erinnern«, entgegnete Daisy. »Cassidy hatte einen Unfall. Sie ist von einem Berghang gestürzt.«

Ben riss die Augen auf. »Echt? Das ist so cool. Ich meine, ich hoffe, es geht ihr gut.«

Daisy lächelte ihn an. »Sie wird wieder ganz gesund, doch im Moment hat sie noch große Schmerzen und braucht Hilfe. Sie wird im Gästezimmer wohnen, während sie sich erholt und wieder zu Kräften kommt. Zuerst wird sie eine Krankenschwester haben, die sich um sie kümmert.«

»Ob sie dann schlimm aussieht? Sodass man Angst bekommt?«, fragte Krissa und zog die Schultern hoch.

»Sie hat Blutergüsse und Gipsverbände. Eine Weile wird sie Schmerzmittel nehmen müssen und deshalb vielleicht komische Dinge sagen.«

»Ob sie dann aussieht wie ein Monster?«, fragte Ben neugierig.

»Wenn sie kommt, werde ich sie mir erst mal ansehen«, sagte Daisy zu den beiden. »Und dann rede ich mit euch, damit ihr vorbereitet seid. Euer Großvater ist sehr aufgeregt, dass sie bei uns wohnen wird. Er kommt uns in ein paar Wochen besuchen.«

Krissa ging zu Daisy und setzte sich auf ihren Schoß. »Ich will keine Angst vor ihr haben.«

»Ich weiß, Süße. Ich bin bei dir, wenn du sie zum ersten Mal triffst. Wenn man sich ins Gedächtnis ruft, dass es nicht ihre Schuld ist, wie sie gerade aussieht, hilft das bestimmt. Sie ist verletzt. Wie wenn du einen blauen Fleck hast. Manchmal sieht es für andere schrecklich aus, obwohl man selbst sich schon viel besser fühlt.«

Krissa kuschelte sich an sie, und Daisy schlang die Arme um sie.

»Hast du es Dad schon erzählt?«, wollte Ben wissen.

»Ihm werde ich es als Nächstes sagen«, erwiderte sie und achtete darauf, so neutral wie möglich zu klingen. Sie würde Jordan auf jeden Fall mitteilen, was hier los war – allein das *Wie* gab ihr noch zu denken. Ihm eine Nachricht zu schicken kam ihr so distanziert und unpersönlich vor. Aber da sie noch immer nicht miteinander redeten, war sie sich nicht sicher, ob es noch eine andere Möglichkeit gab.

»Daddy hat bei der Arbeit viel zu tun«, sagte Krissa. »Er rettet Tiere.«

»Das stimmt.«

Mittlerweile hatte Daisy sich daran gewöhnt, wie unterschiedlich die Kinder ihre Arbeit wahrnahmen. Tierarzt zu sein war für sie greifbar und nachvollziehbar. Was sie dagegen tat, um ihren Lebensunterhalt zu verdienen, war ihnen nicht so klar. Anästhesie war – zumindest in ihrem Alter – noch ein sehr vager Begriff.

Sie stellte Krissa wieder auf die Füße. »Ich lasse euch mal weiterspielen«, sagte sie, beugte sich vor und gab Ben einen Kuss auf die Wange. »Sobald ich weiß, wann genau Cassidy kommt, sage ich euch Bescheid.«

Die Kinder richteten ihre Aufmerksamkeit wieder auf das Brettspiel, und Daisy ging in die Gästesuite, in der schon bald ihre Halbschwester wohnen würde.

Als sie noch Kinder gewesen waren, war es Daisys Bereich gewesen. Nachdem sie und Jordan in das Elternschlafzimmer umgezogen waren, hatte Daisy das Zimmer zu einem Gästebereich umgestaltet. Jordan hatte sich eigentlich ein Büro gewünscht, doch schließlich selbst zugegeben, dass er gar nicht so viel Platz benötigte. Stattdessen hatte er das ehemalige Arbeitszimmer ihres Vaters im Erdgeschoss übernommen.

Der Wohnbereich der Gästesuite benötigte keine Veränderungen. Sie betrachtete das gemütliche Sofa und den Sessel. Wenn Cassidy wieder mobiler wäre, würde sie es sicher zu schätzen wissen, auch mal das Bett verlassen zu können und trotzdem noch ihren eigenen Bereich zu haben.

Das große Schlafzimmer der Suite befand sich in der hinteren Ecke des Hauses. Es verfügte über ein großes Fenster. Selbst wenn dort ein breites Bett mit Nachttischen und eine Kommode standen, bot der Raum noch genug Platz für all die medizinischen Gerätschaften, die Cassidy benötigen würde.

Daisy sah sich das Badezimmer an. Es gab eine Badewanne und eine ebenerdige Dusche. Der lange Waschtisch verfügte über zwei Waschbecken, und durch den Schrank gab es noch zusätzlichen Stauraum. Ihre Schwester sollte sich hier wohlfühlen – zumindest so wohl, wie sie sich, gefangen in Daisys Haus, fühlen konnte.

Die Panik, die sich allmählich in ihr ausbreitete, beachtete Daisy nicht weiter. Sie und Cassidy waren inzwischen erwachsen. Es gab keinen Grund, anzunehmen, dass ihre Schwester sich unvernünftig verhielt. Okay, es gab zahlreiche Gründe, aber die würde sie ignorieren.

Sie verließ die Gästesuite und ging in ihr Büro. Der Fußmarsch von einem Ende des Hauses zum anderen war ganz beachtlich. Sie erinnerte sich noch daran, wie schockiert sie gewesen war, als sie zum ersten Mal gesehen hatte, wohin Sage und Joanne nach der Scheidung gezogen waren. Mittlerweile wusste sie aber, dass es ein sehr schönes Zuhause in einer ruhigen Wohngegend war. Doch vor vielen Jahren war sie überrascht gewesen, wie klein es gewirkt hatte. Das ganze Haus hatte ungefähr die Größe von ihrem und Sages Schlafzimmern und dem Spielzimmer in diesem Haus.

Alle ihre Freunde hatten in Häusern gelebt, die wie ihres ausgesehen hatten. Dieses Haus gehörte ihrer Familie seit den 1950ern. Ihr Großvater mütterlicherseits hatte es gebaut, es dann seiner Tochter vermacht, und schließlich hatte sie es geerbt. Als sie noch ein Kind gewesen war, hatte sie nicht gewusst, dass der Rest der Welt nicht so privilegiert lebte, und diese Erkenntnis hatte sie tagelang vollkommen aus der Bahn geworfen.

Apropos Sage, dachte sie, als sie an ihrem mit Schnitzereien verzierten viktorianischen Schreibtisch saß. Sie musste ihr noch von dem Unfall erzählen. Ihr Vater würde nicht vergessen, sich zu erkundigen, ob sie seiner Bitte auch nachgekommen war.

Sie schickte Jordan eine kurze Nachricht und teilte ihm mit, dass Cassidy verletzt war und eine Weile in ihrem Haus wohnen würde. Als er innerhalb von fünf Minuten nicht darauf reagierte, dachte sie darüber nach, ob sie Sage eine Nachricht schreiben oder doch lieber anrufen sollte. Sie wusste, welche Option sie selbst bevorzugen würde, aber sie vermutete, dass ihr Vater von ihr erwartete, es Sage persönlich zu sagen.

Sie unterdrückte ein Seufzen, wählte die Nummer und wartete.

»Hallo?«

»Sage? Ich bin's. Daisy.«

Es folgte eine lange Pause. »Hast du dich verwählt?«, fragte Sage überrascht.

»Nein, ich wollte mit dir reden, weil ich mir nicht sicher bin, ob du schon mit deiner Mutter gesprochen hast oder noch nicht.«

»Ich habe sie noch nicht gesehen, seit ich von der Arbeit nach Hause gekommen bin.«

Arbeit? Wollte sie damit sagen, dass sie einen Job hatte? Warum sollte Sage einen Job haben? Genügten ihr die Unterhaltszahlungen, die ihr nach den Scheidungen zustanden, nicht?

Daisy schob die Fragen, die ihr durch den Kopf gingen, beiseite und kam zum Punkt. »Mein Vater wollte, dass ich dir mitteile, dass Cassidy einen Unfall hatte.« Sie erzählte ihr alles über den Sturz und sagte, dass Wallace Cassidy nach Los Angeles ausfliegen ließ. »Sie wird hierbleiben, bis sie sich besser fühlt. Ich bin mir sicher, dass sie sich über einen Besuch von dir und deiner Mom freuen würde.«

Daisy hatte es sich eigentlich nicht eingestehen wollen, doch die Tatsache zu ignorieren half auch nicht weiter.

»Es sei denn, du reist wieder nach Italien«, fügte sie hinzu und bemühte sich, nicht zu hoffnungsvoll zu klingen.

»Nein. Ich bleibe hier«, entgegnete Sage.

Verdammt und noch mal verdammt. Ihr Vater hatte recht gehabt. »Sie wird sich freuen, das zu hören.«

»Ich bin erstaunt, dass ich nach dem Unfall nichts von ihr gehört habe.«

»Dad meinte, es hätte sie ziemlich schlimm erwischt und sie wäre in keinem guten Zustand. Ich glaube, sie hätte gar nicht anrufen können.«

Daisy ermahnte sich, den Mund zu halten. Warum wollte sie ausgerechnet Cassidy in Schutz nehmen?

»Er sagte, Desean wäre bei ihr gewesen«, fügte sie hinzu.

»Desean?«

»Der Freund?«

»Cassidy hat keinen Freund. Sie will keinen.«

Daisy runzelte die Stirn. »Er war mit ihr in Patagonien. Das ist alles, was ich weiß.«

Wenn Cassidy mit einem Mann verreiste, hätte Sage das nicht wissen sollen? Standen die beiden sich nicht mehr so nahe wie früher? Als Sage ihr und Krissa an dem Tag geholfen hatte, an dem ihre Tochter krank geworden war, hatte Daisy den Eindruck gehabt, sie hätten noch engen Kontakt. Hatte sie sich geirrt?

Schnell ermahnte sie sich, dass es sie nichts anging und dass das Wissen, ob die beiden sich nun nahestanden oder nicht, sie auch nicht weiterbrachte. Beziehungen waren kompliziert – das wusste sie aus eigener Erfahrung. Ihre Beziehung zu Jordan, in der sie nicht einmal mehr miteinander sprechen konnten, war Beweis genug.

»Gut. Okay. Ich schicke dir die Flugdaten.«

»Danke. Bye.«

Sage legte auf. Daisy starrte auf ihr Handy und wünschte sich, sie könnte nur ein einziges Mal das letzte Wort haben.

Daisy tauschte ihre Schichten, damit sie zu Hause war, wenn Cassidy ankam. Es war die richtige Entscheidung, so zu handeln, auch wenn sie gerade lieber Schlangen auf irgendeiner Schlangenfarm gezähmt hätte. Gut, vielleicht nicht unbedingt Schlangen, aber irgendein anderes unschönes Getier. Alles, um ein paar Wochen nicht zu Hause sein zu müssen. Nicht gerade sehr erwachsen, diese Reaktion, wie sie sich selbst eingestehen musste, als sie zur Haustür ging und dort auf den Krankenwagen wartete, der Cassidy vorbeibringen sollte. Doch zumindest war die Reaktion ehrlich.

»Die Krankenschwestern werden sich um sie kümmern«, versicherte Esmerelda ihr. »Sie werden nichts mit ihr zu tun haben.«

»Sie ist meine Schwester. Es gibt also kein Entkommen.« Daisy schüttelte den Kopf. »Ich habe das nicht so gemeint. Sie gehört zur Familie, und ich bin froh, dass wir ihr nach ihrem Unfall helfen können.«

Insgeheim musste sie sich allerdings eingestehen, dass der Begriff »froh« vielleicht ein bisschen zu überschwänglich war, und war erleichtert, dass sie bei diesen Worten nicht der Blitz traf und sie in ein Häufchen Asche verwandelte.

Sie hörte, wie ein Fahrzeug vor dem Haus hielt, und machte sich auf den Weg zur Eingangstür. Doch Esmerelda kam ihr zuvor.

»Ich bin da«, sagte die alte Dame ernst. »Immer.«

Daisy umarmte sie. »Ja, das sind Sie, und ich weiß Ihre Unterstützung wirklich zu schätzen.« Sie machte einen Schritt zurück und straffte die Schultern. »Also gut. Los geht's.«

Sie gingen hinaus und sahen zwei Männer, die vorsichtig eine Trage aus dem Krankenwagen hoben. Daisy hatte die medizinischen Berichte, die ihr Vater ihr geschickt hatte, überflogen. Cassidy hatte sich das Bein und den Arm gebrochen. Außerdem einige Rippen. Sie hatte ein paar Prellungen und eine heftige Gehirnerschütterung. Daisy hatte schon viele Unfallopfer gesehen, aber das hätte sie nicht auf den Anblick ihrer Schwester vorbereiten können. Sie sah so verletzt und hilflos aus.

Schnell ging Daisy zu ihr.

»Hey, du«, sagte sie leise und betrachtete die Schnitte und Blutergüsse im Gesicht ihrer Schwester sowie die Gipsverbände an ihrem rechten Bein und dem linken Arm. Ihr blondes Haar war ungewaschen, und abgesehen von den Blutergüssen war ihr Gesicht aschfahl. Von der lebhaften, temperamentvollen Frau, an die Daisy sich erinnern konnte, war im Augenblick nichts mehr übrig. Statt ihrer lag hier eine schwer verletzte Patientin vor ihr.

Langsam drehte Cassidy den Kopf und schlug die Augen auf. Sie blinzelte ein paarmal, als versuchte sie, den Blick scharf zu stellen. Im nächsten Moment zuckte sie zurück.

»Nicht du! Nein! Was machst du hier? Ich will dich nicht sehen!«

Instinktiv trat Daisy einen Schritt zurück. Die Krankenschwester, eine hochgewachsene Frau Mitte vierzig mit kurzen dunklen Haaren, lächelte sie an.

»Hi. Ich bin Nita und werde mich tagsüber um Cassidy kümmern. Ich bin mit ihr zurückgeflogen. Sie hat für den Flug starke Medikamente bekommen und steht ziemlich neben sich.«

Daisy stellte sich selbst und Esmerelda vor. Dabei vermied sie es, Cassidy anzusehen, um keinen weiteren Ausbruch zu provozieren.

Die Männer schoben Cassidy ins Haus. Daisy brachte sie mit dem Aufzug nach oben und führte sie in die Gästesuite. Das Pflegebett und weitere medizinische Ausrüstung waren am Vortag geliefert worden. Nun eilte Daisy vorweg, um die Bettdecke zurückzuschlagen.

»Wir müssen Sie ins Bett heben«, sagte Nita zu Cassidy. »Es könnte etwas unangenehm werden, aber danach können Sie sich ausruhen.«

Vorsichtig hoben Esmerelda, Nita und die beiden Männer Cassidy von der Trage. Cassidy schrie ein paarmal auf. Als sie schließlich im Bett lag, beruhigte sie sich. Nita überprüfte den Überwachungsmonitor und fing an, die richtigen Einstellungen am Bett vorzunehmen.

»Sagen Sie mir, wie es Ihnen am angenehmsten ist«, wandte sie sich erneut an Cassidy. »Ich würde Sie gern ein bisschen aufrecht im Bett sitzen lassen.«

Cassidy packte die Vorderseite von Nitas Oberteil. »Ist sie noch immer hier?«

Verwirrt blickte Nita sie an.

»Ich glaube, sie meint mich«, erklärte Daisy. »Sie und ich standen uns nicht besonders nahe, als wir noch jünger waren.«

»Sage«, rief Cassidy. »Sage? Wo bist du? Sage?«

Als wäre sie durch die Rufe heraufbeschworen worden, trat Sage in die Sonnenstrahlen, die ins Zimmer fielen, und wurde für einen Moment von hinten beleuchtet – ihr langes blondes Haar fiel ihr über die Schultern, ihr perfekt sitzendes Kleid umschmeichelte ihre makellose Figur. Fast rechnete Daisy damit, dass jeden Augenblick ein paar Tiere des Waldes hereinhoppeln würden, um sich zu ihren Füßen zu versammeln.

»Ich bin da«, sagte Sage und eilte ans Bett ihrer Schwester.

Als sie nahe genug war, um Cassidy sehen zu können, blieb sie wie angewurzelt stehen und schlug sich die Hand vor den Mund. Der Schreck und die Bestürzung waren ihr deutlich anzusehen. Daisy konnte nicht anders und trat zu ihr.

»Sie ist in besserer Verfassung, als ich erwartet habe«, erklärte sie. »Die Verletzungen in ihrem Gesicht werden bald wieder verschwinden, und auch von ihrer Gehirnerschütterung wird sie sich schnell erholen. Die Brüche heilen. Die Rippen sind besonders schmerzhaft, doch sie ist jung und gesund. Sie wird wieder ganz gesund werden.«

Sage nickte und trat zu Cassidy. »Hey, Kleine. Ich bin da.«

Cassidy machte die Augen auf. »Bist du es wirklich?«

»Ja.«

Gehetzt sah Cassidy sich um. »Sie ist hier. Daisy ist hier. Sag ihr, dass sie gehen soll. Bitte. Lass mich nicht mit ihr allein.«

Daisy spürte, wie sie rot wurde. Die beiden Rettungssanitäter beschäftigten sich mit der Trage, während Nita zwischen Cassidy und Daisy hin und her blickte. Offensichtlich fragte sie sich, was zwischen den beiden vorgefallen sein mochte.

Daisy wusste nicht, was sie tun sollte, also drehte sie sich um und verließ das Zimmer. Als sie im Flur war, lehnte sie sich an die Wand und versuchte, sich selbst davon zu überzeugen, dass alles gut werden würde. Cassidy hatte sehr viele Medikamente bekommen und einen langen Flug hinter sich. Sie war müde, erschöpft und überreizt. Morgen würde die Welt schon wieder anders aussehen.

Das klang toll, war allerdings eine fette Lüge. Wenn es um ihre Schwestern ging – um die Halb- sowie um die Stiefschwester –, würde sich nichts ändern, und nichts würde am nächsten Tag schon wieder besser aussehen. Stattdessen würde alles nur noch schlimmer werden.

6. KAPITEL

Sage beobachtete, wie Daisy fluchtartig das Zimmer verließ. Zwar missfiel es ihr, Mitleid mit ihr zu haben, aber in diesem Fall konnte sie nicht anders. Es war nie schön, die meistgehasste Person im Raum zu sein.

»Nun sei nicht so«, sagte sie zu Cassidy. »Daisy lässt dich in ihrem Haus wohnen. Du musst nett zu ihr sein.«

Cassidy umklammerte Sages Hand. »Sie ist schrecklich. Sie hat mir immer gesagt, dass ich meine Hausarbeiten machen soll, und hat mich gezwungen, meine dreckige Wäsche in die Waschküche zu bringen. Was hat Dad sich nur dabei gedacht, mich ausgerechnet hierherzuschicken?«

Sage konnte sich daran erinnern, dass sie früher immer auf Cassidys Seite gewesen war. Doch als sie nun die Klagen ihrer Schwester hörte, klangen sie ziemlich jämmerlich und unreif.

»Ich bin so froh, dass du hier bist«, fuhr Cassidy fort und klang verzweifelt. »Ich wollte nicht herkommen, aber ich hatte keine andere Wahl. Ich dachte, dass Dad mich vielleicht nach Hawaii holen würde, doch er meinte, er hätte nicht so viel Platz und auch keine Zeit, weil er arbeiten muss.« Tränen traten in ihre blauen Augen. »Und ich weiß, dass Mom mich nicht bei sich haben will.«

»Natürlich hätte sie dich gern bei sich gehabt«, schwindelte Sage. »Aber du weißt auch, wie klein das Haus ist. Der einzige Platz dort, der groß genug für das Pflegebett ist, ist die Terrasse. Und das wäre doch etwas ungemütlich, wenn der Rasensprenger angeht.«

Cassidy lächelte leicht, klammerte sich jedoch noch immer an Sages Hand.

»Es ist furchtbar. *Sie* ist furchtbar. Ich hasse sie.«

»Du hasst sie nicht. Cass, du bist vor zehn Jahren ausgezogen. Wir haben uns alle verändert. Gib Daisy eine Chance.«

»Seit wann bist du auf ihrer Seite? Du hast sie doch auch immer gehasst.«

Sage wollte das nicht zugeben.

Behutsam löste sie sich aus Cassidys Griff und zog den Schreibtischstuhl neben das Bett. Die Krankenschwester hatte das Zimmer verlassen. Sage vermutete, dass sie nur nicht stören wollte, jedoch ganz in der Nähe war.

»Was ist passiert?«, fragte sie und ergriff Cassidys gesunde Hand. »Bist du echt von einem Berg gestürzt?«

Cassidy schloss die Augen. »Ich wollte das nicht. Ich habe ein paar Schritte rückwärts gemacht und plötzlich hatte ich keinen Boden mehr unter den Füßen.«

»Und warum hast du ein paar Schritte rückwärts gemacht?«

»Ich möchte nicht darüber reden.«

Das bedeutete, dass die Sache entweder schlimm oder richtig peinlich war.

»Ich wusste nicht, dass du in L.A. bist«, meinte Cassidy ernst. »Aber ich bin so froh, dass du da bist.«

»Ich bin vor ein paar Wochen wieder hierhergezogen. Mom hatte Angst, an Krebs erkrankt zu sein. Sie brauchte jemanden, und ich hatte gerade erfahren, dass mein Mann die Scheidung will, also war es ein guter Zeitpunkt für mich zurückzugehen.«

Cassidy drehte den Kopf und sah Sage an, ehe sie vor Schmerzen zusammenzuckte. »Was meinst du mit ›zurück‹?«

»Ich bleibe in den Staaten. Ich bin fertig mit Europa, und offensichtlich ist Europa auch fertig mit mir.« Sie bemühte sich, locker und fröhlich zu klingen.

»Geht es dir gut?«

Sage lächelte. »Besser als dir, Kleine.«

»Ich glaube, allen geht es besser als mir.«

Sage hörte Fußgetrappel, und plötzlich standen Krissa und ein Junge, der ein paar Jahre älter zu sein schien, in der offenen Tür zum Schlafzimmer. Ben, dachte Sage. *Daisys Sohn.* Krissa wirkte eher vorsichtig als neugierig, doch Ben konnte es anscheinend kaum erwarten, ins Zimmer zu stürmen.

»Bist du bereit für Besuch?«, fragte Sage. »Es sind Daisys Kinder«, fügte sie schnell hinzu. »Du hast sie doch schon kennengelernt, oder?«

»Ich habe sie nur einmal getroffen. Mit Dad zusammen.«

Sage bedeutete den Kindern hereinzukommen. Die beiden gingen um das Bett herum und stellten sich zu Sage. Krissa hielt den Blick auf Sage gerichtet, während Ben Cassidy mit großen Augen anstarrte.

»Bist du echt von einem Berg gestürzt?«, fragte er.

»Ja. Keine gute Idee.« Sie hob den gebrochenen Arm ein Stückchen an. »Das tut sehr weh.«

»Ich bin Ben«, sagte er. »Ich glaube, du bist meine Tante.«

»Ja, das bin ich. Ich heiße Cassidy.«

Sage beugte sich zu Krissa vor. »Es ist in Ordnung. So schlimm sieht sie gar nicht aus.«

Krissa sah Cassidy kurz an und wandte den Blick dann schnell wieder ab. »Hi.«

»Selber hi.«

Krissa sah sie noch einmal an. »Was stimmt denn nicht mit dir?«

Cassidy lächelte schwach. »Das ist eine wirklich lange Liste. Wo fange ich da an …«

»Sie meint die Verletzungen«, erklärte Sage.

»Ach so. Mein Arm und mein Bein sind gebrochen. Meine Rippen auch. Ich habe eine Gehirnerschütterung, aber das wird schon besser. Und ich habe einige richtig große Blutergüsse und Prellungen.«

»Hast du einen Hirnschaden?«, wollte Ben wissen und klang fasziniert.

»Das ist schwer zu sagen …«

Sage seufzte. »Eure Tante macht nur einen Scherz. Sie hat keinen Hirnschaden.«

»Das weißt du doch gar nicht«, entgegnete Cassidy. »Das nimmst du nur an.«

Die Krankenschwester kam herein und brachte einen Ständer mit einem Infusionsbeutel daran herein.

»Hallo, Kinder«, sagte sie fröhlich. »Ich bin Nita. Ich werde mich tagsüber um Cassidy kümmern. Nachts ist eine andere Krankenschwester bei ihr. Nach einigen Tagen wechseln wir uns mit zwei anderen Schwestern ab.«

»Wird sie sterben?«, fragte Krissa, und Ben stieß ihr in die Rippen.

»Nein, sie wird wieder ganz gesund.«

»Sind Sie sicher?«, fragte Cassidy trocken.

Nita ignorierte die Frage. »In einer Woche kann sie schon im Rollstuhl sitzen. Aber jetzt muss ich Cassidy ein Schmerzmittel geben, damit sie schlafen und sich ausruhen kann. Vielleicht könnt ihr ja später noch mal vorbeikommen.«

»Ja, Ma'am«, sagte Ben, nahm Krissa an die Hand und ging mit ihr aus dem Zimmer.

Cassidy blickte den beiden hinterher. »Ich mag ihre Kinder. Ist das falsch?«

»Überhaupt nicht, Cass. Ich meine es ernst. Lass die Vergangenheit ruhen. Wir sind inzwischen erwachsen. Es ist Zeit, noch mal neu anzufangen.«

»Glaubst du das wirklich? Willst du mir erzählen, dass du Daisy *magst*? Dass ihr *Freundinnen* seid?«

Sage ließ ihre Hand los, beugte sich über sie und gab ihr einen Kuss auf die Stirn. »Nein. Es gibt allerdings auch keinen Grund, so zickig zu sein, okay?«

»Gehst du? Geh nicht. Du kannst mich hier doch nicht allein lassen.«

Sage warf einen Blick auf den Infusionsbeutel. »In ungefähr

zwanzig Minuten bist du eingeschlafen. Ich komme später wieder.«

»Versprochen?«

»Ja. Und jetzt ruh dich aus.«

»Wenn du mich wirklich lieben würdest, würdest du mich mit zu dir nach Hause nehmen.«

Sage ging nicht darauf ein. Stattdessen winkte sie noch einmal und trat in den Flur hinaus. Ben und Krissa standen noch dort.

Ben sah Sage an. »Du kanntest meine Mom schon, als sie noch ein kleines Mädchen war, oder?«

»Ja. Daisy war sieben und ich acht, als unsere Eltern geheiratet haben. Wir waren Stiefschwestern.«

»Aber jetzt seid ihr das nicht mehr.«

»Nein. Unsere Eltern sind geschieden.«

Ben und Krissa wechselten einen Blick, doch Sage hatte keine Ahnung, was sie dachten.

»Es war schön, dich kennenzulernen«, sagte Ben und klang viel erwachsener und reifer, als es seinem Alter entsprach.

»Fand ich auch.«

Er und Krissa gingen den Flur entlang zu dem Raum, der ehemals ihr Spielzimmer gewesen war, und Sage fragte sich, ob es wohl immer noch ein Spielzimmer war.

Sie ging ebenfalls den Flur entlang bis zu der breiten Treppe, die sie nach unten in den Eingangsbereich des Hauses führte. Sollte sie sich von Daisy verabschieden? Nicht, dass sie eine Ahnung gehabt hätte, wo Daisy steckte oder was sie zu ihr sagen sollte. Und falls Daisy gerade mit Jordan zusammen wäre, könnte das sehr unangenehm werden.

Also trat sie aus der Haustür und ging zu ihrem Wagen. Während sie die lange Zufahrt hinabfuhr, dachte sie darüber nach, wie wenig Daisys Haus sich verändert hatte. Sie selbst hatte fast fünf Jahre lang hier gelebt und nie das Gefühl gehabt, es wäre ihr Zuhause. Sie war hier immer nur ein Gast gewesen, jemand, der zwischen den Welten lebte – nicht Teil der Familie, aber auch keine Fremde.

Nach der Scheidung waren sie und ihre Mutter in das Haus gezogen, in dem Joanne noch heute lebte. Ja, es war kleiner, und der Vergleich war deprimierend, doch zumindest hatte Sage dort gewusst, wohin sie gehörte. Die Schattenseite war gewesen, dass Wallace weiterhin für ihre Ausbildung gezahlt und sie in dieselbe Privatschule geschickt hatte, auf die sie auch während der Ehe gegangen war. So hatte sie ihrer ehemaligen Stiefschwester nicht aus dem Weg gehen können und sich alle Mühe gegeben, Daisy das Leben zur Hölle zu machen.

Daisy war still, schüchtern, wissbegierig und ein bisschen übergewichtig gewesen. Jede dieser Eigenschaften hätte mit ein bisschen Mühe überwunden werden können, aber zusammengenommen waren sie tödlich – vor allem, wenn ein besonders beliebtes, allerdings auch besonders gemeines Mädchen mit einem zusammenwohnte.

Sage war das Gegenteil von Daisy gewesen – extrovertiert, gesellig, beliebt und wunderschön. Sie hatte leicht neue Freunde gewonnen und war immer eins der umschwärmtesten Mädchen gewesen. Obwohl ihre »Freundschaften« nie sonderlich eng gewesen waren, hatte sie das durch die enorme Menge wettgemacht. Wann auch immer es langweilig geworden war, hatte sie Daisy drangsalieren können. Und das hatte sie getan. Unbarmherzig. Das war keine Erinnerung, auf die sie besonders stolz war.

Auf der Highschool war es ein bisschen besser, dachte Sage, als sie an einer roten Ampel hielt. Sie hatte sich in Jordan verliebt und die meiste Zeit des Tages mit ihm verbracht. Mit ihm zusammen zu sein war lustiger gewesen, als Daisy zu quälen. Vermutlich hatte sie ihn im Rahmen ihrer Möglichkeiten wirklich geliebt. Doch ihre Liebe hatte ihm nicht gereicht.

Nein, sagte sie sich. *Das ist nicht fair*. Er hatte recht gehabt – sie waren einfach zu jung gewesen, um eine Hochzeit ernsthaft in Erwägung zu ziehen. Inzwischen sah sie das nach all den Jahren genauso, aber damals … Er hatte ihr sehr wehgetan. Sie konnte sich noch genau daran erinnern, wie ernst er ausgesehen hatte, als er ihr gesagt hatte, dass er ihre Zukunftspläne erst einmal auf Eis legen wolle. Er hatte geschworen, sie noch immer zu lieben, doch er hatte noch nicht heiraten wollen.

Sage, die sich der Bedeutung des Ringes, den er ihr an den Finger gesteckt hatte, bewusst gewesen war, hatte mit völligem Unverständnis reagiert. Das hatte niemanden überrascht. Gut, ihre Mutter hatte sie zusätzlich angestachelt und ihr eingeredet, dass Jordan sie, wenn er sie *wirklich* liebte, so schnell wie möglich heiraten würde. Aber die Schuld für die Trennung hatte allein bei ihr gelegen. Sie hatte ihn angeschrien, dass sie ihm niemals vergeben würde. Zwei Tage später hatte sie den Ring und einen Abschiedsbrief auf den Fahrersitz seines Wagens gelegt, einen Nachtflug nach Paris genommen und sich geschworen, nie mehr zurückzublicken.

Mit gebrochenem Herzen hatte sie in Europa ihr Glück finden wollen. Sie hatte sich eingeredet, dass dort alles viel glamouröser, viel interessanter wäre, und sich von reichen Franzosen verführen lassen wollen. Sie hatte vorgehabt, einen wohlhabenden Mann zu heiraten und ein Château auf dem Land und eine Zweitwohnung in der Stadt zu besitzen. Sie war sich sicher gewesen, dass Jordan es bereuen würde, sie gehen gelassen zu haben. Zumindest war das ihr Plan gewesen.

Wie hatte ihr Leben nur so schieflaufen können? Wenn sie zurückblickte, erkannte sie, dass sie bei so ziemlich jeder Gelegenheit die falsche Entscheidung getroffen hatte. Anders als Daisy, die immer alles richtig zu machen schien.

Sage fuhr in die Gegend, in der sich das Haus ihrer Mutter befand, und lächelte. Zumindest sprach ihr aufrichtiger Wunsch, dass Daisy und Jordan glücklich miteinander waren, für sie. Wenn sie doch kein so schlechter Mensch war, bestand vielleicht noch Hoffnung für sie.

Trotz der Entfernung zwischen Daisys kleinem Büro und der Gästesuite war sich Daisy Cassidys Anwesenheit nur allzu bewusst. Sie sah oder hörte sie vielleicht nicht, aber sie wusste, dass sie da war. Und das war der Grund dafür, warum sie sich nicht konzentrieren konnte.

Sie arbeitete die monatlichen Rechnungen ab, nahm dann ihr Smartphone in die Hand und starrte auf das schwarze Display.

Sie vermisste Jordan. Manchmal verspürte sie eher den Wunsch, ihm mit einem schweren Gegenstand auf den Kopf zu schlagen, doch heute fehlte er ihr einfach nur. Sie waren verheiratet, das hier war sein Zuhause, und er sollte hier sein. Doch das war er nicht. Und wenn sie nicht bald anfangen würden, miteinander zu reden, würde sich daran auch nichts ändern.

Noch immer hatte sie keine Ahnung, warum er gegangen oder was genau sein Problem war. Das war eine deprimierende Tatsache, die sie nicht mehr ignorieren konnte. Sie war gefangen zwischen Unentschlossenheit und Angst, Sorge und Einsamkeit.

Sie legte ihr Telefon auf den Schreibtisch, nahm es dann wieder hoch und schrieb Jordan eine Nachricht.

Wir müssen herausfinden, was überhaupt los ist. Nicht miteinander zu reden wird keins unserer Probleme lösen. Und um ehrlich zu sein, bin ich mir nicht sicher, was eigentlich unsere Probleme sind.

Sie wollte noch viel mehr schreiben, beschloss jedoch, dass es als Einstieg reichte. Ein paar Sekunden später erschienen drei Punkte auf ihrem Display.

Das sehe ich auch so.

Seine schnelle Antwort zeigte ihr, dass er am Schreibtisch saß und derzeit keinen Patienten behandelte. Erneut griff sie nach ihrem Handy und wollte ihn anrufen. Doch sie hielt inne. Was wäre, wenn sie anrufen und er das Gespräch nicht annehmen würde? Zwar wollte sie nicht glauben, dass das passieren würde, war sich aber keineswegs sicher. Und das machte sie traurig. Sollte sie nicht eigentlich sicher sein können, dass ihr Mann ihre Gespräche auch annahm?

Wieder tauchten die drei Punkte auf ihrem Display auf.

Eheberatung?

Sie starrte das Wort an, wusste nicht, ob es eine Frage oder ein Vorschlag sein sollte. Doch am Ende spielte es keine Rolle.

Ich glaube, das wäre ein guter Anfang.

Warum suchst du nicht einen Therapeuten aus, der dir zusagt, und vereinbarst einen Termin? Sag mir nur, wann ich wo sein soll, dann werde ich dort sein.

Überließ er die Organisation ihr, weil sie zeitlich flexibler war als er? Oder war ihm nicht so viel daran gelegen, einen Eheberater aufzusuchen? War ihm ihre Ehe überhaupt noch wichtig?

Das waren alles gute Fragen, auf die sie keine Antworten hatte. Sie und Jordan hatten ein Problem, und sie hatte keine Ahnung, was es war. Sich Hilfe zu holen war durchaus sinnvoll.

Ich werde jemanden suchen
und einen Termin vereinba-
ren.

Danke.

Sie wusste nicht, was sie darauf erwidern sollte. »Gern geschehen« wäre zu formell und alles andere … Ihr fiel nichts Gutes ein.

So schwierig sollte es aber eigentlich nicht sein, dachte sie grimmig. Sie und Jordan waren immerhin seit über zehn Jahren ein Paar. Sollten sie einander nicht ein bisschen besser verstehen? Sie wusste nicht, was er dachte oder was er wollte. Nach allem, was sie wusste, war er anscheinend fertig mit ihr. Ganz gewohnheitsmäßig schien er weiterzumachen, um nicht als der Böse dazustehen. Vielleicht hatte er bereits die Entscheidung getroffen, die Scheidung einzureichen, und suchte nur noch einen Weg, um es ihr irgendwie beizubringen.

»Oder ich könnte damit aufhören, vom Schlimmsten auszugehen«, murmelte sie.

Eine Eheberatung war ein guter Anfang. Mit einem neutralen Dritten im Raum hätten sie die Chance, das auszusprechen, was ausgesprochen werden musste, um ihre Ehe zu retten.

Noch einmal zählte Sage die zehn Hundertdollarscheine durch, die sie von der Bank geholt hatte. Als sie und ihre Mutter über die Bedingungen für die Miete des Zimmers verhandelt hatten, hatte Joanne von Anfang an klargemacht, dass sie nur Bargeld akzeptieren würde. Sage war sich bewusst, dass eintausend Dollar monatlich viel zu viel für das waren, was sie bekam, doch ohne Kreditgeschichte hatte sie bei den meisten Vermietern keine Chance. Außerdem hatte das Haus eine gute Lage, und mit ein bisschen Glück würde ihre Mutter schon bald einen neuen Mann kennenlernen und ein paar Wochen lang verschwinden.

Joanne steckte die Scheine ein und lächelte. »Jetzt kann ich einen Termin für die Laserbehandlung machen, die ich mir schon so lange wünsche. Alt zu werden ist scheiße.«

»Du bist wunderschön, Mom«, entgegnete Sage automatisch.

»Ach, wer's glaubt.« Joanne betrachtete sich im Spiegel im Wohnzimmer. »Ich sehe alt aus.«

»Du siehst überhaupt nicht alt aus.«

Sage ging zu dem kleinen Tischchen neben der Tür und sah die Post durch, die dort lag. Einer der Briefe schien die Kreditkarte zu beinhalten, auf die sie gewartet hatte. Sie steckte den Umschlag ein, um ihn später zu öffnen. Mit ein bisschen Glück könnte sie die Kreditkarte sofort benutzen. Sie hatte vor, für jede Zahlung die Karte zu belasten, dann pünktlich jeden Monat die Kreditkartenabrechnung zu bezahlen und sich so eine gewisse Bonität zu erarbeiten.

»Hast du Cassidy gesehen?«, fragte Sage, als sie die Post durchgesehen hatte.

Ihre Mutter starrte sie verständnislos an. »Warum sollte ich sie gesehen haben?«

»Weil sie hier ist? In Los Angeles. Sie ist doch von einem Berg gestürzt und erholt sich gerade bei Daisy zu Hause. Schon vergessen?«

Joanne schüttelte den Kopf. »Ach ja, richtig. Darum hat Wallace mich vor ein paar Tagen angerufen. Er wollte mich nur über den Unfall informieren. Ich wollte mich mit ihm unterhalten, aber er ist nicht darauf eingegangen.« Sie seufzte schwer. »So ein Jammer. Ich vermisse diesen Mann.«

»Also, heißt das *nein*?«, wollte Sage wissen.

»Wie?«

»Du hast deine Tochter nicht besucht?«

»Ich werde sie in ein paar Tagen besuchen. Es ist ja nicht so, als würde sie mich schrecklich vermissen. Cassidy stand nur dir nahe.«

Das stimmt, dachte Sage. Eigentlich wollte sie noch hinzufügen, dass es wahrscheinlich daran gelegen hatte, dass Joanne eine ziemlich gleichgültige Mutter gewesen war – um es mal freundlich auszudrücken. Nach der Scheidung war sie in eine Depression verfallen, die einige Monate lang angedauert hatte. Sie hatte nur noch ihren eigenen Schmerz wahrgenommen und ansonsten alles ignoriert. Nachdem es ihr irgendwann wieder besser gegangen war, hatte sie sich mehr dafür interessiert, sich einen neuen Mann zu angeln, als für ihre beiden Töchter. Cassidy war fünf Jahre alt gewesen. Damals hatte Sage, die ebenfalls noch ein Kind gewesen war, sich um sie kümmern müssen.

Ihre Mutter sah sie an. »Warst du im Haus?«

Sage musste nicht fragen, welches Haus sie meinte. »Ja, ein paarmal. Cassidy geht es schon ein bisschen besser.«

»Hast du Jordan getroffen?«

»Nein. Ich habe kein Interesse an Daisys Ehemann.« Absichtlich legte sie die Betonung auf die letzten beiden Worte.

»Du könntest ihn ihr im Handumdrehen ausspannen. Jordan macht sich nichts aus ihrem Geld. Ich weiß, dass er glaubt, dich gehen gelassen zu haben wäre der größte Fehler seines Lebens.«

Das ist zu viel, um es in einem Satz zu beantworten, dachte Sage. Plötzlich fühlte sie sich nach dem anstrengenden Tag und dem Familiendrama, auf das sie eigentlich keine Lust hatte, sehr müde.

»Ich weiß es zu schätzen, dass du mich so unterstützt, Mom, doch er hat jetzt Daisy und die Kinder. Das reicht.«

»Das weißt du nicht mit Sicherheit. Vielleicht würde er ja gern wieder mit dir zusammen sein. Sich zu fragen, was alles hätte sein können, kann einen Menschen sehr durcheinanderbringen.«

»Ich habe kein Interesse an einem verheirateten Mann«, entgegnete Sage rundheraus.

»Sehr klug von dir. Das nimmt nämlich nie ein gutes Ende. Wenn es einem allerdings gelingt, ihm ein schlechtes Gewissen zu machen, können die Geschenke sich durchaus sehen lassen.« Erneut widmete sich ihre Mutter ihrem Spiegelbild. »Also Laserchirurgie. Ich gehe heute Abend übrigens aus. In meiner Lieblingsbar ist Ladies Night. Ich treffe mich dort mit ein paar Freundinnen.«

»Viel Spaß«, sagte Sage und machte sich auf den Weg in ihr Zimmer.

Als sie dort angekommen war und die Tür hinter sich geschlossen hatte, zog sie die Schuhe aus und ließ sich auf ihr Bett fallen. Ihre Füße schmerzten von der Arbeit, ihr Kopf schmerzte vom Gespräch mit ihrer Mutter, und ihr Herz schmerzte, weil ihr ganzes Leben einem riesigen Chaos glich. Wenn sie Freundinnen gehabt hätte, hätte sie sich jetzt liebend gern in einer Bar oder sonst wo mit ihnen getroffen. Leider hatte sie niemanden, dem sie so nahestand. Sie war noch nicht lange genug zurück in L.A., und die alten Freunde … Na ja, der Kontakt zu ihnen war irgendwann einfach abgebrochen.

Sie zwang sich aufzustehen. Nachdem sie die Vorhänge zugezogen hatte, schlüpfte sie aus ihren Arbeitsklamotten. Sie spielte mit dem Gedanken, sich etwas zum Abendessen zu holen. Allerdings war sie nicht besonders hungrig. Wenn sie schon nichts aß, sollte sie zumindest …

Ihr Handy piepste. Sie nahm es in die Hand und lächelte, als sie die Nachricht las, die sie gerade bekommen hatte.

Warum schließt du mich aus? Ich dachte, da wäre etwas zwischen uns, aber es kann nicht funktionieren, wenn du nicht mit mir kommunizierst. Ich weiß, dass du es abstreiten wirst, doch ich sehe gerade gegen eine undurchdringliche Wand.

Sage lachte leise und tippte eine Antwort in ihr Smartphone.

Manchmal muss ich allein sein. Mit meinen Gedanken. Und um mich auszuziehen. Nicht alles dreht sich um dich.

Findest du nicht, dass es das sollte?

Nein. Es sollte sich um mich drehen.

Adam schickte ihr einen Smiley mit Lachtränen in den Augen.

Darf ich dich auf ein Bier einladen? Ich habe ein Sixpack im Kühlschrank.

Wenn du noch Chips obendrauf legst, bin ich dabei.

Ich habe Besseres als Chips zu bieten. Ich kann uns Burger braten.

Ein Mann, der kocht und mich mit Alkohol gefügig macht. Du bist ein Traum.

Schön wär's. Die Haustür ist offen. Komm einfach rein.

Sage ging durch den Vorgarten in Adams Haus. Sie durchquerte die Küche und trat auf die Terrasse hinaus. Auf dem runden Tisch standen zwei geöffnete Flaschen Bier, und dazwischen hatte Adam eine Schale mit Limettenscheiben gestellt. In dem Moment, bevor er sie bemerkte, hatte Sage die Gelegenheit, seine breiten Schultern und den muskulösen Körper zu bewundern.

Er sah tüchtig aus. Wie ein Mann, der mit einer Krise fertig werden konnte. Ellery war genauso gewesen – allerdings ohne die blauen Augen und das markante Kinn.

»Warum lachst du über mich?«, fragte er und drehte sich zu ihr um.

»Ich lache nicht über dich. Ich bewundere dich.«

Er ging zum Tisch und nahm sich ein Bier. »Du bewunderst mich?« Sein Tonfall war zugleich verschmitzt und ungläubig.

»Klar. Du bist ein gut aussehender Typ, der angeboten hat, mir einen Burger zu braten. Wo ist der Haken?«

Er wirkte zwar nicht überzeugt, doch er bedeutete ihr, sich zu setzen. Dann nahm er ihr gegenüber Platz.

»Wie läuft's?«, erkundigte er sich.

Sie drückte eine Limettenscheibe in ihr Bier. »Gut. Viel zu tun. Habe ich schon erwähnt, dass Cassidy zurück ist?«

Er runzelte die Stirn. »Und Cassidy ist …«

»Meine kleine Schwester. Halbschwester, um genau zu sein. Meine Mom, Daisys Dad.«

»Ah, der Nachwuchs. Ich kann mich daran erinnern, dass sie Zeit mit dir verbracht hat, wenn sie hier zu Besuch war. Du warst ihr absoluter Liebling.«

»Sie war ein bisschen anhänglich.«

Und das ist sie noch immer, dachte Sage. Jedes Mal, wenn sie Cassidy besuchte, bat ihre kleine Schwester sie, länger zu bleiben. Und das würde noch schlimmer werden, wenn sie erst wieder in der Lage wäre, Textnachrichten mit dem Handy zu verschicken.

»Sie ist von einem Berg gestürzt.«

Sage erzählte ihm von dem Unfall.

»Sie hat eine Rund-um-die-Uhr-Versorgung, während sie sich bei Daisy erholt. Es hat sie ziemlich erwischt, aber ihre Krankenschwestern meinen, dass sie auf dem Wege der Besserung ist.«

Er sah sie an. »Wie schwierig und unangenehm sind die Besuche?«

»Schon okay. Wie kommst du darauf, dass …« Sie kräuselte die Nase. »Ach, du sprichst von Jordan.«

»Ihr zwei wart schließlich ziemlich lange zusammen und sehr verliebt. Wart ihr nicht auch verlobt?«

»Ja.«

Fast ein Jahr lang, bevor er sie abserviert und sie sich an ihm gerächt hatte, indem sie nach Frankreich gegangen war. Obwohl »abserviert« eigentlich nicht der richtige Ausdruck, sondern völlig übertrieben war. Im Nachhinein betrachtet konnte sie verstehen, dass er mit seinem Vorschlag, mit der Hochzeit noch zu warten, recht gehabt hatte. Er war noch auf dem College gewesen, hatte dann Tiermedizin studieren wollen. Und sie hatte sich treiben lassen und nicht gewusst, was sie mit ihrem Leben anfangen sollte. Sie hatte sich nur auf Jordan konzentriert. Sie waren noch Kinder gewesen, die Erwachsene gespielt hatten. Nicht gerade der beste Start in eine Ehe.

»Ich habe ihn nicht gesehen«, sagte sie. »Und das ist völlig in Ordnung für mich. Er ist mit Daisy verheiratet, und ich wünsche ihnen alles Glück dieser Erde.«

Adam betrachtete sie. »Das klingt, als würdest du es ernst meinen.«

»Natürlich meine ich es ernst. Daisy und ich standen uns nie nahe, doch ich würde ihr nichts Böses wünschen.« Das war vielleicht damals in der Highschool so gewesen. Sie war jedoch davon überzeugt, dass sie sich mittlerweile geändert hatte. »Ich habe wirklich nicht die Zeit, um noch mehr Drama in meinem Leben zu verkraften.«

»Dann werde ich dich mit lustigen Geschichten unterhalten.«

»Mit welchen denn?«

»Ich habe im Internet nach Birkin Bags gesucht.«

Sie lächelte. »Und? Bist du in Ohnmacht gefallen?«

»Ja. Glücklicherweise habe ich mir nicht den Kopf angeschlagen, als ich kollabiert bin. Weißt du, wie viel die Dinger kosten? Das sind doch nur Handtaschen. Verdammte Handtaschen.«

»Ich glaube, es ist weit mehr als eine …« Mit den Fingern malte sie Anführungszeichen in die Luft. »… ›verdammte Handtasche‹, wenn sie den Wert eines Autos hat.«

»Ich hab's kapiert. Wenn man genug von den Teilen hat, kann man sich ein Haus kaufen – sogar auf dem verrückten Immobilienmarkt von L. A.«

»Leider besaß ich nur eine.«

»Trotzdem … Dein Ehemann muss dich wahnsinnig geliebt haben.«

Sie nahm einen Schluck von ihrem Bier und hatte keine Ahnung, was sie darauf erwidern sollte. Aus irgendeinem Grund missfiel ihr die offensichtliche Annahme, dass die Tasche ein Geschenk gewesen war.

»Ich habe sie mir zusammengespart, Adam. Niemand hat mir die Tasche geschenkt.«

Er starrte sie an. »Möchte ich wissen, wie du an das Geld gekommen bist?«

»Was soll das heißen? Warum willst du wissen, wie …« Sie stellte ihr Bier ab, lehnte sich auf ihrem Stuhl zurück und begann zu lachen.

Aufmerksam sah er sie an. »Das sollte eigentlich nicht lustig sein.«

»Du glaubst, ich wäre eine Hure?«

»Was? Nein. Natürlich nicht. Ich denke, dass es reiche Männer gibt, die wahrscheinlich gern Zeit mit dir verbringen und dir solche Sachen kaufen.«

»Ich habe dir schon gesagt, dass ich mein Geld nicht so verdiene.« Sie legte die Hände flach auf den Tisch und starrte ihn an. »Ich habe es ganz legal verdient. Als ich in Italien war, habe ich die Ehefrauen von einigen sehr betuchten Männern kennengelernt. Von altmodischen Männern, die verhindern wollten, dass ihre Frauen mitbekamen, welchen Geschäften sie nachgingen, und die deshalb alles auf Englisch abwickelten.« Sie griff nach ihrer Bierflasche. »Ich spreche von älteren Damen, die sich niemals eine Sprach-App heruntergeladen hätten. Nachdem ich das Problem erkannt hatte, bot ich ihnen an, ihnen Unterricht zu geben. Nach außen hin waren wir nur Freundinnen, die die Nachmittage zusammen verbrachten und Frauendinge besprachen. In Wahrheit aber gab ich ihnen einen Intensivkurs in Englisch. Ihre Ehemänner gaben ihnen zwar nur wenig Bargeld, doch sie ermutigten sie, shoppen zu gehen. Sehr oft.«

Er fluchte unterdrückt. »Sie haben dich in Handtaschen bezahlt.«

»Eine ungewöhnliche Währung, aber ich war damit einverstanden. Ich kenne ein paar seriöse Händler, um die Taschen zu verkaufen. Die Taschen sind mein Notgroschen für die Zukunft. Sie sind alle in exzellentem Zustand, und ich habe sämtliche Zertifikate. Wenn ich mir überlegt habe, wo ich sie lagern kann, lasse ich sie mir nachschicken.«

»Du hast sie jetzt nicht bei dir?«

»Nur eine Handvoll. Ich kann sie auf keinen Fall zu Hause aufbewahren.«

Adam zog die Augenbrauen hoch. »Weil du Angst hast, dass deine Mom sie nehmen könnte?«

»Ja. Und sie würde sie verkaufen, ohne groß Ahnung davon zu haben, und einen lächerlich niedrigen Preis dafür akzeptieren. So ist es sicherer.«

»Du überraschst mich immer wieder.«

Sie fragte nicht nach, ob er das positiv oder negativ meinte. »Ich tue mein Bestes, um kluge Entscheidungen zu treffen und zurechtzukommen.«

»Ich habe Mitleid mit den Frauen in Italien.«

»Das ist nur die Konsequenz dafür, sich ins gemachte Nest zu setzen und einen reichen Kerl zu heiraten.« Sie lächelte. »Und ich spreche hier von viel Geld. Von unvorstellbar viel Geld.«

»Willst du damit sagen, dass sie das bekommen haben, was sie wollten?«

»Ich will damit sagen, dass man sich, wenn man reich heiratet, jeden Cent verdienen muss.«

»War es denn nicht dein Plan, einen reichen Typ zu heiraten?«

»Als ich noch jünger war, schon. Inzwischen habe ich meine Lektion gelernt.«

Ihrer Mutter war das nie gelungen, und wieder und wieder dabei zusehen zu müssen, wie Joanne sich auf die Jagd nach dem nächsten wohlhabenden Gönner machte, war einfach deprimierend.

»Lass uns das Thema wechseln«, sagte sie bestimmt. »Datest du jemanden?«

»Nein.«

»Willst du nicht über deine Antwort nachdenken?«

Er warf ihr ein Lächeln zu. »Darüber muss ich nicht nachdenken.«

»Ist es noch zu früh?«

»Irgendwie ja. Ich arbeite zu Hause und gehe nicht gern in Clubs. Da ist es schwierig, jemanden kennenzulernen.«

»Soll ich für dich nach alleinstehenden Frauen Ausschau halten?«, fragte sie – nur halb im Scherz.

»Nein danke. Ich kann das schon allein.«

»Gerade meintest du aber noch, dass du es nicht kannst.«

»Ich nehme es zurück.«

Unwillkürlich fragte sie sich, wie Adam sich bei einem Date verhalten würde. Er wäre sicherlich rücksichtsvoll und aufmerksam. Unerwartet lustig. Sie war sich sicher, dass er die Frau beim ersten Date schon küssen würde. Doch würde er noch mehr erwarten?

»Du denkst gerade über irgendetwas nach«, stellte er fest.

»Ja … Erwartest du, beim ersten Date gleich mit der Frau ins Bett zu gehen?«

»Nein.«

»Und wenn sie es dir anbietet?«

»Wenn ich die Frau genug mag, um mit ihr auszugehen, würde ich nicht Nein sagen. Aber ich wäre enttäuscht.«

»Von ihrer Performance im Bett? Wäre das nicht ein bisschen respektlos?«

»Angesichts der Tatsache, dass sie so schnell Sex will, nicht. So etwas verheißt nichts Gutes für die Beziehung. Ich möchte nicht mit einer Frau zusammen sein, die glaubt, mich nur bei der Stange halten zu können, wenn sie mit mir ins Bett geht. Genauso wenig wie mit einer Frau, die nur auf Sex aus ist.«

»Hast du gerade das Wort ›verheißen‹ benutzt? So was sagt niemand mehr.«

»Ich schon. Es ist ein gutes Wort.«

»Du bist echt seltsam.«

Sie achtete darauf, möglichst locker und verschmitzt zu klingen, weil sie sich nicht anmerken lassen wollte, wie sehr seine Worte sie getroffen hatten. Wie oft hatte sie Sex benutzt, um einen Mann zu bekommen und zu halten? Vielleicht war es leichter, sich zu fragen, wie oft es anders gewesen war.

»Erinnerst du dich noch daran, dass es in der Highschool immer das Wort des Tages gab?«, fragte er sie und grinste. »Es wurde erwartet, dass wir es immer wieder in unsere Sätze einbauten. Wir hielten es damals für eine lahme Idee, aber wie viele der Wörter haben es so in unseren aktiven Wortschatz geschafft?«

»Wobei ›aktiver Wortschatz‹ auch so ein Ausdruck ist, oder?«, fragte sie.

»Ich schätze schon.«

»Ich habe die Wörter des Tages immer vermieden.«

»Du warst eine Rebellin.«

Sie lächelte. »Und du warst …« Sie runzelte die Stirn. Sie erinnerte sich daran, dass sie in der neunten und zehnten Klasse viel Zeit zusammen verbracht hatten. Doch in den letzten beiden Jahren der Highschool hatte sich das geändert, und sie und Adam waren nicht mehr miteinander befreundet gewesen. Sie erinnerte sich nicht daran, etwas mit ihm unternommen oder ihn nach der Schule getroffen zu haben – obwohl sie Tür an Tür gewohnt hatten. »Was ist mit uns passiert?«, fragte sie. »In der Schule. Wir standen uns echt nahe, und von einem Tag auf den anderen warst du plötzlich weg.«

Er wandte den Blick ab, als würde er genau wissen, was sie meinte, jedoch nicht darüber reden wollen.

»Nichts ist passiert.«

»Offensichtlich ist doch irgendetwas vorgefallen. Du willst nur nicht darüber reden. Warum waren wir von einem Tag auf den anderen keine Freunde mehr?«

Er sah sie an, und sie konnte die Unentschlossenheit in seinen Augen lesen. Außerdem sah sie dort etwas, das sie nicht benennen konnte. Etwas, bei dem sich ihr der Magen zusammenzog. »Ich will die Wahrheit hören. Mach dir keine Sorgen, meine Gefühle verletzen zu können.«

Denn aus irgendeinem Grund wollte sie wirklich wissen, was zwischen ihnen schiefgelaufen war.

Er stellte sein Bier ab und zuckte mit den Schultern. »Du wurdest plötzlich boshaft.«

7. KAPITEL

Nachdem Daisy die Kinder ins Bett gebracht hatte, spielte sie mit dem Gedanken, sich in ihr Zimmer zurückzuziehen und ein bisschen fernzusehen. Sie könnte eine neue Serie streamen oder mal schauen, was das *Food Network* zu bieten hatte. Aber statt in ihr Zimmer zu gehen, zögerte sie.

Sie sollte nach Cassidy sehen – nicht, dass sie das unbedingt wollte … Zeit mit ihrer Schwester zu verbringen war nicht sehr angenehm, und es war schließlich nicht so, als *müsste* sie nach ihr sehen. Cassidy wurde rund um die Uhr von den Krankenschwestern versorgt, und ihr Vater, der Arzt war, war nur einen Anruf entfernt. Cassidy ging es gut. Daisy sollte also einfach ihren Abend genießen. Vielleicht könnte sie endlich herausfinden, wie man ein Soufflé machte, das nicht in sich zusammenfiel, oder sie könnte darüber nachdenken, was eigentlich mit ihrer Ehe und ihrem Mann los war – die beide in ihrem Leben fehlten.

Doch sie war dazu erzogen worden, immer das Richtige zu tun. Und so wandte sie sich – trotz der Stimme in ihrem Kopf, die ihr zurief, lieber wegzulaufen – zum Gästezimmer um. Mit etwas Glück würde Cassidy schon schlafen, und sie könnte wieder aus dem Zimmer schlüpfen, ohne sie aufzuwecken.

Aber Daisys Glück schien sie verlassen zu haben. Cassidy war nicht nur wach, sondern saß aufrecht im Bett und schluchzte in ein paar Taschentücher.

Daisy stand in der Tür und wusste nicht, was sie tun sollte. Instinktiv wollte sie auf dem Absatz kehrtmachen und wegrennen. Doch ihr Mitgefühl sagte ihr, dass sie herausfinden musste, was los war. Und der Rest von ihr wollte einfach nur ein großes Glas Wein und einen Brownie.

»Was ist los?«, fragte sie und bemühte sich, leise zu sprechen und fürsorglich zu klingen. »Wirken die Schmerzmittel nicht mehr?«

Cassidy ließ die Hände sinken und starrte sie an. »Was?«, fragte sie und wischte sich über das fleckige Gesicht.

»Hast du Schmerzen? Soll ich die Krankenschwester holen?«

»Nein.« Erneut schluchzte Cassidy. »Ich habe sie gebeten, eine Pause zu machen. Sie ist unten, glaube ich.« Wieder rannen ihr Tränen über die Wangen. »Die Schmerzen sind nicht schlimmer als sonst. Es ist mein Leben, das total verkorkst ist. Ich vermassle einfach alles, was ich anpacke. Ich bin die totale Versagerin.«

Langsam ging Daisy in das Zimmer und setzte sich auf den Stuhl neben dem Bett. »Das sind die Medikamente, die da aus dir sprechen. Du bist keine Versagerin. Du bist Reisejournalistin und führst ein tolles Leben. Du siehst die ganze Welt, lebst in Miami. Was ist verkehrt daran?«

Cassidy zog noch weitere Taschentücher aus der Schachtel und putzte sich die Nase. »Niemand macht sich wirklich etwas aus mir. Ich könnte morgen sterben, und niemand würde mich vermissen.«

Daisy tat ihr Bestes, um nicht mit den Augen zu rollen. »Das klingt ein bisschen zu melodramatisch, findest du nicht? Es gibt viele Menschen, die dich mögen. Du hast eine Familie.«

Sie wollte sagen, dass Cassidy ihr am Herzen lag und dass sie sie mochte, doch sie konnte nicht lügen. Schließlich verstanden sie und Cassidy sich seit Jahren nicht. Und wenn sie so darüber nachdachte, konnte Daisy Sage auch nicht besonders gut leiden. Was vermutlich bedeutete, dass sie ein schrecklicher Mensch war.

»Ich kenne nicht mal deine Kinder«, heulte Cassidy. »Und das sollte ich doch wohl.«

Es dauerte einen Moment, bis Daisy begriff. »Du kennst sie nicht, weil du keine Zeit mit ihnen verbringst und weil du am anderen Ende des Landes lebst. Daran sind nur die äußeren Umstände schuld. Sie sagen nichts über dich als Menschen aus. Du darfst die beiden gern kennenlernen, wenn du möchtest.« Obwohl sie aufrichtig hoffte, dass es nur eine Laune war und dass Cassidys Wunsch, eine Beziehung zu Ben und Krissa aufzubauen, sich in Wohlgefallen auflösen würde.

Cassidy nickte. »Stimmt. Das könnte ich. Ich frage mich, ob sie mich mögen würden. Wissen sie, dass ich dich noch nie ausstehen konnte? Hast du es ihnen gesagt?«

Daisy ermahnte sich, dass auch in diesem Moment die Medikamente aus Cassidy sprachen und dass sie die Bemerkung nicht ernst nehmen sollte. Aber bevor sie sich überlegen konnte, wie sie darauf reagieren sollte, redete Cassidy weiter.

»Kam das falsch rüber? Ich habe es nicht böse gemeint.«

»Selbstverständlich nicht.«

Cassidy schien den Sarkasmus nicht zu bemerken. »Du hast mich nur ständig überwacht, als wärst du meine Mom oder so. Aber du bist nicht meine Mom.«

Daisy spürte Wut in sich aufsteigen und versuchte, sie zu ignorieren. »Nein, ich bin nicht deine Mutter. Darüber war ich mir immer im Klaren. Ist dir je in den Sinn gekommen, dass ich auf dich aufgepasst habe, weil ich dich mochte?«

Cassidy starrte sie mit leerem Blick an. »Nein.«

Sie hatte sich gewünscht, dass sie einander nahestehen würden – dass sie Schwestern wären, die eng miteinander verbunden waren. Doch nach der Scheidung war in Cassidys Herz nur noch Platz für Sage gewesen. Alle anderen waren auf die Plätze verwiesen worden – außer Daisy, die in dieser Rangfolge gar nicht mehr aufgetaucht war.

»Ich wollte mich um dich kümmern, weil ich Angst hatte, dass du dich allein oder verängstigt fühlen könntest. Du warst noch ein kleines Mädchen, und deine Familie war auseinandergerissen worden. Ich dachte, es würde dir zu schaffen machen, also habe ich versucht, alles zu tun, damit es dir gut geht.«

Sie dachte darüber nach, ob sie ihr sagen sollte, dass sie genau wusste, wie es sich anfühlte, im eigenen Haus zurückgewiesen zu werden. Als Wallace Joanne geheiratet hatte, hatte Daisy sich gefreut, eine Stiefmutter und eine Stiefschwester zu bekommen. Sie hatte sich ausgemalt, dass sie alle zusammen etwas unternehmen würden – nicht mehr nur sie und ihr Vater. Aber dazu war es nie gekommen.

An besseren Tagen war Joanne Daisy gegenüber gleichgültig gewesen, und an schlimmeren hatte sie Spaß daran gehabt, Daisy zu quälen – manchmal auch körperlich. Joanne sprach fließend Französisch und hatte Sage die Sprache beigebracht. Die beiden hatten sich oft in der fremden Sprache unterhalten und Daisy ausgeschlossen – bis auf die Momente, wenn sie etwas gesagt hatten, das Daisy natürlich auch nicht verstanden hatte, dann auf sie gezeigt und gelacht hatten.

Auf der Schule, wo Daisy darum hatte kämpfen müssen, Freunde zu gewinnen und sich einzufügen, war Sage sofort eins der beliebtesten Mädchen gewesen. Es hatte eine einfache Regel gegeben: Man konnte nicht mit Sage abhängen, wenn man zugab, Daisy zu mögen. Es hatte nicht einmal ein Entkommen gegeben, wenn die Schule vorbei gewesen war, denn Sage hatte große Freude daran gehabt, Daisys Peiniger zu ihnen nach Hause einzuladen. Daisy war allein in ihrem Zimmer gewesen und hatte zuhören müssen, wie die anderen ihren Spaß gehabt hatten.

Als Cassidy geboren worden war, hatte Daisy sich gewünscht, endlich eine Verbündete oder zumindest eine Freundin zu finden. Doch auch diese Hoffnung hatte sich zerschlagen.

Cassidy knüllte die benutzten Taschentücher zusammen und warf sie auf den Fußboden. »Tu nicht so, als wärst du nett, denn das bist du nicht. Du warst nie nett.«

»Ist jetzt der Zeitpunkt gekommen, an dem ich dich darauf hinweise, dass du dich in *meinem* Haus erholst, in einem Pflegebett, das ich extra für *dich* gemietet habe, umsorgt von

Krankenschwestern, die ich engagiert habe? Hm, ist all das nicht die Definition von ›nett‹?«

Ausdruckslos starrte Cassidy sie an.

»Warum versuche ich es überhaupt?«, sagte Daisy laut, als sie sich erhob. »Gute Nacht, Cassidy. Ich hoffe, es geht dir bald besser.«

Damit zog sie sich ans andere Ende des langen Flurs zurück und schloss die Tür hinter sich. Sie redete sich ein, dass sie eine erwachsene Frau war, die Freunde hatte und finanziell unabhängig war. Was spielte es also für eine Rolle, ob Cassidy sie nun mochte oder nicht? Es kränkte sie nicht – überhaupt nicht.

Aber die Lüge tröstete sie nicht.

Sage wollte geduldig sein, doch sie war müde, hungrig und gerade der Meinung, dass es eine echt dumme Idee gewesen war, nach L. A. zurückzukehren. Sie hätte ihren Neuanfang an einem Ort wagen sollen, an dem sie niemand kannte. Dann hätte kein blöder Kerl sie verletzen können. Und ihre Schwester würde ihr nicht seit zwei Tagen alle fünfzehn Minuten eine Kurznachricht schreiben und sie anflehen, sie besuchen zu kommen. Was sie mehrfach getan hatte – und jetzt schon wieder tat.

»Du musst damit aufhören«, sagte sie und machte sich nicht die Mühe, ihre Verärgerung zu verbergen. »Das ist mein Ernst, Cassidy. Es ist lächerlich.«

Es war fast neun Uhr abends. Sage hatte den ganzen Tag gearbeitet und sollte am nächsten Morgen um elf Uhr wieder im Geschäft sein. Da Vivian Urlaub hatte, musste sie mehr Stunden übernehmen – was für sie allerdings auch hieß, dass sie eine höhere Chance auf eine Provision hatte.

»Aber ich brauche dich hier«, flehte ihre Schwester und umklammerte ihre Hand. »Bitte, bleib noch eine Weile bei mir.«

»Ich will nach Hause und was essen. Ich muss morgen früh wieder arbeiten.«

»Esmerelda kann dir doch was machen«, sagte Cassidy. »Es macht ihr bestimmt nichts aus. Dann kannst du noch bei mir bleiben.«

Sage bezweifelte, dass Daisys Haushälterin große Lust verspürte, irgendetwas für sie zu tun.

»Ich muss trotzdem arbeiten«, sagte sie und löste die Hand aus der Umklammerung ihrer Schwester.

»Arbeit ist blöd.«

»Ja, stimmt. Aber ich habe keinen Treuhandfonds wie du und Daisy. Ich muss arbeiten, um meine Rechnungen bezahlen zu können.«

»Sage, bleib hier. Bitte, bitte, ja?«

Als Cassidy sie mit ihren blauen Augen flehentlich anblickte und ihre Stimme leicht zitterte, wirkte sie, als wäre sie acht und nicht achtundzwanzig Jahre alt. Sage unterdrückte ein Seufzen.

»Du machst mich wahnsinnig.«

»Ich weiß. Ist das nicht toll?« Cassidy griff nach dem Walkie-Talkie auf dem Tischchen neben ihrem Pflegebett. »Was möchtest du essen?«

»Nichts. Ich werde mir was holen, wenn ich nach Hause fahre.« Sie rutschte ein Stückchen auf dem Stuhl neben dem Bett vor und zog die Schuhe aus. Ihre Füße brachten sie um – der Schmerz war beinahe stark genug, um sie von ihrer Wut auf ihre Schwester abzulenken. Doch wenn sie die Wut auf ihre Schwester vergaß, würde sie darüber nachdenken müssen, was zwischen ihr und Adam vorgefallen war, und das wollte sie nicht. Seine Worte hatten sie nicht nur verletzt, nein, es gefiel ihr auch nicht, dass sie noch immer darüber nachgrübeln musste.

Seine unverblümte Bemerkung, dass sie »boshaft geworden« wäre, hatte sie vollkommen unvorbereitet getroffen. Das war der einzige Grund, warum seine Worte ihre Schutzmauern durchbrochen hatten. Zum Glück war es ihr gelungen, sich nichts anmerken zu lassen. Sie war noch ein paar Minuten geblieben, hatte sich dann entschuldigt und war verschwunden. Wieder zu Hause, hatte sie sich ein süßes Kleid angezogen und war weggefahren, nur um sicherzugehen, dass er nicht glaubte, sie wäre eingeschnappt. Aber dann war ihr klar geworden, dass es niemanden gab, zu dem sie hätte fahren können. Allein in einer Bar zu sitzen wäre mehr als trostlos gewesen, also war sie ungefähr eine Stunde lang im Beverly Center herumgelaufen, ehe sie nach Hause zurückgekehrt war und sich in ihrem Zimmer verschanzt hatte. Die ganze Zeit hatte sie sich den Kopf darüber zerbrochen, was seine Worte bedeuten mochten – abgesehen vom Offensichtlichen.

Nicht, dass sie sich um seine Meinung scherte. Er war nur ein ehemaliger Bekannter. Sie waren nicht befreundet. Und erst recht waren sie nicht zusammen. Sie musste darüber hinwegkommen und weitermachen.

»Sage!« Cassidy funkelte sie an. »Hör mir mal zu!«

Sage starrte ihre Schwester an. »Wann bist du eigentlich zu diesem ungezogenen kleinen Mädchen mutiert?«

»Das bin ich nicht. Mir ist nur so langweilig. Ich habe nicht mehr solche heftigen Schmerzen. Deshalb reduzieren die Krankenschwestern meine Schmerzmittel. Das bedeutet, dass ich nicht mehr ständig schlafe. Ich habe einfach *nichts* zu tun.«

»Du hast doch einen Fernseher. Oder lies ein Buch. Lern eine neue Sprache. Ich bin nicht dein persönliches Spielzeug.«

»Unterhalte mich! Du bist schließlich die Lustige von uns.«

»Im Augenblick fühle ich mich ganz und gar nicht so.«

Sie wollte aufstehen, doch Cassidy packte erneut ihre Hand.

»Warte! Ich muss dir was sagen. Desean hat mir einen Heiratsantrag gemacht.«

Sage setzte sich wieder hin. »Wer ist Desean?«

»Der Typ, mit dem ich zusammen bin … war. Sozusagen. Es ist eine längere On-off-Beziehung.«

»Ich wusste gar nicht, dass du mit jemandem zusammen bist.«

Nicht, dass sie und Cassidy sich oft unterhalten würden, aber sie schrieben sich ab und zu Nachrichten, und sie war sich ziemlich sicher, dass sie sich daran erinnert hätte, wenn ihre Schwester einen Mann erwähnt hätte.

Cassidy hielt nichts von festen Beziehungen – also Beziehungen, die länger als ein Wochenende dauerten. Sie war hübsch genug, um jeden Mann haben zu können, den sie wollte. Doch sie hatte kein Interesse daran, einen Typen länger als ein paar heiße Liebesnächte und wundervolle Orgasmen lang zu halten.

»Ist es was Ernstes?«, wollte sie wissen.

Cassidy neigte den Kopf zur Seite. »Er hat mir einen Antrag gemacht.«

»Das sagtest du bereits. Aber das heißt nur, dass es für *ihn* etwas Ernstes ist. Was *du* denkst, möchte ich wissen.«

Cassidy hob den gesunden Arm. »Nein. Vielleicht. Ich weiß es nicht. Ich mag ihn. In letzter Zeit hat er mich allerdings gedrängt, mich … du weißt schon … zu entscheiden, zu binden. Ich kann das nicht. Ich habe es ihm oft gesagt, doch er hört mir nicht zu.« Sie zog die Nase kraus. »Er ist süß und so. Klug. Lustig. Echt attraktiv. Mit einem muskulösen Körper, der einem die Sprache verschlägt. Aber ich kann ihn nicht heiraten.«

»Du könntest es. Du hast dich nur bewusst dazu entschieden, es nicht zu tun.«

Cassidys Unterlippe zitterte. »Es ist boshaft, so was zu sagen.«

Schon wieder dieses Wort, dachte Sage verärgert. Sie wollte ihre Schwester gerade anfahren, als ihr bewusst wurde, dass sie vielleicht gerade keine gute Stütze gewesen war. Trotz der Verletzungen, die allmählich abheilten, und der Tatsache, dass sie etwas mehr Energie hatte, erholte Cassidy sich noch immer von einem schweren Unfall. Vielleicht wäre ein bisschen mehr Geduld angebracht.

»Wie lange seid ihr schon in dieser On-off-Beziehung?«, wollte sie wissen.

»So zwei Jahre.« Cassidy presste die Lippen aufeinander. »Vielleicht auch drei.«

»*Jahre?* Du bist seit drei Jahren mit einem Mann zusammen, und ich erfahre erst jetzt davon?«

»Das ist doch nichts.«

»Für ihn offenbar schon.« Sage bemühte sich, etwas ruhiger zu klingen. »Cassidy, wenn er so ist, wie du gerade gesagt hast, warum gibst du ihm dann keine Chance? Eine echte Chance?«

»Weil sowieso alles den Bach runtergehen wird. Du weißt das. Keine Ehe ist glücklich und von Dauer. Im Fernsehen vielleicht. Aber nicht im echten Leben. Nenn mir eine Person, die glücklich verheiratet ist.«

Sage rollte mit den Augen. »Ernsthaft? Wie wär's mit Daisy und Jordan? Sie sind seit ungefähr … zehn … elf … zwölf Jahren zusammen?«

Cassidy verzog den Mund zu einem breiten Grinsen. »Du weißt es nicht. Natürlich nicht. Das hätte sie dir auch nie erzählt.« Sie senkte die Stimme. »Er ist ausgezogen. Sie haben sich getrennt. Ben und Krissa kommen jeden Tag nach der Schule zu mir. Sie haben es mir gesagt. Es ist ein paar Wochen her. Er ist in ein Hotel gezogen, hat aber noch keine neue Wohnung.« Sie wackelte mit den Augenbrauen. »Vielleicht solltest du noch mal dein Glück bei ihm versuchen. Das würde ihr nur recht geschehen.«

»Cassidy, hör auf«, sagte Sage, weil sie Zeit gewinnen wollte.

Daisy und Jordan hatten sich getrennt? Das erfüllte sie nicht mit Freude. Eigentlich sollte diese Neuigkeit keine Bedeutung für sie haben – außer ihrem Bedauern darüber, dass noch eine Ehe zerbrochen war. Doch sie empfand noch etwas anderes. Aus Gründen, die sie nicht erklären konnte, wurde ihr mit einem Mal übel, und sie verspürte das Bedürfnis, aus dem Zimmer zu stürmen.

»Tja, ich hasse sie. Es ist nicht meine Schuld.«

»Du hast keinen Grund, sie zu hassen«, entgegnete Sage.

»Sie hat dich bei sich aufgenommen, obwohl du schwierig und respektlos bist.«

»Mir ist egal, ob sie mich mag oder nicht. Dad ist derjenige, der möchte, dass ich hierbleibe, und sie tut immer, was er sagt.«

»Warum hasst du Daisy so sehr? Als wir noch Kinder waren, hat sie sich um dich gekümmert.«

»Es ist eben so. Im Übrigen wart ihr – du und Mom – immer schrecklich zu ihr. Das geht nicht auf meine Rechnung.«

Sage fragte sich, ob das tatsächlich der Wahrheit entsprach. Sie und ihre Mutter waren ziemlich schrecklich gewesen – noch etwas aus ihrer Vergangenheit, das sie gern besser gemacht hätte. Hatte Cassidy von ihnen gelernt, Daisy derart respektlos zu behandeln?

»Wir lagen falsch«, erklärte sie. »Die Sache mit Daisy und Jordan tut mir leid. Ich hoffe, sie bekommen ihre Probleme wieder in den Griff.« Sie lächelte. »Dann könnte ich dir ein Beispiel für eine funktionierende Ehe liefern.«

»Aber bis es so weit ist, kennen wir keine einzige Ehe, die glücklich ist. Und das heißt, dass ich Desean nicht heiraten kann. Nicht, dass er mich jetzt überhaupt noch heiraten würde. Ich sehe schrecklich aus.«

»Du siehst gut aus. Glaubst du wirklich, dass ihm ein paar Schrammen und Blutergüsse etwas ausmachen?«

»Nein.« Cassidy seufzte. »Er liebt mich. Darum bin ich auch den Berg runtergestürzt. Er hat mir einen Antrag gemacht, und ich bin zurückgewichen, hatte plötzlich keinen Boden mehr unter den Füßen und bin gefallen.«

»Zumindest hast du eine gute Geschichte zu erzählen.« Sage erhob sich. »Hör auf, mir Nachrichten zu schicken. Ich muss arbeiten und brauche meinen Schlaf. Wenn du nicht damit aufhörst, stelle ich mein Handy aus.«

Cassidy warf ihr ein selbstbewusstes Lächeln zu. »Das würdest du mir niemals antun. Das kannst du gar nicht. Du liebst mich.«

»Allerdings jeden Tag weniger, Kleine.« Sage gab ihr einen Kuss auf die Wange. »Wir sehen uns in ein paar Tagen.«

»Komm später noch mal wieder. Wir sehen uns Filme an und reden die ganze Nacht lang.«

»Nein.«

»Sage, bitte.«

»Auf Wiedersehen, Cassidy«, sagte Sage entschieden. Wenn Cassidy sie weiterhin nervte, würde sie ihr Versprechen wahr machen und ihr Handy ausschalten müssen.

»Ich brauche dich doch.«

Sage blieb stehen, um ihre Schwester anzusehen. Sie lächelte. »Lies ein Buch.«

Obwohl sie erst gegen Mittag im Krankenhaus sein musste, wachte Daisy wie immer gegen sechs Uhr morgens auf. Eines Tages würde sie lernen müssen, auch mal auszuschlafen.

Sie duschte, zog eine Jeans und ein Sweatshirt an und schlüpfte in ein Paar *Uggs*. Sie warf einen Blick auf ihr Handy und hoffte, eine Nachricht von Jordan bekommen zu haben. Aber nein. Keine Nachricht. Sie hatte ihn am vergangenen Abend gesehen, als er die Kinder zum Essen abgeholt hatte. Doch ein »Hi, wie läuft's?«, das drei Sekunden dauerte, machte keine Ehe aus.

Sie vermisste ihn. Nein, sie vermisste *sie als Paar*. Sie vermisste es, ihm beim Essen gegenüberzusitzen und den Abend als Familie zu verbringen. Sie vermisste es, neben ihm und mit ihm zu schlafen – auch wenn sie das in letzter Zeit nicht oft getan hatten. Eine Tatsache, über die sie lieber nicht nachdenken wollte, weil sie sich dann automatisch fragen würde, ob er es mit einer anderen Frau trieb. Und der Gedanke, dass Jordan ihr untreu sein könnte, machte sie krank.

Die Morgenroutine war ihr vertraut. Zuerst ließ sie die Hunde raus. Später würde Esmerelda die Hunde und Katzen füttern, nachdem sie den Kindern das Frühstück gemacht hätte. Es lief alles wie geschmiert, und Daisy war sich bewusst, dass es ein großes Glück war, so viel Unterstützung zu haben. Ihr Dienstplan änderte sich ständig, aber mit Esmereldas Hilfe musste sie sich keine Gedanken darüber machen, ob die Kinder rechtzeitig in die Schule kamen oder ob sie Schulbrote dabeihatten.

Sie öffnete eine der Glastüren, die von der Küche in den Garten führten, und beide Hunde jagten hinaus. Nachdem sie die Tür wieder geschlossen hatte, drehte sie sich um und hätte vor Schreck beinahe einen Satz gemacht, als sie plötzlich Sage an dem Tisch am Fenster sitzen sah.

Daisy legte sich die Hand aufs Herz und versuchte vergeblich, sich wieder zu beruhigen. Wütend funkelte sie ihre ehemalige Stiefschwester an. »Du hast mich zu Tode erschreckt! Was willst du hier?«

»Tut mir leid. Ich will nur ein bisschen Kraft sammeln, um nach Hause zu fahren.«

Sage wirkte erschöpft. Sie hatte dunkle Schatten unter den Augen, und ihr für gewöhnlich glattes, glänzendes blondes Haar sah stumpf aus und benötigte dringend mal wieder eine Spülung. Ihre Kleider waren zerknittert, ihr Teint war fahl.

»Du siehst grauenvoll aus«, platzte Daisy heraus, ehe sie es sich verkneifen konnte.

Sage lächelte schwach. »Genauso fühle ich mich auch.«

»Bist du krank?«

»Ja, unsere Schwester macht mich krank.« Sage rieb sich die Augen. »Cassidy schickt mir ständig Nachrichten. Und damit meine ich alle fünfzehn Minuten. Sie will, dass ich zu ihr komme und ihr Gesellschaft leiste. Wenn ich ihr nicht antworte, ruft sie mich wieder und wieder an. Ich bekomme keinen Schlaf, bin bei der Arbeit todmüde, und wenn das nicht aufhört, werde ich sie umbringen und ihre Leiche in den nächsten Fluss werfen.« Sie hielt inne und sah Daisy an. »Gibt es hier in der Nähe einen Fluss?«

»Eigentlich nicht.«

»Das passt ja.«

Daisy war sich nicht sicher, was sie tun oder sagen sollte. Dass Sage hier in ihrer Küche saß, war irgendwie surreal. Und dass sie so kaputt aussah, machte die Situation noch seltsamer.

»Möchtest du einen Kaffee?«, fragte sie, um Zeit zu gewinnen.

»Das wäre toll. Danke. Ich hätte mir ja selbst eine Tasse gemacht, aber die Maschine sieht echt kompliziert aus.«

Daisy lächelte. »Das ist nur die Espressomaschine. In der Vorratskammer steht eine ganz normale Kaffeemaschine.«

»Wie dumm von mir, dort nicht nachzuschauen.« Sage legte die ausgestreckten Arme auf den Tisch und ihren Kopf darauf. »Beachte mich nicht weiter. Ich trinke nur schnell eine Tasse Kaffee und verschwinde dann wieder.«

Daisy schaltete die Kaffeemaschine ein, ging zum Kühlschrank und holte zwei kleine Glasbecher mit Joghurt heraus. Sie gab zwei Scheiben Toast in den Toaster und nahm eine reife Avocado und eine Tomate aus den Körben auf der Anrichte.

Fünf Minuten später stellte sie den Joghurt und einen Teller mit Avocado-Toast mit Tomatenscheiben vor Sage auf den Tisch. Dazu gab es eine Tasse Kaffee und ein kleines Kännchen mit Kaffeesahne. Sie ließ sich auf ihren angestammten Platz am Ende des Tisches sinken.

Sage betrachtete das Essen und den Kaffee und sah Daisy an. »Das ist echt nett von dir. Danke schön.« Sie nahm einen Schluck vom Kaffee und seufzte. »Genau das, was ich gebraucht habe. Und jetzt noch mal zu dem Mord an Cassidy …«

Daisy grinste sie an. »Das willst du doch nicht wirklich tun. Du würdest dich nur schuldig fühlen.«

»Im Augenblick nicht. Sie muss aufhören, mich zu nerven.«

»Ihr ist langweilig, und sie hat sich noch nie gut mit sich selbst beschäftigen können.«

Sage nahm eine Scheibe Toast in die Hand. »Ich bin mir ziemlich sicher, dass sie weiß, wie man masturbiert.«

Daisy lachte. »So meinte ich das eigentlich nicht. Sie kommt nicht gut mit sich selbst zurecht, wenn du nicht da bist. Du warst schon immer ihr Ein und Alles.«

Misstrauisch sah Sage sie an. »War das etwa eine Kritik?«

»Nein. Ich nenne hier nur die Fakten.«

Sage biss ein paarmal in ihren Toast. »Du hast recht. Wenn sie mit meiner Mutter und mir zusammen war, haben wir ihr fast alles durchgehen lassen. Das war einfach leichter. Ich bin mir sicher, dass es bei dir sehr viel mehr Regeln gab.« Beschwichtigend hob sie die Hand. »Das war auch nur als Tatsache gemeint. Ich wollte nicht zickig sein.«

»Es gab hohe Erwartungen«, gab Daisy zu. »Ich wollte das Richtige tun, aber damit habe ich nur erreicht, dass sie mich hasst.«

»Sie hasst dich nicht«, erwiderte Sage.

Wortlos nahm Daisy ihr Joghurtglas in die Hand.

Sage seufzte. »Gut, ja, sie hasst dich. Ich weiß allerdings ehrlich nicht, wieso.«

Zwar war die Information keine Neuigkeit, doch Daisy musste zugeben, dass die Wahrheit schmerzte. Sie hatte für Cassidy nur das Beste gewollt – sie hatte versucht, sie zu unterstützen und liebevoll zu sein, aber nachdem Wallace und Joanne geschieden worden waren, hatte ihre kleine Schwester offenbar nichts mehr mit ihr zu tun haben wollen und kein Interesse mehr an ihr und ihrer Beziehung gezeigt.

»Ich frage mich, ob meine Mom irgendwas gesagt hat«, murmelte Sage und nahm ihre Kaffeetasse. »Es würde ihr ähnlichsehen, Cassidy ermahnt und ihr eingebläut zu haben, dir niemals zu glauben und zu vertrauen.«

»Warum hätte sie das tun sollen? Ich war dreizehn Jahre alt, als unsere Eltern sich scheiden ließen, und habe für niemanden eine Bedrohung dargestellt.«

»Meine Mom wollte die Scheidung nicht. Sie hat Wallace geliebt und sehr, sehr gern hier gelebt.« Sage trank ihren Kaffee aus und stand auf, um sich noch einen zu holen. »Sie war wütend und gekränkt. Sie wollte die Verantwortung für das, was passiert war, nicht übernehmen, also hat sie dir die Schuld gegeben. Ich frage mich, ob sie Cassidy gegenüber behauptet hat, du wärst der Grund für die Trennung.«

Die Ungerechtigkeit traf Daisy tief. »Sicher war nicht *ich* der Grund, und Cassidy war erst fünf Jahre alt. Es wäre schrecklich gewesen, einem kleinen Kind gegenüber so etwas zu behaupten.«

Sage kam mit der Kaffeekanne zurück und schenkte ihnen beiden nach. »Als würden vernünftige, sachliche Überlegungen hier eine Rolle spielen. Dem ist nicht so. Meine Mom interessiert sich nur für sich selbst.«

»Aber …«

Sage schwenkte die Kaffeekanne. »Daisy, lass es gut sein. Du kannst die Vergangenheit nicht ändern – genauso wenig wie meine Mutter.«

Daisy nahm einen Schluck von ihrem Kaffee und versuchte, das alles zu begreifen. Gern hätte sie Sage der Lüge bezichtigt, doch ihr Bauchgefühl sagte ihr etwas anderes. Sie wusste, dass Joanne sie nie hatte leiden können und sich große Mühe gegeben hatte, damit sie sich in ihrem eigenen Zuhause unwohl und unerwünscht fühlte. Aber wäre Joanne tatsächlich so weit gegangen? Wäre sie so grausam gewesen?

Sobald Daisy sich diese Frage gestellt hatte, kannte sie auch schon die Antwort darauf.

»Das hinterlässt einen bitteren Nachgeschmack, oder?«, fragte Sage und nahm wieder Platz.

»Ja. Mist, dass ich mein Avocado-Toast jetzt nicht mehr genießen kann.«

»Du kannst morgen noch Avocado-Toast essen, während ich mich mit unserer Schwester rumschlage.«

»Es sei denn, du hast sie dann schon umgebracht.«

Sage lächelte. »Was für ein schöner Gedanke.«

Sie nippten an ihrem Kaffee.

Daisy sah Sage an. »Du hast erwähnt, dass du einen Job hast«, sagte sie vorsichtig. »Heißt das, dass du für immer zurückgekehrt bist? Ich dachte, du wärst … äh … verheiratet.«

»Nicht mehr«, erwiderte Sage knapp. »Wir sind geschieden. In der Dominikanischen Republik kann man sich im Handumdrehen scheiden lassen – und man hat noch einen wundervollen tropischen Erholungsurlaub on top. Wir hatten die Scheidung gerade unter Dach und Fach gebracht, als meine Mutter mir sagte, dass sie vielleicht an Krebs erkrankt wäre. Sie war ziemlich durch den Wind, also bin ich hierhergereist, um ihr beizustehen. Als sich herausstellte, dass die Angst zum Glück unbegründet war, musste ich einige Entscheidungen treffen. Aus irgendwelchen Gründen, an die ich mich nicht mehr genau erinnern kann und die mir inzwischen schleierhaft sind, habe ich beschlossen hierzubleiben.«

»Oh.« Daisy wusste nicht, was sie dazu sagen sollte. »Ich freue mich, dass es deiner Mutter gut geht.«

»Wenn das dein Ernst ist, bist du netter, als sie es verdient hat.«

»Ich würde ihr nicht wünschen, an Krebs zu erkranken.«

Sage lachte leise. »Und wie wäre es mit einem fiesen Ausschlag?«

Daisy grinste. »Ein fieser Ausschlag wäre in Ordnung.« Ihr Lächeln erstarb. »Versteh mich nicht falsch, aber es ist komisch, dich und Cassidy wieder hier im Haus zu haben.«

»Dann stell dir mal vor, wie es für mich ist. Wieder drücke ich mir die Nase am Fenster platt und sehe, was du alles hast und was ich niemals haben werde.«

Daisy ertappte sich dabei, wie sie ihre ehemalige Stiefschwester mit großen Augen ansah. »Denkst du das wirklich?«

»Nein. Ich hätte das nicht sagen sollen. Vermutlich ist meine Erschöpfung schuld daran, dass ich das laut ausgesprochen habe.« Sie winkte ab. »Du hast alles richtig gemacht, Daisy.

Du hast tolle Kinder und deine Familie. Hunde, Katzen. Alles ist gut.«

»Ich will dir hier nichts unter die Nase reiben.«

»Das weiß ich. Das wäre auch gar nicht dein Stil.«

»Aber du hasst mich immer noch.«

Sage sah sie an. »Ich habe dich nie gehasst, und inzwischen kenne ich dich gar nicht mehr.«

Enttäuschung machte sich in Daisy breit. Das Geld ihrer Eltern hatte *nichts* mit ihr zu tun, sagte nichts über sie als Mensch aus. Das Haus war ihr überschrieben worden, und sie hatte von ihren Eltern zwei Treuhandfonds bekommen. Sie war unglaublich privilegiert, und das war ihr auch bewusst. Doch wo sie lebte und wie viel Geld sie auf der Bank hatte, machte sie nicht als Person aus.

Sage überraschte sie, indem sie sagte: »Tut mir leid, dass ich das gesagt habe. Im Augenblick ist einfach alles sehr kompliziert. Ich versuche, mir Gedanken über meine Zukunft zu machen, und das ist nicht ganz leicht.«

»Kann ich irgendwie helfen?«

Sage verzog den Mund zu einem schwachen Lächeln. »Ich glaube, das wäre für uns beide unangenehm.«

Daisy wusste, dass es wahr war, aber sie war trotzdem froh, Sage das Angebot gemacht zu haben. »Wo arbeitest du eigentlich?«

»In einer Boutique. Sehr italienisch, sehr teuer.«

»Du sprichst Italienisch. Das ist bestimmt ein Riesenvorteil.«

Sage trank ihren Kaffee aus. »Stimmt. Und ich habe das richtige Maß an Arroganz und Boshaftigkeit, um erfolgreich zu sein.«

Daisy runzelte die Stirn. »Arroganz und Boshaftigkeit? Wieso sagst du so was?«

»Ach, aus keinem bestimmten Grund. Mach dir keine Gedanken. Ich habe nur schlechte Laune.« Sie lächelte. »Ich fürchte, ich habe mich zu wenig mit mir selbst beschäftigt …«

»Ich auch …«, entgegnete Daisy und wünschte sich im nächsten Moment, das nicht gesagt zu haben, weil es Fragen aufwerfen könnte, die sie nicht beantworten wollte.

Sage wandte den Blick ab. »Tja. Also, Cassidy hat erwähnt, dass Jordan ausgezogen ist. Eins der Kinder hat es ihr erzählt. Das tut mir echt leid. Ich hoffe, ihr kriegt das wieder hin. Es wäre schön, wenn zumindest ein Mensch, den ich kenne, eine erfolgreiche und glückliche Ehe führen würde.«

Daisy spürte, wie ihr die Hitze in die Wangen stieg. Sie wusste nicht, was sie sagen sollte. Die Mischung aus Demütigung und Scham machte sie verletzlich und angreifbar.

Sage erhob sich. »Danke für das Frühstück. Versteh mich nicht falsch, aber mit ein bisschen Glück werden wir uns erst mal nicht mehr wieder über den Weg laufen.«

Daisy nickte, weil sie noch immer nichts sagen konnte. Es hatte ihr die Sprache verschlagen. Ihr Hals war wie zugeschnürt, und ihr brannten die Augen. Warum mussten von allen Menschen auf dieser Welt ausgerechnet ihre Schwestern herausfinden, dass Jordan sie verlassen hatte? Zwei Menschen, die ihr auf keinen Fall den Rücken stärken würden.

8. KAPITEL

Sage bog auf die Zufahrt zum Haus ihrer Mutter und gestand sich selbst ein, dass es so nicht weitergehen konnte. Die Nächte, die sie an Cassidys Bett verbrachte, die langen Arbeitstage, der Nachhilfeunterricht – das alles war zu viel für sie. Wenn sie nicht bald mehr Schlaf bekam, würde sie bestimmt noch anfangen zu halluzinieren.

Jetzt hatte sie zwei Tage frei, und ihr Plan war, so viel zu schlafen wie möglich, wobei sie ihr Handy abschalten würde, damit Cassidy sie nicht erreichen konnte. Dann würde sie sich sammeln und sich überlegen, wie es mit ihrer Schwester weitergehen sollte.

Als sie aus dem Auto stieg, kam Adam die Zufahrt hinaufgeschlendert.

Obwohl sie nach ihrer letzten Begegnung niedergeschlagen gewesen war, musste sie zugeben, dass er wirklich gut aussah. Er strahlte eine unglaubliche innere Ruhe und Lässigkeit aus, als wäre er selbstsicher genug, um zu wissen, dass er mit allem fertig werden konnte. Früher einmal war sie auch so selbstbewusst gewesen, und sie vermisste dieses Gefühl. Momentan hatte sie eher den Eindruck, sich ständig neu zurechtfinden zu müssen.

Sie schloss ihren Wagen ab und beobachtete Adam. Als er nur noch ein paar Schritte entfernt war, blieb er stehen und schob die Hände tief in die Taschen seiner Jeans. Aus dunkelblauen Augen blickte er sie an.

»Es tut mir leid«, sagte er. »Das zwischen uns ist irgendwie nicht so toll gelaufen. Für gewöhnlich komme ich gut mit Frauen zurecht. In deiner Nähe fühle ich mich allerdings wieder wie der unsichere Siebzehnjährige. Ungelenk, ohne Selbstbewusstsein und -beherrschung und mit den Umgangsformen eines Toastbrots. Ich weiß nicht, warum das so ist. Liegt es daran, dass du so wunderschön bist? Oder leide ich bereits unter Demenz? Versteh mich nicht falsch, ich will das nicht als Ausrede vorschieben. Es tut mir leid, dass ich deine Gefühle verletzt habe.«

»Toastbrot?«, fragte sie, denn ihn zu bitten, noch einmal zu wiederholen, wie schön sie war, würde sie vermutlich etwas oberflächlich wirken lassen.

»Es war das Einzige, was mir in dem Moment eingefallen ist. Siehst du? Du machst mich sprachlos.« Seine Mundwinkel zuckten. »Sei nicht sauer, Sage. Bitte. Ich hätte nicht sagen dürfen, dass du boshaft warst.«

Sie wusste, dass sie am Scheidepunkt stand. Entweder könnte sie ihn dafür leiden lassen, was er gesagt hatte, oder sich wie eine Erwachsene verhalten und seine Entschuldigung akzeptieren.

»Du hast recht«, gab sie zurück. »Auf einige Dinge, die ich früher gesagt und getan habe, bin ich nicht besonders stolz. Ich habe keine Rücksicht auf die Gefühle anderer genommen.« Sie klang ein wenig ironisch. »Ich habe meine Lektion gelernt. Ich nehme deine Entschuldigung an und möchte mich auch bei dir entschuldigen. Für alles, was ich auf der Highschool getan habe, um dich zu verletzen oder zu kränken. Es tut mir leid, dass wir nicht Freunde bleiben konnten.«

»Das lag an mir. Du hast mir nie etwas getan, aber ich hatte Angst, dass du es irgendwann tun würdest und dass ich nicht damit umgehen könnte. Distanz zu dir aufzubauen war meine Art von Selbstschutz.«

Denn wenn sie gewusst hätte, dass sie Macht über ihn hatte, hätte sie es gegen ihn verwendet und ihn fertiggemacht.

Behutsam berührte er ihren Arm. »Isst du mit mir zu Abend? Ich schulde dir einen Burger.«

Sie war überrascht, als sie ein Kribbeln an der Stelle spürte, wo seine Finger ihre Haut berührt hatten. Fühlte sie sich zu

Adam hingezogen? Eigentlich war er überhaupt nicht ihr Typ – sie bevorzugte arrogante und oberflächliche Männer. Adam hingegen war natürlich und aufrichtig. Wusste sie überhaupt, wie sie mit einem solchen Menschen umgehen musste?

Noch ein Scheideweg, dachte sie. Mit all den Männern, mit denen sie es früher zu tun gehabt hatte, hatte sie keine Schwierigkeiten gehabt. Es war leicht für sie gewesen, sie zu verführen, sie zu manipulieren, sie zu verlassen. Sie hatte keine Ahnung, wie es wäre, mit Adam zusammen zu sein. Nicht, dass er sie darum gebeten hätte. Ein Abendessen als Wiedergutmachung war wirklich weit davon entfernt, sein unstillbares Verlangen nach ihr zu bekunden.

»Das sollte eigentlich keine schwierige Frage sein«, sagte er betont locker. Offensichtlich bemühte er sich, sich die Enttäuschung, die sie in seinem Blick erkennen konnte, nicht anmerken zu lassen. »Ich wünsche dir einen schönen Abend.«

»Adam, warte.«

Er hielt inne und sah sie an.

»Ein Abendessen wäre toll«, sagte sie. »Aber ich musste in der letzten Woche jeden Abend mit meiner Schwester verbringen und lange arbeiten. Ich muss mal ausschlafen. Bekomme ich einen Gutschein?«

»Klar. Sag einfach Bescheid, wann du Zeit hast.«

Sie hatte das Gefühl, er würde ihr die Müdigkeit nicht abnehmen, doch daran konnte sie nichts ändern.

»Ich melde mich«, versprach sie.

»Sicher. Ich freue mich schon.«

Sie sah ihm hinterher, als er in sein Haus zurückging. Ein Teil von ihr wollte ihm hinterherlaufen und ihm versichern, dass sie wirklich gern mit ihm zu Abend essen wollte, aber sie ahnte, dass sie ihn nicht würde überzeugen können.

Später, nahm sie sich vor. Sie würde ihm schon beweisen, dass sie meinte, was sie sagte.

Daisy versuchte, gleichmäßig und bedächtig zu atmen, um ihre Nerven zu beruhigen. Das war albern. Jordan war ihr Ehemann – es gab keinen Grund, bei dem Gedanken, ihn wiederzusehen, nervös zu werden. Allerdings hatte sie ihn seit Wochen nie mehr als ein paar Minuten zu Gesicht bekommen. Nicht, dass sie sich nun endlich mal in Ruhe aussprechen könnten. Stattdessen mussten sie sich mit Bens Schulberaterin treffen, um über Mobbing zu reden. Nicht gerade ein romantisches Rendezvous.

Sie widerstand dem Drang, schon wieder einen Blick auf ihre Uhr zu werfen. Jordan würde pünktlich da sein. Die Beraterin hatte ihnen eine E-Mail geschickt, um den Termin zu vereinbaren.

Als hätte er ihre Gedanken gelesen, kam Jordan in den Wartebereich und nahm auf dem Stuhl neben ihr Platz.

»Ich kann nicht glauben, dass wir herzitiert wurden«, sagte er, ohne sie zu begrüßen. »Ben ist ein guter Junge. Das ist echt anstrengend.«

Daisy ermahnte sich, nicht zu viel in seine Worte hineinzuinterpretieren. Er war bloß ein besorgter Vater, der Angst um seinen Sohn hatte. Das war gut. Was spielte es für eine Rolle, dass er sie nicht gefragt hatte, wie es ihr ging, oder dass er ihr nicht gezeigt hatte, dass er sie vermisste? Es war wohl kaum der richtige Zeitpunkt, darüber zu reden. Obwohl sie sich gewünscht hätte, dass er es trotzdem getan hätte.

Die Tür zum Büro der Schulberaterin ging auf, und Paloma trat heraus, um sie zu begrüßen. Sie war zierlich und hatte leicht ergrautes braunes Haar. Sie strahlte eine Entschlossenheit aus, die keinen Schüler daran zweifeln ließ, dass man besser zuhörte, wenn sie etwas sagte.

»Prima. Sie sind pünktlich«, sagte sie lächelnd. »Kommen Sie herein.«

Jordan erhob sich und wartete, dass Daisy vorausging. Sie nahmen auf den Stühlen vor Palomas Schreibtisch Platz. Die

Beraterin schlug eine Akte auf, die auf ihrem Schreibtisch lag, und setzte ihre Brille auf.

»Bens Noten sind exzellent, und seine Lehrer haben über sein Verhalten nur Positives zu berichten«, begann sie. »Er ist beliebt und sehr gut in die Klasse integriert.« Über den Rand ihrer Brille hinweg warf sie ihnen einen Blick zu. »Er ist ein toller Junge. Dennoch mache ich mir Gedanken wegen der Mobbinggeschichte.«

»Ich habe ihn nach Christian gefragt«, sagte Daisy und bemühte sich, sicherer zu klingen, als sie sich fühlte. »Er macht sich Sorgen um seinen Freund.«

Christian, ein kluger, schüchterner Junge, war lange Zeit die Zielscheibe der Sticheleien seiner Klassenkameraden gewesen. Lewis, ein neuer Schüler, hatte es sich auf die Fahne geschrieben, Christian zu quälen. Er hatte es so weit getrieben, dass er der Schule verwiesen worden war. Trotzdem machte sich Ben noch immer Sorgen um seinen Freund.

»Wir haben darüber geredet, Zweiergruppen zu bilden, um sich im Notfall gegenseitig zu helfen«, erklärte Paloma. »So soll gewährleistet werden, dass kein Schüler unangenehmen Situationen allein ausgesetzt ist. Ben ist ein sehr guter Freund. Er bleibt, wann immer er kann, an Christians Seite, aber ich mache mir Sorgen um die beiden.«

»Man muss sehr behutsam und besonnen mit der Situation umgehen«, warf Jordan ein. »Ben kann Christian nicht den ganzen Tag begleiten. Irgendwann werden ihn die anderen allein antreffen.«

Daisy gefiel die fast schon brutal ehrliche Einschätzung der Lage nicht, doch sie wusste, dass Jordan recht hatte.

»Das ist uns bewusst«, entgegnete Paloma. »Und, ja, wir müssen ein Gleichgewicht finden. Ich habe von Christians Eltern die Erlaubnis bekommen, Ihnen mitzuteilen, dass sie mit dem Gedanken spielen, ihn auf eine andere Schule zu schicken.«

»Das wäre schwer für Ben«, antwortete Daisy. »Er und Christian stehen sich sehr nahe.«

»Darum wollte ich Ihnen Bescheid sagen, dass die Eltern darüber nachdenken. Christian weiß es noch nicht.«

»Dann werden wir Ben auch nichts davon sagen.«

»Was ist mit Kampfsport?«, fragte Jordan. »Würde so etwas nicht Bens Selbstbewusstsein stärken?«

»Könnte sein.« Paloma warf einen Blick auf ihre Notizen. »Außerdem wollte ich mit Ihnen noch Bens schulische Leistungen besprechen. Er macht sich extrem gut, und wir haben im Kollegium über die Möglichkeit geredet, ihn eine Klasse überspringen zu lassen.«

»Nein«, sagte Jordan geradeheraus.

Daisy starrte ihn an. »Sollten wir nicht erst mal zuhören?«

»Das ist keine gute Idee.« Er wandte sich der Beraterin zu. »Das hier ist eine der führenden Schulen in Los Angeles. Ändern Sie den Lehrplan, um ihn zu fördern, ohne ihn aus seiner Klasse zu nehmen. Ich möchte nicht, dass er der Jüngste in einer neuen Klassengemeinschaft ist. Es hat enorme Auswirkungen auf ein Kind, wenn es eine Klasse überspringt oder sitzen bleibt.«

Paloma klappte die Akte zu. »Offensichtlich ist das ein Thema, das Sie beide noch einmal besprechen sollten. Natürlich ist es nicht zwingend nötig. Und Sie haben recht, Jordan. Wir können uns auch andere Wege überlegen, um Ben zu fördern. Es war nur so ein Gedanke.«

Das Treffen dauerte noch eine halbe Stunde, in der sie über Krissas Leistungen sprachen. Als sie fertig waren, ging Daisy mit Jordan zusammen zum Parkplatz. Als sie neben ihrem Wagen standen, holte sie tief Luft.

»Ich verstehe nicht, warum du den Gedanken, dass Ben eine Klasse überspringt, so vehement ablehnst. Es bringt auch Vorteile mit sich.«

»Nicht genug, um die Probleme aufzuwiegen, die sich daraus ergeben.«

»Was für Probleme? Er ist ein glückliches, fürsorgliches, ausgeglichenes Kind.«

»Er würde all seine Freunde verlieren. Gut, er würde sie weiterhin sehen, aber nicht so wie bisher. Er ist nicht besonders groß, also wird er nicht nur der Jüngste, sondern auch der Kleinste in der neuen Klasse sein. Das ist kein Vorteil. Er ist jetzt glücklich. Ich glaube, wir sollten ihn dort lassen, wo er ist. Hat er nicht sowieso schon genug zu verkraften, ohne dass er sich auch noch in eine neue Klasse einfügen muss?«

»Ich weiß auch, dass es stressig wird. Ich verstehe nur nicht, warum wir nicht wenigstens darüber reden können?«

Er presste die Lippen aufeinander. »Ich weiß, wovon ich spreche, Daisy.«

»Und ich nicht?«

»Du hast keine Erfahrung damit. Sage ist sitzen geblieben, als ihre Mom deinen Dad geheiratet hat. Es war schwer für sie. Als wir auf der Highschool zusammen waren, konnte sie sich noch immer daran erinnern, wie schlimm es für sie war. Sie war älter als alle anderen in der Klasse. Es war demütigend und hat sie für immer verändert. Das soll Ben erspart bleiben.«

Aufgebracht funkelte Daisy ihn an. »Du willst unseren Sohn, der zu klug für seine Klasse ist, mit deiner Highschoolfreundin vergleichen, die sitzen geblieben ist? Das ist doch etwas völlig anderes.«

Er atmete scharf aus. Seine Ungeduld war ihm deutlich anzumerken. »Toll. Jetzt hörst du nicht auf mich, weil ich Sage erwähnt habe?«

»Nein. Ich frage nur, was ihre Erfahrungen mit Ben zu tun haben. In meinen Augen hinkt der Vergleich. Warum bringst du sie überhaupt ins Spiel?«

»Um dir meinen Standpunkt zu erklären.«

Daisy fragte sich, ob vielleicht noch mehr dahintersteckte. »Weil du dich mit ihr triffst?«

»Was?« Er wirkte ehrlich überrascht. »Nein! Wann und wie sollte ich mich mit Sage treffen? Mein letzter Stand der Dinge ist, dass sie in Italien lebt.«

Daisy wollte ihm so gern glauben, doch sie hätte sich noch besser gefühlt, wenn er gesagt hätte, Sage überhaupt nicht mehr sehen zu wollen. Aber wenn sie das aussprechen würde, dann würden sie anfangen, sich über Kleinigkeiten zu streiten, die keine Rolle spielten.

»Daisy, ich möchte Ben nicht dem Stress aussetzen, eine Klasse zu überspringen. Das ist alles, was ich damit sagen will. Ich glaube, er sollte in seiner Klasse bleiben, weil er dort glücklich und erfolgreich ist. Warum sollten wir das aufs Spiel setzen?«

Sie betrachtete ihn und fragte sich, ob das tatsächlich alles war, was dahintersteckte.

»Also gut«, sagte sie schließlich. »Ich plädiere nicht dafür, dass wir etwas verändern. Ich wollte nur vorschlagen, dass wir darüber nachdenken. Wenn du allerdings solche Bedenken hast, bin ich damit einverstanden, ihn dort zu lassen, wo er ist. Dann bitten wir seine Lehrer, ihn im Unterricht anders zu fördern.«

Jordan entspannte sich. »Danke. Ich möchte, dass unsere Kinder glückliche und ausgeglichene Menschen werden. Noten sind wichtig, doch alles andere ist es eben auch.«

Sie beschloss, das Risiko einzugehen, die kleine Entspannungsphase zwischen ihnen möglicherweise zu ruinieren.

»Jordan, warum wohnst du immer noch im Hotel?«

»Weil sich noch nichts geändert hat.«

»Das liegt vielleicht daran, dass ich noch nicht einmal weiß, was überhaupt das Problem ist.«

»Du weißt genau, was los ist.«

»Nein, das tue ich nicht. Und es ist unfair, das zu behaupten. Du hast es mir nicht erklärt. Soll ich etwa raten?«

Ungläubig sah er sie an. »Okay. Ich werde es dir sagen. Das Problem ist, dass du dich nicht mehr für mich interessierst. Das geht schon eine Weile so. Ich versuche gerade, zu verstehen, ob es nur vorübergehend ist oder ob du fertig mit mir bist.«

»Du schiebst mir die Schuld in die Schuhe? Du ziehst aus, erklärst mir nicht, was los ist, und jetzt behauptest du auch noch, dass ich an allem schuld bin?«

»Gefällt dir mein Hemd?«, fragte er.

Was, zur Hölle … »Willst du jetzt über deine Klamotten diskutieren?«

»Gefällt es dir?«

»Es ist schön. Aber was hat dein Hemd mit alldem zu tun?«

»Früher hast du mir die Klamotten gekauft. Du meintest, ich hätte einen schrecklichen Geschmack und man solle mich nicht allein in die Nähe eines Bekleidungsgeschäfts lassen. Selbst als wir frisch zusammen waren, hast du mir Hemden und Socken gekauft. Zu unserem ersten gemeinsamen Weihnachtsfest habe ich von dir eine Lederjacke bekommen.«

Sie hatte ehrlich keine Ahnung, worauf er hinauswollte. Was hatte das alles mit ihrer Ehe zu tun? »Ja, ich habe dir eine Lederjacke gekauft.«

»Du hast vor langer Zeit aufgehört, mir Klamotten zu kaufen.«

»Und das macht dich wütend? Jordan, ich bin eine berufstätige Mutter. Du bist ausgezogen, weil du dir deine Hemden selbst kaufen musstest?«

»Nein. Ich bin ausgezogen, weil ich dir nicht mehr genug bedeute.« Er warf einen Blick auf seine Uhr. »Ich muss in die Praxis. Ich habe einen vollen Terminkalender.«

Ohne sich noch einmal umzublicken, ging er zu seinem Auto. Sie stieg in ihren Wagen und beobachtete, wie Jordan davonfuhr. Sie wusste nicht, wie sie verarbeiten sollte, was gerade passiert war.

Sie hatte ihm keine Hemden gekauft? Darüber beschwerte er sich? Durfte sie nicht einfach zu beschäftigt sein? Musste noch mehr dahinterstecken?

Jordan hatte viele Fehler, doch absurdes, unlogisches Verhalten zählte eigentlich nicht dazu. Es musste also etwas anderes dahinterstecken. Etwas, das er ihr nicht sagen wollte. Etwas, das viel größer und schwerwiegender war als seine Klamotten. Auf keinen Fall konnte er *wirklich* glauben, dass er ihr egal war. Sie waren verheiratet. Sie liebte ihn, und er wusste das. Aber ein innerer Monolog würde ihre Probleme auch nicht lösen. *Männer!*

Sie startete den Wagen, doch mit einem Mal wurde ihr bewusst, dass sie keine Ahnung hatte, wohin sie fahren oder was sie tun sollte. Sie hatte ihre Schicht getauscht, um an dem Termin wegen Ben teilnehmen zu können, und ihre rare Freizeit geopfert, ohne dass jemand auf ihre Rückkehr warten würde. Ihr Plan war gewesen, den Rest des Nachmittags über entweder produktiv zu sein oder möglicherweise auch mal die Seele baumeln zu lassen. Doch der Gedanke daran, Schränke auszuwischen oder ein Buch zu lesen, reizte sie nicht mehr. Sie fühlte sich rastlos und unruhig, als sie nach Hause fuhr.

Sie parkte in der Garage und ging ins Haus. Esmerelda machte gerade Besorgungen, und so war sie bis auf Cassidy und die Krankenschwester allein zu Hause. Vielleicht würde ein langer Spaziergang mit den Hunden ihr dabei helfen, wieder einen klaren Kopf zu bekommen. Sie könnte …

»Hi.«

Erschrocken wirbelte Daisy herum und sah Cassidy in einem Rollstuhl im Flur sitzen.

»Du bist auf«, stellte Daisy fest und hoffte, dass sie eher überrascht und nicht entsetzt aussah. »Glückwunsch. Ein Fortschritt.«

Cassidy sah besser aus als in den letzten Tagen. Die Blutergüsse in ihrem Gesicht waren verblasst. Ihr welliges langes Haar hatte sie zu einem ordentlichen Zopf zusammengebunden, und sie trug kein Nachthemd mehr, sondern richtige Kleidung. Am Rollstuhl befand sich eine Stütze für ihr eingegipstes

Bein. Der Gips an ihrem Arm war inzwischen gewechselt worden und deutlich kleiner, sodass sie insgesamt mobiler war und sich besser bewegen konnte.

»Ich bin so froh, endlich mal das Schlafzimmer verlassen zu können«, sagte Cassidy. »Mir ist echt die Decke auf den Kopf gefallen.« Sie berührte den kleinen Joystick an ihrem Rollstuhl und kam ein Stück näher. »Pass auf. Ich werde eine echte Gefahr sein.«

Welch Freude! Daisy behielt ihren Sarkasmus für sich und machte sich auf den Weg in die Küche. Cassidy folgte ihr. Ohne Zweifel war ihr langweilig, denn Interesse an Daisy oder der Wunsch, Zeit mit ihr zu verbringen, steckten mit Sicherheit nicht dahinter. Daisy unterdrückte ein Seufzen.

»Ich wollte mir gerade einen Espresso machen«, sagte sie und hoffte, fröhlich zu klingen. »Möchtest du auch einen?«

»Ja, bitte.«

Daisy kümmerte sich um den Kaffee. Während der erste Espresso durch die Maschine lief, entfernte sie einen Stuhl vom Küchentisch, damit Cassidy ihren Rollstuhl dort platzieren konnte. Nachdem der Kaffee fertig war, trug sie die kleinen Tassen an den Tisch und nahm noch Kekse aus einer Keramikdose, die auf der langen Anrichte stand.

Schweigend saßen sie beieinander, tranken Espresso und aßen Kekse. Daisy versuchte, sich zu entspannen und den Moment zu genießen.

»Es ist so still«, sagte Cassidy. »Ich hatte ganz vergessen, wie das ist. Mein Apartment in Miami ist toll, aber es befindet sich ganz in der Nähe des Pools, und ich höre ständig die Menschen dort. Nicht, dass ich sonderlich oft zu Hause wäre …«

»Ich war noch nie in Miami. Ist es schön dort?«

Cassidy nahm sich noch einen Keks. »Ich mag es. Es ist heiß und feucht im Sommer, aber die Leute sind nett. Und die Strände sind einfach umwerfend.«

Sie hielt inne und sah Daisy an, ehe sie den Blick wieder abwandte. Das zuerst so angenehme Schweigen zwischen ihnen wurde mit einem Mal erdrückend. Fieberhaft suchte Daisy nach einem Gesprächsthema. Aber ihr wollte einfach keins einfallen. Albern, dachte sie. Cassidy war ihre Schwester – sie mussten doch irgendetwas gemeinsam haben.

Das einzige Thema, das ihr einfiel, war Joanne. Hatte Joanne gelogen, damit alle glaubten, dass sie schuld an der Scheidung war? War ihre Stiefmutter der Grund dafür, dass die Schwestern überhaupt nicht miteinander ausgekommen waren? Doch Daisy hütete sich davor, dieses Thema zur Sprache zu bringen.

»Esmerelda hat mir erzählt, dass du einen Job hast«, sagte Cassidy in die Stille hinein. »Ist das wahr?«

»Ja. Ich bin Anästhesieschwester.«

»Ich wusste, dass du auf dem College warst, um das zu studieren, aber nicht, dass du noch arbeitest.«

»Das tue ich. Ich liebe meinen Job.«

»Aha. Wollte Dad nicht, dass du Ärztin wirst?«

Daisy lächelte. »Ja. Es gab viele Streitereien wegen meiner Berufswahl. Er wollte, dass ich auf die Medizinische Hochschule gehe. Er war schon nicht begeistert davon, dass ich Anästhesiologie studiere, und hatte das Gefühl, wenn ich schon in diesen Bereich gehen möchte, dann wenigstens als Narkosefachärztin.«

»Doch das hast du nicht getan.«

»Nein.« Daisy dachte darüber nach, ob sie erwähnen sollte, dass sie sehr viel recherchiert hatte und dass sie als Narkoseschwester mehr Kontakt zu den Patienten hatte – und das war der Teil ihres Berufs, der ihr am meisten Spaß machte. Aber sie bezweifelte, dass Cassidy ein gesteigertes Interesse daran hatte, über medizinische Konzepte zu diskutieren.

»Er hat viel von dir erwartet«, sagte Cassidy und nahm ihre Espressotasse in die Hand. »Von mir hat niemand je etwas erwartet.«

»Wie kommst du darauf? Er liebt dich.«

»Ich weiß. Er ist ein guter Vater. Er hat jedoch nie geglaubt, dass ich einmal etwas Bedeutsames leisten würde. Mom hat immer betont, dass ich wegen des Treuhandfonds ja gar nicht darauf angewiesen wäre zu arbeiten. Du hast noch mehr Geld als ich … also warum hast du dir überhaupt die Mühe gemacht, aufs College zu gehen?«

»Ich muss und will arbeiten, weil es mir wichtig ist«, entgegnete Daisy, die von der Frage überrascht war. »An einigen Tagen ist es schwierig, doch man bekommt immer etwas zurück. Ich helfe Menschen, lindere ihr Leid und sorge während ihrer OP für sie. Es ist eine Verantwortung, die ich ernst nehme. Ich glaube, es ist wichtig, einen Job zu haben, den man mit Leidenschaft ausübt.«

»Ich brenne auch für meine Arbeit«, erklärte Cassidy, »aber es ist kein Job wie deiner. Es schert sich niemand darum, ob ich einen Reisebericht schreibe oder nicht.«

»Das stimmt nicht. Mit deiner Arbeit leistest du einen wichtigen Beitrag. Du entführst die Menschen an Orte, an die sie im wahren Leben wahrscheinlich niemals kommen würden. Im letzten Jahr hast du einen Bericht über diese Frauen in Kenia geschrieben. Die Frauen, die eine Lebensmittelgenossenschaft gegründet haben. Sie hatten ihre Ehemänner verloren und haben kurzerhand eine neue Familie gegründet – eine, die ihrem Dorf auch noch Geld bringt. Du hast mir das Gefühl vermittelt, selbst dabei gewesen zu sein. Das ist eine Gabe.«

Unsicher rutschte Cassidy in ihrem Rollstuhl hin und her. »Ich wusste nicht, dass du meine Arbeiten liest.«

»Natürlich tue ich das. Ich sehe die Welt gern durch deine Augen.«

»Manchmal ist es schwierig, es so zu sehen, wenn man mittendrin steckt.«

»Das gilt wahrscheinlich für jeden Menschen. Heftige Arbeitstage können einem ganz schön an die Substanz gehen. Erst später können wir zurückblicken und die Dinge einordnen.«

Cassidy wandte den Blick ab. Sie fühlte sich offenbar unbehaglich, und Daisy hatte keine Ahnung, woran das liegen mochte. Sie wollte gerade fragen, ob Cassidy Schmerzen hatte, als ihre Schwester ihr Handy hervorzog.

»Ich bin mit jemandem zusammen«, verkündete sie, tippte einige Male auf das Display und drehte das Handy dann um, sodass Daisy das Bild sehen konnte, das sie geöffnet hatte.

Der Mann, der ihr vom Foto aus entgegenblickte, war umwerfend. Er hatte dunkle Augen, dunkle Haut und lange Zöpfe. Seine Schultern waren unglaublich breit. Bei seinem lässigen Lächeln verspürte Daisy sofort den Wunsch zurückzulächeln.

»Sehr beeindruckend«, sagte sie.

»Sein Name ist Desean. Er ist der Besitzer des Stadthauskomplexes, in dem ich lebe. So haben wir uns kennengelernt.«

Ihr Ton klang leicht trotzig. Das ergab in Daisys Augen überhaupt keinen Sinn.

»Er liebt mich«, fügte ihre Schwester hinzu.

»Und liebst du ihn auch?«

»Darum geht es doch gar nicht.« Cassidy steckte ihr Handy wieder ein. »Er ist schwarz.«

»Das ist mir aufgefallen, ja. Geht es dir gut? Du kommst mir irgendwie komisch vor.«

Eindringlich sah Cassidy sie an. »Er ist *schwarz*.«

»Na und? Was spielt das für eine Rolle?«, fragte Daisy, bevor sie begriff. Sie sprang auf, ließ sich dann jedoch wieder auf ihren Stuhl sinken. »Du glaubst doch nicht, dass das *für mich* eine Rolle spielen würde, oder?«

Tränen traten Cassidy in die Augen. »Etwa nicht? Willst du mir nicht sagen, dass ich ihn nicht mehr sehen darf?«

Dieses Mal stand Daisy tatsächlich auf. Sie machte ein paar Schritte zurück, bevor sie antwortete. »Ich habe verstanden, dass wir beide uns nicht sonderlich nahestehen, doch es macht mich wütend und es verletzt mich, dass du so über mich denkst. Wenn Desean dich glücklich macht, dann ist das das Einzige, was zählt. Wichtig ist nur, was er für ein Mensch ist, und nicht, wie er aussieht. Ich habe noch nie irgendetwas getan oder gesagt, was dich zu dieser Meinung über mich gebracht haben könnte. Du irrst dich, Cassidy. Du schätzt mich vollkommen falsch ein.«

Damit stürmte sie aus der Küche und eilte in ihr Zimmer. Sie schloss die Tür hinter sich und lehnte sich dagegen. Dann wartete sie, bis die Enge in ihrer Brust verschwand. Aber sie ahnte schon, dass es lange dauern würde, bis der Schock und die Beschämung, die die Bemerkung ihrer Schwester in ihr ausgelöst hatte, vergehen würden.

9. KAPITEL

Sage ging die breite Treppe hinunter. Cassidy hatte ihr um zwei Uhr morgens eine Nachricht geschickt, weil sie schlecht geträumt hatte, und sie angefleht, zu ihr zu kommen. Aus Gründen, die sie selbst nicht erklären konnte, war Sage dem Wunsch ihrer Schwester nachgekommen. Jetzt musste sie für ihre Großzügigkeit büßen. Sie wollte einen Kaffee und dann eigentlich nur noch schlafen. Leider lag Letzteres in weiter Ferne – sie musste um elf Uhr bei der Arbeit erscheinen.

Als sie im Erdgeschoss von Daisys großem Haus war, ging sie sofort in die Küche, um sich noch einen Kaffee zu kochen, ehe sie nach Hause fahren und duschen wollte.

Doch als sie in die Küche kam, war sie nicht allein. Esmerelda holte gerade etwas zu essen aus dem Kühlschrank.

Die Frau war durchschnittlich groß, in den Fünfzigern, trug wahrscheinlich Größe vierundvierzig und hatte kurzes braunes Haar. Sie hatte ein Poloshirt und Jeans an.

Cassidy beklagte sich ständig darüber, dass Esmerelda im Team Daisy war und sie immer böse ansah, und jedes Mal beschwichtigte Sage sie und sagte, dass sie übertreiben würde. Doch jetzt drehte Esmerelda sich um und fragte knapp: »Ja?« Ihr Tonfall klang so eisig, als hätte sie viel lieber sagen wollen: *Fall auf der Stelle tot um.*

»Ich komme in Frieden«, sagte Sage und schenkte Esmerelda das Lächeln, das sie sonst für schwierige Kunden reserviert hatte. »Ich hatte gehofft, noch eine Tasse Kaffee zu bekommen, bevor ich nach Hause fahre. Cassidy brauchte mich heute Nacht, und ich krieche auf dem Zahnfleisch.«

Sie konnte sehen, wie die Haushälterin mit sich rang. Würde

sie höflich sein und ihr einen Kaffee machen? Oder würde sie ihr sagen, dass sie verschwinden solle? Gerade wollte Sage klein beigeben und freiwillig das Feld räumen, als Esmerelda in die Vorratskammer ging, mit einem Becher Kaffee zurückkehrte und ihn auf den Küchentresen stellte.

»Sahne oder Zucker?«, fragte die Haushälterin.

»Einfach schwarz. Danke.«

Sage setzte sich auf einen Hocker und griff nach dem Becher. Der vertraute Duft von frisch aufgebrühtem Kaffee weckte ihre Lebensgeister. Sie nahm einen Schluck und seufzte zufrieden.

Esmerelda ging erneut zum Kühlschrank und holte Eier, Paprika und Milch heraus. Mehl und Butter hatte sie bereits auf die Arbeitsfläche gestellt. Eine Küchenmaschine stand auf der Kochinsel.

»Was machen Sie?«, erkundigte Sage sich.

»Quiche.«

»Jetzt?« Sie warf einen Blick auf die Uhr. Es war noch nicht einmal sechs Uhr morgens. Sie hatte bisher nur selten eine Quiche zubereitet, aber sie meinte sich erinnern zu können, dass schon der Teig eine Weile vorbacken musste und dass die Füllung mit dem Teig zusammen noch einmal eine gute Stunde im Ofen brauchte. »Müssen die Kinder nicht um acht in der Schule sein?«

Abweisend sah Esmerelda sie an. »Nein. Heute müssen sie später los. Ich würde wohl kaum ein Frühstück zubereiten, das nicht rechtzeitig fertig ist, oder?«

Sage war sich bewusst, dass sie die Haushälterin gekränkt hatte, und unterdrückte ein Seufzen. »Sie haben recht. Das hätte ich mir denken können.«

»Weiß Miss Daisy, dass Sie hier sind?«

»Keine Ahnung. Aber sie weiß, dass ich Cassidy öfter mal besuche.« Sie hatten in der vergangenen Woche ab und an zusammen einen Morgenkaffee getrunken. Irgendwie komisch, dass sie Daisy im letzten Monat häufiger gesehen hatte als in den vergangenen zwanzig Jahren.

»Ich werde ihr sagen, dass Sie hier waren und dass ich Ihnen einen Kaffee gemacht habe.«

»Das habe ich mir fast gedacht.« Sage stellte ihren Becher ab. »Sie haben einen ausgeprägten Beschützerinstinkt, was Daisy betrifft.«

»Sie ist meine Familie.«

»Sind Sie nicht verheiratet?«

Esmerelda wog die Zutaten für den Teig ab. »Das war ich mal. Mein Mann und die Kinder kamen 2004 bei dem Tsunami in Thailand ums Leben. Wir haben damals für eine andere Familie gearbeitet. Mein Mann war mit den Kindern am Strand. Ich war im Haus und habe gearbeitet. Sie wurden vom Wasser mitgerissen, und ihre Leichen wurden nie gefunden.«

Die heftigen, unerwarteten Worte machten Sage sprachlos. Ihr wurde übel. »Es tut mir so leid«, sagte sie schließlich leise.

Esmerelda schaltete die Küchenmaschine ein und machte den Teig. Dann schaltete sie sie wieder aus.

»Ich war am Boden zerstört. Als ich in die Staaten zurückkehrte, bestand Daisy darauf, dass ich bei ihr einziehen sollte, um bei meiner Cousine sein zu können. Sie ist viel älter als ich, doch sie ist meine einzige Familie. Sechs Monate lang habe ich mich in meinem Zimmer versteckt. Daisy hat ganz oft nach mir gesehen und einen Trauerbegleiter ins Haus geholt. Als es mir etwas besser ging, half sie mir, einen Job zu finden. Als sie Mr. Jordan geheiratet hat, ist meine Cousine in den Ruhestand gegangen, und Daisy engagierte mich. Sie ist jetzt meine Familie.«

Sage versuchte, das alles zu verstehen. Während Daisy aufs College gegangen war, hatte sie sich die Zeit genommen, um jemandem zu helfen, den sie noch nie getroffen hatte und den sie nicht kannte – sie hatte diese Frau mit offenen Armen bei sich aufgenommen. In demselben Jahr war Sage damit beschäftigt gewesen, Jordan zu verlassen und nach Frankreich zu ziehen.

Die heilige Daisy, dachte sie und wollte Verachtung empfinden. Aber stattdessen verspürte sie Bewunderung für ihre ehemalige Stiefschwester. Kein angenehmes Gefühl.

Als hätte der Gedanke an sie sie heraufbeschworen, erschien Daisy in der Küche. Sie trug ihre Krankenhauskleidung und hatte die Haare zu einem Zopf zusammengebunden. Sie legte ihren Stoffbeutel auf den Küchentresen und zog die Augenbrauen hoch, als sie Sage erblickte.

»Cassidy?«, riet sie, als sie sich einen Kaffee holte.

»Sie hat schlecht geträumt und mich angerufen.«

Daisy kehrte zurück. Ihre Miene war undurchdringlich. »Ich hoffe, es geht ihr jetzt besser.«

»Sie schläft. Nur so ist es mir gelungen zu entkommen. Ich war gerade eingeschlafen, als sie mich gegen zwei Uhr heute Morgen angerufen hat.«

Daisy umarmte Esmerelda. »Sie brauchen ihnen keine Quiche zu backen, wenn die beiden mal später zur Schule müssen.«

Die alte Dame lächelte. »Ich mache sie gern glücklich.« Sie warf Sage einen Blick zu, der durchaus in die Kategorie »böse« fiel. »*Sie* wollte einen Kaffee.«

Daisys Mundwinkel zuckten verdächtig. »Ich glaube, es ist schon in Ordnung, ihr etwas zu trinken zu geben. Aber kein Essen. Wenn man sie füttert, weckt das Erwartungen, und dann wird man sie nie wieder los.«

»Sehr lustig«, murrte Sage.

»Ich tue mein Bestes. Von Natur aus bin ich eigentlich nicht so humorvoll. Ich wünschte, ich wäre es. Also, die Quiche ist erst in eineinhalb Stunden fertig. Ich mache dir gern wieder ein Avocado-Toast.«

Sage rollte die Schultern und versuchte, die Verspannung zu lösen, die sie unvermittelt verspürte. »Sei nicht so verdammt nett zu mir«, stieß sie hervor. »Wir sind nie gut miteinander ausgekommen, und es gibt keinen Grund, warum wir jetzt eine Beziehung zueinander aufbauen sollten. Ich möchte dich wirklich nicht gernhaben.«

Daisys Lächeln erstarb. »Das hattest du ja auch nie. Also sollte das kein Problem für dich sein.«

Sage machte den Mund auf und schloss ihn gleich wieder. Daisy hatte recht. Sage hatte sie *tatsächlich* nie gemocht. Doch warum? Sie waren im gleichen Alter, hatten im selben Haus gelebt. Sie hatten beide damit zurechtkommen müssen, dass ihre Eltern plötzlich geheiratet hatten.

»Warum waren wir keine Freundinnen?«, fragte Sage.

»Das weißt du wirklich nicht?« Daisy klang ungläubig. »Du und deine Mutter habt eine Freundschaft unmöglich gemacht. Ich habe wieder und wieder versucht, dir die Hand zu reichen, aber du hast mich zurückgewiesen. Und in der Schule hast du dir alle Mühe gegeben, mir das Leben zur Hölle zu machen. Ich habe keine Ahnung, warum. Soweit ich weiß, habe ich nie etwas getan, um dich so rachsüchtig zu machen. Egal. Das ist lange her, und ich habe damit abgeschlossen. Solange Cassidy hier ist, bist du in meinem Haus immer willkommen. Du musst dir allerdings keine Sorgen machen – ich erwarte nicht, dass wir Freundinnen werden.«

Sage spürte, dass sie zu zittern begann. Schnell stellte sie den Becher ab, den sie in der Hand hielt, ehe er ihr noch aus den Fingern glitt. »Das war hart«, sagte sie ruhig. Sie wusste nicht, wieso die Worte sie so getroffen hatten, denn Daisy hatte recht. Sage hatte ihr Bestes getan, um die Erinnerungen zu verdrängen, doch Daisys Worte hatten sie wieder zurückgeholt – in Farbe und 3D.

»Ach ja?« Daisy trank ihren Kaffee aus. »Ich muss jetzt los. In einer Stunde muss ich im OP stehen und darf nicht zu spät kommen.«

Damit nahm sie ihren Stoffbeutel und ging hinaus. Sage wartete, bis die Tür zur Garage ins Schloss fiel. Dann erhob sie sich ebenfalls.

»Danke für den Kaffee«, sagte sie zu Esmerelda.

Die Haushälterin machte sich nicht die Mühe, von der Paprika hochzublicken, die sie gerade zerschnitt. Sage wartete noch einen Moment und eilte dann zur Haustür.

Wie alles in ihrem Leben war auch ihr Timing mies. Daisy fuhr gerade aus der Garage, als sie die Stufen hinabging. Einen winzigen Moment lang sahen sie einander in die Augen. Daisy wandte den Blick zuerst ab. Und Sage fühlte sich mit einem Mal kleiner und einsamer als je zuvor in ihrem Leben.

Daisys Patient war ein achtzehn Monate alter Junge, der die Treppe hinuntergestürzt war. Wie Cassidy hatte er Prellungen und gebrochene Knochen und eine Gehirnerschütterung. Der Bruch des Oberschenkelknochens war besonders kompliziert. Es war eine zweite Operation notwendig.

Nachdem der Chirurg den Knochen erfolgreich zusammengeflickt hatte, befand sich der Kleine im Aufwachraum. Daisy blieb bei ihm, bis er wieder gleichmäßig und stabil atmete und seine Schmerzen erträglich waren. Sobald sie die Aufwachstation verließ und sich einen Gedanken an andere Dinge erlaubte, prasselten unzählige Emotionen auf sie ein.

Sie hatte noch immer nicht verstanden, was Jordan ihr hatte sagen wollen. Aber seine Worte hatten sie mehr als einmal den Schlaf gekostet. Oder vielleicht war es auch die Kombination aus seinen Worten und der Tatsache, dass Cassidy sie praktisch eine Rassistin genannt hatte. Jetzt konnte sie noch ein schlechtes Gewissen wegen Sage hinzufügen, was ihr gar nicht gefiel.

Unwillkürlich fragte sie sich, ob sie zu hart zu Sage gewesen war. Ganz unabhängig davon, dass ihre Stiefschwester gesagt hatte, dass sie nicht mit ihr befreundet sein wollte, hatte Daisy sich ihrerseits zu bösen Worten hinreißen lassen. Sie wusste, dass sie Sages Gefühle verletzt hatte. Sie mochte einige Fehler haben, glaubte aber nicht, dass sie besonders boshaft war und gern die Gefühle anderer Menschen verletzte – auch nicht, wenn sie nur die Wahrheit sagte.

Völlig in Gedanken versunken, ging sie in den Umkleideraum. Vor zwei Monaten hatte sie noch behaupten können, ihre ehemalige Stiefschwester seit über zehn Jahren nicht mehr gesehen zu haben. Doch plötzlich schien Sage überall zu sein. Und egal, wie sehr Daisy sich auch einreden mochte, dass es ihr nichts ausmachte, sie zu sehen, es wollte ihr einfach nicht gelingen. Alte Wunden wurden aufgerissen, und destruktive Muster wiederholten sich.

Daisy wusste, dass es sie nicht weiterbringen würde, über das, was passiert war, nachzugrübeln, und öffnete ihren Spind. Sie nahm ihr Handy heraus und sah nach, ob sie Nachrichten erhalten hatte.

Die Enttäuschung versetzte ihr einen schmerzhaften Stich. Sie hatte gehofft, dass Jordan sich melden würde, um sich zu erklären. Oder um zu fragen, ob sie ihm wieder Hemden kaufen würde. Eigentlich könnte sie ihm auch schreiben, aber sie wusste nicht, was sie ihm sagen sollte.

»Beziehungen sind scheiße«, murrte sie, schnappte sich ihre Tasche, machte ihren Schrank wieder zu und trat auf den Korridor. Beinahe wäre sie mit einem kleinen, untersetzten Arzt in den Sechzigern zusammengestoßen.

»Onkel Ray«, sagte sie und war überrascht, einen der engsten Freunde ihres Vaters und gleichzeitig Chef der Orthopädischen Abteilung in der nahe gelegenen Uniklinik zu erblicken. »Was machst du denn hier?«

»Ich berate einen Kollegen wegen eines Patienten«, sagte er, »und dachte mir, vielleicht habe ich ja Glück und du hast zufällig Zeit, um mit einem alten einsamen Mann Kaffee zu trinken.«

»Ach, komm schon«, entgegnete sie lachend. »Du bist nie einsam.«

Onkel Ray hatte vier Kinder, eine Frau, eine große, erfolgreiche Praxis, ein aktives Sozialleben und spielte jeden Donnerstagnachmittag eine Partie Golf. Sie kannte ihn und seine Familie, seit sie denken konnte.

Er umarmte sie. »Ich würde trotzdem gern Kaffee trinken, falls du ein paar Minuten Zeit hast.«

Ihre Alarmglocken schrillten. Onkel Ray war ein viel beschäftigter Mann, der nur selten etwas ohne Grund tat. Zwar war sie überzeugt, dass er tatsächlich einen Kollegen in dem Kinderkrankenhaus beraten hatte, in dem sie arbeitete, doch sie vermutete Hintergedanken.

»Du wirst mir die Laune verderben, oder?«, fragte sie und hakte sich bei ihm unter.

»Vielleicht. Ein bisschen.«

Sie gingen in das Café im Erdgeschoss und holten sich ihre Getränke, die sie mit in die Sitzecke im Garten des Krankenhauses nahmen. Ein Drittel der Tische war von Krankenhauspersonal besetzt, das eine Pause machte. Die restlichen Leute, die sich hier versammelt hatten, waren Besucher. Sie fanden noch einen kleinen Tisch im Schatten.

»Wie läuft's?«, erkundigte sie sich.

»Prima. Julie geht es gut, und meine Kinder sind immer noch toll. Andrea bekommt ein Baby.«

»Tatsächlich? Wahnsinn. Dann hat sie vier Kinder, oder?«

Onkel Ray strahlte. »Ja. Sie wollte schon immer eine große Familie haben, und ich liebe meine Rolle als Großvater. Wie geht es Ben und Krissa?«

»Gut, danke. Bens schulische Leistungen sind überdurchschnittlich. Die Lehrer wollten ihn eine Klasse überspringen lassen, aber wir glauben, dass es besser wäre, wenn er in seiner gewohnten Umgebung bei seinen Freunden bleibt.«

Onkel Ray nickte. »Wenn die Lehrer ihn genügend fördern können, ohne ihn in eine andere Klasse zu stecken, ist es wahrscheinlich das Beste. Eine solch schwerwiegende Veränderung kann belastend für einen Schüler sein.«

Daisy unterdrückte ein Seufzen. »Ja, das meinte Jordan auch.« Ehrlich gesagt war sie mehr und mehr seiner Meinung, je länger sie darüber nachdachte. Ihre Verärgerung über seinen Vorschlag war also vollkommen übertrieben gewesen.

»Da die Kinder jetzt älter sind, bleibt doch sicher auch etwas mehr Zeit für dich, oder?«, sagte Onkel Ray.

Sie stellte ihren Kaffeebecher ab. »Jetzt fang bloß nicht damit an.«

Er zog die buschigen Augenbrauen hoch. »Ich habe keine Ahnung, was du meinst.«

Er bemühte sich, unschuldig zu klingen, aber seine braunen Augen funkelten verschmitzt.

»Dad hat dich angerufen, oder?«

Onkel Ray lächelte. »Es ist noch nicht zu spät, Daisy. Du könntest dich an der Medizinischen Hochschule einschreiben, deinen Zulassungstest fürs Medizinstudium machen und loslegen.«

Da war er wieder. Der Grund für das »zufällige« Treffen. Da es nicht das erste Mal war, dass ihr Vater ihr eine solche Falle gestellt hatte, war sie nicht einmal überrascht. Sie nahm sich vor, ihn später anzurufen und ihm zu sagen, dass er anfing, sie zu nerven. Doch das war nicht Onkel Rays Schuld.

»Ist dir schon aufgefallen, dass ich sechsunddreißig Jahre alt bin? Ich habe bereits einen Job und eine Karriere und möchte nicht auf die Medizinische Hochschule.«

»Du könntest Ärztin sein, bevor du zweiundvierzig bist. Du liebst doch Kinder, also könntest du mit fünfundvierzig oder sechsundvierzig in einer Kinderarztpraxis arbeiten. Dann hättest du noch zwanzig Jahre, um deinen Job zu machen. Vielleicht sogar fünfundzwanzig.« Er nahm einen Schluck von seinem Kaffee. »Es gibt immer mehr Krankenschwestern, die an den Hochschulen studieren. Du könntest erstklassige Empfehlungen bekommen, und außerdem haben dein Vater und ich viele gute Verbindungen zur *UCLA*. Überleg doch mal, wie viel du schon weißt. Es wäre ein Kinderspiel für dich.«

»Aha. Ich glaube nicht, dass jemand ein Medizinstudium als ›Kinderspiel‹ bezeichnen würde.« Sie lehnte sich auf ihrem Stuhl zurück und unterdrückte ein Seufzen. »Warum tut ihr mir das an? Ich liebe meinen Job. Er ist eine Herausforderung, ich helfe Menschen, und kein Tag ist wie der andere. Das will ich machen. Ich weiß, dass ich einer langen Reihe von Ärzten entstamme und dass mein Dad sich wünscht, ich würde die Tradition weiterführen. Aber es ist mein Leben und damit auch meine Entscheidung. Ich liebe euch, doch ihr müsst mich in Ruhe lassen.«

Onkel Ray lächelte sie an. »Ich wusste, dass du das sagen würdest, aber ich habe deinem Vater versprochen, es trotzdem zu probieren.«

»Sag ihm, dass er damit aufhören soll, seine Freunde vorzuschicken, die die Drecksarbeit für ihn erledigen sollen.«

»Aus irgendeinem Grund glaubt er, du würdest auf mich hören.«

»In den meisten Fällen tue ich das auch. Nur nicht, wenn es um dieses Thema geht. Und jetzt erzähl mir, wie es Racine geht. Ist sie noch immer mit diesem Männermodel zusammen?«

Sage redete sich ein, dass sie wegen all der Dinge gestresst war, die gerade in ihrem Leben passierten. Und dass der Schlafmangel ihr zu schaffen machte. Doch die Wahrheit war viel unbequemer. Daisy hatte ihre Gefühle verletzt.

Da – nun hatte sie den Gedanken zugelassen, und das bedeutete, dass sie sich auch damit auseinandersetzen musste. Noch vor zwei Monaten hätte sie gesagt, dass Daisy ihr völlig egal wäre. Sie sahen einander nie. Daisy war ein Teil ihrer Vergangenheit, und daran sollte sich nichts ändern. Aber inzwischen war alles anders, und sie traf sie irgendwie ständig. Schlimmer noch: Daisy hatte ihr damaliges Verhalten angesprochen, und Sage fühlte sich total schlecht deswegen. Egal, wie sehr sie sich auch einzureden versuchte, dass es ihr nichts ausmachte, was Daisy oder sonst jemand über sie dachte, sie konnte das Gefühl von Scham und ihre Traurigkeit nicht abschütteln.

Trotzdem tat sie ihr Bestes, um die negativen Empfindungen zu verdrängen. Es war ihr freier Tag, und sie hatte einiges zu erledigen. Sie joggte eine Stunde lang, wusch dann Wäsche und machte Besorgungen. Sie nahm ihren nigelnagelneuen kalifornischen Führerschein mit in die Bibliothek und holte sich einen Büchereiausweis. Dann suchte sie sich ein paar Bücher aus. In einem davon blätterte sie, während sie allein in einem kleinen Lokal in Westwood saß und ihre Mahlzeit beendete, bevor der große Ansturm der Gäste zum Abendessen kam. Als sie nach Hause zurückkehrte, stand ihre Mutter bereits an der Tür und wartete auf sie.

»Mir ist langweilig«, verkündete Joanne dramatisch. »Ich brauche etwas, um die Leere in meinem Leben zu füllen. Ein Mann wäre toll. Im Moment gibt es aber keinen geeigneten Kandidaten. Also sollten wir beide etwas zusammen unternehmen.«

Ihre Mutter zu unterhalten stand nicht auf ihrer To-do-Liste. Genau wie Cassidy besaß Joanne die Fähigkeit, einen anderen Menschen emotional auszusaugen und sich anschließend zu beschweren, dass es keinen Spaß mehr machen würde, Zeit mit ihm zu verbringen. Und da sie gerade an Cassidy denken musste …

»Du solltest mal deine Tochter besuchen«, sagte Sage fröhlich, als sie ins Haus kam. »Sie sitzt inzwischen im Rollstuhl, also könntet ihr zwei durch Daisys Haus streifen und sie ärgern. Das wäre doch lustig.«

Eigentlich sollte sie ein schlechtes Gewissen haben, weil sie Daisy ihrer Mutter zum Fraß vorwarf, aber das hatte sie nicht. Nicht nach all den Dingen, die ihre Stiefschwester zu ihr gesagt hatte.

»Klingt gut.« Joanne lächelte. Dann betrachtete sie die Bücher, die Sage in der Hand hielt. »Was ist das?«

»Ich war in der Bücherei.«

»Absichtlich?« Ihre Mutter klang entsetzt.

»Ja, Mom. Absichtlich. Ich lese gern.«

»Seit wann?«

»Es macht Spaß. Du solltest es irgendwann auch mal probieren.«

Joanne erschauderte. »Nein danke. Wir könnten in eine Bar gehen.« Sie zog die Mundwinkel herunter. »Wenn ich so darüber nachdenke, ist es vielleicht doch keine so gute Idee. Du würdest mir Konkurrenz machen.« Sie verengte die Augen zu schmalen Schlitzen – soweit das Botox in ihrer Stirn diese Bewegung zuließ. »Glaubst du, wir könnten noch immer als Schwestern durchgehen?«

Das war, ehrlich gesagt, noch nie vorgekommen, aber ihre Mutter glaubte daran. »Klar. Das war doch immer so. Also, wegen Cassidy …«

»Bist du mit jemandem zusammen?«

Sage machte sich auf den Weg in ihr Zimmer. »Nein. Ich bin noch nicht so weit.«

Eine Bemerkung, die der Wahrheit entsprach – allerdings nicht aus den Gründen, die ihre Mutter vermutlich annahm. Ihren Ex zu vergessen war schneller gegangen, als sie gedacht hätte und als es normal wäre. Im Augenblick war sie eher darauf konzentriert, darüber nachzudenken, was sie wollte und warum alle Leute sagten, sie wäre boshaft.

»Ein Jammer, dass Daisy und Jordan noch immer zusammen sind«, sinnierte Joanne. »Ihr beide würdet so ein süßes Paar abgeben. Ich weiß, dass er die Trennung von dir bereut.«

»Sie haben sich getrennt«, platzte Sage heraus, ohne darüber nachzudenken. Aber schon im nächsten Moment wollte sie ihre Worte wieder zurücknehmen.

Ihre Mutter riss die Augen auf, ehe sie voller Schadenfreude lachte. »Echt? Sie haben sich getrennt? Das ist wundervoll. Sage, du musst mit ihm ausgehen. Überleg nur mal, wie sehr Daisy das ärgern würde.«

Sage machte einen Schritt zurück. »Mom, nein. Hätte ich dir das nur nicht erzählt. Das sind keine guten Neuigkeiten, sondern traurige. Schließlich haben sie Kinder.«

Joanne winkte ab. »Ach, Kinder … Wen kümmert's? Ruf ihn an. Hast du seine Nummer? Ich frage mich, wie wir die Nummer rausfinden könnten. Ach, warte mal. Er ist ja Tierarzt. Zieh dir einfach etwas Schickes an und geh in seine Praxis. Er wird dir nicht widerstehen können.«

Sage spürte, wie ihr übel wurde. »Nein. Bitte, hör auf. Jordan und ich sind seit achtzehn Jahren nicht mehr zusammen, Mom. Er ist verheiratet, und ich habe kein Interesse mehr an ihm. Und ich möchte auch Daisy nicht mehr verletzen.«

Die letzte Bemerkung erschreckte nicht nur ihre Mutter, sondern auch sie selbst.

»Du kannst sie unmöglich mögen«, entgegnete Joanne und stemmte die Hände in die Hüften. »Sie war armselig. Ist durchs Haus geschlichen und hat immer alles ganz perfekt gemacht. Furchtbar! Wallace hat sie vergöttert, und ich konnte ums Verrecken nicht verstehen, warum eigentlich.«

»Vielleicht, weil sie seine Tochter ist.«

»Wie auch immer …« Ihre Mutter wandte sich ab. »Du bist keine große Hilfe. Ich gehe jetzt aus. Irgendwo in dieser Stadt muss es doch einen Mann geben, der mir einen Drink spendiert.«

Sage flüchtete in ihr Zimmer und hoffte, dass ihre Mutter lange wegbleiben würde. Als sie die Haustür ins Schloss fallen und den Wagen ihrer Mutter anspringen hörte, atmete sie durch und spürte, wie sie sich entspannte. Endlich allein.

Aber zehn Minuten später musste sie zugeben, dass sie ruhelos war und etwas tun wollte. Sie sah zum Nachbarhaus hinüber und hoffte, dass Adam vielleicht daheim wäre, doch es brannte kein Licht. Sie las eine Stunde lang, war jedoch noch immer nervös und aufgewühlt. Beinahe war sie verzweifelt genug, um Cassidy zu besuchen. Aber dabei hätte sie vielleicht auch Daisy getroffen, und Sage hatte keine Lust auf eine Auseinandersetzung.

Erneut sah sie zu Adams Haus, und jetzt brannten die Lichter. Er schien da zu sein. Sie ging in den Garten, um erst einmal nachzusehen, was er gerade so machte, ehe sie ihm eine Nachricht schicken wollte.

Von der rückwärtigen Terrasse ihrer Mutter aus konnte sie direkt in Adams Küche und Wohnzimmer blicken. Eigentlich erwartete sie, dass er sich Abendbrot machen würde. Doch stattdessen hatte Adam die Arme um eine dunkelhaarige Frau geschlungen. Sie küssten sich. Mit allem Drum und Dran.

Sage ertappte sich dabei, dass ihr der Mund offen stand. Adam war mit jemandem zusammen? Er hatte ihr doch erzählt, dass er keine Freundin hätte. Nicht, dass es eine Rolle spielte – er bedeutete ihr schließlich nichts. Aber er hatte sie offenbar angelogen, und das konnte sie nicht verstehen. Adam hatte ihr immer die Wahrheit erzählt.

Doch es ließ sich nicht leugnen. Während sie die beiden durchs Fenster beobachtete, schlüpfte die Frau aus ihrer Bluse und zerrte an den Knöpfen von Adams Hemd. Er übernahm und knöpfte sein Hemd auf. Dann zog er sie wieder an sich und versuchte, ihren BH zu öffnen.

Sage verließ den Garten und ging in ihr Zimmer. Die Vorhänge hatte sie bereits zugezogen, also musste sie sich keine Gedanken über Adams Blicke machen. Nicht, dass er im Moment gesteigerte Lust verspürt hätte, in ihr Zimmer zu sehen. Denn er war gerade mit etwas anderem beschäftigt …

Der Gedanke war deprimierend. War die fremde Frau der Grund dafür, dass sie Adam nicht mehr so oft sah? Sie hatte erwähnt, dass sie sich zum Abendessen treffen könnten, aber er hatte sie abgewiesen und behauptet, er hätte zu viel zu tun. Dummerweise hatte sie ihm geglaubt. Doch nun fragte sie sich, ob die Brünette, mit der er gerade im Bett war, der eigentliche Grund für die Absage war.

Traurigkeit und Sehnsucht machten sich in ihr breit. Dazu kamen Wut und das komische Gefühl, betrogen worden zu sein. Zuerst Daisy und jetzt Adam. Warum gab ihr nur jeder das Gefühl, ein Stück Dreck zu sein?

Sie rollte sich auf ihrem Bett zusammen, schloss die Augen und wünschte sich, sie wäre woanders. Aber als sie ein paar Minuten später die Augen wieder aufschlug, hatte sich nichts geändert – am wenigsten sie selbst.

10. KAPITEL

Daisy hatte angenommen, dass eine Backmischung das Chaos beim Keksebacken in der Küche zumindest ein bisschen eindämmen könnte. Doch es schien keinen großen Unterschied zu machen. Ihre beiden Kinder an je einem Ende der riesigen Kochinsel zu platzieren und ihnen beim Keksebacken zu helfen war lustig, aber alles andere als eine ordentliche, saubere Angelegenheit. Eine feine Schicht aus Mehl und Zucker bedeckte die Kochinsel und die Vorderseite der Küchenschürzen. Sheba und Lucky lagen in ihren großen Körbchen und beobachteten gespannt, ob sich ein komischer Unfall zutragen würde. Musik plärrte aus den Lautsprechern in der Decke, und der Nachmittag war geprägt von angeregten Unterhaltungen und Gelächter.

»Ist der Ofen heiß genug?«, fragte Ben und benutzte ein Glas, um vorsichtig drei Teigkugeln platt zu drücken, die den Kopf eines Teddybären bilden sollten. Wenn die Kekse fertig gebacken wären, würden sie Schokoladenstückchen für die Augen und die Nase verwenden.

»Ja«, antwortete Daisy und ging zu Krissa, um ihr über die Schulter zu blicken. Ihre Tochter hatte sich entschlossen, »Erde-Kekse« zu backen – eine Variante von einfachen Mürbeteigplätzchen. Die eine Hälfte des Teigs war mit Lebensmittelfarbe blau eingefärbt worden, die andere Hälfte grün. Die Kekse wurden aus beiden Teilen hergestellt. Während sie im Ofen backten, bildeten die grüne und die blaue Hälfte einen Keks, der wie eine Landkarte aussah.

»Hier läuft alles super, Mom«, sagte Krissa lächelnd.

Daisy berührte die Nasenspitze ihrer Tochter. »Wie ist der Teig in dein Gesicht gekommen?«

Die Kleine grinste. »Ich bin eine Zauberin.«

»Das stimmt.«

Daisy genoss die Zeit, die sie mit ihren Kindern in der Küche verbrachte. Gemeinsam taten sie etwas, das Spaß machte. Und sie hatte herausgefunden, dass die Kinder, wenn sie sich auf etwas Schönes konzentrierten, auch über Dinge sprachen, über die sie normalerweise vielleicht nicht so einfach reden würden. Es war eine Lektion, die sie von ihrem Vater gelernt hatte, der darauf bestanden hatte, zweimal im Monat am Sonntag ein gemeinsames Frühstück zu veranstalten. Eine Tradition, die er auch nach seiner Hochzeit mit Joanne beibehalten hatte.

Sage war zwar immer eingeladen worden, auch am Frühstück teilzunehmen, doch sie hatte behauptet, lieber länger schlafen zu wollen. Cassidy hatte bis zu ihrem siebten Lebensjahr immer mit ihnen gefrühstückt. Danach hatte sie erklärt, keine Lust mehr auf das Sonntagsfrühstück mit der Familie zu haben. Und ab dem Zeitpunkt war es mit Cassidy auch ganz allgemein schwierig geworden.

Sie rief sich ins Gedächtnis, was Sage erwähnt hatte – dass Joanne an Cassidys unfreundlichem Verhalten eine Mitschuld tragen könnte. Wenn dem so wäre, müsste sich die alte Frau für noch mehr verantworten. Nicht, dass es jemals zu einer Konfrontation oder Aussprache kommen würde.

Als Ben und Krissa jeweils ein Backblech voller Kekse fertig hatten, schob sie die Bleche in den Ofen und stellte den Küchenwecker. Die Kinder machten sich an die Arbeit, um weitere Kekse zu machen. Aus den Lautsprechern dröhnte »I Want to Live in America« aus der *West Side Story*.

»Das ist eins meiner Lieblingslieder«, sagte Cassidy, als sie in die Küche rollte.

»Cassidy!« Krissa kletterte von ihrem Hocker und rannte zu ihrer Tante. »Wir backen Kekse. Das tun wir samstagnachmittags immer, und es macht echt Spaß. Mommy hat tolle Ideen für ganz unterschiedliche Kekse. Ich backe gerade welche, die aussehen wie die Erde. Komm und sieh sie dir an!«

Daisy ignorierte den Unmut, der sich in ihr ausbreitete. Vom Verstand her wusste sie, warum ihre Tochter Cassidy so interessant fand und sich zu ihr hingezogen fühlte. Aber wenn sie auf ihren Bauch gehört hätte, hätte sie sich übergeben können.

Eine Augenbraue hochgezogen, sah Cassidy zu ihr. »Backst du noch immer Kekse mit den Kindern? Das hast du früher auch mit mir gemacht.«

Daisy runzelte die Stirn und fragte sich, wann das gewesen sein mochte. »Vielleicht ein- oder zweimal. Du hattest keine große Lust dazu.«

Mit einem Mal wirkte Cassidy wehmütig. »Es hat mir Spaß gemacht, aber … na ja … Es war kompliziert.«

Daisy hütete sich davor, nach einem Grund zu fragen. Sie hatte keine Lust, sich noch einen schmerzhaften Seitenhieb ihrer Schwester einzuhandeln. Die Bemerkungen über Desean reichten ihr erst einmal.

»Wenn du dir die Hände wäschst, kannst du mir helfen«, sagte Krissa und rannte zurück zu ihrem Hocker.

»Danke«, sagte Cassidy und rollte zur Spüle. »Das ist echt nett von dir.«

Angesichts der lieben Worte strahlte Krissa übers ganze Gesicht.

Daisy fand es gut, dass ihre Tochter ein so fürsorglicher und warmherziger Mensch war, und sie wusste es zu schätzen, dass Cassidy Krissas Versuche, eine Beziehung zu ihr aufzubauen, unterstützte. Sie ermahnte sich, alles, was passierte, mit offenem Herzen zu akzeptieren und die Verbitterung aus der Vergangenheit zu ignorieren.

Doch es fiel ihr schwer, nicht nachtragend und gekränkt zu sein. Als Wallace und Joanne sich getrennt hatten, hatte Daisy sich Sorgen gemacht, dass Cassidy das Gefühl haben könnte, ihr Leben würde auseinanderbrechen. Und so hatte sie sich alle

Mühe gegeben, um liebevoll zu sein und eine Stütze für ihre Schwester zu werden. Wallace hatte eine Nanny engagiert, die nach Cassidy geschaut hatte, wenn sie bei ihm zu Besuch gewesen war – er hatte gefürchtet, dass Daisy zu viel Verantwortung übernehmen und ihre eigene Kindheit nicht richtig genießen könnte. Aber Daisy hatte trotzdem versucht, teilzuhaben und Verantwortung zu übernehmen. Sie hatte nie gewollt, dass Cassidy für sie das Gleiche wie sie für Joanne empfand. Doch was sie auch versucht hatte – zwischen ihnen war eine Mauer gewesen, die sie nicht hatte einreißen können.

Cassidy backte einige Kekse mit Krissa. Dann lud Ben sie ein, Teddybär-Kekse mit ihm zu machen. Er zeigte ihr, wie sie einen großen Teigball für den Kopf und zwei kleinere Kugeln für die Ohren formte. Der Küchenwecker klingelte, und Daisy zog die heißen Backbleche heraus und schob die nächsten Kekse hinein. Ben, Krissa und Cassidy machten sich daran, einen weiteren Schwung Plätzchen zu formen.

Da kam plötzlich Esmerelda in die Küche. Sie wirkte besorgt. Daisy lächelte sie an. »Ich schwöre, dass ich das Chaos beseitige, sobald wir fertig sind.«

Esmerelda schüttelte den Kopf. »Miss Daisy, draußen steht eine Frau, die behauptet, Cassidys Mutter zu sein. Soll ich sie reinbitten?«

Mit einem Mal herrschte Schweigen. Selbst die Musik schien leiser geworden zu sein.

»Joanne ist hier?«, fragte Daisy.

Cassidys Lächeln erstarb. »Meinst du, sie möchte mich besuchen?«

»Ich bezweifle, dass *ich* der Grund für ihr Erscheinen hier bin.«

Krissa sah Cassidy an. »Kenne ich deine Mom auch?«

»Nein«, sagten Daisy und Cassidy wie aus einem Mund.

Daisy räusperte sich geräuschvoll. »Bringen Sie sie herein, Esmerelda. Nachdem die Kinder sie kurz kennengelernt haben, können Sie sie ins Spielzimmer begleiten.«

»Aber wir sind noch nicht mit den Keksen fertig«, protestierte Ben.

»Ich wickle den Teig in Frischhaltefolie ein. Ihr könnt sie später zu Ende machen. Joanne und Cassidy möchten bestimmt ein Gespräch unter Erwachsenen führen.«

»Ich mag Erwachsenengespräche«, sagte Krissa und klang weinerlich.

Daisy warf den beiden »den Blick« zu, wie Jordan es nannte. Sofort waren die Kinder still. Sie nickte Esmerelda zu, die kurz darauf mit Joanne zurückkehrte.

Daisy hatte nicht gewusst, was sie zu erwarten hatte. Schließlich hatte sie ihre ehemalige Stiefmutter seit einer Ewigkeit nicht mehr gesehen. Vermutlich seit über zwanzig Jahren nicht mehr. Joanne war noch immer wunderschön. Mit ihrem blonden Haar und den blauen Augen hatte sie viel Ähnlichkeit mit ihren beiden Töchtern. Doch sie war älter geworden. Verblasst war die jugendliche Strahlkraft – sie war eine attraktive Frau jenseits der fünfzig.

In ihrer eng sitzenden weißen Hose und einer maßgeschneiderten Bluse rauschte sie in die Küche, als wäre sie die Gastgeberin hier und alle anderen hätten sich irgendwie auf die Party geschlichen.

»Mein Gott, wie seltsam, wieder hier zu sein«, sagte sie lachend und sah sich um. Sie ging zu Cassidy und tätschelte ihrer Tochter die Schulter. »Darling, du siehst sehr schlecht aus. Wie geht es dir? Du hättest mich anrufen sollen, dann wäre ich früher gekommen.«

»Hallo, Mutter«, sagte Cassidy kühl.

In diesem Moment wurde Daisy bewusst, dass Cassidy bereits seit drei Wochen in L. A. war und dass sich Joanne erst jetzt die Mühe machte, ihre Tochter zu besuchen.

Ben blieb an der Kücheninsel stehen, aber Krissa schlich sich unauffällig näher an Daisy heran.

Joanne betrachtete die Kinder und lächelte. »Das ist ja schön. Ihr backt zusammen. Wie heimelig.«

Daisy zwang sich, sich zu entspannen. »Hallo, Joanne. Schön, dich zu sehen. Das sind meine Kinder. Ben und Krissa.«

Joanne sah die Kinder an und musterte Daisy von oben bis unten, bevor sie ihre Aufmerksamkeit wieder auf die Küche an sich richtete. »Wie ich sehe, hast du renoviert. So hätte ich es zwar nicht gestaltet, doch man muss ja mit dem zurechtkommen, was man hat.«

Daisy bemühte sich, nicht zu erstarren. Sie nickte Esmerelda zu, die zu den Kindern ging.

»Bist du meine Großmutter?«, fragte Krissa Joanne, als Esmerelda sie an die Hand nahm.

»Nein.« Joanne wirkte ehrlich schockiert über die Frage. »Ich bin nicht alt genug, um Großmutter zu sein.«

Bens Miene veränderte sich von neugierig zu skeptisch. »Aber wenn Sage deine Tochter ist und sie und Mom gleich alt sind …« Offensichtlich rechnete er nach.

»Sie sind nicht gleich alt«, zischte Joanne.

»Sie hat recht«, sagte Cassidy und lächelte spöttisch. »Sage ist ein Jahr älter.«

Dafür kassierte sie einen Blick von Joanne, der hätte töten können, und sackte in ihrem Rollstuhl etwas in sich zusammen. Einen Moment lang hatte Daisy beinahe so etwas wie Mitgefühl mit ihr, doch dann ermahnte sie sich, dass Cassidy ihr Mitgefühl nicht brauchte.

Esmerelda brachte die Kinder aus der Küche, und Daisy warf Joanne ein angespanntes Lächeln zu.

»Es war schön, dich zu sehen, aber du und Cassidy habt sicherlich einiges zu besprechen.« Sie sah ihre Schwester an. »Wolltest du sie mit in dein Zimmer nehmen oder …«

»Nein, es ist doch bestens hier«, sagte Joanne und nahm an der Kochinsel Platz. »Wir drei können uns ein bisschen austauschen und einander auf den neusten Stand bringen.« Sie schüttelte leicht den Kopf. »Ich hätte gedacht, dass du dich besser kleidest, Daisy.«

Daisy ermahnte sich, nicht in diese Falle zu tappen, und wechselte das Thema. »Wie ist es dir ergangen?«

»Um mich geht's hier nicht«, entgegnete Joanne nachdenklich. »Lass uns stattdessen lieber über *dich* reden.«

Daisy beschlich der Verdacht, dass ihre ehemalige Stiefmutter überhaupt nicht wegen Cassidy gekommen war.

Nein, das ist unmöglich.

Der Küchenwecker schrillte. Daisy holte die fertigen Kekse aus dem Ofen und sah ihre Schwester an.

»Cassidy, erzähl deiner Mutter doch von deiner Reise nach Patagonien«, schlug sie vor.

Cassidy machte den Mund auf und gleich wieder zu. Joanne winkte ab.

»Daisy, wie geht es dir *wirklich*?«

Die Betonung auf dem letzten Wort war verwirrend, aber Daisy kannte Joanne gut genug, um die Gefahr zu wittern. »Joanne, wir beide sind keine Freundinnen, also weiß ich nicht genau, was das hier eigentlich soll.«

»Wieso sagst du so etwas? Immerhin waren wir mal eine Familie.« Joanne lachte laut und falsch auf. »Wir haben einander geliebt.«

»Nein, das haben wir nicht. Du hattest keinerlei Interesse an mir und hast dir alle Mühe gegeben, um mich deine Verachtung spüren zu lassen. Du wolltest nicht, dass ich da bin. Ich habe nie verstanden, warum das so war. Ich war ein kleines Mädchen und hatte mich so gefreut, eine Stiefmutter zu bekommen.«

Eigentlich hatte Daisy ihre Gedanken nicht laut aussprechen wollen, aber es war nun mal die Wahrheit.

Joanne zog die Augenbrauen hoch. »Das ist ja interessant. Du warst noch ein Kind, meine Liebe, und kannst dich bestimmt nicht mehr so genau an alles erinnern, dass du hier eine qualifizierte Meinung abgeben kannst. Ich habe deinen Vater geliebt und war gern deine Stiefmutter. Wir waren ein Team.«

»Nein, das waren wir nicht. Du und Sage wart ein Team, und ich war das fünfte Rad am Wagen.«

Joanne lächelte. »Überhaupt nicht.« Sie blickte sich in der Küche um. »Ich mochte dieses Haus und war gern mit deinem Vater verheiratet.« Dann sah sie Cassidy an. »Und du warst das Ergebnis dieser Liebe.«

»Welch große Freude«, erwiderte Cassidy trocken.

»So ein wunderschönes Haus.« Joanne richtete den Blick wieder auf Daisy. »Hast du es von deiner Mutter geerbt?«

Daisy nickte vorsichtig.

»Was für ein Glück für dich. Jordan hatte wegen des Umzugs bestimmt gemischte Gefühle, oder?« Sie verzog den Mund zu einem grausamen Lächeln. »Und wie geht es dem lieben Jordan? Ich habe ihn seit Jahren nicht mehr gesehen.«

Daisy erstarrte. In ihrem Kopf hörte sie die Alarmglocken schrillen und ahnte, dass Joanne von Jordans Auszug wusste. Sie sah Cassidy an, deren schuldbewusste Miene keinen Zweifel daran ließ, von wem Joanne diese Information hatte. Ben oder Krissa hatten bestimmt irgendwann erwähnt, dass ihr Dad ausgezogen war. Cassidy hatte es Sage gesagt, und Sage hatte es ihrer Mutter weitererzählt. Selbst nach all diesen Jahren konnte sie keiner dieser Frauen vertrauen.

»Es geht ihm gut«, sagte Daisy und wusste, dass sie sich nicht vor dem schützen könnte, was nun folgen würde. Sie straffte die Schultern und ermahnte sich, dass sie eine erwachsene Frau war, die mit allem fertig wurde, was Joanne ihr an den Kopf werfen würde.

»Tust du immer noch so, als wärst du seine erste Wahl gewesen?«, fragte Joanne boshaft. »Arme Daisy. Wie hart es für dich sein muss, zu wissen, dass er es immer bereut hat, Sage gehen gelassen zu haben.«

»Ich sehe, dass die Zeit dich kein bisschen milder hat werden lassen«, sagte Daisy und spürte, wie ihre Selbstbeherrschung schwand. »Du warst immer gemein zu mir, schon als ich ein kleines Mädchen war. Das macht dich zu einem Monster. Aber mich nach all den Jahren noch immer demütigen zu wollen ist einfach nur erbärmlich.« Sie sah Cassidy an, die mit weit aufgerissenen Augen in ihrem Rollstuhl saß. »Tut mir leid, aber deine Mutter ist hier nicht mehr willkommen. Wenn du sie treffen möchtest, werden wir schon eine Lösung finden – allerdings wird es nicht mehr in meinem Haus stattfinden.« Nun richtete sie den Blick wieder auf Joanne. »Verschwinde. Sofort.«

Joanne erhob sich langsam. »Ich kann mich gar nicht daran erinnern, dass du früher so melodramatisch warst. Na ja, wir sind alle erwachsen geworden und haben uns verändert.« Sie lächelte Cassidy an. »Ich hoffe, es geht dir besser.«

Dann ging sie zur Haustür. Daisy folgte ihr, um sicherzugehen, dass sie auch tatsächlich verschwand. Sie war dankbar, Esmerelda zu sehen, die bereit war, Joanne notfalls auch persönlich rauszuwerfen.

Doch Cassidys Mutter ging, ohne noch ein Wort zu sagen. Daisy schloss die Tür sorgfältig hinter ihr ab und atmete tief durch. Ihr Herz raste, und ihre Handflächen waren schweißnass.

»Diese Frau ist ein Albtraum«, sagte sie. »Falls sie noch mal hier auftauchen sollte, lassen Sie sie nicht ins Haus.«

»Sehr gern.«

Daisy kehrte in die Küche zurück und war erstaunt, zu sehen, dass Cassidy zusammengesunken in ihrem Rollstuhl saß und weinte, als wäre ihr Herz gebrochen. Das laute Schluchzen und die bebenden Schultern zeigten, dass sie an die Grenze ihrer Belastbarkeit geraten war.

Daisy blieb stehen, wusste nicht, wie sie sie trösten sollte. Unter normalen Umständen hätte sie sie umarmt, aber sie bezweifelte, dass ihre Schwester etwas mit ihr zu tun haben wollte. Und so verkniff sie sich auch, Cassidy zu fragen, ob alles in Ordnung war.

Stattdessen lief sie ins Gäste-WC in der Halle und schnappte sich die Box mit den Taschentüchern. Als sie in die Küche zurückkehrte, reichte sie sie ihrer Schwester.

Cassidy zupfte einige Taschentücher aus der Schachtel und weinte hinein. Daisy zog sich auf die andere Seite der Kochinsel zurück und fing an, die fertigen Kekse zum Auskühlen auf ein Gitter zu legen.

Nach ein paar Minuten putzte Cassidy sich geräuschvoll die Nase und sah Daisy an. »Ist sie weg?«

Daisy nickte. Sie war sich nicht sicher, ob Cassidy das als gut oder schlecht empfand. Wieder traten ihr Tränen in die Augen.

»Ich habe niemanden mehr«, schluchzte Cassidy, und ihre Stimme zitterte, als sie sprach. »Ich bin ihr vollkommen egal. Das war schon immer so. Ich war nur Mittel zum Zweck, weil sie den Kontakt zu meinem Vater nicht verlieren wollte. Und auch wenn er sich um mich kümmert, wissen wir doch alle, dass er dich viel lieber hat.« Sie schlug die Hände vors Gesicht. »Der Unfall ist schon so lange her, und sie hat mich nicht ein einziges Mal besucht. Und heute war sie nur da, um dich zu demütigen.«

Daisy hatte keine Ahnung, was sie tun sollte. Nach ein paar Sekunden beschloss sie, eine Zurückweisung zu riskieren, und ging zu Cassidys Rollstuhl. Sie zog einen Küchenstuhl heran und setzte sich. Dann berührte sie sacht Cassidys Schulter. »Es tut mir leid«, murmelte sie, obwohl sie wusste, dass die Worte kaum helfen würden.

Cassidy hob den Kopf und schniefte. Ihre Augen waren rot, ihr Gesicht war fleckig vom Weinen. »Sie hat mir immer gesagt, dass ich mich entscheiden muss. Dass ich entweder nur sie oder dich lieben könnte. Und dass sie meine Mutter wäre, und wenn ich mich falsch entscheiden würde, würde ich für den Rest meines Lebens dafür bezahlen.«

Daisy wich zurück. »*Was?* Das hat sie gesagt?«

Cassidy nickte. »Nach der Scheidung. Als wir in das Haus zogen. Sie meinte, du wärst der Grund für die Scheidung. Ich sollte mich in deiner Gegenwart vorsehen. Du könntest dafür sorgen, dass mein Vater mich nicht mehr lieben würde. Sage war alles, was ich noch hatte.«

Instinktiv wollte Daisy erwidern, dass das nicht stimmte, aber sie hatte keinen Grund, Cassidy nicht zu glauben. Und was noch wichtiger war: Sie wusste, dass Joanne dazu fähig war, so bösartig und rachsüchtig zu sein.

»Es tut mir leid«, wiederholte sie und wünschte, sie könnte etwas Tröstliches sagen. »Das würde ich niemals tun. Und selbst wenn … Dad liebt dich, weil du seine Tochter bist. Und daran wird sich niemals etwas ändern.«

»Manchmal glaube ich das auch. Doch irgendwie gehöre ich nirgends richtig dazu.« Sie zerknüllte die Taschentücher in ihren Händen. »Ich bin ihr egal, und Dad war immer sehr beschäftigt. Sage war nicht mehr da. Ich habe keine engen Freunde und Angst, einen Mann zu lieben.« Cassidy räusperte sich. »Es tut mir leid, was ich wegen Desean gesagt habe. Ich weiß, dass seine Hautfarbe keine Rolle für dich spielt.«

»Du hast mir damit zu verstehen gegeben, dass ich eine Rassistin bin.«

Cassidy zog den Kopf ein. »Ich weiß. Tut mir leid. Ich habe mich geirrt.« Sie sah Daisy an. »Dich schrecklich zu finden macht es leichter für mich.« Tränen rannen ihr über die Wangen. »Wenn du nicht schrecklich wärst, dann hätte ich die falsche Wahl getroffen. Wenn du nicht gemein wärst, dann hätten wir Schwestern sein können und ich hätte jemanden. Irgendwo. Jemanden, dem ich etwas bedeute.«

Erneut schluchzte sie, schlug die Hände vors Gesicht und weinte hemmungslos. Ihr Schmerz traf Daisy mitten ins Herz.

Wieso nur war alles so kompliziert geworden? Sie wollte nicht glauben, dass Cassidy die ganze Zeit über gelitten hatte, und sie fühlte sich nicht wohl damit, Mitleid mit ihr zu haben oder sie zu mögen. Sie wusste nicht, ob sie Cassidy glauben und vertrauen konnte. Doch sie fragte sich, ob allein dieser Gedanke sie schon zu einem schrecklichen Menschen machte.

Daisy beschloss, das Risiko einzugehen, beugte sich vor und schlang die Arme um Cassidy. Cassidy erwiderte die Umarmung und drückte sie mit dem gesunden Arm.

»Sieh's doch mal positiv«, meinte Daisy. »Du kannst deiner Mutter die Schuld geben. Es ist nicht nur ihre Schuld, sondern auch trendy, sie verantwortlich zu machen.«

Cassidy lachte erstickt. »Ich werde versuchen, das nicht zu vergessen.« Sie zog sich zurück. »Ich rolle ein bisschen in mein Zimmer.«

»Klar.« Daisy schob den Stuhl aus dem Weg. »Wenn du reden willst – ich bin für dich da.«

Sie bereute das Angebot, sobald es ihr über die Lippen gekommen war, nahm es aber nicht zurück.

»Danke.«

Cassidy fuhr aus der Küche. Daisy wünschte sich, sie könnte einfach akzeptieren, was ihre Schwester gesagt hatte, und davon ausgehen, dass sie sich nun ein bisschen besser verstehen würden. Doch sie hatte sich zu oft die Finger verbrannt, um sich so einfach öffnen zu können. Vielleicht war es nicht gerecht, aber Cassidy musste sich einen Platz in ihrem Herzen erst einmal verdienen.

Sage hatte kaum ihre Tasche abgestellt und die Schuhe ausgezogen, als ihre Mutter in ihr Zimmer platzte.

»Endlich! Du bist zurück! Wo hast du gesteckt?«

»Bei der Arbeit. Ich habe einen Job, schon vergessen?«

»Ach das.« Joanne hielt einen dicken Umschlag in die Höhe. »Das hier ist viel wichtiger. Du musst hingehen und mich mitnehmen. Ich bestehe darauf.«

Sage nahm ihr den Umschlag aus der Hand, bemerkte, dass er schon geöffnet worden war, und unterdrückte ein Seufzen. Dann warf sie einen Blick auf den Absender. Überrascht stellte sie fest, dass der Brief von ihrer Highschool stammte. Warum sollten die Mitarbeiter ihr etwas schicken? Wenn sie mit ihr Kontakt aufnahmen, dann meistens per E-Mail.

»Mach doch mal auf«, sagte ihre Mutter. »Beeil dich.«

Sage zog eine Einladung aus dem Umschlag. »Sie ist für ein Ehemaligentreffen«, sagte sie und bemühte sich, angesichts der vielen Jahre, die seit ihrem Abschluss vergangen waren, nicht zusammenzuzucken.

»Das machen sie jedes Jahr«, sagte ihre Mutter eifrig. »Du musst antworten, und ich bin deine Begleitung.«

»Warum willst du mit mir auf ein Ehemaligentreffen der Highschool gehen?«

»Weil es nicht nur euer Klassentreffen ist. Auch ehemalige Schüler aus anderen Jahrgängen sind dort. Und vielleicht auch einige reiche alte Männer, die nach einem neuen ›Schmuckstück‹ an ihrer Seite suchen.«

Sage kam der sarkastische Gedanke, dass der fragliche Mann schon *sehr* alt sein müsste, um eine Frau jenseits der fünfzig als »Schmuckstück« zu betrachten, aber das behielt sie lieber für sich.

»Ich möchte dort hingehen«, erklärte Joanne bestimmt. »Das wollte ich schon in den vergangenen Jahren, aber ohne dich konnte ich das ja schlecht. Du bist mir das schuldig, Sage.«

»Ich weiß noch nicht, ob ich hingehe«, begann Sage, verstummte jedoch, als ihre Mutter sie wütend anfunkelte.

»Das ist eins der großen gesellschaftlichen Events des Jahres«, erklärte ihre Mutter. »Alle, die etwas auf sich halten, nehmen daran teil. Wir gehen auch hin.«

Sage warf die Einladung auf ihr Bett. Sie war müde, und ihre Füße schmerzten. Nachzugeben erschien ihr leichter, als sich jetzt mit ihrer Mutter zu streiten. »Gut. Wir gehen hin.«

Joanne strahlte sie an. »Wundervoll. Jetzt überlege ich mir, ob ich überhaupt etwas zum Anziehen habe. Ich möchte elegant und doch sexy aussehen.«

Während Joanne durch den Flur in ihr Zimmer ging, redete sie weiter mit sich selbst. Sage schloss die Schlafzimmertür und zog die Vorhänge zu. Dann schlüpfte sie aus ihren

Arbeitsklamotten. Gerade wollte sie darüber nachdenken, was sie sich zum Abendessen machen wollte, als ihr Handy piepste.

Sie nahm es in die Hand und sah eine Nachricht, die aus einem Bierglas-Emoji und einem Essen-Emoji bestand.

Sie und Adam hatten einander nicht mehr gesehen, seit sie ihn um einen Gutschein für ihr gemeinsames Dinner gebeten hatte. Außerdem gab es da diese Brünette …

In diesem Moment platzte ihre Mutter in ihr Zimmer, ohne vorher anzuklopfen. Sie drehte sich im Kreis und präsentierte ein dunkelblaues Cocktailkleid. »Was denkst du?«

»Sieht toll aus, Mom. Ich gehe mal zu Adam.«

Ihre Mutter drehte sich noch einmal um sich selbst. »Ich habe keine Ahnung, was du an ihm findest.«

»Wir sind Freunde.«

»Wie auch immer.«

Sage ergriff die Flucht.

Lächelnd öffnete Adam ihr die Tür. »Dann ist das ein Ja?«

Sie grinste. »Kann man wohl sagen. Vorausgesetzt, du bist allein.«

Er ging mit ihr in die Küche. »Warum sollte ich nicht allein sein?«

Sage nahm am Küchentisch Platz, und Adam holte zwei Flaschen Bier. Als er sich ihr gegenüber auf einen Stuhl gesetzt hatte, beugte sie sich vor und senkte die Stimme.

»Letzte Woche hattest du Damenbesuch. Ich wusste nicht, dass du eine Freundin hast.«

Sie bemühte sich, locker und leicht spöttisch zu klingen, damit er nicht auf die Idee kam, dass ihr der Gedanke, er könnte mit jemandem zusammen sein, einen Stich versetzte. Ein albernes Geständnis, aber wahr.

»Es ist nicht so, wie du denkst«, sagte er und wirkte, als wäre ihm die Sache unangenehm. »Es war kein Date. Na gut, es war ein Date, allerdings nicht …« Er wandte den Blick ab, ehe er sie wieder ansah. »Ich habe sie auf *Tinder* gefunden. Es war bloß ein One-Night-Stand.«

»Du hast dich mit irgendeiner Frau getroffen?«

»Warum klingst du so überrascht?«

»Weil ich es bin. Du wirkst nicht wie der Typ Mann, der sich flachlegen lässt.«

Er lehnte sich auf seinem Stuhl zurück und lächelte. »Sage, jeder Mann wird gern flachgelegt. Der Unterschied besteht darin, ob wir uns wünschen, dass es von Bedeutung ist, oder nur auf Sex aus sind.«

»Und mit der Brünetten ging es nur um Sex?«

»Ja.«

»Ist es nicht schöner, wenn es von Bedeutung ist?«

»Natürlich.«

»Warum bist du dann nicht mit jemandem zusammen?«

In seinen Augen flackerten Emotionen auf, verschwanden jedoch wieder, ehe sie sie einordnen konnte.

»Ich bin noch nicht so weit«, sagte er schließlich.

»Weil du deine Frau verloren hast?«

»Größtenteils.«

Sie wollte entgegnen, dass seine Frau schon seit zwei Jahren tot war. Doch vermutlich musste ihn niemand daran erinnern, wie viel Zeit verstrichen war. »Ich weiß, dass du sie vermisst, aber irgendwie beneide ich dich auch«, gab sie zu. »Jemanden so sehr geliebt zu haben ist von Bedeutung. Ich hatte nie dieses Glück.«

»Sollte ich das Offensichtliche erwähnen?«

»Dass ich verheiratet war?« Sie nahm einen Schluck von ihrem Bier. »Ich habe nicht aus Liebe geheiratet.«

»Warst du je verliebt?«

Sie dachte darüber nach, ob sie ihm die Wahrheit erzählen sollte, und beschloss, dass es keinen Grund gab, ihn anzulügen. »Nein. Überrascht?«

»Ein bisschen. Und traurig. Die Liebe kann wirklich toll sein. Du solltest es mal ausprobieren.«

»Vielleicht.« Ihn zu beneiden war eine Sache, doch ihr Herz zu riskieren war etwas vollkommen anderes. Sie glaubte nicht, dass sie sich jemals mit dem Wissen wohlfühlen würde, dass ein anderer Mensch so viel Macht über sie hatte. Ihr gefiel die Liebe in der Theorie, aber nicht in der Praxis. Sie lächelte ihn an. »Lass uns bitte das Thema wechseln. Gehst du zum Ehemaligentreffen?«

»Kann schon sein. Normalerweise gehe ich hin. Es ist für einen guten Zweck, und es macht Spaß, sich mit den ehemaligen Mitschülern zu unterhalten. Gehst du hin?«

»Meine Mom möchte, dass ich sie mitnehme, damit sie sich einen reichen Kerl angeln kann.«

Adam hätte beinahe sein Bier ausgespuckt. »Ernsthaft?«

»Sie meint es todernst.«

»Ist das auch dein Plan?«

»Nein.« Das war einmal ihr Plan gewesen, als sie nach einer weiteren gescheiterten Ehe auf dem Rückflug nach Hause gewesen war. Doch seit sie wieder hier war, war sie zu der Erkenntnis gekommen, dass es noch einen anderen Weg geben musste.

»Ich frag nur, weil ich ein paar Technikfreaks kenne, die richtig Patte haben.«

Sie lachte. »Patte? Bist du das, der hier Jugendslang spricht, alter Mann?«

»Hey, wir sind gleich alt.«

Sage seufzte. »Leider nicht. Ich bin ein Jahr älter.«

»Echt? Wow. Das ändert alles.« Er hob seine Bierflasche. »Wenn du mich fragst, siehst du noch ganz gut aus.«

»Danke. Bekomme ich jetzt was zu essen, oder war das nur so dahergesagt?«

»Wer bin ich, alte Leute zu belügen? Natürlich bekommst du was zu essen.« Er warf einen Blick auf die Uhr an der Wand. »Wenn wir uns beeilen, können wir rechtzeitig im Restaurant sein, um das Senioren-Special zu bekommen.«

»Muss ich dich erst umbringen, damit du damit aufhörst?«

Er lachte leise. »Nein, schon okay. Fürs Erste zumindest. Also, gibt es ernährungstechnisch irgendwelche Einschränkungen? Muss ich mir Gedanken wegen deiner Zähne machen?«

»Dafür darfst du mich in ein echt teures Restaurant ausführen, und wir bestellen Wein.«

»Oh, das habe ich nicht bezweifelt, Sage.«

Sie ließen die Bierflaschen auf dem Tisch stehen und gingen hinaus zu seinem Wagen. Während sie den Gurt anlegte, wurde ihr bewusst, dass es lange her war, dass jemand sie aufgezogen hatte, um einen Spaß zu machen, und nicht, um sie zu verletzen. Ihre Mutter mochte nicht viel von Adam halten, aber Sage wusste, dass sie sich irrte. Adam entpuppte sich immer mehr als Glückstreffer.

11. KAPITEL

Am Samstag machte Daisy einige Besorgungen. Um eins war sie beim Friseur und wollte dann schnell nach Hause, um sich um ihre Kinder zu kümmern und Kekse mit ihnen zu backen. Am Sonntag würden sie bei Jordan sein, und sie wollte den Abend mit ihnen zusammen verbringen. Krissa und Ben hatten schon einen Film ausgesucht, und sie würde Popcorn machen – eine Leckerei, die es wegen der Unmengen an Zucker nur selten gab. Sie würde auch das Abendessen zubereiten – eine weitere Wochenendtradition in ihrem Haus. Während Esmerelda unter der Woche kochte und selbstverständlich auch für Samstag und Sonntag gern etwas vorbereitet hätte, genoss Daisy es, am Wochenende selbst zu kochen. Für gewöhnlich saßen die Kinder in der Küche, während sie die Mahlzeiten zubereitete.

Seit Jordan ausgezogen war, hatte Daisy die Tradition ein bisschen schleifen lassen, doch sie war entschlossen, sie wiederzubeleben. Vielleicht würde sie Cassidy einladen, gemeinsam mit ihnen zu essen, auch wenn sie immer weniger von dieser Idee überzeugt war, je länger sie darüber nachdachte. Seit dem Zusammenbruch ihrer Schwester hatten sie nicht mehr viel Zeit miteinander verbracht. Daisy versuchte noch immer, all das zu begreifen, was sie erfahren hatte, und vermutlich musste Cassidy sich auch erst einmal über ihre Gefühle klar werden.

Familien sind kompliziert, dachte Daisy, während sie hinter dem Lieferwagen eines Blumenladens die Straße entlangfuhr. Überraschenderweise bog der Lieferwagen in ihre Zufahrt ein. Sie fuhr ihm hinterher und parkte vor der Garage, statt hineinzufahren. Dann stieg sie aus und ging zu dem Van.

»Kann ich Ihnen helfen?«, fragte sie den Fahrer, der sich anscheinend verfahren haben musste. Zwar wäre es schön gewesen, wenn Jordan ihr Blumen geschickt hätte, aber die Chancen dafür standen eher schlecht.

»Ich habe eine Lieferung für Cassidy Allyn.«

»Oh, sie ist im Haus. Ich werde die Blumen mitnehmen, wenn Sie möchten.«

»Danke.«

Während er zur Rückseite des Wagens ging, zog sie eine Fünfdollarnote aus ihrem Portemonnaie und reichte sie dem Fahrer, als er ihr den riesigen Blumenstrauß in einer Glasvase übergab. Das Arrangement war wunderschön und sehr schwer. Sie umklammerte das kühle, feuchte Glas, damit es ihr nicht aus dem Arm rutschte, während sie ihre Schlüsselkarte hervorzog, um die Tür zu öffnen.

Nachdem sie die Blumen abgestellt hatte, betrachtete Daisy die Rosen, Orchideen und Lilien. Dafür hatte jemand wirklich tief in die Tasche gegriffen. Vermutlich Desean.

Sie ging noch einmal hinaus, um ihren Wagen in die Garage zu fahren. Danach trug sie die Blumen in den ersten Stock hinauf. Doch ihre Schwester war nicht in ihrer Suite.

Nita, die Tagesschwester, blickte von dem Buch hoch, das sie gerade las. »Sind die Blumen für Cassidy? Sie ist mit den Kids im Spielzimmer.«

Daisy stellte die Blumenvase auf den Beistelltisch. »Danke. Ich sage ihr Bescheid, dass sie Blumen bekommen hat.«

Nita schlug ihr Buch zu und stand auf. »Ich habe gestern mit Ihrem Vater gesprochen. Cassidy benötigt keine Rund-um-die-Uhr-Betreuung mehr. Es wäre dumm, noch länger dafür zu bezahlen, dass wir hier bloß rumsitzen. Es wird jeden Morgen jemand kommen, um sich ein paar Stunden um Cassidy zu kümmern. Den Rest schafft sie allein. Die Physiotherapeutin hat ihr gezeigt, wie sie aus dem Bett aufstehen, sich wieder hineinsetzen und wie sie sich anziehen kann. Sobald die Gipsverbände abgenommen werden, kann Cassidy wieder nach Hause.«

»Ja … Tja, ich bin mir sicher, dass sie es kaum erwarten kann«, murmelte Daisy.

Vor einer Woche hätte sie noch gesagt, dass auch sie selbst es kaum erwarten konnte. Dass es ein Freudentag wäre, wenn ihre Schwester wieder aus ihrem Haus und ihrem Leben verschwinden würde. Aber inzwischen war sie sich da nicht mehr so sicher.

Cassidys Geständnis über ihre ungesunde Beziehung zu ihrer Mutter hatte Daisy mehr als nur eine schlaflose Nacht bereitet. Zwar hatte sie Joanne nie gemocht, sie aber auch nie als bösartiges Monster betrachtet. Inzwischen war sie sich allerdings auch da nicht mehr so sicher. Offensichtlich war der felsenfeste Grund ihrer Weltanschauung nur eine Illusion gewesen.

Daisy nahm den Umschlag, der in dem Blumenarrangement steckte, in die Hand und brachte ihn ins Spielzimmer. Als sie den Flur entlanglief, hörte sie Sages Stimme. Das war eine Überraschung. Eine noch viel größere Überraschung war jedoch, dass sie französisch sprach. Sofort erinnerte sich Daisy an den Tag – sie musste damals zehn oder elf Jahre alt gewesen sein –, als sie aus der Schule gekommen war und in der Küche gesessen hatte, um etwas zu essen. Joanne und Sage hatten sich auf Französisch unterhalten, ab und zu auf sie gezeigt und laut gelacht. Sie hatte keine Ahnung gehabt, was sie gesagt hatten, aber sie hatte gespürt, dass sie sich über sie lustig gemacht hatten.

Sie zwang sich, die Schultern zu straffen. Schließlich war sie nicht mehr das kleine Mädchen von damals – sie konnte für sich selbst sorgen und ihre Kinder beschützen. Was Sage oder ihre Mutter über sie dachten und von ihr hielten, war völlig bedeutungslos.

Sie sah Sage auf dem Boden sitzen, Krissa und Ben direkt neben ihr. Sie blickten konzentriert in ein Kinderbuch und folgten Sage, die langsam und deutlich sprach und dabei auf jedes Wort zeigte. Cassidy sah ihnen vom Rollstuhl aus zu.

Krissa erblickte Daisy zuerst. »Mom! Sage liest uns etwas auf Französisch vor. Das macht Spaß. Ich möchte auch Französisch sprechen können.«

Aufgeregt sprang sie auf die Beine und rannte zu Daisy, die sie liebevoll in die Arme schloss. »Der Sprachunterricht beginnt im nächsten Jahr, Süße. Du kannst Französischunterricht wählen, wenn du magst.«

»Ich lerne Spanisch«, erklärte Ben stolz. »Aber ich schaue mal, ob ich auch Französisch lernen kann.«

Sage lächelte Daisy an. »Ich wollte Cassidy besuchen. Sie war mit den Kindern zusammen hier. Ich wusste gar nicht, dass all meine französischen Bücher noch hier sind. Sie sind so wundervoll illustriert.« Kurz hielt sie inne. »Du warst beim Friseur. Sieht hübsch aus.«

Daisy wartete ab, ob nach dem Kompliment noch eine Spitze folgen würde, doch Sage schien fertig zu sein. »Danke«, brachte sie unwillig hervor und bemühte sich, nicht darauf zu achten, wie toll Sage in den Jeans und ihrer Bluse aussah. Ihr kam es so vor, als würde ihre ehemalige Stiefschwester in allem, was sie trug, umwerfend aussehen. Lag es daran, dass sie so unverschämt dünn oder einfach eine Naturschönheit war? Allerdings war Daisy nicht sicher, ob sie das überhaupt so genau wissen wollte.

Ben stand auf und streckte sich. »Können wir Obst und Käse bekommen?«

»Klar. Esmerelda hat einen Teller für euch in den Kühlschrank gestellt. Soll ich dir helfen?«

Ben schüttelte den Kopf. »Ich bin zehn, Mom. Ich kann für Krissa und mich allein einen Snack holen.«

»Ja, du bist schon so erwachsen«, zog sie ihn auf.

Er grinste sie an, ehe er mit seiner Schwester im Schlepptau hinausging.

Daisy wandte sich Cassidy zu und reichte ihr den Umschlag. »Es sind Blumen für dich abgegeben worden. Zusammen mit diesem Umschlag.«

Cassidy wandte sich ab. »Wirf sie weg. Ich will sie nicht sehen.«

»Sie sind wunderschön, und ich habe sie bereits in dein Zimmer gestellt.« Daisy senkte die Stimme. »Dann lies doch wenigstens die Nachricht.«

»Was steht drin?« Cassidy klang abwehrend.

Instinktiv machte Daisy einen Schritt zurück. »Woher soll ich das wissen? Ich habe den Brief nicht gelesen.«

Sage kam auf die Beine und nahm den Umschlag an sich. »Ich werde den Brief lesen.« Sie riss den Umschlag auf und räusperte sich. »Cass – ich kann nicht aufhören, an dich zu denken. Ich liebe dich, und es tut mir leid. D.« Sie blickte hoch. »Wer ist D.? Und was tut ihm leid? Oh, warte. Ist das der Berg-Sturz-Mensch?«

Daisy verstand nichts. »Desean war mit dir in Patagonien?«, fragte sie, bevor ihr wieder einfiel, dass ihr Vater erwähnt hatte, dass Desean auch dort gewesen war.

Langsam nickte Cassidy. »Er hat mich begleitet und war bei mir, bis der Helikopter kam.« Sie schlug die Augen nieder. »Er hat mir einen Heiratsantrag gemacht.«

»In Patagonien.« Daisy machte große Augen.

»Auf dem Berg«, sagte Sage und klang amüsiert. »Unsere kleine Schwester hat sich darüber so sehr erschrocken, dass sie zurückgewichen ist. Und plopp … ist sie vom Berg gestürzt.«

Cassidy funkelte sie an. »Das ist nicht lustig.«

»Nachdem du jetzt auf dem Weg der Besserung bist, ist es schon ein bisschen lustig. Wenn ein so gut aussehender Typ mir einen Antrag machen würde, dann würde ich sofort Ja sagen.«

»Dann heirate *du* ihn doch.« Sie wies auf den Brief. »Zerreiß ihn. Und schmeiß die Blumen raus. Das zwischen uns wird niemals funktionieren.« Sie wischte sich die Tränen von den Wangen. »Beziehungen funktionieren nie. Jedenfalls nicht die romantischen.«

»Dem Mann liegt offensichtlich etwas an dir«, bemerkte Daisy, bevor sie sich die Worte verkneifen konnte. »Er liebt dich, und ihr seid schon seit einer Weile zusammen. Das muss doch etwas bedeuten.«

Die Geschichte einer Beziehung war wichtig. Zumindest hoffte sie das, denn im Augenblick war ihre gemeinsame Vergangenheit alles, was sie und Jordan noch hatten.

»Wie auch immer«, murrte Cassidy. »Du bist so herrisch. Gut. Ich werde die Blumen behalten, aber gefallen tut mir das nicht.«

»Zu sagen, dass er dich liebt, hat nichts mit herrischem Verhalten zu tun.«

»Da hat sie recht«, warf Sage fröhlich ein. »Es war nur eine Information. Vielleicht überflüssig, doch ich glaube, sie hat das Herz am rechten Fleck und meinte es nur gut.«

Aufmerksam sah Daisy sie an. »Soll das ein Scherz sein?«

»Wenn du schon nachfragen musst, ist er wohl misslungen – aber, ja, eigentlich war das meine Absicht.«

Daisy spürte, wie sich die Atmosphäre im Zimmer veränderte. Zum ersten Mal seit einer Ewigkeit führten sie und ihre Schwestern eine normale Unterhaltung, ohne sich in Vorwürfen und Hass zu ergehen.

»Ich vermisse ihn«, gab Cassidy zu. »Ein bisschen. Doch es wird niemals funktionieren, und es ist besser, die Sache zu beenden. Ach, Daisy hat neulich übrigens Mom rausgeworfen. Hat Joanne dir davon erzählt?«

Und schon war der Moment wieder vorbei. Daisy versuchte, nicht zu enttäuscht zu sein.

Aber statt sie anzugreifen, sah Sage sie nur neugierig an. »Nein. Sie hat nichts erzählt. Was ist passiert?«

Cassidy wischte sich über das Gesicht und nahm Sage den Brief aus der Hand. »Mom hat sich wieder mal unmöglich benommen, und Daisy hat ihr die Stirn geboten. Oh, und sie weiß, dass Jordan ausgezogen ist. Das heißt wohl, dass du es ihr verraten hast. Komm schon, Sage. Hast du es Mom gesagt?«

Sage zuckte zusammen. »Mist. Das wollte ich gar nicht.« Sie sah Daisy an. »Ich schwöre, dass es keine Absicht war. Es ist mir einfach so rausgerutscht.«

»Wie auf der Hochzeit?«, fragte Daisy knapp. »Als du verkündet hast, dass du Jordan für immer lieben würdest?«

Beschwichtigend hob Sage die Hände. »Das war mies. Ich gebe es zu. Aber es war nicht meine Schuld, dass die Musik aufgehört hat und mit einem Mal Stille herrschte – gerade in dem Moment, als ich es gesagt habe. Ich war betrunken. Es tut mir leid. So ist es. Wirklich. Ich schwöre es.«

Misstrauisch sah Daisy sie an. Sie war sich nicht sicher, ob irgendetwas von dem, was Sage sagte, der Wahrheit entsprach.

»Was willst du von mir?«, fragte Sage. »Ich habe gesagt, dass es falsch war, und mich entschuldigt. Mehr nicht. War ich aufgewühlt, weil du Jordan geheiratet hast? Irgendwie ja. Ich schätze, mir war vorher nie in den Sinn gekommen, dass er je heiraten würde. Was, wenn ich so darüber nachdenke, verrückt ist, oder? Ich meine, ich habe auch jemand anders geheiratet. Während ihr zusammengekommen seid, hatte mein Mann einen schlimmen Autounfall.«

»Geht es um den Autorennfahrer?«, fragte Cassidy.

Sage nickte. »Sie sagten, er würde nie wieder laufen können. Es war eine sehr schwere Zeit für uns. Sehr belastend. Wir trennten uns, und ich habe mir selbst wahnsinnig leidgetan. Und dann war ich auf deiner Hochzeit, und du sahst so wundervoll aus. Während eures ersten Tanzes bekam Jordan eine Erektion, also wusste ich, dass er dich wirklich liebt. Es war einfach zu viel.«

Genau wie diese Unterhaltung. Daisy spürte, wie ihre berechtigte Empörung Verwirrung wich. »Was?«, fragte sie. »Woher willst du wissen, ob Jordan eine Erektion hatte?«

»Ich war traumatisiert. So etwas vergisst man nicht. Ich habe mich betrunken. Tut mir leid, dass ich deine Hochzeit ruiniert habe.«

Daisy lächelte. »Du hast die Hochzeit nicht ruiniert. So viel Macht hast du nicht.«

»Wow!«, rief Cassidy aus. »Go, Daisy, go.«

Daisy blickte sie an. »Hey, ich vertraue dir noch immer nicht, also übertreib's nicht.«

Cassidy grinste sie nur an.

Fragend zog Sage die Augenbrauen hoch. »Dann seid ihr beide jetzt befreundet?«

»Das wird sich erst noch zeigen«, entgegnete Daisy. »Aber wir haben einige Dinge geklärt.« Sie dachte darüber nach, wie ein paar Hintergrundinformationen die Sichtweise auf etwas komplett verändern konnten. »Ich weiß, dass du es nicht absichtlich weitererzählt hast. Es war nur ein etwas unglückliches Timing.«

»Das stimmt.«

»Tut mir leid, was ich gesagt habe. Dass wir keine Freundinnen werden könnten. Es klang gemeiner, als es klingen sollte.«

»Ich habe verstanden, warum du es gesagt hast.« Sage zuckte die Schultern. »Und da wir gerade dabei sind, uns zu entschuldigen, wollte ich noch sagen, dass es mir leidtut, als Kind so gemein zu dir gewesen zu sein. Ich kann gar nicht mehr alles aufzählen, was ich dir angetan habe, also bitte ich dich für alles um Entschuldigung.« Sie machte eine kurze Pause. »Das sage ich nicht einfach nur so. Es tut mir wirklich aufrichtig leid, wie ich mich verhalten habe.«

Sie sahen einander an, ehe sie den Blick abwandten. Die Spannung war deutlich zu spüren. Aber sie war anders als sonst. Daisy merkte, dass sie an einem Punkt waren, der ein Wendepunkt für ihr Leben werden könnte. Das klang vielleicht etwas melodramatisch, fühlte sich jedoch wahr an.

Daisy holte tief Luft. »Okay, ich werde das Abendessen zubereiten. Ich mache Carnitas. Das braucht einiges an Vorbereitungszeit.«

»Ich kann dir helfen«, bot Sage an.

Daisy starrte sie an. »Warum?«

»Weil ich es möchte und weil du zu nett bist, um mich rauszuwerfen, nachdem ich dir angeboten habe, dir bei den Vorbereitungen fürs Abendessen zu helfen.«

»Aber das hat was mit Kochen zu tun.«

»Schon klar.«

»Ihr zwei seid echt seltsam«, sagte Cassidy, betätigte den Joystick an ihrem Rollstuhl und verließ das Zimmer.

Daisy verstand nicht, was mit Sage passiert war, doch sie fragte: »Wolltest du denn auch zum Abendessen bleiben?«

»Klar. Das wäre schön.«

»Du willst mir gerade Angst einjagen, oder?«

Sage lächelte. »Durchaus möglich. Ich schätze, du wirst abwarten und herausfinden müssen, ob das wirklich der Fall ist oder nicht.«

Sage hielt Wort. Sie half bei den Vorbereitungen für das Abendessen und blieb, um es gemeinsam mit den anderen zu verspeisen. Nachdem Daisy mit dem Kochen begonnen hatte, waren alle in die Küche gekommen – sogar die Hunde und Katzen. Es war laut, und trotz der Größe des Raumes kamen sich ständig alle in die Quere. Trotzdem machte es eine Menge Spaß.

Ben zeigte Sage, wie er die Tiere fütterte. Sheba und Lucky waren sehr gut erzogen und warteten geduldig darauf, dass ihre Fressnäpfe auf die Matten in der Speisekammer gestellt wurden, bevor sie jeden Bissen innerhalb von Sekunden verschlangen.

Die Katzen fraßen in der Waschküche. Ihr Fressen – eine Mischung aus rohen Zutaten, die nach Leber und Blut roch – musste genau abgemessen und dann auf flachen Tellern serviert werden.

»Man muss vorsichtig sein«, erklärte Ben Sage. »Das ist rohes Fleisch, also gibt es Keime, die uns krank machen könnten.«

Sie ließen die Katzen allein und kehrten in die Küche zurück, wo Ben berichtete, wer was zu fressen bekommen hatte.

Das Abendessen an sich war genauso chaotisch wie die Vorbereitungen. Die fünf setzten sich an den Esstisch in der Küche. Die beiden Hunde legten sich unter den Tisch, und die Katzen nahmen auf freien Stühlen Platz. Alle unterhielten sich angeregt, und Sage genoss die Zeit. Sie und Daisy schienen einen Waffenstillstand geschlossen zu haben, und sie würde diese Atempause genießen, solange sie dauerte.

Nach dem Abendessen gingen die Kinder nach oben, um sich einen Film anzuschauen, während Daisy Cassidy und Sage noch Wein nachschenkte. Sage war sich ziemlich sicher, dass sie schon die zweite Flasche geöffnet hatten. Sie würde also mit einem Taxi nach Hause fahren.

»Wie kannst du Mrs. Pickle vergessen haben?«, fragte Daisy lachend. »Ich habe Mathe geliebt, aber ich schwöre, dass sie sich alle Mühe gegeben hat, den Unterricht so langweilig wie möglich zu gestalten. Ich wollte so gern Geometrie machen, doch als ich erfuhr, dass sie die Lehrerin sein würde, brach ich in Tränen aus, weil ich so enttäuscht war.«

»Ich bin acht Jahre jünger als du«, meinte Cassidy. »Wie soll ich mich da an deine Mathelehrerin auf der Highschool erinnern können?«

»Ich kann mich an sie erinnern«, sagte Sage erschaudernd. »Sie war eine gemeine alte Hexe. Wenn ich für jedes Mal, wenn sie mich mit Daisy verglichen hat, einen Cent bekommen hätte, müsste ich jetzt nicht mehr arbeiten.« Sie sah ihre Stiefschwester an. »Du hast echt genervt.«

»Ich?«, sagte Daisy lachend. »Ich habe überhaupt nichts gemacht.«

»Du warst schlau. Beängstigend schlau. Ich habe immer nur gehört: ›Daisy ist so gut in der Schule. Du könntest dir mal ein Beispiel an ihr nehmen.‹ Wenn ich den Fehler beging, darauf hinzuweisen, dass wir nicht verwandt wären, habe ich nur mitleidige Blicke geerntet.«

»Also hat mein Intellekt dich eingeschüchtert?«, wollte Daisy mit einem verschmitzten Grinsen wissen.

»Ach, komm. Es war nervig, mit dir auf derselben Highschool zu sein. Eingeschüchtert war ich nie.«

»Ein bisschen schon«, stellte Cassidy fröhlich fest. »Daran kann ich mich noch gut erinnern. Ich hatte keine Angst vor Daisy, aber ich hatte Angst vor diesem Haus.«

Überrascht sah Daisy sie an. »Warum? Es ist doch ein tolles Haus.«

»Für dich. Für mich war es einfach nur riesig und kalt, und ich bin nicht gern alle zwei Wochen hierhergekommen. Es war schwer, ständig zwischen den Häusern zu pendeln und unterschiedliche Regeln zu beachten. Außerdem wusste ich nie, wie Mom drauf sein würde, wenn ich nach Hause kam.«

»Warum hätte deine Mutter sich anders verhalten sollen, als du zu ihr zurückgekehrt bist?«, wollte Daisy wissen.

Sage sah Cassidy an, die seufzte.

»Weil sie sich über die Scheidung geärgert hat«, erklärte Sage. »Sie wollte nicht in dem winzigen Haus leben. Ich persönlich glaube, dass sie Wallace wirklich sehr geliebt hat und am Boden zerstört war, als sie sich getrennt haben.«

»Es fällt mir schwer zu glauben, dass sie irgendeinen anderen Menschen lieben könnte«, sagte Daisy und verzog das Gesicht. »Tut mir leid. Ich wollte das gar nicht laut aussprechen.«

»Wenn jemand weiß, dass so was passieren kann, dann bin ich das.« Sage erhob ihr Glas. »Ich verzeihe dir.«

»Danke.«

Cassidy blickte zwischen den beiden hin und her. »Erstens: Warum darfst *du* ihr verzeihen? Und zweitens: Wir sprachen gerade über mich.«

Sage lachte leise. »Stimmt. Red weiter.«

»Ihr durftet einfach euer Leben weiterleben, und es hat sich nichts geändert. Für mich war jedoch alles anders. Ich war noch so klein, als sie sich trennten, und wusste nicht, was passierte, und dann sagte Mom, es wäre Daisys Schuld. Das hat mir Angst gemacht.«

Sage bemerkte die Wut in Daisys Blick.

»Ich war dreizehn«, stieß Daisy zwischen zusammengebissenen Zähnen hervor. »Glaubst du wirklich, dass ich eine Scheidung hätte provozieren können?«

»Inzwischen verstehe ich das, aber damals war ich erst fünf Jahre alt. Ich wusste überhaupt nichts.« Sie nahm ihr Weinglas in die Hand. »Dad hat es versucht. Er wollte immer wissen, wie es mir geht, und hat auch in den Wochen, wenn ich nicht bei ihm war, den Kontakt zu mir gehalten. Mom hat das nie getan. Manchmal könnte ich schwören, dass sie vergessen hatte, dass sie eine Tochter hat. Sie hat immer geschockt und verärgert reagiert, wenn ich dann wieder bei ihr auftauchte.«

Sage wollte sagen, dass das nicht stimmte, aber sie hatte das Gefühl, dass es doch der Wahrheit entsprach. Joanne war nicht gerade der mütterliche Typ.

»Aber du warst immer für mich da«, sagte Cassidy und sah Sage an.

»Das habe ich zumindest versucht.«

Cassidy wandte sich Daisy zu. »Ich habe bei ihr im Bett geschlafen, wenn ich bei Mom zu Hause war. Jede Nacht. Und sie ist deswegen nie böse geworden und hat auch nicht genervt reagiert.«

»Du hast damit aufgehört, als du so weit warst.«

»Ich glaube, damals war ich ungefähr neun Jahre alt.«

Stimmt, dachte Sage. Zu dem Zeitpunkt war sie bereit gewesen, ihr eigenes Leben zu führen.

Cassidy beugte sich zu Daisy vor. »Ich glaube, Mom hat dich verachtet, weil Wallace dich schon vor ihr geliebt hat.«

»Ich bin seine Tochter, und er hat sie erst kennengelernt, als ich sechs Jahre alt war. Natürlich hat er mich schon vorher geliebt.«

»Das ist logisch, ja. Mit Logik hat sie allerdings nicht viel am Hut. Meine Theorie ist, dass Dad sie geheiratet hat, damit du eine Mutter hast. Das ist jedoch kein guter Grund für eine Ehe. Vor allem nicht für sie. Mom will vergöttert werden.«

Sage war überrascht über Cassidys Einblicke. »Wann ist dir das alles klar geworden?«

»Ich habe sehr oft sehr lange im Flugzeug gesessen. Da hatte ich viel Zeit zum Nachdenken.«

»Die Zeit hast du wirklich gut genutzt. Du hast recht, was Mom angeht. Sie muss immer im Mittelpunkt stehen. Ich bezweifle, dass Wallace sich dessen bewusst war.«

»Sie war sehr schön«, sagte Daisy und klang beinahe ein bisschen widerwillig. »Das ist ihm bestimmt nicht entgangen. Ich hoffe nur, dass du falschliegst und er sie geheiratet hat, weil er sie geliebt hat, und nicht meinetwegen. Wie Cassidy schon sagte, ist das kein guter Grund zu heiraten.«

»Es gibt allerdings noch schlechtere Gründe für eine Ehe«, bemerkte Sage. »Zum Beispiel Geld.«

Daisy lächelte. »Wer macht denn so was?«

Cassidy zwinkerte Sage zu. »Du wärst überrascht.«

»Joanne ist übrigens gerade auf der Suche nach einem reichen Ehemann«, gab Sage zu. »Sie möchte mit mir zusammen auf das Ehemaligentreffen der Highschool, weil sie glaubt, dort vielleicht jemanden kennenlernen zu können.« Sie sah Daisy an. »Ich nehme an, du hast die Einladung auch bekommen. Gehst du hin?«

»Ich weiß es noch nicht. Vielleicht. Wahrscheinlich nicht.« Sie lehnte sich auf ihrem Stuhl zurück und seufzte. »Nicht allein jedenfalls, und ich weiß nicht, ob Jordan hingehen möchte. Wir sind eigentlich jedes Jahr dort gewesen. Im Übrigen ist es immer schwer, das Passende zum Anziehen zu finden, und ich habe jedes Mal das Gefühl, falsch angezogen zu sein – egal, wie viel Mühe ich mir auch gebe.«

»Komm im Laden vorbei. Dann kann ich dir helfen, das Richtige zu finden.«

Sage machte das Angebot, ohne darüber nachzudenken. Erstaunt wurde ihr bewusst, dass sie es ernst meinte. Daisy wirkte ebenso überrascht, während Cassidy noch einen Schluck von ihrem Wein nahm.

»Führt ihr denn meine Größe?«, fragte Daisy. »Oder ist alles, was größer als eine Zwei- oder Vierunddreißig ist, ein Albtraum für euch?«

Sage zog die Augenbrauen hoch. »War das so zickig gemeint, wie es rübergekommen ist?«

»Nein. Tut mir leid.«

»Schon okay. Ich wollte nur fragen. Wir haben alle Größen da, und mir fallen jetzt schon mindestens drei Kleider ein, die toll an dir aussehen würden. Wir machen einen Termin ab, dann suche ich dir etwas Schönes raus.«

»Super. So machen wir's. Danke. Obwohl ich nicht gerade begeistert davon bin, mit deiner Mutter zusammen auf eine Party zu gehen – nichts für ungut …«

»Wenn's hilft: Mir geht's genauso.«

12. KAPITEL

Jordan erschien ein paar Minuten zu früh, um mit den Kindern essen zu gehen. Daisy ließ ihn herein und trat zur Seite, als Lucky und Sheba angerannt kamen. Ihre Pfoten schlitterten über den Holzfußboden. Jordan begrüßte die beiden und lächelte Daisy an.

»Ich hoffe, die beiden benehmen sich.«

»Das tun sie, aber sie vermissen dich.«

»Wenn ich die Kinder das nächste Mal zurückbringe, bleibe ich ein bisschen und spiele Ball mit den beiden.«

»Das würde ihnen bestimmt gefallen.«

Sie betrachtete ihn. Er sah aus wie immer – attraktiv, breite Schultern, markante Gesichtszüge. Er war die Art von Mann, der den Frauen auffiel und über den sie nachdachten. Ihre ganze Schulzeit über war Daisy verknallt in ihn gewesen. Doch damals hatte er nur Augen für Sage gehabt.

»Ben macht noch seine Hausaufgaben fertig, und Krissa liest. Sie sind in zehn Minuten unten«, sagte sie und fragte sich, ob sie ihm etwas zu trinken anbieten oder ihn in das gute Wohnzimmer bitten sollte. Sie war total verunsichert, weil ihr nicht klar war, ob sie weiterhin freundschaftlich miteinander umgingen oder nicht.

Jordan löste das Problem, indem er sich auf den Weg in die Küche machte. Sie und die Hunde folgten ihm. Jordan setzte sich an die Kochinsel und lächelte sie an.

»Wie geht es dir?«, wollte er wissen.

Sie nahm auf einem der Hocker ein Stück von ihm entfernt Platz. »Danke, gut. Hab viel zu tun.«

»Ich auch. Wir bieten demnächst wieder eine Aktion an, sein

Haustier sterilisieren oder kastrieren zu lassen. Wir arbeiten da mit einem Tierheim zusammen.«

Einige der ortsansässigen Tierkliniken boten solche Termine an, damit man sein Haustier für wenig Geld sterilisieren oder kastrieren lassen konnte. Ein spezielles Angebot für Familien mit geringem Einkommen. Freiwillige halfen dabei, für den geregelten Ablauf der Aktion zu sorgen. Daisy selbst hatte auch einige Male mitgeholfen, doch dieses Mal war sie nicht sicher, ob sie ihre Unterstützung anbieten sollte.

»In zwei Wochen findet das Ehemaligentreffen statt«, sagte sie stattdessen und bemühte sich, sich nichts anmerken zu lassen und möglichst neutral zu klingen. »Wolltest du hingehen?«

Er blickte ihr in die Augen. »Wolltest du?«

Warum konnte er nicht einfach die Frage beantworten? Warum wollte er, dass sie ihre Gefühle preisgab, ehe er es tat? Sie nahm an, dass es einfach seine Art war, aber sie fühlte sich dann immer … schutzlos, schwach, ausgeliefert. Schlimmer noch: Ein Teil von ihr wartete darauf, dass er ihre Gefühle gegen sie verwendete. Das war vermutlich eine sehr reale Angst, doch ihm gegenüber wahrscheinlich nicht fair.

»Ich weiß es nicht. Vor allem angesichts der Situation, in der wir uns gerade befinden«, sagte sie bedächtig.

Er beugte sich zu ihr vor. »Wir hatten immer viel Spaß.« Er streckte den Arm aus und ergriff eine ihrer Hände. »Daisy, ich vermisse dich. Ich vermisse *uns*.«

Eine Spannung, von der sie gar nicht gewusst hatte, dass sie sie fest im Griff gehabt hatte, löste sich. »Ich vermisse uns auch.«

»Ich bin froh, dass wir einen Termin bei einem Therapeuten haben. Wir müssen eine Lösung finden, und allein kommen wir nicht weiter.«

Leider hatte sie noch immer keine Ahnung, *wofür* sie eine Lösung finden mussten und *was* genau das Problem war. Aus ihrer Sicht war Jordan einfach ohne Vorwarnung ausgezogen.

Bis auf seinen seltsamen Vorwurf, dass sie ihm keine Hemden mehr kaufte, wusste sie nicht, was er wollte und was genau ihn so unglücklich machte. Und was den Punkt betraf, dass sie allein nicht weiterkommen würden, so standen die Chancen, dass sich etwas änderte, denkbar gering – denn wenn sie nicht miteinander sprachen, konnten sie auch nichts klären.

Aber davon wollte sie im Augenblick nicht anfangen. »Dass er gerade im Urlaub ist, ist echt blöd«, murmelte sie stattdessen.

»Ja. Und drei Wochen? Wer macht drei Wochen lang Urlaub?«

»Genau.«

Der bekannteste und beste Therapeut, den sie hatte finden können, hatte ihr gleich gesagt, dass er zuerst Urlaub machen und sich danach erst einmal um seine aktuellen Patienten kümmern würde. Daisy war bereit gewesen zu warten. Doch so würde ihre erste Sitzung erst in ein paar Wochen stattfinden. Trotzdem – der Termin war vereinbart, und das war zumindest schon mal der erste Schritt.

»Daisy, ich …«, begann Jordan, wurde jedoch unterbrochen, als beide Kinder in die Küche gestürmt kamen.

»Dad! Wo essen wir zu Abend?«, fragte Ben.

»Ich will in ein cooles Restaurant.«

Ben seufzte. »Nicht schon wieder Pizza. Wir essen immer Pizza.«

Jordan ließ Daisys Hände los und streckte die Arme aus, um seine Kinder zu begrüßen. Sie kamen näher und umarmten ihn.

Daisy beobachtete die drei. Krissa und Ben erzählten Jordan, was gerade so bei ihnen los war. Meistens glaubte sie, dass die Kleinen mit der Trennung gut zurechtkamen, aber ab und zu wurde sie daran erinnert, dass es auch für sie schwer war.

Jordan richtete sich auf. »Am Melrose gibt's ein neues Sushi-Restaurant, das wir mal ausprobieren könnten.«

Entsetzt starrten Ben und Krissa ihn an.

»Wir sollen zum Abendbrot rohen Fisch essen?«, fragte Ben und klang angewidert.

Krissa würgte leise.

»Das war nur ein Scherz.« Jordan lachte. »Wir gehen zu *Island Burger*. Wie wäre das?« Er sah Daisy an. »Bis spätestens acht Uhr sind wir zurück.«

»Okay.«

Daisy brachte die drei zur Tür. Sheba und Lucky trotteten voran. Sie umarmte Ben und Krissa noch einmal.

»Bis später.«

Vor der Haustür blieb Jordan stehen und sah Daisy an.

»Also, war das ein Ja zum Ehemaligentreffen?«, fragte er.

Sie lächelte. »Das wäre schön.«

»Das fände ich auch. Bis später.«

Er schloss die Tür hinter sich. Lucky winselte leise, und Daisy streichelte ihn.

»Ganz deiner Meinung, mein Großer. Für mich ergibt das alles auch keinen Sinn.«

Und auch wenn sie sich darüber freute, dass sie etwas zusammen unternehmen würden, ließ die Frage, warum sie nicht mehr so viel – oder überhaupt – miteinander sprachen, ihr keine Ruhe.

Bald, versprach sie sich selbst. Sie würden sich in Therapie begeben und so vielleicht ihre Probleme lösen. Denn im Augenblick lag ihre Ehe auf Eis. Das war schon schlimm genug. Doch was ihr wirklich Angst machte, war die Tatsache, dass sie ihren Mann jeden Tag ein bisschen weniger vermisste.

Spät am Vormittag ihres freien Tages lag Sage im Garten ihrer Mutter auf der Yogamatte. Während sie einatmete, spannte sie ihre Körpermitte an, hob die Arme über die Schultern und streckte die Füße bis zu den Zehenspitzen durch. Langsam kam sie mit dem Oberkörper und den Beinen hoch, bis sie eine perfekte V-Form bildete. Stumm zählte sie bis drei. Dann ließ sie sich wieder auf die Matte sinken. Ihre Körpermitte brannte.

Die Luft war angenehm warm, und die Bäume spendeten wohltuenden Schatten. Das ist gut, dachte sie und hob wieder die Arme. Sie mochte verletzt und schutzbedürftig nach L. A. zurückgekommen sein, aber allmählich bekam sie die Kurve. Wallace hatte ihr einen Scheck über tausend Dollar geschickt – das machte er ein- oder zweimal im Jahr. Sie wusste diese Geste nicht nur wegen des finanziellen Aspekts zu schätzen, sondern vor allem, weil sie zeigte, dass er noch an sie dachte. Wallace war für sie immer wie ein Vater gewesen.

»Du bringst mich um, Sage.«

Sie setzte sich hin und sah Adam, der am niedrigen Zaun zwischen ihren Grundstücken stand.

»Wie soll ich mich konzentrieren, wenn du keine drei Meter von mir entfernt Pilates machst?«

Sie grinste. »Du warst doch im Haus. Ich wusste nicht, dass es dir überhaupt auffällt.«

Er lachte leise. »Sehe ich vielleicht aus, als wäre ich schon tot? Ich fühle mich jedenfalls nicht so. Kannst du bitte im Haus weitermachen?«

»Im Haus habe ich keinen Platz. Im Übrigen bin ich doch vollständig bekleidet.«

»Du trägst ein enges Tanktop und Leggings. Ich kann *alles* erkennen. Das ist grausam. Buch dir einen Kurs. Bitte.«

»Kurse kosten Geld.«

Er schüttelte den Kopf. »Gut. Dann besuchen wir einen Kurs, bei dem man vorbeischauen kann, wann man will. Die Kosten gehen auf mich. Vielleicht ist es besser für mich, wenn ich neben dir liege und selbst mitmache.«

Sie erhob sich und stemmte die Hände in die Hüften. »Willst du mir damit sagen, dass du Pilates machst?«

»Ich habe mir vor ein paar Jahren den Rücken verletzt. Der Physiotherapeut hat mir Pilates zur Stärkung meiner

Muskulatur empfohlen.« Er lächelte wieder. »Außerdem bin ich der einzige Mann im Kurs. Das ist ein gutes Verhältnis. Wir treffen uns in zwanzig Minuten draußen.«

»Du bist echt seltsam«, sagte sie, aber er war schon verschwunden.

Sie ging hinein und zog ihre Flipflops an, bevor sie in ein Oversize-T-Shirt schlüpfte und sich ihre Tasche schnappte. Als sie das Haus verließ, sah sie, wie Adam in einem alten weißen Mercedes-Cabrio aus der Garage fuhr.

Sie stieg auf der Beifahrerseite ein. »Ein sehr schönes Auto.«

Er lächelte sie an. »Ich dachte mir, dass du darin bestimmt gut aussehen würdest.«

»Genau wie du.« Sie schnallte sich an. »Also machst du Pilates, um Frauen kennenzulernen?«

»Hauptsächlich für meinen Rücken. Es ist nun fast vier Jahre her, und ich habe seitdem keine Probleme mehr.« Er zwinkerte ihr zu. »Die Frauen sind sozusagen der Bonus.«

Er fuhr ein paar Kilometer zu einem Studio, parkte den Wagen und trug sie beide in die Teilnehmerliste ein, ehe er den Kurs für sie bezahlte. Es waren noch acht andere Teilnehmer da – alles Frauen. Ein paar von ihnen begrüßten ihn mit Namen. Sage verstaute ihre Tasche, ihre Sandalen und das T-Shirt in einem der offenen Regalfächer. Dann holte sie sich eine Matte.

Fünfzig Minuten später schwitzte sie, war erschöpft und außer Atem, doch sie fühlte sich gut. Sie lag noch immer auf dem Rücken und wartete darauf, dass ihre Bauchmuskeln aufhörten zu zittern. Gemeinsam mit dem Rest der Gruppe bedankte sie sich bei der Kursleiterin. Adam stand viel zu mühelos auf, reichte ihr die Hand, und sie ließ sich von ihm auf die Beine helfen.

An ihrem Regalfach zog sie sich das T-Shirt über, während Adam ein Hawaiihemd an- und Boardshorts über seine Yogashorts zog. Er schlüpfte in seine Segelschuhe und nahm seine Autoschlüssel.

»Ich habe einen Bärenhunger«, sagte er. »Wollen wir etwas essen gehen?«

»Klar.«

Adam fuhr sie zu einem kleinen Bistro in einer Seitenstraße des Sunset Boulevards, in der Nähe der *UCLA*. Dort nahmen sie an einem schattigen Tisch auf dem Hinterhof Platz. Der Hof war mit mexikanischen Platten gepflastert, Ranken wuchsen den Zaun hinauf, und es wehte eine leichte Brise.

»Perfekt«, bemerkte Sage und versuchte, nicht zusammenzuzucken, als sie ein heftiges Ziehen in beiden Oberschenkeln bemerkte.

»Es ist ein schönes Restaurant mit gutem Essen und einer wundervollen Atmosphäre. Wir haben Zeit und müssen uns nicht hetzen.«

Interessiert musterte sie die anderen Gäste. »Viele Studenten hier. Ist das nicht verlockend?«

Er runzelte die Stirn. »Willst du wissen, ob ich hierherkomme, um Studentinnen aufzureißen? Gott, nein. Die sind viel zu jung. Ich ziehe Frauen meines Alters vor.«

»Ich meinte ja nur ...«, sagte sie und bemühte sich, locker zu klingen. »Sorry, ich wollte dir nicht zu nahe treten.«

»So ein Kerl bin ich nicht.«

»Das glaub ich dir sogar.« Seine Bemerkung weckte den Wunsch in ihr, nachzufragen, was für ein Kerl er denn sonst war.

Doch in diesem Moment erschien die Kellnerin. Adam bestellte ein Bier, während Sage sich für einen Brombeer-Mojito entschied. Sie beschlossen, sich einige Kleinigkeiten zu teilen – unter anderem eine Pilz-Tarte, gebratenen Blumenkohl, Pommes frites aus Polenta und einen Käseteller.

Sage reichte der Bedienung die Speisekarte. »Dir ist schon klar, Adam, dass wir damit weitaus mehr Kalorien zu uns nehmen, als wir verbrannt haben, oder?«

»Ich weiß. Das ist es allerdings wert. Wie läuft's bei der Arbeit?«

»Gut. Viel zu tun. Ich baue mir gerade eine Kundenliste auf. Das hilft. Stammkunden bedeuten gutes Geld. Vivian, die regierende Königin des Verkaufs, mag mich nicht, aber ich tue mein Bestes, um sie für mich zu gewinnen.«

Adam nahm sein Wasserglas. »Sie wird dich noch weniger mögen, wenn du anfängst, bessere Verkaufszahlen zu haben als sie.«

»Wie kommst du darauf, dass mir das gelingen könnte?«

»Liege ich denn falsch damit?«

Sie grinste. »Nein.«

»Na also.«

Sie sah ihn an. »Noch mal wegen der Frau, die du vor ein paar Wochen zu Besuch hattest ...«

Abwehrend hob Adam die Hände. »Ich habe sie seitdem nicht mehr gesehen und auch nicht vor, etwas daran zu ändern.«

»Es war echt nur Sex?«

»Ja.«

»War er wenigstens gut?«

Er lachte leise. »Gibt es denn wirklich schlechten Sex?«

»Meiner Meinung nach sind die ersten Male mit einem neuen Partner nie so richtig gut. Ich war auch nie der Typ für einen One-Night-Stand.«

»Das ergibt Sinn. Du warst immer in einer Beziehung. Jordan ... der Rennfahrer ... Ich bin mir sicher, dass es noch den einen oder anderen Mann gab.«

Mehr, als du ahnst, dachte sie.

Ihre Kellnerin kam mit ihren Getränken und der Käseplatte an den Tisch. Als sie wieder gegangen war, ergriff Sage das Wort. »Erzähl mir etwas über deine Frau. Wie lange wart ihr verheiratet?«

»Acht Jahre.« Er sah an ihr vorbei. Sein Blick wirkte eher resigniert als traurig. Dann schaute er sie wieder an. »Sie wollte keine Kinder. Das hat sie schon bei unserem dritten Date klargestellt: Falls es zwischen uns etwas Ernstes werden sollte, sollte ich gleich wissen, dass sie keine Familie haben wollte.«

Sage nahm einen Schluck von ihrem Drink. »Eher unüblich – immer noch. Ich kenne inzwischen viele Frauen, die keine Kinder haben wollen, doch es wird weiterhin irgendwie von uns erwartet.«

»Möchtest du einmal Kinder haben?«

Mit seiner Frage erwischte er sie auf dem völlig falschen Fuß. »Ich weiß es nicht«, entgegnete sie. Sie würde ihm nicht die Wahrheit sagen. »Ich glaube, ich hatte immer zu viel Angst, und ich denke, ich würde keine gute Mutter abgeben. Immerhin hatte ich auch kein sonderlich gutes Vorbild.«

»Es ist noch nicht zu spät.«

»Aber fast. Lass uns lieber weiter über deine Frau reden. Also, sie wollte keine Kinder. Das hat dich sicher überrascht.«

»Das stimmt. Ich bin immer davon ausgegangen, irgendwann einmal eine Familie zu haben, deshalb musste ich erst mal darüber nachdenken. Mir war klar, dass ich sie vermutlich nicht umstimmen könnte. Für eine Beziehung mit ihr musste ich also ihre Entscheidung akzeptieren.«

»Und so hast du beschlossen, ihre Entscheidung zu akzeptieren«, sagte sie und nahm sich eine Scheibe Gouda. »Denn sonst hättet ihr ja nicht geheiratet.«

Er nickte. »Doch nach ein paar Jahren habe ich meine Meinung geändert. Ich wünschte mir eine Familie. Also versuchte ich, mit ihr darüber zu reden, aber sie erinnerte mich daran, dass sie mir von Anfang an reinen Wein eingeschenkt hätte und keine Kinder wolle.«

»Habt ihr euch gestritten?«

»Nein. Aber die Situation zwischen uns war angespannt. Ich war verbittert und benahm mich wie ein Arschloch. Sie hat immer mit offenen Karten gespielt. Ich war derjenige, der die Regeln verändern wollte.«

»Und dann ist sie gestorben, und du hattest Schuldgefühle, weil du wütend auf sie warst.«

»Ja. Genau. Ich habe unser Haus verscherbelt und das gekauft, in dem ich jetzt wohne. Ich las einige Bücher über Trauer und denke, dass ich mich inzwischen damit arrangiert und meinen Frieden gefunden habe.«

»Aber du hast keine richtigen Dates. Stattdessen suchst du dir Frauen auf *Tinder* und schläfst mit ihnen.«

Er zog einen Mundwinkel nach oben. »Stimmt. Ja.«

»Warum willst du keine Beziehung?«

»Ich weiß es nicht. Vielleicht habe ich Schuldgefühle. Ich will nicht enttäuscht werden.«

»Liebst du deine Frau noch immer?«

»Nein.«

Wie kam es, dass die Probleme anderer Menschen so viel interessanter waren als ihre eigenen? »Adam, du bist Single und hast einen tollen Job. Du siehst gut aus, bist lustig und bodenständig. Du könntest so gut wie jede Frau haben. Vielleicht ist es an der Zeit, etwas zu wagen. Such dir ein Date. Und mach dann noch ein zweites.«

Er trank von seinem Bier. »Das ist das Netteste, was du je zu mir gesagt hast.«

»Ich kann auch nett sein.«

»Ja, ich weiß. Ich bin nur überrascht, dass du das selbst erkennst. Meiner Frage nach Kindern bist du vorhin ausgewichen. Was ist der wahre Grund dafür, dass du keine hast?«

Just in dem Moment erschien ihre Kellnerin und brachte den Rest ihrer Bestellung. Sage machte sich daran, die Tarte zu zerschneiden und etwas von dem Blumenkohl auf ihren Teller zu geben. Sie hatte gerade in eine Polenta-Fritte gebissen, als Adam sagte: »Sage?«

Sie verzog das Gesicht. »Ich bin nicht die Frau, mit der man Kinder haben möchte. Wenn man schwanger ist, ist man keine hübsche Partybegleitung mehr.«

»Das stimmt nicht.«

»Doch. Ellery war der einzige Mann, der Kinder mit mir haben wollte, und ich konnte ihm diesen Wunsch nicht erfüllen.

Mir war nämlich schon ganz am Anfang klar, dass ich ihm irgendwann das Herz brechen würde.«

Sie hatte gesprochen, ohne nachzudenken, und als ihr bewusst wurde, was sie gesagt hatte, konnte sie die Worte nicht mehr zurücknehmen. Adam wirkte etwas verwirrt.

»Wer ist Ellery?«

Sie nahm einen großen Schluck von ihrem Drink. »Mein zweiter Ehemann.«

Fragend zog Adam eine Augenbraue hoch. »Wie viele Männer gab es denn noch?«

»Drei insgesamt. Den Rennfahrer, Ellery und den italienischen Grafen. Ellery ist Professor an der *American University* in Paris. Wir haben uns auf dem Markt kennengelernt. Sein Französisch war furchtbar, und er wollte …« Sie winkte ab. »Ich schätze, es tut nichts zur Sache, was er kaufen wollte. Ich habe ihm jedenfalls geholfen, und wir haben angefangen, uns zu unterhalten.«

Adam warf ihr einen vielsagenden Blick zu. »Lass mich raten. Für ihn war es Liebe auf den ersten Blick.«

Sie nickte.

»Du warst seine Prinzessin.«

Erneut nickte sie. »Er hat mich geliebt. Die anderen wollten mich, haben mich begehrt, aber Ellery hat mich aufrichtig geliebt. Ich konnte nicht nachvollziehen, warum das so war.«

»Du hältst dich nicht für liebenswert?«

Sie wies mit der Gabel auf ihn. »Glaubst du, gerade *du* solltest ein Gespräch über psychische Gesundheit führen?«

»Nein.«

»Das habe ich mir schon gedacht. Wie auch immer … Er war nett zu mir, doch wir führten keine Beziehung auf Augenhöhe – und das ist nie gut.«

»Er hat dich vergöttert, und du hast es genossen, vergöttert zu werden?«

»Bingo – um dich mal zu zitieren.« Sie lächelte. »Damit eine Beziehung funktioniert, muss die Liebe beider Partner gleich stark sein. Zwischen Ellery und mir wäre das nie der Fall gewesen.«

»Aber du hast ihn trotzdem geheiratet.«

»Ja, obwohl ich ein schlechtes Gewissen hatte. Für Ellery war ich seine Prinzessin, wie du schon gesagt hast. Seinetwegen bin ich aufs College gegangen.«

Aus großen Augen sah Adam sie an. »Du hast einen Abschluss?«

Vermutlich hätte seine ungläubige Nachfrage sie verärgern sollen, doch sie entschloss sich, seine Reaktion lustig zu finden. »Ja. Allerdings. Ich kann lesen und rechnen. An einigen Tagen gelingt es mir morgens sogar, mich ganz allein anzuziehen.«

»Tut mir leid. Das kam falsch rüber.« Er räusperte sich. »Also, was hast du studiert?«

»Ich habe einen Abschluss in Umwelttechnik. Im Nebenfach Geschichte.«

»Verdammt, Sage. Du bist ein Komplettpaket: klug, wunderschön und gebildet. Erklär mir noch mal, warum du nicht verheiratet bist?«

»Ich glaube, wir sind einer Meinung, dass ich das Heiraten mal eine Zeit lang lassen sollte.«

Er gab ein Stück von der Pilz-Tarte auf seinen Teller. »Warum verkaufst du Klamotten, wenn du einen Studienabschluss hast? Konntest du dir nicht einen …« Er verstummte, als wüsste er nicht, was er sagen sollte.

»… *richtigen* Job suchen?«, beendete sie seinen Satz trocken.

»Das wollte ich nicht sagen.«

»Ich weiß.« Sie zuckte die Achseln. »Ich war mir nicht sicher, was ich mit meinem Abschluss anfangen sollte. Im Einzelhandel kenne ich mich aus, und es war einfach für mich. Ich denke noch immer über meine Möglichkeiten nach.« Sie war noch nicht bereit, mit ihm über ihren Wunsch zu sprechen, Lehrerin zu werden. Sie mochte Adam zu sehr, um zu riskieren, dass er sie eventuell auslachen könnte.

»Du überraschst mich immer wieder«, sagte er und lächelte. »Das meine ich positiv.«

»Dann verstehe ich das auch so.«

Daisy starrte sich in dem bodentiefen Spiegel in der sehr geräumigen Umkleidekabine an. Das dunkelgrüne Cocktailkleid schmeichelte ihr in jeder Hinsicht. Mit dem eng anliegenden Oberteil und dem weit ausgestellten Rock betonte es ihre Vorzüge und verdeckte ihre kleinen Problemzonen, und der schimmernde Stoff ließ ihre Haut strahlen. Sie sah gut aus – mehr als gut sogar. Mit etwas Make-up und einer vernünftigen Frisur würde sie auf dem Ehemaligentreffen eine gute Figur machen.

»Klopf, klopf«, sagte Sage, die vor der Tür zur Umkleidekabine stand. »Lass mich mal sehen.«

Daisy öffnete die Tür. »Ich liebe es.«

Sage musterte sie kritisch. Dann gab sie ihr ein Zeichen, sich umzudrehen. Sie zupfte an den Schultern und prüfte den Sitz an der Taille, ehe sie langsam nickte.

»Ich habe mir schon gedacht, dass es das richtige Kleid für dich ist. Die Farbe steht dir ausgesprochen gut, und der tiefe Ausschnitt wird Aufsehen erregen. Du hast ein tolles Dekolleté, und das solltest du auch zeigen.«

»Klingt so, als hättest du kein tolles Dekolleté.«

»Meine Brüste sind winzig. Alles andere als beeindruckend.« Ihre Blicke trafen sich im Spiegel. »Die anderen beiden Kleider waren ganz schön. Dieses hier ist überwältigend. Du musst es kaufen.«

Daisy bewunderte den weit ausgestellten, schwingenden Rock, als sie sich bewegte. »Das mache ich. Das Kleid ist zwar unfassbar teuer, aber das ist mir egal. Es ist wunderhübsch und macht mich glücklich.«

»Es ist dir egal, weil du einfach unfassbar reich bist.«

Die Bemerkung klang so frech – wie mit einem Augenzwinkern –, dass Daisy davon überzeugt war, dass Sage es nicht so gemeint hatte. Schließlich hatte ihre ehemalige Stiefschwester ihr die ganze Zeit, die sie nun schon in dem Geschäft war, freundlich zur Seite gestanden und ihr toll geholfen.

Daisy hatte zuerst gezögert, zu Sage in die Boutique in Beverly Hills zu fahren. Doch das Ehemaligentreffen rückte immer näher, und sie hatte buchstäblich nichts anzuziehen. Sie spürte, dass der Abend einen Wendepunkt in ihrer Beziehung mit Jordan darstellen könnte, und wollte besonders gut für ihn aussehen. Und wer war besser geeignet, ihr zu helfen, als die schönste Frau, die sie kannte?

Sie hatte beschlossen, das komische Gefühl, dass ausgerechnet Sage ihr beim Erreichen ihres Ziels half, beiseitezuschieben – schließlich hatten sie, was Jordan betraf, eine nicht ganz einfache Vergangenheit –, und den Termin gemacht. Als sie sich nun im Spiegel betrachtete, wusste sie, dass es die richtige Entscheidung gewesen war.

»Ich nehme es«, erklärte sie.

»Das solltest du auch.« Sages Blick fiel auf Daisys nackte Füße. »Was ist mit Schuhen? Du bräuchtest tolle hochhackige Sandaletten.« Sie lächelte. »Und ein bisschen *Attitude*.«

»Schuhe habe ich. Was allerdings die *Attitude* angeht, bin ich mir nicht so sicher.«

»Dann musst du wenigstens so tun, als ob. Selbstbewusstsein ist enorm wichtig – auch wenn man nur so tut, als ob. Die Art, wie ein Mensch einen Raum betritt, kann den Rest seines Tages bestimmen.«

»Was weißt du schon darüber, wie man Selbstbewusstsein vortäuscht?«, wollte Daisy wissen.

Sage lächelte. »Auf der Highschool hab ich das ständig gemacht. Hast du wirklich geglaubt, ich wäre so selbstsicher?«

»Ja. Absolut.«

»War ich nicht. Ich war genauso ängstlich und unsicher wie jeder andere auch. Ich wusste einfach nur, wie man es perfekt überspielt.«

»Das kann ich nicht glauben«, entgegnete Daisy. »Du warst diejenige, die wusste, wie man sich kleidet, was man sagt. Sogar unsere Lehrer hast du eingeschüchtert.«

»Das war nicht echt. Ihr habt euch alle täuschen lassen.«

Ein Gedanke, den Daisy kaum greifen konnte. Sage sollte also in Wahrheit nicht die selbstbewussteste Person der Schule gewesen sein? Unmöglich.

»Ich habe versucht, dir nachzueifern, wenn ich mutig sein wollte«, gab Daisy zu. »Immer, wenn ich mich mit Dad gestritten habe, habe ich so getan, als wäre ich du.«

Erstaunt sah Sage sie an. »Wovon sprichst du? Du hast dich nie mit deinem Dad gestritten. Er hat sein nervtötend perfektes Kind vergöttert. Jeder Erwachsene, den ich kannte, hat dich lieber gemocht als mich. Bis auf meine Mom. Wohin auch immer ich kam, musste ich mir anhören, wie toll du bist.« Sie erschauderte. »Du warst mein schlimmster Albtraum.«

Daisy ermahnte sich, nicht negativ auf diesen Ausbruch zu reagieren. Obwohl sie instinktiv das Schlimmste annehmen wollte, hatte sie doch das Gefühl, dass sich irgendwo ein Kompliment versteckte.

»Du hast es mir übel genommen, dass ich die bessere Schülerin war«, sagte sie langsam.

Sage verdrehte die Augen. »Ich habe es dir übel genommen, dass du so verdammt klug warst. Und immer die Regeln befolgt hast. Die Lehrer in der Schule reden *noch immer* von dir. Das ist nicht fair.«

»Ich bin besser mit Erwachsenen als mit Kindern zurechtgekommen«, gestand Daisy. »Die Regeln der Erwachsenen konnte ich begreifen. Bei den Kindern in meinem Alter war es reine Glückssache. Ich war nicht wie du, Sage. Ich wusste nicht, was ich sagen oder wie ich mich kleiden sollte.«

»Ich doch auch nicht. Wie gesagt: Ich habe die meiste Zeit nur so getan, als wäre ich selbstbewusst. Wenn ich etwas trug, das irgendjemandem nicht gefiel, und deshalb aufgezogen wurde, drehte ich den Spieß um und machte mich über denjenigen lustig.« Sie verzog den Mund. »Manchmal war ich dabei grausamer, als es nötig gewesen wäre. Du warst klug, und ich hatte eine gewisse soziale Intelligenz. Ich war auch extrovertierter und bereit, Autoritäten die Stirn zu bieten.«

Daisy spürte, wie ihr Weltbild in sich zusammenbrach. »Ich bin sprachlos.«

»Das musst du nicht. Und jetzt sag mir die Wahrheit: Hast du dich wirklich mit deinem Dad gestritten?«

»Ja. Über viele Dinge. Als ich auf der Highschool war, haben wir meistens über meine beruflichen Wünsche diskutiert. Er wollte, dass ich Medizin studiere, und ich wollte das nicht.«

»Aber du warst klug genug und hättest eine lange Familientradition fortgesetzt.«

»Das hat er mir auch gesagt – beinahe täglich.« Daisy hob die Hände. »Ich wollte Kinderärztin werden und habe an einem speziellen Sommerprogramm für Schüler der Highschool teilgenommen, die Medizin studieren wollten. Wir schnupperten in alle möglichen Bereiche des Krankenhauses hinein. Während der Zeit in der Chirurgie habe ich meine Leidenschaft für die Anästhesie entdeckt. Ich fand das, was die Anästhesistin in der Chirurgie leistete, einfach unglaublich und wahnsinnig interessant. Also habe ich mich eingehend informiert und schnell rausgefunden, dass die Anästhesieschwester viel enger mit den Patienten zusammenarbeitet als die Anästhesistin. Das wollte ich. Also kein Medizinstudium.«

»Du hast dich deinem Vater widersetzt?«

»Ja, und er war nicht gerade begeistert.«

»Ich bin beeindruckt. Hattest du keine Angst, dass er dich nicht mehr lieben könnte, wenn du nicht tun würdest, was er von dir verlangt?«

Das war wie ein Schlag in die Magengrube. Denn so, wie Daisy Joanne kannte, ergab Sages Frage durchaus Sinn. Joanne hätte niemals zugelassen, dass eins ihrer Kinder sich ihr widersetzte. Sie hätte so ein Verhalten bestraft. Das war die Art elterlicher Liebe, mit der Sage groß geworden war.

»Ich wusste, dass Dad darüber hinwegkommen würde«, sagte sie leise. »Auch wenn er noch immer nicht aufgegeben hat.« Sie erzählte Sage von Onkel Rays Besuch.

»Du bist echt mutig«, meinte Sage.

»Nein, bin ich nicht. Aber ich konnte mich auch nicht nur meinem Vater zuliebe für einen Beruf entscheiden. Er hätte auch nicht gewollt, dass ich das tue, nur um ihn glücklich zu machen. Ich bin anders als du. Ich bin nicht im Alter von neunzehn ganz allein nach Europa gegangen.«

Sage winkte ab. »Ich war jung und wusste es nicht besser.«

»Trotzdem. Du hast es einfach getan. Du hast dein Leben in die Hand genommen. Du hast dich verliebt und geheiratet. Du hast die Welt gesehen.« Sie lächelte. »Ich lebe seit meiner Geburt in diesem Haus. Ich bin kein Mensch, der Risiken eingeht und etwas wagt.«

»Risikobereit zu sein hat auch Nachteile. Manchmal ist es einfach schön, zu wissen, wohin man gehört.« Sie wies auf das Kleid. »Ich möchte, dass unsere Schneiderin das Kleid ändert, damit es perfekt sitzt.«

»Danke.« Daisy strich den Rock glatt. »Allein hätte ich dieses Kleid niemals gefunden.«

Für einen Moment sahen sie einander an. Dann lächelte Sage Daisy zu und ließ sie im Umkleideraum allein. Daisy blickte ihr hinterher. Sie wusste nicht, was hier gerade passierte. War es etwa möglich, dass sie und Sage nach all der Zeit doch noch Freundinnen wurden? Denn wenn das so wäre, wäre es das Seltsamste, das ihr je widerfahren war.

13. KAPITEL

Nervös rückte Daisy ihre tropfenförmigen Smaragdohrringe zurecht. Die Steine hatten beinahe zwei Karat und waren von Diamanten eingefasst. Sie hatte die Schmuckstücke von ihrer Mutter geerbt. Zwar liebte sie die Ohrringe, kam aber nur selten dazu, sie zu tragen. Solchen Schmuck legte man nun einmal nicht zum Einkaufen an.

Doch das Ehemaligentreffen der Highschool war etwas anderes: ein glamouröses Event mit einer Wohltätigkeitsauktion. Der Dresscode lautete »Cocktailgarderobe«, aber Daisy wusste, dass sie dort besser nicht *underdressed* erschien – vor allem, was den Schmuck betraf.

Eingehend betrachtete sie sich im Badezimmerspiegel, unsicher, ob ihre Hochsteckfrisur und das Abend-Make-up nicht zu bemüht wirkten. Bisher hatte sie für das Ehemaligentreffen immer nur schön aussehen wollen, doch heute Abend kam noch der unbedingte Wunsch dazu, möglichst hübsch für Jordan zu sein.

Sie schlüpfte in ihre *Stuart Weitzman*-Riemchensandalen und fand, dass sie ihr Bestes getan hatte. Als sie in den Flur hinaustrat, wäre sie beinahe mit Cassidy zusammengestoßen, die mit ihrem Rollstuhl am Treppenabsatz stand.

»Hey«, sagte ihre Schwester und sah sie an. »Du siehst toll aus.«

»Danke.« Daisy runzelte die Stirn. »Du spielst doch nicht etwa mit dem Gedanken, dich in deinem Rollstuhl die Treppe runterzustürzen, oder?«

»Was? Nein.« Cassidy fuhr ein Stück zurück. »Ich war in Gedanken und habe nicht darauf geachtet, wo ich bin.« Sie verzog den Mund zu einem schiefen Lächeln. »Kein Grund, sich Sorgen um mein seelisches Gleichgewicht zu machen.«

»Gut, denn es geht dir von Tag zu Tag besser. Die Blutergüsse und Prellungen sind abgeheilt, und du bekommst bald einen Gehgips.«

»Kann's kaum erwarten.«

Daisy rechnete eigentlich damit, dass Cassidy weiterrollen würde, aber stattdessen blieb sie, wo sie war, als hätte sie noch etwas auf dem Herzen. Geduldig wartete Daisy.

»Hast du noch immer Kontakt zu deinen Freunden von der Highschool?«, fragte Cassidy.

»Klar. Du nicht?«

Cassidy wandte den Blick ab. »Nein. Es ist schwer, Kontakte und Freundschaften zu pflegen, wenn man ständig umherreist. Ich kann nicht einfach zu einer Verlobung oder Hochzeit erscheinen und mitfeiern.«

Daisy wusste, dass ihre Schwester sehr viel unterwegs war. Was sie allerdings nicht verstand, war, warum sie nicht einen Flug von Miami nach L. A. buchen konnte, um an einer Hochzeit teilzunehmen. Doch sie hütete sich davor, das laut auszusprechen. Das entspannte Verhältnis zwischen Cassidy und ihr war neu und zerbrechlich.

»Wolltest du heute Abend auch kommen?«, fragte sie. »Vielleicht sind ja einige von deinen Freunden da, und ihr könnt den Kontakt wiederaufleben lassen.«

Cassidy schüttelte den Kopf. »Nicht so. Niemand will mich so fertig sehen.«

»Du bist nicht fertig. Du hattest einen Unfall, und jetzt machst du dich großartig. Du kannst ihnen erzählen, was war. Es ist eine wundervolle Geschichte.«

Erstaunt zog Cassidy die Augenbrauen hoch. »Dass ich so entsetzt von Deseans Antrag war, dass ich einen Berg runtergestürzt bin? Ich möchte lieber nicht von den anderen bemitleidet werden.«

»Ich dachte eher daran, wie du über die Frauen in den kleinen Dörfern geschrieben hast, die ihre wunderschönen Stoffe online verkaufen, und wie das Internet es solchen Frauen ermöglicht, endlich eigenes Geld zu verdienen und nicht länger von einem Mann abhängig zu sein.«

Cassidy starrte sie mit offenem Mund an, ehe sie ihn wieder zuklappte. »Oh.«

»Ja. Oh. Du musst nicht über Desean sprechen. Du könntest doch einfach gestolpert und gefallen sein. Ist vielleicht nicht gerade anmutig, aber es entspricht – zumindest annähernd – der Wahrheit.« Denn Daisy war erprobt darin, Menschen, die ihr etwas Böses wollten, auszuweichen.

»Ich möchte nicht in einem Rollstuhl zu der Feier«, sagte Cassidy und lächelte. »Im Übrigen haben Krissa und Ben schon die Filme ausgesucht, die wir uns anschauen wollen, nachdem wir uns die größte Pizza aller Zeiten haben liefern lassen.«

»Du musst nicht auf die Kinder aufpassen«, begann Daisy, doch Cassidy hob abwehrend die gesunde Hand.

»Kein Problem. Ich verbringe gern Zeit mit den beiden. Es macht einfach Spaß.« Sie wirkte sehnsüchtig. »Komisch, ich hätte nie gedacht, dass ich Kinder überhaupt mag …«

»Die beiden mögen dich auch.« Daisy zögerte, denn sie hatte das Gefühl, noch irgendetwas sagen zu müssen, wusste allerdings nicht, was.

Cassidy wies zur Treppe. »Geh jetzt. Jordan kommt gleich, und du willst ihn bestimmt nicht warten lassen.«

Daisy machte einen Schritt nach vorn, ehe sie erneut innehielt. »Du hast nie gefragt, warum er gegangen ist.«

»Ich dachte, du möchtest vielleicht nicht darüber reden.« Sie zuckte die Achseln. »Ich verurteile dich auch nicht, weil ich selbst keine Expertin für Beziehungen bin.«

»In Wahrheit weiß ich nicht genau, warum er eigentlich ausgezogen ist«, entgegnete Daisy und überraschte mit dieser Bemerkung nicht nur sich selbst, sondern auch ihre Schwester.

»Wir waren beide sehr beschäftigt, aber das ist ja nichts Neues. Irgendwann ist er einfach gegangen. Er meinte, ich müsste wissen, warum. Ungefähr zu der Zeit, als du vom Berg gestürzt bist, ist er in ein Hotel gezogen, in dem auch Langzeitgäste wohnen. Wir haben in ein paar Wochen einen Termin bei der Eheberatung. Ich hoffe, das hilft.«

Daisy hatte keine Ahnung, warum sie das alles mit Cassidy teilte. Sie und ihre Schwester standen sich nicht besonders nahe. Ja, sie war sich nicht einmal sicher, ob sie ihrer Schwester vertraute – und trotzdem schüttete sie ihr gerade ihr Herz aus.

»Er hätte nicht verschwinden dürfen«, meinte Cassidy. »Ich hoffe, er kommt bald zurück. Wegzulaufen ist keine Lösung. Es macht alles nur noch schlimmer.« Sie betätigte den Joystick an ihrem Rollstuhl und drehte um. »Ich suche mal Ben und Krissa und schaue, ob wir uns auf einen Pizzabelag einigen können. Habt einen schönen Abend heute.«

»Danke.«

Während Daisy nach unten ging, fragte sie sich, wovor Cassidy weggelaufen war. Vor der Liebe? Bevor sie sich darüber klar werden konnte, kam Jordan in den Eingangsbereich und lächelte sie an.

»Hi. Du siehst großartig aus.«

»Danke. Du auch.«

Sein dunkler Anzug betonte seine breiten Schultern und die schlanke Gestalt. Das graue Hemd und die Krawatte verliehen ihm einen Hauch von Raffinesse und Kultiviertheit.

Vor Vorfreude schlug ihr Herz ein bisschen schneller. Als er die Hände auf ihre Schultern legte, sich leicht vorbeugte und ihr einen Kuss gab, spürte sie ein Flattern in ihrem Bauch. Seine Lippen waren warm, sein Duft und das Gefühl, ihn zu spüren, waren vertraut.

Er zog sich zurück. »Fertig?«

Ach ja, sie wurden auf der Feier erwartet. Doch was wäre, wenn sie einfach nicht hingingen? Was wäre, wenn sie den

Abend zu zweit verbringen würden statt mit vielen anderen Menschen? Sie könnten nach oben gehen, die Schlafzimmertür hinter sich abschließen und miteinander schlafen, wie sie es früher getan hatten. Bedächtig, bewusst – so als wäre die Tatsache, dass sie zusammen waren, alles, was zählte.

Er ergriff ihre Hand. »Ich habe ein Auge auf einige Dinge geworfen, die heute bei der Wohltätigkeitsauktion versteigert werden. Ich möchte rechtzeitig da sein, um mitbieten zu können, weil ein paar der Sachen bestimmt schnell weg sind.«

»Kein Problem. Ich bin fertig«, sagte sie leise und ermahnte sich, dass es nicht seine Schuld war, dass er ihre Gedanken nicht lesen konnte. Wenn sie wissen wollte, was er von ihrer Idee hielt, musste sie sie mit ihm teilen.

Aber sie konnte nicht mit ihm über ihren Wunsch reden. Allein bei dem Gedanken daran, sich so verletzlich und schwach zu präsentieren, wurde ihr übel. Sie wollte keine Zurückweisung oder gar Zorn in seinen Augen lesen. Zwar gab es keinen Grund, davon auszugehen, dass er so empfinden würde, doch sie war auch gar nicht darauf vorbereitet, ihm einen solchen Vorschlag zu machen. Und vielleicht war ihr Zögern, mit ihrem eigenen Mann über diesen Wunsch zu reden und ihr Glück zu versuchen, auch ein Grund dafür, warum er gegangen war.

»Ich weiß nicht«, sagte Joanne, betrachtete sich im Spiegel und strich das schwarze Satinkleid glatt. Es war ein schlichter Schnitt – ein langärmeliges, tailliertes Etuikleid mit U-Boot-Ausschnitt, das züchtig direkt oberhalb des Knies endete. Der Reiz des Kleides bestand darin, dass es eng anlag und jede Kurve betonte, ohne zu viel preiszugeben, und dass der Rückenausschnitt bis zu Joannes Taille reichte.

Sage hatte das Kleid im Internet gefunden. Es konnte ausgeliehen werden. Sie hatte gleich gewusst, dass es ihrer Mutter hervorragend stehen würde. Seit es geliefert worden war, schwankte Joanne zwischen ihm und ihrer ursprünglichen Wahl hin und her.

»Das blaue Kleid ist natürlich auch sehr hübsch«, erklärte Sage in bester Verkäuferinnenmanier. »Aber dieses hier ist klassisch, edel, zeitlos. An der falschen Frau könnte es leicht langweilig wirken. An dir jedoch ist es elegant und gerade gefährlich genug, um die Aufmerksamkeit eines Mannes zu fesseln.«

»Es ist schlicht«, beklagte Joanne sich.

»Es ist atemberaubend.«

Ihre Mutter presste die Lippen aufeinander, als versuchte sie, eine Entscheidung zu treffen. »Also gut. Ich werde es tragen. Ich habe noch diese wundervollen tropfenförmigen Diamantohrringe, die Wallace mir geschenkt hat.« Sie warf einen Blick auf Sages kurze Hose und ihr T-Shirt. »Solltest du dich nicht fertig machen?«

»Gestylt bin ich schon«, entgegnete Sage. »Ich muss nur noch mein Kleid anziehen.«

Sage wusste nicht, welche Art von Veranstaltung es genau sein würde, und hatte sich für ein schlichtes Kleid entschieden. Ihr Make-up war zurückhaltend. Statt sich die Mühe zu machen, ihr Haar aufwendig zu frisieren, hatte sie es zu einem tiefen Zopf zusammengebunden, der ihr den Rücken hinunterhing. Sie hatte Geld in ein gutes Bräunungsspray investiert, und ihre Haut hatte einen schönen Schimmer.

Das blaue Kleid, das sie aus zweiter Hand in Paris erstanden hatte, war aus Spitze, hatte Fledermausärmel und ein Unterkleid aus Satin, das bis zur Mitte ihrer Oberschenkel reichte, während die Spitze noch gute sieben Zentimeter länger war. Sie trug falsche Saphirohrringe und goldene *Jimmy Choo*-Sandalen.

Als sie fertig war, griff sie nach ihrem Abendtäschchen und ging zu ihrer Mutter. Joanne zog die Nase kraus, als sie sie erblickte.

»Du siehst gut aus«, stellte ihre Mutter missmutig fest. »Sobald wir auf der Feier sind, hältst du dich von mir fern.«

Sage wusste, dass ihre Mutter keine Konkurrenz wollte, doch die Bemerkung versetzte ihr trotzdem einen Stich. »Ich habe nicht vor, jemanden kennenzulernen«, sagte sie. »Mach dir also keine Sorgen.« Sie holte ihr Handy aus der Tasche und schaute nach, wann der *Uber*-Fahrer kommen würde. »Unser Wagen ist in drei Minuten da«, sagte sie. »Bist du fertig?«

»Ich weiß nicht, warum wir keine Limo genommen haben«, stieß ihre Mutter mürrisch hervor, als sie nach draußen gingen, um zu warten. »Ein *Uber* ist so … billig.«

»Es ist günstig«, sagte Sage und bemühte sich, locker und freundlich zu klingen. »Das ist alles, was ich mir leisten kann – es sei denn, *du* möchtest für den Spaß zahlen. Im Übrigen kommst du heute Nacht ja vermutlich nicht mit mir zusammen nach Hause.«

Joanne lächelte. »Das wäre doch was …«

Ein schwarzer SUV hielt vor ihrem Haus. Als sie einstiegen, warf Sage noch einen Blick zu Adams Haus, aber dort war alles dunkel. Sie vermutete, dass er schon zur Feier gefahren war. Erst als sie auf den Sunset Boulevard gebogen waren, wurde ihr klar, dass sie ihn gar nicht gefragt hatte, ob er ein Date mitbringen würde.

Dieser Gedanke verunsicherte sie. Doch was spielte es für eine Rolle, ob er allein kommen würde oder nicht? Sie waren schließlich nicht zusammen. Und obwohl er gesagt hatte, dass er keine Beziehung wolle, kannte sie keinen Mann, der in diesem Punkt nicht bereit war zu lügen.

Bis auf Jordan. Sie blickte aus dem Fenster, als sie nach Westen in Richtung Strand fuhren. Als sie mit Jordan zusammen gewesen war, waren sie noch Kinder gewesen. Es war …

Sie erstarrte, als ihr bewusst wurde, dass er wahrscheinlich mit Daisy zusammen zur Feier gehen würde. Natürlich hätte ihr das klar sein müssen. Schließlich hatte sie Daisy dabei geholfen, ein passendes Kleid zu finden. Aber irgendwie hatte sie nicht daran gedacht, dass sie sich vermutlich über den Weg laufen würden. Sie hatte Jordan seit der Hochzeit nicht mehr gesehen, und man wusste ja, wie toll das gelaufen war.

Nein, dachte sie und straffte unwillkürlich die Schultern. Sie würde nicht darüber nachdenken. Sie würde den Abend genießen, alte Freunde treffen und Spaß haben. Wenn sie Daisy und Jordan begegnen würde, dann wäre es eben so. Na und? Sie würde freundlich sein, und das wär's.

Sie kamen an der Partylocation an. Es war ein schönes altes Haus mit Blick auf den Pazifik. Im Garten hingen Lichterketten. Die breiten Glastüren des Hauses standen offen und luden die Gäste ein, näher zu kommen.

Sage stieg aus dem SUV aus und sah sich um. Hier tummelten sich bereits mindestens hundert Partygäste. Das Stimmengewirr war ohrenbetäubend – sie hatte sich noch immer nicht daran gewöhnt, dass so viele Menschen sich gleichzeitig in ihrer Muttersprache unterhielten. Auf den Partys, die sie mit ihren diversen Ehemännern besucht hatte, war immer eine Mischung aus Einheimischen und ausländischen Zugezogenen zugegen gewesen. Die Unterhaltungen waren auf Englisch, Italienisch, Französisch und Deutsch geführt worden.

Sage zeigte den Teenagern, die sich um den Einlass kümmerten, ihre Einladungskarte. Sie bekamen ein Programm, in dem die Dinge aufgelistet waren, die man bei der Auktion ersteigern konnte, und dann wurden sie hineingewunken.

Joanne sah Sage an. »Das war übrigens mein Ernst. Kein Wildern in meinem Revier.«

»Nichts wie ran, Mom.«

Die Miene ihrer Mutter wirkte angespannt. »Nenn mich hier nicht so.«

»Sorry.«

Joanne schniefte, reckte dann das Kinn und mischte sich unters Partyvolk. Ihr Gang strahlte Selbstbewusstsein aus, und ihre Haltung war majestätisch. Einige ältere Herren drehten sich zu ihr um, um sie zu mustern, und machten große Augen, als sie die Rückseite des vorn eher schlichten Kleides erblickten. Sage hatte das Gefühl, dass ihre Mutter, falls es hier einen alleinstehenden, heterosexuellen Mann über fünfzig geben sollte, diesen auch aufspüren würde. Stumm wünschte Sage beiden Glück.

Sie wartete noch ein paar Sekunden, ehe sie selbst weiterging. Erst nachdem sie an die Bar getreten war und sich ein Glas Weißwein bestellt hatte, wurde ihr bewusst, welch fatalen Fehler sie begangen hatte, auf diesem Event zu erscheinen: Fast alle hier waren mit einem Partner gekommen.

Sie redete sich ein, dass sie schon in schlimmerer Gesellschaft durchgehalten hatte und dass sie einfach ihr Bestes tun sollte, um einen schönen Abend zu verleben. Was spielte es für eine Rolle, dass sie keinen Partner hatte?

Sie nippte an ihrem Wein und sah sich nach jemandem um, der ihr zumindest bekannt vorkam. Sie erblickte die immer ernst dreinschauende Mrs. Lytton, beschloss jedoch, sich die Lehrerin für später aufzuheben, wenn ihre Verzweiflung allzu groß werden würde. Ein paar Männer lächelten ihr zu, doch sie ignorierte sie. Sie konnte Adam nirgends entdecken.

Am Eingang sah sie Daisy und machte sich auf den Weg zu ihr. Im nächsten Moment erschien allerdings Jordan an Daisys Seite. Sage blieb stehen. Sie wusste nicht, was sie tun sollte.

Daisy sah wunderschön aus. Ihre Hochsteckfrisur unterstrich ihre Züge und vervollständigte den Style ihres dunkelgrünen Kleides. Jordan trug seinen Anzug mit einer Lässigkeit, die den meisten Männern einfach fehlte. Er sah gut aus. Eine ältere Version des Mannes, den sie einst geliebt hatte, den sie jetzt jedoch nicht mehr kannte.

Zu viele Jahre und zu viele Kilometer liegen dazwischen, dachte sie, als sie sich nun unter die Leute mischte. Zu Daisy zu gehen war eine Sache. Aber auf Jordan zuzugehen war etwas komplett anderes. Sie hatte kein Interesse daran, den Mann kennenzulernen, der er heute war. Doch bevor sie in der Menge untertauchen konnte, hatte Daisy sie schon entdeckt und winkte ihr zu. Sie sagte etwas zu Jordan, bevor sie ihn stehen ließ und sich Sage näherte.

»Du bist gekommen«, sagte Daisy lachend. »Ich freue mich. Und gleichzeitig ist es echt komisch.«

»Meine Mutter ist auch hier – das nur als Warnung.«

»Danke. Ich werde ihr aus dem Weg gehen. Hast du schon jemanden getroffen, den du noch aus der Highschool kennst?«

»Noch nicht. Ich hatte gehofft, Adam zu treffen. Erinnerst du dich an ihn? Er ist mit uns zusammen zur Schule gegangen und wohnte im Haus neben meiner Mutter. Ich habe ihn noch nicht entdecken können.«

Daisy deutete zur Bar. »Ich hole mir nur kurz einen Drink, dann können wir ihn gemeinsam suchen.«

Sage plauderte mit einer Frau, die Daisy und sie noch aus der Highschool kannten. Daisy ergriff die Gelegenheit und drängelte sich zwischen den Gästen hindurch, um Jordan zu finden. Sie sah ihn mit einigen Freunden zusammenstehen. Als sie näher kam, fragte sie sich, ob er Sage schon entdeckt hatte oder ob sie sie erwähnen sollte. Soweit sie wusste, hatten die beiden seit der Hochzeit kein Wort mehr miteinander gewechselt.

Als sie zu ihm trat, dachte sie darüber nach, ob sie sich seinetwegen und wegen Sage Sorgen machen sollte – oder wegen irgendeiner anderen Frau. Da sie nicht miteinander redeten, hatten sie sich auch noch nicht überlegt, wie die Regeln für die Trennung aussehen und wie sie beide miteinander umgehen sollten. Darüber hätten sie sich eigentlich schon lange vor dem heutigen Abend verständigen sollen.

Jordan lächelte, als sie sich näherte. »Da bist du ja.« Er wandte sich seinen Freunden zu. »Ich werde mit meiner Frau tanzen.«

»Gentlemen«, sagte Daisy und ergriff Jordans Hand, die er ihr entgegengestreckt hatte.

Sie gingen auf die Tanzfläche und wiegten sich im Takt des langsamen Songs, der gerade gespielt wurde.

»Steve hat erzählt, dass Erica wieder schwanger ist«, meinte Jordan im Plauderton. »Mit dem neuen Baby zusammen hätten sie dann vier Kinder. Das ist eine Menge.«

»Stimmt.«

Er sah sie an. »Alles in Ordnung?«

»Warum fragst du?«

»Ich weiß nicht. Du wirkst irgendwie ... aufgewühlt.«

»Jordan, triffst du dich mit einer anderen Frau?«

Die Frage kam etwas direkter, als sie es beabsichtigt hatte, aber sie nahm sie nicht zurück. Irgendwie war es ihr wichtig, das zu wissen.

»Was?«, stieß er hervor. Es klang beinahe wie ein Aufschrei. Schnell sah er sich um und senkte die Stimme. »Wie kommst du darauf?«

»Ich möchte es wissen. Du bist ohne Vorwarnung ausgezogen, und ich habe keine Ahnung, was zwischen uns eigentlich los ist, weil wir nicht darüber reden. Da erscheint mir die Frage nur logisch.«

»Nein.«

Er ergriff ihre Hand und führte Daisy von der Tanzfläche herunter. Sie drängten sich durch die Menge. Als sie draußen waren, sah er sich um und ging zu einem kleinen Tisch in der Ecke der riesigen Terrasse, von der aus man einen herrlichen Blick auf das Meer hatte. Unter normalen Umständen hätte Daisy die Aussicht genossen – doch im Augenblick stand ihr nicht der Sinn danach.

Jordan nahm ihr gegenüber Platz und beugte sich vor.

»Ich treffe mich nicht mit einer anderen Frau. Das würde ich nicht tun.«

»Warum bist du dann gegangen? Du meintest, dass du das Gefühl hättest, dass du mir nichts mehr bedeutest, aber das stimmt nicht. Und ich weiß, dass es nicht darum geht, dass ich dir Hemden kaufe. Also, was ist los?«

Er sah sie an, ehe er den Blick abwandte. »Das mit den Hemden war bloß symbolisch gemeint. Es ist wie mit unserem Date-Abend.«

»Wir haben keine Date-Abende.«

Er blickte sie wieder an. »Genau das ist der Punkt. Früher hatten wir sie. Als wir zum ersten Mal darüber nachdachten, ein Kind zu bekommen, waren wir uns einig, immer dafür zu sorgen, dass unsere Ehe nicht darunter leiden würde. Dass die Kinder wichtig wären, dass wir einander aber nicht vernachlässigen dürften. Also haben wir den Date-Abend ins Leben gerufen. Vor ungefähr einem Jahr hast du dann angefangen, samstagabends ein großes Familienessen zu kochen, und damit war unser Date-Abend Geschichte.«

Daisy wollte widersprechen. Aber vielleicht stimmte es doch. Sie konnte sich daran erinnern, dass sie zusammen ausgegangen waren – vielleicht nicht jeden Samstag, aber bestimmt zweimal im Monat.

»Ich dachte, dir würde unser Familienessen auch Spaß machen«, sagte sie. »Wenn ich arbeite, komme ich nie dazu, zu kochen, und mir kam es so vor, als würde es allen Spaß machen, zusammenzusitzen und zu essen.«

»Ich mag unsere gemeinsamen Abendessen. Das ist nicht das Problem. Das Ding ist, dass du den Date-Abend nicht mehr wolltest. Genau wie du aufgehört hast, mir Hemden zu kaufen. Und du hast auch aufgehört, mir ab und zu Zettel hinzulegen. Du hast dich nicht mehr um *uns* gekümmert. Deshalb bin ich gegangen.«

Seine Worte schmerzten. »Das ist nicht wahr. Jordan, du bist mein Mann, und ich liebe dich. Ich habe viel zu tun. Du hast viel zu tun.« Ein Teil von ihr wollte sich für die Dinge entschuldigen, die sie nicht mehr tat, und ein anderer Teil wollte ihm sagen, dass das, was er ihr vorwarf, keinen Sinn ergab. »Es ist ja nicht so, dass du kleine Dinge für *mich* machen würdest. Ich bekomme auch keine Zettel oder mal Blumen. Früher hast du meinen Wagen betankt, und das machst du auch nicht mehr.«

»Ich habe mich gefragt, ob du es überhaupt bemerken würdest.«

Sie starrte ihn an. »Du hast *absichtlich* damit aufgehört?«

»Ich dachte, es spielt keine Rolle für dich, ob ich es nun tue oder nicht.«

Sie war sich nicht sicher, ob das hieß, dass er damit ihre Aufmerksamkeit hatte erregen wollen, oder ob er einfach nur kleinkariert war. Und sie war sich auch nicht sicher, was von beidem schlimmer war.

Er seufzte. »Ich habe es satt, für dich immer an letzter Stelle zu stehen, Daisy. Alle anderen können sich deiner Aufmerksamkeit sicher sein. Die Kinder, die Haustiere, Esmerelda. Alle außer mir. Dir ist nicht mal aufgefallen, dass ich aus unserem gemeinsamen Schlafzimmer ausgezogen bin.«

»Du bist nicht ausgezogen. Du warst krank und wolltest ein paar Nächte im Gästezimmer verbringen.«

»Ich habe gelogen.«

»Woher sollte ich das wissen? Du bist wütend, weil ich nicht wusste, dass du mich angelogen hast?«

»Ich bin wütend, weil du mich Nacht für Nacht im Gästezimmer hast schlafen lassen, ohne mich zu bitten, zurück in unser Schlafzimmer zu ziehen.«

»Du meintest doch, du wärst krank.«

Sie verstand ihn wirklich nicht. Es war, als würde er seine eigenen Regeln machen und als würde sie in Schwierigkeiten stecken, weil sie diesen Regeln nicht folgen konnte.

»Woher soll ich wissen, was du willst, wenn du es mir nicht sagst?«, fragte sie. »Ich habe den Eindruck, dass ich bei dir ständig Gefahr laufe, dich ungewollt zu verletzen.«

»Du interessierst dich nicht mehr für mich.«

»Ich liebe dich«, entgegnete sie eindringlich. »Ich habe dich immer geliebt. Manchmal kommt einem das Leben dazwischen, aber meine Gefühle für dich haben sich nicht geändert. Und deine?«

»Nein.« Er sah sie an. »Ich liebe dich auch, und ich wünsche mir, dass es zwischen uns klappt.«

Warum war er dann ins Hotel gezogen? Warum war das hier seit Wochen das erste richtige Gespräch, das sie führten? Warum hatte sie das Gefühl, ihn gar nicht mehr zu kennen?

Verwirrung vermischte sich mit Wut und einer Spur von Angst, während lautes Gelächter sie daran erinnerte, dass sie auf einer schicken Abendveranstaltung waren. Nicht gerade der beste Zeitpunkt, ein so ernstes Gespräch zu führen.

»Wir können das hier überhaupt nicht«, sagte sie leichthin.

Er lächelte. »Das stimmt. Ich gebe trotzdem nicht auf.«

Gut zu wissen. »Ich auch nicht. Also bleibt alles so, wie es gerade ist, bis wir uns mit dem Therapeuten getroffen haben?«

»Richtig.«

»Wir haben einen Plan.« Sie war sich nicht sicher, ob es ein guter Plan war, doch zumindest hatten sie miteinander geredet, und sie waren immer noch daran interessiert, ihre Probleme zu lösen.

Er erhob sich und streckte ihr die Hand entgegen. Sie ließ sich von ihm auf die Beine ziehen. Zusammen kehrten sie zur Tanzfläche zurück. Er schlang die Arme um sie, und sie schmiegten sich aneinander. Daisy redete sich ein, dass sie diese Phase gemeinsam überwinden würden. Durch die Therapie würden sie wieder aufeinander zugehen und so glücklich wie früher sein. Schließlich ging es in Beziehungen doch vor allem darum, Kompromisse einzugehen, oder?

»Sage, Darling, bist du es wirklich?«

Sage sah, wie eine hochgewachsene Rothaarige auf sie zukam. Und in der Sekunde, die sie benötigte, um dem Gesicht und der Stimme einen Namen zuzuordnen, schlug ihre bisher gute Laune um. Unwillkürlich nahm sie eine Abwehrhaltung ein.

»Lana«, sagte sie und warf der Frau ein Lächeln zu, das fröhlicher wirkte, als sie sich fühlte.

Sie umarmten sich flüchtig und warfen sich einen Luftkuss zu.

»Ich kann nicht glauben, dass du tatsächlich hier bist«, sagte Lana und schwenkte ihr Longdrinkglas. »Du siehst toll aus.«

»*Du* siehst toll aus«, entgegnete Sage. »Keinen Tag älter als neunzehn.«

Lana lächelte stolz. »Gute Gene«, sagte sie lachend.

Oder ein brillanter Schönheitschirurg, dachte Sage, als ihr die etwas zu straffe Kinnlinie auffiel. Lanas braune Augen standen ein bisschen weiter auseinander als normal, und ihre Nase wirkte sehr schmal. Sage hätte wetten können, dass sie auch an ihrem Körper etwas hatte machen lassen.

»Solltest du nicht in Monaco sein?«, fragte Lana. »Verheiratet mit irgendeinem Royal?«

»Ich war in Italien. Die Beziehung ist allerdings schon lange beendet. Nachdem ich einige Jahre lang in Europa gelebt habe, wollte ich wieder nach L. A. zurück.«

Nachdenklich sah Lana sie an. »Bist du wieder hier, um mit Jordan zusammenzukommen? Er und Daisy sind noch immer ein Paar.« Lana deutete zur Tanzfläche. »Wie Frischverliebte. Ein bisschen schmalzig für meinen Geschmack, aber du hattest schon immer eine Schwäche für ihn, oder?« Ein bösartiges Funkeln trat in ihre Augen. »Hast du auf seiner Hochzeit mit Daisy nicht verkündet, ihn für immer zu lieben?« Sie lachte. »Das war wochenlang Gesprächsthema Nummer eins. Die arme Sage, die ihren Mann ausgerechnet an Daisy verloren hat.«

Einige Minuten zu spät fiel Sage wieder ein, dass ihre Freundschaft mit Lana verdammt oberflächlich gewesen war. Sie hatte vor allem darauf basiert, dass beide gern Schwächere gequält hatten.

Sie wusste nicht, was sie zum Thema Jordan sagen sollte – jeder Widerspruch wäre abgeschmettert worden und hätte Lana vermutlich Munition für einen neuerlichen Angriff geliefert. Da Daisy und Jordan auch hier waren, wäre die Situation mit

Sicherheit eskaliert und für alle Anwesenden unangenehm geworden. Fieberhaft dachte sie darüber nach, wie sie Lana ablenken sollte. Kurz spielte sie mit dem Gedanken, die offensichtlichen Eingriffe des Schönheitschirurgen bei Lana anzusprechen, wünschte sich im nächsten Moment, sie könnte aufs Stichwort in Ohnmacht fallen, und fiel dann beinahe wirklich in Ohnmacht, als Adam zu ihr kam und den Arm um ihre Taille legte.

»Da bist du ja«, sagte er locker. »Ich habe dich schon gesucht.« Er wandte sich Lana zu. »Oh, hi. Ich habe dich gar nicht bemerkt. Sage ist zurück in der Stadt. Ist das nicht toll?«

»Supertoll.« Lana beobachtete die beiden wie eine Katze, die eine verletzte Maus betrachtete. »Ach, ihr kennt euch?«

»Wir sind Nachbarn«, antwortete er grinsend. »Ja, tatsächlich. Was bin ich doch für ein Glückspilz.«

Lana zog die Augenbrauen hoch – so weit, wie es das Botox in ihrer Stirn zuließ. »Ihr seid zusammen?«

Sage legte die Hand auf seine Schulter. »Das sind wir. Ist es nicht komisch, dass wir uns nach all diesen Jahren gefunden haben?«

Adam warf ihr einen beeindruckend glühenden Blick zu. »Es hat nur zwanzig Jahre gedauert, bis ich diese Frau endlich für mich gewinnen konnte.«

Sage lachte. »Äh … nein. Vielleicht waren es für dich zwanzig Jahre, aber nur zwölf oder dreizehn für mich.«

»Guter Einwand.« Er beugte sich zu ihr und küsste sie leicht. »Ich habe Hunger. Lass uns zum Büfett gehen. Und dann möchte ich für die Tickets zum Saisonstart der *Los Angeles Rams* bieten.«

Sage sah Lana an und seufzte. »Was haben die Männer nur alle mit Football am Hut?«

»Ich habe echt keine Ahnung.« Lana blickte zwischen den beiden hin und her. »Ich hätte es nicht gedacht, doch ihr gebt ein süßes Paar ab. Einen schönen Abend noch.« Damit rauschte sie davon.

Sage blieb bei Adam stehen, bis ihr Herzschlag sich allmählich wieder normalisiert hatte. Dann drehte sie sich um, um ihn anzusehen. »Du hast mich gerettet. Wirklich. Sie hat die ganze Zeit von Jordan gesprochen, mit dem ich noch kein Wort gewechselt habe. Nicht, dass ich vorhätte, mit ihm zu reden. Aber ich wusste einfach nicht, wie ich sie ablenken oder loswerden sollte. Kein Scherz: Du warst toll. Danke.«

»Gern geschehen. Ich habe gesehen, wie sie sich auf dich gestürzt hat, und wusste, dass sie Ärger machen würde.« Er warf ihr ein selbstironisches Lächeln zu. »Ab und an ist es wichtig, eine Dame in Not zu retten.« Mit einem Kopfnicken wies er über ihre Schulter. »Daisy und Jordan sind dahinten.«

Eine seltsam unlogische Aussage, dachte sie, ohne sich umzudrehen. »Hast du mir nicht zugehört? Ich bin nicht an Jordan interessiert. Das alles ist Jahre her. Bist du mit einer Frau zusammen hier?«

Er lachte. »Ich habe dir doch erzählt, dass ich keine Dates habe.«

»Hast du Lust, heute Abend mit mir abzuhängen?«

In seinen Augen flackerte etwas auf, aber sie konnte nicht sagen, was genau ihm durch den Kopf ging.

»Gern«, sagte er.

»Gut.« Sie hakte sich bei ihm unter. »Ich glaube, du hast mir einen Ausflug zum Büfett versprochen. Und dann darf ich dabei zusehen, wie du Geld für Football-Tickets verschleuderst.«

»Stimmt.«

»Dann mal los.«

14. KAPITEL

Sage und Adam verbrachten den Rest des Abends zusammen. Die Football-Tickets gingen allerdings an jemanden, der bereit war, viel mehr als Adam zu bieten. Doch dafür gewann er ein Dinner für sechs Personen bei einem Promikoch. Kurz nach Mitternacht schrieb Sage ihrer Mutter, dass sie gehen wolle. Joanne schrieb zurück, dass sie später allein nach Hause kommen würde.

»Ich weiß nicht so genau, ob ich wissen will, was sie gerade tut«, gab Sage zu, als Adam mit ihr durch die ruhigen Straßen der Stadt fuhr. »Oder mit wem.«

»Darüber solltest du nicht nachdenken.«

»Stimmt. Und da wir schon mal bei dem Thema sind: Hat deine Mom Dates?«

Er zuckte zusammen. »Nein. Keine Dates. Sie kann Männerbesuch haben, aber Näheres möchte ich gar nicht wissen.«

»Männerbesuch? Wie alt bist du? Achtzig? Hast du echt Probleme damit, dass deine Mom einen Mann kennenlernt?«

Er blieb an einer roten Ampel stehen und sah Sage an. »Sie kann sich so viele Kerle anlachen, wie sie möchte – ich will nur nicht wissen, dass sie *es* tun. Im Übrigen haben sie und ihre Schwester beschlossen, dass sie keine Männer brauchen.«

»Sie war lange mit deinem Dad zusammen. Es ist nachvollziehbar, dass sie noch nicht bereit ist, sich neu zu verlieben. In ein paar Jahren könnte sie dich allerdings überraschen.«

»Solange sie nicht über Sex reden möchte, bin ich mit ihren Entscheidungen einverstanden.« Er sah sie an. »Verurteile mich nicht. Schließlich ist es für dich auch nicht in Ordnung.«

Sie grinste. »Für mich ist es völlig in Ordnung, dass deine Mutter Sex hat.«

»Sehr witzig.«

Er fuhr in seine Garage.

»Warte bitte«, sagte er und stieg aus. Dann ging er um den Wagen herum, machte ihr die Tür auf und reichte ihr die Hand.

Sie ergriff sie, erhob sich und rechnete damit, dass er einen Schritt zurückmachen würde. Doch er rührte sich nicht von der Stelle. So standen sie direkt voreinander.

»Ich hatte einen wunderschönen Abend«, sagte er.

»Ich auch. Ich bin dir noch immer für meine Rettung dankbar.«

»Jederzeit wieder.«

Das Licht über ihnen erlosch. Sie standen in der Dunkelheit der Nacht, und nur die Straßenlaternen schienen noch. Sage war sich sehr bewusst, wie nahe Adam vor ihr stand. Er sah sie an, als wollte er …

Verdammt. Sie war es ihm schuldig. Sie hatte es gesagt, und offensichtlich glaubte er ihr. Ihrer Erfahrung nach gab es nur eine Art, wie eine Frau wie sie ihre Schuld begleichen konnte. Er erwartete von ihr, dass sie mit ihm schlief.

Der Erkenntnis folgte ein Gefühl der Enttäuschung. Unter anderen Umständen hätte sie gern mit Adam geschlafen, aber so nicht. Nicht, wenn sie sich dazu verpflichtet fühlte.

»Ich weiß, was du denkst«, sagte er leise.

»Das bezweifle ich.«

Er ergriff ihre Hand und führte Sage aus der Garage. Doch während sie damit rechnete, dass er sie in sein Haus bringen würde, ging er mit ihr zum Haus ihrer Mutter. Als sie die Eingangsterrasse erreichten, hauchte er ihr einen zarten Kuss auf den Mund, ehe er einen Schritt zurückmachte.

»Es war ein sehr schöner Abend«, sagte er. »Danke, dass du ihn mit mir zusammen verbracht hast.«

Was? Er wollte gehen? »Du erwartest nicht von mir, dass ich mit dir schlafe?«, platzte sie heraus.

Er löste seine Krawatte. »Nein.«

»Warum nicht?«

»Weil ich dich mag, Sage. Und ich habe kein Interesse daran, dich zu benutzen, um meine Lust zu befriedigen.«

Damit lief er zurück in seine Garage. Im nächsten Moment fuhr das elektrische Garagentor herunter, und Adam war verschwunden.

Daisy war noch nie bei einer Eheberatung gewesen und wusste nicht, was sie zu erwarten hatte. Sie und Jordan hatten per Mail Unterlagen zugeschickt bekommen, die sie hatten ausfüllen müssen. Darin hatten leichte Fragen gestanden, wie zum Beispiel, wann sie geheiratet hatten oder wie viele gemeinsame Kinder es gab. Es hatte jedoch auch schwierigere Fragen gegeben, wie zum Beispiel, was sie empfanden oder was in ihrer Beziehung nicht stimmte. Sie hatte einen ganzen Abend lang gebraucht, um alles zu beantworten. Am Tag des Termins war sie, als sie das schlichte Bürogebäude an der Beverly Glen betrat, seltsam nervös.

Sie war direkt aus dem Krankenhaus gekommen und trug noch immer ihre Arbeitskleidung, als sie in den beinahe leeren, gut eingerichteten Warteraum trat. Jordan war schon da. Er sah genauso nervös aus, wie sie sich fühlte. Als er sie erblickte, sprang er auf.

»Du hast es geschafft«, sagte er. »Ich habe mich schon gefragt, ob du dich vielleicht verspäten würdest.«

»Ich hatte Unterstützung.« Sie sah ihn an. »Du weißt, dass dieses Erstgespräch zwei Stunden dauert, oder?«

Er nickte. »Es ist eher eine Art Kennenlernstunde. So steht es zumindest in den Unterlagen.«

»Du hast die Papiere ausgefüllt und per Mail an Dr. Braxton geschickt?«

Seine Miene entspannte sich. »Ich wusste, dass du es auf jeden Fall tun würdest, und wollte nicht als Drückeberger dastehen.« Er wies auf die Zeugnisse und Zertifikate, die im Wartezimmer an den Wänden hingen. »Du hast einen Mann gewählt. Danke dafür.«

»Ich dachte mir, dass du dich bei einem Therapeuten wohler fühlen würdest. Bei einer Frau würdest du dir wahrscheinlich ständig Sorgen machen, dass sie automatisch auf meiner Seite sein könnte.«

»Ein bisschen vielleicht«, entgegnete er grinsend.

Sie setzten sich nebeneinander auf eins der Sofas.

»Wie läuft's bei der Arbeit?«, erkundigte sie sich.

»Gut. Viel zu tun. Und bei dir?«

»Das Gleiche.«

Schweigend saßen sie einige Minuten da, bis die einzige andere Tür zum Wartezimmer aufging und ein hochgewachsener dünner Mann Mitte vierzig eintrat, der sie anlächelte.

»Daisy und Jordan, nehme ich an?«, sagte er.

Sie nickten und standen auf.

»Ich bin Carl Braxton. Kommen Sie bitte mit.«

Sie folgten ihm in ein sehr geräumiges Zimmer. Eine L-förmige Couch stand in einer Ecke des Raumes, ein Paar gemütlicher Sessel standen ihr gegenüber. Am anderen Ende des lang gestreckten Zimmers befanden sich ein kleiner Schreibtisch und ein Schreibtischsessel. Dr. Braxton wies zum Sofa.

»Bitte, machen Sie es sich bequem.«

Sie setzten sich nebeneinander. Daisy wurde sofort klar, dass es schwierig werden würde, miteinander zu reden, wenn sie einander nicht ansehen konnten, also rückte sie ein Stück zur Seite.

»So ist es leichter, miteinander zu sprechen«, erklärte sie.

»Klar«, sagte Jordan und klang nervös.

Dr. Braxton nahm in einem der beiden Sessel Platz. »Ich habe Ihre Unterlagen schon gesichtet. Heute dauert unsere Sitzung zwei Stunden, damit ich Sie etwas kennenlerne und wir festlegen können, an welchem Thema Sie arbeiten möchten.«

»An unserer Ehe«, sagte Daisy vorsichtig.

»Ja, darauf wird das Hauptaugenmerk liegen.« Dr. Braxton sah zwischen ihr und Jordan hin und her. »Sie sind ausgezogen?«

»Ja. Ich wohne derzeit in einem Hotel.«

»Gefällt es Ihnen dort?«

Jordan wirkte überrascht. »Nicht wirklich. Es macht mir keinen sonderlichen Spaß, in einem Hotelzimmer zu wohnen.«

Dr. Braxton wandte sich Daisy zu. »Was denken Sie über Jordans Auszug? Was empfinden Sie?«

»Ich fühle mich unbehaglich, unsicher. Ich bin traurig. Und wütend.«

»Warum bist du wütend?«, wollte Jordan wissen.

»Aus vielen Gründen.« Sie rutschte ein Stück nach vorn. »Du hast mir nicht gesagt, dass du gehen wirst, sondern bist einfach ausgezogen. Fast eine Woche später hast du mir mitgeteilt, dass du in ein Hotel ziehen würdest, in dem du länger bleiben kannst. Per SMS! Du hast nicht mal angerufen. Ich hasse es, wenn du mir so wichtige Dinge per SMS mitteilst. Es ist mir gegenüber nicht fair. Und unhöflich ist es auch.«

»Aber bei dem Ehemaligentreffen war doch alles in Ordnung. Wir hatten einen schönen Abend. Und jetzt sagst du mir, dass du wütend bist? Was denn nun?«

»Wovon sprichst du? Ja, wir hatten einen schönen Abend zusammen. Ich hatte beim Ehemaligentreffen viel Spaß, und ich wollte mich an dem Abend nicht mit dir streiten. Aber das bedeutet nicht, dass dein Verhalten in Ordnung war. Ich habe begriffen, dass es Dinge gibt, die wir besprechen und geraderücken müssen. Doch das heißt auch, dass wir genau das tun müssen. Wir müssen die Sachen *besprechen. Geraderücken.* Wir können nicht einfach voreinander weglaufen und den Rest per SMS klären.«

Verstimmt verzog er den Mund. »Du sagst, du willst mit mir reden, aber das stimmt nicht. Auf deiner Top-ten-To-do-Liste rangiere ich auf Platz elf. Alles andere ist wichtiger, als ich es für dich bin. Sogar die Haustiere kommen noch vor mir.«

Sie spürte, wie Frust und Enttäuschung sich in ihr breitmachten. »Das sagst du immer wieder. Doch es stimmt nicht, und es ist auch nicht fair. Ich habe dich gefragt, was überhaupt los ist, aber du hast es mir nicht gesagt. Du meinst immer nur, dass ich es wissen müsse. Tja, ich weiß es *nicht* und habe immer wieder nachgefragt. Doch du wirst nicht deutlicher. Das macht mich wütend. Und es macht mir Angst, dass du vielleicht nur Spielchen mit mir spielst. Du beklagst dich, dass ich nicht genug für dich mache, dass ich dir keine Zettel mehr hinlege oder dir Kleidung kaufe. Gut. Ich sehe ein, dass ich das alles vernachlässigt habe. Nicht absichtlich und ohne irgendwelche Hintergedanken. Es ist einfach so passiert. Und weißt du, warum? Es gibt jeden Tag tausend Dinge, die erledigt werden müssen. Wir haben Glück – wir haben Vollzeitjobs und zu Hause Unterstützung, aber ich habe trotzdem zwei Kinder, eine Karriere und den Haushalt. Und, ja, die Haustiere brauchen auch Aufmerksamkeit. Haustiere, die übrigens *du* eins nach dem anderen angeschleppt hast, ohne mich jemals zu fragen.«

Aufgebracht funkelte Jordan sie an. »Wir haben Kinder, Daisy. Kinder sollten mit Tieren zusammen aufwachsen.«

»Das ist kein Gesetz, Jordan. Und mich zu fragen, ob ich noch einen Hund oder noch eine Katze aufnehmen möchte, wäre nett gewesen. Doch das hast du nicht getan. Du bist einfach mit den Tieren aufgetaucht, während ich bei der Arbeit war. Wenn ich dann Feierabend hatte und nach Hause kam, hatten die Kinder die Tiere bereits ins Herz geschlossen. Hätte ich in dem Moment gesagt, dass die Tiere gehen müssen, wäre *ich* der Spielverderber und eine schlechte Mutter gewesen – *du* hingegen der liebevolle Vater, der nur nett sein wollte. Das ist weder mir noch uns gegenüber fair.«

»Das ist albern.«

Seine Reaktion fachte die unerwartete Wut, die sie ergriffen hatte, nur noch weiter an.

»Du hörst mir nicht zu«, sagte sie, und ihre Stimme wurde schriller. »Ich arbeite genauso viel wie du, aber wenn ich nach Hause komme, trete ich immer noch meinen Zweitjob an. Wenn du nach Feierabend heimkehrst, willst du als Erstes wissen, was es zum Abendbrot gibt. Wie wär's, wenn du mal kleine Dinge für *mich* tun würdest? Ach, warte. Das hast du ja noch nie gemacht. Du beklagst dich darüber, dass ich dir keine Zettel mehr hinlege oder dir keine Hemden mehr kaufe, doch andererseits hast du so etwas auch noch nie für mich getan. Du rührst auch keinen Finger im Haushalt. Gott bewahre, dass du mal eine Glühbirne wechselst oder Hundefutter kaufst …«

»Es ist nicht mein Haus, verdammt noch mal! Es war nie mein Haus und wird es auch nie sein. Es ist dein Haus, Daisy. Warum sollte ich mich darum kümmern?«

Die Worte – beinahe geschrien – trafen sie wie ein Schlag ins Gesicht. Sie fühlte, wie sie ihr die Luft abschnürten. Zwei Herzschläge lang konnte sie nicht atmen. Ihr erster Impuls waren Wut und Empörung, aber diese Empfindungen wurden schnell überwältigt von einer eiskalten Gewissheit, dass Jordan soeben eine Wahrheit ausgesprochen hatte, die alles verändern würde.

»Daisy, es tut mir leid«, sagte er schnell und klang ängstlich. »Ich habe es nicht so gemeint.«

»Doch, das hast du. Du siehst unser Heim nicht als dein Zuhause.«

»Deine Mutter hat dir das Haus hinterlassen. Es gehört dir, und daran wird sich nie etwas ändern. Das ist in Ordnung für mich. Ich habe es nicht so gemeint. Es tut mir leid.«

»Es ist unser Zuhause«, flüsterte sie. »Wir leben gemeinsam dort. Wir haben uns dort geliebt und unsere Kinder großgezogen. Ich dachte, das Haus wäre ein Teil von uns als Paar. Und jetzt sagst du mir, dass es nicht so ist.«

Er schlug die Hände vors Gesicht und fluchte. »Ich habe es nicht so gemeint. Manchmal ist es schwer für mich, zu wissen und zu akzeptieren, dass du mich überhaupt nicht brauchst.«

Er hob den Kopf und sah sie an. »Ich fühle mich überflüssig. Nutzlos.«

»Wie kannst du so etwas sagen? Es ist nur ein Haus, Jordan. Wir wohnen dort. Ich dachte, das wäre okay für dich. Du meintest, du würdest dich freuen, mit mir dort einzuziehen.«

»Ich habe mich auch gefreut. Aber du hast nicht zugelassen, dass ich ein Teil davon werde.«

»Was soll das bedeuten?«

»Du willst, dass es dein Haus bleibt. Als wir renoviert haben, hast du mich nie gefragt, was ich wollte. Du hast mit dem Innenarchitekten gesprochen und mit deinem Vater, doch nicht mit mir.«

»Du hast mir gesagt, dass es dich nicht interessieren würde! Als ich dich wegen des Umbaus nach deiner Meinung gefragt habe, hast du gemeint, ich solle tun, was ich will.«

»Ich habe versucht, mit dir über einige Veränderungen zu sprechen. Über ein Spielzimmer im Dachgeschoss, über eine Werkstatt für mich in der Garage … Aber du hast die Ideen abgeschmettert, also habe ich es nicht weiter versucht.«

Sie verstand ihn nicht. »Wir haben schon ein Medienzimmer, und die Kinder haben ein großes Spielzimmer. Warum sollten wir den Dachboden ausbauen? Und was die Werkstatt betrifft, habe ich gesagt, dass das eine gute Idee wäre und dass du mit Dad über die Pläne reden solltest.«

Er wandte den Blick ab. »Ja, es war eine gute Idee, und ich sollte mit deinem Dad reden. Weißt du, wie entmündigt man sich da als Mann fühlt?«

»Nein. Das weiß ich nicht. Als du sagtest, du wärst nicht an der Mitgestaltung interessiert, habe ich ihn gebeten, mir zu helfen, weil es ein Projekt war, das einfach zu groß für einen allein war. Das habe ich dir auch gesagt. Und du hast wieder geantwortet, dass du damit einverstanden wärst. Also willst du mir jetzt sagen, dass du doch nicht damit einverstanden warst und dass du mir übel genommen hast, dass ich meinen Vater um

Hilfe gebeten habe, als du mich nicht unterstützen wolltest?« Die Ungerechtigkeit seiner Worte lag ihr wie ein Stein im Magen. »Was hätte ich denn tun sollen?«

Dr. Braxton sah Jordan an. »Was sagen Sie ihr nicht, Jordan?«

Jordan rutschte unbehaglich hin und her. »Ich wollte etwas Eigenes. Einen Ort, der nur mir gehört. Nicht dir, nicht deinem Vater, nur mir. Einen Teil von mir in diesem riesigen Haus. Doch du hast meine Idee für das Dachgeschoss abgelehnt, und ich sollte mit deinem Daddy über meinen Plan für die Garage reden. Am Ende war es das alles nicht wert.«

Sie starrte ihn an und versuchte, durch ihre Wut und Bitterkeit hindurch zu verstehen, was er ihr sagte. Vielleicht war seine Meinung zu ihrem Haus kein Verrat, sondern vielmehr ein Schrei danach, auch ein Teil davon zu sein. Einen Platz für sich allein haben zu wollen war nachvollziehbar. Jeder Mensch brauchte das. Aber sie war sich nicht sicher, ob sie seine Sicht der Dinge verstehen wollte. Noch nicht – nicht, wenn er ihr so wehgetan hatte und sich weigerte, mit ihr zu reden.

»Ich habe geglaubt, du würdest das Haus auch lieben«, sagte sie leise und musste mit einem Mal gegen die Tränen ankämpfen.

»Manchmal habe ich das nicht geglaubt.«

»Das Haus ist so, wie es immer war. Also an was hast du nicht geglaubt? An mich oder an uns?«

Er sah ihr tief in die Augen. »Ich weiß es nicht.«

Zwei Stunden später hatte Daisy das Gefühl, als hätte ein Energie-Vampir ihr sämtliche Lebensgeister ausgesaugt. Sie hatte sich noch nie in ihrem Leben so erschöpft gefühlt. Ihr dröhnte der Schädel, ihr Körper schmerzte, und vollständige Sätze zu formen und auszusprechen erschien ihr unmöglich. Als sie in ihren Wagen stieg, wollte sie nur noch nach Hause und sich in ihrem Bett verkriechen.

Die Therapiesitzung war aufreibend gewesen. Dr. Braxton hatte sie von der emotional aufgeladenen Diskussion über das

Haus weggeführt und sie auf andere Themen gelenkt. Er hatte ihnen versprochen, weiter über das Haus reden zu können, wenn sie durch die Therapie die Fähigkeiten dazu hätten. Sie hatten darüber geredet, wie sie sich beim Abholen und Zurückbringen der Kinder verhalten sollten, und sie waren übereingekommen, dass sie keine wichtigen Informationen und Mitteilungen mehr per SMS austauschen würden. Alles, was über die Vereinbarung eines Termins oder so etwas hinausging, sollte am Telefon oder in einem persönlichen Gespräch geklärt werden.

Dr. Braxton gab ihnen auch Hausaufgaben mit. Vor ihrer nächsten Sitzung in zwei Wochen sollten sie sich zu einem Date treffen. Außerdem sollten sie zehn Dinge auflisten, die sie an dem anderen geliebt hatten, bevor sie geheiratet hatten, und zehn Dinge, die sie nun aneinander liebten. Daisy würde sich allerdings erst einmal etwas beruhigen müssen, bevor ihr auch nur *eine* Sache einfiel.

Jordans Worte hatten ihr einen Stich ins Herz versetzt. Er hatte gewusst, dass sie das Haus von ihrer Mutter geerbt hatte. Es war treuhänderisch verwaltet worden, bis sie fünfundzwanzig wurde oder heiratete – je nachdem, was zuerst eintrat. Jordan hatte immer behauptet, das Haus genauso zu lieben wie sie, und gemeint, dass er es kaum erwarten könnte, mit ihr dort einzuziehen. Auch hatte er Witze darüber gemacht, dass sie viel Geld für neue Autos ausgeben müssten, weil sie keinen Kredit für ein Haus abzubezahlen hätten. Sie waren in dem Haus glücklich gewesen … Zumindest war sie glücklich gewesen. Was ihn betraf, war sie sich da nicht mehr so sicher.

Sie nahm alle Kraft zusammen, um den Motor ihres Wagens zu starten und nach Hause zu fahren. In *mein* Zuhause, dachte sie bitter. *Nicht zu Jordan nach Hause*. Daran hatte er keinen Zweifel gelassen. Vielleicht bereute er, es ausgesprochen zu haben, doch er konnte die Worte nicht mehr zurücknehmen. Und sie würde sie niemals vergessen.

Sage betrat das stille, verlassene Haus. Ihre Mutter verbrachte noch immer jede freie Sekunde mit dem Kerl, den sie auf dem Ehemaligentreffen kennengelernt hatte. Sage hoffte, dass diese Beziehung einige Jahre lang halten würde und dass die beiden schwer verliebt wären. Allerdings hätte sie sich auch schon über zwei ruhige Wochen allein im Haus gefreut. Nicht, dass ihre Mutter ihr egal wäre – sie war ihr wichtig. Aber sie war eben vorsichtig und hielt lieber etwas Distanz zu ihr.

Sie schlüpfte aus ihren High Heels und seufzte erleichtert, als ihre heißen, wunden Füße die kühlen Bodenfliesen berührten. Barfuß lief sie in ihr Schlafzimmer und wollte gerade die Vorhänge zuziehen, um sich umzuziehen, als ihr Handy piepte.

Bist du wach?

Sie las die Nachricht und lachte. Dann warf sie einen Blick aus ihrem Fenster und sah Adam im Garten. Er winkte ihr zu.

Schnell lief sie hinaus auf die Terrasse. An dem niedrigen Zaun zwischen ihren Grundstücken trafen sie sich.

Sage hatte Adam seit dem Abend des Ehemaligentreffens nicht mehr gesehen. Auf der Feier hatte er sie gerettet, den Abend mit ihr verbracht, sie geküsst und am Ende verkündet, sie zu sehr zu mögen, um mit ihr zu schlafen. Der Mann verwirrte sie immer wieder.

»Ich bin dir noch ein Abendessen schuldig«, meinte er. »Ich habe Hühnchen eingelegt und einen Nudelsalat und einen grünen Salat gemacht.«

»Du fütterst mich ständig«, entgegnete sie lachend. »*Ich* sollte mal für *dich* kochen.«

»Kannst du denn kochen?«

»Ja. Ich kann eine Reihe von französischen und italienischen Gerichten zubereiten. Nicht, dass ich die Zutaten im Haus hätte … Und ich habe mir auch noch nicht angeschaut, was meine Mutter an Töpfen und Pfannen besitzt … Also könnte das Ganze auch nach hinten losgehen.«

»Ich wusste es. Du bist eine Frau, die einen Mann erst mit Essen wild macht und dann eiskalt abblitzen lässt.«

Sie beugte sich vor. »Süßer, ich mache die Männer mit allem wild …«

Er packte sie am Handgelenk und zog, bis sie noch einen Schritt nach vorn machte. Dann beugte er sich vor und küsste sie.

Der unerwartete Körperkontakt überraschte sie – allerdings nicht so sehr wie die Hitze, die sich mit einem Mal in ihrem Bauch ausbreitete. Schnell löste sie sich aus Adams leichtem Griff und schlang ihm die Arme um den Hals. Er legte die Hände auf ihre Taille und gab ihr einen zärtlichen, aber doch fordernden Kuss.

Sie genoss das Gefühl seines Mundes auf ihren Lippen, und die Tatsache, dass er nicht einmal versuchte, ihre Brüste oder ihren Hintern zu berühren, gefiel ihr. Offenbar wollte er nichts überstürzen.

Er bewegte sich leicht, hauchte eine Spur von Küssen auf ihre Wange und knabberte sacht an ihrem Ohrläppchen.

»War das ein Ja zum Abendessen?«, flüsterte er.

Sie löste sich ein Stückchen von ihm und lachte. »Ja, bitte. Ich ziehe mich nur schnell um und komme dann rüber.«

Er ließ sie los. »Du darfst auch nackt zu Abend essen, wenn das eher dein Ding ist. Das wollte ich nur anmerken.«

»Du bist echt großzügig«, entgegnete sie gespielt ernst. »Danke.«

»Gern geschehen.«

Sie lachte noch immer, als sie in ihr Zimmer zurückkehrte. Sie zog die Vorhänge zu, streifte sich das Kleid ab und hängte es auf, bevor sie einen Blick in ihren kleinen Schrank warf. Normalerweise hätte sie sich für Jeans und ein T-Shirt entschieden, aber sie wollte etwas Schickeres anziehen. Vielleicht etwas, das sexy war.

Sie legte ihren BH ab und zog ein rotes Sommerkleid mit einem tiefen Ausschnitt an. Für gewöhnlich tapte sie ihre Brüste, damit nichts verrutschen konnte, doch vermutlich würde es Adam nichts ausmachen, falls es zu einem kleinen Nippelblitzer käme. Zuletzt schlüpfte sie in ihre Flipflops.

Adams Haustür stand einladend offen. Als sie ins Haus kam, spürte sie, wie sie sich entspannte. In Adams Nähe hatte sie immer viel Spaß. Er war interessant und nett. Nein, dachte sie, als sie rief, dass sie zurück wäre. *Nicht nett.* Er war *lieb.* Und lieb war noch besser.

»Ich bin auf der Terrasse«, rief er zurück.

Sie schloss die Tür hinter sich und machte sich auf die Suche nach Adam. Er stand am Grill. Ein Teller mit Hühnchen und eine Grillzange lagen auf einem kleinen Tisch neben ihm. Sein Blick fiel auf ihre Brüste, ehe er ihr ins Gesicht sah.

»Ich habe … äh … Bier kalt gestellt. Ich kann dir aber auch einen Drink machen«, sagte er und räusperte sich geräuschvoll.

Sie lächelte. »Ein Bier wäre schön. Ich hol mir eins.«

Als sie aus der Küche zurückkehrte, setzte sie sich auf eine Gartenliege und seufzte. »Sag Bescheid, wenn ich den Tisch decken soll.« Sie zog ihre Flipflops aus und wackelte mit den Zehen. »Bis dahin genieße ich es einfach, zu sitzen und nicht stehen und laufen zu müssen.«

»Hattest du einen langen Tag?«

»Wie immer.«

»Du solltest bequemere Schuhe tragen, wenn du so viel stehen musst.«

Sie nahm einen Schluck von ihrem Bier. »In bequemen Schuhen verkauft man keine Designerklamotten. Ich muss glaubwürdig erscheinen, sonst lassen sich die reichen Damen nicht von mir beraten.«

»So ist das.« Er legte die Hühnchenteile auf den Grill, klappte den Deckel zu und brachte den leeren Teller in die Küche. Als er zurück war, nahm er sein Bier. »Ich habe deine Mutter schon seit ein paar Tagen nicht mehr gesehen.«

»Sie hat beim Ehemaligentreffen der Schule jemanden kennengelernt.«

Diese Neuigkeit schien Adam zu überraschen. »Echt?«

Sage lachte. »Sie sucht einen reichen Ehemann. Ich glaube zwar nicht, dass es ein guter Plan ist, doch ich muss zugeben, dass sie verdammt entschlossen ist. Ich hoffe, es läuft zwischen den beiden.«

»Ich kann nicht verstehen, dass Menschen des Geldes wegen heiraten.«

»Dazu wird man erzogen. Dir wurde offenbar nie eingebläut, dass es wichtiger ist, hübsch zu sein als klug.«

»Hat sie dich das gelehrt?«

»Jeden Tag hat sie mir das gesagt. Sie hat mich davor gewarnt, mein Herz zu verschenken, und mir eingeschärft, dass ich meine Entscheidungen, was Männer angeht, immer mit klarem Verstand treffen muss.«

»Hast du auf sie gehört?«

»Manchmal.«

Er hob den Deckel des Grills an und drehte die Hühnchenstücke vorsichtig um. Dann schloss er den Deckel wieder.

»Ist das noch immer der Plan?«, fragte er und sah sie eindringlich an.

»Ein Mädchen muss tun, was ein Mädchen tun muss.«

»Sage, ich sage das ja nur ungern, aber du bist Ende dreißig … fast vierzig … und damit kein Mädchen mehr.«

»Autsch. Und vor ein paar Minuten habe ich noch gedacht, dass du ein echt netter Kerl bist. Das nehme ich hiermit zurück.«

Während sie sprach, versuchte sie, sich selbst darüber klar zu werden, ob sie das nun ernst meinte oder nicht. Sie wusste, dass Adam nicht bösartig sein wollte. Doch zu hören, dass sie kein Mädchen mehr war … Sie war sich nicht sicher, was sie davon halten sollte.

»Hat es nicht auch Vorteile, erwachsen zu sein?«, fragte er. »Zu wissen, dass man seine Lektionen gelernt hat, und sich klar darüber zu sein, was man will?«

»Da stecken aber viele Vermutungen in deiner Aussage.«

»Meinst du nicht, dass du einiges gelernt hast? Du glaubst doch nicht, dass du noch derselbe Mensch bist, der du mit achtzehn warst, oder?«

»Nein. Der bin ich nicht mehr.«

»Bedauerst du das?«

Kurz dachte sie über die Frage nach. »Ja, aber nicht aus den Gründen, die du vermutlich im Sinn hast. Ich vermisse es nicht, so hübsch zu sein, doch ich wünschte mir, meine Erwartungen an mich selbst wären damals ein bisschen höher gewesen und ich hätte nicht so viele Fehler begangen.«

»Das wünschen wir uns doch alle.«

Sie setzte sich auf, drehte sich um und stellte die Füße auf die Terrasse. »Wenn ich behaupte, ich wäre ein Mädchen, erlaubt mir das, nicht alles so ernst und wichtig zu nehmen. Es eröffnet mir die Möglichkeit, zu glauben, dass die Zeit, erwachsen und ernsthaft zu sein, später noch kommen wird. Wenn man eine Frau ist, spielt man in einer ganz anderen Liga – und ich bin mir nicht sicher, ob ich schon bereit bin, diese Ebene zu betreten.«

Sie hatte nicht vorgehabt, so ehrlich zu sein. Aber ihr wurde bewusst, dass es befreiend war, die Wahrheit auszusprechen.

Adam lächelte sie an. »Ist dir schon mal in den Sinn gekommen, dass es zu spät ist? Dass du schon seit einer ganzen Weile das Frauending machst?«

»Das *Frauending*?«, fragte sie belustigt. »Was soll das bedeuten?«

»Ich weiß es nicht. Ist eine Nummer zu groß für mich. Du musst mir helfen.«

Sie stand auf und kam zu ihm. Nachdem sie sich auf die Zehenspitzen gestellt hatte, küsste sie ihn. »Wie wär's, wenn ich stattdessen den Tisch decke?«

»Auch okay.«

Sie machte sich auf den Weg ins Haus, blieb jedoch noch einmal stehen und drehte sich um. »Du weißt, dass ich keinen BH trage, oder?«

Sie war beeindruckt, dass er den Blick nicht von ihrem Gesicht wandte. »Ja, ist mir aufgefallen.«

»Gut.«

Nach dem Abendessen kehrten sie zu den Gartenliegen zurück. Adam schob sie dicht zusammen. Dann schenkte er für sich und Sage einen Brandy ein. Sage streckte sich auf der Liege aus. Er setzte sich auf die Kante der anderen Liege und zog ihre Füße auf seinen Schoß.

»Habe ich je erwähnt, dass ich ganz tolle Fußmassagen gebe?«, fragte er.

»Nein.«

»Dann wirst du erstaunt sein.«

Er legte ihren linken Fuß auf seinen Oberschenkel und drückte seine Daumen unterhalb ihrer großen Zehe in die Fußsohle. Unfreiwillig stöhnte Sage leise auf. Er lachte.

»Du hast recht – ich bin erstaunt«, flüsterte sie, lehnte sich zurück und schloss die Augen.

Er rieb ihren Fuß, drückte und massierte, wobei er alle Stellen fand, die von den lächerlichen Schuhen, die sie den ganzen Tag lang getragen hatte, schmerzten.

»Möchte ich wissen, wo du das gelernt hast?«, fragte sie.

»Ich habe einen Kurs belegt – es war ein Geburtstagsgeschenk für jemanden.«

Sie machte die Augen auf. »Für deine Frau?«

»Ja.«

»Du musst ein verdammt toller Ehemann gewesen sein.«

»Ich hab's zumindest versucht.«

»Du solltest dich wieder mit Frauen treffen«, sagte sie zu ihm. »Du bist nicht der Typ dafür, dir Dates auf *Tinder* zu suchen.«

»Ich komme zurecht.«

»Hast *du* mir nicht gesagt, dass der Sex schöner wäre, wenn man die Person, mit der man ihn hat, liebt?«

»Das habe ich. Doch Beziehungen sind nicht so einfach.«

»Hast du Angst?«

Er lächelte. »Und du?«

»Ja. Definitiv. Ich habe drei Ehen in den Sand gesetzt und bin mir nicht mal sicher, ob ich einen der Männer wirklich geliebt habe. Ich bin wieder zurück zu Hause, lebe bei meiner Mutter und versuche herauszufinden, was ich mit meiner Zukunft anstellen will. Ich in einer Beziehung?« Sie lachte. »Das sehe ich nicht.«

»Du hast viel zu bieten.«

»Ich bin hübsch und gut im Bett. Viel mehr ist da nicht auf der Habenseite.«

Nun widmete sich Adam ihrem anderen Fuß. »Denkst du das wirklich? Du bist mehr als nur ein hübscher Hintern, Sage.«

»Ja, ich bin ein fast vierzigjähriger hübscher Hintern, wie du heute Abend schon so passend bemerkt hast.«

Aus Gründen, die sie nicht erklären konnte, spürte sie plötzlich, wie ihr die Tränen in die Augen stiegen. *Tränen? Was, zur Hölle …* Sie weinte nicht – niemals. Tränen waren etwas für Schwächlinge.

»Das habe ich nicht gesagt.«

»Ich weiß.« Sie hob die Hand. »Tut mir leid. Ich schätze, ich bin in einer komischen Stimmung. Ich nehme es zurück. Und außerdem wiederhole ich es gern noch einmal: Du musst dir eine Freundin suchen.«

»Auf keinen Fall.«

»Warum bist du so stur?«

»Du bist zuerst dran«, sagte er. »Verrat mir, warum du wirklich wieder in L. A. bist. Warum wohnst du bei deiner Mom und arbeitest als Verkäuferin? Warum suchst du dir nicht einen reichen Kerl, der dir dein persönliches Happy End finanziert? Irgendetwas treibt dich um, und ich verstehe nicht, was es ist.«

Sie nahm ihr Glas mit Brandy und stellte es im nächsten Moment wieder ab. Nachdem sie ihre Füße befreit hatte, zog sie ihre Beine an sich. Kurz spielte sie mit dem Gedanken, einen schmalen Träger ihres Kleides herunterrutschen zu lassen, um Adam einen winzigen Blick auf ihre Brust zu ermöglichen. Das würde als Ablenkung vielleicht ausreichen und ihn dazu bringen, die Frage zu vergessen.

Aber statt das zu tun oder wegzurennen oder sonst etwas zu machen, holte sie tief Luft. »Ich möchte Lehrerin werden.«

Unverwandt hielt er den Blick auf sie gerichtet. »Ich dachte, du gibst schon Nachhilfeunterricht.«

»Das tue ich. Ich meine, ich möchte eine richtige Lehrerin werden – mit Referenzen und einem Klassenzimmer und Schülern, die mir Äpfel aufs Pult legen.«

»Machen Kinder das noch immer?«

Sie lächelte. »Ich meine das eher metaphorisch.«

»Du wärst eine tolle Lehrerin«, sagte er zu ihr. »Ich kann es mir gut vorstellen. Du hast einen Bachelor-Abschluss – also, was hält dich davon ab?«

»Angst. Der Aufwand. Ich muss einen Auffrischungskurs belegen, oder ich kann versuchen, in das Praktikumsprogramm des *L. A. Unified School Districts* zu kommen. Ich habe noch nicht entschieden, welchen Weg ich einschlagen möchte. Doch bevor ich das mache, muss ich mich erst mal ummelden und mich um meine Kreditwürdigkeit kümmern, und das braucht Zeit.« Sie nahm ihr Glas in die Hand. »Danke, dass du mich nicht auslachst.«

»Das würde ich niemals tun. Du bist erstaunlich, Sage. Du kannst alles erreichen, was du willst.«

»Du hast keine Ahnung, wie sehr ich mir wünschen würde, dass du damit recht hast.«

»Glaub an dich.«

Sie lächelte, weil er das von ihr erwartete, aber sie wusste, dass der Glaube an sich selbst allein nicht ausreichen würde.

Die meisten Träume erforderten harte Arbeit, den Instinkt für den richtigen Zeitpunkt und Glück. Bisher war es ihr in ihrem Leben nicht gelungen, diese drei Punkte gleichzeitig zu erfüllen – schuld daran waren entweder die Umstände oder ihr unbewusster Hang zur Selbstsabotage gewesen.

Dieses Mal würde alles anders werden. Sie war fest entschlossen. Dieses Mal würde sie es besser machen.

15. KAPITEL

Zu gern wollte Daisy glauben, dass alles wieder gut werden würde, und ließ sich nicht anmerken, wie aufgewühlt sie war. Ben und Krissa freuten sich darauf, die Nacht bei ihrem Vater im Hotel zu verbringen, und Jordan war es sogar gelungen, eine Genehmigung zu bekommen, damit auch Lucky und Sheba mitkommen durften. Daisy persönlich glaubte ja, dass Jordan es schon sehr bald bereuen würde, die zwei riesigen Hunde mitgenommen zu haben, doch das war seine Entscheidung. Das größere Problem war nicht nur, dass beide Kinder über Nacht weg sein würden – das war noch nie vorgekommen –, sondern dass sie und Jordan nicht miteinander sprachen.

Seit ihrer ersten Therapiesitzung hatten sie sich nur kurze Nachrichten geschrieben, in denen es um logistische Fragen gegangen war, und hatten einmal telefoniert, weil Krissa ihrem Dad hatte erzählen wollen, dass sie für ihr Geschichtsprojekt eine Eins bekommen hatte. Insgeheim hatte Daisy gehofft, dass noch mehr kommen würde, aber das war vermutlich dumm und naiv gewesen.

Sie hatte geglaubt, dass sie sich nach dem Beginn der Therapie mehr miteinander unterhalten würden, dass sie über ihre Probleme reden, dass sie vielleicht klären würden, wie lange er schon mit der Wohn- und Haussituation unzufrieden war. Noch immer mussten sie sich für ein Date miteinander verabreden, bisher hatte jedoch keiner von ihnen diesen Punkt angesprochen. Ein Teil von ihr wünschte sich, dass er sie zuerst fragen würde – wie albern von ihr. Es war lächerlich, aber wahr. Doch er hatte sie nicht gefragt, und jetzt war sie deswegen verstimmt und machte sich Sorgen darüber, dass die Kinder nicht bei ihr sein würden.

Vielleicht könnten sie einen Augenblick miteinander reden, wenn er kommen würde, um die Kinder abzuholen. Sie legte eine Dose mit Nass- und etwas Trockenfutter in die Tasche, die sie für Lucky und Sheba vorbereitet hatte.

»Daddy ist da!«, kreischte Krissa von oben. »Er ist da.«

Dann rannte sie so schnell die Treppe runter, dass sich Daisy der Magen zusammenzog.

»Beruhige dich«, ermahnte sie ihre Tochter. »Du hast vorher schon mal in einem Hotel übernachtet.«

»Aber nicht so!« Krissa tanzte zur Haustür und riss sie auf. »Dad, wir sind fertig«, brüllte sie so laut, dass Sheba zusammenzuckte, und lief nach draußen.

Daisy leinte die Hunde an und rief nach Ben. Ihr Sohn kam etwas langsamer die Treppe herunter. Den Träger des Rucksacks hatte er sich lässig über die Schulter geschlungen.

Sie lächelte ihn an. »Freust du dich auf heute Nacht?«

»Ich schätze schon. Ich wollte heute Abend eigentlich eine Sendung auf PBS gucken.«

Daisy tat ihr Bestes, um nicht laut loszulachen. »Ich nehme sie für dich auf. Viel Spaß. Du musst Zeit mit deinem Dad verbringen.«

Ben umarmte sie. Krissa tauchte auf und hatte ihren Vater untergehakt.

»Hi«, sagte Daisy fröhlich. »Bereit für den Einfall der Horde?«

»Hey.«

Sein Lächeln wirkte halbherzig, und sein Tonfall klang wenig begeistert. Sie runzelte die Stirn. »Alles in Ordnung?«

»Was? Ja, klar. Mir geht's gut. Wir nehmen uns unterwegs etwas zu essen mit. Das wird bestimmt lustig.« Er umarmte Ben und hob den kleinen Koffer hoch, den sie für die Kinder gepackt hatte. »Ich bringe sie morgen Mittag zurück.«

So viel zum Thema »Vielleicht reden wir ja noch miteinander« … Sie versuchte, ihre Enttäuschung zu verbergen.

»Toll. Bist du dir sicher, dass du die Hunde mitnehmen willst? Du kannst sie auch hierlassen. Das macht keine Umstände.«

Er wich ihrem Blick aus. »Schon okay. Ich nehme sie mit. Bis morgen dann.«

Er schob die Kinder und die Hunde nach draußen und zog die Tür hinter sich zu. Daisy stand im Eingangsbereich und war sich nicht sicher, was gerade passiert war. Wo war der warmherzige, liebevolle Mann geblieben, der sie zum Ehemaligentreffen begleitet hatte? Oder was war mit dem Mann, der mit ihr bei der Therapie gewesen war und sich Sorgen um ihre Ehe gemacht hatte? Oder der wütende Mann, der ihr vorgeworfen hatte, sich nicht mehr zu kümmern und zu bemühen? Seine Gleichgültigkeit machte ihr Angst.

»Ich verstehe ihn wirklich nicht«, murmelte sie, drehte sich um und ging in die Küche. Sie würden es herausfinden. Das mussten sie einfach. Ihre Ehe war ihr wichtig, und sie würde nicht so leicht aufgeben. Die Angst, die ihr die Luft zum Atmen raubte, hatte nichts zu bedeuten. Gemeinsam würden sie es hinbekommen.

Sie ging in die Vorratskammer, um sich einen Tee zu machen. Als sie wieder hinaustrat, hätte sie beinahe vor Schreck aufgeschrien, als sie Cassidy erblickte, die auf Krücken gestützt in der Küche stand.

»Was machst du da?«, wollte Daisy wissen, und ihre Stimme klang leicht erstickt. »Du sollst doch nicht laufen.«

Cassidy grinste. »Ich laufe ja auch nicht. Ich hinke vielmehr. Und wie du sehen kannst, habe ich einen neuen Gipsverband bekommen.«

Daisy betrachtete den leuchtend pinkfarbenen Gips, der vom Oberschenkel bis zur Mitte von Cassidys Fuß reichte. »Ist der kleiner?«

»Ein bisschen. In ungefähr zwei Wochen bekomme ich dann einen Gehgips. In der Zwischenzeit darf ich ein paar Stunden am Tag auf Krücken gehen. Der Arzt möchte, dass ich mobiler werde.«

Seit ihrer Ankunft hatte Cassidy noch nie so fröhlich geklungen. Sie hatte eine gesunde Gesichtsfarbe und war voller Energie.

»Wir sollten ausgehen«, meinte sie. »Irgendwohin, wo es nicht zu schick ist, weil ich nur Shorts tragen kann. Ach, warte. Ich könnte auch ein Kleid anziehen. Bitte, ich habe es so satt, immer nur hier im Haus zu sein. Ich muss raus und unter Leute.«

Nachdenklich betrachtete Daisy ihre Schwester. »Du bist noch nicht sonderlich sicher auf den Krücken, also brauchen wir einen Rollstuhl. Dein elektrischer Rollstuhl passt allerdings auf keinen Fall in meinen Wagen. Ich frage mich, ob wir uns einen Van mit Rampe leihen können.« Sie warf einen Blick auf die Uhr. Es war fast sechs – an einem Samstagabend. »Vielleicht gibt es ein entsprechendes Taxiunternehmen, das ich anrufen könnte, weil ich bezweifle, dass ich vor Montag einen passenden Wagen mieten kann. Vielleicht gibt es im *Beverly Center* ja Rollstühle? Ich könnte dich schieben.«

Mit großen Augen sah Cassidy sie an. »Das würdest du für mich tun?«

»Ja. Warum fragst du?«

»Ich glaube nicht, dass ich dich in einem Rollstuhl durch die Gegend schieben würde.«

»Das überrascht mich nicht. Ich war schon immer die Nettere von uns beiden.«

Cassidy lachte. »Stimmt. Sage und ich sind die bösen Schwestern. Wenn wir nächste Woche einen Van organisieren könnten, würde mir das reichen. Ich kann heute Abend auch zu Hause bleiben. Soll ich Sage schreiben und mal fragen, was sie vorhat?«

Noch vor zwei Monaten wäre Daisy verwirrt gewesen und hätte das Angebot vermutlich ausgeschlagen, aber ihr Leben hatte eine unerwartete Wendung genommen. »Sicher«, sagte sie also, »wir können uns etwas zu essen kommen lassen.«

Cassidy lehnte sich an den Küchentresen, zog ihr Handy aus der Gesäßtasche ihrer Shorts und schrieb Sage eine kurze

Nachricht, ehe sie Daisy ansah. »Sie antwortet gerade. Ich weiß nicht mehr, wie lange sie heute arbeiten muss.« Erneut richtete sie ihre Aufmerksamkeit auf ihr Telefon. »Sie ist gerade nach Hause gekommen. Sie zieht sich nur kurz um und kommt dann her. Sie schlägt den Chinesen vor, den wir alle mögen.«

»Den kenne ich«, sagte Daisy und ging in die Vorratskammer zurück, wo sie eine Schublade aufzog und darin herumkramte, bis sie die Speisekarte des chinesischen Lieferdienstes gefunden hatte.

Als sie in die Küche zurückkehrte, wedelte Cassidy mit dem Handy herum. »Du weißt, dass es die Speisekarte auch online gibt, oder?«

»Ja. Es ist allerdings leichter, in eine Karte zu schauen, statt dein Handy weiterzureichen.«

»Du bist so … oldschool.«

Daisy ignorierte das und wies zum Wohnzimmer. »Ruh dich aus, bis sie kommt. Du musst dein verletztes Bein schonen, sonst schwillt es an.«

»Du bist herrschsüchtig«, rief Cassidy, während sie zum Sofa hüpfte und sich darauffallen ließ.

Daisy warf einen Blick in den Kühlschrank und freute sich, eine Schale mit Erdbeeren und eine mit Brombeeren zu entdecken. Sie wusch die Früchte, holte Zucker und den Standmixer.

»Esmerelda wird sauer, wenn du ihre Küche unordentlich machst«, sagte Cassidy. »An deiner Stelle wäre ich echt vorsichtig.«

»Hör auf, hier Unfrieden zu stiften. Esmerelda hat kein Problem damit, wenn ich koche.« Nicht, dass das Zubereiten von Cocktails etwas mit Kochen zu tun hätte. »Im Übrigen hat sie dieses Wochenende frei.«

»Also hast du Zeit, um eventuelle Spuren zu beseitigen.«

Daisy lachte. »Genau.«

Sie füllte einen Viertel Messlöffel Zucker in den Mixer und gab die Früchte hinein. Dann mixte sie alles, bis es flüssig war.

Sie probierte die Mischung, gab noch einige Löffel voll Zucker hinein und schaltete den Mixer wieder ein.

Das gesüßte Beerenpüree füllte sie in einen Krug und schenkte langsam eine Flasche Champagner hinein. Nachdem sie alles vorsichtig durchgerührt hatte, holte sie drei Champagnergläser aus dem Schrank. Just in dem Moment klingelte es an der Tür.

»Ich mache auf«, sagte Cassidy und wollte ihre Krücken nehmen.

Daisy schüttelte den Kopf. »Bleib, wo du bist.«

»Bitch.«

»Undankbare Göre.«

Daisy ließ Sage hinein. »Deine Schwester hat schlechte Laune«, warnte sie sie. »Sie hat jetzt Krücken und hält sich für die Größte.«

»Die Jugend von heute«, gab Sage lächelnd zurück. »Was sollen wir tun?«

»Sie in ihr Zimmer sperren?«

»Ich kann euch hören«, rief Cassidy aus dem Wohnzimmer.

Sage setzte sich zu ihr aufs Sofa, während Daisy ihnen etwas zu trinken einschenkte. Zusammen mit der Speisekarte des Lieferdienstes trug sie die Gläser ins Wohnzimmer.

Sage nahm einen Schluck. »Köstlich.«

»Beeren-Bellinis«, erklärte Daisy. »Einfach und lecker.«

»Danke, dass ihr mich eingeladen habt.« Sage schlüpfte aus ihren flachen Schuhen und zog die Beine unter sich. »Es war ein langer Tag. Ich hatte mich eigentlich darauf gefreut, mich heute auszuruhen, aber meine Mutter hat mich darüber informiert, dass ich mich verdrücken soll. Ihr neuer Freund kommt sie besuchen.«

Fragend sah Daisy sie an. »Du sollst ihn nicht kennenlernen?«

Cassidy lehnte sich an Sage und seufzte schwer. »Sie ist einfach zu alt.«

Sage verzog das Gesicht. »Ja. Ich nehme an, dass Joanne sich fünfzehn Jahre jünger gemacht hat, als sie eigentlich ist. Und in dieses Bild passe ich nicht rein.«

»Warum lügt sie? Er wird es irgendwann ja doch rausfinden.«

Cassidy blickte sie mitleidig an. »Schätzchen, es geht nicht darum, den Kerl zu halten. Das ist sowieso eher unwahrscheinlich. Es geht darum, so viel zu bekommen, wie sie kann – und das so schnell wie möglich.«

»Irgendwie traurig«, entgegnete Daisy.

»Sehr traurig.« Sage nahm noch einen Schluck. »Sie kann dieses Spiel nicht viel länger spielen. Schließlich ist sie fast sechzig.« Sie schnappte sich die Speisekarte. »Können wir etwas zu essen bestellen? Ich verhungere. Heute hatte ich nicht mal eine Mittagspause.«

»Aber das ist gegen das Gesetz«, erwiderte Daisy. »Dein Arbeitgeber muss dir eine halbstündige Pause gewähren – und zwar alle ...«

Sage hob die Hand, um sie zum Schweigen zu bringen. »Ich kenne die Regeln und Gesetze. Aber das Leben funktioniert manchmal einfach nicht so. Und jetzt lass uns übers Essen reden.«

»Ich möchte etwas Feuriges«, sagte Cassidy, rutschte von Sage weg und legte ihr Bein hoch. »Wie mich.«

Sage grinste Daisy an. »Du hast recht. Sie ist in einer komischen Stimmung.«

»Habe ich dir ja gesagt.« Daisy nahm ihr Glas. »Mu-Shu Schweinefleisch und Frühlingsrollen oder gefüllte Teigtaschen.«

»Ich werde richtig aufgebläht sein«, murmelte Sage. »Zum Glück ist das Geschäft morgen geschlossen.«

Sie bestellten genug Essen für mindestens acht Personen. Während sie auf die Lieferung warteten, schenkte Daisy ihnen noch einmal nach.

Cassidy trank das halbe Glas in einem Zug aus und winkte damit. »Ich nehme keine Schmerzmittel mehr, also kann ich wieder trinken.«

»Und jetzt holst du alles nach«, sagte Daisy trocken.

»Das überhöre ich einfach. Also, jetzt geht's ums Küssen.«

»Was?«, fragte Sage verwirrt. »Wer soll hier wen küssen?«

»Niemand soll hier küssen, du Dummerchen. Ich will etwas über euren ersten Kuss erfahren. Mit wem war es? Wie war es? Und ich meine damit einen echten Kuss – mit Zunge. Nicht so einen Wischiwaschi-Kuss. Ich fange an. Ich war vierzehn, und der Junge hieß David Green. Er war still und klug, aber süß. Ich habe so getan, als hätte ich Schwierigkeiten mit meinen Mathehausaufgaben, und bat ihn, mir zu helfen. Bei unserem dritten Treffen hat er mich geküsst. *Richtig* geküsst.« Sie seufzte. »Er hatte offensichtlich Übung, denn er wusste genau, was er tat.«

Daisy grinste. »Wart ihr zusammen?«

»Nein. Er ist weggezogen. Ich frage mich, wo er inzwischen lebt. Vielleicht sollte ich mal im Internet nach ihm suchen.«

»Oder auch nicht«, erwiderte Daisy. »Meinen ersten Kuss hatte ich auch mit einem Jungen von der Schule«, sagte sie. »Ich war fünfzehn. Wir waren auf einer Party und gingen spazieren. Es war schön.«

»Jimmy Barlow«, warf Sage ein. »Du warst drei Monate lang mit ihm zusammen.«

»Daran kannst du dich erinnern?«

»Irgendwie ja.«

»Ja, wir waren zusammen. Jugendliebe.« Daisy ergriff ihr Glas. »Jetzt bist du dran, Sage.«

»Ich spiele das Spiel nicht mit«, sagte sie und schüttelte den Kopf. »Lasst uns über etwas anderes reden.«

»Was ist nur los mit dir? Was ist dein Problem?«, wollte Cassidy wissen. »Wir reden doch nur Blödsinn. Was spielt es für eine Rolle, wen du geküsst hast, als du noch ein Mädchen warst?«

Daisy erkannte das Problem. »Weil es Jordan war.«

Sage warf ihr einen Blick zu. »Ich glaube nicht, dass du möchtest, dass ich darüber rede.«

»Du hast doch vor Jordan bestimmt noch andere Jungs geküsst, oder?« Fragend hob Cassidy die Augenbrauen.

»Aber nicht so, dass es mir etwas bedeutet hätte«, entgegnete Sage und rutschte unbehaglich hin und her. »Lass uns nicht darüber reden, okay?«

»Schon in Ordnung«, sagte Daisy und stellte etwas überrascht fest, dass sie es auch so meinte. »Ich weiß, dass es zwischen euch etwas Ernstes war. Ihr wart verlobt. Mit ihm hattest du viele erste Male.«

Sage starrte sie an. »Wie kann das für dich in Ordnung sein? Ich glaube nicht, dass es in Ordnung ist – also, wie kannst du damit einverstanden sein? Wir fangen gerade erst an, uns einander anzunähern. So läuft es ganz gut.« Sie wies auf sie drei. »Ich will nicht alles zerstören, weil ich früher mal mit deinem Mann geschlafen habe.«

Daisy sah, dass Sage errötete.

»Das kam jetzt völlig falsch rüber«, warf Sage schnell ein. »*Bevor* er dein Mann wurde. Ich habe seit Jahren nicht mehr mit Jordan geschlafen. Es fühlt sich nur so an, als würden wir um das Offensichtliche herumreden. Du bist mit ihm verheiratet, ich war mit ihm verlobt und habe auf eurer Hochzeit all diese Dinge gesagt. Es ist ein zu sensibles Thema. Also, nein, ich möchte nicht über meinen ersten Kuss mit ihm reden.«

Plötzlich kam Daisy eine Erkenntnis, die fast so unerwartet war wie die Landung eines Außerirdischen. »Du magst mich«, flüsterte sie.

Sage funkelte sie an. »Was?«

»Du magst mich, und deshalb möchtest du meine Gefühle nicht verletzen.«

»Das habe ich nicht gesagt.«

Daisy lächelte. »Schon okay. Ich weiß, dass du emotional verkümmert bist. Wenn du mich fragst, ich mag dich auch.«

»Oh, mein Gott! Das ist so ein Moment«, rief Cassidy. »Das ist unglaublich. Okay, jetzt lasst uns noch etwas über mich reden. Das beste Date aller Zeiten? Meines hatte ich mit Desean. Wir waren in Barcelona und haben im Gotischen Viertel zu Abend gegessen. Ein toller Stadtteil mit schmalen Straßen und Gässchen. Auf dem Weg zum Restaurant hatten die Läden noch geöffnet, und wir merkten uns den Weg, indem wir uns auffällige Punkte einprägten – zum Beispiel: am Servierwagen nach rechts abbiegen, bei der großen Plastikkuh nach links und so weiter. Doch als wir mit dem Abendessen fertig waren, waren die Geschäfte geschlossen, und jemand hatte die riesige Plastikkuh weggeräumt. Wir hatten also keine Orientierungspunkte mehr.« Bei der Erinnerung daran musste Cassidy lächeln. »Wir hatten keine Ahnung, wie wir zurück zum Hotel kommen sollten. Der zehnminütige Spaziergang zog sich über eine Stunde hin. Als wir das Hotel endlich gefunden hatten, lachten wir so laut, dass wir uns kaum noch auf den Beinen halten konnten. Einige Kerle wären sicher wütend, ungeduldig oder frustriert gewesen, aber nicht Desean.« Sie seufzte. »Dann sind wir in unser Zimmer gegangen und haben uns geliebt. Es war magisch.«

»Erklär mir noch mal, warum du nicht mit ihm zusammen sein willst?« Fragend sah Daisy sie an. »Er sieht gut aus und klingt echt nett.«

»Ich gehe nicht näher darauf ein und sage dir, dass du an der Reihe bist, uns von deinem schönsten Date zu erzählen.«

Daisy zögerte und sah Sage aufmerksam an. »Vielleicht ist das keine so gute Idee.«

Sage griff nach dem Krug. »Dein schönstes Date hattest du bestimmt mit Jordan. Ich weiß das und bin völlig über ihn hinweg. Also, schieß los.«

Sie schenkte ihnen nach und stellte den halb leeren Krug dann zurück auf den Couchtisch.

»Jordan hat mich nach Hawaii entführt«, erzählte Daisy. »Wir waren seit einigen Wochen zusammen, doch wir hatten noch nicht … äh … ihr wisst schon.«

»Ihr hattet noch keinen *Sex*«, sagte Cassidy laut und betonte das letzte Wort. »Wir reden hier über Sex.«

»Ja. Also, wir hatten noch nicht miteinander geschlafen, und ich hatte Angst, dass es bedeuten könnte, dass er mich nicht wirklich mag. Ich hatte ein paar Tage frei und erzählte ihm davon. Ich dachte, wir könnten vielleicht übers Wochenende verreisen oder so, und er überraschte mich mit den Tickets nach Hawaii.«

»Und?«, wollte Cassidy wissen.

»Wir hatten viel Spaß.«

»Ach, komm schon. Ist das alles, was du preisgeben willst?«

»Unter den Umständen ist das vielleicht das Beste«, sagte Sage. »Er hat gewartet, weil er dich aufrichtig geliebt hat und weil du ihm wichtig warst. Er wollte nicht nur Sex von dir.«

»Das ist so romantisch«, seufzte Cassidy. »Ich liebe das.« Dann wandte sie sich Sage zu. »Was ist mit dir?«

»Ich hatte mein schönstes Date bisher noch nicht. Zumindest hoffe ich das.«

»Interessant«, sagte Daisy. »Gut für dich. Bleib optimistisch.«

»Entweder bleibe ich optimistisch, oder ich fange an, auch schon tagsüber zu trinken.«

Sie lachten. Im nächsten Moment klingelte es an der Tür. Daisy sprang auf, um das Essen zu holen. Als sie in die Küche zurückkehrte, deckte Cassidy gerade den Tisch und hüpfte mit Gabeln und Servierlöffeln von Platz zu Platz. Sage studierte den Inhalt des Weinschranks.

»Irgendwelche besonderen Wünsche?«, fragte sie.

»Nimm einfach, was du willst und was gut aussieht.«

Sage brachte eine Flasche Rotwein mit an den Tisch. Nachdem sie sie dort abgestellt hatte, sah sie Daisy an.

»Gut, ich zerstöre damit wahrscheinlich die gute Stimmung, aber ich muss es wissen. Ruft er immer noch ›Oh, Baby, Baby!‹, wenn er kommt?«

Erschrocken über diese doch sehr intime Frage dachte Daisy darüber nach, ob sie die Antwort verweigern sollte. Aber bevor sie etwas sagen konnte, spürte sie, dass sie kurz davorstand, laut loszuprusten. Sie versuchte, sich das Lachen zu verkneifen, doch sie konnte es nicht. Sage lachte mit ihr. Cassidy starrte die beiden an.

»Ihr seid echt seltsam.«

Sage packte ihre Hand. »Dann ist das ein Ja?«

Daisy lachte zu laut, um etwas sagen zu können. Sie nickte und drückte die Hand ihrer Schwester. »Jedes Mal«, brachte sie schließlich hervor und rang nach Luft, als ihr die Tränen über die Wangen liefen. »Jedes verdammte Mal.«

Am Sonntagnachmittag lag Sage auf einer Liege in Adams Garten und genoss die Sonne. Der Kater war glücklicherweise endlich überstanden. Adam hatte sich auf einer Liege im Schatten ausgestreckt und hörte sich über einen Lautsprecher das Spiel der *Dodgers* an.

Das Abendessen mit Daisy war echt nett, dachte Sage. Es erstaunte sie noch immer, dass sie und Daisy auch Spaß miteinander haben konnten. Die unbehagliche Stimmung, als sie auf Jordan zu sprechen gekommen waren, war schnell wieder verflogen, und Cassidy war lustig und unterhaltsam gewesen. Unerwarteterweise hatte sie den Abend in vollen Zügen genossen.

»Du siehst irgendwie entschlossen aus«, sagte Adam im Plauderton. »Planst du gerade, jemanden um die Ecke zu bringen?«

»Nein, gar nicht.« Sie zog ihre Liege zu Adam in den Schatten und legte sich wieder hin. »Ich mag Daisy.«

Einen Moment lang sah er verwirrt aus. »Okay«, sagte er langsam. »Und?«

»Es gibt kein ›und‹. Ich mag sie. Ich schätze, ich respektiere sie sogar. *Ha.* Ich mag Daisy.«

Sie dachte darüber nach und stellte fest, dass es tatsächlich so gemeint war und stimmte. Sie mochte ihre ehemalige Stiefschwester.

»Ich dachte immer, ich würde sie hassen. So ist es allerdings nicht mehr.« Sie sah Adam an. »Ich glaube, wir sind … Freundinnen.«

»Du klingst überrascht.«

»Ich bin erstaunt. Schließlich sind wir nie gut miteinander ausgekommen. Das lag zum Teil an meiner Mom … aber trotzdem. Ich mag sie. Und es fühlt sich gut an. So als könnte ich auch an andere Dinge glauben und sie zulassen.«

»Zum Beispiel Einhörner?«, fragte er mit einem leicht spöttischen Grinsen.

»Vielleicht.«

Sein Lächeln erstarb. »Sage, wenn es dir ernst ist, sei vorsichtig. Vermassle es nicht, wie du es bei dem Professor getan hast.«

Ihre gute Laune war mit einem Mal verschwunden. »Wovon sprichst du?«

»Du hattest etwas Gutes mit Ellery und konntest es nicht ertragen. Ich weiß nicht, warum – vielleicht glaubst du nicht, dass du es verdient hast, glücklich zu sein, oder du konntest es nicht aushalten, dass er dich liebt und du ihn nicht. Wie auch immer – du hast ihn betrogen und die Beziehung beendet, und nach allem, was du über ihn erzählt hast, war er ein toller Kerl.«

Sie stellte die Füße auf den Boden und starrte ihn an. »Wie kommst du darauf, dass ich ihn betrogen habe?«

Er zuckte die Schultern. »Ich nehme es an. Ich kenne dich, und eine Konfrontation zu suchen ist nicht deine Art. Du bekommst das, was du willst, auf anderen Wegen. Du hast ihn als Problem betrachtet, also bist du entweder geflüchtet oder hast ihn betrogen.« Sanft berührte er ihren Arm. »Ich verurteile dich nicht. Du warst verletzt. Ich will nur sagen, dass es kein gutes Ende genommen hat.«

Die Wahrheit zu hören traf sie völlig unvorbereitet. Sie ermahnte sich, nicht gekränkt zu sein. Adam versuchte nur zu helfen. Doch die Unterhaltung tat trotzdem weh.

»Ellery war nicht der Richtige für mich. Die Situation mit Daisy ist vollkommen anders.«

»Ich weiß, dass du deinen Weg gerade noch suchst, und ich bin mir sicher, dass du es genießt, deinen Frieden mit Daisy geschlossen zu haben und mit ihr befreundet zu sein. Ich will nur sagen, dass du auf dich aufpassen solltest. Du neigst dazu, Dinge zu vermasseln, an denen dir besonders viel liegt und die dir wichtig sind.«

Seine Einschätzung, die er ihr so unverblümt mitteilte, durchbrach ihre Abwehr und traf sie mitten ins Herz. Sie warf ihm ein angespanntes Lächeln zu, als sie aufstand. »Ich wusste nicht, dass du mich für so schwach und unzulänglich hältst. Wie kannst du es überhaupt ertragen, mich um dich zu haben?«

»Sage, warte. Es tut mir leid. Ich wollte dich nicht wütend machen.«

»Tja, Pech. Das ist dir so was von *nicht* gelungen.«

Er wollte ihre Hand ergreifen, aber sie zog sich zurück.

»Ich muss los.«

Schnell versperrte er ihr den Weg. »Warte«, sagte er leise und sah sie besorgt an. »Ich entschuldige mich bei dir. Alles, was ich sagen wollte, kam irgendwie falsch rüber. Du bist nicht schwächer oder unzulänglicher als jeder andere Mensch auch, und es war falsch von mir, dir den Eindruck zu vermitteln, ich würde das anders sehen. Es tut mir leid.« Er berührte ihr Kinn, damit sie ihn weiterhin anblickte. »Bitte, geh nicht.«

»Du hast mich verletzt.«

»Das tue ich anscheinend öfter. Es tut mir wirklich leid.« Er verzog den Mund. »Bitte, bleib. Ich passe jetzt besser auf.«

»Ich würde dir gern glauben.«

»Dann tu es. Ich mag dich. Ich mag dich so sehr, dass ich dir die Wahrheit sage. Das sollte doch auch eine Rolle spielen.«

Damit hatte er nicht ganz unrecht. Aber es gefiel ihr trotzdem nicht. »Du magst mich?«, hakte sie nach.

»Du weißt, dass ich dich mag.« Er warf ihr ein selbstironisches Lächeln zu. »Ich wünschte nur, ich wüsste, was du für mich empfindest.«

»Was? Wie kommst du darauf, mir diese Frage zu stellen? Wir sind Freunde. Natürlich mag ich dich.«

»Ich war mir nicht sicher. Ich dachte, das Verhältnis zu mir wäre möglicherweise nur Mittel zum Zweck.«

Sie nahm wieder diesen faden Beigeschmack wahr. Auch wenn ihr klar war, dass er sie nicht verletzen wollte, war der Stich, den seine Worte ihr versetzten, nicht weniger schmerzhaft. »Weil ich oberflächlich bin?«, fragte sie bitter.

»Weil du *das* Mädchen bist und ich noch nie viel Glück hatte.«

»Ich bin nicht mehr *das* Mädchen.«

»Für mich schon.«

Eine ganze Weile starrten sie einander an. Sie glaubte, dass er nicht absichtlich so gemein hatte sein wollen und dass es ihm aufrichtig leidtat. Auf eine ziemlich dumme Art und Weise hatte er versuchen wollen, ihr zu helfen, was Daisy betraf.

»Okay«, sagte sie und setzte sich wieder. »Wahrscheinlich sollten wir noch mal von vorn beginnen.«

Er setzte sich ebenfalls hin und sah sie an. »Danke.«

»Gern geschehen.« Sie räusperte sich. »Ich mag Daisy wirklich.«

Er lächelte. »Es freut mich, dass ihr Freundinnen geworden seid. Ihr könnt zusammen Zeit verbringen und Mädchensachen machen.«

»Was sind denn deiner Meinung nach ›Mädchensachen‹?«

»Keine Ahnung … Waxing?«

Sie lachte. »Wir sitzen nicht rum und waxen uns gegenseitig.«

»Ich hatte noch nie ein Waxing und weiß darüber nur das, was ich mal im Fernsehen gesehen habe. Ich dachte, Frauen machen immer alles zusammen.«

»Das nicht.« Sie ergriff seine Hand. »Ich will die Beziehung zu ihr nicht vermasseln. Du hast recht damit, dass ich dazu neige, immer die falschen Entscheidungen zu treffen. Aber ich arbeite daran.«

»Ich habe das alles nur gesagt, weil ich dich wirklich mag.«

Bei seinen Worten wurde ihr warm ums Herz. »Ich mag dich auch.«

Sie sahen einander an, ehe sie die Blicke abwandten.

»Wie wär's, wenn du mich bei einem Film und einem anschließenden Essen magst?«, fragte er, und in seiner Stimme schwang ein hoffnungsvoller Unterton mit.

Sie grinste ihn an. »Ja, das wäre schön.«

16. KAPITEL

Durch einen Link unter einem interessanten Artikel über Geburtstagspartys für Kinder war Daisy auf *Pinterest* vom Hundertsten ins Tausendste gekommen. Sie hatte die süßen Gastgeschenke bewundert und war darüber zu Fotos von Schlafzimmern mit eleganten Kronleuchtern und Betten mit flauschigen, dicken Kissen gekommen. Nicht, dass sie die Möglichkeit der Umgestaltung ihres Schlafzimmers überhaupt ernsthaft in Erwägung zog. Einen Teil des Hauses neu zu gestalten war nach der Therapiesitzung mit Jordan mit einer emotionalen Spannung beladen, die sie kaum ertragen konnte. Theoretisch betrachtet waren Vorhänge aus Shantung-Seide elegant – aber für einen Haushalt, in dem es Katzen gab, die gern kletterten, waren sie eben nicht sonderlich geeignet.

Ihr Handy vibrierte. Sie hatte eine Nachricht erhalten. Mit einem letzten begehrlichen Blick auf einen Überwurf mit Fransen, der die Hunde jedoch um den Verstand bringen würde, weil sie ihn für ein neues Kauspielzeug halten würden, nahm sie ihr Telefon und las sich die Nachricht durch.

Ich wollte dich nur darüber informieren, dass ich beschlossen habe, ein Haus zu mieten. Auch wenn wir eine Therapie machen, wird die ganze Sache doch anscheinend länger dauern. Und das Hotel wird mir auf Dauer zu teuer. Ich habe ein möbliertes Haus mit drei Schlafzimmern und einem Garten gefunden. Die Kinder haben also genügend Platz. Ich würde sie gern an den Wochenenden und an zwei Abenden die Woche zu mir holen.

Die Worte verschwammen vor ihren Augen. Sie spürte, wie ihr Herz brach. Vor Schreck war sie wie erstarrt, und das Handy fiel ihr aus der Hand auf den Teppich in ihrem Arbeitszimmer.

Er hat es mir doch versprochen, dachte sie verzweifelt und versuchte, wieder zu Luft zu kommen. Er hatte ihr versprochen, keine wichtigen Ankündigungen mehr per SMS zu verschicken. Aber offensichtlich hatte er das nur so dahergesagt. Es war eine Lüge gewesen.

Innerhalb eines Herzschlags löste sie sich aus ihrer Erstarrung und brach in Tränen aus. Ihr Körper bebte. Sie war verletzt und konnte es nicht glauben. Er hatte es ihr *versprochen*.

Die Wunde in ihrem Innersten riss immer weiter auf, bis sie glaubte, im nächsten Moment von ihr verschlungen zu werden. Die Hoffnungslosigkeit war genauso groß wie ihre Angst. Wenn sie ihm nicht einmal glauben konnte, dass er dieses eigentlich kleine Versprechen einhielt, und wenn er ihr das hier antat, was war dann aus ihrer Ehe geworden und wie viel war sie noch wert?

Sie wischte sich die Tränen von den Wangen und hob ihr Telefon auf. Auf Hawaii war es später Nachmittag, also war ihr Vater vermutlich noch bei der Arbeit. Doch sie brauchte ihn jetzt.

Sie wählte seine Nummer und wartete. Nach dem ersten Klingeln meldete er sich.

»Daisy! Wie geht's meiner Kleinen? Wie geht's den …«

»Dad, es ist etwas passiert.« Ihre Stimme zitterte, als sie sprach. »Alle sind wohlauf«, fügte sie eilig hinzu. »Niemand ist verletzt. Es geht um Jordan.«

»Schieß los«, sagte ihr Vater ruhig.

»Er ist ausgezogen. Er hat mich verlassen.«

Sie erklärte ihm, was passiert war und wie überrascht sie gewesen war. Dann erzählte sie ihm von dem Hotel und schloss damit, dass sie ihm die Nachricht von Jordan vorlas.

»Ich weiß nicht, was ich tun soll«, gab sie zu. Erneut traten ihr Tränen in die Augen. »Wir machen eine Eheberatung. Wir hatten erst eine Sitzung, aber wir wollen es versuchen. Er meinte, er würde keine Bomben mehr per SMS platzen lassen. Und jetzt hat er sich ein Haus gemietet, und wir haben nicht darüber gesprochen. Ich weiß nicht mal, was überhaupt das Problem ist. Nicht wirklich. Er meinte, ich würde zu viel arbeiten, doch das ist nicht fair. Und er hat gesagt, dass das Haus nie sein Zuhause gewesen wäre. Damit hat er mich sehr verletzt. Ich liebe das Haus, und er wusste von Anfang an, dass wir hier einziehen würden. Warum also macht er mir plötzlich einen Vorwurf daraus? Ich glaube, er liebt mich nicht mehr.«

Wieder schluchzte sie laut, schlug sich die freie Hand vors Gesicht und gab sich ihrer Verzweiflung und Hoffnungslosigkeit hin. Ihr Vater schwieg, bis sie sich wieder etwas beruhigt hatte.

»Es tut mir leid«, flüsterte sie. »Ich hätte dich nicht anrufen sollen.«

»Sag so was nie wieder. Du kannst mich immer und jederzeit anrufen. Ich wünschte, ich wäre jetzt bei dir, um dich in den Arm zu nehmen und dir zu sagen, dass alles wieder gut wird.«

Sie lachte erstickt auf. »Versteh mich nicht falsch, doch Letzteres würde ich dir wohl nicht glauben. Sag mir, was ich tun soll. Bitte. Ich habe keine Ahnung, fühle mich total verloren, habe Angst und bin verwirrt.«

»Zuerst einmal ist es nicht deine Schuld.«

Liebe erfüllte ihr Herz. »Ach, Dad. Das ist zwar nett, aber entspricht nicht ganz der Wahrheit. Ich bin für mindestens fünfzig Prozent dessen verantwortlich, was in meiner Ehe passiert. Also ist es auch zur Hälfte meine Schuld.«

»Vielleicht. Allerdings ist er der Idiot, der meine Tochter verlassen hat, also sieh mir nach, dass ich mich auf deine Seite schlage. Ich glaube nicht, dass es ihm wirklich darum geht, dass das Haus dir gehört. Viel eher denke ich, das soll nur davon ablenken, was wirklich los ist.« Er hielt inne. »Jordan will immer im Mittelpunkt der Aufmerksamkeit stehen und der wichtigste Mensch sein. Du verdienst mehr Geld als er, du sorgst für die Kinder, du kümmerst dich um den Haushalt. Was hat er zu bieten?«

Seine Worte wühlten sie auf. »Dad, ich liebe Jordan. Ich brauche ihn, und die Kinder brauchen ihn auch.«

»Das sollte ihm klar sein. Aber ist das auch so?«

»Ich habe es ihm gesagt. Er beklagt sich darüber, dass ich ihm nicht genug Aufmerksamkeit schenke. Ich habe das Gefühl, dass er irgendetwas Bestimmtes von mir hören will oder dass ich etwas tun sollte, doch er verrät mir einfach nicht, was es ist.«

»Soll ich früher kommen? Ich kann meine Termine absagen und morgen da sein.«

Sie wusste, dass er das für sie tun würde – er würde die Termine seiner Patienten verlegen und aufs Festland fliegen, wenn sie ihn brauchte.

»Danke für das Angebot, aber es geht mir gut.« Erneut wischte sie sich über das Gesicht. »Es war nur der Schock. Er hat mir in die Augen geschaut und mir versprochen, mir nichts wirklich Wichtiges mehr per SMS mitzuteilen. Das war vor knapp einer Woche. Und jetzt hat er sein Wort bereits gebrochen. Ich weiß nicht, was ich davon halten soll.«

Schlimmer noch: Sie hatte keine Ahnung, was sein Verhalten bedeuten sollte. Hatte er Angst bekommen, oder wollte er ihr auf diese Weise mitteilen, dass sie ihm nicht mehr wichtig war?

»Ich mache mir Sorgen um dich, meine Kleine.«

»Das musst du nicht.« Sie bemühte sich, möglichst ruhig zu klingen. »Ich komm schon klar. Ich musste nur deine Stimme hören.«

»Ich liebe dich, Daisy.«

»Ich liebe dich auch, Dad.«

»Ruf mich morgen an und sag mir, ob mit dir alles in Ordnung ist. Ich kann in ein paar Stunden bei dir sein.«

»Danke. Ich werde es schon schaffen. Hoffentlich können Jordan und ich eine gemeinsame Lösung finden.« Ihre erste Lüge des Tages, doch zumindest diente sie einem guten Zweck.

Daisy warf ihr Handy zur Seite, legte den Kopf auf die Arme und weinte hemmungslos. Sie ließ alle ihre Sorgen und die Verwirrung und die Angst raus. Zwar wusste sie, dass es nicht helfen würde, aber sie fühlte sich zumindest ein bisschen besser.

»Was ist passiert?«

Cassidy stand in der Tür zu Daisys Arbeitszimmer. Ihre Schwester sah sie besorgt an, während sie sich leicht schwankend auf die Krücken stützte.

»Nichts. Mir geht's gut.«

Bei den Worten rollte Cassidy mit den Augen. »Ernsthaft jetzt. Was ist los?«

Daisy wusste, dass es ihr nicht gelingen würde, die Sache geheim zu halten. Sie würde mit den Kindern darüber reden müssen, und die würden es Cassidy sagen. Warum also sollte sie es nicht gleich erzählen?

»Jordan hat ein Haus gemietet.« Sie schniefte und wedelte mit dem Handy. »Er hat mir gerade eine SMS geschickt, obwohl er mir versprochen hat, mir keine wichtigen Entscheidungen mehr per Kurzmitteilung mitzuteilen. Wir hatten eigentlich beschlossen, so etwas persönlich zu besprechen.« Tränen rannen ihr über die Wangen. »Ich glaube nicht, dass er zu uns zurückkehren will.«

Kopfschüttelnd zog Cassidy ihr Handy aus der Hosentasche und begann, eine Nachricht zu schreiben.

Das hinterließ einen bitteren Beigeschmack auf Daisys Zunge. »Teilst du es der Welt mit?«

Cassidy sah sie an. »Ich bitte Sage, herzukommen, damit wir gemeinsam darüber reden können.«

Daisy war überrascht, als ihr klar wurde, dass sie die Unterstützung gebrauchen konnte und dass sie dankbar dafür wäre. »Oh. Danke.«

»Du musst aufhören, immer nur das Schlechteste über mich zu denken.«

»Nach dir.«

Cassidy überraschte sie damit, dass sie zu lächeln begann. »Ich glaube, das kriege ich hin.«

»Ich brauche eine Strandtunika oder so was.« Ungeduldig durchwühlte Joanne den Inhalt von Sages Kleiderschrank. »Etwas Extravagantes. Wir fliegen nach Mexiko. Seine Freunde haben ein sehr schickes Haus am Strand, und ich muss passend gekleidet sein.«

Sie zog ein Sommerkleid von *Prada* hervor, das Sage sich durch den Englischunterricht zusammengespart hatte, betrachtete es stirnrunzelnd und ließ es zu Boden fallen.

»Warum sind alle deine Kleider so hässlich? Du bist keine große Hilfe.« Ihre Mutter drehte sich zu ihr um. »Warum kannst du dich nicht für mich freuen?«

Sage stemmte die Hände in die Hüften. »Hör auf damit! Ich habe nichts gesagt, also wirf mir nicht vor, dich nicht zu unterstützen. Du kommst hier reingerauscht und wirfst meine Sachen durch die Gegend, um dir ungefragt etwas auszuleihen. Ich bin die Einzige, die zickig werden dürfte. Ich freue mich für dich, dass du einen neuen Freund hast, doch das gibt dir noch lange nicht das Recht, dich wie eine Zicke aufzuführen.«

Aufgebracht funkelten sie einander an. Sage vermutete, dass ihre Mutter es entweder mit einem Lachen abtun oder aber dass sie sich ernsthaft in die Haare kriegen würden. Im Augenblick war es Sage egal, was nun passieren würde.

Joanne blinzelte, bückte sich, um das Kleid aufzuheben, und hängte es in den Schrank zurück.

»Ich bin nur so aufgeregt«, gab Joanne zu. »Ich will, dass es mit Peter funktioniert.«

»Ich auch.« Aus weit mehr Gründen, als ihre Mutter ahnte.

Sage ging zu ihrem Schrank und zog zwei Strandtuniken hervor, die schick, aber auch groß genug waren, um ihrer Mutter zu passen.

»Probier die mal an«, sagte sie. »Sie umschmeicheln die Figur und lassen sich prima in den Koffer packen, ohne zu zerknittern.«

Joanne umarmte Sage. »Danke, Darling. Du bist die Beste. Ich bin dann in den kommenden zwei Wochen nicht da. Du musst dich um das Haus und die Rechnungen kümmern.«

Welch große Freude. »Klar, Mom.« Sie hörte, dass ihr Handy vibrierte, wartete jedoch, bis ihre Mom in ihr eigenes Zimmer zurückgekehrt war, ehe sie sich die Nachricht durchlas, die sie bekommen hatte.

Daisy steht kurz vor einem Nervenzusammenbruch. Jordan verhält sich wie ein Arschloch. Bitte komm vorbei und hilf uns.

»Was hat er denn jetzt schon wieder angestellt?«, murrte Sage, griff nach ihrer Handtasche und lief ins Zimmer ihrer Mutter. »Ich gehe aus. Schläfst du heute Nacht hier?«

»Peter schickt in einer Stunde einen Wagen.« Joanne lächelte. »Also werde ich wohl nicht da sein, wenn du zurückkommst.«

»Dann wünsche ich dir ganz viel Spaß. Wir sehen uns in zwei Wochen.« Sie hielt inne, unsicher, ob sie ihre Mutter umarmen sollte oder nicht. Joanne nahm ihr die Entscheidung ab, indem sie sich wieder ihrem Schrank zuwandte.

Sage schrieb Cassidy, dass sie unterwegs wäre. Zwanzig Minuten später klopfte sie an Daisys Haustür. Esmerelda öffnete ihr. Die Haushälterin wirkte besorgt.

»Miss Daisy ist in ihrem Arbeitszimmer«, sagte sie und wies in die entsprechende Richtung. »Sie ist außer sich.«

»Wo sind die Kinder?«

»Cassidy kümmert sich um sie. Sie will mir nicht erzählen, was passiert ist. Sie sagt immer nur, dass Mr. Jordan nicht zurückkommen wird.«

Sage spürte, wie sich ihr Magen zusammenzog. »Lassen Sie uns nicht gleich vom Schlimmsten ausgehen. Sie gehen zur Eheberatung, und das ist ein gutes Zeichen. Vielleicht machen sie gerade bloß eine schwierige Phase durch.«

Sage eilte zur Elternsuite. Auch als sie noch in dem Haus gewohnt hatte, war sie nur wenige Male dort gewesen. Nachdem sie durch die offene Doppeltür getreten war, erblickte sie die blassgrauen Wände und den hellen Teppich. Vor ihr lag das Schlafzimmer. Zur linken und zur rechten Seite gingen die Bäder ab. Und neben der Tür befand sich Daisys Arbeitszimmer.

Ihre Stiefschwester saß auf dem Sofa, hatte ein Fotoalbum auf dem Schoß und ein Glas in der Hand, in dem sich eine klare Flüssigkeit und Eiswürfel befanden. Die geöffneten Flaschen mit Wodka und Tonic ließen keinen Zweifel daran, was in dem Glas war.

»Hey«, sagte Sage fröhlich. »Wie geht's dir?«

Daisy hob den Kopf und sah sie an, als wüsste sie gar nicht genau, wer sie war. Ihre Augen waren gerötet, und ihr Gesicht war fleckig. »Sage? Du bist gekommen?«

»Ja. Bist du betrunken?«

»Ich hoffe es.«

»Cassidy hat mir doch erst vor einer halben Stunde geschrieben. Wie hast du das so schnell fertiggebracht?«

Daisy schwenkte das Glas hin und her. »Ich hatte noch kein Abendessen.« Sie verstummte, als würde sie nachdenken. »Mittag habe ich auch nicht gegessen, glaube ich.« Sie presste den Zeigefinger an die Lippen. »Psst. Sag es niemandem.«

»Keine Sorge.«

Sage nahm ein Glas vom Regal und Eis aus der Eismaschine, die unter der Anrichte eingebaut war, schenkte sich einen Drink ein und nahm neben Daisy Platz.

»Erzähl. Und zwar von Anfang an.«

Tränen traten in Daisys Augen. »Er hat mich angelogen.«

Sie berichtete Sage von dem Versprechen und der Nachricht. Sage hörte aufmerksam zu und ermahnte sich, dass ein Tritt in Jordans Eier niemandem helfen würde, auch wenn sie sich dann besser fühlen würde.

»Warum verhält er sich wie ein Arsch?«, wollte Sage wissen.

»Ich weiß es nicht. Ich dachte, wir würden Fortschritte machen. Er hat mir erklärt, dass er das Haus hasst.«

»Was? Dieses Haus? Warum? Es ist doch wunderschön.«

»Weil es nicht ihm gehört.«

»Na toll. Typisch Mann.«

Daisy wandte ihre Aufmerksamkeit dem Fotoalbum auf ihrem Schoß zu. »Er sieht so gut aus.« Mit der Fingerspitze strich sie über ein Foto von Jordan. Auf dem Bild hatte er eine Baseballkappe auf und grinste in die Kamera. »Ich war schon auf der Highschool in ihn verknallt, aber er hatte ja dich – wer hätte dagegen schon ankommen sollen?«

»Das ist lange her«, warf Sage ein.

»Ich weiß. Er war so toll. Ich habe mir immer gewünscht, ihr würdet euch trennen und er würde sich in mich verlieben.« Mit großen Augen sah sie Sage an. »Und dann habt ihr euch tatsächlich getrennt. War ich der Grund?«

»Nein. Er hat mich verlassen, und dann bin ich nach Europa gegangen.«

Tränen liefen Daisy über das Gesicht. »Ich würde niemals etwas tun, das dich verletzt, Sage. Du bist meine Schwester. Ich habe Jordan geliebt. Es tut mir leid.«

Behutsam legte Sage den Arm um sie. »Du musst dich nicht entschuldigen. Du hast nichts Falsches getan.« Sie blätterte die Seite im Fotoalbum um. »Ihr zwei seid ein hübsches Paar.«

»Ja, das waren wir«, gab Daisy zurück. »Wir haben uns auf einer Party kennengelernt. Du warst damals seit ungefähr zwei Jahren weg. Ich kannte niemanden auf der Feier und weiß nicht mal mehr, warum ich überhaupt hingegangen bin. Ich bin kein Partylöwe, weißt du? Ich schätze, mit mir kann man nicht sonderlich viel Spaß haben.«

»Mit dir kann man sogar sehr viel Spaß haben.«

»Nicht wie mit dir. Ist es toll, so schön zu sein?«

»Manchmal.«

»Ich habe mir immer Sorgen gemacht, dass ich nicht hübsch genug für Jordan bin. Es gibt eine Studie, die besagt, dass der Schlüssel für eine glückliche Ehe ist, dass die Frau dünner und hübscher als der Mann sein sollte. Und ich bin weder dünner noch hübscher als Jordan. Ich bin hässlich und f…fett.« Ihre Stimme brach.

Sage nahm ihr das Glas aus der Hand und zog sie an sich. »Sag doch so was nicht. Du bist viel hübscher als er und auch dünner. Jordan kann sich glücklich schätzen, dich zu haben. Es tut mir leid, dass er so ein Idiot ist und sich so mies verhält.«

»Mir tut es auch leid. Du warst klug. Du warst zuerst verliebt in ihn, bevor er gelernt hat, wie er mir das Herz brechen kann. Er hat mich nie wirklich geliebt.«

»Nein, das stimmt nicht. Er liebt dich – sehr sogar. Irgendetwas beschäftigt ihn und bringt ihn so durcheinander.« Zumindest hoffte sie, dass das alles war, was dahintersteckte.

Daisy löste sich von Sage, griff erneut nach ihrem Glas und leerte es in einem Zug. Dann schenkte sie sich nach – wobei bedeutend mehr Wodka als Tonic ins Glas floss.

Sie nahm einen kräftigen Schluck, bevor sie Sage ansah.

»Danke, dass du gekommen bist. Das ist echt nett von dir. Unser Verhältnis ist besser geworden. Ich meine, wir sind Freundinnen. Und das ist gut.«

»Stimmt.«

»Ich wünschte, es hätte immer so sein können.« Sie hob die freie Hand. »Nicht das mit Jordan, sondern das mit uns.« Sie legte das Album auf den Boden und wandte sich Sage zu. »Ich habe es ein paarmal versucht. Ich wollte dir die Hand reichen. Ich wollte, dass wir Freundinnen und Schwestern sind.«

Prompt bekam Sage ein schlechtes Gewissen. »Ich weiß, dass du das getan hast.«

Daisy zog die Augenbrauen hoch. »Ja? Aber warum wolltest du es nicht auch? Warum hast du mich gehasst?«

»Aus vielen Gründen. Ich hatte Angst. Meine Mom wollte nicht, dass wir miteinander auskommen und uns gut verstehen.«

»Ich weiß, dass sie böse auf mich war.« Daisys Unterlippe zitterte. »Ich wollte, dass sie meine Mom wird, und sie hat mich nicht mal gemocht. Ich war doch noch ein kleines Kind. Sie war so gemein.«

Sage wappnete sich gegen weitere Tränen, aber Daisy überraschte sie, indem sie die Tränen zurückdrängte.

»Warum hattest du Angst?«, wollte Daisy wissen.

Sage lächelte. »Hast du dir dieses Haus mal genauer angesehen? Es ist riesig. Unser kleines Apartment war zwar mies, doch es war mir zumindest vertraut. Eines Tages heiratete Mom Wallace, und im nächsten Moment zogen wir um. Meine Mom hat sich gefreut, aber ich wollte meine Freunde und meine Schule nicht verlassen.« Erneut verspürte sie die Scham von damals. »Sie haben mich in der neuen Schule eine Klasse wiederholen lassen. Es war demütigend.«

»Daran kann ich mich gar nicht erinnern«, sagte Daisy. »Wir waren in unterschiedlichen Klassen, also habe ich es nicht so genau mitbekommen.«

»Du warst so klug, und die Lehrer mochten dich. Und dann noch dein Dad ...«

Daisy schwankte ein wenig, als sie die Stirn runzelte. »Was ist mit meinem Dad?«

»Du warst sein Liebling.« Sage bemühte sich, nicht verbittert zu klingen. »Er hat dich vergöttert. Zwar war er auch lieb zu mir, aber das war nicht zu vergleichen. Ich habe gesehen, wie *er dich* und wie *meine Mom mich* behandelt hat. Und das hat mich unglaublich wütend gemacht.« Sie holte tief Luft und wagte es, die Wahrheit auszusprechen. »Es war leichter, dich zu hassen, als wütend auf die Person zu sein, die in Wahrheit alles ruiniert hat.«

Aus großen Augen sah Daisy sie an. »Deine Mom?«

»Genau die.« Sage nahm ihren Drink. »Aber es spielt keine Rolle mehr. Das ist alles schon eine Ewigkeit her.«

Daisy ergriff ihre Hand. »Es spielt sehr wohl eine Rolle. Du leidest noch immer – ich kann es spüren. Oh, Sage, ich hätte mich mehr anstrengen, es noch mehr versuchen sollen.« Wieder traten ihr Tränen in die Augen. »Ich habe dich aufgegeben.«

»Daisy, wir waren noch Kinder. Du trägst keine Schuld daran, was passiert ist. Du hast versucht, meine Freundin zu sein – wieder und wieder. Und ich habe dich weggeschubst. Es tut mir leid. Es wäre besser für uns beide gewesen, wenn wir gut miteinander ausgekommen wären. Außerdem hattest du tolles Spielzeug«, fügte sie hinzu, um die Stimmung etwas aufzuheitern.

»Was für Spielzeug? Wovon sprichst du?«

»Mein Spielzeug war abgenutzt und alt. Du hingegen hattest ein ganzes Zimmer voller Bücher und Spiele und Puppen. Es war, als würde man in einem Spielzeugladen wohnen.«

»Ich hätte alles aufgegeben, wenn wir dafür Schwestern hätten sein können.«

Daisy war zu betrunken, um zu lügen. Sage blieb also nichts anderes übrig, als ihr zu glauben. Wie wäre ihr Leben verlaufen, wenn sie Freundinnen gewesen wären? Wenn Joanne sich nicht ständig zwischen sie gedrängt hätte, bis sie irgendwann aufgehört hatten, es zu versuchen?

»Du bist lieb«, sagte Sage. Nun gab es kein Zurück mehr. Sie waren gefangen in ihrer verworrenen Gegenwart.

Daisy überraschte sie mit einem Kichern. »Zumindest bleibt dir für immer Paris.«

»Was meinst du damit?«

»Dir wird für immer Paris bleiben. Du weißt schon … aus dem Film …« Daisy trank ihr Glas aus. *»Casablanca.«*

»Den habe ich nie gesehen.«

»Was? Den musst du sehen. Er ist wunderschön und traurig.« Sie hielt inne. »Ich glaube, ich muss mich übergeben.«

Schnell brachte Sage sie in das große Badezimmer. Und dort erbrach Daisy ihren gesamten Mageninhalt. Als sie fertig war, lehnte sie sich mit geschlossenen Augen an die Toilettenschüssel.

»Ich will sterben.«

»Du wirst nicht sterben«, entgegnete Sage und legte ihr einen nassen Waschlappen in den Nacken. »Bist du fertig, oder musst du noch mal spucken?«

»Morgen früh bin ich tot.«

»Unwahrscheinlich. Komm, wir bringen dich ins Bett. Dann kannst du deinen Rausch ausschlafen. Ich würde ja gern sagen, dass es dir morgen wieder besser geht, doch das wird wohl nicht der Fall sein. Ich werde Esmerelda sagen, dass du ein bisschen Pflege benötigst.«

Daisy wollte nicken, stöhnte und ließ sich auf den Fußboden sinken. »Lass mich einfach hier. So ist es leichter für die Sanitäter, mich rauszutragen.«

»Ich glaube, wenn du tot bist, kommt der Gerichtsmediziner. Aber vielleicht habe ich auch zu viel ferngesehen.«

»Du machst dich über mich lustig.«

»Nur ein bisschen.« Sage half ihr auf die Beine. »In vierundzwanzig Stunden bist du so gut wie neu. Ich hole dir mal Wasser. Trink, so viel du kannst.« Sie betrachtete Daisys bleiches Gesicht. »Wenn ich so darüber nachdenke, bringe ich auch etwas Ginger Ale mit. Du brauchst Aspirin. Du solltest allerdings mit der Einnahme warten, bis dein Magen sich ein wenig beruhigt hat.«

Daisy stützte sich auf sie, als sie zum Schlafzimmer gingen. »Du hast eine Menge Erfahrung mit einem Kater.«

»Irgendwie die Geschichte meines Lebens.«

17. KAPITEL

Daisy hatte eine schreckliche Nacht. Zwar hatte sie genug von dem Alkohol erbrochen, um nicht mehr betrunken zu sein, doch nicht genug, um einen Kater zu verhindern. Sie döste bis morgens um fünf, stand auf und duschte. Um kurz vor sechs griff sie nach ihrem Handy, um Jordan eine Nachricht zu schreiben.

Sie hatte in den vergangenen Stunden ausgiebig darüber nachgedacht, was sie ihm schreiben sollte. Ihrer Meinung nach hatte Jordan sie *und* auch sie beide als Paar betrogen und hintergangen. Obwohl sie nicht wusste, warum er das getan hatte, musste sie ihn damit konfrontieren, musste mit ihm darüber reden. Sie hatte viel zu passiv reagiert, als er ausgezogen war – erstarrt durch den Schock, die Angst, den Schmerz. Dieses Mal würde sie die Kontrolle nicht aus der Hand geben, denn sie hatte das Gefühl, dass er nicht wusste, was er da tat.

Wenn wir heute nicht von Angesicht zu Angesicht miteinander reden, werde ich einen Anwalt anrufen und die Scheidung einreichen.

Sie musste keine zwei Minuten auf seine Antwort warten.

Ich komme gerade aus der Dusche. Ich ziehe mich nur an und komme rüber.

Dass sich ihr Magen mit einem Mal zusammenzog, beachtete Daisy nicht weiter. Stattdessen ging sie nach unten und kochte Kaffee. Als die Kanne voll war, goss sie die Hälfte des Kaffees in eine Isolierkanne.

»Guten Morgen«, sagte Esmerelda, als sie in die Küche kam. »Wie geht es Ihnen?«

»Ich fühle mich grauenvoll. Glücklicherweise beginnt mein Dienst erst mittags. Jordan ist auf dem Weg hierher. Würden Sie ihn bitte in mein Arbeitszimmer schicken, wenn er da ist?«

»Selbstverständlich.«

»Ich weiß nicht, wie lange er bleiben wird.« Sie hielt inne, war sich nicht sicher, was sie sagen sollte. »Es gibt einiges zu besprechen.«

»Ich kümmere mich um die Kinder.«

»Danke.«

Daisy ging die Treppe hinauf. Während sie wartete, lief sie ungeduldig auf und ab und ignorierte die Furcht, die sich in ihr breitmachte. Ja, es war eine komplizierte Situation, und sie hätte vermutlich von Anfang an anders damit umgehen sollen. Doch darüber nachzugrübeln half niemandem weiter. Von jetzt an würde sie die Initiative ergreifen. Sie würde auf ihren Verstand und nicht auf ihr Herz hören. Und sie würde die richtigen Entscheidungen für sich selbst und für die Kinder treffen – egal, wie weh es auch tun mochte.

Ungefähr fünfzehn Minuten später stürmte Jordan in ihr Arbeitszimmer. Seine Miene wirkte versteinert, und er wedelte aufgebracht mit dem Handy.

»Was, zur Hölle, war das denn für eine Nachricht? Willst du mir drohen? Oder war das dein Ernst?«

Daisy ignorierte ihn, während sie die große Doppeltür zur Elternsuite und anschließend die Tür zu ihrem Arbeitszimmer schloss.

»Deine Empörung ist interessant, hat aber nichts mit dem Problem zu tun«, sagte sie und bemühte sich, ruhig zu bleiben, als sie ihn ansah. »Du hast damit angefangen, Jordan. Du hast es mir versprochen. Du hast mir und dem Therapeuten gesagt, dass du mir keine wichtigen Mitteilungen mehr per SMS machen würdest. Doch das hast du nicht einmal eine Woche lang durchgehalten. Du hast dein Wort gebrochen. Du hast es mir versprochen, und ich habe dir geglaubt. Das macht mich zu einer Idiotin – und dich zu einem Lügner.«

Mit seltsam leerem Gesichtsausdruck starrte er sie an. Es kam ihr beinahe so vor, als wüsste er nicht, wovon sie sprach.

»Ich habe nicht gelogen«, erwiderte er. »Ganz und gar nicht. Wovon redest du überhaupt?«

Jetzt wedelte sie mit dem Handy durch die Luft. »Du hast mir geschrieben, dass du in ein Haus ziehst und die Kinder öfter über Nacht bei dir haben willst. Findest du nicht, dass das eine wichtige Mitteilung ist? Dass du aus dem Hotel auscheckst und in ein angemietetes Haus ziehst? Findest du nicht, dass wir den Schritt hätten besprechen sollen, ehe du ihn machst?«

»Eigentlich nicht.« Er schüttelte den Kopf. »Ist das alles, worum es hier geht? Um das Haus, das ich angemietet habe?«

»Ja. Das ist eine schwerwiegende Entscheidung. Und wage ja nicht zu behaupten, es wäre keine große Sache.«

»Es ist keine große Sache. Was spielt es für eine Rolle, ob ich nun in einem Hotel wohne oder in einem Haus? Das Hotel wurde auf Dauer zu teuer. So ist es einfacher. Ich habe mehr Platz, und das ist auch besser für die Kinder.« Er trat ans Fenster und drehte sich zu ihr um. »Es ist ja nicht so, als wäre zwischen uns jetzt alles entschieden, festgelegt, in Stein gemeißelt. Ich wollte nur einen Platz für mich und fand nicht, dass das eine große Sache ist.«

Sie konnte ihm ansehen, dass er es ernst meinte – dass er wirklich glaubte, es wäre nur eine Kleinigkeit, die nichts verändern würde.

»Wie kommst du nur darauf?«, wollte sie wissen. »Wie kannst du die Bedeutung dieses Schrittes einfach so leugnen?

Nicht nur, dass du es beschlossen und getan hast, du hast vorher noch nicht mal mit mir darüber geredet. Wir sprechen hier über unsere Ehe. Du unternimmst Schritte, die sich endgültig anfühlen, und ich bin nicht mal mehr Teil deines Entscheidungsprozesses. Du hast eine neue Postanschrift!«

»Was spielt denn die Post für eine Rolle? Du redest totalen Unsinn. Ich wohne derzeit nicht hier. Alles, was sich geändert hat, ist der Ort, an dem ich lebe.«

»Nein, es ist viel mehr als nur das. Ein Hotel ist eine Übergangslösung. Ein Hotel impliziert, dass du bald zurückkommen wirst. Ein Haus bedeutet, dass wir auf die Scheidung zusteuern.«

Die Emotionen, die sie so mühsam zurückgedrängt hatte, brachen sich Bahn. Ihre Knie wurden weich und drohten unter ihr nachzugeben. Ihr war speiübel. Und sie hatte das Gefühl, nicht damit zurechtzukommen, was hier gerade passierte. Sie wollte ihn anflehen, zurück nach Hause zu kommen. Das Haus war fast eintausendfünfhundert Quadratmeter groß. Er hätte sogar einen eigenen Hausflügel für sich allein haben können. War das nicht Distanz genug?

»Warum musstest du damit anfangen?«, fragte er. »Du machst aus einer Mücke einen Elefanten.«

»Und du spielst die ganze Angelegenheit runter.«

Sie starrten einander an. Seine unverhohlene Ungeduld erinnerte sie daran, dass sie stark bleiben wollte. Sie musste stark sein. Also schob sie ihre Sorge und ihre Angst beiseite. »Was willst du von mir?«

»Ich möchte, dass es wieder so wird wie früher, als ich dir noch wichtig war.«

»Warum sagst du das immer wieder?« Sie hielt inne, um ihre Gefühle unter Kontrolle zu bringen. »Unsere Ehe ist mir wichtig. Ich möchte, dass wir glücklich sind. Es hat mir nicht gefallen, dass du ausgezogen bist, und es gefällt mir nicht, dass du diesen nächsten Schritt machst. Ich habe begriffen, dass es

Schwierigkeiten gibt, und möchte sie gern aus der Welt schaffen, aber ich kann nicht gegen etwas ankämpfen, das ich nicht verstehe.«

»Ich komme immer an letzter Stelle und bin mir nicht mal mehr sicher, ob du überhaupt noch mit mir verheiratet sein möchtest.«

Mit einem Mal verspürte sie eine unbändige Wut. »Ich habe gerade gesagt, dass mir unsere Ehe wichtig ist. Glaubst du, dass ich dich diesbezüglich anlügen würde? Das tue ich nicht. Du bist derjenige, der ausgezogen ist. Du bist derjenige, der ständig die Regeln ändert. Du beklagst dich, dass du mir nichts mehr bedeuten würdest, doch du bist gegangen. Ich habe dich nicht gebeten zu verschwinden. Ich wusste ja nicht mal, dass du mit dem Gedanken spielst. Puff, plötzlich warst du nicht mehr da. Kein Gespräch, gar nichts. Du hast es einfach so beschlossen. Genau wie du beschlossen hast, dir ein Haus zu mieten, ohne mir vorher Bescheid zu geben. Es kommt mir vor, als würdest du von mir erwarten, deine Gedanken zu lesen, und dann bestrafst du mich dafür, wenn mir das nicht gelingt. Ich kann nicht erraten, was du willst. Sag mir, was sich im Gegensatz zu früher verändert hat. Oder erklär mir zumindest, was sich deiner Meinung nach ändern sollte.«

»Ich will dir wichtig sein.«

»Wenn du mir nicht wichtig wärst, würden wir uns jetzt nicht streiten. Warum wirst du nicht deutlicher?«

»Ich bin deutlich.« Er verschränkte die Arme vor der Brust. »Du kapierst es nicht, oder? Du brauchst mich nicht, Daisy. Ich bin mir nicht mal sicher, ob du mich überhaupt jemals gebraucht hast.«

Seine mangelnde Kooperation machte sie wütend. »Vielleicht liegt es daran, dass ich mich nicht auf dich verlassen kann. Hier stehe ich und bitte dich, mit mir zu reden, aber verrätst du mir, was in dir vorgeht? Gibst du mir einen Hinweis? Natürlich nicht. Du hast ein Haus? Toll. Bleib da, bis dir klar geworden ist, was dich so beschäftigt. Wenn du eine Antwort darauf gefunden hast, kannst du dich gern bei mir melden.«

In seinen Augen blitzte etwas auf. Wieder hatte sie den Eindruck, dass er sie testen wollte und dass sie kläglich versagt hatte.

»Das ist wahrscheinlich nicht der richtige Zeitpunkt für eine Paartherapie«, sagte er ruhig.

»Finde ich auch.«

»Ich werde Dr. Braxton eine E-Mail schicken und ihm mitteilen, dass wir keinen weiteren Termin brauchen.«

»Gut.«

Ohne noch ein Wort zu sagen, verließ er das Zimmer. Daisy blieb stehen, wo sie war, und versuchte, bewusst langsamer zu atmen. Sie war noch immer verletzt und hatte Angst, doch darunter spürte sie so etwas wie Resignation. Vielleicht war es auch nur ein erster Hinweis auf das Unvermeidliche. Was auch immer Jordan sich wünschte – er würde es ihr nicht sagen. Sie war sich nicht sicher, ob er es selbst nicht wusste oder ob er glaubte, sie müsste von allein dahinterkommen. Wie auch immer … Ihr war klar, dass sie auf dem falschen Weg waren. Einem Weg, der in einem Desaster enden würde. Was sie nicht wusste, war, wie sie etwas daran ändern und das Ruder noch einmal herumreißen sollte, ehe das passierte. Und sie wusste auch nicht, ob sie es wirklich wollte.

Sage stöhnte leise, als sie die Haustür öffnete und das Geräusch des Fernsehers hörte. Ihre Mutter hätte eigentlich erst in zehn Tagen zurück sein sollen. Dass sie ihren Urlaub abgebrochen hatte, war kein gutes Zeichen.

»Mom?«, rief Sage.

»Hier hinten.«

Sage ging zum Wohnzimmer im hinteren Teil des Hauses. Die Vorhänge waren zugezogen, und es brannte kein Licht. HGTV flimmerte über den Bildschirm. Ihre Mutter lag auf dem

Sofa. Neben ihr auf dem Couchtisch stand eine Flasche Rum. Ein halb leeres Glas stand daneben.

Zuerst Daisy und jetzt Joanne, dachte Sage. Männer, die Frauen enttäuschten – die alte Geschichte.

»Geht's dir gut?«, erkundigte sich Sage und wünschte sich insgeheim, einfach fliehen zu können, ohne mit ihrer Mutter reden zu müssen.

»Nein, es geht mir offensichtlich nicht gut. Seine Freunde waren schrecklich. Sie haben ihn davon überzeugt, dass ich nicht die Richtige für ihn bin. Dann hat er mich gebeten abzureisen.« Sie zog den Gürtel ihres Bademantels enger und ergriff ihr Glas. »Den wäre ich los. Er war ein hässlicher alter Mann, der keinen mehr hochbekam. Ich habe sowieso etwas Besseres verdient und kann mir jetzt jemand anders suchen.«

»Stimmt. Du bist wunderschön und temperamentvoll, und er ist ein Idiot.«

»Das habe ich ihm auch gesagt.« Tränen schimmerten in Joannes Augen. »Ich hasse ihn.«

»Er ist die Energie nicht wert.«

Joanne nickte und wies zur Küche. »Sei so lieb und bring mir noch eine Cola. Ich brauche sie für meinen Drink.«

Sage erfüllte ihrer Mutter den Wunsch und entschuldigte sich dann, um sich umzuziehen. Als sie in ihrem Zimmer war, schrieb sie Adam eine Nachricht.

Bitte sag mir, dass du zu
Hause bist und dich über
etwas Gesellschaft freuen
würdest.

Ein paar Sekunden später klingelte ihr Handy.

»Wir telefonieren?«, sagte sie leise, damit ihre Mutter sie nicht hören konnte. »Ist das erlaubt?«

Er lachte. »Ich sitze gerade im Auto. Meine Nachrichten

werden mir vorgelesen, aber sie zu beantworten ist nicht so einfach. Ich wollte nur verhindern, dass meine Antwort so übersetzt wird, dass ich versehentlich eine Kuh kaufe oder so.«

»Wolltest du denn eine Kuh kaufen?«

»Keine ganze. Was ist denn los?«

Sie erzählte ihm von der unerwarteten Rückkehr ihrer Mutter und den unglücklichen Umständen. »Ich habe gehofft, dass ich zu dir flüchten kann. Wenn du allerdings im Auto sitzt, bist du vermutlich nicht zu Hause.«

»Ich bin auf dem Weg dahin. In der Zwischenzeit kannst du ja schon mal rübergehen.« Er nannte ihr den Code für die Haustür.

»Du vertraust mir den Code für deine Haustür an?«, sagte sie und klang belustigt. »Was, wenn ich in deinen Sachen rumschnüffele?«

»Ich habe nicht viele Geheimnisse.«

»Was ist denn mit den Pornomagazinen unter deiner Matratze?«

Er lachte. »Heutzutage sieht man sich Pornos im Internet an, Sage. Ich brauche keinen Stapel Hefte mehr.«

»Du hast recht. Hab ich vergessen. Ich schaue mir nicht so oft Pornos an.«

»Ich auch nicht. Fühl dich wie zu Hause. Ich bin in einer halben Stunde da.«

Sage lächelte noch immer, als sie auflegte.

Schnell zog sie sich um und sah noch einmal nach ihrer Mutter. Joanne war eingeschlafen. Sage schrieb ihr eine Nachricht und ging leise hinaus.

Eine Minute später betrat sie Adams Haus. Zwar war sie versucht, sich umzusehen, doch stattdessen setzte sie sich auf den Wohnzimmerboden und streckte Rücken und ihre Hüftbeuger, ehe sie ein paar Yogaübungen machte, bis sie seinen Wagen in die Garage fahren hörte.

»Ich bin zu Hause, Schatz!«, rief er.

Sie lachte. »Im Wohnzimmer.«

Sie kam auf die Beine, als er in den Flur trat. Anders als der Alltags-Adam, der Jeans und Polohemden trug, hatte diese Version von ihm einen dunklen Anzug, ein weißes Hemd und eine blaue Krawatte gewählt. Er sah mindestens genauso gut wie auf der Ehemaligenfeier der Schule aus.

Tief in ihrem Innersten spürte sie Verlangen – unerwartet, doch nicht unwillkommen.

»Du siehst irgendwie mächtig, einflussreich, elegant und kultiviert aus«, sagte sie zu ihm.

»Genau das wollte ich erreichen.« Er hielt seine Aktentasche hoch. »Ich kann von zu Hause aus arbeiten, aber ab und zu bitten meine Firmenchefs mich zu sich, um sie persönlich zu beeindrucken und einzuschüchtern. Wie wär's mit Pizza? Ich träume schon den ganzen Tag von einer Peperonipizza.«

»Solange ich auf meiner Seite Gemüse habe, bin ich mit Pizza einverstanden.«

»Gemüse?« Er würgte. »Warum sollte man einer perfekten Pizza so etwas antun?«

»Typisch Mann.«

Er zwinkerte ihr zu. »Stimmt. Ich ziehe mich schnell um, dann können wir bestellen.«

Er verschwand im Schlafzimmer, wie sie vermutete. Beinah wäre sie ihm gefolgt, damit sie sich weiter unterhalten konnten, doch sie entschied sich dagegen. Sie und Adam kannten sich noch nicht so gut, dass sie einander beim Umziehen hätten zusehen können. Also blieb sie im Flur stehen.

»Wie geht es deiner Mutter?«, fragte er, und seine Stimme klang gedämpft.

»Sie ist ohnmächtig. Hoffentlich bleibt sie ein paar Tage lang betrunken und lacht sich dann einen anderen Kerl an.«

»Könnte sie für dich zum Problem werden?«

»Was meinst du damit?«

»Könnte sie dir Geld stehlen oder deine Sachen nehmen? Wie deine Birkin Bag?«

»Ich hatte nur eine, und die anderen teuren Taschen lagere ich im Kofferraum meines Wagens. Bargeld lasse ich nicht rumliegen.«

Er kam barfuß und ohne Shirt aus dem Schlafzimmer und trug nur eine zerschlissene Jeans, die tief auf seinen Hüften hing. Sein Oberkörper war muskulös, seine Schultern waren breit. Sie sah zu, wie er sich ein T-Shirt überstreifte.

»Du kannst deine Sachen auch hier lagern, wenn du willst«, bot er ihr an und ging ihr voran in die Küche. »Du hast ja schon den Code zu meiner Haustür und kannst jederzeit vorbeikommen.«

Sein großzügiges Angebot hätte sie fast vom Anblick seines Körpers und den Empfindungen, die er in ihr auslöste, abgelenkt.

»Und was ist, wenn du ein *Tinder*-Date mit nach Hause bringst?«, fragte sie, um ihre Aufmerksamkeit von seinem Körper abzulenken. »Ich möchte dir nicht in die Quere kommen.«

Er grinste sie an. »Ich werde dich vorwarnen, falls sich irgendwas in diese Richtung ergeben sollte.« Er scrollte durch die Kontaktliste seines Handys. »Pizza, Salat und vielleicht einen Schokokuchen mit flüssigem Kern?«

Sie lachte. »Warum einen Salat?«

»Weil ich dann behaupten kann, dass es ein gesundes Essen ist.«

»Klingt gut.«

Er gab die Bestellung auf und holte anschließend zwei Flaschen Bier aus dem Kühlschrank. Dann machten sie es sich auf der großen Couchgarnitur im Wohnzimmer gemütlich.

»Tut mir leid für deine Mutter«, sagte er.

»Mir auch, obwohl ich nicht sonderlich überrascht bin. Sie haben ein ziemliches Tempo vorgelegt. Das endet für gewöhnlich nie gut.« Sie nahm einen Schluck von ihrem Bier. »Irgendwie komisch. Gestern Abend habe ich mich um Daisy gekümmert, die sich wegen einer Nummer, die Jordan abgezogen hat, betrunken hat, und heute Abend leidet meine Mutter ebenfalls wegen einer Männergeschichte. Was ist nur mit euch Kerlen los?«

»Gib mir nicht die Schuld dafür. Ich hab's nicht vermasselt.«

»Ich weiß. Es war mehr eine allgemeine Frage.« Sie dachte daran, wie aufgewühlt Daisy gewesen war. »Jordan hat ein Haus gemietet und ist aus dem Hotel ausgezogen. Und er hat es ihr per SMS mitgeteilt. Sie war am Boden zerstört.«

Adam wirkte schockiert. »Richtig dämlich, so was zu tun. Will er ihre Beziehung kaputt machen?«

»Ich weiß es nicht. Hoffentlich nicht. Sie haben Kinder, und sie arbeitet hart. Eigentlich hat sie so viel Geld, dass sie nicht arbeiten müsste, aber sie tut es trotzdem. Ihr Job bedeutet ihr eine Menge. Außerdem kümmert sie sich auch noch um Cassidy. Das ist gerade etwas viel. Ich kann wirklich nicht begreifen, warum Jordan das getan hat.«

Adam überraschte sie mit einem Lächeln.

»Was ist?«, wollte sie wissen.

»Du bist eine gute Freundin.«

»Ich weiß. Das ist seltsam, oder? Ich meine, mein ganzes Leben lang habe ich sie gehasst, und jetzt tut sie mir total leid. Ich mag sie. Sie ist klug und lustig und eine unglaubliche Mutter. Ich kann nur bewundern, wie sie mit ihren Kindern umgeht – so geduldig und liebevoll.« Sie seufzte. »Ich wünschte, in unserer Kindheit wäre alles anders gelaufen. Daisy ist eine Freundin, auf die man sich hundertprozentig verlassen kann.« Einen Moment hielt sie inne. »Ich habe über das nachgedacht, was du gesagt hast. Dass ich die Beziehung zu ihr nicht vermasseln soll. Du hast recht damit. Das passiert mir immer wieder – ich torpediere alles Gute in meinem Leben. Fast kommt es mir so vor, als wollte ich es zerstören, bevor jemand anders es tun kann. Als würde ich so die Kontrolle behalten.« Sie sah ihn an. »Ich hatte eigentlich nicht vor, ein so tiefgründiges Gespräch zu führen.«

»Schon okay. Ich bin ein moderner Mann und komme damit

zurecht. Ich bin anders als die Kerle, die du in Europa kennengelernt hast.«

Sie grinste. »Tatsächlich können die europäischen Männer viel besser mit Gefühlen umgehen als die amerikanischen. Ohne dir zu nahe treten zu wollen.«

»Schon okay. Bist du froh, wieder hier zu sein?«

»Ja, es war die richtige Entscheidung, auch wenn es keinen großen Spaß macht, mich ständig mit meiner Mutter auseinandersetzen zu müssen. Ich liebe meine Dusche. Ich liebe den Wasserdruck, den Platz in der Kabine, die flauschige Fußmatte, wenn ich die Dusche verlasse.«

»Gibt es in Europa keine Badematten?«

»Nicht so wie bei uns.«

»Was ist dort noch anders?«

»Zentralheizungen und Klimaanlagen. In älteren Gebäuden gibt es das nicht.« Sie nahm ihre Flasche. »Ach, der Lebensmitteleinkauf. Man muss das Gemüse selbst abwiegen, und in einigen Geschäften muss man für einen Einkaufswagen bezahlen.«

»Warum?«

»Keine Ahnung. Es ist einfach so. Und man geht dort viel zu Fuß. Das vermisse ich. Hier fahren alle ständig mit dem Auto.«

»Trotzdem muss man L. A. einfach lieben.«

»Das tue ich. Hast du den Film *Casablanca* gesehen?«

»Klar. Ist doch ein Klassiker. Großartiges Drehbuch, starke schauspielerische Leistung. Du magst den Film nicht?«

»Ich habe ihn nie gesehen.«

»Ernsthaft? Das musst du unbedingt nachholen. Ich habe die DVD.«

»Du hast noch DVDs? Noch nie was von *Netflix* gehört?«

»Das habe ich auch. Einige Filme braucht man aber trotzdem auf DVD, und das ist einer davon. Willst du ihn dir ansehen?«

»Gern.«

Adam stand auf und suchte in seiner Sammlung die DVD. Derweil stellte Sage die Teller auf den Couchtisch und legte

Besteck dazu. Dann holte sie noch zwei Flaschen Bier. Er hatte die DVD gerade eingelegt, als die Pizza geliefert wurde. Nachdem sie sich ein Stück genommen hatten, griff er nach der Fernbedienung.

»Es ist ein Schwarz-Weiß-Film«, sagte er gespielt ernst. »Kommst du damit klar?«

Sie grinste. »Jetzt schalt schon ein, du Spinner.«

Er lachte leise und drückte auf Play.

Einige Minuten später ertappte Sage sich dabei, dass sie total in die Geschichte versunken war. Ingrid Bergman war so schön und herzzerreißend wundervoll als Ilsa, die zwischen den beiden Männern, die sie liebte, hin- und hergerissen war. Humphrey Bogart war der perfekte arrogante Held. Sie war fasziniert von der Geschichte und musste sich ermahnen, das Essen nicht zu vergessen.

Als sie die Pizza verspeist hatten, räumte Adam den Couchtisch ab, setzte sich anschließend wieder auf das Sofa und zog Sage an sich. Sie lehnte sich an ihn, als er den Arm um sie legte. Das Gefühl seines warmen Körpers an ihrem passte irgendwie sehr gut zu dem Film.

Als der Abspann lief, schaltete Adam den DVD-Player aus.

»Was meinst du?«

»Ich liebe den Film. Ich möchte ihn mir noch einmal ansehen, aber das mache ich lieber allein.«

Sie wollte noch mehr sagen, doch in diesem Moment wurde ihr bewusst, wie nah er ihr war. Sie legte die Hand in seinen Nacken und zog seinen Kopf zu sich heran.

Zuerst war der Kuss ganz zart. Ihre Lippen streiften sich nur. Aber dann schlang Adam die Arme um sie, neigte den Kopf und vertiefte den Kuss.

Als sie zum ersten Mal seine Zunge an ihrer spürte, schien das Verlangen in ihr zu explodieren. Angesichts der Intensität ihrer Empfindungen erschrak sie. Sie wollte Adam überall berühren, wollte, dass sie sich nackt erkundeten. Und anschließend wollte sie in seinem Bett liegen, sich an ihn schmiegen und wissen, dass die Regeln sich geändert hatten und dass sie ihn streicheln und erforschen und schmecken konnte, wann immer sie wollte.

»Ich sollte dich nach Hause bringen«, sagte er und löste sich von ihr. »Wir müssen beide morgen arbeiten.«

Die unerwartete Zurückweisung versetzte ihr einen Stich, der schmerzhafter war, als sie gedacht hätte. Es war noch nicht einmal neun Uhr. Sie musste erst um elf Uhr im Geschäft sein, und Adam arbeitete von zu Hause aus und war flexibel. Also, warum wollte Adam sie nicht?

Sie lehnte sich auf dem Sofa zurück. »Oh, okay. Danke für das Abendessen und den Film«, sagte sie und hoffte, dass er ihr die Enttäuschung nicht zu sehr anmerkte. Das Letzte, was sie jetzt gebrauchen konnte, war sein Mitleid.

»Ich stehe immer als Retter zur Verfügung«, sagte er zu ihr. »Du hast ja nun den Code zu meiner Haustür. *Mi casa es su casa.*«

Sie zwang sich zu einem Lächeln und ergriff die Flucht. Sobald sie wieder im Haus ihrer Mutter war, schaute sie ins Wohnzimmer und sah, dass Joanne ins Bett gegangen war. Der Fernseher war aus, und die Flasche Rum war leer. Sage spülte sie aus und tat sie in den Glasmüll. Dann ging sie in ihr Zimmer, setzte sich auf das Bett und zog die Knie an die Brust.

Sie hatte keine Ahnung, was heute Abend passiert war. Sie wusste nicht, ob Adam körperlich nicht an ihr interessiert war, ob sie in der Freundschaftszone gefangen waren oder ob er sie nur nicht bedrängen wollte. Soweit sie wusste, traf er sich mit keiner anderen Frau, und er war nicht schwul, also warum wollte er nicht mit ihr schlafen? Und warum, um alles in der Welt, machte ihr das so viel aus?

Daisy stand vor ihrem Spind und versuchte, nicht in Panik auszubrechen. Zwei Leute hatten sich krankgemeldet, und sie musste eine Doppelschicht übernehmen. Die zusätzlichen

Arbeitsstunden waren nicht das Problem – es ging vielmehr um die Kinder. Esmerelda hatte Zahnschmerzen und einen Termin beim Zahnarzt bekommen, sodass sie die Kinder nicht von der Schule abholen konnte. Jordans Sprechstundenhilfe hatte gesagt, dass er die nächsten drei Stunden im OP stehen würde und nicht gestört werden dürfe. Cassidy konnte noch immer nicht fahren, und Daisy gingen die Möglichkeiten aus.

Sie starrte ihr Handy an, begann, durch ihre Kontakte zu scrollen, und hielt inne.

Ja, sie und Sage waren inzwischen Freundinnen geworden. Sie hatten ihre schwierige Vergangenheit hinter sich gelassen, und das war toll. Doch ihrer ehemaligen Stiefschwester ihre Gefühle oder Ben und Krissa anzuvertrauen war noch mal eine ganz andere Nummer. Allerdings hatte sie keine Wahl.

Sie fand Sages Nummer und rief sie an.

Sage meldete sich nach dem ersten Klingeln. »Hallo?«

»Ich bin's. Daisy.«

»Oh, hi. Was gibt's?«

Daisy zögerte und hätte beinahe geantwortet: »Ach, egal.« Aber dann sagte sie sich, dass sie und Sage schon vieles geschafft hatten, dass sie einen weiten Weg gegangen waren und dass sie diesen Schritt des Vertrauens machen sollte. Außerdem war sie verzweifelt. »Du musst mir einen Gefallen tun. Ich bin im Krankenhaus und kann hier nicht weg. Jordan operiert, und Esmerelda ist beim Zahnarzt. Wäre es möglich, dass du die Kinder von der Schule abholst?«

»Klar. Ich habe heute frei. Wann soll ich da sein?«

Daisys Erleichterung löste ihre Anspannung. »Um drei.«

»Dann werde ich dort sein.«

»Toll. Ich rufe in der Schule an, damit sie den Kindern sagen, dass sie nach deinem Wagen Ausschau halten sollen.« Daisy legte die Hand auf ihr Herz. »Danke vielmals. Ich weiß das wirklich zu schätzen.«

»Kein Problem. Wann kommst du nach Hause?«

»Erst gegen elf. Esmerelda sollte jedoch um fünf Uhr zurück sein. Dann wird sie sich um alles Weitere kümmern.«

»Ich freue mich, helfen zu können.«

»Du bist meine Rettung.«

Sage lachte leise. »Das scheint das neue Muster zu sein. Mir gefällt's.«

»Klar.« Daisy lächelte. »Aber im Ernst: danke schön.«

»Jederzeit.«

Nachdem sie das Gespräch beendet hatten, legte Daisy ihr Handy in den Schrank und ging zurück an die Arbeit. Als sie durch die Krankenhausgänge lief, dachte sie darüber nach, wie komisch es für sie war, sich an Sage zu wenden, sie um Hilfe zu bitten und festzustellen, dass sie dazu bereit war. Jetzt konnte sie nur hoffen, dass alles gut ging.

18. KAPITEL

Sage fühlte sich total fehl am Platze, als sie in ihrem Wagen in der Warteschlange der Eltern stand, die ihre Kinder von der Schule abholen wollten. Schließlich hatte sie so etwas noch nie gemacht. Sie winkte Ben und Krissa zu, die angerannt kamen und auf den Rücksitz ihres Autos kletterten.

»Du bist gekommen!« Krissa klang hocherfreut. »Sie haben uns gesagt, dass du kommen würdest, weil Mom arbeiten muss und Esmerelda beim Zahnarzt ist.«

»Sie hat schon seit einer ganzen Weile Zahnschmerzen«, fügte Ben hinzu. »Es ist wichtig, die Zähne gut zu pflegen. In früheren Zeiten bedeutete es das Todesurteil, wenn man keine Zähne mehr hatte.«

Sage achtete darauf, dass die Kinder sich anschnallten, ehe sie auf die Hauptstraße bog. »Das habe ich auch gehört. Wie war euer Tag?«

»Gut.«

»Ich habe mein Buch durchgelesen«, erzählte Krissa.

Ben rollte mit den Augen. »Ich lese alle meine Bücher durch.«

Krissa streckte ihm die Zunge heraus.

»Also«, sagte Sage schnell und lenkte so ihre Aufmerksamkeit auf sich, als sie vor einer Ampel hielt. Die Kinder sahen sie im Rückspiegel an. »Habt ihr Hausaufgaben auf?«

»Meine hab ich schon gemacht«, sagte Ben. »Die waren ganz leicht.«

»Ich habe keine Hausaufgaben auf. Und ich habe mein Buch zu Ende gelesen.«

Ben sah seine Schwester an. »Das hast du schon gesagt.«

»Ich wollte noch ein bisschen Aufmerksamkeit.«

Sage verkniff sich ein Lächeln. »Ich bin froh, dass ihr beide keine Hausaufgaben machen müsst, weil ich dachte, wir könnten heute Nachmittag etwas unternehmen, das uns allen Spaß macht.«

»Und was?«, fragte Ben und klang misstrauisch. »Wir können nicht im Internet spielen. Mom hat die Nutzungsdauer eingeschränkt.«

»Kein Computergame. Es ist etwas Handwerkliches.«

Die Kinder wechselten einen Blick. Sage lächelte und richtete ihre Aufmerksamkeit wieder auf die Straße.

»Was für ein Handwerk?«, wollte Krissa wissen.

»Ich dachte, wir könnten T-Shirts batiken.«

»Das kann man zu Hause machen?«, fragte Krissa und war offenbar beeindruckt. »Ist das schwer?«

»Nein. Cassidy und ich haben das in eurem Alter öfter gemacht. Wir brauchen allerdings ein paar Sachen dazu. Ich habe mir überlegt, dass wir erst in ein Bastelgeschäft fahren, dort alles holen, was wir benötigen, und dann die Shirts machen. Ihr könnt eins für euch selbst machen und dann eins für eure Mom oder euren Dad.«

»Kann ich auch eins für Lucky machen?«, fragte Krissa eifrig.

»Wenn es in dem Laden auch Shirts für Hunde gibt … Sicher.« Sage wusste, dass der Besuch im Bastelgeschäft ihre Kreditkarte ziemlich belasten würde, aber sie war sich sicher, dass Daisy anbieten würde, die Kosten zu übernehmen. Und je nachdem, wie teuer der Spaß werden würde, würde Sage vielleicht nicht Nein sagen.

»Ich möchte ein T-Shirt batiken«, sagte Ben und überraschte sie damit. »Batiken ist cool.«

»Gut. Dann machen wir es so.«

Eine Stunde später kamen sie nach Hause und trugen die Eimer, Flaschen und Shirts ins Haus.

»Wir bringen alles in die Waschküche«, sagte Sage. »Da haben wir Platz genug.«

Die Kinder brachten alles dorthin und gingen dann in ihre Zimmer, um sich umzuziehen. Sage besuchte Cassidy in ihrem Zimmer. Ihre Schwester sah sich gerade eine Talkshow im Fernsehen an.

»Ist das alles, was du machst?«, fragte Sage, nahm die Fernbedienung und schaltete den Fernseher aus.

»Hey, ich wollte das sehen!«

Sage lächelte sie an. »Echt? Worum ging es genau?«

Cassidy seufzte. »Jemand hat irgendwem was angetan.«

»Das habe ich mir schon gedacht. Dein Leben ist traurig.«

»Ich bin wegen meiner Verletzungen in diesem Haus gefangen. Also verurteile mich nicht. Vieles kann man mit einem gebrochenen Bein und einem gebrochenen Arm nicht machen.«

»Du könntest ein Buch schreiben.«

Cassidy blinzelte sie an. »Entschuldige bitte? Ein … was?«

»Ein Buch. Essays, ein Sachbuch, eine sexy Romanze. Du bist Autorin, also warum schreibst du nicht?«

»Ich habe einen gebrochenen Arm. Der Gipsverband reicht bis zu meinen Fingern. Ich kann nicht schreiben.«

Sage beschwor ein bisschen innere mütterliche Kraft herauf. »Hast du noch nie von einer Spracherkennungssoftware gehört? Dabei musst du nicht tippen. Du kannst den Text sprechen. Egal jetzt.« Sie sah ihre Schwester an. »Ich werde den Kindern gleich beibringen, wie man T-Shirts batikt.«

»Weiß Daisy, dass du in ihr Haus eingedrungen bist und die Kontrolle übernimmst?«

»Sie muss eine Doppelschicht machen, und Esmerelda ist beim Zahnarzt. Ich trage die Verantwortung, also mach dich auf was gefasst.«

Cassidy rutschte an die Kante des Sofas vor und erhob sich mühsam. Sie schwankte kurz und ergriff dann ihre Krücken. »Niemand erzählt mir irgendetwas. Wieso bin ich immer die Letzte, die alles erfährt?«

»Du bist zu sehr damit beschäftigt, rumzusitzen und zu schmollen. Du solltest mal darüber nachdenken, das zu ändern.«

»In was für einer komischen Stimmung bist du denn?«

»Tja, mir gefällt's.«

Sie trafen sich alle unten. Die Waschküche war so groß, wie Sage sie in Erinnerung hatte – und größer als jedes Apartment, das sie je angemietet hatte. Es gab viel Platz auf den Anrichten und zwei getrennte Waschbecken. Außerdem standen eine riesige Waschmaschine und ein Trockner in dem Raum.

Sage bat die Kinder, die Arbeitsflächen mit Zeitungspapier abzudecken, während Cassidy die Preisschilder von dem Stapel neuer weißer T-Shirts schnitt.

»Ihr habt sogar Shirts für die Hunde besorgt?«, fragte Cassidy ungläubig und hob eins davon hoch. »Wissen sie das schon?«

»Lucky zieht sich gern an«, informierte Krissa sie. »Hüte hat er am liebsten.«

»Für einen Hund hat er wirklich eine Engelsgeduld«, murmelte Cassidy.

Sage gab allen Schutzhandschuhe, die sie anzogen. Anschließend zeigte sie ihnen, wie man die richtige Menge Farbe in die Gläser füllte, bevor man Wasser hinzugab und das Ganze so lange schüttelte, bis die Farbe sich aufgelöst hatte. Die unterschiedlichen Farben wurden in Eimer gegeben. Hinzu kam eine Mischung aus Wasser und kohlensaurem Natrium.

Sie weichten die T-Shirts im Waschbecken ein und legten sie auf die Arbeitsflächen. Sage erklärte, wie sie die Shirts falten oder zusammendrehen konnten, um unterschiedliche Muster zu erhalten. Sie und Cassidy halfen den Kindern dabei, den Stoff zu raffen und an den entsprechenden Stellen mit Gummiband zu fixieren. Dann legten sie die vorbereiteten Shirts in die Eimer mit der Farbe.

Um fünf Uhr waren alle Shirts gefärbt, ausgespült und zum Trocknen aufgehängt. Die Kinder hatten je zwei T-Shirts für sich selbst und für Lucky und Sheba gestaltet. Sage hatte ein Shirt für sich selbst, für ihre Mom und für Adam gemacht. Cassidy hatte ein extragroßes T-Shirt gefärbt, wollte aber nicht verraten, für wen es sein sollte. Krissa und Ben hatten außerdem noch eins für ihren Dad und für Esmerelda und jeder noch eins für Daisy gebatikt.

Sage ging in die Küche, um sich um das Abendessen zu kümmern. Esmerelda hatte sich bisher noch nicht gemeldet, doch Sage wusste, dass ein Notfalltermin beim Zahnarzt sich hinziehen konnte. Den Griff des Kühlschranks in der Hand, wurde ihr plötzlich bewusst, was sie gerade tat.

Sie passte auf Daisys Kinder auf. Sie war verantwortlich für die beiden Kleinen, für die Haustiere, für Cassidy und für das Haus. Gut, Cassidy konnte auch für sich selbst sorgen, aber für den Rest trug sie die Verantwortung.

Zwar hätte der Gedanke sie eigentlich nicht überraschen sollen, tat es aber trotzdem – vor allem, weil Daisy ihr vertraut hatte. Sie hatte Hilfe benötigt und ihre Stiefschwester angerufen. Vielleicht war sie auch nur verzweifelt genug gewesen, um diesen Schritt zu gehen.

Sage wusste, dass sie Freundinnen waren. Das hier war jedoch etwas anderes und ging weit darüber hinaus, einen anderen Menschen einfach nur zu mögen, denn Daisys Kinder waren ihr Leben und sie hatte sie Sage anvertraut. Gut, nur für ein paar Stunden, aber immerhin.

Ein warmes Gefühl durchströmte sie und breitete sich in ihrem ganzen Körper aus. Sie fühlte sich gut – gestärkt geradezu. Dann fragte Ben, was es zum Abendessen gäbe, und der emotionale Bann, in dem sie sich befand, zerbrach, sodass sie in die Realität zurückkehrte.

Sie suchte im Kühlschrank die Zutaten für einen Hühnchen-Taco-Salat zusammen, nahm eine frische Guacamole heraus und holte eine Tüte Tortilla-Chips. Cassidy half den Kindern dabei, den Tisch zu decken, und erzählte ihnen Geschichten von ihren

Reisen. Gerade berichtete sie davon, wie ihr Rucksack und all ihre Vorräte von einer Flutwelle davongespült worden waren, sodass sie nichts mehr gehabt hatte außer den Kleidern, die sie am Körper getragen hatte, sowie einem Ballkleid.

»Warum hast du ein Ballkleid mit zum Campen genommen?«, erkundigte sich Ben, während er Gläser auf den Tisch stellte.

»Am Ende der Reise wollte ich auf einen Wohltätigkeitsball. Ich habe das Kleid jeden Abend ordentlich aufgehängt, damit es nicht zu sehr zerknitterte. Es hing hoch genug im Baum, sodass es nicht von der Welle mitgerissen wurde. Allerdings hatte es einige Wasserflecken abbekommen.«

»Bist du noch zu der Feier gegangen?«, fragte Krissa und sah sie mit großen Augen an.

»Das bin ich. In meinem fleckigen Ballkleid. Jeder dort wollte wissen, was passiert ist, und ich hatte eine tolle Geschichte zu erzählen.«

Sie lachten, als Sage hörte, wie die Haustür aufgemacht wurde.

»Das muss Esmerelda sein«, sagte sie. »Ich gehe mal eben zu ihr, um zu sehen, wie es ihr geht.«

Sage lief den Flur entlang und erblickte Daisys Haushälterin, die die Hand an ihre linke Wange gelegt hatte. Die Wange war geschwollen, und Esmerelda hatte offensichtlich Schmerzen.

Die Haushälterin blieb stehen und wirkte überrascht, sie zu sehen. »Was wollen Sie denn hier?«

Zumindest glaubte Sage, dass Esmerelda das hatte sagen wollen. Es klang allerdings eher wie: *»Wasch wolln Schie benn hia?«*

»Daisy musste eine Doppelschicht einlegen und wollte nicht, dass Sie Ihren Termin absagen müssen, also habe ich die Kinder von der Schule abgeholt. Was ist passiert?«

»Wutschelbehan'lun.«

Sage zuckte zusammen. »Autsch. Haben Sie Schmerzmittel bekommen?«

Esmerelda hielt eine kleine Tüte mit Medikamenten in die Höhe. Sage nahm sie entgegen und holte die Fläschchen heraus. Es waren ein Antibiotikum und ein Schmerzmittel, die beide zu einer Mahlzeit eingenommen werden mussten.

»Gehen Sie in Ihr Zimmer«, sagte Sage entschlossen. »Ich werde Ihnen eine Kleinigkeit zu essen bringen, damit Sie die Medikamente einnehmen können.«

Esmerelda schüttelte den Kopf und zuckte zusammen. *»Abeneschen.«*

»Ich kümmere mich um das Abendessen. Es gibt Taco-Salat. Ich kriege das hin. Legen Sie sich hin. Ich bringe Ihnen ein Tablett mit Essen.«

Esmerelda zögerte und nickte schließlich, ehe sie in den hinteren Teil des Hauses ging. Sofort kehrte Sage in die Küche zurück.

»Esmerelda geht es nicht gut«, sagte sie und wünschte sich sofort, sie hätte vor den Kindern nicht so offen gesprochen, denn beide drehten sich um und blickten sie mit großen Augen an.

»Was ist denn los?«, wollte Ben wissen.

»Ist sie in Ordnung?«

Sage fluchte unterdrückt, lächelte jedoch. »Ich habe mich falsch ausgedrückt. Sie hatte eine Wurzelbehandlung, und ihr Mund tut ein bisschen weh. Ihr geht es gut, aber sie darf nicht reden und muss sich ausruhen. Ich werde ihr etwas zu essen machen, damit sie ihre Medizin nehmen kann und sich bald wieder besser fühlt.«

Cassidy benutzte ihre Krücken, um in die Vorratskammer zu hüpfen. »Ben, hilf mir kurz, den Standmixer zu holen. Ich mache ihr einen Fruchtsmoothie mit ein bisschen Proteinpulver, den sie leicht zu sich nehmen kann. Nach der Behandlung möchte sie vermutlich gerade nicht so gern kauen. Krissa, schau mal nach, ob noch Hüttenkäse da ist. Der ist lecker und weich.«

Ben und Cassidy machten den Smoothie, während Sage Krissa dabei half, den Hüttenkäse aus der Packung zu löffeln.

Sage legte die beiden Pillen auf einen kleinen Teller, ehe sie alles auf ein Tablett stellte – zusammen mit einem Coolpack für das Gesicht. Dann trug sie alles in Esmereldas Zimmer.

Die Haushälterin hatte ihre Schuhe ausgezogen und sich mit ein paar Kissen im Rücken auf dem Bett ausgestreckt. Sie schlug die Augen auf, als Sage an die angelehnte Tür klopfte.

»Hier. Etwas zu essen und die Medikamente. Ich sehe in einer Stunde oder so noch mal nach Ihnen. Vielleicht möchten Sie dann ja etwas Suppe essen.« Sie stellte das Tablett auf dem Nachttisch ab.

Esmerelda blickte zwischen dem Tablett und Sage hin und her. »Danke.«

»Gern geschehen. Nach dem Essen möchten Ben und Krissa Sie bestimmt besuchen, um zu sehen, ob es Ihnen gut geht. Ist das in Ordnung?«

Esmerelda nickte. »Ich möchte nicht, dass sie sich Sorgen machen.«

»Ich auch nicht.« Sie tippte an das Glas mit dem Smoothie. »Das hier sollte leicht zu schlucken sein, sodass Sie die Pillen vertragen.« Sie zog ihr Handy aus der Tasche. »Schicken Sie mir eine Nachricht, falls Sie etwas benötigen. Ich bleibe bei den Kindern, bis Daisy zurück ist.«

»Okay.«

Gegen sieben Uhr war der Salat verspeist, und sie sahen nach ihren T-Shirts, die schön trockneten. Krissa wollte ihr Shirt im Bett anziehen, doch Sage erklärte ihr, dass es zuerst gewaschen werden müsste. Dann schrieb sie Daisy eine Nachricht, um ihr mitzuteilen, dass es allen gut ginge, und um ihr in aller Kürze von Esmereldas Wurzelbehandlung zu berichten.

Um neun Uhr war es still im Haus. Ben und Krissa lagen im Bett. Sage und Cassidy hatten es sich im Wohnzimmer bequem gemacht. Im Hintergrund spielte leise Jazzmusik. Sie hatten den Barschrank überfallen und sich eine schöne Flasche eines sehr exklusiven Cognacs genommen, den sie genüsslich tranken.

»Du hast Desean ein T-Shirt gebatikt«, sagte Sage und ließ ihre Schwester nicht aus den Augen.

»Nein. Ich habe ein Shirt in Extralarge gebatikt. Das ist ein Unterschied.«

»Lügst du mich an?«

Cassidy lehnte sich auf dem Sofa zurück und schloss die Augen. »Ich habe es nicht direkt für Desean gemacht, aber falls ich ihn jemals wiedersehen sollte, werde ich es ihm vielleicht schenken.«

»Er kommt mir nicht wie der Typ Mann vor, der Batik-Shirts trägt.«

Cassidy schlug die Augen auf und lächelte. »Für mich würde er es tragen.«

»Also hat es ihn ernsthaft erwischt?«

Das Lächeln auf Cassidys Gesicht schwand. »Er hat mich geliebt.«

»Und jetzt?«

»Ich weiß es nicht. Ich habe seit Wochen keinen Kontakt mehr zu ihm.«

»Du hast dich nicht mal bei ihm für die Blumen bedankt?«

»Nein. Nicht einmal das.«

»Vermisst du ihn?«

Cassidy blickte ihre Schwester an. »Warum stellst du mir all diese Fragen?«

»Ich bin neugierig. Du hast da diesen tollen Kerl, der wahnsinnig verliebt in dich ist, und willst nichts mit ihm zu tun haben. Was ist denn da los?«

»Du kennst die Antwort. Ich weiß nicht, wie es funktionieren soll. Ich hab keine Ahnung, ob ich ihn auch lieben kann, ohne dass alles den Bach runtergeht. Ich glaube, die Liebe ist echt, doch ich werde daraus nicht schlau.«

»Vielleicht ist es schwer, weil es, wenn es denn funktioniert, wundervoll ist.«

»Sprichst du aus Erfahrung?«

Sage dachte an die lange Reihe ihrer gescheiterten Beziehungen. »Nein. Überhaupt nicht. Es ist reines Wunschdenken.«

»Möchtest du dich wieder verlieben?«

Die eigentliche Frage musste lauten, ob sie sich zum ersten Mal wirklich verlieben wollte. Aber warum sollte sie darüber reden? »Ich weiß es nicht. Vielleicht. In den richtigen Mann.«

»Und wenn es diesen Mann nicht gibt?«

»Dann nicht. Mit dem falschen Mann zusammen zu sein ist schrecklich. Ich habe das schon einige Male erlebt.«

Cassidy griff nach ihrem Glas. »Ich glaube nicht, dass Desean der falsche Mann ist. Ich glaube, dass ich die falsche Frau bin.«

»Für ihn oder für jeden Mann?«

Cassidy zuckte zusammen. »Drück es bitte nicht so aus.«

»Warum nicht?«

»Es ist deprimierend zu glauben, dass ich nicht die Richtige für irgendjemanden sein kann.«

»So verhältst du dich aber. Als würdest du nirgends reinpassen. Ich glaube, du gibst dir gar nicht erst Mühe, weil der Gedanke, es zu versuchen und zu scheitern, zu schmerzvoll ist.«

»Meinst du wirklich, dass du die geeignete Person bist, um Ratschläge zu geben?«

Sage hörte die Schärfe in Cassidys Stimme und wusste, dass ihre Schwester damit rechnete, dass sie einen Streit beginnen würden.

»Ach, Cassidy, sei doch nicht so. Ich will nur sagen, dass Desean, wenn du dich nicht zusammenreißt und die Kurve kriegst, immer derjenige sein wird, der gegangen ist. Bedauern ist scheiße – das kannst du mir glauben.«

»Bedauerst du es, Jordan verloren zu haben?«

»Nein.« Einen Moment lang dachte Sage nach und wiederholte dann: »Nein. Er hatte recht, als er meinte, wir wären zu jung, um zu heiraten. Mein Handeln – die Flucht nach Paris – hat gezeigt und bewiesen, dass ich zu unreif für die Ehe war.«

Cassidy hob die Hand. »Das alles hier hätte dir gehören können. Wie kannst du das nicht bereuen?«

Sage lächelte. »Das Haus gehört Daisy, also hätte ich es niemals besessen.«

»Ich meinte eher das Familiending. Die Kinder, die Hunde.«

Sage dachte übers Bedauern nach. »Das wäre nichts für mich«, sagte sie bedächtig. »Nicht mit ihm. Wir haben uns beide weiterentwickelt.«

»Aber auf der Hochzeit ...«

»Ich war betrunken und schlecht drauf. Ich habe nicht Jordan vermisst. Ich habe bedauert, was ich hätte sein können und dass ich an wirklich jeder Weggabelung die falsche Abzweigung gewählt habe.«

»Ich auch«, sagte Cassidy niedergeschlagen.

Sage hob ihr Glas. »Wir sind schon ein Paar.«

»Das sind wir. Bloß was für eins?«

Sie lachten.

»Ich sage das nicht oft genug ... vielleicht sogar nie ... Doch ich liebe dich.« Sage lächelte.

Cassidy riss die Augen auf. Tränen schimmerten darin. »Ist das dein Ernst?«

»Ja. Du bist meine Schwester, und ich werde dich immer lieben.«

»Ich liebe dich auch. Auch wenn wir in Beziehungsfragen die totalen Loser sind.«

Um kurz vor Mitternacht fuhr Daisy in die Garage. Sie war unglaublich müde, zugleich aber auch ruhelos. Die ganze zweite Schicht über hatte sie sich Sorgen gemacht, wie es zu Hause laufen würde. Sie wusste, dass sie keine andere Wahl gehabt hatte und dass Sage ihre einzige Option gewesen war, aber was hatte sie sich nur dabei gedacht, ihre Kinder ausgerechnet bei dieser Frau zu lassen? Sie konnte nur hoffen, dass Esmerelda früh genug nach Hause gekommen war, um wieder die Verantwortung für alles zu übernehmen. Falls nicht … Keine Ahnung, welche Katastrophe sie jetzt erwarten würde.

Sie eilte ins Haus und bemerkte, dass noch einige Lampen brannten. Trotz der Wurzelbehandlung kümmerte sich Esmerelda offensichtlich noch um alles. Daisy war erleichtert, dass sie ihre Haushälterin hatte, auf die sie sich hundertprozentig verlassen konnte. Sie war immer …

»Du bist zurück.«

Die Stimme kam aus dem Wohnzimmer. Daisy zuckte zusammen und drehte sich um. Sie erblickte Sage, die sich aufsetzte und sich reckte.

»Was machst du denn hier?«, wollte Daisy wissen. Ihr Ton klang schroffer als beabsichtigt.

»Ich passe auf die Familie auf. Wie spät ist es?«

»Mitternacht.«

»Du hattest einen echt langen Tag.« Sage blinzelte ein paarmal. »Du siehst grauenvoll aus.«

»Danke. Ich fühle mich auch so. Was machst du immer noch hier?«

»Ich wollte bleiben, bis du wieder zu Hause bist. Die Kinder sind ohne Probleme um neun ins Bett gegangen. Esmerelda ist ziemlich neben der Spur. Sie hat einen Smoothie getrunken und ein bisschen Suppe gegessen. Die Medikamente hat sie genommen – ein Schmerzmittel und ein Antibiotikum.« Sage erhob sich, ging zur Kochinsel und streckte sich. »Ben hat eine Tabelle für sie gemacht, damit sie weiß, wann sie die Pillen nehmen muss. Sie muss nur die Zeiten einhalten und dann ankreuzen, welche Pille sie genommen hat.« Sage lächelte. »Der Junge ist ein Computergenie.«

Daisy versuchte, das alles zu verarbeiten. Sages Anwesenheit, die Notwendigkeit, Esmereldas Medikation zu überwachen. Sie war nur ein paar Stunden fort gewesen, und es fühlte sich an, als hätte sich alles geändert. »Ich wusste nicht, dass es so ernst ist.«

»Ich glaube, die Behandlung war ziemlich schmerzhaft. Aber morgen sollte sie wieder auf den Beinen sein. In nächster Zeit wird sie allerdings wohl kein Steak essen können. Was noch? Die Kinder haben Abendbrot gegessen, und wir haben uns einen Film angeschaut. Dann habe ich ihnen etwas auf Französisch vorgelesen – vor allem, weil ich weiß, dass du dich darüber ärgerst.«

Daisy gelang es zu lächeln. »Danke.«

»Gern geschehen. Sie haben sich die Zähne geputzt und sind pünktlich ins Bett gegangen. Ach, und wir haben T-Shirts gemacht.«

Sage ging den langen Flur zur Waschküche entlang. Daisy folgte ihr, unsicher, was »wir haben T-Shirts gemacht« genau bedeuten sollte. In der Waschküche blieb sie stehen.

Fast ein Dutzend gebatikte T-Shirts hingen auf einem Wäscheständer. Die vorherrschenden Farben waren Gelb und Blau, doch sie sah auch Grün und ein leuchtendes Pink. Die Muster auf den Shirts waren schön, und die Farben strahlten. Daisy wusste, dass es handwerklich gut gemacht war. Aber obwohl sie sich einredete, dass es in Ordnung war, hatte sie das Gefühl, ihr Magen würde sich schmerzhaft zusammenziehen.

Sie erinnerte sich an früher, wenn Cassidy von ihrer Woche mit Sage und ihrer Mutter nach Hause zurückgekommen war. Alle paar Monate hatte Cassidy ein neues Batik-Shirt präsentiert, das sie und Sage zusammen gemacht hatten. Sie trug es mit Stolz, als wäre es eine Verbindung zu Sage, die sie so liebte. Daisy wusste, dass es albern war, auf diese gemeinsame Tätigkeit neidisch zu sein, doch selbst jetzt betrachtete sie die Shirts und fühlte sich ausgeschlossen. Als wäre sie nicht an den Tisch der coolen Kids eingeladen worden. Ein Beweis, dass sie Sage niemals hätte vertrauen dürfen.

»Wir haben ein bisschen über die Stränge geschlagen«, gab Sage zu. »Die Kinder haben Shirts für sich selbst und für die Hunde gemacht.« Sie wies auf ein blau-grünes Shirt. »Das ist für ihren Dad. Ich weiß nicht, was du von Batik-Shirts hältst, aber du bist jetzt stolze Besitzerin von gleich zweien.« Sage hielt ein pinkfarbenes und ein blaues Shirt in die Höhe. »Sie wollten dir beide eins machen.«

Daisy blickte von den Hemden zu ihrer Stiefschwester. »Die sind für mich?«

»Natürlich. Ich habe auch eins. Cassidy hat eins für Desean gestaltet, will es jedoch nicht zugeben. Selbstverständlich habe ich auch eins für Adam gemacht, was echt seltsam ist, aber nicht seltsamer als die Tatsache, dass ich auch noch eins für meine Mom gemacht habe.«

Und von einer Sekunde auf die andere waren die Wut und die Sorge und der Schmerz verschwunden. Sage hatte alles im Griff gehabt. Sie hatte sich um die Kinder und Esmerelda gekümmert und zusammen mit den Kindern T-Shirts gebatikt.

»Ich habe mir Sorgen gemacht«, gestand sie. »Wegen heute Abend. Ob du mit allem zurechtkommst und es schaffst.«

Sage blickte sie an. »Ich würde niemals zulassen, dass den Kleinen etwas passiert. Niemals. Ich hoffe, das ist dir klar.«

»Jetzt weiß ich es.«

Daisys Kehle war wie zugeschnürt. Sie wusste nicht, was sie sagen sollte, also umarmte sie Sage und hielt sie fest. Eine Sekunde lang passierte nichts, dann erwiderte Sage die Umarmung. Da standen sie nun und hielten sich gegenseitig eine ganze Weile in den Armen.

Inocencia schüttelte den Kopf. »Das auf keinen Fall. Warum verstehen Sie mich nicht? Ich brauche ein Kleid für ein Mittagessen.« Abfällig deutete sie auf die zehn Kleider, die im Umkleideraum lagen und die sie achtlos auf den Boden geworfen hatte. »Die Kleider sind schrecklich.«

Sage ermahnte sich noch einmal, dass Inocencia wohl immer eine schwierige Kundin bleiben würde. Sie würde das akzeptieren müssen, wenn sie ihren Frieden mit dieser Frau schließen wollte. Als sie sich bückte, um einige der Kleider aufzuheben, stürzte sich Inocencias kleiner Hund auf sie und fletschte die Zähne. Gerade noch rechtzeitig zog Sage die Hand weg.

»Ach, Royal meint es nicht so«, sagte Inocencia lachend. »Sie kann sehr angriffslustig sein. Das ist natürlich nicht ernst gemeint.«

»Natürlich«, murmelte Sage und richtete sich wieder auf. »Ich hole Ihnen noch ein Glas Champagner, und dann schaue ich mal im Lager nach. Es sind einige neue Kleider geliefert worden, die noch nicht ausgepackt sind. Vielleicht finde ich Ihr Traumkleid darunter.«

Inocencia seufzte. »Das bezweifle ich.«

Sage riskierte noch zwei Finger und packte sich ein weiteres der weggeworfenen Kleider. Als der kleine Hund knurrte, erhaschte Sage einen Blick auf das edelsteinbesetzte Halsband. Es sah sehr teuer und sehr übertrieben aus, aber es wunderte sie nicht im Geringsten, dass dieses verwöhnte Vieh so etwas trug.

»Bin gleich wieder da«, sagte Sage und verließ den Umkleideraum.

Sie eilte in den Pausenraum und holte das Handy aus ihrem Spind. Nachdem sie eine App geöffnet hatte, mit der sie über das Internet Nachrichten in die ganze Welt verschicken konnte, schrieb sie ihrer Freundin Gianna. Gianna war eine begabte selbstständige Designerin, die Fälschungen und maßgefertigte Kleidung anfertigte. Auf Italienisch schrieb sie ihr.

Hilfe! Eine Kundin macht
mir gerade das Leben zur
Hölle. Sie braucht ein tolles
Kleid für ein Mittagessen
und hasst alles, was ich ihr
anbieten kann. Sie hat einen
kleinen Hund – vielleicht
sechs Pfund schwer. Ein

Yorkie-Mischling. Wenn sie
sich doch noch für eins der
Kleider entscheiden sollte,
könntest du dann ein pas-
sendes Outfit für den Hund
nähen? Und wie schnell
könntest du das schaffen?

Sekunden später erschienen drei Punkte auf dem Display. Während sie auf Giannas Antwort wartete, betrachtete Sage die neu gelieferten Kleider. Sie entschied sich für zwei Modelle – unter anderem ein weißes *Oscar de la Renta*-Midi-Kleid mit U-Boot-Kragen. Der Schmetterlingsprint wirkte frisch und würde es Inocencia erlauben, jede Art von Schmuck zu kombinieren. Schnell schickte sie ihrer Freundin ein Foto des Kleides.

Das ist das Kleid, das ich ihr
verkaufen werde.

Bewahre mich vor solchen
Frauen. Ja, ich kann ein
Kleid und ein passendes klei-
nes Hütchen für den Hund
dazu machen. Das ist kein
Problem. Drei Tage plus die
Lieferung. Und ich brauche
die Maße des Hundes.

Gianna schickte noch eine Zeichnung von einem Hundekleid, die sie angefertigt hatte, mit einem passenden Hütchen dazu.

Das macht tausend Dol-
lar. Dann kannst du leicht
noch mal fünfzig Prozent

draufschlagen, ohne dass
die Dame mit der Wimper
zucken wird.

Sage grinste.

Du bist die Beste.

Das hat man mir schon mal
gesagt. Ciao.

Mit dem Kleid und ihrem Handy ging Sage in den Umkleideraum zurück. Inocencia blickte hoch und rümpfte die Nase.

»Ist das nicht von *Oscar de la Renta*? Ich habe das Kleid auf dem Runway in New York gesehen und bin mir nicht sicher …«

Sage lächelte sie an, als sie das Kleid aufhängte. »Was mir an dem Stil am besten gefällt, ist die Schlichtheit. Das Kleid verlangt nach einer Frau, die einen tollen Körper hat, an dem es wirken kann. Aber wissen Sie, an wen ich dabei als Erstes gedacht habe?« Sie sah den Hund an. »An Royal.«

Inocencia runzelte die Stirn. »Wovon sprechen Sie?«

»Von etwas Maßgeschneidertem für sie. Ein kleines Kleid und eine Jacke. Vielleicht ein Hütchen. Ach, und wir könnten Ihnen eine Leine mit Schmetterlingen drauf besorgen. Stellen Sie sich das hübsche kleine Kleidchen und den Hut für Royal vor.« Sie sah ihre Kundin an. »Sie tragen Smaragde, um das Grün im Kleid zu betonen. Das wäre unglaublich edel. Ich habe eine Freundin in Italien, die maßgeschneiderte Kleider anfertigt.« Sie senkte die Stimme. »Sagen Sie es niemandem weiter, doch sie arbeitet für einige Designerlabels. Solche Aufträge erledigt sie nebenbei.«

Schnell zeigte sie Inocencia die Skizze auf ihrem Handy. Ihre Kundin gurrte: »Das ist hinreißend. Sie könnte ein passendes Kleid für Royal nähen?«

»Ja.« Sage lachte. »In weniger als einer Woche. Sie hat Zugang zu dem Stoff. Gianna lebt in Rom, also ist die Stoffqualität sehr hoch. Und für das Outfit für den Hund bekommt sie nur fünfzehnhundert Dollar – inklusive der Leine.«

»Ich möchte das Kleid haben. Das Mittagessen findet in zwei Wochen statt. Dann muss alles hier sein.«

»Selbstverständlich. Ziehen Sie das Kleid doch einmal an. Dann mache ich Fotos von Ihnen und Royal, notiere mir Royals Maße und schicke Gianna alles. Morgen habe ich die Entwürfe. Das Outfit ist in einer Woche hier.«

Sage verkaufte Inocencia das *Oscar de la Renta*-Modell sowie zwei weitere Kleider, für die sie auch noch passende Outfits für Royal orderte. Nachdem sie Inocencia zum Wagen gebracht hatte, kehrte sie in die Boutique zurück und ging zur Geschäftsführerin in das kleine Büro.

»Haben Sie einen Moment?«, fragte Sage, trat ein und schloss die Tür.

Argwöhnisch sah Berry sie an. »Gibt es ein Problem?«

»Nicht dass ich wüsste.« Sage nahm Platz und lächelte ihre Chefin an. »Inocencia war heute da. Sie wollte ein Kleid kaufen.«

»Hatten wir etwas Passendes für sie?«

»Sie hat einige Kleider gefunden, aber es war nicht so einfach.«

»Ich weiß, was Sie meinen. Sie ist nie zufrieden.«

»Ich habe einen Weg gefunden, Sie zufriedenzustellen.«

Sage erzählte von den maßgeschneiderten Outfits für Hunde und zeigte Berry das Bild und die Skizze, die Gianna ihr geschickt hatte.

»Sie wird ein Outfit schneidern, das wir in einer Woche bekommen. Die anderen werden in ungefähr zwei Wochen geliefert.« Sage hielt inne. »Gianna verlangt tausend Dollar pro Outfit.«

Berry zuckte zusammen. »So viel?«

»Sie benutzt dieselben Stoffe, die auch die Designerlabels verwenden, und sie arbeitet schnell und fertigt die Kleider auf Maß an. Ich habe Inocencia die Outfits für fünfzehnhundert Dollar pro Kleid angeboten.«

Berry lehnte sich auf ihrem Stuhl zurück und lächelte. »Das ist ein guter Aufschlag.«

»Ich möchte fünfzig Prozent des Gewinns.«

»Was? Das ist unverschämt.«

»Warum? Sie ist meine Kundin, es ist meine Schneiderin – und meine Idee. Für den Laden ist es ein super Profit. Warum sollte ich nicht beteiligt werden?«

Berry betrachtete sie. »Können wir diesen Service auch anderen Kundinnen anbieten?«

»Ich werde mit meiner Freundin darüber reden. Falls wir es tun, will ich allerdings meinen Anteil.«

»Wenn eine andere Verkäuferin ein solches Outfit verkauft, bekommen Sie aber nur ein Drittel des Gewinns. Die anderen Verkäuferinnen brauchen ja auch ihren Anteil.«

Sage dachte an all die reichen Kundinnen mit kleinen Hunden und musste sich zusammenreißen, um nicht wegen der Möglichkeiten durchzudrehen. »Das hätte ich gern schriftlich. Bitte setzen Sie eine Verkaufsvereinbarung auf. Ich bekomme fünfzig Prozent, wenn ich den Verkauf selbst in die Wege leite, und ein Drittel, wenn jemand anders ein solches Outfit verkauft.«

Berry lächelte. »Abgemacht. Wir müssen auch noch einen Vertrag mit Ihrer Freundin aufsetzen.«

»Ich werde gleich mal mit ihr reden.«

19. KAPITEL

Das Erste, was Daisy auffiel, war das wundervolle Blumenarrangement, das in der Küche aus dem Mülleimer ragte. Sie rettete das Gesteck, betrachtete die Rosen, Orchideen und Lilien, zog die zerbrochenen Stängel heraus und füllte die entstandenen Lücken mit den restlichen Blüten auf.

»Wenn ein Mann Blumen schickt, sollte man sich darüber freuen«, murmelte sie, während sie die Blumen neu arrangierte. Sie wünschte sich, Jordan würde ihr Blumen schicken. Sie konnte sich nicht daran erinnern, dass er es je getan hatte. Nicht, dass er ausgerechnet jetzt etwas daran ändern würde – sie sprachen ja nicht einmal mehr miteinander. Ein lächerlicher Zustand.

Jetzt, mit ein wenig Abstand, war sie bereit zuzugeben, dass es eine dumme Idee gewesen war, mit der Therapie aufzuhören. Allein würden sie nicht weiterkommen, und wochenlang nicht mehr miteinander zu reden würde ihre Probleme nur noch verstärken.

Sie schob ihre Sorgen beiseite und richtete ihre Aufmerksamkeit auf die Blumen. Nachdem sie das Gesteck wiederhergestellt hatte, ging sie nach oben, um ihre Schwester zu suchen. Sie fand Cassidy im Wohnzimmer ihrer Suite. Sie hatte das gebrochene Bein auf einen Polsterhocker gelegt und las ein Buch.

Die Blutergüsse hatten sich vollständig zurückgebildet und waren nicht mehr zu sehen. Der Gipsverband um den Arm war abgenommen worden. In der kommenden Woche würde sie einen Gehgips bekommen. Offensichtlich war Cassidy auf dem Wege der Besserung, und das bedeutete, dass sie irgendwann auch in ihr altes Leben zurückkehren müsste.

»Wie lange willst du noch dastehen und mich anstarren?«, fragte Cassidy, ohne hochzublicken.

»Ich weiß es nicht.« Daisy setzte sich hin. »Ich habe die Blumen aus dem Mülleimer gefischt.«

Cassidy legte ihr Buch zur Seite. »Ich habe keine Ahnung, wovon du sprichst.«

Daisy lächelte. »Das glaube ich dir nicht.«

»Sie sind von Desean.«

»Das habe ich mir gedacht. Der Mann weiß, wie man ein beeindruckendes Blumenarrangement auswählt.«

»Wie auch immer …« Cassidy rieb sich über das Knie und hob ihren etwas runzligen Arm. »Das ist ekelhaft.«

»Das wird sich bald normalisieren. Die Physiotherapie wird dabei helfen.«

»Ich bin einfach nicht das, was er will und was er sucht, verstehst du? Beziehungen bedeuten harte Arbeit, und es ist mir noch nie gelungen, eine erfolgreiche Beziehung zu führen.«

Daisy lächelte. »Du bist sehr melodramatisch.«

»Es ist die Wahrheit. Ich habe in meinem ganzen Leben noch keine funktionierende Liebesbeziehung geführt. Jede einzelne hat ein schlimmes Ende genommen.«

»Weil du es so wolltest. Ich würde wetten, dass du immer weggelaufen bist, ehe es zu ernst wurde. Deine Beziehungen können gar nicht scheitern, weil du ihnen gar nicht die Chance dazu gibst. Stimmt's? Oder irre ich mich?«

Cassidy verschränkte die Arme vor der Brust. »Du irrst dich. Manchmal bin ich auch weggeflogen.«

Daisy lächelte. »Sehr lustig. Du versuchst, witzig zu sein, um mich abzulenken. Deine Beziehungen scheitern nicht, Cassidy. Du sabotierst sie.«

»Gut. Klar. Doch welche Rolle spielt das? Am Ende funktionieren sie nicht und scheitern. *Das* ist der Punkt. Desean ist ohne mich besser dran.« Sie blinzelte ein paarmal. »Ich will ihm nicht mehr wehtun.«

Das ist schon ein bisschen näher an der Wahrheit, dachte Daisy. »Und du willst nicht verletzt werden. Du riskierst nicht, dich in jemanden zu verlieben, weil es deiner Überzeugung nach nur eine Frage der Zeit ist, bis der Typ dir das Herz bricht. Und du bist dir nicht sicher, ob du das überstehen würdest.«

»Es ist besser so«, flüsterte Cassidy, zog ein zusammengefaltetes Blatt Papier aus der vorderen Tasche ihrer Shorts und reichte es Daisy.

Ich liebe dich, Cassidy, aber deine Botschaft ist klar. Es ist an der Zeit, dass ich zuhöre. Du hast die Nase voll von mir. Ich habe mich gegen diese Wahrheit gewehrt, doch das hat keinen Sinn mehr. Du und ich, wir haben vollkommen unterschiedliche Vorstellungen und Wünsche. Also werde ich dir nicht länger im Weg stehen. Du wirst nichts mehr von mir hören. Ich wünsche dir das Allerbeste und hoffe, dass du findest, was du suchst, und dass es (oder er) dich glücklich macht.

Daisy las sich die Nachricht zweimal durch, ehe sie ihrer Schwester den Zettel zurückgab. »Das klingt, als wäre er ein toller Mann.«

Cassidy nickte. »Das ist er. Er ist lieb und unterstützt mich. Ich wünschte, es könnte alles anders sein.«

»Es *kann* alles anders sein. Du bist diejenige, die die Entscheidung trifft, wie es mit dir und Desean weitergehen soll. Er ist offensichtlich bereit, alles zu tun, was nötig ist, um dich glücklich zu machen. Er würde dich sogar gehen lassen und dir die Freiheit schenken.«

»Und dann?«, fragte Cassidy, und in ihrer Stimme schwang Bedauern mit. »Ich sage ihm, dass ich ihn liebe und dass wir zusammen sein sollten – und dann? Für eine Weile mag es gut gehen. Aber irgendwann fangen wir an, uns zu streiten, oder er betrügt mich, oder wir haben einander satt … Das kann ich nicht. Das Risiko werde ich nicht eingehen. Es funktioniert einfach nicht.«

»Doch. Bei einigen schon. Es gibt viele glückliche Ehen. Ihr müsst ja nicht unbedingt heiraten. Ihr könntet auch einfach nur zusammenleben.«

»Was kümmert es dich?«

»Ich sehe, dass du ohne ihn unglücklich bist. Und der Mann vergöttert dich. Glaub mir, das passiert nicht so häufig.«

»Ich würde dir gern glauben, aber weißt du denn wirklich, wovon du sprichst? Ich will dir nicht zu nahe treten, doch du und Jordan seid ja auch nicht gerade glücklich.«

Daisy wusste, dass sie es nicht bestreiten konnte. »Wir machen gerade eine schwierige Phase durch.« Sie hielt inne und hob die Hand. »Gut. Es könnte auch ein bisschen mehr als nur eine schwierige Phase sein. Aber wir arbeiten daran.«

Cassidy wirkte nicht überzeugt. »Sage hat drei Scheidungen hinter sich.«

»Drei? Ich dachte, es wären nur zwei gewesen.«

»Oh. *Ups.* Ich sollte nicht über Ellery sprechen.«

Daisy ermahnte sich, sich nicht ablenken zu lassen. »Sage ist ein Sonderfall. Ihre Gründe für die Ehe sind nicht eben traditionell.«

Cassidy lächelte. »Du meinst, dass sie nie aus Liebe geheiratet hat? Ich schätze, das stimmt. Doch ihre Beziehungen sind ja auch gescheitert. Und sieh dir meine Eltern an. Dad hat Mom nur geheiratet, damit du eine Mutter hast, also war auch diese Ehe zum Scheitern verurteilt. Ich glaube, mich haben sie nur bekommen, um die Ehe vielleicht noch zu retten – aber das war viel zu viel Druck, der auf einem kleinen Mädchen gelastet hat. Ich weiß nicht, warum Dad irgendwann beschlossen hat, sich doch scheiden zu lassen, aber er hat es getan.« Sie hielt inne, als würde sie nachdenken. »Ich nehme an, dass das größte Problem folgendes war: Joanne hat ihn geliebt, doch er hat diese Liebe nicht erwidert.«

Eigentlich wollte Daisy Cassidys Vermutung, dass sie nur auf die Welt gekommen war, um eine kriselnde Ehe zu retten, widersprechen. Doch stattdessen sagte sie: »Glaubst du wirklich, dass Joanne Dad geliebt hat? Ich weiß, dass wir darüber gesprochen haben, aber ich kann es kaum glauben.«

»Ja, sie hat ihn geliebt. Die Scheidung hat ihr den Boden unter den Füßen weggerissen. Ich glaube nicht, dass sie je ganz über ihn hinweggekommen ist. Sie vergleicht alle Männer, die sie kennenlernt, mit ihm. Und weil er ein toller Kerl ist, haben die anderen Typen keine Chance.«

»Ich dachte, sie hätte ihn wegen des Geldes geheiratet.«

»Das war vielleicht ihr ursprünglicher Plan, doch irgendwann hat sie sich ernsthaft in ihn verliebt. Nachdem wir ausgezogen waren, weinte sie sich Nacht für Nacht in den Schlaf.« Cassidy erschauderte. »Es hat mir so viel Angst gemacht, dass ich immer bei Sage im Bett geschlafen habe.«

Daisy wollte kein Mitgefühl mit ihrer ehemaligen Stiefmutter empfinden. Joanne war von Anfang an böse und gemein zu ihr gewesen und …

Plötzlich bahnte sich eine Erinnerung ihren Weg an die Oberfläche. Eine Erinnerung, die sie lange verdrängt hatte. Wut und Angst kämpften um die Vorherrschaft, als sie daran dachte, wie weh die Schläge getan hatten. Wie sie wieder und wieder die harte Hand gespürt hatte. Wie der Hass in Joannes Augen geschmerzt hatte, als ihre Stiefmutter immer wieder zugeschlagen hatte.

Nein, sagte sie sich. *Das war nicht der Grund für die Scheidung. Unmöglich konnte das der Grund sein.*

»Es tut mir leid, dass es so schwer für sie war«, sagte sie steif und drängte die Erinnerungen an die Vergangenheit entschlossen zurück. Im Augenblick ging es um Cassidy. Mit dem Rest würde sie sich später noch auseinandersetzen.

»Mir auch. Du konntest hier bei deinem Vater leben, der dich geliebt hat, und ich wurde hin und her geschoben wie eine heiße Kartoffel, die niemand essen möchte.«

Daisy beugte sich vor und ergriff Cassidys Hand. »Wir wollten alle, dass du hier bei uns bist. Mein Dad hat versucht, das Sorgerecht zu erstreiten, aber Joanne hat sich dagegen gewehrt. Sie wollte dich bei sich haben.«

Daisy war sich zwar nicht ganz sicher, doch das würde sie nicht zugeben. Was auch immer Joanne damals empfunden hatte, Cassidy war jetzt diejenige, um die es ging.

»Ich wollte auch, dass du hier wohnst.« Das war die Wahrheit – zumindest so lange, bis Cassidy sich gegen sie gestellt hatte.

»Echt?«

»Natürlich. Du bist meine Schwester.«

Cassidy wandte sich ab. »Und dann hab ich's vermasselt, indem ich mich wie eine Furie aufgeführt habe. Es tut mir so leid.«

»Es war nicht deine Schuld. Du warst ein Kind, und jeder hat dir etwas anderes gesagt.« Wenn jemand die Schuld dafür trug, dann Joanne.

Cassidy drückte ihre Hand. »Danke, dass du das gesagt hast. Du bist echt nett zu mir, auch wenn ich es gar nicht verdient habe.«

»Jeder Mensch hat es verdient, geliebt zu werden.«

»Das sollten wir auf ein Kissen drucken lassen.«

»Oder auf ein T-Shirt.«

Sie lächelten sich an. Daisy zog sich zurück.

»Also gut. Solange es dir gut geht und du so sanftmütig bist, werde ich mal schnell nach unten gehen und die Blumen holen. Dann kannst du sie dir ansehen und über Desean nachdenken.«

»Auch eine Art, mir die Laune zu verderben.«

»Du magst ihn mehr, als du zugeben willst. Ja, es gibt Risiken, wenn man sich auf eine Beziehung einlässt. Aber stell dir mal vor, wie du dich in ein paar Jahren fühlen wirst, wenn dir klar geworden ist, dass es ein schrecklicher Fehler war, ihn gehen zu lassen, und du dann feststellen musst, dass er mit einer anderen zusammen ist.« Sie erhob sich. »Reue ist scheiße. Auch das sollten wir übrigens auf ein Kissen drucken lassen.«

»Du bist so herrisch.«

»Ja, und ich habe fast immer recht. Du sollst später nichts bereuen müssen, Cassidy. Er wird nicht ewig auf dich warten.«

Sage stand in der Tür zu ihrem Schlafzimmer und starrte auf die Kleider, die überall auf dem Boden verstreut lagen, auf die halb offenen Schubladen und den Schreibtischstuhl, der umgekippt auf der Seite lag. Unter normalen Umständen hätte sie angenommen, dass hier ein Einbrecher am Werk gewesen war, doch der Rest des Hauses wirkte unberührt.

Sie ging den Flur entlang zum Zimmer ihrer Mutter, klopfte kurz an, machte die Tür auf und hätte beinahe gewürgt, als ihr der Gestank von Alkohol, verdorbenen Lebensmitteln und unangenehmem Körpergeruch in die Nase stieg.

Ihre Mutter lag auf dem ungemachten Bett. Auf der Kommode standen Behälter von Lieferdiensten, und mehrere Wodka- und Rumflaschen lagen in dem kleinen Mülleimer neben dem Nachttisch. Das Haar ihrer Mutter war fettig, ihr Bademantel fleckig, und sie wirkte um zehn Jahre gealtert.

Sage stieg über die auf dem Boden liegenden Kleider und Schuhe hinweg und schnappte sich die Fernbedienung für den Fernseher. Als sie den Ton abgeschaltet hatte, sah sie ihre Mutter an.

»Wonach hast du gesucht?«, fragte sie knapp.

Ihre Mutter gab sich nicht einmal die Mühe, so zu tun, als wäre sie überrascht oder wüsste nicht, wovon Sage redete. Sie stritt nicht ab, dass sie Sages Zimmer verwüstet hatte.

»Ich weiß es nicht. Kleider. Geld. Drogen.«

Sage dachte an das zusätzliche Geld, das sie von der Boutique für die Verkäufe der Hunde-Mode erhalten hatte. Glücklicherweise hatte sie es gleich auf ihr Konto eingezahlt. »Ich lasse kein Bargeld rumliegen, und Drogen habe ich noch nie genommen.«

»Menschen ändern sich.«

Die Stimme ihrer Mutter klang teilnahmslos – als wäre es ihr egal, wovon sie gerade sprachen.

Sage legte die Fernbedienung weg. »Mom, das hier ist alles andere als gesund. Du musst aufhören, dich so gehen zu lassen.«

»Warum? Das spielt doch alles keine Rolle mehr.«

»Ich verstehe das nicht. Du kanntest Peter nicht lange genug, um dich ernsthaft in ihn zu verlieben, also wieso geht dir das alles so nahe?«

Die Lippen ihrer Mutter zitterten, und Tränen traten ihr in die Augen. »Was, wenn ich nie wieder einen Mann kennenlerne? Was, wenn ich zu alt bin? Was wird dann nur aus mir? Ich werde obdachlos und muss aus einem Einkaufswagen leben und bin dann hässlich.«

Sie fing an zu weinen. Kleine Schluchzer entrangen sich ihrer Kehle, obwohl sie die Hand auf den Mund presste.

»Du wirst nicht obdachlos, weil dir dieses Haus gehört. Und du kannst gar nicht hässlich werden. Das liegt nicht in deinen Genen.«

Joanne schniefte. »Daran habe ich nicht gedacht, aber du hast natürlich recht. Wir stammen aus einer langen Reihe von wunderschönen Frauen ab. Es ist ja nicht so, als würde ich wie Daisy aussehen.«

»Hey, sag nicht so was. Daisy ist hübsch.«

»Oh, bitte. Sie ist bestenfalls plump.« Ihre Mutter setzte sich auf und wischte sich über das Gesicht. »Du hast recht. Ich nehme mir die Sache mit Peter zu sehr zu Herzen. Ich brauche einen Plan.« Sie nahm ein Glas vom Nachttisch. »Sei ein Schatz und hol mir Eis.«

Sage zögerte. Sie war sich nicht sicher, ob sie ihre Mutter bei ihrem Vorhaben unterstützen sollte. Doch Eis zu holen war auch nicht so wichtig, als dass sie sich jetzt damit auseinandersetzen wollte.

Sobald ihre Mutter an ihrem Drink nippte, verbrachte Sage eine gute Stunde damit, ihr Zimmer aufzuräumen. Glücklicherweise hatte ihre Mutter nicht ihren versteckten Schmuck entdeckt. Der Stoffbeutel mit dem Schmuck, den sie bei ihren drei Hochzeiten getragen hatte, einigen Ohrringen und zwei Diamantarmbändern klebte noch an der Unterseite ihrer Kommode.

In Adams Haus brannte kein Licht. Also schrieb sie Daisy eine Nachricht.

Kannst du ein bisschen Gesellschaft vertragen?

Sehr gern.

Ich komme gleich vorbei.

Sie fuhr zu Daisy und holte unterwegs noch schnell einen Burger. Esmerelda ließ sie ins Haus.

»Sie sind im Wohnzimmer«, sagte die Haushälterin und lächelte sie an. »Ich mache Schokoladen-Martinis.«

»Klingt köstlich. Wie geht es Ihnen?«

»Besser.« Esmerelda zögerte. »Danke, dass Sie mir letzte Woche geholfen haben. Und dass Sie sich um die Kinder gekümmert haben. Ich weiß das wirklich zu schätzen.«

»Kein Problem.«

»Sie sind ganz anders, als ich gedacht habe.«

Sage grinste. »Das höre ich jetzt öfter.«

Sie fand Cassidy und Daisy, die es sich auf den Sofas bequem gemacht hatten.

»Wir hatten Pasta zum Abendessen«, erklärte Cassidy lachend. »Und befinden uns sozusagen im post-kohlenhydratischen Rausch.«

»Esmerelda hat gesagt, dass sie Schokoladen-Martinis macht«, erwiderte Sage und setzte sich in einen gemütlichen Sessel.

»Toll«, grummelte Daisy gespielt genervt. »Zucker. Genau das, was wir jetzt noch brauchen. Wir sollten einen Spaziergang machen oder so.«

Cassidy klopfte auf ihren Gipsverband. »Ich muss leider passen.«

»Dann müssen wir diesen Rausch wohl ausschlafen.« Daisy wandte sich an Sage. »Ich habe mit meinem Vater gesprochen. Er wird in ein paar Tagen kommen.«

»Er ist auch mein Dad«, stellte Cassidy klar.

»Ganz die nervige kleine Schwester.« Daisy grinste. »Also schön, ich habe mit *unserem* Dad gesprochen.«

»Schon besser.«

Sage lachte. »Ich habe auch mit ihm gesprochen. Ich habe Wallace seit einer Ewigkeit nicht mehr gesehen, und er meinte, er wolle sich mit mir treffen.«

Sie hatte sich über seine Bitte gefreut, ein bisschen Zeit miteinander zu verbringen, aber sie wusste, dass sie darauf achten musste, dass ihre Mutter das nicht mitbekam. Joanne ging es so schon schlecht genug – zu hören, dass Wallace in der Stadt war, würde sie nur noch weiter runterziehen.

»Wir sollten ein Schwestern-Treffen veranstalten«, sagte Cassidy. »Vielleicht im Zuge einer Motto-Party. Wie zum Beispiel die Fünfziger. Wir sollten alle Tellerröcke tragen.«

Sage sah sie an. »Hattet ihr zum Abendessen Wein?«

Cassidy grinste. »Vielleicht.«

»Keine Tellerröcke«, sagte Daisy. »Ich sehe darin unmöglich aus.« Erneut wandte sie sich an Sage. »Nur fürs Protokoll: Wir hatten keinen Wein zum Abendessen. Cassidy ist einfach frech.«

»Jeder so, wie er kann«, gab Cassidy lachend zurück.

»Die Jugend von heute«, murmelte Daisy, ehe sie Sages Hand ergriff. »Du bist die Einzige mit einem aufregenden Leben. Erzähl uns, was es Neues gibt.«

»Meine Mutter ist von einem Kerl verlassen worden und hat einen Nervenzusammenbruch. Alles andere als schön.«

»Geht es ihr gut?« Cassidy schüttelte den Kopf. »Egal. Es ist mir egal.«

»Es kann dir nicht egal sein«, entgegnete Daisy. »Sie ist deine Mom.«

»Ich bin ihr doch auch egal. Sie war nur ein einziges Mal hier, um mich zu besuchen, und dabei ging es ihr vor allem darum, dich zu quälen. Ich sollte sie hassen, aber das kostet zu viel Kraft.« Sie sah Sage an. »Was denkst du? Sollte ich sie hassen?«

Sage wollte sich nicht auf diese Diskussion einlassen. »Wie du schon sagtest. Das kostet zu viel Energie. Vielleicht kannst du sie mal besuchen, wenn du deinen Gehgips hast.«

»Oder auch nicht«, murrte Cassidy, als Esmerelda mit einem Tablett mit Schokoladen-Martinis hereinkam. Sie verteilte die Gläser und verschwand wieder.

Daisy nippte an ihrem Drink und seufzte. »Perfekt, wie immer.« Sie stellte ihr Glas auf den Beistelltisch. »Sage, meinst du, deine Mom hat meinen Dad geliebt?«

»Nicht, als sie geheiratet haben. Doch als er um die Scheidung gebeten hat, definitiv. Irgendwann dazwischen hat sie sich ernsthaft in ihn verliebt. Sie war sehr aufgewühlt und verzweifelt, dass er die Beziehung beenden wollte.«

Mehr als aufgewühlt und verzweifelt sogar, dachte Sage und erinnerte sich daran, wie ihre Mutter geschrien, geweint und Wallace angefleht hatte, ihr noch eine Chance zu geben, und wie sie geschworen hatte, alles zu tun, um ihn glücklich zu machen.

»Es ging also nicht nur ums Geld?«, fragte Daisy und klang seltsam hoffnungsvoll.

»Am Ende nicht. Sie hatten schon seit einem Jahr Schwierigkeiten, bevor sie sich schließlich trennten. Er hatte angefangen, sich zurückzuziehen.«

»Woher *weißt* du das?«, hakte Cassidy nach.

»Sie hat es mir erzählt. Wie du vielleicht noch weißt, respektiert unsere Mutter keine Grenzen – zumindest keine Grenzen von anderen.« Sage zuckte die Achseln. »Zuerst war er nur ein bisschen distanziert, aber dann hat er sich komplett von ihr zurückgezogen. Sie war verzweifelt – sie wusste, dass sie ihn verlieren würde. Und plötzlich war er tatsächlich weg.«

Unvermittelt stieß Daisy einen kehligen Laut aus. Cassidy drehte sich zu ihr um.

»Was ist?«

Sage war überrascht, Tränen in Daisys Augen zu sehen.

»Es ist meine Schuld«, flüsterte Daisy, und ihre Stimme zitterte. »Die Scheidung. Es ist mir erst vor ein paar Tagen klar geworden … Ich bin schuld.«

»Wovon sprichst du?«, wollte Sage wissen. »Du warst dreizehn Jahre alt. Du kannst nicht schuld sein.«

»Sie hat mich geschlagen.«

Entsetzt starrte Sage sie an. »Meine Mom?«

Daisy nickte und schlang die Arme um sich, als müsste sie sich noch immer schützen. »Ich hatte vergessen, was passiert war. Oder ich hatte es verdrängt. Mir ist es erst neulich wieder eingefallen.« Sie atmete durch. »Es war ein paar Wochen vor der Trennung. Joanne und ich stritten uns in der Küche. Sie war so wütend auf mich. Sie machte gerade einen Salat und schlug mit dem Holzlöffel auf mich ein.« Daisy schluckte. »Ich war wie versteinert. Vermutlich war es der Schock. Zuerst tat ich gar nichts. Sie schlug immer wieder zu. Es tat so weh. Schließlich rannte ich weg und versteckte mich in meinem Zimmer, doch ich konnte nicht aufhören zu weinen. Mein Dad fand mich und sah die Striemen. Er wurde ganz still.«

Cassidy blickte zwischen den beiden hin und her. »Heilige Scheiße!«, stieß sie hervor. »Geht's dir gut?«

»Inzwischen?« Daisy gelang es zu lächeln. »Ja, inzwischen habe ich mich davon erholt.«

Sage wusste nicht, was sie sagen sollte. Ihre Mutter hatte ihr ab und zu einen Klaps gegeben. Meistens hatte sie ihr eine Ohrfeige verpasst – mit dem Handrücken. Aber es war nie so schlimm gewesen, dass Spuren zurückgeblieben wären.

»Ich war dort, als sie dir von der Scheidung erzählt haben«, sagte Daisy und sah Cassidy an. »Du warst noch so klein. Du hattest keine Ahnung, was das bedeutete, doch du wusstest, dass es nichts Gutes war.«

Cassidy schluckte. »Ich erinnere mich daran«, sagte sie leise. »Ich wollte zu dir, aber Mom hat mich zurückgezogen. Sie meinte, ich solle mich nicht mehr auf dich verlassen, dürfe dir nicht vertrauen.«

»Jesus.« Sage nahm einen großen Schluck von ihrem Martini. »Wo war ich, als das alles passiert ist?« Sie hob die Hand. »Egal. Ich will es gar nicht wissen.« Sie wandte sich Daisy zu. »Es tut mir leid.«

»Mir auch. Ich weiß, dass es nicht meine Schuld ist, doch es fühlt sich so an.«

Sage schüttelte den Kopf. »Wallace hatte schon begonnen, sich zurückzuziehen und die Ehe mit ihr zu bereuen. Die Sache zwischen ihnen wäre sowieso zu Ende gegangen.«

Daisy nahm ihr Glas und stellte es wieder ab. »Jordan hat gesagt, ich hätte mich zurückgezogen. Er meint, ich würde mich nicht mehr für ihn interessieren und ihm keine Aufmerksamkeit mehr schenken. Doch er bleibt immer sehr vage. Das macht es so schwer, über alles zu reden. Ich frage mich, ob ich ihm gerade dasselbe antue, was mein Dad Joanne angetan hat.«

»Nein«, entgegnete Sage entschieden. »Das tust du nicht.«

Trotz der ernsten Diskussion lächelte Daisy. »Was macht dich da so sicher?«

»Ich kenne dich. Du bist nicht passiv-aggressiv. Du tust, was getan werden muss, auch wenn du es nicht möchtest. Außerdem willst du nicht, dass deine Ehe zerbricht. Du bist traurig, weil er weg ist, und wütend, weil er dir das alles antut. Wenn du ihn nicht mehr lieben würdest, wäre dir das alles egal und es würde dir nichts ausmachen.«

»Wow«, sagte Cassidy bewundernd. »Das ist echt tiefgründig.«

»Finde ich auch«, stimmte Daisy zu. »Aber vielleicht ziehe ich mich doch irgendwie still und leise zurück …«

»Du wirst öfter böse auf mich und sagst mir das dann auch«, meinte Sage. »Ist es bei ihm anders?«

»Manchmal ist es den Streit nicht wert. Aber das ist meist nur, wenn ich müde bin. Nachdem er mir geschrieben hat, dass er in ein Haus ziehen will, habe ich ihn direkt zur Rede gestellt. Also, nicht in der Nacht«, fügte sie hinzu.

»Ja, das war nämlich die Nacht, in der du mich vollgekotzt hast«, zog Sage sie auf.

»Ich habe dich nicht vollgekotzt, ich habe nur aus Versehen neben dich gespuckt.« Daisys Lächeln erstarb. »Am nächsten Morgen habe ich ihm geschrieben, dass er sofort hierherkommen und mit mir sprechen soll, weil ich sonst den Anwalt einschalten würde.«

Cassidy riss die Augen auf. »Echt?«

»Ja. Ich will keine Spielchen mit ihm spielen.«

»Wie ich schon sagte«, erwiderte Sage süffisant. »Du stellst dich ihm. Also bist du nicht wie dein Dad.«

Daisy erhob ihr Glas. »Du hast recht. Auf mich!«

Dank des guten Gesprächs und der netten Gesellschaft ging es Daisy viel besser, als sie nun in ihr Zimmer ging. Sie setzte sich ins Bett und schob sich ein Kissen in den Rücken. Nachdem sie fast eine Minute lang auf ihr Handy gestarrt hatte, ermahnte sie sich, sich zusammenzureißen, und fing an zu tippen.

Ich glaube, wir sollten die Paartherapie fortsetzen. Es ist der einzige Weg, unsere Probleme zu lösen.

Sie schickte die Nachricht ab und wartete. Sekunden später erschienen drei Punkte auf dem Display.

Das sehe ich genauso. Könntest du einen Termin vereinbaren? Oder soll ich mich darum kümmern?

Ich mach das schon.

Sie wartete, doch Jordan antwortete nicht mehr. Sie fühlte sich zugleich erleichtert und unzufrieden. Hätte er nicht wenigstens »Danke!« oder »Gute Nacht!« oder irgendetwas schreiben können, damit sie wusste, dass er die Nachricht erhalten hatte? Sie wusste, dass sie beide vollkommen unterschiedlich kommunizierten, aber warum musste er so distanziert und unfreundlich sein? Oder vielleicht war es auch in Ordnung so, und sie war nur viel zu kritisch.

»Die Antworten darauf nicht zu kennen ist nur einer der vielen Gründe, warum wir professionelle Hilfe in Anspruch nehmen sollten«, sagte sie laut, als sie ihr Handy auf den Nachttisch legte. »Männer und Frauen, die versuchen, harmonisch miteinander zu leben. Was hat Gott sich nur dabei gedacht?«

20. KAPITEL

Sage schlängelte sich mit ihrem Fahrrad zwischen den Fußgängern und Skateboardfahrern hindurch. Adam fuhr vor ihr auf der Strandpromenade. Dank seines hellblauen Batik-T-Shirts war er gut zu erkennen. Sie waren Richtung Norden unterwegs – der Ozean befand sich zu ihrer Linken, und die Strandhotels und Restaurants waren rechts von ihnen zu sehen. Obwohl es mitten in der Woche war, waren unzählige Leute am Strand.

Die Promenade erstreckte sich von Palos Verdes bis nach Santa Monica, führte an der Marina del Rey und dem *LAX Airport* vorbei. Wenn man Glück hatte, konnte man die Flugzeuge zu fernen Orten wie Australien oder Japan abheben sehen. Die riesigen Flieger dröhnten über einen hinweg, und man hatte den Eindruck, als flögen sie niedrig genug, um sie berühren zu können.

Sage hatte eigentlich vorgehabt, an ihrem freien Tag einiges zu erledigen, doch Adams Einladung zu einer Fahrradtour hatte sie von der Idee abgebracht. Seit ihrer Rückkehr nach L. A. war sie noch nicht einmal am Strand gewesen, also hatte sie die Gelegenheit, sich ein bisschen sportlich zu betätigen und den sonnigen Morgen zu genießen, nur allzu gern beim Schopfe ergriffen.

Um kurz vor Mittag brachten sie ihre Mietfahrräder zurück. Adam deutete auf ein Café auf der gegenüberliegenden Straßenseite.

»Hast du Lust auf ein Mittagessen?«, fragte er.

»Klar.«

Er überraschte sie damit, dass er ihre Hand ergriff. Wie selbstverständlich verschränkte er die Finger mit ihren und weckte den Wunsch in ihr, ihm noch ein bisschen näher zu kommen.

Auf der Terrasse bekamen sie einen Ecktisch unter einem großen Sonnenschirm zugewiesen.

»Ich dachte an ein Glas Champagner«, sagte Adam grinsend. »Wir haben was zu feiern.«

»Haben wir?«

»Ja. Ich habe einen neuen Vertrag abgeschlossen. Einen großen Vertrag, auf den ich schon lange hingearbeitet habe. Ich werde die Cloud für eine große Arztpraxis einrichten – das könnte mir einen neuen Kundenkreis erschließen und mir unendlich viele neue Möglichkeiten eröffnen.«

Sie lächelte. »Herzlichen Glückwunsch.«

»Danke. Ich bin so aufgeregt. Darum ging es bei all den Meetings in den vergangenen Wochen.«

»Aha. Also trägst du von jetzt an keine Anzüge mehr. Das wird mir fehlen.«

Er stützte sich mit den Ellbogen auf dem Tisch ab und beugte sich zu ihr vor. »Ich könnte ab und zu einen Anzug tragen, wenn es dich glücklich macht.«

»Du siehst gut darin aus.«

»Danke. Du siehst in allem gut aus.«

Sie lachte. »Ich wünschte, es wäre so.«

Adam bestellte eine Flasche Champagner. Als die Bedienung wieder gegangen war, fragte Sage: »Wirst du für den Auftrag noch Leute einstellen?«

»Nein, ich mache das allein. Ich möchte in den nächsten paar Jahren hart arbeiten und meine Schäflein ins Trockene bringen.«

Sie zog die Augenbrauen hoch. »Schäflein … finanziell gesehen?«

»Ja. Ich möchte mit fünfzig ausgesorgt haben und nicht mehr arbeiten müssen.«

»Und dann gehst du in den Ruhestand?«

»Nein, aber dann würde ich gern kürzertreten und reisen.« Er lächelte sie an. »Andererseits spiele ich auch mit dem Gedanken, eine Berghütte zu kaufen – das würde allerdings bedeuten, dass ich länger arbeiten müsste, um die Hütte abzubezahlen.«

»Was soll ›Hütte‹ heißen?« Sie malte Anführungszeichen in der Luft. »Ein Zimmer ohne fließend warmes Wasser oder ein schickes Häuschen am Lake Tahoe?«

»Ein Mittelding wäre gut. Ich möchte schon fließend warmes Wasser. Und Einsamkeit. Ein Supermarkt in der Nähe oder nicht weiter als zwanzig Minuten entfernt wäre allerdings auch toll.« Er grinste wieder. »Ich bin schließlich immer noch ein Typ aus L. A. Der Gedanke, sich zum Pinkeln in die Büsche schlagen zu müssen, behagt mir nicht.«

»Wenigstens könntest du das im Stehen erledigen. Frauen müssen dabei in die Hocke gehen.«

»Das kommt noch dazu.«

»Hast du dein Haus schon abbezahlt?«, fragte sie.

»Noch nicht. Doch in sechs Monaten ist es so weit.«

»Beeindruckend.« Und ein wenig entmutigend. Sie hatte nicht einmal die Kreditwürdigkeit, um ein Apartment anzumieten, und er hatte schon fast sein Haus abbezahlt.

Nein, sagte sie sich entschieden. Sie weigerte sich, sich entmutigen zu lassen. Ja, sie war vielleicht noch nicht so weit, wie sie gern wäre, aber sie machte inzwischen zumindest keine dummen Fehler mehr. Sie hatte ein Ziel – oder wenigstens einen Plan. Der Erfolg würde sich von allein einstellen.

»Was denkst du gerade?«, fragte er.

»Dass die überstürzte Flucht nach Europa wahrscheinlich nicht meine klügste Idee war.«

»Was hättest du getan, wenn du hiergeblieben wärst?«

»Keine Ahnung.«

Die Bedienung erschien mit einem Eiskübel, dem Champagner und zwei Gläsern. Nachdem die Kellnerin die Flasche geöffnet hatte, schenkte sie ihnen ein Glas ein und zog sich wieder zurück.

Sage stieß mit Adam an. »Herzlichen Glückwunsch zu deinem neuen Auftrag. Du bist ein beeindruckender Mensch.«

»Danke. Hättest du Jordan geheiratet?«

Es dauerte einen kleinen Moment, ehe ihr wieder einfiel, worüber sie gesprochen hatten.

»Nein, ich glaube nicht.«

»Ihr wart doch verlobt.«

»Bis er die Notbremse gezogen hat.« Sie lächelte. »Und damit hatte er recht. Das mit uns wäre niemals gut gegangen. Abgesehen davon, dass wir viel zu jung waren, hätten wir es auch sonst niemals hinbekommen.«

»Du bist nicht mehr verliebt in ihn?«

Er sah ihr direkt in die Augen – so intensiv, als wäre ihre Antwort auf seine Frage enorm wichtig und würde für ihn eine große Rolle spielen. Sage streckte den Arm aus und legte die Hand auf seine.

»Ich liebe Jordan nicht mehr. Er ist Daisys Ehemann. Wenn ich nicht mit ihr befreundet wäre, würde ich nicht eine Sekunde an ihn denken. Es ist seit fast zwanzig Jahren vorbei, und das ist für mich vollkommen in Ordnung.«

Adam entspannte sich ein wenig. »Ich habe mich nur gefragt …«

»Was ist mit deinem Liebesleben?«, wollte sie wissen und lächelte verschmitzt. »Gibt es in deiner Berghütte eine Frau?«

»Die ich dort gefangen halte? Nein.«

Sage lachte. »Du weißt, dass ich das nicht gemeint habe. Wünschst du dir keine Beziehung? Alle sagen, dass es magisch sein kann, sich richtig zu verlieben.«

»Was meinst du dazu?«

Sie dachte über all die romantischen Desaster in ihrem Leben nach. »Ich würde gern damit aufhören, alles Gute, was mir passiert, sofort wieder zu ruinieren.«

»Was willst du, Sage? Wo siehst du dich in fünf Jahren? Verheiratet? Als Herrscherin der Welt?«

»Ich verfüge nicht über die Führungsqualitäten, um die Welt zu beherrschen.« Kurz dachte sie über die Frage nach. »Ich würde mir wünschen, dass mir mal etwas gelingt – romantisch gesehen, meine ich. Ich bin mir nicht sicher, ob ich gut darin bin und das kann, aber ich würde es gern versuchen.« Sie nahm ihr Champagnerglas. »Übrigens ist mir nicht entgangen, wie du versucht hast, vom Thema abzulenken. Du hast meine Frage nicht beantwortet. *Tinder forever?* Oder doch etwas mehr?«

Gefühle flackerten in seinem Blick auf. »Etwas mehr. Ich wäre gern mit jemandem zusammen, den ich lieben und respektieren kann und der genauso für mich empfindet. Ich suche nach einer festen Beziehung.« Er zog einen Mundwinkel hoch. »Ich weiß, dass eine feste Beziehung nicht schick oder modern ist, aber für mich ist es wichtig.«

»Tatsächlich klingt eine feste Beziehung für mich auch gut.«

Nach einem gemütlichen Mittagessen fuhr Adam Sage nach Hause und stellte den Wagen in seiner Garage ab. Sage stieg aus seinem Cabrio aus und streckte sich. Wenn sie zum Mittagessen Alkohol trank, hatte sie immer das Bedürfnis, ein Nickerchen zu machen. Egal, wie lange sie in Frankreich und Italien gelebt hatte, sie hatte es niemals verstanden, wie man mitten am Tag Alkohol trinken und trotzdem etwas schaffen konnte.

Sie ging hinter dem Wagen entlang und lächelte Adam an. »Es war ein echt schöner Tag.«

»Fand ich auch.«

Sie machte einen Schritt auf ihn zu und rechnete damit, dass er sie küssen würde. Doch statt sie wie sonst kurz in den Arm zu nehmen und ihr einen leichten Kuss auf den Mund zu hauchen, zog er sie an sich, sodass ihre Körper eng aneinandergeschmiegt waren. Eine Hand vergrub er in ihrem Haar, mit der anderen umfasste er ihren Po. Er küsste sie mit einer Leidenschaft, die ihr den Atem raubte und ihr Herz schneller schlagen ließ.

Von einer Sekunde auf die andere war ihre Müdigkeit verschwunden. Sie war hellwach und erregt. Seufzend schlang sie die Arme um seinen Nacken und öffnete die Lippen, damit er den Kuss noch vertiefen konnte. Seine Erektion drängte sich gegen ihren Bauch, und ein erwartungsvolles Prickeln breitete sich in ihrem Schoß aus.

Plötzlich löste er sich von ihr und lehnte seine Stirn an ihre.

»Ich kann dir einfach nicht länger widerstehen«, stieß er heiser hervor. »Entweder kommst du mit rein und schläfst mit mir, oder du haust mir jetzt eine runter … aber, bitte, erlöse mich von meinen Qualen.«

Sie ergriff seine Hände und legte sie auf ihre Brüste. »Ich dachte schon, du fragst nie.«

»Ist er schon da? Ist er schon da?« Krissa tanzte durch die Küche, als sie die Frage zum achten Mal in zehn Minuten stellte.

»Süße, du weißt doch, dass er noch nicht da ist«, entgegnete Daisy lachend. »Grandpa ist auf dem Weg vom Flughafen hierher. Es dauert nicht mehr lange. Warum stellst du dich nicht ans Wohnzimmerfenster, damit du ihn gleich sehen kannst, wenn er kommt?«

Krissa drehte sich im Kreis. »Ich kann es kaum erwarten, ihn zu sehen. Ich liebe ihn so sehr. Meinst du, er hat uns Geschenke mitgebracht?«

»Du hast nicht Geburtstag, und es ist auch nicht Weihnachten, also warum sollte er euch etwas mitbringen?«

Ben blickte von seinem Buch hoch. »Weil Großeltern das so machen, Mom.«

»Ist das so? Das wusste ich nicht.«

Ben und seine Schwester wechselten einen Blick.

»Ich warte am Fenster«, verkündete Krissa. »Ich halte es nicht mehr aus.«

Sie rannte aus der Küche. Ben legte sein Buch auf die Kochinsel und folgte ihr. Esmerelda lachte.

»Sie lieben Mr. Wallace.«

»Ja, das stimmt.«

Ihr Vater nahm sich immer viel Zeit für die Kinder und gab ihnen das Gefühl, etwas Besonderes zu sein und geliebt zu werden. Er hat eine Gabe dafür, dachte sie glücklich. Sie war genauso aufgeregt und freute sich ebenso sehr wie ihre Kinder. Ihren Dad um sich zu haben gab ihr ein Gefühl von Sicherheit, Geborgenheit – als könnte nichts ihr etwas anhaben, solange er nur bei ihr war, um sie zu beschützen. Es war ein Gefühl, das sie lange nicht mehr empfunden hatte, aber seit der Trennung konnte sie ein bisschen mehr Sicherheit und Geborgenheit in ihrem Leben gut gebrauchen.

»Er ist da! Er ist da!«

Die aufgeregten Rufe schallten durchs Haus. Schnell lief Daisy zur Haustür. Und tatsächlich schleppte ihr Vater gerade seine Koffer die Eingangstreppe hinauf. Krissa und Ben rannten nach draußen, um ihn zu begrüßen. Er ließ die Koffer fallen, als die Kinder ihm in die Arme sprangen.

Daisy beobachtete die Begrüßung und war froh und erleichtert, dass er aussah wie immer – groß gewachsen, stark und gesund. Ihr Vater hatte dichtes Haar, das allmählich ergraute, und sah ihr ziemlich ähnlich. Er trug ein Hawaiihemd und eine Jeans und wirkte gut und gerne fünfzehn Jahre jünger als seine fast achtundsechzig Jahre.

Während die Kinder ihn noch immer umarmten, sah er über ihre Köpfe hinweg zu Daisy.

»Hey, mein Kind«, sagte er grinsend.

»Dad.«

»Ich habe dich vermisst.«

»Ich dich auch.«

Endlich ließen Ben und Krissa ihn los, und Daisy ging zu ihm, um ihn auch zu umarmen. Die vertraute Berührung löste eine Anspannung in ihr, der sie sich gar nicht bewusst gewesen war.

»Danke, dass du gekommen bist«, sagte sie.

»Ich wäre jetzt nirgends lieber als hier.«

Ben trug seinen Koffer hinein, während Krissa sich sein

Handgepäck schnappte. Sobald sie im Haus waren, kam Esmerelda, um ihn zu begrüßen. Sie wollte ihm die Hand reichen, doch Wallace umarmte sie einfach.

»Wie geht es Ihnen?«, erkundigte er sich.

Esmerelda lächelte strahlend. »Sehr gut, Mr. Wallace. Ich passe gut auf Ihre Familie auf.«

»Das weiß ich.«

»Daddy!« Cassidy, die mit ihrem neuen Gehgips viel mobiler war, kam die Treppe hinunter und sprang Wallace in die Arme. »Du hast mir gefehlt!«

»Du hast mir auch gefehlt, meine Kleine. Wie geht es dir? Schon besser?«

»Ja, ich bin wieder fast die Alte.«

Daisy beobachtete die beiden, und ihr wurde bewusst, dass sie zum ersten Mal nicht eifersüchtig oder verärgert war, Cassidy mit ihrem Dad zu sehen. Noch eine Veränderung, die eingetreten war, seit sie und ihre Schwester gelernt hatten, miteinander auszukommen. Sie hatte nicht mehr das Bedürfnis, alle Aufmerksamkeit auf sich zu lenken und klarzumachen, dass sie sein Lieblingskind war. Ihr Vater liebte sie beide, und sie freute sich darüber.

Alle gingen ins Wohnzimmer. Wallace öffnete seinen Koffer und holte zwei Ukulelen heraus. Die Kinder stürzten sich darauf und freuten sich, während Daisy sich bemühte, nicht zu offensichtlich zusammenzuzucken.

»Echt jetzt, Dad?«, fragte sie.

Er zwinkerte ihr zu und wandte sich dann an seine Enkelkinder. »Ihr könnt online Übungsstunden mitmachen und das Musikinstrument kennenlernen«, sagte er. »Außerdem habe ich euch auch noch eine DVD mitgebracht, mit der man das Spiel auf der Ukulele lernen kann.«

»Können wir uns die DVD ansehen, Mom?«, fragte Ben.

»Ja. Viel Spaß. Im Spielzimmer, bitte«, sagte sie. Glücklicherweise hatte das Haus dicke Mauern und war nicht sonderlich hellhörig. »In einer Stunde gibt es Abendessen.«

»Dann sind wir fertig«, sagte Krissa und rannte mit ihrer Ukulele nach oben. Ihr Bruder folgte ihr.

»Hättest du ihnen nicht ein Geschenk mitbringen können, das weniger Krach macht?«, fragte Daisy lachend.

»Sie haben Spaß und freuen sich darüber – das ist das Einzige, was mir wichtig ist.«

»Das sagst du jetzt«, entgegnete Cassidy. »Aber vergiss nicht, dass das Gästezimmer neben dem Spielzimmer der Kinder liegt – wahrscheinlich hast du also auch was davon.«

»Ich werd's überleben.« Er blickte zwischen den beiden hin und her. »Es ist schön, euch beide zusammen zu sehen.«

Daisy sah zu Cassidy. »Ich gestehe, dass ich zuerst nicht begeistert war, als du gesagt hast, dass sie hierherkommen wird, um sich von ihrem Unfall zu erholen. Doch es läuft prima.«

Cassidy nickte. »Wir haben unseren Platz im Universum gefunden.«

»Hattet ihr ihn denn verloren?«, fragte er verschmitzt grinsend.

»Ein bisschen.«

In dem Moment kam Sage herein. »Hi, zusammen.«

Wallace erhob sich und ging zu ihr. »Sage.« Er umarmte sie und gab ihr einen Kuss auf die Wange. »Es ist schon wieder viel zu lange her. Danke, dass du gekommen bist.«

Sage lächelte ihn an. »Es hat so geklungen, als wäre dein Abend ruiniert, wenn ich nicht kommen würde. Übrigens etwas, das ich total verstehen kann.«

Alle lachten.

Ein paar Minuten lang unterhielten sie sich, dann nahm Cassidy ihren Vater mit nach oben, damit er seine Sachen in sein Zimmer bringen und erst einmal ankommen konnte. Sage folgte Daisy ins Esszimmer, wo sie den Tisch deckten.

»Ist es wirklich in Ordnung, dass ich hier bin?«, fragte Sage. »Wenn ihr heute Abend lieber als Familie unter euch bleiben wollt, dann kann ich auch ein andermal wiederkommen.«

»Du gehörst zur Familie«, erwiderte Daisy, ohne groß darüber nachzudenken. Ihr wurde bewusst, dass sie es so meinte, wie sie es gesagt hatte. Sage war nun auch Teil ihrer Familie.

»Wenn du es so ausdrücken willst …« Sage räusperte sich. »Danke.«

Daisy starrte ihre Stiefschwester an. »Irgendetwas ist anders«, sagte sie, auch wenn sie nicht wusste, was genau ihre Aufmerksamkeit erregt hatte. Sage hatte keine neue Frisur, und ihr Make-up war so makellos wie immer. »Es ist dein Lächeln. Es wirkt so selbstzufrieden. Bist du befördert worden?«

»Ich habe mit Adam geschlafen.«

Daisy ertappte sich dabei, wie sie ihre Stiefschwester mit offenem Mund anstarrte. Nach einem Moment schloss sie ihn wieder und ergriff Sages Hand. »Tatsächlich? Wann? Bist du glücklich? War es schön? Ich habe Adam immer gemocht, also wünsche ich mir, dass es toll war.«

Sage grinste. »Es war umwerfend. Er ist lustig und klug und lieb, und er versteht mich. Wir hatten eine wundervolle Nacht. Ernsthaft, ich konnte nicht genug von ihm bekommen.« Ihr Lächeln erstarb. »Ich mag ihn, Daisy. Ich habe schon lange niemanden mehr so gemocht und will es nicht vermasseln.«

»Dann tu es nicht.«

»So leicht ist das nicht. Ich neige dazu, jede Beziehung zu zerstören, und bei ihm soll mir das nicht passieren.«

»Dann tu es doch einfach nicht«, wiederholte sie und hob die Hand, als Sage etwas sagen wollte. »Sei dir bewusst, was passiert. Wenn du an einen Punkt kommst, wo du die Gefahr spürst, dann dreh dich um. Frag dich, was *ich* tun würde, und mach das. Nicht, dass ich eine besonders überzeugende Erfolgsgeschichte vorzuweisen hätte, aber ich renne zumindest nicht sehenden Auges in die Katastrophe.«

Sage lachte. »Was würde Daisy tun? Das gefällt mir. Das gefällt mir sehr.«

Sage reichte dem Angestellten von *FedEx* den Karton und redete sich ein, dass es einem höheren Ziel diente. Trotz des Versprechens ihrer Mutter, sich einen Plan zu überlegen, trank sie noch immer zu viel und weinte ständig. Schlimmer noch: Im Haus roch es allmählich wie in der Jungenumkleide einer Turnhalle. Es musste etwas geschehen.

Als sie nach Hause kam, lag ihre Mutter zusammengerollt auf dem Sofa im Wohnzimmer. Ihre Augen waren gerötet und geschwollen, ihr Gesicht war bleich. Zumindest war es ihr aber gelungen, eine zerknitterte, fleckige Jogginghose und ein T-Shirt anzuziehen.

»Hey, Mom«, sagte Sage fröhlich. »Wie geht es dir?«

»Ich fühle mich verloren. Einsam. Alt. Nutzlos. Unerwünscht.« Joanne blickte hoch. »Und wie geht's dir?«

Sage lächelte sie an. »Es tut mir leid, dass es dir noch immer so schlecht geht.«

»Schlecht?« Ihre Mutter lachte freudlos auf. »So kann man es auch nennen.«

Sage ignorierte die Worte und die miese Laune ihrer Mutter. »Ich habe ein Geschenk für dich … Etwas, das dir vielleicht dabei hilft, dich wieder besser zu fühlen.« Sie machte eine Pause, bis ihre Mutter sie anblickte. »Eine Woche im *Golden Door Spa.*«

Joanne riss die Augen auf und sah ihre Tochter mit offenem Mund an. Dann sprang sie auf. »Ist das dein Ernst? Das hast du für mich getan?«

»Das habe ich.« Das Geschenk hatte ein Vermögen gekostet, doch besondere Zeiten erforderten … und so weiter und so weiter. Außerdem freute sie sich darauf, das Haus einmal eine Woche lang für sich allein zu haben.

»Oh, mein Gott!«

Ihre Mutter schloss sie in die Arme, und Sage bemühte sich, angesichts des strengen Geruchs, den ihre Mutter verströmte, nicht zusammenzuzucken.

»Sie erwarten dich am Samstag«, sagte Sage zu ihr, befreite sich aus ihrer Umarmung und trat einen Schritt zurück.

»Ich war seit einer Ewigkeit nicht mehr dort. Nicht mehr, seit ich mit Wallace verheiratet war.« Mit einem Mal schien ihre gute Laune verflogen. »Das waren wundervolle Jahre.«

»Und jetzt fährst du wieder dorthin«, sagte Sage und hoffte, ihr damit in Erinnerung rufen zu können, wie glücklich sie sich doch schätzen konnte.

»Du hast recht, und es ist großartig.« Sie strich sich über das Haar und verzog das Gesicht. »Ich muss duschen und ein bisschen Detox betreiben. Ich möchte mir die Füße machen lassen, bevor ich ins Spa fahre. Eine Gesichtsbehandlung ist nicht nötig – die bekomme ich dort. Das ist einfach so toll, Sage. Danke.«

»Gern geschehen.«

Joanne eilte in ihr Zimmer, und Sage verbrachte die nächste Stunde damit, das Haus aufzuräumen und die Küche zu putzen. Nachdem sie gestaubsaugt hatte, blickte sie nach draußen und sah Adam an seinem Schreibtisch im Schatten sitzen. Sie ging hinaus, um ihn zu begrüßen.

»Könntest du ein bisschen Gesellschaft vertragen?«, fragte sie und stand am Zaun. »Oder hast du zu viel zu tun?«

Er lächelte sie an. Es war ein warmherziges, wissendes Lächeln, bei dem die Schmetterlinge in ihrem Bauch wild herumflatterten.

»Über ein bisschen Gesellschaft würde ich mich freuen«, sagte er.

Sie ging hinüber zu ihm und öffnete mit dem Code die Haustür. Er kam ihr im Wohnzimmer entgegen und zog sie an sich. Als sie ihn umarmte, schoss ihr durch den Kopf, wie richtig sich das alles anfühlte.

»Und? Was ist so los bei dir?«, erkundigte er sich, nachdem er sie geküsst und sich mit ihr zusammen auf die Couch gesetzt hatte.

»Ich schicke meine Mom ins *Golden Door Spa*.«

Fragend sah er sie an. »Sollte ich das kennen?«

Sie lachte. »Wahrscheinlich nicht. Es ist ein Spa nördlich von San Diego. Sehr exklusiv, sehr schön.« Sie seufzte. »Der Aufenthalt dort hat mich drei Handtaschen gekostet.«

Er setzte sich auf und zuckte zusammen. »Aber keine Taschen, die so teuer sind wie die Birkin Bag, oder?«

»Nein. Ganz einfache Designertaschen. Eine Woche im Spa kostet ungefähr zehn Riesen.«

»Ich werde die Frauen nie verstehen.«

»Sie bieten auch Männer-Wochen an, Adam. Du könntest mit einem deiner Freunde hinfahren.«

»Das wird nicht passieren.« Er küsste sie. »Bei dir würde ich allerdings eine Ausnahme machen und mitfahren.«

»Echt? Ich hätte nicht gedacht, dass du der Typ bist, der ins Spa geht.«

»Ich war auch noch nie dort, wäre aber offen dafür.« Er streichelte ihren Arm. »Es ist toll, dass du so etwas für deine Mom machst.«

»Es geht ihr schlecht, und sie ist selbstsüchtig, und ich kann es kaum erwarten, das Haus mal eine Woche lang für mich allein zu haben. Außerdem tut sie mir leid. Sie hat sich selbst immer über den Mann an ihrer Seite definiert – das bedeutet, dass sie keine Kontrolle über irgendetwas hat, das ihr widerfährt. Das macht das Leben nicht gerade leichter.«

Stumm sah er sie an, als wollte er nichts dazu sagen. Sie drehte sich leicht und legte die Beine auf seinen Schoß.

»Ich weiß«, sagte sie. »Ich war auch mal so.«

»Ich habe nichts gesagt.«

Sie lächelte. »Und trotzdem kann ich jedes Wort, das du denkst, hören.« Ihr Lächeln erstarb. »In meinen Ehen ging es vor allem darum, mit einem Typ zusammen zu sein und möglichst viele Vorteile daraus zu ziehen. Ich bin nie eine Beziehung aus den richtigen Gründen eingegangen. Das möchte ich nicht mehr. Ich möchte mich nicht mehr über einen Mann definieren. Ich möchte für mich selbst sorgen. Ich will stark sein.«

»Du warst schon immer stark.«

»Lieb von dir, aber ich war schon immer ein Mensch, der mehr nimmt, als er gibt. Ich nehme mir, was ich will, und verschwinde dann. Schlimmer noch: Ich sabotiere mich selbst, bevor irgendetwas gut werden kann. Doch ich bin dabei, das zu ändern. Ich möchte an einen Punkt kommen, an dem ich stolz auf mich selbst sein kann.«

Er streichelte ihre Beine. »Du bist verdammt beeindruckend.«

»Noch nicht. Aber ich arbeite daran.«

21. KAPITEL

Nach der Arbeit kam Daisy nach Hause und sah ihren Vater lesend im Wohnzimmer sitzen – beide Hunde lagen zu seinen Füßen, und Nala und Simba hatten sich hinter ihm auf der Rückenlehne des Sofas ausgestreckt.

»Du bist ein echter Publikumsmagnet«, sagte Daisy, als sie zu ihm ging, um ihn zu umarmen. »Wahrscheinlich weil es so schön ist, zu dir nach Hause zu kommen.«

»Ich versuche, ein rücksichtsvoller Gast zu sein«, entgegnete er lächelnd. »Was die Tiere betrifft, so habe ich sie schon immer gemocht und glaube, dass sie das auch spüren. Wie war dein Tag?«

»Anstrengend. Lang.«

Er zog die Augenbrauen hoch. »Keine Einzelheiten?«

»Ich fürchte, dass du bei medizinischen Gesprächen nur auf komische Gedanken kommst.«

Er legte sein Buch zur Seite und erhob sich. »Daisy, ich werde nicht mehr versuchen, dich davon zu überzeugen, doch noch die Medizinische Hochschule zu besuchen.«

»Echt? Immerhin hast du erst letzten Monat Onkel Ray vorgeschickt, um es noch mal zu probieren.«

»Das war das letzte Mal. Du bist offensichtlich glücklich mit deinem Job, und das muss ich akzeptieren.«

»Aha. Warum glaube ich dir nicht?«

»Menschen ändern sich. Und da wir gerade davon sprechen … Zieh dich um. In der Zwischenzeit mixe ich dir einen fantastischen Martini, und wir können uns ein wenig unterhalten.«

Sie hatte das Gefühl, dass in seiner Stimme irgendetwas mitschwang, konnte allerdings nicht genau sagen, was es war. »Was ist passiert?«

Er wies zur Treppe. »Wir sehen uns in ein paar Minuten.«

Sie sah nach den Kindern, bevor sie in ihr Zimmer ging. Es dauerte nur wenige Minuten, die Arbeitskleidung abzulegen und in Jeans und einen dünnen Pullover zu schlüpfen.

»Was ist los?«, wollte sie kurz darauf wissen, als sie zusah, wie ihr Vater Eis in den Martinishaker gab.

»Du gehst immer gleich vom Schlimmsten aus.«

»Und du weichst meiner Frage aus.«

Er reichte ihr den Martini und zeigte auf die Sofas. Als sie gegenüber voneinander Platz genommen hatten, erhob er sein Glas.

»Cheers.«

»Dad!«

»Gut.« Er nahm einen Schluck. »Ich war heute Mittag mit Jordan essen.«

Damit hätte sie nicht gerechnet. »Na ja, er ist dein Schwiegersohn, also ist es nicht total abwegig.« Sie wusste nicht, was sie sonst noch sagen sollte. Sollte sie sich erkundigen, wie es ihm ging oder worüber sie geredet hatten?

Ihr Vater lächelte sie an. »Er vermisst dich.«

Dann soll er seinen Arsch möglichst schnell wieder zurück nach Hause bewegen. Aber das dachte sie natürlich nur, ohne es laut auszusprechen. »Schön, das zu hören.«

»Er war nicht sehr mitteilsam, was eure Probleme angeht. Ich respektiere das selbstverständlich. Eine Ehe geht nur die Ehepartner etwas an. Doch ich habe ihn wissen lassen, dass ich mir Sorgen um dich und um ihn mache und dass er jederzeit mit mir reden kann.« Er lächelte. »Nicht, dass ich mich auf seine Seite schlagen will. Du bist schließlich meine Tochter.«

»Ich weiß deine Unterstützung zu schätzen. Also hat er im Grunde genommen nichts gesagt?« Sie bemühte sich, sich ihre Anspannung nicht anmerken zu lassen.

»Er hat sich darüber beklagt, dass du zu viel um die Ohren hast und er immer erst an zweiter Stelle kommt. Ich habe ihm gesagt, dass eine Selbstmitleidsorgie nicht so toll ist und dass ihr, wenn er dir einmal unter die Arme greifen und helfen würde, viel schneller fertig wärt und auch mal Zeit für euch hättet.«

Sie entspannte sich. »Sehr guter Punkt. Allerdings glaube ich, dass er recht hat. Ich bin ein bisschen wie du – wenn ich unglücklich bin, ziehe ich mich zurück.«

»Bist du denn unglücklich?«

»Nicht immer, aber verheiratet zu sein ist nicht leicht.«

»Ja, das stimmt. Ich bin mir sicher, dass du dich im Augenblick einfach um sehr vieles kümmern musst: Deine Schwester wohnt bei dir, du versuchst, eine Freundschaft zu Sage aufzubauen, und dir fehlt Jordan.«

Daisy nickte, denn das war die Reaktion, die am meisten Sinn ergab. Doch innerlich war sie vollkommen verwirrt und aufgewühlt. Ihr Vater hatte mit allem recht, was ihre momentane Situation betraf – allerdings war die erst *nach* Jordans Auszug eingetreten, also konnte sie nicht Teil ihres gemeinsamen Problems sein. Aber was am wichtigsten war und sie sehr durcheinanderbrachte, war die Tatsache, dass sie schon länger nicht mehr daran gedacht hatte, dass sie ihren Mann vermisste. Vielleicht schon seit ein paar Wochen nicht mehr.

Sie war wütend, sie machte sich Sorgen, doch sie vermisste ihn nicht. Nicht so, wie er ihr in der ersten Zeit gefehlt hatte. Beim Abendessen blickte sie nicht mehr zu seinem leeren Platz und wünschte sich, er wäre da. Sie vermisste es nicht, das Badezimmer mit ihm zu teilen. Oder mit ihm zu schlafen. Und wenn er ihr nicht fehlte, wenn sie keine Angst davor hatte, dass er nie mehr zurückkehren würde, sagte das nicht eine ganze Menge über ihre Beziehung aus? Sie war sich nur nicht sicher, was genau.

Schnell schob sie den Gedanken beiseite, um sich später damit auseinanderzusetzen und zu begreifen, was genau das alles bedeutete.

»Cassidy um mich zu haben war viel leichter, als ich angenommen hätte«, gab sie zu und hoffte, dass sie das Thema wechseln würden. »Ich war zwar nicht begeistert, als du mich gebeten hast, sie bei mir aufzunehmen, aber es hat funktioniert.«

»Ich bin froh, dass ihr beide euch endlich nähergekommen seid. Ihr seid Schwestern, und die Familie ist das Wichtigste.«

»Das stimmt, Dad. Sag mir Bescheid, wenn du vorhast, aufs Festland zurückzukehren. Du bist hier herzlich willkommen.«

Er lächelte sie an. »Danke, doch wenn ich mich entschließe zurückzukommen, werde ich mir ein eigenes Haus mieten.«

»Mehrgenerationenhäuser sind aktuell aber sehr angesagt.«

»Ein alleinstehender Mann braucht seinen eigenen Bereich.«

»Interessanter Punkt«, erwiderte sie. »Warum bist du eigentlich immer noch Single? Es ist eine Ewigkeit her, dass du und Joanne euch getrennt habt. Ich weiß, dass es ein paar ernsthafte Beziehungen gab – allerdings nichts, was von Dauer gewesen wäre.«

»Ich hatte meine große Liebe.«

»Meine Mom.«

Er lächelte traurig. »Von dem Moment an, als ich sie zum ersten Mal sah, wusste ich, dass sie die Richtige ist. Seitdem habe ich nie mehr eine Frau getroffen, die dasselbe Gefühl in mir ausgelöst hätte.«

»Hast du Joanne nur geheiratet, damit ich eine Mutter habe?«

Er sah sie an. »Ja, und das war keine gute Entscheidung. Es war ihr gegenüber unfair.«

»Weil sie glaubte, du würdest sie lieben?«

Er zögerte, ehe er nickte. »Zu meiner Verteidigung muss ich sagen, dass ich es zu dem Zeitpunkt für möglich hielt, mich noch ernsthaft in sie verlieben zu können. Als mir klar wurde, dass das nicht mehr passieren würde, hätte ich mich trotzdem in die Ehe einbringen müssen, doch ich habe mich einfach zurückgezogen. Sie hat das gespürt, was sie verunsicherte und unglücklich machte. Du weißt ja, auf welche Weise es endete.«

»Ist der Grund für die Trennung, dass sie mich geschlagen hat? Dad, bin ich schuld an eurer Scheidung?«

»Daisy, nein. Dass sie dich geschlagen hat, hat mir die Augen geöffnet und mich dazu gebracht, endlich zu handeln – eigentlich hätte ich das schon viel früher tun müssen. Ich wusste, dass sie nicht glücklich war, und habe versucht, sie zu verstehen, aber was sie dir angetan hat, war unverzeihlich. Ich hätte es beinahe gegen sie verwendet, um das Sorgerecht für Cassidy zu erstreiten. Vielleicht hätte ich es wirklich tun sollen.«

»Tut mir leid, dass ich bei der Scheidung eine Rolle gespielt habe.«

»Du hast dabei keine Rolle gespielt. Joanne und ich sind allein für das Ende unserer Ehe verantwortlich – wobei ich die Hauptschuld trage.«

Daisy sagte sich, dass es nett gewesen wäre, Mitleid mit Joanne zu haben, doch das kleine Mädchen, das vernachlässigt, ausgelacht und geschlagen worden war, konnte dieses Gefühl nicht aufbringen.

»Dad, du solltest nicht allein sein.«

»Ich bin nicht allein. Ich habe meine Arbeit, meine Freunde und meine Familie.«

»Ich wünschte, du hättest eine Partnerin an deiner Seite. Jemanden, der sich um dich kümmert.«

Er zog die Augenbrauen hoch. »So gebrechlich bin ich noch nicht.«

»Ich meinte, emotional.«

»Kümmert sich Jordan denn emotional um dich?«

»In letzter Zeit nicht mehr«, gab sie zu.

»Und vorher hat er es getan?«

»Klar«, schwindelte sie. Sie wusste, dass die Wahrheit nicht so schön war. Sie konnte sich nicht daran erinnern, wann Jordan sich zuletzt um sie gesorgt hatte, und hatte das Gefühl, dass er genau das Gleiche auch über sie sagen würde.

Sage war nicht gern unentschlossen. Entweder musste sie etwas tun oder eben nicht. Es gab einige Wege, ihre Zulassung als Lehrkraft voranzutreiben, aber das Programm, das sie am meisten interessierte, gab es an der *UCLA*. Das TEP – *Teacher Education Program*, ein Lehrerausbildungsprogramm – war ein intensiver zweijähriger Kurs, der den Schwerpunkt auf städtische Schulen richtete. Angesichts ihres Wohnorts erschien ihr das nur allzu passend. Doch sie war sich nicht sicher, wie sie sich die Ausbildung leisten sollte. Das Schulgeld und die Gebühren betrugen über siebzehntausend Dollar pro Jahr, und es handelte sich um ein Vollzeitprogramm. Also, wie sollte sie die Kosten für den Kurs und ihre Lebenshaltungskosten decken, wenn sie nebenher nicht arbeiten konnte?

Eine weitere Option war das Online-Programm der *University of Southern California*. So hätte sie die Möglichkeit, einige Stunden pro Woche zu arbeiten, während sie für ihr Lehrerdiplom lernte.

Im *Los Angeles Unified School District* gab es ein Praxisprogramm für Leute mit einem abgeschlossenen Studium. Das Programm konzentrierte sich auf die Praxis – die angehenden Lehrer unterrichteten als Assistenzlehrer.

Jeder dieser Wege hatte seine Vor- und Nachteile. Sie musste genau abwägen, welchen Weg sie gehen wollte und was mit ihren begrenzten finanziellen Möglichkeiten überhaupt machbar war.

Oder sie vergaß das Ganze für heute Abend einfach und sah sich noch mal *The Crown* an.

Nein, sagte sie sich. *Ich* muss *eine Entscheidung treffen.* Denn die Alternative dazu sah folgendermaßen aus: Sie würde weiterhin im Verkauf arbeiten und bei ihrer Mutter leben. Und diese Aussicht stimmte sie nicht gerade froh. Ein Plan bedeutete, dass es vorwärtsging, und damit würde sie sich besser fühlen. Keinen Plan zu haben hieß, dass man das Leben einfach geschehen ließ – und das hatte sie schon zur Genüge getan, oder?

Wenn die Dinge gerade nur nicht so gut laufen würden, dachte sie und war sich bewusst, wie lächerlich das eigentlich klang. Trotzdem konnte sie ein unbehagliches Gefühl, eine düstere Vorahnung nicht abschütteln. Sie hatte noch nie sonderlich viel Glück gehabt und es am Ende immer vermasselt, auch wenn sie es besser gewusst hatte. Dieses Mal sollte alles anders werden – obwohl sie sich nicht sicher war, ob das möglich war.

Als wollte ihr Handy sie aus ihren trüben Gedanken reißen, vibrierte es. Sie hatte eine Nachricht von Cassidy erhalten.

Kannst du hier vorbeikommen? Ich muss dich etwas fragen. Keine große Sache. Na gut, vielleicht doch. Aber nicht riesengroß. Mist! Komm einfach her. Bitte.

Sage lachte, schnappte sich ihre Tasche und ging zur Tür.

Auf den Straßen war nicht viel los, sodass sie weniger als zwanzig Minuten bis zu Daisys Haus brauchte. Cassidy erwartete sie im Wohnzimmer. Daisy, die sie verwirrt anblickte, saß neben ihr.

»Sie will mir nicht verraten, worum es geht«, erklärte Daisy. »Alles sehr seltsam und geheimnisvoll.«

Cassidy kräuselte die Nase. »Gar nicht. Ich wollte es nur nicht zweimal erzählen müssen. Ich ...« Sie faltete die Hände. »Ich brauche Hilfe.«

»Das würde ich aber auch sagen«, murmelte Sage.

Daisy grinste sie an und hob die Hand, um mit ihr abzuklatschen.

»Es ist mein Ernst«, sagte Cassidy, und ihre Unterlippe zitterte. »Ich möchte, dass ihr beide nach Miami fliegt. Ich möchte meine Wohnung auflösen und kann das nicht selbst machen.«

Sage blickte Daisy an, die genauso schockiert aussah, wie sie sich fühlte.

»Du willst umziehen?«, fragte Daisy. »Warum?«

»Ich kann dort nicht bleiben. Es spielt keine Rolle, wo ich lebe – ich brauche nur einen Flughafen in der Nähe. L.A. hat einen internationalen Flughafen. Genau wie San Francisco oder Atlanta. Ich könnte mich sogar dazu entschließen, in New York zu leben.«

»Gut«, sagte Sage langsam. »Also überall, nur nicht in Miami?«

»Desean ist der Besitzer des Wohnkomplexes, in dem ich lebe. So haben wir uns überhaupt kennengelernt. Ich kann nicht länger dortbleiben. Es wäre zu schmerzhaft, ihm ständig zu begegnen.«

Sage spielte mit dem Gedanken, Cassidy zu sagen, dass die Trennung von Desean vielleicht zu vorschnell war, wenn sie so sehr darunter litt. Doch sie wusste, dass es im Augenblick wenig hilfreich wäre.

»Ich habe ein Umzugsunternehmen engagiert, das sich um die großen Möbel kümmert, aber ihr müsstet die Wohnung für den Umzug vorbereiten und einige meiner persönlichen Dinge mitbringen. Ich habe eine Liste gemacht, was genau getan werden müsste. Es sollte nur einen oder zwei Tage dauern. Die Flüge und alles andere werde ich euch natürlich bezahlen.«

»Ich bin sicher, dass der Arzt nichts dagegen hat, wenn du verreist«, warf Daisy ein.

»Ich will es nicht riskieren.« Eine einzelne Träne kullerte über Cassidys Wange. »Ich kann es einfach nicht. Bitte. Ich brauche eure Hilfe.«

»Wäre es nicht besser, wenn du dich ihm stellen und mit ihm sprechen würdest?«, versuchte Daisy es noch einmal. »Wenn du geradeheraus über deine Ängste reden würdest? Wenn du das getan hast, kannst du nach vorn blicken. Sich zu verstecken macht es nicht besser.«

Sage wusste, dass Daisy nur zu helfen versuchte, bezweifelte jedoch, dass Cassidy das im Moment hören wollte.

»Ich mache es«, sagte sie schnell. »Daisy, kommst du mit? Dein Dad kann auf die Kinder aufpassen – gemeinsam mit Esmerelda. Und du könntest gut einen Tapetenwechsel gebrauchen. Wir wohnen in einem schönen Hotel, bereiten Cassidys Wohnung für den Umzug vor, gönnen uns ein schickes Abendessen und ein paar Wellnessbehandlungen und fliegen dann wieder nach Hause.« Sie sah Cassidy an. »Für die Wellnessbehandlungen zahle ich selbstverständlich selbst.«

Daisy wirkte erstaunt. »Du meinst, wir fliegen nach Miami? Einfach so?«

Sage verkniff sich ein Grinsen. »Schockierend, ich weiß. Ja, das habe ich gemeint.«

»Ich muss arbeiten.«

»Du hast doch bestimmt noch einige Urlaubstage. Nimm dir ein paar Tage frei. Ich bitte meine Chefin ebenfalls um Urlaub. So machen die anderen es schließlich auch.« Sie sah Cassidy an. »Unsere kleine Schwester braucht uns. Im Übrigen hat Cassidy schon immer Tagebuch geführt. Jetzt haben wir endlich freie Bahn, es zu lesen.«

»Wagt es ja nicht!«

Sage grinste. »Das ist der Preis, kleine Schwester. Wir tun dir einen Gefallen und bekommen dafür Zugang zu all deinen Geheimnissen.«

Cassidy errötete. »Ich kann nicht glauben, dass ihr das wirklich tun würdet.«

»Ich würde es niemals tun«, versicherte Daisy schnell und blickte Sage an. »Man liest die Tagebücher anderer nicht – das ist unhöflich.«

»Und warum sollte mir das etwas ausmachen?«

Daisys Mundwinkel zuckten verdächtig. »Du bist unverbesserlich.«

»Ja, das bin ich. Also, fliegen wir?«

»Ich schaue mal, ob ich ein paar Tage freinehmen kann. Wenn es klappt, rede ich mit Dad und Esmerelda.«

»Ich kann den beiden mit den Kindern helfen«, bot Cassidy an. »Ich weiß es echt zu schätzen, dass ihr mir helft.«

Daisy sah aus, als wollte sie noch etwas zu Cassidy und Desean sagen, aber dann schien sie es sich doch anders zu überlegen.

»Also gut. Ich erkundige mich *morgen früh*, ob ich mir freinehmen kann. Sobald ich weiß, ob das klargeht, können wir Tickets und ein Hotelzimmer buchen.«

»Ihr wollt bestimmt im *Four Seasons* übernachten«, sagte Cassidy. »Sie haben dort Hängematten am Pool.«

Sage seufzte. »Ja, ich will eine Hängematte.«

»Wir werden viel zu tun haben.«

»Aber ja nicht ständig. Ach, und pack auch ein paar sexy Klamotten ein. Wir gehen vielleicht noch in einen Club.«

Daisy verdrehte die Augen. »Wir gehen ganz sicher nicht in einen Club. Schließlich sind wir dort, um zu arbeiten.«

Cassidy grinste Sage an. »Keine Sorge. Ich werde dir etwas empfehlen.«

Der einzige Nachteil an ihrem unerwarteten Trip nach Miami war, dass er genau einen Tag nach Joannes Abfahrt zum *Golden Door Spa* begann. Sage hätte das leere, stille Haus gern etwas genossen. Doch Cassidy wollte, dass sie so schnell wie möglich nach Miami reisten, und Daisy bekam tatsächlich ein paar Tage frei. Und so stand Sage drei Tage später vor ihrem Schrank und dachte darüber nach, wie viele Badeanzüge sie brauchen würde.

Sie hatte Cassidys To-do-Liste in ihre Umhängetasche gepackt. Die meisten Punkte darauf waren leicht zu erledigen: den WLAN-Router zurückgeben, ihren Kühlschrank und ihren Briefkasten leeren, Getränke und offene Flaschen entsorgen, damit sie nicht mit eingepackt werden mussten. Das alles sollten sie innerhalb eines Tages schaffen, sodass sie noch jede Menge

Zeit hätten, um am Pool zu liegen und um ein bisschen shoppen zu gehen. Sage hoffte, dass diese kleine Auszeit es ihr erlauben würde, über ihre Zukunft nachzudenken und sich vielleicht sogar darüber klar zu werden, in welche Richtung es gehen sollte. Vielleicht könnte sie sogar ein paar Entscheidungen treffen.

Sie lief durch das leere Haus, schloss die Türen und Fenster ab und schaltete die Lampen aus. Es war fast acht Uhr abends. Sie und Daisy wollten den Nachtflug nach Miami nehmen. Nach der Landung würden sie direkt zu Cassidys Apartment fahren und sich an die Arbeit machen. Mit etwas Glück würden sie am selben Tag noch fertig werden und somit die folgenden zwei Tage ganz für sich haben, um sich zu entspannen.

Sie kehrte in ihr Zimmer zurück, holte ihren schon etwas ramponierten Koffer und rollte ihn zur Haustür. Ihre Umhängetasche und ihre Handtasche hatte sie bereits gepackt. Ihr blieben noch ungefähr zwanzig Minuten, ehe Wallace und Daisy sie abholen wollten. Schnell ging sie rüber zu Adam und klopfte an die Haustür.

Sekunden später öffnete er ihr. »Bist du bereit?«, fragte er, nachdem er sie zur Begrüßung geküsst hatte.

»Ja.«

Sie hielt inne und war sich nicht sicher, was sie sagen sollte. Eigentlich wollte sie ihm mitteilen, dass sie ihn vermissen würde, aber sie fürchtete, dass er denken könnte, sie würde klammern, und dass sie ihn damit vielleicht in die Flucht schlug. Offensichtlich waren sie irgendwie zusammen – sie verbrachten viel Zeit zusammen und schliefen auch miteinander. Doch sie wusste nicht genau, ob es schon eine ernsthafte Beziehung war oder wie sie die Sache zwischen ihnen definieren sollte. Und so war sie sich einfach nicht sicher, ob das Vermissen in die Kategorie »Ich dich auch!« fiel oder eher ein »Verschwinde, Bitch!« heraufbeschwören würde. Nicht, dass Adam sie jemals als Bitch bezeichnen würde, also schied Letzteres vermutlich aus, aber trotzdem war das alles sehr verwirrend.

»Ich werde dich vermissen«, sagte Adam in dem Moment und überraschte sie – positiv.

Sie lächelte. »Ich dich auch. Sehr sogar.«

Seine Miene wurde ernst. »Ich weiß, dass ich nicht das Recht habe, so etwas zu sagen, doch ich mache es trotzdem: Betrüg mich bitte nicht.«

Seine Worte schockierten sie. »Wieso sagst du so was?« Das war natürlich eine dumme Frage. Offenbar machte er sich Sorgen. »Ich werde dich nicht betrügen. Das würde ich niemals tun. Adam, nein. Das wird nicht passieren.«

Sie wollte noch mehr sagen, wollte sich verteidigen, aber als sie ihm in die Augen blickte, wurde ihr bewusst, dass sie ihm diese Angst nicht mit Worten oder Versprechungen nehmen könnte. Angesichts ihrer Vergangenheit war seine Sorge wahrscheinlich sogar berechtigt. Sie könnte ihm diese Angst nur nehmen, indem sie die Reise antrat und anschließend zu ihm zurückkehrte.

Er wandte den Blick ab, ehe er sie wieder ansah. »Es ist nur …«

Sie legte die Hände auf seine Brust und küsste ihn. »Ich habe verstanden. Ich werde dich nicht hintergehen.« Sie wollte ihm sagen, dass er ihr vertrauen solle, doch sie wusste, dass es wenig hilfreich wäre.

»Du bist so wunderschön«, sagte er und schob ihr eine Haarsträhne hinter das Ohr. »Kein Mann kann dir widerstehen.«

»Sehr lieb von dir, aber das stimmt so nicht.«

Sie wollte noch etwas sagen, doch in dem Augenblick bog ein Wagen auf die Zufahrt des Hauses ihrer Mutter.

»Das sind Wallace und Daisy.«

Er nickte und brachte sie nach draußen. Zusammen gingen sie hinüber und holten ihr Gepäck. Sage stellte Wallace und Adam einander vor und küsste Adam ein letztes Mal.

»Ich schicke dir allerdings keine Nachricht, wenn wir in Miami ankommen«, erklärte sie und grinste. »Dann ist es hier nämlich vier Uhr morgens.«

»Viel Spaß«, wünschte er ihr und hielt ihr die hintere Wagentür auf. »Wir sehen uns, wenn du zurück bist.«

»Ja, das werden wir.«

Sie winkte ihm zu und stieg ein. Daisy drehte sich auf dem Beifahrersitz zu ihr um.

»Was ist los? Du wirkst so aufgewühlt.«

»Adam macht sich Sorgen, dass ich ihn betrügen könnte, während wir in Miami sind.«

»Wie soll das denn gehen? Du bist doch mit mir zusammen. Du wirst wohl kaum ausgehen und gleich mit dem nächstbesten Mann in die Kiste hüpfen. Ganz abgesehen von den logistischen Hürden würdest du so etwas auch einfach nicht tun.«

»Danke, dass du so viel Vertrauen in mich hast.«

»So jemand bist du nicht.«

Sage machte sich nicht die Mühe, sie zu korrigieren. Es gefiel ihr, dass Daisy das Beste in ihr sah, auch wenn sie es nicht verdiente. Gemeinsam hatten sie einen langen Weg zurückgelegt, waren einander nähergekommen und verstanden sich mittlerweile richtig gut.

Wallace stieg ins Auto. »Ihr Mädchen werdet bei eurem Trip eine Menge Spaß haben.«

Sage lachte. »Mir wurde gesagt, dass ich nicht mehr unter den Begriff ›Mädchen‹ falle, weil ich inzwischen stramm auf die vierzig zugehe.«

Ihr ehemaliger Stiefvater lächelte sie im Rückspiegel an. »Du wirst immer eins meiner Mädchen bleiben.«

»Danke, Wallace. Das ist schön zu hören.«

Nachdem sie am Flughafen angekommen waren, fuhr Wallace sie zum Terminal und half ihnen, das Gepäck aus dem Kofferraum zu hieven. Als Sage ihn zum Abschied umarmte, drückte er ihr ein paar Geldscheine in die Hand.

»Ich weiß, dass ihr beide ein bisschen shoppen gehen wollt. Kauf dir was Schönes.«

Die unerwartete und großzügige Geste rührte sie. Tränen schimmerten in ihren Augen.

»Danke«, flüsterte sie und umarmte ihn noch einmal. »Du warst schon immer der beste Mann, den ich je kennenlernen durfte.«

Er gab ihr einen Kuss auf die Stirn. »Ich gebe die Hoffnung nicht auf, dass ich einmal auf Platz zwei hinter dem netten Mann lande, in den du dich verlieben wirst.« Er räusperte sich. »Also gut. Habt Spaß und passt aufeinander auf.«

»Das machen wir«, versprach Daisy.

Nachdem sie die Sicherheitskontrolle hinter sich gelassen hatten, gingen sie zum Gate. Sie hatten sich gerade hingesetzt, um auf das Boarding zu warten, als Daisy unvermittelt wieder aufsprang.

»Kannst du kurz auf meine Sachen aufpassen? Ich mache einen kleinen Spaziergang.«

»Warum?«

»Ich bin nervös. Es hilft mir dabei, mich zu beruhigen.« Daisy stemmte die Hände in die Hüften. »Spielt es denn eine Rolle, *warum* ich das mache? Kann ich nicht einfach ein bisschen rumschlendern?«

Die Schärfe in ihrer Stimme war unerwartet, genau wie die etwas zu weit aufgerissenen Augen und die beschleunigte Atmung.

Ungläubig starrte Sage sie an. »Hast du etwa Flugangst?«

»Und wenn schon! Eine Menge Leute fliegen nicht gern. Es ist einfach anormal. Flugzeuge sind wahnsinnig groß. Sie wiegen Tonnen. Solche riesigen Sachen sollten am Boden bleiben. Punkt.«

»Es gibt keinen Grund, Angst zu haben. Flugreisen sind sehr sicher.«

»Das klingt auch alles ganz toll – bis man dann abstürzt und in einem Flammeninferno ums Leben kommt.«

»Technisch gesehen stirbt man, glaube ich, schon beim Aufprall auf den Boden, also spielt das Flammeninferno nur noch eine untergeordnete Rolle.«

Daisy funkelte sie an. »Glaubst du ernsthaft, dass du mir mit solchen Infos weiterhilfst?«

»Tut mir leid. Wir fliegen erster Klasse. Da lassen sich die Sitze nach hinten klappen, und du kannst die ganze Zeit pennen.«

»Ich werde nicht schlafen. Ich muss wach bleiben, damit ich dem Flugzeug telepathisch vermitteln kann, dass es gefälligst in der Luft zu bleiben hat.«

Plötzlich versprach der Trip nach Miami doch nicht mehr so lustig zu werden. »Okay. Lauf ein bisschen rum«, sagte Sage. »Ich passe auf unser Gepäck auf.«

Daisy kehrte zurück, als das Boarding begann. Sage ignorierte ihr nervöses Gezappel. Sobald sie ihre Plätze eingenommen hatten, reichte Sage Daisy eine Pille.

»Nimm das.«

Daisy betrachtete sie misstrauisch. »Was ist das?«

»Etwas, das dir beim Schlafen hilft. Das sollte bis Miami vorhalten.«

»Ich will morgen nicht total angeschlagen sein.«

»Und ich will nicht, dass du dich sechs Stunden lang darauf konzentrierst, das Flugzeug in der Luft zu halten.«

Aufgebracht funkelten sie einander an. Daisy blinzelte als Erste und nahm die Pille.

»Das wird nicht funktionieren«, prophezeite sie. »Ich bin viel zu angespannt.«

»Wir werden sehen.«

Als das Flugzeug vom Gate zurücksetzte, wurden Daisys Lider schwer. Und als sie die Startbahn entlangrasten, war sie bereits eingeschlafen.

Sage wartete, bis sie die Flughöhe erreicht hatten, klappte dann vorsichtig die Rückenlehne von Daisys Sitz um und breitete eine Decke über ihre Stiefschwester. Daisy bewegte sich, ergriff Sages Hand und drückte ihre Finger.

»Nacht, Sage«, flüsterte sie ein wenig undeutlich.

»Du bist echt komisch«, sagte Sage, bevor sie ihre eigene Rückenlehne zurückklappte und die Augen schloss. *Aber ich liebe dich trotzdem.*

22. KAPITEL

»Das fühlt sich irgendwie nicht richtig an«, sagte Daisy, als sie die Tür zu Cassidys Apartment öffneten. »Wir dringen in ihre Privatsphäre ein.«

»Wir tun genau das, worum sie uns gebeten hat«, entgegnete Sage und folgte ihr in den kleinen Eingangsbereich der Wohnung. »Und außerdem … Hallo? Sie hat uns den Schlüssel gegeben.«

Zu ihrer Linken befand sich eine Treppe, die auf die zweite Ebene hinaufführte, zu ihrer Rechten ein Flur. Daisy verdrängte das Gefühl, dass sie hier nicht hingehörte, und ging den Flur entlang. Eine Tür führte zur Garage, während die andere zu einem unmöblierten Gästezimmer mit angrenzendem Bad gehörte, von dem aus man eine kleine Terrasse betreten konnte, die einen Ausblick auf ein eingezäuntes Stück Garten bot.

»Das ist echt schön«, sagte Daisy. »Lichtdurchflutet. Die Farbe der Wände und des Teppichs sind neutral gehalten.«

»Du bist hier nicht bei *House Hunters*«, erwiderte Sage grinsend. »Du darfst also ruhig gemein sein.«

»Das Zimmer ist leer. Wie sollte man darüber eine gemeine Bemerkung fallen lassen?«

Sie liefen die Treppe hinauf und betraten den Wohnbereich. Der riesige Raum beinhaltete auch eine offene Küche. Die Decken waren hoch, die beigen Bodenfliesen sorgten für eine heimelige Atmosphäre.

Daisy sah sich um und suchte nach Spuren ihrer Schwester. Doch auch im Wohnbereich war kaum eine persönliche Note zu entdecken. Es gab keine Bücher oder Magazine, und an den Wänden hingen nicht einmal Bilder.

»Es wirkt eher wie ein Hotelzimmer als ein Zuhause«, stellte Sage fest.

»Finde ich auch. Ich weiß ja, dass sie oft unterwegs ist, aber wo sind ihre persönlichen Dinge? Ein Sweater, ein Paar Schuhe, irgendetwas, das zeigt, dass sie hier tatsächlich lebt …«

»Cassidy ist kein Fan davon, irgendwo ansässig zu werden.«

»Es gibt einen Unterschied zwischen ›irgendwo ansässig zu werden‹ oder so zu leben, als wäre man unsichtbar.«

Sie gingen ins Schlafzimmer, das in denselben Farben gehalten war wie das Wohnzimmer. Die dicke Bettdecke war weiß, genau wie die Zierkissen. Auch die niedrige Kommode, auf der ebenfalls keine persönlichen Dinge standen, war schlicht. Selbst die Ablagen im Badezimmer waren leer.

Sie liefen zurück und in das zweite Schlafzimmer auf dieser Ebene.

»Endlich«, sagte Daisy und spürte, wie ihre Anspannung allmählich wich. »*Das* ist sie.«

Das Schlafzimmer war zu Cassidys Arbeitszimmer umgebaut worden. Mitten im Zimmer stand ein riesiger Schreibtisch, und an den Wänden befanden sich Bücherregale. Papiere, Ordner und Bücher waren auf dem Schreibtisch und dem Fußboden darum herumgestapelt.

Die Regale quollen nicht nur von Büchern über, sondern auch von Hüten, Vasen, Puppen und Dutzenden von gerahmten Bildern. Über der Rückenlehne des Schreibtischstuhls hing eine Jeansjacke.

Daisy betrachtete die Bilder, die Cassidy mit Menschen aller Herren Länder zeigte. Es gab Fotos von Sonnenauf- und -untergängen und Bilder von Cassidy und Desean.

Sage sah sich um. »Ihr Tagebuch ist nicht hier. Ich schätze, es ist im Schrank.«

»Dies ist allerdings das einzige Zimmer, wo man es tatsächlich verstecken könnte – denn es wäre für jeden Außenstehenden unmöglich, in diesem Chaos irgendetwas zu finden. Warum bist du eigentlich so besessen von ihrem Tagebuch?«

Sage grinste. »Weil wir so ihre Geheimnisse erfahren.«

Daisy stöhnte. »Bitte, werd erwachsen. Wir werden *nicht* ihr Tagebuch lesen.« Sie zog die Liste, die Cassidy ihr gegeben hatte, aus der Handtasche. »Zuerst suchen wir den Router und legen ihn neben die Tür. Dann können wir damit beginnen, die Sachen einzupacken, die wir mitnehmen wollen.«

»Was machen Sie hier?«

Beim Klang der tiefen männlichen Stimme zuckte Daisy zusammen, wirbelte herum und erblickte einen hochgewachsenen, durchtrainierten Mann, der im Türrahmen stand. Ihr Verstand sagte ihr, dass es Desean sein musste – während ihr Überlebensinstinkt ihr zuschrie, dass dieser Kerl sie wie einen Zweig zerbrechen könnte.

Sage, die wesentlich weltgewandter und erfahrener war als Daisy, lächelte und ging auf ihn zu.

»Hi. Ich bin Sage. Cassidys Schwester. Das ist Daisy. Sie müssen Desean sein.«

Seine Miene entspannte sich. »Ich habe viel von Ihnen beiden gehört. Schön, Sie kennenzulernen.«

Daisy lächelte und winkte ihm aus sicherer Entfernung zu. Der Mann sieht so gut aus, dass man glatt nervös werden könnte, schoss es ihr durch den Kopf, als sie seine braunen Augen, den gepflegten Bart und die langen Dreadlocks betrachtete. Seine Schultern waren fast so breit wie die Tür und seine Arme muskulös. Das Hawaiihemd wollte nicht so recht zu diesem Bild von einem Mann passen, schien es doch an seinem Superheldenstatus zu kratzen und ihn normal und menschlich zu machen.

»Ich wusste nicht, dass Sie kommen wollten«, sagte er. Seine Stimme klang samtig. »Cassidy hat mir nicht …« Er zuckte die Achseln. »Wir reden nicht mehr miteinander. Aber ich sah Sie kommen und in ihr Haus gehen, also wollte ich kurz nachschauen, was los ist.«

Daisy spürte, wie ihr Mut sank. *Oh nein!* Er wusste nicht, warum sie hier waren. Und wenn sie an die Blumen und die Nachricht dachte, war er anscheinend immer noch verliebt in Cassidy. Es würde ihm den Boden unter den Füßen wegreißen, wenn er auf diese Weise erfuhr, dass sie hier waren, um Cassidys Wohnung aufzulösen.

Sie machte den Mund auf und schloss ihn gleich wieder, wusste nicht, wie sie ihm die Situation erklären sollte, ohne seine Gefühle zu verletzen.

»Echt jetzt?«, fragte Sage seufzend. »Du kneifst?«

»Ich kann es ihm nicht sagen.«

»Angsthase.« Sage sah Desean an. »Es tut mir leid, dass Sie es auf diese Weise erfahren müssen. Anscheinend sind meine beiden Schwestern Feiglinge. Cassidy hat uns gebeten, hierherzukommen, um uns um ein paar Dinge zu kümmern, bevor das Umzugsunternehmen kommt. Sie verlässt Miami.«

Desean schien in sich zusammenzusinken und ließ den Kopf hängen. »Ich dachte, sie würde vielleicht zurückkommen und wir könnten reden. Aber dazu wird es jetzt wohl nicht mehr kommen.«

Daisy eilte zu ihm. »Sie hatte in letzter Zeit sehr viel um die Ohren – unter anderem auch durch den Unfall. Doch es geht ihr allmählich besser. Vielleicht ändert sie noch ihre Meinung, wenn sie die Zeit und die Ruhe hat, um nachzudenken.«

Eindringlich sah er sie an. »Wollen Sie mir damit sagen, dass sechs Wochen in einem Krankenbett nicht ausgereicht haben, um in Ruhe nachzudenken?«

»Gut, das nicht, aber …« Sie presste die Lippen aufeinander. »Es tut mir leid. Sie scheinen ein netter Kerl zu sein.«

Er zog einen Mundwinkel nach oben. »Ja. Doch das reicht Cassidy nicht. Wonach auch immer sie sucht – ich bin es nicht.«

Daisy fischte ihr Handy aus der Hosentasche. »Sie hat sich erholt, seit Sie sie zuletzt gesehen haben.« Sie zeigte ihm einige Bilder von Cassidy.

»Sind das Ihre Kinder?«, fragte er und sah sich die Fotos an.

»Ja.«

»Ben und Krissa, stimmt's? Sie hat von den beiden erzählt. Sie war sich nicht sicher, ob sie eigene Kinder haben wollte. Aber sie meinte immer, wenn *Sie* schon welche hätten, könnte es wohl jeder schaffen.« Er runzelte die Stirn. »Das klang jetzt irgendwie negativer, als es sollte.«

Daisy wischte seine Sorge beiseite. »Schon okay. Wir sind früher überhaupt nicht miteinander ausgekommen und haben uns nicht verstanden. Doch inzwischen sind wir Freundinnen. Ich wünschte, ich könnte sie dazu bringen, es sich, was Sie betrifft, noch einmal anders zu überlegen.«

»Das wünschte ich mir auch.«

»Wollen Sie heute Abend nicht mit uns zusammen essen gehen?«, fragte Sage.

Seine Miene hellte sich auf. »Das wäre schön. Wo wohnen Sie?«

»Im *Four Seasons*.«

Er nickte. »Ich kenne einige Restaurants in der Nähe und würde Sie um sieben abholen, wenn Ihnen das recht ist?«

»Perfekt«, erwiderte Daisy.

Sie tauschten ihre Handynummern aus und brachten ihn nach draußen. Nachdem sie wieder in den Wohnbereich zurückgekehrt waren, ging Daisy in die Küche.

»Ich verstehe das nicht«, gab sie zu. »Warum ist sie nur so stur?«

»Weil sie eine Idiotin ist.«

»Sie hat Angst.«

»Wir haben alle Angst, aber das heißt nicht, dass wir es nicht wenigstens versuchen.« Sage lehnte sich an den Küchentresen. »Er wird nicht für immer auf sie warten – und dann? Eines Tages wird sie aufwachen und erkennen, dass er der Richtige ist … doch dann hat er sich schon von ihr abgewandt und sein Leben in die Hand genommen.«

»Ich weiß. Das bereitet mir auch Sorgen.« Daisy machte den Kühlschrank auf. Er war leer. Auch in den Schränken befanden sich nur ein paar wenige Grundnahrungsmittel und einige Flaschen Wodka – das war alles.

»Die Wohnung auszuräumen wird nicht lange dauern«, sagte Daisy. »Wir könnten das heute erledigen, dann mit Desean essen gehen und morgen nach Hause fliegen.«

Sage lächelte sie an. »Oder wir könnten es heute erledigen, dann mit Desean essen gehen und noch ein bisschen Spaß haben.«

»Was soll das heißen?«

»Es macht mich traurig, dass du überhaupt nachfragen musst. Wir könnten am Pool liegen, uns massieren lassen, shoppen gehen. Du weißt schon … die schönen Dinge, die wir zu Hause nie machen, weil wir einfach zu viel zu tun haben.«

»Allein wenn ich darüber nachdenke, bekomme ich schon ein schlechtes Gewissen«, gab Daisy zu.

»Weil du dir keinen Spaß gönnen darfst? Sagt wer?«

Eine sehr gute Frage, dachte Daisy. Warum zögerte sie? Schließlich waren sie nun schon einmal hier. Ihre Kinder waren versorgt, sie hatte ein paar Tage frei. Warum sollte sie keinen Spaß haben und sich amüsieren?

Sage lachte. »Ich kann sehen, wie du langsam einknickst. Sehr gut. Kümmere du dich um die Küche. Ich stürze mich auf das Schlafzimmer und den Schrank. Ich bin mir sicher, dass sie dort irgendwo ihr Tagebuch aufbewahrt. Ach, und halt nach dem Router Ausschau, damit wir ihn auf dem Rückweg ins Hotel noch bei der Telefongesellschaft abgeben können.«

»Wir werden ihr Tagebuch *nicht* lesen«, wiederholte Daisy nachdrücklich.

»Du vielleicht nicht«, entgegnete Sage. »Aber ich schon.«

Desean ging mit ihnen in ein kubanisches Fischrestaurant, das von außen recht unspektakulär wirkte, jedoch von innen richtig schick war. Auf den Tischen lagen weiße Decken, und die Gäste waren elegant gekleidet. Sie wurden an einen ruhigen Tisch im hinteren Bereich des Restaurants geführt. Fast jeder Gast drehte sich nach ihnen um. Zwar hätte Sage gern geglaubt, dass sie und Daisy der Grund für das Interesse der anderen waren, doch sie wusste, dass Desean im Mittelpunkt der Aufmerksamkeit stand.

Obwohl sie zwölf Zentimeter hohe Absätze trug, überragte der Mann sie um einiges. Sein selbstbewusstes Auftreten und seine beeindruckende Größe erregten das Interesse aller Anwesenden. Hinzu kam, dass er außergewöhnlich attraktiv war.

»Danke, dass Sie mich heute Abend eingeladen haben, Sie zu begleiten«, sagte er, nachdem ihre Bedienung ihre Getränkewünsche aufgenommen hatte. »Es ist schön, mal wieder auszugehen. Ich habe viel zu viel Zeit allein verbracht.«

»Und Cassidy vermisst?«, fragte Daisy und wirkte im nächsten Moment so, als wollte sie ihre Worte zurücknehmen.

Desean nickte. »Ich kann nicht anders. Ich liebe Ihre Schwester und weiß nicht, wie ich über sie hinwegkommen soll.«

»Die Zeit heilt alle Wunden«, erwiderte Daisy.

Sage unterdrückte ein Stöhnen. »Wie wär's mit einer anderen Frau?«

Daisy warf ihr einen ungläubigen Blick zu. »Sag das nicht. Cassidy ist unsere Schwester. Wieso sollten wir ihn also dazu ermutigen, sich eine andere Frau zu suchen?«

»Weil Cassidy ihn verlassen hat und er nach vorn blicken sollte.«

»Das ist herzlos.«

»Nein. Pragmatisch.«

Desean überraschte Sage mit einem lauten Lachen. »Jetzt weiß ich, woher Cassidy ihr freches Mundwerk hat.« Ernst fuhr er fort: »Ich treffe mich mit keiner anderen Frau, und das wird sich so schnell auch nicht ändern. Ich bin nicht der Typ dazu. Ich wünsche mir eine ehrliche Beziehung mit jemandem, den ich aufrichtig liebe.«

Das hatte auch Adam gesagt, als Sage und er sich kennengelernt hatten. Es war der Unterschied zwischen bedeutungslosem Sex und Sex mit einem Menschen, den man liebte.

»Ich war schon immer so«, fügte er hinzu. »Doch Cassidy ist die erste Frau, die ich wirklich geliebt habe.«

Die Bedienung kehrte mit ihren Getränken zurück. Sage und Daisy hatten Mojitos bestellt, während Desean sich für einen Irish Whiskey entschieden hatte.

»Sie hat Angst«, sagte Daisy. »Nachdem ihre Eltern sich getrennt hatten, fühlte sie sich zwischen zwei Familien hin- und hergerissen und war an keinem Ort wirklich zu Hause. Sie hat Angst davor, sesshaft zu werden. Wenn sie gefangen ist, wie soll sie sich dann selbst beschützen?«

Desean seufzte. »Sie weiß, dass ich ihr niemals wehtun würde.«

»Wenn Sie zusammenbleiben, werden Sie ihr zwangsläufig wehtun und sie verletzen«, entgegnete Daisy entschieden. »Das geht mit einer Beziehung unweigerlich einher. Glauben Sie mir, ich weiß, wovon ich spreche. Mein Ehemann und ich sind getrennt.«

»Er hat sich wie ein Idiot verhalten«, fügte Sage hinzu.

Daisy schenkte ihr ein Lächeln. »Danke. Finde ich auch.« Dann wandte sie sich wieder Desean zu. »Was ich damit nur sagen will, ist: Wenn Sie in einer Beziehung sind, werden Sie einander verletzen – das ist eine Tatsache. Wie Sie sich in so einem Fall verhalten, ist das, was wirklich zählt. Cassidy hat entweder nicht die Fähigkeiten, um damit umzugehen, oder sie traut es sich einfach nicht zu.«

»Wow. Das ist echt tiefsinnig«, sagte Sage.

»Danke. Also, wie haben Sie und Cassidy sich kennengelernt?«

Desean lächelte. »Sie war hier, um sich eins der Apartments anzusehen. Eigentlich habe ich eine Hausverwaltung, die sich um die Vermietungen kümmert, aber zufällig war ich an dem

Tag da, also habe ich ihr die Wohnung gezeigt. Für mich war es Liebe auf den ersten Blick. Ich wusste bis dahin nicht, was damit gemeint war, doch mir war in der Sekunde, als ich Cassidy zum ersten Mal erblickte, klar, dass sie die Richtige für mich ist.«

»Haben Sie ihr das mal gesagt?«, wollte Sage wissen.

»Nein. Ich wusste, dass ich sie damit verschrecken würde. Verdammt, es hat mir ja selbst Angst gemacht. Aber wir unterhielten uns, lachten und gingen etwas trinken. Und bevor ich überhaupt wusste, wie mir geschah, landeten wir bei mir.« Er seufzte. »Ein Riesenfehler. Ich habe mich wie jeder andere Typ verhalten, den sie vorher kennengelernt hatte. Ich hätte warten und ihr zeigen sollen, wie wichtig sie mir ist.«

Sage fühlte sich wieder an Adam erinnert. Er hatte diese Schwierigkeit anders aus dem Weg geräumt und sie »hingehalten«. Erstaunlicherweise hatte diese Taktik funktioniert. Als sie schließlich miteinander geschlafen hatten, war sie tatsächlich mit dem Herzen dabei gewesen – etwas, das sie zuvor nicht für möglich gehalten hätte.

»Wir haben einige Wochen miteinander verbracht«, fuhr er fort. »Dann ist sie zu einem ihrer Aufträge aufgebrochen, und wir hatten einen Monat lang überhaupt keinen Kontakt. Ich hatte Angst, sie nie mehr wiederzusehen, doch als sie zurückkehrte, zog sie wieder in ihr Apartment, und wir machten dort weiter, wo wir aufgehört hatten. Dann hat sie plötzlich Schluss gemacht.«

Daisy zuckte zusammen. »Hat sie gesagt, was der Grund dafür war?«

»Sie meinte, es würde ihr alles zu viel werden. Dann verschwand sie wieder. Als sie zurückkehrte, kamen wir wieder zusammen.« Er nahm sein Glas. »So war es die ganze Zeit zwischen uns. Ich habe sie auf einige ihrer Reisen begleitet. Wir haben uns toll verstanden, und ich glaubte, es würde super laufen, aber dann machte sie Schluss. Als sie mich nach Patagonien einlud, dachte ich, dass es dieses Mal ernst werden würde. Also kaufte ich einen Ring und hielt um ihre Hand an. Sie wissen ja, wie die Sache ausging.«

Sage tätschelte seinen Arm. »Es tut mir leid. Sie wird es noch bereuen, Sie verloren zu haben.«

»Vielleicht. Aber das wird nichts ändern. Für mich war es einfach das eine Mal zu viel. Ich werde nicht hinter ihr herrennen. Sie hat ihre Gefühle für mich mehr als deutlich gemacht.«

Daisy beugte sich zu ihm vor. »Geben Sie nicht auf. Sie lieben sie doch.«

»Das ist wenig hilfreich, wenn sie diese Liebe nicht erwidert.«

Sage und Daisy wechselten einen Blick. Sage hatte keine Ahnung, was sie ihm sagen sollte.

»Sie glaubt nicht an die Liebe«, gab Daisy zu. »Sie behauptet, dass keine Beziehung je funktioniert hat. Warum also sollte man sich ihrer Meinung nach überhaupt die Mühe machen, es auszuprobieren? Mich macht das traurig. Jordan und ich haben gerade ernste Schwierigkeiten, aber deshalb habe ich nicht den Glauben an die Liebe verloren.«

Sage war sich nicht sicher, ob sie zu diesem Gespräch überhaupt etwas beizutragen hatte. Sie war nie verliebt gewesen. Als sie noch jünger gewesen war, hatte es daran gelegen, dass ihre Mutter ihr eingebläut hatte, nicht ihr Herz aufs Spiel zu setzen. Joanne hatte aus Erfahrung gesprochen – der einzige Mann, den sie je geliebt hatte, hatte ihr am Ende das Herz gebrochen. Sage vermutete, dass sie Jordan früher einmal auf ihre ganz eigene Art und Weise geliebt hatte. Doch sie waren noch Kinder gewesen. Und seitdem hatte sie sich nie mehr in jemanden verliebt – was ziemlich traurig war, denn immerhin war sie dreimal verheiratet gewesen.

Auch was ihre Gefühle für Adam betraf, war sie sich nicht sicher. Sie mochte ihn sehr, respektierte ihn und verbrachte gern Zeit mit ihm. Sie freute sich jedes Mal darauf, ihn wiederzusehen, und vermisste ihn, wenn sie sich einmal nicht treffen konnten. Noch immer war sie ein bisschen aufgewühlt, weil er sie so eindringlich gebeten hatte, ihn nicht zu betrügen. Das bedeutete, dass er ihr nicht vertraute. Und das wiederum brachte sie dazu, ihren eigenen Wert zu hinterfragen.

Über den Tisch hinweg blickte sie Daisy an. Was war mit ihr und Jordan? Würden sie ihre Probleme in den Griff bekommen? Die Trennung dauerte nun schon eine ganze Zeit lang, und soweit Sage wusste, redeten sie nicht einmal mehr miteinander. Steuerten sie gerade auf die Scheidung zu?

Sie dachte an Krissa und Ben und hoffte, dass es nicht dazu kommen würde. Eine Trennung war für jede Familie eine Katastrophe. Man musste sich ja nur einmal ansehen, wie die Trennung von Wallace und ihrer Mutter sich auf sie alle ausgewirkt hatte.

Sage spürte, wie ihre gute Laune einen Dämpfer bekam. Schnell schüttelte sie die negativen Gedanken ab und fand, dass sie dringend das Thema wechseln sollten.

»Du wirst niemals braun, wenn du dauernd im Schatten liegst«, sagte Sage.

Daisy, die es sich auf einem Liegestuhl gemütlich gemacht hatte, streckte ihrer Stiefschwester die Zunge raus. »Du kannst mich mal.«

»Du hast vergessen, das B-Wort hinzuzufügen. Du kannst mich mal, *Bitch*.«

»Ich fluche nicht.«

»Gestern Abend hast du's getan.«

»Kaum.«

Daisy lächelte und richtete ihre Aufmerksamkeit wieder auf das Modemagazin, das sie im Souvenirshop des Hotels erstanden hatte. Sie musste zugeben – wenn auch nur vor sich selbst –, dass sie Spaß hatte und die Zeit hier genoss. Sie und Sage hatten Cassidys Wohnung am Vortag komplett für den Umzug vorbereitet. Danach waren sie mit Desean essen gegangen.

Am Morgen waren sie und Sage shoppen gewesen. Sie hatte einige Sachen für sich selbst gekauft und noch zwei Plüsch-Seekühe für die Kinder. Sie wusste, dass Ben behaupten würde, zu alt für ein Plüschtier zu sein, dass er sich jedoch trotzdem über das Geschenk freuen würde.

Nun saßen sie am Pool, der einen einmaligen Blick über die Bucht bot, und kosteten jede Sekunde des warmen, sonnigen Nachmittags aus. Da es mitten in der Woche war, nutzten nur wenige andere Gäste das perfekte Wetter, um am Pool zu entspannen.

Sie war ein bisschen müde – sie hatten mit Desean in dem Restaurant gesessen, bis es irgendwann geschlossen hatte, und sie hatte in dem fremden Bett einfach nicht gut schlafen können. Dennoch war sie seltsam glücklich und zufrieden. Ja, sie vermisste ihre Kinder und ihre Haustiere, doch es war auch mal schön, aus ihrem Alltagstrott herauszukommen. Sie wusste es zu schätzen, einmal nicht die gesamte Verantwortung tragen zu müssen, und ihr gefielen die neuen Erfahrungen und die gemeinsame Zeit mit Sage. Komisch, dass sie noch vor drei Monaten allein bei der Vorstellung, auch nur eine Stunde mit ihrer Stiefschwester verbringen zu müssen, schreiend davongelaufen wäre. Jetzt waren sie und Sage Freundinnen. Daisy vertraute ihr und war gern mit ihr zusammen. Das Leben war manchmal wirklich seltsam.

Sie schlug die nächste Seite in ihrem Magazin auf und erblickte eine Anzeige für ein All-inclusive-Resort in der Karibik. Das romantische Bild zeigte ein Paar, das an einem Strand entlangspazierte. Der Mann hatte etwas Ähnlichkeit mit Jordan, und sofort musste sie an ihn denken. Ihr wurde bewusst, dass sie zwar gemerkt hatte, dass ihre Kinder ihr fehlten, aber dass sie nicht darüber nachgedacht hatte, ob sie Jordan ebenfalls vermisste. Schlimmer noch: Sie hatte kaum an ihn denken müssen und ihn auch nur kurz über ihren Trip informiert – per SMS.

Sollte sie sich nicht einsam fühlen? Immerhin waren sie verheiratet – er war der Mann, mit dem sie den Rest ihres Lebens verbringen wollte. Zumindest hatte sie sich das früher einmal so vorgestellt. Hatte sich das geändert? Oder war es nur eine schwierige Phase, die sie irgendwann überwinden würden?

Sie dachte über das Gespräch mit ihrem Vater nach. Wallace hatte ihr erzählt, wie er sich Stück für Stück von Joanne zurückgezogen hatte. Insgeheim fragte sie sich, ob sie gerade das Gleiche tat … ob sie sich zurückzog, statt sich mit der Situation auseinanderzusetzen. Oder ob es noch schlimmer war? Jordan hatte ihr vorgeworfen, dass er ihr egal wäre. Er hatte gesagt, sie wäre längst gegangen, hätte die Trennung innerlich längst vollzogen. War das der Kern ihres Problems?

Nein, sagte sie sich entschieden. Sie wollte nicht, dass ihre Ehe vorbei war. Sein Verhalten hatte sie verletzt, und sie wünschte sich, dass sie die Probleme aus der Welt schafften. Außerdem war sie wütend wegen all der Dinge, die sie wegen seines Auszugs durchgemacht hatte. Das Gegenteil von Liebe war nicht Hass, sondern Gleichgültigkeit. Also war ihre Wut ein Zeichen dafür, dass ihr noch immer etwas an ihm lag.

Eine verdrehte Logik, doch damit konnte sie leben.

Vielleicht würde alles besser werden, wenn sie wieder zu Hause wäre. Sie würden wieder zur Eheberatung gehen und …

»Heilige Scheiße! Implantate!« Sage wedelte mit einem kleinen ledergebundenen Buch herum, lief zu Daisys Liegestuhl und setzte sich. Sie grinste. »Cassidy hat sich Implantate machen lassen. Das ist das große Geheimnis.«

»Hör auf, in ihrem Tagebuch rumzuschnüffeln.«

»Ja, sicher. Komm schon. Du musst doch eine Meinung dazu haben!«

»Wenn sie sich damit besser fühlt, dann freut mich das für sie.«

Sage wirkte enttäuscht. »Ich dachte, du wärst moralischer und würdest sie direkt verurteilen.«

»Manchmal scheinst du echt das Schlimmste von mir anzunehmen.«

»Nicht mehr. *Ich* bin schockiert. Warum bist du nicht schockiert?« Sage verzog den Mund. »Wahrscheinlich weil du von Natur aus schöne Brüste hast. Und deshalb kannst du es nachvollziehen, wenn jemand auch so hübsche Exemplare haben will.« Sie sah an ihren eigenen Kurven hinab. »Sollte ich mir auch die Brüste machen lassen?«

»Nur wenn's dich glücklich macht.«

Daisy fand, dass Sage genau so, wie sie war, einfach toll aussah. Während sie selbst eine geschmackvolle Tunika über ihrem Badeanzug trug, tänzelte Sage in einem Bikini am Pool entlang. Ihr Körper war schlank und durchtrainiert. Es war deprimierend zu wissen, dass sie gleichaltrig waren. Nicht, dass das Alter etwas mit der Konfektionsgröße zu tun hätte, aber trotzdem …

Sage ließ sich auf den Liegestuhl neben Daisys sinken. »Deine sparsame Reaktion enttäuscht mich.«

»Beim nächsten Mal versuche ich, voreingenommener zu sein.«

Sage grinste. »Danke.« Sie legte das Magazin zur Seite und schloss die Augen. »Es ist so schön, hier einfach ein bisschen zu entspannen. Ich brauche auch einen Pool.«

»Du kannst jederzeit unseren Pool zu Hause benutzen.«

»Danke. Ich weiß das Angebot zu schätzen. Vor allem weil ich wohl niemals genug Geld verdienen werde, um mir einen eigenen Pool leisten zu können. Im Augenblick spare ich Geld für eine Wohnung und versuche, an meiner Kreditwürdigkeit zu arbeiten.«

Daisy war sich nicht sicher, was sie dazu sagen sollte. »Wenn ich dir Geld leihen soll …«

Sage riss die Augen auf. »Nein.«

»Ich wollte es dir nur anbieten …«

»Das habe ich schon verstanden. Aber … nein danke.«

Daisy hatte keine Ahnung, wie Sages finanzielle Situation aussah. Sie hatte angenommen, dass ihre Stiefschwester ihre Männer vor allen Dingen des Geldes wegen geheiratet hätte, doch offensichtlich hatte sie sich geirrt. Sage führte ein bescheidenes Leben, und Cassidy hatte für Sages Flugticket nach Miami gezahlt und Daisy gebeten, die Hotelrechnung mitzubringen. Sages Kleidung war schick, aber nicht neu. Tatsächlich war Daisy die Einzige gewesen, die am Morgen beim Shoppen zugeschlagen und sich etwas gekauft hatte.

»Bist du pleite?«, fragte sie, ehe sie es sich verkneifen konnte.

Sage hatte die Augen wieder geschlossen. »Ich habe ein paar wenige Ersparnisse, die für Notfälle bestimmt sind oder von denen ich in ein paar Jahren hoffentlich eine Anzahlung für eine Eigentumswohnung leisten kann.«

»Also sparst du, damit du ausziehen und dir später eine Wohnung kaufen kannst?«

Sage machte ein Auge auf. »Warum stellst du mir all diese Fragen?«

»Ich mache mir nur Sorgen um dich. Ich habe Geld und könnte …«

Nun schlug Sage auch das andere Auge auf und sah ihre Stiefschwester eindringlich an. »Diese Unterhaltung hatten wir schon.«

»Es muss ja kein Kredit sein.«

Sage fluchte unterdrückt. »Du solltest versuchen, etwas weniger nervig zu sein. Mir geht's gut. Ich komme klar. Und ich habe einen Plan.«

Erwartungsvoll sah Daisy sie an.

Sage stöhnte. »Ich möchte Lehrerin werden.«

Das Geständnis kam überraschend, ergab aber durchaus Sinn.

»Du kannst sehr gut mit meinen Kindern umgehen«, sagte sie. »Du bist sympathisch, liebenswert und verantwortungsbewusst. Außerdem bist du ursprünglich nach Europa gegangen, um Englisch zu unterrichten. Ich kann mir das sehr gut vorstellen. Um hier zu arbeiten, benötigst du eine Zulassung, stimmt's? Brauchst du nicht auch einen Collegeabschluss?«

»Den hab ich.«

Daisy lächelte. »Das hast du mir nie erzählt. Herzlichen Glückwunsch.«

»Danke. Wir haben damals nicht sonderlich viel Kontakt gehabt.«

»Also hast du den Abschluss in Europa gemacht?«

»Auf der *American University* in Paris. Es ist möglich, den Abschluss hier anerkennen zu lassen, und ich wäge gerade meine Möglichkeiten ab. Ich kann mich um einen Praktikumsplatz durch den *L. A. Unified School District* bewerben, über die *USC* an einem Online-Programm teilnehmen oder mich für ein zweijähriges Programm an der *UCLA* einschreiben.«

»Das sind doch vielversprechende Auswahlmöglichkeiten. Welche davon gefällt dir am besten?«

»Das Programm der *UCLA*, aber es ist teuer, und man kann nebenbei nicht arbeiten, weil es ein Vollzeitprogramm ist. Deshalb scheidet es, glaube ich, aus.«

Daisy presste lieber die Lippen aufeinander, als ihr noch einmal ihre finanzielle Unterstützung anzubieten. Sage hatte keinen Zweifel daran gelassen, dass sie keine Hilfe annehmen wollte. Lag es an ihrer besonderen Beziehung zueinander? Oder wies sie jeden zurück, der ihr helfen wollte?

»Ich möchte nicht die falsche Entscheidung treffen«, erklärte Sage. »Ich vermassele es nämlich gern.«

»Quatsch. Du kommst doch super zurecht.«

»Also vergessen wir mal die Scheidung, wegen der ich überhaupt hierher zurückgekehrt bin?«

»Ja. Vollkommen. Seit du wieder zurück bist, hast du gearbeitet und Zeit mit Cassidy und mir verbracht.« Sie grinste. »Und du hast mit Adam geschlafen.«

Sages Mundwinkel zuckten. »Der Sex war wundervoll.«

»Dann magst du ihn?«

»Ja. Und das macht mir Angst. Wie unsere Schwester bin ich vorsichtig, was Beziehungen betrifft. Sie scheinen einfach immer zu scheitern. Ihre Beziehung mit Desean sabotiert sie gerade selbst. Was ist, wenn mir mit Adam das Gleiche passiert?«

»Wir haben schon einmal darüber geredet, weißt du noch? Tu das, was ich tun würde.«

Sage sah sie an. »Nichts liegt mir ferner, als schon wieder auf das Offensichtliche hinzuweisen, aber aktuell sitzt du an einem Pool in Miami und lebst von deinem Ehemann getrennt.«

»Ich bin wegen Cassidy in Miami. Die Trennung ist etwas anderes.« Daisy seufzte. »Deshalb allerdings nicht weniger beunruhigend, wie ich zugeben muss.«

»Was ist eigentlich los?«

»Ich habe keine Ahnung. Es könnte sein, dass er eine andere hat.«

Überrascht sah Sage sie an. »Glaubst du das wirklich?«

»Ich weiß es nicht. Vielleicht. Wahrscheinlich nicht. Doch es wäre möglich.«

»Hast du ihn gefragt?«

»Einmal. Er meinte, er hätte niemand anders. Ich weiß nicht, ob sich daran etwas geändert hat, und allmählich fange ich an zu denken, dass mich die Antwort gar nicht mehr so sehr interessiert.«

»Das ist nicht dein Ernst.«

»Nein. Das ist natürlich nicht mein Ernst.« Sie presste die Lippen aufeinander. »Doch … Ich vermisse ihn nicht. Zuerst hat er mir gefehlt, aber in letzter Zeit nicht mehr. Manchmal bin ich mir nicht einmal mehr sicher, ob es mir etwas ausmacht, dass er nicht mehr da ist.«

Besorgt schüttelte Sage den Kopf. »Selbstverständlich macht es dir etwas aus. An dem Abend, als er dir geschrieben hat, dass er in ein Haus ziehen würde, war ich bei dir. Es hat dich alles andere als kaltgelassen.«

Daisy nickte. »Du hast recht. Doch alles, was ich zu dem Zeitpunkt empfunden habe – die Wut, die Angst –, ist weg. Und ich weiß nicht, was das bedeuten soll. Ich fürchte, dass wir vielleicht schon so lange getrennt sind, dass es unmöglich wird, wieder zusammenzukommen.«

»Das ist es nicht. Ihr liebt euch doch noch. Ihr müsst euch nur entscheiden, euch wieder versöhnen zu *wollen*.« Ihre Schwester sah ihr direkt in die Augen. »Es sei denn, ihr wollt es gar nicht.«

Und genau das ist der Punkt, dachte Daisy. Wollte sie noch mit Jordan verheiratet sein oder nicht?

»Ich will die Schwierigkeiten und Probleme zwischen uns aus der Welt schaffen.«

»Bist du dir sicher?«

Daisy holte tief Luft und wartete darauf, dass ihr Herz ihr die Wahrheit sagte. »Meistens.«

23. KAPITEL

Daisy und Sage landeten um kurz vor neun Uhr morgens auf dem Flughafen von L. A.

»Was hast du heute noch so vor?«, erkundigte Daisy sich, als sie auf ihr Gepäck warteten.

»Ich muss heute Mittag zur Arbeit«, sagte Sage und starrte auf ihr Handy. »Oh, Mist.«

»Was denn?«

»Adam hat mir gerade geschrieben. Er muss nach San Francisco fliegen, um sich mit einem Kunden zu treffen, und ist drei Tage lang weg.« Sie verzog den Mund. »Er ist schon auf dem Weg zum Flughafen. Ich werde ihn erst wiedersehen, wenn er zurückkommt.« Sage sah Daisy an. »Warum grinst du so? Das sind keine guten Neuigkeiten.«

»Du magst ihn«, sagte Daisy lächelnd. »Er ist dir wichtig. Ich finde das toll.«

»Wir hatten in den letzten Tagen richtig viel Spaß und haben uns gut verstanden. Ruinier das jetzt nicht, indem du mich dazu bringst, dich umbringen zu wollen.«

Daisy lachte und hakte sich bei ihrer Stiefschwester unter. »Das ist so böse. Du musst lernen, anders mit deinen Aggressionen umzugehen.«

»Vor allem will ich, dass Adam nicht weg ist, wenn ich von der Arbeit nach Hause komme.«

»Du kannst auch zu uns kommen und Zeit mit uns verbringen, wenn du möchtest. Dad ist immer noch in der Stadt, und ich weiß, dass die Kinder sich wahnsinnig freuen würden, dich wiederzusehen.« Daisy war sich sicher, dass Esmerelda genug Essen für mindestens zwanzig Leute vorbereitet hatte, also würde ein Gast zum Abendessen mehr kein Problem sein.

»Mal sehen«, murrte Sage. »Ich glaube nicht, dass ich heute Abend in der Stimmung für Gesellschaft bin.«

»Wir sorgen schon dafür, dass deine Laune sich hebt. Los, komm schon.«

»Okay. Meinetwegen.«

Daisy ignorierte den mürrischen Tonfall. »Komm direkt von der Arbeit zu uns. Ich sage allen, dass du mit uns isst.«

Sie sammelten ihr Gepäck ein und traten aus dem Flughafengebäude, um sich dort mit dem Mitarbeiter des Fahrservices zu treffen, den Daisy organisiert hatte. Sie setzten zuerst Sage zu Hause ab und fuhren dann weiter bis zu Daisy.

Strahlend stand Esmerelda in der offenen Tür und umarmte Daisy. »Es ist so schön, dass Sie wieder zurück sind. Allen geht es gut. Ihr Vater spielt Golf mit ein paar Freunden, und ich habe Ben und Krissa heute Morgen zur Schule gebracht. Cassidy ist oben in ihrem Zimmer. Sie ist sehr aufgewühlt, seit Sie gefahren sind. Sie glaubt, dass Sie den späteren Flug nehmen – ich habe sie in dem Glauben gelassen.«

Daisy lächelte. »Gut. Ich gehe nachher mal zu ihr.«

Sie und Sage hatten darüber geredet, wie sie am besten mit Cassidy umgehen wollten. Ja, sie hatten zugestimmt, ihr einen Gefallen zu tun, aber ihnen war auch bewusst, dass sie mit ihrem Handeln Cassidys Entscheidung unterstützten, die ihrer Meinung nach nicht die richtige war. Statt ihrer Schwester von der Reise zu erzählen, hatten sie sich darauf geeinigt, ihr nur kurz zu schreiben, dass alles in Ordnung sei. Sie sollte erfahren, was passiert war, wenn sie sich wiedersahen.

Daisy ging die Treppe hinauf in ihr Zimmer und packte aus. Dann checkte sie ihre Mails und plauderte noch ein bisschen mit Esmerelda, ehe sie schließlich zu Cassidy ging. Ihre Schwester lief unruhig in ihrem Zimmer auf und ab und bewegte sich fast schon wieder normal, obwohl sie noch einen Gehgips tragen musste.

Als Cassidy sie erblickte, kam sie zu ihr gelaufen.

»Du bist wieder da! Warum habt ihr mir nicht Bescheid gesagt, dass ihr früher kommt? Ich dachte, ihr nehmt den späteren Flug. Wie ist es gelaufen? Habt ihr alles geschafft? Ist das Apartment bereit für das Umzugsunternehmen? Hat Sage mein Tagebuch gelesen?«

Daisy nahm im Wohnbereich der Suite Platz und deutete auf den Sessel, der ihr gegenüberstand.

»Wir wissen jetzt von den Implantaten«, sagte sie lachend. »Sage weiß noch nicht, was sie davon halten soll. Mir ist es ehrlich gesagt egal. Wenn du damit glücklich bist, bin ich es auch.«

Cassidy verschränkte die Arme vor der Brust. »Ich kann nicht glauben, dass ihr mein Tagebuch gelesen habt.«

»Ich nicht. Bloß Sage. Sie hat mir nur die interessantesten Details verraten.« Kurz hielt sie inne. »Wir haben den Router zurückgegeben, die Getränke weggeschüttet und die Wohnung für das Umzugsunternehmen aufgeräumt und bereit gemacht.«

»Danke. Ich werde dort anrufen und Bescheid geben, dass es losgehen kann. Die Möbel lasse ich einlagern, bis ich weiß, wo ich leben will.«

Daisy holte tief Luft. »Was stimmt nicht mit dir? Wir haben Desean kennengelernt. Er ist fantastisch. Aufmerksam, nett, lustig und vermutlich der attraktivste Mann auf dem gesamten Planeten.«

Cassidys Mund zuckte. »Auf dem gesamten Planeten? Echt? Wow! Das nenn ich mal ein positives Feedback.« Sie presste die Lippen aufeinander. »Ihr habt ihn kennengelernt?«

»Wir haben mit ihm zu Abend gegessen und uns stundenlang unterhalten. Was gefällt dir an ihm nicht? Cassidy, ist dir mal in den Sinn gekommen, dass du vielleicht die beste Beziehung wegwirfst, die du jemals haben wirst? Ich weiß, dass du Angst hast, aber … komm schon. Reiß dich zusammen und benimm dich wie eine Erwachsene. Stell dich deinen Ängsten und ergreif diese Chance mit beiden Händen.«

Cassidy wandte sich ab. »Ich kann nicht.«

»Warum nicht? Hast du so viel Angst davor, glücklich zu sein? Ja, es wird auch schwierige Phasen geben, doch ihr werdet sie überstehen und gestärkt daraus hervorgehen.«

Verstohlen wischte Cassidy sich die Tränen von den Wangen. »Und das weißt du, weil du Expertin bist? Entschuldige, aber wo ist noch mal dein Mann?«

»Ich habe keine Ahnung. Und weißt du was? Das tut auch nichts zur Sache. Jordan und ich haben Probleme. Selbst wenn wir sie lösen können, wird es irgendwann wieder Schwierigkeiten geben. Hoffentlich werden wir dann besser damit umgehen können. Doch die Tatsache, dass er und ich es verbockt haben, bedeutet nicht, dass niemand versuchen sollte, eine Beziehung zu führen. Du und ich verstehen uns jetzt ja auch gut. Wir stehen uns nahe, und das gefällt mir, aber glaubst du, dass wir uns deshalb nicht mal phasenweise wieder voneinander entfernen werden? Das wäre durchaus möglich. Wir könnten allerdings auch die Mühe auf uns nehmen und auf dem aufbauen, was wir jetzt schon erreicht haben. Wir haben die Wahl und treffen die Entscheidungen.« Daisy beugte sich vor. Sie war entschlossen, zu ihrer Schwester durchzudringen. »Ich schwöre dir, dass ich dich und uns von jetzt an nicht mehr aufgeben werde – komme, was da wolle. Dieses Mal passiert mir das nicht mehr. Wenn du vor mir davonläufst, werde ich dich finden und dich dazu bewegen, meine Schwester zu sein.«

Aus großen Augen sah Cassidy sie an. »Das würdest du wirklich tun?«

»Habe ich dich je angelogen?«

»Nein. Nie.«

»Gut. Dann, ja. Das werde ich wirklich tun.« Sie atmete tief durch. »Cassidy, gib ihm eine Chance. Nein, ich nehme das zurück. Gib dir selbst eine Chance. Männer wie ihn findet man nur selten, und du wirst es irgendwann bereuen, ihn gehen gelassen zu haben. Ich weiß, dass du Angst hast, doch für einige Dinge lohnt es sich zu kämpfen.«

»Ich will dir ja glauben«, sagte Cassidy. »Aber ich kann es nicht.«

Daisy lächelte sie an. »Das ist in Ordnung, denn der einzige Mensch, dem du jetzt glauben musst, bist du selbst. Du bist stärker, als du denkst, und sobald dir das bewusst wird, kannst du nach vorn blicken, statt auf der Stelle zu treten.«

Cassidy betrachtete sie ein paar Sekunden lang. »Du würdest mich tatsächlich nicht einfach so gehen lassen?«

»Nein. Ich bleibe an deiner Seite, Kleines. Damit wirst du klarkommen müssen.«

Zwei Tage später kam Sage von der Arbeit nach Hause und stellte fest, dass ihre Mutter zurück war. Joanne wirkte glücklich, erholt und mindestens fünf Pfund leichter.

»Ich hatte eine großartige Zeit dort«, sagte Joanne und umarmte Sage zum dritten Mal innerhalb von zwei Minuten. »Danke, dass du mich ins Spa geschickt hast.«

Sage erwiderte die Umarmung. »Ich freue mich, dass es dir gefallen hat. Also war es schön dort?«

»Das Spa ist wundervoll, und sie behandeln ihre Gäste sehr gut. Doch das war nicht mal das Beste.«

Sage zog ihre hochhackigen Schuhe aus und versuchte, sich selbst davon zu überzeugen, dass alles, was ihre Mutter ihr jetzt sagen würde, in Ordnung wäre. Sie hatte ihren Part erfüllt und Joanne die Woche im Spa spendiert – damit war sie raus aus der Nummer.

»Ich habe jemanden kennengelernt!«

Sage lächelte und hoffte, dass man ihr ihre Entgeisterung nicht ansah. Was ihre Mutter brauchte, war eine Pause von der Männerjagd und kein neues Ziel, das sie anvisierte. »Wirklich? Erzähl mir von ihm.«

Ihre Mutter ging voran in die Küche, wo sie alle möglichen Gemüsesorten auf den Tresen gelegt hatte. Sie nahm ein Messer und begann, eine rote Paprika in Streifen zu schneiden.

»Sein Name ist Thomas. Und rate mal? Da kommst du nie drauf.«

Sage setzte sich auf einen der Stühle. »Was?«

»Ich kenne ihn aus der Highschool! Ob du's glaubst oder nicht: Wir waren beide auf der *Culver City High*. Am ersten Abend im Spa sind ein paar von uns zusammen ausgegangen. In eine Bar im Ort. Um ein bisschen Spaß zu haben. Plötzlich fiel mir auf, dass dieser Mann mich beobachtet hat. Irgendetwas an ihm kam mir bekannt vor.« Ihre Mutter strahlte. »Er kam zu mir und fragte mich, ob ich auf der *Culver City High* gewesen sei, und das war's.« Sie seufzte dramatisch. »Es war wie in einer Reality Show. Ich habe tatsächlich verstohlen nach den Kameras gesucht.«

»Das ist doch toll, Mom«, sagte Sage und hoffte, dass diese Beziehung ein Happy End haben würde.

Joanne machte sich daran, Gurken zu schneiden. »Er ist zwar nicht so reich wie die meisten anderen Männer, mit denen ich ausgehe, aber recht wohlhabend. Er besitzt einige Tankstellen in Escondido und San Diego. Und er ist Witwer. Seine Frau ist vor drei Jahren an Lungenkrebs gestorben. Die Arme. Seine Kinder sind natürlich schon erwachsen.« Sorgfältig richtete sie das geschnittene Gemüse auf einem Teller an. »Ich mag ihn, Sage. Ich habe schon lange keinen Mann mehr so gemocht wie ihn.«

»Das freut mich für dich.«

»Ich freue mich auch.« Sie lächelte. »Das habe ich alles dir zu verdanken. Nicht nur die fabelhafte Woche im Spa, sondern auch das Wiedersehen mit Thomas. Du bist so gut zu mir. Ich möchte mich revanchieren und etwas Besonderes für dich tun.«

»Du schuldest mir gar nichts, Mom. Ich freue mich wirklich für dich. Das ist schon Belohnung genug.«

Ihre Mutter lachte. »Echt lieb von dir, doch mir schwebt da schon etwas Konkretes vor.«

Sie trug das Gemüse ins Wohnzimmer, und Sage flüchtete in ihr Zimmer. Sie wusste nicht, was sie vom völlig veränderten

Verhalten ihrer Mutter halten sollte. Wenn es einen Mann in ihrem Leben gab, fühlte Joanne sich augenblicklich besser, aber das war meist nur vorübergehend. Trotzdem würde sie die Ruhe genießen, solange sie anhielt.

Sie zog sich um und schaute nach, ob Adam sich inzwischen gemeldet hatte. Er sollte am Abend zurückkommen und hatte ihr versprochen, ihr eine Nachricht zu schicken, sobald er wieder zu Hause war.

Sie konnte es kaum erwarten, ihn wiederzusehen. Das war zugleich schön und beunruhigend. Sie mochte ihn sehr – so sehr, dass es ihr fast ein wenig Angst machte. Nicht weil sie fürchtete, er könnte ihr wehtun, sondern weil sie es nicht gewohnt war, mit einem Mann glücklich zu sein. Bis auf ihre Beziehung mit Jordan auf der Highschool konnte sie sich nicht daran erinnern, je eine unkomplizierte Beziehung geführt zu haben. Doch bei Adam schrillten keine Alarmglocken in ihr, es gab kein Drama und keinen Grund, auch nur einen Gedanken an Flucht zu verschwenden. Er war einfach ein netter Kerl, der sie mochte. Darüber hätte sie sich eigentlich freuen und kein Unbehagen verspüren sollen. Sie war auch glücklich, aber definitiv ein bisschen argwöhnisch, vorsichtig.

Fünfundvierzig Minuten später schrieb er ihr, um ihr mitzuteilen, dass er auf der Rückfahrt vom Flughafen nach Hause sei. Sie sagte ihrer Mutter, dass sie ausgehen würde, setzte sich auf seine Terrasse und wartete dort auf ihn. In dem Moment, als er auf die Zufahrt bog, sprang sie auf und rannte zu ihm.

Lächelnd stieg er aus seinem Wagen. »Ich habe dich vermisst«, sagte er, zog sie an sich und küsste sie. »Sechs Tage waren viel zu lang. Das dürfen wir nie mehr machen.«

Erneut küsste er sie. Sie konnte nichts sagen. Nicht, dass sie etwas hätte sagen wollen. In seinen Armen zu liegen, seine Leidenschaft zu spüren und zu wissen, dass er sie vermisst hatte, reichte ihr erst einmal.

»Wie war die Reise?«, erkundigte sie sich, als er sich schließlich von ihr gelöst hatte.

»Gut. Produktiv. Wie war's in Florida?«

»Wir hatten richtig viel Spaß. Daisy und ich haben uns gut verstanden, und wir haben Desean kennengelernt.«

»Das hast du mir schon geschrieben.« Eindringlich sah Adam sie an. »Du meintest, er sähe aus wie ein Filmstar.«

Sie hörte die Sorge in seiner Stimme und berührte seine Wange. »Ja, er war unglaublich – allerdings nicht für mich. Er ist so gut wie mit meiner Schwester verlobt. Und selbst wenn er das nicht wäre, bin ich gerade mit einem anderen Mann zusammen. Mit einem Mann, der mir sehr viel bedeutet.«

Er zog die Augenbrauen hoch. »Du bist mit jemandem zusammen?«

»Allerdings.«

Eine Sekunde lang fragte sie sich, ob sie zu weit gegangen war. War er auch der Meinung, dass sie zusammen waren? Oder war es für ihn nichts Ernstes?

Panik ergriff sie. Sie verspürte den Drang, zurückzuweichen und in die Sicherheit des Hauses ihrer Mom zu flüchten.

Doch dann lächelte er. »Ich bin auch mit jemandem zusammen, und es läuft wirklich, wirklich gut.«

Die Angst schwand. »Ja?«

»Ja. Jetzt lass mich die Sachen aus dem Wagen holen, dann können wir reingehen, und ich zeige dir, wie sehr du mir gefehlt hast.«

Daisy sagte sich, dass eine Therapie schwierig sein musste. Denn wenn jedes Problem leicht zu lösen wäre, wären alle Menschen ständig fröhlich und der Himmel hinge voller Geigen. Doch wenn Jordan jetzt noch ein einziges Mal sagen würde, dass er es satthätte, immer ganz unten auf ihrer Prioritätenliste zu stehen, würde sie ihm eine Lampe an den Kopf werfen.

Dr. Braxton sah sie an. »Daisy, ich spüre eine gewisse Anspannung.«

»Keine Anspannung«, sagte sie, ohne nachzudenken. »Wut. Und zwar jede Menge Wut.«

Beide Männer starrten sie an.

»Was soll das jetzt?«, wollte Jordan wissen und klang abwehrend.

»Es kommt mir so vor, als hätten wir die halbe Sitzung lang nur über deine Gefühle gesprochen. Dass du den Eindruck hast, ich würde dich nicht genug wertschätzen. Wie schwierig es für dich ist, mit meinem Erbe zurechtzukommen – was übrigens keinen Sinn für mich ergibt, weil das ja beileibe keine Neuigkeit ist.« Sie wandte sich Dr. Braxton zu. »Viel lieber würde ich mal über etwas anderes reden. Jordan hat ein Haus angemietet. Er ist aus dem Hotel aus- und in das Haus eingezogen, ohne vorher mit mir darüber zu reden.« Sie wandte sich wieder an Jordan. »Kaum überraschend, wenn man bedenkt, dass du ja auch von zu Hause ausgezogen bist, ohne vorher ein Wort zu sagen.« Sie setzte ein falsches Lächeln auf. »Ach, warte. Du hast mir ja eine SMS geschickt, also hast du mir vermutlich doch Bescheid gesagt – wenn auch nicht persönlich.«

Aufgebracht funkelte Jordan sie an. »Wir haben darüber geredet. Warum müssen wir das wieder und wieder thematisieren?«

»Warum nicht? Wir diskutieren ja auch ständig wieder darüber, was dich stört. Also kann ich jetzt auch mal an der Reihe sein, oder? Du hast mir versprochen, mir solche wichtigen Entscheidungen nicht mehr per Kurznachricht mitzuteilen. Du beklagst dich, dass du für mich immer an letzter Stelle kommst. Aber, Achtung! Eilmeldung: Du tust nichts, um den Wunsch in mir zu wecken, dich an die erste Stelle zu setzen. Du hast immer das getan, was du wolltest und wann du es wolltest. Alle anderen waren und sind dir egal.« Sie rutschte vor an die Stuhlkante. »Und was mein Erbe betrifft, so werde ich mich nicht dafür entschuldigen, dass meine Mutter aus einer wohlhabenden Familie stammte oder dass sie mir Geld vererbt hat. Du wusstest das schon, als wir zusammenkamen, und du wusstest es, als wir geheiratet haben, also hör auf, dich jetzt darüber zu beklagen. Es tut mir leid, wenn die Tatsache, dass ich in meinem Job mehr Geld verdiene als du, dafür verantwortlich ist, dass du dich in deiner männlichen Eitelkeit gekränkt fühlst. Doch du wirst lernen müssen, damit umzugehen, denn ich werde meinen Job nicht aufgeben.« Sie holte Luft. »Ich weiß nicht, was du eigentlich willst. Soll ich mein Erbe abtreten? Das Haus verkaufen? Würde dich das glücklich machen? Willst du, dass ich aufhöre zu arbeiten? Denn falls irgendetwas davon der Fall sein sollte, scheint es mir, dass ich dich nur glücklich machen kann, wenn ich mich kleiner mache, als ich es bin – und das werde ich nicht tun. Ich bin bereit, dir entgegenzukommen, aber ich bin nicht bereit, mich einer antiquierten Ansicht zu unterwerfen, wie ich zu sein habe. Also, sag mir, Jordan, wie kann ich dich glücklich machen?«

Er wandte den Blick ab. »Ich hasse es, wenn du so zickig bist.«

»Jordan, das hilft uns nicht weiter«, mahnte Dr. Braxton. »Ich bitte Sie, in den Sitzungen respektvoll miteinander umzugehen. Hat Daisy recht? Fühlen Sie sich unwohl mit ihrem Erbe und ihrem Job?«

»Darum geht es nicht.«

»Worum dann?«, hakte Dr. Braxton nach.

Daisy wartete und hoffte, dass sie vielleicht dieses Mal endlich hilfreiche Informationen bekommen würde.

»Daisy ist bereits fertig mit uns. Sie macht das alles nur mit, damit sie am Ende nicht die Böse ist, wenn sie mich um die Scheidung bittet.«

Diese unverblümte Bemerkung traf sie genauso hart wie Joannes Schläge vor all den Jahren. Ungläubig starrte sie Jordan an.

»Wie kannst du so etwas sagen? Ich habe nie auch nur angedeutet, dass ich die Scheidung will. Ich wünsche, dass die Sache zwischen uns funktioniert, und bin hier, weil ich unsere Beziehung retten will.« Sie spürte, wie ihr die Tränen in die Augen traten. »Jordan, nein!«

»Es ist die Wahrheit«, sagte er zu ihr. »Du liebst mich nicht mehr.«

Dr. Braxton blickte zwischen den beiden hin und her. »Wie lange haben Sie dieses Gefühl schon, Jordan?«

Er sah auf den Teppichboden. »Eine Weile.«

Daisy versuchte, ihre Tränen zurückzudrängen. »Warum hast du nichts gesagt?«

»Was meinst du denn, wovon ich die ganze Zeit rede? Ich bin dir vollkommen egal, Daisy.« Er wandte sich Dr. Braxton zu. »Ich habe in den vergangenen achtzehn Monaten ständig gefragt, ob sie mal mit mir wegfährt. Nur wir beide. Ein verlängertes Wochenende. Sie hat immer behauptet, nicht wegzukönnen. Letzte Woche ist sie dann spontan mit ihrer Stiefschwester nach Miami geflogen. Es war ein Last-Minute-Flug. Drei Tage im *Four Seasons.*« Aufgebracht funkelte er Daisy an. »Dabei magst du Sage nicht mal!«

»Doch. Wir sind Schwestern.«

»Das ist mir neu.«

Sie bekam ein schlechtes Gewissen, nahm automatisch eine abwehrende Haltung ein und ermahnte sich, sich auf das aktuelle Problem zu konzentrieren. Jordan hatte recht – er hatte sie gefragt, ob sie wegfahren wollten, und sie hatte ständig abgesagt. Sie hatte behauptet, zu viel zu tun zu haben oder die Kinder nicht allein lassen zu können – und dann hatte sie einen Kurztrip mit Sage unternommen.

»Es tut mir leid«, sagte sie. »Ich verstehe, dass du wegen meines Ausflugs nach Miami wütend bist. Es war allerdings nicht zum Spaß«, fügte sie eilig hinzu. »Cassidy brauchte unsere Hilfe. Wir mussten ihre Wohnung auflösen.« Das war teils wahr und teils nicht.

»Und das hat drei Tage gedauert?« Eindringlich sah er sie an. »Ich wollte einfach nur der Mann deines Lebens sein, Daisy. Mehr nicht. Aber ich war dir nie genug.«

Sie starrten einander an. Sie spürte, wie ihr die Hitze in die Wangen stieg, und dachte fieberhaft darüber nach, was sie sagen sollte. Nach einem langen Moment des Schweigens erhob Jordan sich.

»Ich brauche diesen Scheiß hier nicht«, verkündete er, bevor er zur Tür ging. »Fahr zur Hölle.«

Krachend fiel die Tür hinter ihm ins Schloss. Das Geräusch hallte in der Stille des Zimmers wider. Daisy presste sich die Hand auf die Brust und hatte das Gefühl, dass Jordan gerade nicht nur die Sitzung beendet, sondern auch jegliche Hoffnung zunichtegemacht hatte, ihre Ehe doch noch irgendwie retten zu können.

Das hätte eigentlich das Schlimmste sein müssen. Doch sie musste sich auch der Möglichkeit stellen, dass das Problem nicht darin bestand, dass er gegangen war, sondern dass sie beide im Laufe der vergangenen Monate entschieden hatten, dass ihre Beziehung es nicht wert war, gerettet zu werden.

Sage fand einen Parkplatz am Straßenrand. Sie wollte nur kurz mit ihrer Mutter zu Abend essen.

Nachdem sie einen Moment auf eine Lücke zwischen den fahrenden Autos gewartet hatte, lief sie auf die andere Seite zu dem angesagten Bistro. Zwar hatte sie keine Ahnung, welche Art von Essen dort serviert wurde, aber im Augenblick war ihr nur daran gelegen, sich endlich hinsetzen zu können. Solange es hier Cocktails gab, war es ihr egal, ob das Essen roh, makrobiotisch oder vegan war.

Sie nannte der Dame am Empfang ihren Namen und wurde an einen Tisch im hinteren Bereich des Restaurants geführt. Ihre Mutter saß bereits dort und sah noch besser aus als nach ihrer Rückkehr aus dem Spa. Ach, die Macht einer frischen Liebe, dachte Sage und lächelte.

»Nettes Restaurant«, sagte sie, als sie Platz nahm. »Nur ein bisschen weit weg.«

Ihre Mutter zog die Augenbrauen hoch. »Manchmal ist es wichtig, etwas Neues auszuprobieren. Wie war's bei der Arbeit?«

»Hektisch. Viele Kunden. Leider wenig Verkäufe. Ich habe das Gefühl, den ganzen Tag damit zugebracht zu haben, Kleider aus den Umkleidekabinen zurück zu den Ständern im Verkaufsraum zu tragen. Ich halte diese Zehn-Zentimeter-Absätze nicht mehr aus. Nicht den ganzen Tag lang. Obwohl ich mich in flachen Schuhen so fühlen werde, als wäre ich hundertfünf Jahre alt.«

»Denk doch heute Abend nicht darüber nach. Du bist hier, um ein bisschen Spaß zu haben und dich abzulenken.«

Ihre Mutter lächelte selbstzufrieden, als sie sprach. Nein, »selbstzufrieden« war nicht der richtige Ausdruck. Vielmehr wirkte sie, als hätte sie Neuigkeiten.

Ihre Bedienung erschien mit Drinks und stellte ein Glas Wein vor Joanne auf den Tisch und eine Margarita mit einem Tequilashot vor Sage.

Ihre Mutter deutete auf den Cocktail. »Ich habe für dich bestellt, Darling. Ich dachte, du hast vielleicht einen harten Tag gehabt.«

Sage betrachtete die Getränke. »Ich muss noch fahren, Mom.«

»Ach, sei doch keine Spaßbremse. Du kannst dir ein Taxi nehmen oder so. Und morgen kannst du deinen Wagen hier abholen.«

Taxi? Warum konnte sie nicht mit ihrer Mutter zusammen nach Hause fahren?

Aber bevor sie fragen konnte, erhob ihre Mutter das Glas. »Danke noch mal für das Wochenende im Spa. Du hast mein Leben verändert.«

Sage stieß mit ihrer Mutter an und nahm einen Schluck von ihrer Margarita. Der Drink war perfekt – süß, herb und leicht salzig. Sie war versucht, das ganze Glas in einem Schluck auszutrinken, doch sie wusste, dass sie sich etwas zurückhalten musste. Vielleicht könnte sie Adam eine Nachricht schicken, damit er zu ihnen stieß. Sie hatte ihm erzählt, dass sie mit ihrer Mom essen gehen würde. Aber er hätte bestimmt nichts gegen eine kurzfristige Einladung.

»Es läuft toll mit Thomas«, sagte ihre Mutter. »Ich spiele mit dem Gedanken, zu ihm zu ziehen.«

Das sah ihrer Mutter ähnlich. Wie lange ging das jetzt mit den beiden? Zwei Wochen? Klar, warum sollte man da nicht zusammenziehen? Doch statt diese Bedenken zu äußern, antwortete sie: »Du sagtest, er lebt in Escondido. Das ist weit weg.«

»Bei wenig Verkehr ungefähr neunzig Minuten Fahrt. Er hat ein großes Haus und einen Pool. Es ist wundervoll, und wir wollen zusammen sein.« Ihre Mutter sah sie an. »Sage, ich kann dir noch zwei Monate geben, damit du dir überlegen kannst, was du willst, aber dann musst du entweder mehr Miete bezahlen, oder ich muss das Haus vermieten.«

Sage war vollkommen überrascht. Theoretisch könnte sie das ganze Haus mieten, dann allerdings nichts mehr zurücklegen und sparen.

»Du könntest dir eine Mitbewohnerin suchen«, schlug ihre Mutter vor. »Ich will es gar nicht verkomplizieren, doch wenn ich zu Thomas ziehe, muss ich die Zeit, in der ich nicht zu Hause bin, nutzen, um möglichst viel Geld zur Seite zu legen.« Sie presste die Lippen aufeinander. »Ich bin keine junge Frau mehr und brauche einen Notgroschen.«

»Verstehe.« Sage konnte die Einwände ihrer Mutter nachvollziehen, auch wenn sie ihr nicht gefielen. »Ich weiß es zu schätzen, dass du mir zwei Monate Zeit gibst, um zu entscheiden, was ich tun soll.«

»Denk mal über die Möglichkeit einer Mitbewohnerin nach.«

Sage nickte. Die Vorstellung behagte ihr nicht, aber vermutlich war es am sinnvollsten. Sie könnte in das große

Schlafzimmer ziehen und ihr jetziges Zimmer untervermieten. Es gab noch ein drittes Zimmer, das fast leer war und das sie ebenfalls vermieten könnte.

»Oder du ziehst zu Adam.«

Sage sah ihre Mutter an. »Ich werde Adam nicht fragen, ob ich zu ihm ziehen kann.«

»Warum nicht? Er mag dich offensichtlich.«

Sage würde sich nicht die Mühe machen, ihrer Mutter zu erklären, dass sie ihm das nicht antun würde. Sie hatte keine Lust, eine Unterkunft gegen Sex zu tauschen. Nicht mehr.

»Ich werde mir was überlegen.«

Ihre Mutter blickte an ihr vorbei und lächelte. »Pünktlich wie immer.« Sie erhob sich und winkte. »Hier sind wir.«

Sage drehte sich um und fiel fast vom Stuhl, als sie sah, dass Jordan auf ihren Tisch zukam.

Ihr erster Impuls war zu fliehen. Sie hatte seit Jahren nicht mehr mit ihm gesprochen. Zwar hatte sie ihn auf der Ehemaligenfeier gesehen – jedoch nur aus der Ferne.

»Mom, was hast du getan?«, zischte sie und erhob sich.

»Ich wollte mich bedanken.«

Sage versuchte noch immer, diese unwillkommene Überraschung zu verdauen, als Jordan zu ihr kam, sie an sich zog und ihr einen Kuss auf die Wange hauchte.

»Hi, Sage. Es ist fast sieben Uhr, und alle hier sehen aus, als hätten sie einen harten Tag gehabt, während du einfach toll ausschaust. Wie machst du das nur?«

Sie hatte ehrlich keine Ahnung, was sie darauf erwidern sollte. Der Schock saß zu tief. Sie betrachtete ihn und überlegte, ob und wie sehr er sich verändert hatte. Zwar waren sie beide vor zwei Monaten beim Ehemaligentreffen gewesen, doch das letzte Mal, dass sie ihn wirklich *gesehen* hatte, war auf seiner Hochzeit mit Daisy gewesen.

Er war älter geworden. Aber er alterte so, wie attraktive Männer nun mal alterten – er wurde interessanter. An seinen

Schultern erkannte sie, dass er angespannt war, doch ansonsten sah er so aus, wie sie ihn in Erinnerung hatte.

»Das ist eine Überraschung«, gab sie zu.

Er grinste sie an. »Für mich auch. Aber als deine Mutter anrief und mich zum Abendessen einlud, musste ich einfach kommen.« Er gab ihrer Mutter einen Kuss auf die Wange. »Du siehst noch jünger aus, als ich dich in Erinnerung hatte. Wie ist das möglich?«

Kichernd schlug Joanne ihm auf die Schulter. »Du bist so ein Lügner. Aber ein süßer. Also gut, ihr zwei. Dann habt mal einen schönen Abend.«

Sage machte einen Schritt auf sie zu. »Du gehst?«

»Ja.« Joannes Miene wirkte mit einem Mal verschlagen. »Hab Spaß, Darling. Keine Sorge, ich werde nicht wach bleiben und auf dich warten.«

Damit verschwand sie, und Sage blieb allein mit Daisys Ehemann zurück. Sie spürte ihre Unentschlossenheit, doch ihre zitternden Knie machten es ihr unmöglich zu gehen. Sie ließ sich auf ihren Stuhl fallen, griff sich das Glas mit dem Tequila und leerte es in einem Zug.

»Jetzt weiß ich endlich, warum meine Mutter sich so komisch verhalten hat«, sagte sie mehr zu sich selbst als zu Jordan. »Sie hat sich, seit ich hier angekommen bin, wirklich sehr seltsam benommen.«

Jordan nahm ihr gegenüber Platz und winkte die Bedienung herbei. »Scotch on the rocks. Einen doppelten, bitte.«

Sage zog die Augenbrauen hoch. »Also nehmen wir beide ein Taxi?«

»Ich wohne direkt um die Ecke und bin zu Fuß hier.«

Das machte die Auswahl dieses Restaurants noch seltsamer – und zugleich auch nachvollziehbar. Sie vermutete, dass ihre Mutter irgendwie herausgefunden hatte, wohin Jordan gezogen war, und das Restaurant deswegen ausgesucht hatte. Aber was bezweckte sie damit?

Sage redete sich ein, dass es keine Rolle spielte. Sie musste für mindestens eine halbe Stunde bleiben, würde mit Jordan reden, ihn an seine Verpflichtung Daisy gegenüber erinnern und dann schleunigst verschwinden.

Lächelnd lehnte er sich über den Tisch und griff nach ihrer Hand. »Wie lange ist es her? Jahre, oder? Du warst auch beim Ehemaligentreffen, doch wir hatten keine Gelegenheit, um zu sprechen.«

Vorsichtig löste sie ihre Hand aus seinem Griff. »Wir haben kurz auf eurer Hochzeit geredet. An dem Tag, als du *Daisy* geheiratet hast.« Sie betonte den Namen ihrer Stiefschwester.

»Das ist eine Ewigkeit her. Wie ist es dir in der Zwischenzeit ergangen?«

»Gut. Ich habe viel zu tun. Ich bin zurück in L. A. Na, das ist ja offensichtlich.«

Schnell presste sie die Lippen aufeinander, um nicht weiter draufloszuplappern. Was stimmte nicht mit ihr? Sie war nicht nervös – Jordan war ihr egal. Vielleicht lag es nur daran, dass sie nach all der Zeit plötzlich hier mit ihm zusammensaß. Die Situation war surreal.

Er blickte ihr tief in die Augen. »Du siehst umwerfend aus. Die siebzehnjährige Sage hat mich schon umgehauen, aber die erwachsene Version ist noch besser.« Er grinste schief. Erstaunlicherweise spürte Sage, dass ihr Herz einen Hüpfer machte. »Wie ist das möglich?«

»Bei jedem Vollmond opfere ich den Göttern der Unterwelt ein lebendiges Huhn, und sie belohnen mich dafür mit ewiger Schönheit.«

Er lachte. Es war ein tiefes, volles Lachen, das bewies, dass er sich wirklich gut amüsierte. Sie ertappte sich dabei, dass sie ebenfalls zu lachen begann. Ihre Kellnerin brachte seinen Drink.

»Auf alte Freunde.« Er hob das Glas.

Gut, damit konnte sie leben. »Auf alte Freunde.«

24. KAPITEL

Zwei Stunden und unzählige Drinks später saßen Sage und Jordan noch immer zusammen an ihrem Tisch.

»Es ist nicht nur Daisys Schuld«, sagte Sage gerade. »Du trägst fünfzig Prozent der Verantwortung – vielleicht sogar mehr.«

»Sie liebt mich nicht mehr.«

Sage rollte mit den Augen. »Das stimmt nicht. Sie vermisst dich schrecklich. Und ich muss es wissen – sie redet ständig davon.« Nicht ganz das, was Daisy gesagt hatte, doch nahe dran. »Sie ist liebevoll, fürsorglich, loyal, und man kann unglaublich viel Spaß mit ihr haben. Was willst du eigentlich von ihr? Was verschweigst du ihr?«

»Sie macht es mir …“ Er suchte nach dem richtigen Ausdruck. „… schwer.«

»Und das ist nicht gut?«, zog Sage ihn auf und hätte sich selbst für diese flapsige Bemerkung ohrfeigen können. Sexuelle Anspielungen waren sicher keine gute Idee, vor allem nicht Jordan gegenüber, in den sie früher einmal verliebt gewesen war.

Sein Blick wurde schärfer, als er sie nun aufmerksam musterte. Es kam ihr vor, als würde er versuchen, herauszufinden, was sie meinte.

»Sorry, das kam falsch rüber«, sagte sie schnell. »Liegt bestimmt am Alkohol. Ich nehme das zurück. Ich meinte, wie macht sie es dir denn … äh … schwer?«

»Ich will nicht mehr über Daisy reden.«

»Doch, das willst du. Sie ist deine Frau, und du liebst sie.«

Er wandte den Blick ab. »Ich vermisse meine Kinder.«

»Wenn du wieder nach Hause zurückkehrst, kannst du sie

jeden Tag sehen. Komm schon, Jordan. Warum verrätst du mir nicht, was das Problem ist? Du musst es doch wissen. Denn wenn nicht einmal du es weißt, war dein Auszug echt das Dümmste, was du je getan hast.«

Er trank das Glas leer. »Sie braucht mich nicht. Ich glaube, dass sie mich gern um sich hat und auch heiraten wollte, aber wirklich brauchen tut sie mich nicht. Ich hätte sie gar nicht heiraten sollen.«

Sage schüttelte den Kopf. »Das ist pures Selbstmitleid, was da aus dir spricht.«

»Autsch. Du hast noch nie ein Blatt vor den Mund genommen. Du hast nie Spielchen gespielt, Sage. Das fehlt mir. Ich hätte dich nicht gehen lassen dürfen.«

»Du hast mich nicht gehen lassen. Du hast mich verlassen.«

Er sah sie an. »Nein. Ich meinte nur, wir wären noch zu jung, um zu heiraten. Ich wollte trotzdem mit dir zusammen sein.«

»Gut, ja, das war so, aber du hattest recht. Wir waren zu jung. Das zwischen uns hätte niemals funktioniert.«

»Das sehe ich anders. Ich bereue nicht, die Hochzeit zu dem Zeitpunkt abgelehnt zu haben, doch ich bereue es, dich verloren zu haben. Ich hätte besser erklären müssen, was ich wollte. Ich hätte dir nach Paris folgen sollen, als du abgehauen bist.«

Darüber hatte sie manchmal tatsächlich nachgedacht. Was wäre passiert, wenn er plötzlich in ihrem winzigen Apartment gestanden und ihr seine unsterbliche Liebe erklärt hätte?

»Das spielt alles keine Rolle mehr«, sagte sie. »Wir haben unterschiedliche Wege eingeschlagen, und jetzt bist du mit Daisy verheiratet, die dich sehr liebt.«

»Nicht mehr.« Sein Blick war ruhig. »Ich glaube nicht, dass sie mich je wirklich geliebt hat. Sie war verliebt in die Vorstellung von uns beiden, aber nicht in mich als Mensch.«

Sage wurde schwer ums Herz, und sie kämpfte dagegen an. »Sag doch so was nicht. Ich will nicht, dass du Daisy das Herz brichst.«

»Und was ist mit meinem Herzen? Warum machst du dir überhaupt Gedanken über sie? Ihr zwei habt euch doch immer gehasst.«

»Nicht mehr. Wir sind jetzt Freundinnen.« Mehr als Freundinnen, dachte sie. *Schwestern.* »Ich bin auf ihrer Seite.«

Sein Lächeln wirkte bitter. »Wie alle anderen auch.«

»Jetzt spiel bitte nicht den Märtyrer.«

»Ihr Mann bin ich aber auch nicht.«

»Du bist …«

Doch weiter kam sie nicht. Ohne Vorwarnung beugte er sich über den Tisch und küsste sie. Voller Leidenschaft, voller Sehnsucht und mit Zunge. Von einer Sekunde auf die andere wurde sie in die Zeit zurückversetzt, in der Jordans Küsse ihre Welt aus den Angeln gehoben hatten. In die Zeit, als nur er gezählt und sie sich gefragt hatte, ob sie jemals die Kraft aufbringen würde, ihn zu verlassen.

Ihr Körper reagierte augenblicklich. Ihre Brustwarzen richteten sich auf, und glühende Hitze sammelte sich zwischen ihren Schenkeln. Das Bedürfnis, zu nehmen und genommen zu werden, raubte ihr schier den Atem.

Schockiert und in Panik zog sie sich zurück. Sie atmeten schwer.

»Noch eine Runde?«, fragte die Kellnerin.

Jordan zog eine Kreditkarte aus seiner Tasche. »Wir möchten die Rechnung, bitte.«

Die Erleichterung löste Sages Anspannung ein wenig. Sie würden das Richtige tun. Sie würden sich verabschieden und getrennte Wege gehen. Hoffentlich würde er einfach abhauen und nicht mit ihr zusammen auf ein Taxi warten. Sie wollte die peinlichen Minuten, in denen sie Small Talk machen würden, gern vermeiden. Sie hatten schon genug Schaden angerichtet – es war besser, der Möglichkeit, noch mehr kaputt zu machen, aus dem Weg zu gehen.

Jordan bezahlte die Rechnung, erhob sich und reichte Sage die Hand. »Sollen wir?«

Sie ergriff seine Hand und ging mit ihm nach draußen. Während sie sich unterhalten hatten, war die Sonne untergegangen. Der Himmel war dunkel, die Luft still und warm. Sie spürte jeden der vier oder fünf Drinks, die sie genommen hatte – wahrscheinlich weil sie vergessen hatte, etwas zu essen oder zwischendurch Wasser zu trinken. Am Morgen würde sie einen ordentlichen Kater haben.

»Jordan, ich …«

Er nahm ihr Gesicht in beide Hände und küsste sie wieder. In der Sekunde, bevor sie die Lippen öffnete, wusste sie, dass sie eine Entscheidung treffen musste. Dass sie schon wieder an einer Weggabelung stand. Sie konnte also das tun, was vernünftig und klug war, oder sie konnte eine aufregende, dumme und selbstzerstörerische Wahl treffen.

Diese Momente hatte sie schon immer klar und deutlich erkannt und gewusst, dass ihr Entschluss Konsequenzen nach sich ziehen würde. Und trotzdem hatte sie jedes Mal die falsche Entscheidung getroffen. Die schlechte.

Was würde Daisy tun? flüsterte eine Stimme in ihrem Kopf.

Genau diese Frage sollte sie sich in solchen Momenten stellen. *Was würde Daisy tun?*

Sage spürte ein hysterisches Lachen in sich aufsteigen. Sie kannte die Antwort auf diese Frage ganz genau. Daisy würde mit Jordan nach Hause gehen und ihm das Hirn aus dem Leib vögeln.

Sage erwachte mit hämmernden Kopfschmerzen und Panik im Herzen. Sie hatte Angst, sich zu bewegen, Angst, die Augen zu öffnen. Nicht nur, weil sie fürchtete, sich vielleicht übergeben zu müssen, sondern auch, weil sie nicht wusste, wo sie war oder was in der vergangenen Nacht passiert war.

Es gab vage Erinnerungen und verschwommene Bilder, aber nichts, was sie tatsächlich noch klar wusste. Schließlich machte sie die Augen einen Spaltbreit auf. Und in der nächsten Sekunde wünschte sie sich, sie hätte es nicht getan.

Sie war nicht zu Hause und auch nicht bei Adam. Das unbekannte Schlafzimmer war spärlich dekoriert. Sie drehte den Kopf nach links und sah ihre Kleider auf dem Boden liegen – und, was noch schlimmer war, die Verpackung eines Kondoms auf dem Nachttisch.

Langsam, vorsichtig setzte sie sich auf und schwang die Beine über die Bettkante. Ihr Magen zog sich zusammen, doch sie musste sich nicht übergeben. Die Kopfschmerzen wurden schlimmer. Sie war nackt und befand sich in Jordans Bett. Denn es musste Jordan sein. Sie konnte sich noch daran erinnern, mit ihm zusammen nach Hause gegangen zu sein.

Sie hatte mit Jordan geschlafen. Schlimmer noch: Sie hatte mit Daisys Ehemann geschlafen. Daisy, ihre Schwester, ihre Freundin. Sie hatte sie ins Herz geschlossen und alles zerstört. Und wofür? Für nichts. Für nichts Lohnenswertes. Für nichts Bedeutendes. Es war ein Akt der Zerstörung gewesen – mehr nicht.

Was ist mit Adam? Oh Gott, nein! Wie sollte sie ihm das erklären?

Sie hörte ein Stöhnen und spürte eine Bewegung neben sich im Bett, als Jordan sich aufrichtete.

»Geht es dir gut?«

Sie drehte sich nicht zu ihm um. »Nein.«

Wie hätte es ihr in diesem Moment gut gehen können? Der Kater spielte keine Rolle – alles andere war Mist.

Er stand auf und ging ins Badezimmer. Ein paar Sekunden später kehrte er zurück und reichte ihr einen Bademantel. Er selbst hatte sich eine Jogginghose angezogen. Sie schlang den Mantel um sich, erhob sich und sah ihn an.

Er sah schlecht aus. Seine Haut war grau, und er hatte dunkle Schatten unter den Augen. Gar nicht mehr der charmante Verführer, dachte sie bitter. Stattdessen spiegelte sein Aussehen seine Persönlichkeit wider: Er war ein schwacher Mensch, der andere für seine Fehler verantwortlich machte. Das einzige Problem war nur, dass sie genauso viel Schuld an ihrem gemeinsamen Fehltritt hatte.

Schnell lief sie um ihn herum und ins Bad. Nachdem sie die Tür abgeschlossen hatte, ging sie auf die Toilette, wusch sich anschließend das Gesicht und spülte sich den Mund aus.

Als sie ins Schlafzimmer zurückkehrte, saß Jordan am Fußende des Bettes und wartete auf sie.

»Soll ich Kaffee machen?«, fragte er.

»Nein.«

Sie sammelte ihre Kleider ein und zog sich an. Mit jeder Sekunde, die verstrich, wurde ihr bewusster, wie schlimm die Situation war. Sie mochte Daisy, hatte begonnen, sie als ihre Familie zu betrachten, und jetzt hatte sie alles kaputt gemacht. Und was genauso schlimm war: Sie hatte die perfekte Beziehung mit Adam zerstört.

Warum war sie so dumm? Warum tat sie das immer wieder? Was, zur Hölle, stimmte nicht mit ihr?

»Wir müssen reden.«

Sie zog das Kleid über den Kopf und zupfte es zurecht. »Es gibt nichts zu reden. Es war ein Fehler. Ich bin mir sicher, dass wir das beide so sehen. Du wolltest dich an Daisy rächen – und mit wem hätte das besser geklappt als mit mir? Aber warum habe ich mitgemacht? Du bist mir egal. Ich kenne dich nicht einmal. Also, warum habe ich das getan? Warum habe ich mein Leben zerstört?« Sie schlüpfte in ihre Schuhe. »Keine Sorge. Ich erwarte keine Antwort von dir.«

»Du kannst es ihr nicht sagen.« Sein Tonfall klang flach, emotionslos. »Sie darf es nicht erfahren, Sage. Die Wahrheit würde sie nicht verkraften.«

Etwas, über das sie auch nicht nachgedacht hatte. Was passierte jetzt? Würde sie lügen und das Geheimnis für sich behalten? Oder würde sie die Wahrheit zugeben und jede Menge Herzen brechen?

»Es war ein Fehler, und es tut uns beiden leid«, fuhr er fort. »Das ist alles, was zählt.«

»Da hast du recht«, sagte sie zu ihm. »Es tut uns beiden leid.

Ein Jammer, dass es die Sache nicht ungeschehen macht, einfach nicht darüber zu reden und sie totzuschweigen.«

Sie fand ihre Handtasche, setzte die Sonnenbrille auf und trat in die Morgensonne hinaus. Es war kurz nach sechs, doch die Sonne schien direkt durch ihre Augen in ihren Kopf zu brennen. Sie ignorierte den Schmerz und ging entschlossen zu ihrem Wagen.

Zwanzig Minuten später war sie zu Hause, eilte hinein und hoffte, dass Adam nicht bemerkt hatte, dass sie die ganze Nacht nicht daheim gewesen war. Sie ging in die Küche. Ihre Mutter war schon aufgestanden, saß am Tisch und trank Kaffee. Sage schenkte sich eine Tasse ein und lehnte sich an den Tresen.

»Guten Morgen. Du bist früh wach«, murmelte Sage.

»Ich habe mich gefragt, wann du nach Hause kommst.« Joanne klang schadenfroh. »Du hast die Nacht mit Jordan verbracht.«

»Offensichtlich.«

»Ich freue mich so. Ich habe gehofft, dass es klappen würde. Wie in alten Zeiten.«

»Es ist überhaupt nicht wie in alten Zeiten«, fauchte Sage. »Es ist ein Albtraum und alles meine Schuld.« Ihr brannten die Augen, aber sie blinzelte die Tränen weg. »Ich habe es vermasselt, Mom. Ich habe Daisy verletzt und Adam auch. Wie konnte ich den beiden das nur antun?«

»Darling, du konntest Jordan noch nie widerstehen.«

Nicht gerade hilfreich, diese Bemerkung. »Warum konnte ich in der letzten Nacht nicht standhaft bleiben? Ich war so dumm. Und wofür das alles? Für nichts! Ich will nicht wieder mit ihm zusammen sein. Der Mann hat seine Frau betrogen. Noch dazu mit dem Menschen, mit dem es sie am meisten treffen würde. Und ich war bereit mitzumachen. Wer tut so etwas? Und was noch schlimmer ist: Ich bin ihre Schwester!«

»Stiefschwester«, korrigierte Joanne sie. »*Ehemalige* Stiefschwester.«

»Du irrst dich. Ich bin ihre Schwester, und ich liebe sie, und jetzt schau, was ich ihr angetan habe.« Das Brennen in ihren Augen wurde stärker, und dieses Mal gelang es Sage nicht, die Tränen zurückzudrängen. Sie rannen ihr über die Wangen. »Ich habe sie verletzt, und sie wird mir niemals verzeihen. Ich habe sie verloren.«

Das ungeheuerliche Ausmaß dieser Wahrheit traf sie wie ein Schlag. Sie fing an zu zittern, musste ihren Kaffeebecher abstellen und sich am Küchentresen festhalten.

»Ich habe meine Beziehung zu ihr kaputt gemacht – genau wie die zu Adam. Es ist alles im Arsch. Alles, was ich je wollte, war in greifbarer Nähe, doch ich habe es zerstört, und das ist ganz allein meine Schuld.«

Sie rannte in ihr Zimmer und knallte die Tür zu. Dann ließ sie sich auf ihr Bett fallen. Sie zog die Beine an die Brust und weinte hemmungslos. Doch ihr Schmerz änderte nichts. Sie hatte mit einem Vorschlaghammer auf ihr Leben eingeschlagen und es in Stücke zerschmettert, die zu klein waren, als dass sie je wieder zusammengefügt werden könnten.

Nachdem Daisy die Kinder weggebracht hatte, stand sie in der Tür zum Zimmer ihres Vaters. »Musst du denn wirklich schon wieder abreisen?«

Ihr Vater blickte von seinem Koffer auf, der offen auf dem Bett lag, und lächelte sie an. »Höre ich da Bedauern in deiner Stimme?«

»Ja. Ich habe dich gern um mich, und du warst nur zwei Wochen hier.«

Langsam ging Wallace zu ihr und gab ihr einen Kuss auf den Scheitel. »Ich muss wieder zurück zu meinen Patienten. Ich werde hierher zurückziehen, aber meine Kollegen brauchen noch Zeit, um einen Ersatz für mich zu finden.« Er grinste. »Das sollte jedoch nicht allzu lange dauern. Wer will denn bitte schön nicht auf Hawaii leben und arbeiten?«

»Stimmt allerdings.« Sie ermahnte sich, nicht zu hoffnungsvoll zu sein. »Du willst also tatsächlich zurück nach Los Angeles ziehen?«

»Ja. Ich werde mir eine schöne Eigentumswohnung in der Nähe eines Golfplatzes suchen und darüber nachdenken, in Rente zu gehen.«

»Darüber denkst du dauernd nach, tust es aber nicht.«

Er zwinkerte ihr zu. »Vielleicht ist das das Geheimnis meines jugendlichen Aussehens.«

Sie lachte. »Da bin ich mir sicher.« Sie schaute ihm dabei zu, wie er ein paar Hemden zusammenfaltete. »Du bist hier jederzeit willkommen, Dad.«

»Danke. Ich weiß das Angebot zu schätzen, aber ich werde hier nicht wieder einziehen. Ich brauche meinen eigenen Rückzugsort, und du musst dein Leben leben. Mit mir unter einem Dach zu wohnen würde dich nur ablenken.«

Sie gab es nicht gern zu, doch sie wusste, dass er recht hatte. »Du meinst Jordan.«

»Ja. Deinen Ehemann. Was denkst du?«

Daisy lehnte sich an den Türrahmen. »Ich weiß es nicht. Wir können nicht einfach so weitermachen wie bisher. Entweder müssen wir an der Beziehung arbeiten oder einen Schlussstrich ziehen.«

»Und was ist deine Meinung dazu?«

»Wir sollten an der Beziehung arbeiten und sie retten.«

»Sollten? Oder ist es dein Wunsch?«

»Die Antwort darauf kenne ich nicht«, gab sie zögerlich zu. »Dad, ist es möglich, dass ich ihn nicht liebe?«

Ihr Vater sah sie an. »Diese Frage kannst nur du allein beantworten.«

»Er glaubt, dass das das Problem ist. Seiner Meinung nach liebe ich ihn nicht mehr. Er meint, dass er mich aufzurütteln versucht, weil ich mit der Beziehung schon abgeschlossen habe und nur noch aus Pflichtgefühl mit ihm zusammen bin.«

»Und? Hat er damit recht?«

»Ich weiß es nicht. Und deshalb frage ich mich, ob diese Unsicherheit vielleicht schon die Antwort ist. Ich habe es satt zu kämpfen. Ich habe es satt, nicht zu wissen, worüber er sich eigentlich beklagt. Aber wenn er recht hat, dann bin ich an allem schuld. Und diese Vorstellung gefällt mir nicht.«

»Es ist nie nur die Schuld *eines* Beziehungspartners. Wenn du ihn liebst, solltet ihr die Ehe retten. Wenn du ihn nicht mehr liebst, dann musst du dich entscheiden, ob du überhaupt noch mit ihm zusammenbleiben willst.«

»Gibt es denn nicht noch eine dritte Möglichkeit? Die würde ich dann nämlich wählen wollen.«

»Du kannst jede Entscheidung treffen. Aber wozu auch immer du dich entschließt – ich bin für dich da.« Er lächelte. »Genau wie deine Schwestern.«

Sie spürte, wie sich ihre Laune hob. »Ja, ich habe die Unterstützung der beiden.«

Ihr Vater lächelte. »Das macht mich glücklich.«

»Mich auch. Ich kann es nicht erklären, doch ich bin so froh, dass sie beide Teil meines Lebens sind. Sage und ich hatten in Miami sehr viel Spaß, und ich liebe Cassidy. Es kommt mir so vor, als wären wir jetzt eine Familie.«

»Das macht mich sogar noch glücklicher. Jetzt gib mir noch zehn Minuten, dann fahren wir zusammen zum Flughafen.«

»Wir sehen uns unten.«

Daisy setzte sich auf die oberste Stufe und dachte über ihre Möglichkeiten nach. Egal, was Jordan gesagt hatte, sie war sich sicher, dass sie ihn noch liebte. Ab und zu enttäuschte er sie, und manchmal kam es ihr so vor, als würden sie keine Gemeinsamkeiten finden, aber sie waren mittlerweile seit über zwölf Jahren verheiratet und hatten zwei Kinder. Das musste doch etwas bedeuten, oder?

Wenn sie einen Zauberstab schwingen könnte, würde sie sich wünschen, es wäre alles wieder so wie zu Beginn ihrer Beziehung, als sie jede freie Minute miteinander verbracht hatten und ihre Zukunft strahlend vor ihnen lag. In den letzten Jahren war das ganz anders gewesen. Also, wofür war Jordan verantwortlich und wofür sie selbst? Liebte sie ihn noch?

»Ich muss«, flüsterte sie.

Es hatte nie einen anderen Mann gegeben. Nie eine ernsthafte andere Beziehung. Sie war seit der Highschool in Jordan verliebt. Daran hatte sich nichts geändert. Gut, sie war inzwischen erwachsen und ein anderer Mensch als damals, aber sie waren immer ein Team gewesen. Geliebte, Partner, Freunde.

Auch wenn sie sich, als ihr diese Worte durch den Kopf gingen, unweigerlich fragte, was in ihrer aktuellen Situation davon noch auf sie beide zutraf.

Sage kam aus der Dusche und trocknete sich ab. Sie hatte noch immer einen Kater, doch die Kopfschmerzen hatten nachgelassen – im Gegensatz zu ihrer Angst, was allerdings nicht weiter verwunderlich war.

Sie zog sich Jeans und ein T-Shirt an. Das Föhnen sparte sie sich. Sie hatte schon bei ihrer Chefin angerufen und sich krankgemeldet. Und ausnahmsweise entsprach das der Wahrheit – auch wenn ihre Krankheit nichts mit einem Virus, sondern einzig und allein mit ihrem Leben zu tun hatte, das ein einziger Scherbenhaufen war.

Sie ging in die Küche und sah ihre Mutter am Mixer stehen.

»Da bist du ja. Ich dachte, du könntest das hier gebrauchen.«

Sie schaltete den Mixer ein. Bei dem schrillen Geräusch platzte Sage beinahe der Schädel, aber sie wusste, dass es nur zu ihrem Besten war. Der pink-gräuliche Drink war eine Mischung aus Kokoswasser, Proteinpulver und Früchten. Nicht gerade der schönste Start in den Tag, doch heute erschien ihr die Mixtur sogar noch widerlicher als sonst.

Aber sie wusste, dass der Drink seine Wirkung nicht verfehlen würde. Das Kokoswasser enthielt Elektrolyte und würde dabei helfen, ihren Flüssigkeitshaushalt wieder auszugleichen. Die Früchte sorgten für einen Zuckerboost, während das Proteinpulver den Blutzuckerspiegel stabilisierte. In einer Stunde könnte sie versuchen, etwas zu essen, doch für den Moment musste sie erst einmal diesen Drink runterbekommen.

Joanne füllte die Flüssigkeit in ein Glas und reichte es Sage. »Ich werde zwei Wochen mit Thomas verreisen. Und wenn wir zurück sind, werde ich zu ihm ziehen.« Sie lächelte. »Die Uhr beginnt also zu ticken – dir bleiben noch zwei Monate.«

»Danke, Mom«, murmelte Sage und versuchte, einen Schluck von dem Drink zu nehmen, ohne zu würgen.

Sie hatte noch nicht die Zeit gehabt, um über ihre Zukunft nachzudenken. Und auch in diesem Augenblick stand ihr nicht der Sinn danach. Obwohl es ihr am klügsten erschien, sich um zwei Mitbewohner zu bemühen, konnte sie doch keine Entscheidung treffen, solange sie nicht wusste, wie viel Schaden sie mit ihrem Verhalten angerichtet hatte.

Ihre Mutter tätschelte ihren Arm. »Du nimmst die Sache zu schwer. Was passiert ist, ist passiert. Schau nach vorn.«

»Ich habe alles zerstört. Nach vorn zu schauen wird nicht leicht sein.«

»Warum muss sich irgendetwas ändern? Mach doch einfach so weiter wie bisher.« Joanne lächelte. »Glaubst du, Jordan wird direkt zu Daisy gehen und ihr erzählen, was passiert ist? Wenn er das tut, ist er ein Idiot. Und dann ist er die Zeit und Mühe auch nicht wert.«

»Ich kann sie nicht anlügen. Ich kann es nicht ertragen, wenn diese Sache zwischen uns steht.«

Die Miene ihrer Mutter, die gerade noch mitfühlend gewesen war, wurde hart. »Du hast mit ihrem Mann geschlafen. Glaubst du nicht, dass eine Lüge da das kleinere Übel wäre?«

Wieder musste Sage weinen. »Ich wollte ihr nicht wehtun.«

»Zu spät.« Joanne lächelte. »Also gut, ich packe dann mal. Ich nehme an, dass du heute hier bist und Trübsal bläst?«

»Ich muss zu Adam.«

»Um es ihm zu sagen? Sage, nein. Ich sehe es zwar anders, aber ich verstehe, dass du glaubst, einen Fehler begangen zu haben. Gut. Bestraf dich selbst, aber zieh ihn nicht in diese Sache mit rein. Er wird niemals damit zurechtkommen.« Ihre Mutter baute sich vor ihr auf. »Du bist seine Prinzessin, das Mädchen seiner Träume, von dem er niemals geglaubt hätte, es für sich gewinnen zu können. Damit stehst du auf einem ziemlich hohen Podest. Es ist zwar schön, derart geschätzt zu werden, aber die Fallhöhe ist auch enorm. Eine falsche Bewegung und du stürzt ab. Vergiss nicht, dass du es bist, die zerschmettert auf dem Boden liegen wird, dass er aber derjenige sein wird, der wütend ist, weil seine Träume zerstört worden sind – selbst wenn er es war, der dir einen kleinen Stoß versetzt und dich ins Wanken gebracht hat. So ticken die Männer nun mal.«

»Adam ist anders.«

Ihre Mutter klopfte ihr auf die Schulter. »Ich hoffe, du hast recht und ich irre mich. Es ist nur so, dass ich wesentlich mehr Erfahrung habe als du. Die Kerle kommen nicht darüber hinweg, wenn man sie zum Narren hält. Und deshalb lautet mein Rat: Sag kein Wort. Irgendwann wird dein schlechtes Gewissen vergehen. Im Übrigen schweigst du nicht nur um deinetwillen. Er hat es nicht verdient, dass ihm das Herz gebrochen wird.«

Sage ermahnte sich, dass ihre Mutter nur zu helfen versuchte. Aus Joannes Sicht gab sie ihr gerade vernünftige Ratschläge.

»Danke, Mom«, murmelte sie.

»Gern geschehen.«

Sage zog sich in ihr Zimmer zurück, wo sie den Rest ihres Proteindrinks herunterwürgte, bevor sie sich auf ihr Bett legte und darüber nachsann, was sie tun sollte. Wenn sie über das seltsame Bild nachdachte, das ihre Mutter gezeichnet hatte – nämlich dass sie zerschmettert am Boden liegen würde –, war es wohl an der Zeit, damit anzufangen, die Stücke aufzuheben. Und das bedeutete, dass sie die Wahrheit erzählen musste.

Sie putzte sich die Zähne, trank ein Glas Wasser, ging dann zu Adam rüber und klopfte an. Kurz darauf öffnete er die Tür und lächelte, als er sie erblickte.

»Hey, du«, sagte er, zog sie an sich und umarmte sie fest. »Ich habe gerade an dich gedacht. Wie war dein Abend?«

Während er sprach, ging er mit Sage im Arm ins Haus. Sein Körper war warm und vertraut, sein Haus einladend. Sage sah sich die schlichten Möbel an, das gemütliche Sofa, das Esszimmer, das er nur selten benutzte. Alles erinnerte sie an Adam, und immer, wenn sie hier war, fühlte sie sich wohl und geborgen. Als würde sie hierhergehören. Sie hatte das – und mehr – mit ihm gehabt. Und sie hatte es kaputt gemacht, weil sie dumm und selbstzerstörerisch war.

Sie trat vor ihn und legte ihm die Hände auf die Brust. Noch immer lächelte er.

Die Zuneigung und das Vertrauen in seinem Blick trafen sie wie ein Stich ins Herz. Sie wünschte, man könnte ihr ansehen, was sie gerade empfand, denn das Blut, das aus ihrem Herzen sickerte, hätte ihn sicherlich abgelenkt. Dann hätte sie ihm erst einmal nicht die Wahrheit sagen müssen.

Sie kämpfte mit sich, rang um die richtigen Worte, um die am wenigsten schmerzhaften Worte, damit er sie nicht wegstoßen würde. Doch sie bezweifelte, dass es diese Worte gab. Also blieb ihr nichts anderes übrig, als die Wahrheit zu sagen.

»Ich habe mit Jordan geschlafen.«

Sie sah, wie seine anfängliche Verwirrung durch eine kalte Leere verdrängt wurde, die ihr mehr Angst machte, als wenn er wütend geworden wäre. Er trat zwei Schritte von ihr zurück und drehte sich halb um.

»Warum überrascht mich das nicht mal?«, sagte er. Er klang eher desinteressiert als verletzt.

»Es tut mir leid«, sagte sie eilig. »Ich wollte es nicht, ich schwöre es. Es war nicht meine Absicht. Meine Mom wollte sich mit mir zum Abendessen treffen, aber sie hatte auch Jordan eingeladen. Wir haben etwas getrunken. Aus einem Drink wurden mehrere …«

Sie verstummte, als ihr klar wurde, wie lächerlich und erbärmlich ihre Entschuldigungen klangen.

»Es tut mir leid.«

Er sah sie an. Sein Blick war verschlossen, ablehnend. »Du hättest einfach gehen und Nein sagen können. Du hättest mich anrufen können, und ich wäre dazugekommen. Du hättest sagen können, dass du mit jemandem zusammen bist. Du hättest überhaupt nicht interessiert sein sollen. Habe ich noch eine Möglichkeit vergessen?«

Sie ignorierte die Tränen in ihren Augen. »Adam, bitte. Es war falsch von mir. Ich weiß das. Es tut mir so leid. Ich weiß auch nicht, wie das passieren konnte.«

»Du meinst, abgesehen von dem Offensichtlichen?« Er fluchte. »Mir war klar, dass du es vermasseln würdest. Ich wusste nur nicht, wie.«

»Es tut mir leid.«

»Hör auf, das ständig zu wiederholen.«

Er war so still. Sie schlang die Arme um sich und versuchte, mit dem Weinen aufzuhören. Wenn er sie doch nur angeschrien hätte – das hätte sie verstehen können. Sie hätte zurückschreien können, und dann hätten sie gemeinsam über die ganze Sache reden können. Aber diese Stille – sie wusste nicht, wie sie damit umgehen sollte.

»Ich wollte dir nicht wehtun. Es war so dumm von mir, das ist mir bewusst. Ich weiß nicht mal, warum ich es überhaupt getan habe. Ich mag ihn nicht und will auch nicht mit ihm zusammen sein. Er ist nur ein Mann, den ich früher einmal kannte. Du bist der Einzige, den ich …«

Er machte noch einen Schritt zurück. »Sag mir nicht, dass du mich liebst. Sag es *nicht*.«

Ihr war nicht klar gewesen, was sie hatte sagen wollen, doch in dem Moment wurde ihr bewusst, dass es die Wahrheit war.

Sie liebte Adam. Wahrscheinlich liebte sie ihn schon eine ganze Weile.

Sie wollte sich in eine Ecke verkriechen und darauf warten, dass das alles vorüberging. Aber es gab keine Ecke, in die sie sich hätte verkriechen können. Schlimmer noch: Wenn sie jetzt ging, wenn sie jetzt nicht um ihn kämpfte, würde sie ihn für immer verlieren.

»Ich hätte es wissen müssen«, sagte er und begann, auf und ab zu laufen. »Verdammt! Ich hätte es wissen müssen. Es war viel zu leicht – du und ich. Wir haben uns gut verstanden, und der Sex war toll. Und du glaubst nicht daran, dass eine Beziehung funktioniert, weil es nie so war. Du wartest immer darauf, dass das Schlimmste eintritt – und wenn es nicht von allein geschieht, dann sorgst du selbst dafür.« Er blieb vor ihr stehen. »Genau wie mit Ellery. Warum hast du ihn verlassen?«

»Er hat mich zu sehr geliebt, und ich konnte diese Liebe nicht erwidern.«

»Nein, du hast ihn verlassen, weil du ihn betrogen hast und weil du es nicht ertragen konntest, ihn so leiden zu sehen. Du hast ihn *betrogen*, weil du seine Liebe nicht erwidern konntest. Du bist echt kaputt, Sage.« Er packte ihre Oberarme. »Warum glaubst du nicht an uns? Ich bin stark. Ich bekomme so schnell keine Angst. Warum musstest du das tun?« Er ließ sie los. »Ich bin so blöd. In dem Moment, als du wieder hier aufgetaucht bist, wusste ich, dass ich verloren war. Doch es war mir egal. Denn ich hatte schon immer eine Schwäche für dich, und die erwachsene Sage war sogar noch atemberaubender als das Mädchen, das ich vor all den Jahren kannte. Ich hab's langsam angehen lassen, war vorsichtig. Ich tat mein Bestes, um mir schon im Voraus zu überlegen, wo es schieflaufen könnte, um mich selbst zu schützen.« Langsam ging er ans andere Ende des Raumes. »Ich habe dich geliebt, aber ich habe mich davor gehütet, es dir zu gestehen und dir damit Angst zu machen. Also habe ich es für mich behalten und damit begonnen, unsere verdammte

Zukunft zu planen.« Er trat an einen kleinen Tisch, zog die oberste Schublade auf und warf einen Ordner auf den Boden. »Ich wollte dir vorschlagen, dich für das Programm zur Lehrerausbildung an der *UCLA* einzuschreiben und zu mir zu ziehen, solange du in der Ausbildung bist.«

Sein Schmerz traf sie zutiefst und sog alle Lebensenergie aus ihrem Körper. Zurück blieb nur noch eine leere Hülle.

»Ich wollte dich fragen, ob du mich heiraten willst.«

Aus ihren Tränen wurde ein Schluchzen. Ein heftiges Schluchzen. Einige Minuten verstrichen. Sie versuchte, sich zusammenzureißen und zu beruhigen, um wieder Luft holen zu können. Während sie mit sich kämpfte, stand Adam am anderen Ende des Zimmers und beobachtete sie mit kalten, leblosen Augen.

»Adam, bitte«, flüsterte sie.

»Nein. Ich spiele deine Spielchen nicht mit, und etwas anderes kannst du ja nicht.« Er ging zur Tür und machte sie auf. »Du solltest jetzt gehen.«

Sie nickte und kam seiner Aufforderung nach. Sobald sie wieder zu Hause war, rollte sie sich auf ihrem Bett zusammen und hörte, wie Adam wegfuhr. Kurz darauf rief ihre Mutter, dass sie nun aufbrechen und sich melden würde.

Sage drehte sich auf den Rücken und starrte an die Decke. Sie öffnete und schloss die Hand, konnte nicht begreifen, dass alles, was sie sich je gewünscht hatte, in Reichweite gewesen war und dass sie es einfach weggeworfen hatte, ohne darüber nachzudenken, dass sie es nie mehr zurückbekommen würde.

25. KAPITEL

Daisy fuhr zu Sage nach Hause. Die Nachricht ihrer Schwester war kurz, aber bestimmt gewesen.

> Ich muss mit dir reden. Allerdings nicht bei dir zu Hause. Bitte, komm zu mir. Meine Mutter ist nicht da.

Geheimnisvoll und ein bisschen beängstigend, wie Daisy fand. Sie und Sage hatten ein paar Tage lang nicht miteinander gesprochen. Sie hatte ihr geschrieben und ihr mitgeteilt, dass Wallace abreisen würde, doch Sage hatte nicht darauf reagiert. Daisy hatte sich selbst dabei erwischt, wie sie Sage ihrem Vater gegenüber in Schutz genommen hatte – ein Beweis dafür, wie nahe sie und ihre Stiefschwester sich inzwischen standen.

Als sie nun auf die Zufahrt bog, wurde sie wieder daran erinnert, wie unterschiedlich ihre Lebensumstände waren. Sie war in Bel Air in einem eintausendfünfhundert Quadratmeter großen Haus mit Bediensteten aufgewachsen und hatte seit jeher mehr Geld gehabt, als sie je würde ausgeben können. Sage und ihre Mutter waren in dieses kleine Haus in einer gutbürgerlichen Gegend gezogen, aber die Umstellung hatte sie beide sicherlich geschockt. Und das nicht erst zu dem Zeitpunkt, als Joanne und Wallace sich hatten scheiden lassen, sondern schon in dem Moment, als sie geheiratet hatten. Plötzlich Teil seines exklusiven Lifestyles gewesen zu sein war mit Sicherheit nicht ganz einfach gewesen.

Sie klopfte an die Haustür. Als Sage die Tür aufmachte, schnappte Daisy unwillkürlich nach Luft.

»Mein Gott, was ist passiert?«

Sage war blass und hatte dunkle Augenringe. Obwohl sie sich nur ein paar Tage lang nicht gesehen hatten, schien sie an Gewicht verloren zu haben. Ihr Haar wirkte stumpf, ihre Mundwinkel hingen herunter.

Daisy trat eilig ins Haus. »Bist du krank? Hattest du einen Unfall?«

Sage erschreckte sie, indem sie in Tränen ausbrach. Instinktiv nahm Daisy sie in den Arm und drückte sie. In ihrem Kopf überschlugen sich die Gedanken. War Sage angegriffen worden? Vergewaltigt? Hatte sie Krebs? Hatte Adam sie verlassen?

»Sei nicht so nett zu mir«, sagte Sage, wich zurück und wischte sich mit dem Handrücken über das Gesicht. »Das ertrage ich nicht.« Ihre Lippen zitterten. »Daisy, es tut mir leid. Es tut mir so leid. Das musst du mir glauben. Du bist meine Schwester, und ich liebe dich, und es tut mir furchtbar leid.«

Die Sorge verwandelte sich in Furcht. »Du machst mir Angst. Sag mir, was passiert ist.«

Sage verlor die Fassung. »Ich habe mit Jordan geschlafen.«

Sie redete weiter und weiter, doch Daisy konnte nichts hören außer dem Blut, das in ihren Ohren rauschte. Ihr Körper war wie erstarrt, während alles um sie herum irgendwie zu verschwimmen schien. Kurz fragte sie sich, ob sie jetzt in Ohnmacht fallen würde, aber sie konnte atmen, und das Blut sackte auch nicht aus ihrem Kopf in den unteren Teil ihres Körpers.

Sie sah, wie Sages Lippen sich bewegten. Ihre Körpersprache wirkte flehentlich, als wollte sie irgendetwas erklären. Daisy spürte, wie ihr das Herz brach, und wartete auf den Schmerz. Doch seltsamerweise stellte er sich nicht ein. Stattdessen fühlte sie sich wie betäubt. Sage hatte mit Jordan geschlafen. Ihre Stiefschwester hatte mit ihrem Ehemann geschlafen. Sie waren nackt zusammen gewesen und hatten Sex gehabt. Zwei der Menschen, denen sie am meisten auf der Welt vertraute, hatten sie hintergangen und betrogen – und damit genau das getan, was ihr den Boden unter den Füßen wegziehen würde.

»Es tut mir so leid«, sagte Sage immer wieder. »Es war ein Riesenfehler. Ich kann nicht erklären, wie es so weit kommen konnte. Wir waren betrunken, und dann hat er mich geküsst. Ich war aufgewühlt, hatte Angst, weil sich in meinem Leben etwas ändern sollte und gerade alles so gut lief, und ich schätze, deshalb musste ich alles kaputt machen. Ich kann es nicht erklären, aber es tut mir leid.« Sie wischte sich über das Gesicht. »Daisy, bitte, sag doch was. Schlag mich. Schrei mich an. Rede mit mir. Ich will dich nicht verlieren. Wir haben uns doch gerade erst gefunden, und jetzt hab ich's vermasselt. Es tut mir leid.«

Daisy spürte Sages Schmerz und wusste, dass sie es ernst meinte. Unter anderen Umständen hätte sie sich vielleicht darüber gefreut, zu wissen, dass Sage litt, aber nicht in diesem Moment. In diesem Moment wollte sie einfach nur weglaufen.

Sie verließ das Haus, ohne ein Wort zu sagen, stieg in ihren Wagen und fuhr ein paar Blocks weit, ehe sie auf den Parkplatz eines Fast-Food-Restaurants fuhr und dort hielt. Sie wollte sich vergewissern, ob sie zitterte oder kurz vor einer Panikattacke stand, schien aber ganz ruhig zu sein. Ein bisschen benommen, doch es ging ihr gut. Ihr Instinkt warnte sie davor, dass es nur eine Frage der Zeit wäre, bis sie zusammenbrechen würde, im Augenblick hielt sie sich jedoch wacker.

Sie zog ihr Handy hervor und starrte auf die Uhr. Jordan sollte nicht mehr im OP stehen, sondern in seinem Büro sein und Schreibkram erledigen. Sie schickte ihm eine Nachricht und teilte ihm mit, dass sie kurz vorbeischauen würde. Dann warf sie das Telefon auf den Beifahrersitz und fuhr zur Tierarztpraxis.

Sie achtete darauf, sich auf die Straße und den Verkehr zu konzentrieren und einen kühlen Kopf zu bewahren. Unter keinen Umständen wollte sie einen Unfall riskieren. Glücklicherweise ließ die Benommenheit nicht nach, sodass sie weiteratmen und weiterfahren konnte.

Vor der Praxis parkte sie den Wagen und stellte den Motor ab. Aber sie schien sich nicht bewegen zu können. Eine Weile betrachtete sie das Praxisgebäude. Sie hatte Jordan dabei geholfen, die Räume zu renovieren, als er die Praxis übernommen hatte. Gemeinsam hatten sie die Stühle für das Wartezimmer und die Wandfarben ausgesucht. Sie hatte den Gärtner der Familie geschickt, damit er die Blumenkübel am Eingang neu bepflanzte.

Sie griff nach ihrem Handy, stieg jedoch immer noch nicht aus dem Wagen. Stattdessen erinnerte sie sich daran, wie sie und Jordan beschlossen hatten, dass es an der Zeit wäre, schwanger zu werden. Wie aufgeregt und ängstlich sie gewesen war und wie sie zwei Monate später, als ihre Regel ausgeblieben war, gewusst hatte, dass es passiert war.

Sie hatte ihm nichts verraten – erst, als sie einen Schwangerschaftstest gemacht hatte. Als sie ihm den positiven Test gezeigt hatte, hatte er sie gepackt und sich mit ihr im Kreis gedreht, hatte gelacht und ihr immer wieder gesagt, wie sehr er sie liebe.

Weitere Erinnerungen kamen in ihr hoch. An ihr erstes Date, an den ersten Trip nach Hawaii, an den ersten Sex. An Bens Geburt, an die Schwangerschaft mit Krissa. An all die Teile, die das Mosaik ihres gemeinsamen Lebens bildeten.

Ein Klopfen an der Scheibe ließ sie zusammenzucken. Sie drehte den Kopf und sah Jordan neben dem Wagen stehen.

»Geht es dir gut?«, fragte er und sah sie besorgt an. Nicht schuldbewusst oder beschämt, sondern einfach nur verwirrt. »Warum sitzt du im Auto?«

Statt ihm zu antworten, entriegelte sie die Türen und bedeutete ihm, sich zu ihr zu setzen. Er ging um den Wagen herum und nahm auf dem Beifahrersitz Platz.

»Was ist los?«, fragte er, als er neben ihr saß. »Du hast hier im Auto gesessen und vor dich hin gestarrt. Ist alles in Ordnung?«

Er klang ganz normal. Nicht wie Sage, die offensichtlich unter der Situation litt. Jordan nicht – für ihn war es ein Tag wie jeder andere.

»Mir geht's gut«, entgegnete sie automatisch. Aber im nächsten Moment wurde ihr bewusst, dass es dumm war, so etwas zu sagen. Es ging ihr nicht gut – alles andere als das. Doch ihre höfliche Art ließ sich scheinbar nicht so einfach abschalten.

Sie war erleichtert, dass die Benommenheit noch immer anhielt und dass sie reden konnte, ohne an ihrem Schmerz zu ersticken. Der Nachteil war, dass sie keine Ahnung hatte, was sie gerade empfand. Schock natürlich. Und sie fühlte sich hintergangen. Aber was wollte sie von Jordan? Wollte sie ihn bestrafen? Eine Entschuldigung von ihm hören?

Sie machte den Mund auf, schloss ihn wieder und überraschte sich selbst und vermutlich ihn, als sie sagte: »Ich nehme mir einen Anwalt. Du solltest das auch tun.«

Ihn derart schockiert zu sehen hätte befriedigend sein müssen. Er zuckte zusammen und sah sie an.

»Daisy, nein. Tu das nicht. Wir kriegen das hin. Ich glaube daran, und ich denke, du glaubst auch daran. Wir gehören zusammen.«

»Echt? Ist es das, was du zu sagen hast? Nach all der Zeit, die du nun fort warst, glaubst du, dass wir zusammengehören? Wir haben zwei Therapiesitzungen hinter uns gebracht und da hast du das nicht ein einziges Mal gesagt. Du warst schwierig, verschlossen und hast mir vorgeworfen, dich nicht zu lieben.«

Sie starrte ihn an. Die Erkenntnis traf sie so heftig, dass sie die Benommenheit verdrängte. Dunkel und beängstigend und doch seltsam befreiend. Ja, es war schrecklich, aber endlich zu wissen, was hier eigentlich vor sich ging, machte alles ganz klar.

»Oh, mein Gott! Du bist es! *Du* liebst *mich* nicht mehr!«, sagte sie und begriff endlich. »Du willst, dass es vorbei ist, und weißt nicht, wie du es anstellen sollst, also schiebst du mir die Schuld in die Schuhe. Du willst, dass es meine Schuld ist.«

Die Einsicht war so klar, dass sie für einen Moment nichts anderes mehr wahrnahm. Vielleicht hatte sie diese Ehe auch schon abgeschrieben, doch das spielte in diesem Augenblick keine Rolle. Er hatte sie von Anfang an manipuliert.

Sie spürte, wie die Hysterie sich langsam bemerkbar machte, und atmete bewusst durch. Sie war so weit gekommen – jetzt würde sie sich zusammenreißen, bis sie zu Hause war.

»Bitte«, sagte er und wollte ihre Hand ergreifen. »Tu das nicht. Ich liebe dich.«

»Daran hättest du denken sollen, bevor du mit Sage ins Bett gestiegen bist.«

Er wurde bleich und sah sie ungläubig an. »Sie hat es dir erzählt?«

Bis zu dem Moment hatte sie nicht gewusst, dass sie noch ein Fünkchen Hoffnung in sich gehabt hatte. Hoffnung, dass er am Boden zerstört sein würde, weil er mit Sage geschlafen hatte. Hoffnung, dass er sie anflehen, dass er ihr versprechen würde, dass es nie mehr vorkommen würde, und dass er sie bitten würde, ihn nicht zu verlassen. Hoffnung, dass er begreifen würde, dass er mit seinem Handeln eine Grenze überschritten und dass sich durch sein Verhalten alles verändert hatte. Hoffnung, dass er es irgendwie wiedergutmachen wollte.

Aber diese fünf Worte – nein, nicht einmal die Worte, sondern sein Tonfall – verdeutlichten ihr die ganze hässliche Wahrheit. Er hatte nie vorgehabt, zu seinen Taten zu stehen und ihr die Wahrheit zu sagen. Er war bereit gewesen, sie für den Rest ihres Lebens im Unklaren darüber zu lassen, dass er sie hintergangen und zum Narren gehalten hatte.

Tausend Fragen wirbelten ihr im Kopf herum. Wie hatte er sich das alles vorgestellt? Wollte er, dass sie wieder zusammenkamen und dass Sage wie selbstverständlich Teil ihres Lebens wäre? Und dann? Sollten sie Weihnachten zusammen feiern? Wollte er, dass Sage das Geheimnis auch für sich behielt? Würden sie hinter ihrem Rücken über sie lachen, oder würden sie sich ab und zu treffen, um erneut miteinander zu schlafen?

»Es war ein Fehler«, sagte er in die Stille hinein. »Ein Fehler, den ich sofort bereut habe, nachdem es passiert war. Wir waren betrunken. Es hatte keine Bedeutung.«

»Für mich hat es schon eine Bedeutung«, erwiderte sie ruhig und sah durch die Windschutzscheibe nach draußen statt zu ihm. »Ich habe dich geliebt und geheiratet. Ich habe dir vertraut.«

»Jetzt hast du endlich, was du immer wolltest«, erwiderte er bitter.

Sie drehte den Kopf und starrte ihn an. »Was hast du gesagt?«

»Du hast endlich, was du immer wolltest. Du hast ein Jahr lang nach einer Ausrede gesucht, um mich abzuservieren, und jetzt hast du eine Entschuldigung.«

»Ich wollte dich nie abservieren, Jordan. Schieb mir jetzt nicht die Schuld in die Schuhe. Ich bin nicht diejenige, die ihren Partner hintergangen hat.«

»Es geht doch nicht um den Betrug. Sondern darum, wie du mich behandelt hast. Du siehst mich nicht mehr.«

Sie hatte nicht gewusst, dass er emotional so schwach war. Sie hatte es nicht bemerkt, und es hatte sie auch niemand gewarnt. Ihm ging es vor allem um sich selbst. Er verdrehte die Tatsachen – und in ein paar Wochen wäre es allein ihre Schuld, dass er mit Sage geschlafen hatte.

Sie wusste noch immer nicht, was eigentlich schiefgelaufen war oder ob ihre Ehe von Anfang an zum Scheitern verurteilt gewesen war. Aber das spielte auch keine Rolle mehr. Es war klar, wie es weitergehen würde.

»Ich sehe dich jetzt«, sagte sie. »Ich wünschte mir nur, mir wäre schon vor langer Zeit klar geworden, wer und was du bist. Dann hätten wir uns vieles ersparen können.«

Sie starrten einander an, bis Jordan schließlich aus dem Auto stieg. Daisy stellte den Motor an und fuhr nach Hause.

Als sie durch die Nachbarschaft fuhr, in der sie ihr ganzes Leben verbracht hatte, fing die Schutzmauer in ihr an, erste Risse zu bekommen und zu bröckeln. Sie bog auf die Zufahrt zum Haus ein, begann zu zittern und schnappte nach Luft. Ihr lief die Zeit davon, doch sie musste noch ein paar Minuten durchhalten und sich zusammenreißen.

Als sie ins Haus kam, ging sie nach oben ins Spielzimmer der Kinder. Die beiden waren da und lasen. Krissas Buch war auf Französisch.

»Hi, Mom«, sagte Ben, als er sie erblickte, und runzelte die Stirn. »Geht es dir gut?«

»Nein, mir geht es nicht gut. Ich glaube, ich habe mir irgendwie den Magen verdorben. Ich lege mich hin. Bitte fragt Esmerelda, ob sie euch Abendbrot macht.«

Krissa rannte zu ihr und umarmte sie. »Soll ich dir Ginger Ale bringen, Mom?«

Daisy streichelte ihr über das weiche Haar. »Vielleicht später.«

Sie spürte, wie ihre Selbstbeherrschung weitere Risse bekam, und wusste, dass sie gehen musste. Schnell küsste sie ihre Kinder und eilte in ihr Schlafzimmer. Dort kletterte sie ins Bett, bevor sie aufschluchzen musste. Der Kummer zerriss sie, raubte ihr den Atem.

Sie fragte sich, wie sie es überleben sollte, nachdem sie nun wusste, was passiert war. Jordan war weg, und ihre Ehe war am Ende. Eigentlich war die Ehe schon lange vorbei, aber sie hatte es nicht wahrhaben wollen, hatte versucht, etwas wiederzubeleben, was längst tot war.

Was Sage betraf, so konnte sie es einfach nicht verstehen. War das alles nur eine Lüge gewesen? Daisy war sich so sicher gewesen, dass sie eine ganz besondere Beziehung zueinander aufgebaut hatten, die von Bestand sein würde. Doch sie hatte sich geirrt. Jetzt war da nichts mehr.

Sie weinte, bis keine Tränen mehr übrig waren. Dann lag sie im Dunkeln und war sich nicht sicher, ob sie sich zusammenreißen konnte, um vor ihren Kindern so zu tun, als wäre alles in Ordnung. Denn das würde sie müssen. Die Scheidung würde die beiden Kleinen schon genug mitnehmen, und sie würde ihnen eine Zuflucht sein und ihnen Sicherheit bieten müssen. Irgendwie würde es ihr schon gelingen, für die beiden stark zu bleiben. Nur nicht heute Abend.

Sie hatte keine Ahnung, wie viel Zeit vergangen war, als sie ein Klopfen an ihrer Schlafzimmertür hörte. Die Tür wurde leise geöffnet, und Cassidy kam ins Zimmer.

»Ich habe gehört, dass es dir nicht gut geht«, sagte sie. »Esmerelda hat mich gebeten, nach dir zu schauen und zu fragen, ob du was essen möchtest.«

»Ich habe keinen Hunger.« Sie konnte sich nicht vorstellen, jemals wieder irgendetwas zu essen.

»Hast du eine Lebensmittelvergiftung?« Cassidy hielt inne. »Darf ich das Licht einschalten? Ich kann überhaupt nichts sehen und kenne mich in deinem Zimmer nicht so gut aus, dass ich so den Weg finde.«

Daisy wischte sich über das Gesicht, setzte sich auf und schaltete die Lampe auf dem Nachttisch ein. In den Sekunden, die ihre Augen benötigten, um sich an das Licht zu gewöhnen, hörte sie Cassidy keuchen.

»Du hast geweint, und du siehst grauenvoll aus. Was ist passiert?«

Ich werde die Worte aussprechen müssen – wahrscheinlich mehr als einmal, dachte sie grimmig. Sie würde sie aussprechen und lernen müssen, mit den Konsequenzen umzugehen. Denn was passiert war, betraf nicht nur Sage, Jordan und sie, sondern die ganze Familie.

»Sage hat mit Jordan geschlafen.«

Cassidys Reaktion darauf war beinahe komisch. Sie wich zurück, wäre beinahe gestolpert, rannte dann zum Bett und zog Daisy in die Arme.

»Oh Gott, es tut mir so leid.«

Trotz der früheren Distanz und der Schwierigkeiten, die sie gehabt hatten, war Cassidys Umarmung sehr tröstlich. Ihre Schwester drückte sie und hielt sie fest, als wollte sie sie nie wieder loslassen. Ein paar Sekunden lang konnte sie wieder atmen und sich vorstellen, dass die Welt einmal nicht mehr dunkel und beängstigend sein würde.

»Ich kann das nicht glauben«, gab Cassidy zu.

»Ich auch nicht.«

Cassidy lehnte sich ein Stück zurück, verzog den Mund, sah sie mit großen Augen an. »Aber warum? Sie liebt dich. Ich weiß es. Wir haben es endlich geschafft, Schwestern zu sein – warum sollte sie das kaputt machen?« Sie presste die Lippen aufeinander.

Traurig sah Daisy sie an. »Ich weiß es nicht. Doch sie hat es getan, und es kann nicht wieder rückgängig gemacht werden.« Sie holte Luft. »Die Beziehung mit Jordan ist vorbei. Es war schon schlimm genug, als er ohne ein Wort der Erklärung abgehauen ist, aber das hier ist echt zu viel.« Erneut wischte sie sich mit dem Handrücken über das Gesicht. »Sie hat es mir gesagt. Sie hat es mir einfach gesagt. Keine Ausreden, sondern die reine Wahrheit. Und dann hat sie sich dafür entschuldigt. Jordan dagegen hatte nicht vor, es mir zu sagen. Er wollte so tun, als wäre nichts passiert.«

»Ich hasse ihn.«

»Ich auch. Ich freue mich schon darauf, gar nichts mehr für ihn zu empfinden – allerdings nicht heute.« Sie schluckte, als ihr klar wurde, dass die Frage, ob sie ihn nun noch liebte oder nicht, keine Rolle mehr spielte. Wenn ihr das doch nur schon früher klar gewesen wäre.

Sie seufzte. »Irgendwie ist die Sache mit Sage noch schmerzhafter für mich. Ich dachte, sie hätte sich geändert und wir hätten, wie du schon sagtest, eine gemeinsame Basis gefunden.«

»Das hatten wir auch. Ich verstehe es genauso wenig wie du. Sie hat's echt versaut. Es gibt keine Entschuldigung für das, was sie getan hat. Ich bin wirklich wütend auf sie.«

»Danke, dass du auf meiner Seite bist.«

»Ich liebe dich, Daisy. Ich bin froh, dass du meine Schwester bist.«

Wieder kamen Daisy die Tränen. »Ich liebe dich auch.« Sie brachte ein zittriges Lächeln zustande. »Bitte, schlaf nicht mit Jordan.«

Cassidy umarmte sie noch einmal. »Das würde ich niemals tun. Ich vermassele es auf andere Art und Weise, aber nicht so.«

»Zumindest hast du einen Plan.«

Cassidy holte eine Box mit Taschentüchern aus dem Badezimmer, gab sie Daisy und nahm sich selbst auch einige Taschentücher.

»Was passiert jetzt?«, wollte sie wissen.

Daisy schnäuzte sich. »Ich rufe den Anwalt der Familie an und lasse mir jemanden empfehlen, der sich um die Scheidung kümmert. Ich werde es den Kindern sagen müssen. Ich könnte mir vorstellen, dass Jordan vielleicht beim nächsten Treffen mit den Kindern einfach damit rausplatzt.«

»Wird er viel Geld bekommen?«, fragte Cassidy.

»Eigentlich nicht. Mein Erbe und der Treuhandfonds zählen nicht zum Zugewinn. Ich verdiene mehr als er, also werde ich den Unterhalt für die Kinder bezahlen, auch wenn wir ein gemeinsames Sorgerecht bekommen. Doch das macht mir nichts aus. Das Geld auf unseren gemeinsamen Konten werden wir aufteilen.«

Das klang alles ganz leicht, aber sie ahnte, dass es nicht so unkompliziert ablaufen würde. Eine Scheidung. Sie würde sich scheiden lassen. Damit hätte sie ehrlich gesagt niemals gerechnet.

»Ich habe das Bedürfnis, Sage anzurufen«, sagte sie und zuckte die Achseln. »Blöd, oder? Ich will den Kontakt zu ihr nicht verlieren, ich will mit ihr reden.«

»Du hast ihr vertraut. Natürlich willst du mit ihr reden.«

»Ja, ich habe vielen Menschen vertraut, denen ich nicht hätte vertrauen sollen.« Sie erhob sich. »Ich muss mir ein paar Tage freinehmen, um in Ruhe mit den Kindern sprechen zu können.«

Cassidy ergriff ihre Hand. »Soll ich dich unterstützen? Meinst du, dass es dir helfen würde?«

»Ja, bitte. Ich werde es zuerst Esmerelda sagen, damit sie auch dabei sein kann, wenn ich es den Kindern erkläre. Ich will, dass sie nicht das Gefühl haben, allein gelassen zu werden. Sie sollen sich sicher und geborgen fühlen.«

Cassidy umarmte sie noch einmal. »Ich wünschte, ich könnte das alles leichter für dich machen.«

»Ich auch. Mach dir keine Sorgen. Ich werde es überstehen. Und dann wird es mir auch wieder gut gehen.«

Vielleicht nicht heute oder morgen, doch irgendwann. Gebrochene Herzen verheilten, und das Leben ging weiter. Das hätte Sage ihr zumindest gesagt. Und dann hätte ihre Schwester ihr einen Drink gemacht und etwas Lustiges gesagt.

»Wenn es nur um Jordan ginge …«, begann sie.

»Aber es geht nicht nur um ihn«, unterbrach Cassidy sie.

»Nein. Das tut es nicht.«

26. KAPITEL

Sage hatte sich noch nie so allein gefühlt – nicht nach den Scheidungen und noch nicht einmal, als sie Rom den Rücken gekehrt hatte und mit nichts als zwei Koffern und einem Notgroschen, der zum größten Teil aus Designerhandtaschen bestand, nach Hause geflogen war.

Ihre Mutter war bei Thomas in Escondido. Adam war kurz nach ihrem Geständnis verschwunden und noch nicht zurückgekehrt. Sie konnte nicht mit Daisy reden, und als sie Cassidy vor zwei Tagen eine Nachricht geschickt hatte, hatte ihre Schwester ihr unverblümt zurückgeschrieben, dass gerade niemand Lust hätte, mit ihr zu sprechen.

Bei der Arbeit riss Sage sich zusammen und funktionierte, weil sie es sich nicht leisten konnte, einfach zu Hause zu bleiben. Aber sie hatte ihren Willen und den Ehrgeiz verloren, ihre Ziele zu erreichen. Momentan erschien es ihr wie eine unüberwindliche Hürde, die Schritte zu machen, die dazu nötig waren.

Um kurz nach sieben kam sie von der Arbeit nach Hause. Nachdem sie den Inhalt des Kühlschranks gecheckt hatte, verspürte sie keinen Hunger mehr und setzte sich im Dunkeln aufs Sofa. Ein paar Minuten später vibrierte ihr Handy und zeigte eine neue Nachricht an.

Daisy will die Scheidung. Ihr Anwalt hat sich bereits gemeldet. Können wir reden?

Sie starrte auf das Display. Sie wusste nicht, woher Jordan ihre Nummer hatte, und eigentlich war es ihr auch egal. Warum überraschte es ihn, dass Daisy die Scheidung wollte? Schließlich hatte er mit ihrer Stiefschwester geschlafen. Wer tat so was?

Sie warf das Handy aufs Sofa, als ihr klar wurde, dass eine Antwort auf ihre Fragen sie selbst war. Was sie getan hatte, war sogar noch schlimmer, denn sie und Daisy hatten gerade erst zueinandergefunden.

Sage?

Sie schnappte sich ihr Telefon und blockierte seine Nummer. Dann ging sie nach draußen zu ihrem Wagen. Sie fuhr direkt zu Daisys Haus und klingelte. Esmerelda öffnete die Tür.

»Verschwinden Sie«, sagte die Haushälterin ganz unverblümt. Sie stand in der Tür und versperrte Sage den Zugang zum Haus. »Niemand will mit Ihnen sprechen. Sie sind ein schlechter Mensch. Ich dachte, Sie hätten sich geändert, aber ich habe mich geirrt. Verschwinden Sie.«

Sage erwiderte Esmereldas unerbittlichen Blick. »Ich muss mit Daisy reden.«

»Sie will Sie nicht sehen.«

»Bitte. Ich muss zu ihr. Ich werde nicht gehen, bis ich zu ihr darf.«

»Ich werde die Polizei rufen, wenn Sie nicht verschwinden.«

»Esmerelda, bitte. Sagen Sie ihr, dass ich hier bin und dass ich sehr gern mit ihr reden würde.« Sie zögerte. »Sagen Sie ihr, dass es mir leidtut.«

Esmerelda stieß einen verächtlichen Laut aus. »Als ob das eine Rolle spielen würde …« Sie schlug Sage die Tür vor der Nase zu und schaltete das Licht am Eingang aus.

Verzweifelt ließ Sage sich auf die oberste Stufe sinken und wartete. Es war zum Glück nicht kalt, und sie hatte sonst nichts vor.

Die Zeit kroch förmlich dahin. Sage dachte an das erste zufällige Treffen vor ein paar Monaten, als es Krissa so schlecht gegangen war und Daisys Wagen nicht mehr hatte anspringen wollen. Auch erinnerte sie sich an den Schrecken über Cassidys Unfall und daran, wie viele Abende sie hier verbracht hatte, weil ihre Schwester nicht aufgehört hatte, ihr Textnachrichten zu schicken. Sie dachte daran, wie sie und Daisy irgendwann erkannt hatten, dass sie Freundinnen werden könnten, und wie sie sich im Laufe der Zeit immer mehr aufeinander verlassen hatten.

Und das alles hatte sie für einen One-Night-Stand mit einem Kerl aufs Spiel gesetzt, den sie nicht einmal mochte.

»Ich sollte mich wahrscheinlich in Therapie begeben«, murmelte sie laut. »Um herauszufinden, warum ich so selbstzerstörerisch bin.«

Sie saß da, ignorierte, dass ihr Po zu schmerzen begann und vom Sitzen auf der harten Eingangstreppe langsam taub wurde. Irgendwann würde sie aufgeben und nach Hause fahren müssen, doch fürs Erste …

Plötzlich ging die Haustür auf, und Cassidy kam heraus.

Sage stand auf und sah sie an.

Cassidy schüttelte den Kopf. »Sie will dich nicht sehen, Sage. Du hast sie verletzt.«

»Ich weiß, und es tut mir so leid. Das will ich ihr sagen. Dass es mir leidtut und dass ich mir wünschte, die Zeit zurückdrehen zu können.«

»Das reicht nicht. Sie lässt sich von Jordan scheiden. Die Kinder sind aufgewühlt und außer sich, und es wird eine ganze Weile dauern, bis sie alle das verarbeitet haben. Du hast ihnen wehgetan. Ihnen allen. Nicht nur Daisy, sondern auch Ben und Krissa.«

Das war etwas, über das Sage so noch gar nicht nachgedacht hatte. Ihre Lippen begannen zu zittern, und Tränen schossen ihr in die Augen. »Nein. Nicht die beiden Kleinen. Sie dürfen nicht leiden.« Sie rang die Hände. »Ich weiß nicht, was ich tun soll. Cassidy, bitte hilf mir.«

»Ich weiß nicht, wie.« Ihre Schwester starrte sie an. »Warum hast du das getan?«

»Ich weiß es nicht. Ich hatte Angst. Alles lief so gut, und das kenne ich so gar nicht. Ich schätze, ich wollte es sabotieren, weil ich einfach weiß, was ich tun muss, wenn es *schlecht* läuft. Etwas anderes kenne ich nicht.«

»Du hast dir einen echt miesen Weg ausgesucht, um dein Leben zu vermasseln.«

»Ich weiß. Ich vermisse Daisy, und ich vermisse dich und die Kinder und alles andere.«

Ihre Stimme klang flehentlich, ihr Tonfall spiegelte ihre Verzweiflung wider. Doch davon ließ Cassidy sich nicht beeindrucken. »Sie will dich nicht sehen.« Sie seufzte. »Ich schätze, wir beide könnten irgendwann wieder Zeit miteinander verbringen, aber wir müssten uns dann woanders treffen. Morgen wird mir der Gipsverband abgenommen, und ich werde mit einer Physiotherapie beginnen. Doch anschließend kann ich bestimmt wieder Auto fahren, und dann kann ich dich auch mal besuchen.«

Sage machte einen Schritt nach vorn, um sie zu umarmen, aber Cassidy schob sie zurück.

»Hör auf damit. Ich bin noch nicht so weit.«

Die Zurückweisung traf Sage vollkommen überraschend. So etwas hatte Cassidy noch nie getan – wenn überhaupt hatte ihre Schwester eher geklammert. Sage war diejenige, an die Cassidy sich wandte, wenn es ihr nicht gut ging.

»Ich war doch immer für dich da«, brachte Sage leise hervor. Es fiel ihr schwer zu sprechen. »Nächtelang.«

»Ich weiß, und ich bin dir auch dankbar dafür. Aber das mit Jordan war echt mies von dir. Vollkommen falsch.«

Sie drehte sich um und ging ins Haus. Die Tür fiel ins Schloss, und Sage hörte, wie der Riegel vorgeschoben wurde. Dann herrschte Stille.

Zwei Wochen nachdem sie erfahren hatte, was Jordan und Sage getan hatten, konnte Daisy zum ersten Mal wieder eine Nacht durchschlafen. Sie hatte sich zweimal mit ihrem Anwalt getroffen, und gemeinsam hatten sie einen vorübergehenden Plan zur Betreuung der Kinder erarbeitet. Sie würde das Sorgerecht für die Kinder zugesprochen bekommen, und Jordan würde die Kinder an jedem zweiten Wochenende und jeden Mittwochabend sehen.

Ben und Krissa waren etwas stiller als sonst, doch sie schienen die Veränderung in ihrem Leben zu verarbeiten. Wohl auch, weil Daisy für jedes Kind einen Termin bei einem bekannten Kinderpsychologen vereinbart hatte. Ihre Lehrer und die Schulberaterin wussten über die Vorkommnisse Bescheid. Bisher kamen die beiden gut in ihren Klassen und mit ihren Freunden zurecht. Das größte Problem war Daisys Meinung nach, dass sie nicht aufhörten, nach Sage zu fragen.

»Warum können wir sie denn nicht sehen?«, hatte Krissa am Abend beim Essen wissen wollen. »Ich will ihr zeigen, wie gut ich schon Französisch lesen kann.«

Ben hatte ihr von seinem Wissenschaftsprojekt erzählen wollen. »Sie versteht was davon, Mom.«

Cassidy hatte sie mit einer kleinen Notlüge gerettet und behauptet, Sage wäre verreist, würde aber bald wieder zurück sein. Daisy wusste, dass sie sich etwas überlegen musste, um die Abwesenheit Sages zu erklären. Bisher hatte sie allerdings keine Ahnung, was sie den Kindern sagen sollte. Die Wahrheit war in diesem Falle keine Option.

Natürlich vermissten sie ihre Tante – Sage war Teil ihres Lebens geworden. Und was noch beunruhigender war: Daisy musste zugeben, dass Sage auch ihr fehlte. Dass sie nach all der Zeit zusammengefunden hatten, war wie ein kleines Wunder gewesen. Und sie nun wieder verloren zu haben – vor allem wegen einer so dummen und tragischen Sache – war fast mehr, als sie ertragen konnte.

Daisy hatte den Kindern einen Film angeschaltet und sich ins Büro zurückgezogen, um die Unterlagen des Anwalts zu sichten. Nicht, dass sie in Stimmung dazu gewesen wäre. Doch je eher sie alles regelten, desto schneller konnte sie nach vorn blicken und ihr Leben weiterleben. Aber noch bevor sie ihren Laptop hochgefahren hatte, kam Cassidy zu ihr.

»Hast du einen Moment?«, fragte ihre Schwester.

»Klar. Wie geht's deinem Bein? Du humpelst kaum noch.«

Cassidy setzte sich auf einen der Stühle vor dem Schreibtisch und streckte das Bein aus. Der Gipsverband war entfernt worden. »Ich fühle mich gut. Stärker.«

»Du siehst auch gut aus.«

Cassidy seufzte. »Sie kommt noch immer jeden Tag hier vorbei.«

»Esmerelda hat es mir erzählt.«

Daisy war sich nicht sicher, was sie mit dieser Information anfangen sollte. Eigentlich wollte sie Sage sehen und schauen, ob sie die Angelegenheit irgendwie bereinigen konnten, doch das kleine Mädchen in ihr, das so oft zurückgestoßen worden war, konnte es nicht über sich bringen, Sage zu verzeihen.

Sie zu ignorieren ergab für sie den meisten Sinn. Nach vorn zu blicken. Sie zu vergessen. Aber das schaffte sie irgendwie auch nicht, denn selbst jetzt vermisste sie Sage, obwohl sie sie hassen sollte. Sie vermisste sie sogar ganz schrecklich.

»Ich habe viel über sie nachgedacht«, meinte Cassidy. »Dass sie gerade ihr Leben auf die Reihe zu bekommen schien und dann losgezogen ist und alles kaputt gemacht hat. Für mich ergibt das keinen Sinn. Ihr beide standet euch supernahe, und sie hatte Adam. Und jetzt hat sie alles verloren. Und wofür?«

»Sie hat Panik bekommen«, sagte Daisy, ehe sie sich die Worte verkneifen konnte. »Ihr ganzes Leben lang hat sie immer das verloren, was ihr am meisten bedeutet hat. Zuerst ihren Dad, dann Wallace. Ihr Zuhause hier, ihren Traum, etwas ganz

Besonderes zu sein. Sie hat Jordan verlassen, obwohl sie ihn sicherlich geliebt hat. Doch statt mit ihm zu reden und vielleicht einzusehen, dass sie einfach zu jung für die Ehe *waren* und noch hätten warten sollen, ist sie weggelaufen.«

»Das klingt überraschend wohlwollend.«

Daisy lächelte. »Mit einigem Abstand kann ich durchaus wohlwollend sein. Ich bin mir allerdings nicht so sicher, ob ich auch so reagieren würde, wenn sie hier wäre.«

»Das würdest du. Du liebst sie.«

»Das stimmt. Echt blöd von mir.«

»So ein Mist.«

»Kann man wohl sagen.« Daisy dachte über alles nach, was passiert war. »Ich glaube, das ist das erste Mal, dass sie versucht, ihre Fehler wiedergutzumachen. Vorher ist sie immer weggelaufen. Sie hat nie für etwas gekämpft, das ihr wichtig war. Das kann man zumindest als Fortschritt werten.«

Cassidy nickte. »Ich habe euch beide beobachtet. Als ich hierhergebracht wurde, habt ihr einander umkreist wie zwei Boxer. Aber dann hat sich alles verändert. Ihr mochtet einander, habt euch vertraut und euch gegenseitig ins Herz geschlossen. Es war schön, das mit anzusehen. Es tut mir so leid, dass das alles vorbei ist.«

»Mir auch.«

»Sie fehlt mir.«

Daisy seufzte. »Ich bin noch nicht so weit.«

Cassidy überraschte sie, indem sie zu lächeln anfing. »Du Lügnerin. Dir fehlt sie auch ganz schrecklich.« Sie presste die Lippen aufeinander. »Ich werde ausziehen.«

»Was? Nein. Du kannst nicht ausziehen.« Daisy war sich nicht sicher, ob sie noch eine Veränderung in ihrem Leben verkraften könnte.

»Ich muss. Es ist Zeit.«

Daisy wusste, dass ihre Schwester recht hatte, doch deshalb musste es ihr trotzdem nicht gefallen. »Wohin willst du?«

Cassidy sah sie an. »Nach Miami. Ich werde mich mit Desean treffen.«

»Wow. Damit hätte ich nicht gerechnet. Weiß er das schon?«

»Nein. Ich werde einfach dort auftauchen und schauen, was passiert.«

»Zu welchem Zweck?«

Cassidy lächelte. »Ich werde mich meinen Ängsten stellen. Schockierend, oder? Zu sehen, wie sich das alles entwickelt hat, wie stark und mutig du bist und wie die Kinder mit der Situation zurechtkommen, hat mir die Augen geöffnet: Ich bin ein Feigling. Desean ist ein toller Mensch, und ich liebe ihn. Vielleicht geht es schief, aber vielleicht funktioniert es auch, oder? Ich meine, irgendwann muss doch mal jemand eine Beziehung haben, die nicht scheitert, oder?«

»Das freut mich so. Ich bin wirklich stolz auf dich.«

»Danke.« Cassidy seufzte. »Ich habe Angst. Was ist, wenn er mir keine Chance mehr geben will? Ich habe ihm ein paarmal richtig wehgetan. Ich an seiner Stelle würde mich vermutlich nicht zurücknehmen.«

»Das zählt jetzt nicht mehr«, entgegnete Daisy. »Du hast einen Fehler gemacht und es eingesehen. Es tut dir leid. Du willst es wiedergutmachen – das wird er verstehen.«

»Du kannst das auch nicht.«

Zuerst verstand Daisy nicht, was ihre Schwester ihr damit sagen und worauf sie hinauswollte. Aber dann begriff sie. »Du und Desean seid nicht ich und Sage.«

»Warum nicht? Ihr liebt einander und wollt euch nahe sein. Sage hat einen Riesenfehler begangen, doch sie hat es eingesehen, und es tut ihr leid. Zählt das nicht auch irgendwie?«

»Legst du mich einmal aufs Kreuz …«, sagte Daisy.

»Steh doch darüber. Sei großherzig … und freizügig.«

»Ich kann ihr nicht vertrauen.«

»Du *willst* ihr nicht vertrauen. Das ist ein Unterschied.«

»Stellst du dich auf ihre Seite?«, fragte Daisy.

»Nein. Ich versuche nur, meine Familie zusammenzuhalten.« Cassidy erhob sich. »Ich habe einen frühen Flug nach Miami gebucht, also werde ich jetzt mal packen gehen.«

»Soll ich dich zum Flughafen bringen?«

»Das wäre schön.«

Daisy lächelte. »Schreib mir eine Nachricht, wenn du ihn getroffen hast, damit ich weiß, wie es gelaufen ist.«

»Du erfährst es als Erste.«

Endlich war Adam zurück. Sage hatte seinen Wagen auf der Einfahrt stehen sehen, als sie von der Arbeit zurückgekommen war. Ihr Herz hatte augenblicklich schneller geschlagen, und Hoffnung war in ihr aufgekeimt. Vielleicht könnte sie mit ihm reden und ihm erklären, wie leid es ihr tat. Vielleicht würde er ihr jetzt zuhören und den Gedanken, ihr zu verzeihen, wenigstens zulassen.

Sie eilte durch das Haus auf die Terrasse hinaus, und als sie ihn an seinem Schreibtisch im Garten sitzen und tippen sah, lösten sich ihre Anspannung und die Angst der letzten Wochen ein wenig. Sie zog ihre Schuhe aus, ehe sie über den Rasen zu dem niedrigen Zaun zwischen ihren Grundstücken lief.

Sie konnte genau sagen, in welcher Sekunde er ihre Anwesenheit spürte, denn mit einem Mal war sein gesamter Körper angespannt, als würde er sich innerlich für etwas wappnen. Dann blickte er sie an.

Seine ernste Miene traf sie wie ein Stich ins Herz. Es gab kein freundliches Lächeln, keinen Hinweis darauf, ob er sich freute, sie zu sehen. Sein Blick wirkte undurchdringlich. Die Kiefer hatte er aufeinandergepresst. Sie konnte ihm ansehen, dass er sich auf das Gespräch, das sie gleich führen würden, nicht gerade freute.

»Du bist wieder da«, sagte sie leise.

»Ich wusste nicht mehr, wohin ich sonst soll.«

Sie zuckte zusammen. »Es tut mir leid, dass ich dich aus deinem Haus vertrieben habe. Viele Dinge tun mir leid.«

Er lehnte sich auf seinem Stuhl zurück. »Müssen wir diese Unterhaltung führen?«

»Bitte, Adam, hör mir zu. Ich muss dir sagen, wie sehr ich bereue, was ich dir angetan habe. Was ich *uns* angetan habe. Ich war dumm. Es gibt tausend Gründe, auch wenn keiner dieser Gründe irgendwas daran ändert, dass ich es komplett verbockt habe.«

Sie blinzelte ihre Tränen fort. Sie würde nicht versuchen, mit ihm zu spielen. Sie wollte ehrlich sein, auch wenn sie das verletzbar machte. Sie hatte zwei Wochen gehabt, um sich zu überlegen, was sie ihm sagen wollte. Und weil dies vermutlich die einzige Chance war, die er ihr gewähren würde, würde sie sie nutzen und auf keinen Fall vermasseln.

»Ich habe Mist gebaut«, sagte sie. »Es gibt keine Entschuldigung für mein Verhalten. Ich habe dich betrogen und etwas verloren, das mir viel bedeutet. Ich habe dich verloren.«

Das Gefühl, in Tränen ausbrechen zu müssen, wurde beinahe übermächtig. Sie konnte kaum noch sprechen, aber sie zwang sich, stark zu bleiben – vor allem weil sie nicht wollte, dass er glaubte, sie würde Mitgefühl von ihm erwarten.

»Ich liebe dich«, flüsterte sie, räusperte sich und wiederholte die Worte. »Ich liebe dich. Ich wusste es nicht, bis ich dich verloren habe. Und das zeigt, wie dumm ich bin. Die Liebe sollte man doch eigentlich erkennen, wenn sie einen trifft – warum also habe ich es nicht begriffen, bevor ich alles gegen die Wand gefahren habe?« Sie schluckte. »Mir ist klar, dass es jetzt zu spät ist und dass dir egal ist, was ich empfinde. Ich erwarte auch gar nichts. Ich wollte einfach nur, dass du weißt, wie viel du mir bedeutest und dass es mir auf ewig leidtun wird, was ich getan habe und wie sehr ich dich verletzt habe. Das ist das Schlimmste für mich – noch schlimmer als die Enttäuschung über mich selbst. Ich habe dir wehgetan, und damit muss ich leben. Es tut mir leid.« Um nicht die Beherrschung zu verlieren und zu weinen, presste sie sich die Hand auf den Mund. »Du bist ein toller, ganz erstaunlicher Mann. Du bist klug und nett und liebevoll, und du verstehst mich. Auch wenn dir nicht gefällt, wer ich bin, verstehst du mich trotzdem. Das findet man nur sehr selten. Ich hoffe, du kommst schneller über mich hinweg, als du es im Moment für möglich hältst. Und ich hoffe, dass du jemanden findest, der dich verdient hat.«

Stumm starrte er sie an.

Sie versuchte zu lächeln. »Ich ziehe um. Neben dir zu wohnen wäre zu schwer für mich, und es wäre dir gegenüber auch nicht fair. Also werde ich gehen. Meine Mom zieht mit ihrem neuen Freund nach San Diego und wird das Haus vermieten.«

Nun konnte sie die Tränen nicht länger zurückhalten. Sie liefen ihr über die Wangen. Ungeduldig wischte sie sie mit dem Handrücken fort.

»Leb wohl, Adam.«

Sie lief zurück ins Haus und hielt nur kurz inne, um ihre Schuhe, ihre Handtasche und die Autoschlüssel zu holen. Im Haus gab es nichts mehr zu essen, und obwohl sie gerade sowieso nicht viel aß, weil sie keinen Appetit hatte, wusste sie, dass sie wenigstens so tun musste, als wäre alles in Ordnung.

Aber statt direkt zum Supermarkt zu fahren, fand sie sich kurz darauf in einer sehr vertrauten Gegend von Bel Air wieder. Sie parkte den Wagen auf Daisys Einfahrt, ging zur Haustür und klingelte. Ein paar Sekunden später öffnete Esmerelda die Tür.

»Schon wieder Sie«, wurde sie von der Haushälterin begrüßt.

»Ja, allerdings. Ich würde jetzt gern mit Daisy sprechen.«

Sage rechnete damit, erneut abgewiesen zu werden, doch Esmerelda überraschte sie, indem sie die Tür noch ein Stückchen weiter aufmachte.

»Sie können reinkommen.«

Sage betrat das Haus. Sie wusste nicht, was sich geändert hatte, aber sie freute sich darüber, endlich die Möglichkeit zu bekommen, mit Daisy zu reden.

»Warten Sie hier.« Esmerelda deutete auf den Teppich. »Und rühren Sie sich nicht von der Stelle.«

»Okay. Ich bleibe hier.«

Sage fragte sich, wie lange Daisy sie warten lassen würde, doch es vergingen nur wenige Minuten, bis ihre Schwester im Eingangsbereich des Hauses erschien. Wie sie selbst war auch Daisy blass und sah müde aus. Sie wirkte eher vorsichtig als wütend. Sage hoffte, dass das ein gutes Zeichen war.

»Es tut mir leid«, sagte Sage schnell, falls Daisy es sich doch noch anders überlegen und sie rauswerfen würde. »Alles. Ich habe alles falsch gemacht. Ich habe dich verletzt, ich habe deine Kinder verletzt, und ich habe mich selbst verletzt. Ich war dumm, habe nicht nachgedacht, hatte Angst und habe mich so selbstzerstörerisch verhalten, wie es nur ging. Es gibt keine Entschuldigung für das, was ich getan habe. Ich möchte dir einfach nur sagen, dass ich verstanden habe, dass ich schuld bin und dass ich das, was ich getan habe, für den Rest meines Lebens bereuen werde.«

Daisy wandte den Blick ab. »Cassidy ist weg. Sie ist vor zwei Tagen nach Miami gereist, weil sie eingesehen hat, dass sie dabei war, vor dem Besten zu fliehen, das ihr je passiert ist. Also hat sie mit Desean gesprochen und ihm gesagt, dass sie sich noch eine Chance wünscht.«

»Das wusste ich nicht. Was ist passiert?«

Daisy blickte sie an. »Er hat ihr verziehen. Sie werden zusammenziehen. Und angesichts der kurzen Nachrichten, die sie mir ab und zu mal schickt, scheinen sie jede Menge Sex zu haben.«

»Ich freue mich für sie.«

»Ich auch. Obwohl ich jetzt in einer Zwickmühle stecke. Komm.«

Daisy ging ins Wohnzimmer und dort direkt zur Bar. Sie nahm eine Flasche Wein aus dem Weinschrank und öffnete sie. Sage stand da und wusste nicht genau, was sie von der Situation halten sollte. Sie hoffte, dass es bedeutete, dass Daisy sie nicht gleich hinauswerfen würde, aber sie wusste, dass durchaus die Chance bestand, dass Daisy die Flasche nur öffnete, um ihr ein paar Gläser voll ins Gesicht zu schütten.

Stattdessen trug Daisy zwei Gläser zum Couchtisch und setzte sich auf eins der Sofas. Sage nahm ihr gegenüber Platz. Sie fühlte sich ängstlich und hoffnungsvoll zugleich.

»Jordan und ich lassen uns scheiden.«

Sage unterdrückte ein Stöhnen. »Nein. Sag bitte nicht so was. Daisy, es tut mir leid. Ich …«

Daisy hob die Hand. »Hör auf, dich zu entschuldigen.« Sie nahm ihr Weinglas. »Es ist nicht deine Schuld. Ich will damit nicht sagen, dass du keine Bitch bist, die mit meinem Mann gevögelt hat, doch zur Scheidung wäre es auch ohne euren Fehltritt gekommen. Jordan und ich hatten schon lange Probleme …« Sie trank einen Schluck Wein. »Es ist schon seit einer Weile vorbei – ich wusste es nur noch nicht. Ich dachte, wir wären einfach nur im Alltagstrott gefangen, aber in Wirklichkeit haben wir uns immer weiter voneinander entfernt. Irgendwann habe ich aufgehört, ihn zu lieben. Ich habe es nicht gesehen. Er schon. Wahrscheinlich weil er mich auch nicht mehr liebt. Wir hätten es sowieso nicht länger als Paar geschafft – auch ohne euren Betrug.«

Sage ignorierte den Part mit der »Bitch«, denn sie hatte es vermutlich nicht anders verdient. »Das muss hart sein. Es tut mir leid, dass du das alles durchmachen musst. Wie geht es Ben und Krissa?«

»Sie kommen klar. Sie vermissen dich.«

Erfreuliche Worte. »Ich vermisse sie auch. Und dich.«

Daisy zog die Nase kraus. »Aha.« Ihr Blick wurde scharf. »Verdammt, Sage, was hast du dir dabei gedacht? Er war mein Ehemann! Man schläft nicht mit dem Mann der eigenen Schwester. Ich bin mir sicher, dass das, was du getan hast, in jeder Kultur auf der Welt sehr schlecht ankommt.«

»Ich weiß. Es war schrecklich und blöd von mir. Ich bin ein schlechter Mensch.«

»Du hast echt Mist gebaut. Du hast mir das Herz gebrochen.«

»Stimmt. Es war falsch von mir. Ich habe nicht nachgedacht. Ich hatte Angst und habe nur reagiert. Ich habe genau das getan, womit ich alles, wofür ich so hart gearbeitet hatte, auf jeden Fall zerstören würde. Ich hatte dich doch gerade erst gefunden, und jetzt habe ich dich wieder verloren.«

Sie weinte. Sie wollte nicht mehr weinen, aber angesichts all dessen, was in ihrem Leben gerade schieflief, glaubte sie nicht, dass ihre Tränen so bald versiegen würden.

Schnell wischte sie sich über die Wangen und straffte die Schultern. »Ich weiß, dass du gesagt hast, ich solle mich nicht mehr entschuldigen, doch es tut mir leid. Du bist mir nun mal wichtig.« Sie zögerte und fragte sich, warum es noch schwieriger war, Daisy die Worte zu sagen als Adam. »Ich liebe dich.«

Daisy starrte sie an. »Dann hast du wirklich eine grauenvolle Art, das zu zeigen.«

»Ja, du hast recht. Ich wollte dir nur sagen, wie viel du mir bedeutest. Du und die Kinder. Ich werde euch schrecklich vermissen.«

»Du wirst uns vermissen? Warum?«

»Ich ziehe nach Dallas. Ich kann nicht länger hierbleiben und im Haus neben Adam wohnen. Es ist zu schwer für mich und auch ihm gegenüber nicht fair. Ich dachte, es wäre für alle besser, wenn ich irgendwo ganz neu anfange. Ich habe eine Freundin, die in Dallas wohnt. Ich kann bei ihr wohnen, mir einen Job suchen und dort versuchen, meine Ausbildung zur Lehrerin zu beenden.«

Daisy stellte ihr Glas ab und funkelte sie an. »Du rennst weg? Hast du denn überhaupt nichts gelernt? Es wird ein bisschen schwierig – und weg bist du? Du liebst mich? Wohl kaum. Denn wenn du mich lieben würdest und wenn dir wirklich etwas an uns liegen würde, dann würdest du nicht beim ersten Hauch einer Schwierigkeit verschwinden. Du würdest um uns kämpfen.«

»Ich verschwinde wohl kaum beim ›ersten Hauch einer Schwierigkeit‹. Ich habe mit deinem Mann geschlafen, Daisy. Das ist keine Kleinigkeit. Ich habe keine Ahnung, ob du mir jemals vergeben kannst oder ob es dir wehtut, mich zu sehen. Ich weiß nicht …«

»Dann frag mich!« Daisys Stimme wurde bei jedem Wort lauter. »Frag mich, was ich will. Frag mich, ob ich es lieber hätte, wenn du am anderen Ende des Landes wohnen würdest und ich dich nicht mehr sehen kann und meine Kinder vergessen werden, wer du bist. Wenn du meine Schwester sein willst, dann sei gefälligst auch meine Schwester, aber wag es ja nicht, alle Brücken hinter dir abzubrechen und abzuhauen.«

Sie starrten einander an.

»Ich verstehe das nicht«, gab Sage zu. »Du willst, dass ich bleibe?«

»Habe ich das nicht gerade gesagt?«, zischte Daisy.

Sage presste die Lippen aufeinander. »Du klingst gerade nicht so nett.«

»Ich muss auch nicht nett sein. Wie du schon so richtig bemerkt hast, hast du mit meinem Mann geschlafen. Du bist mir also für die nächste Zeit echt was schuldig.«

Sage fragte sich, ob es in Ordnung war, Hoffnung zu verspüren – nur ein bisschen. »Ich bin gut darin, dir etwas schuldig zu sein.«

»Du musst dich in Zukunft anständig verhalten. Kein Sex mehr mit Jordan. Und du musst meine Kinder lieben.«

»Das tue ich schon. Sie haben mir gefehlt.«

»Wie schon gesagt, haben sie dich auch vermisst. Es war nicht schön.«

Sage erhob sich und ging um den Couchtisch herum. Daisy stand ebenfalls auf und breitete die Arme aus. Sie hielten einander eine ganze Weile fest, und Sage spürte, wie ihr gebrochenes Herz anfing zu heilen.

»Es tut mir leid«, flüsterte sie. »Daisy, es tut mir so leid.«

Daisy lehnte sich ein Stück zurück und schüttelte den Kopf. »Ab sofort will ich zu diesem Thema keine Entschuldigungen mehr hören. Das ist die Regel in diesem Haus. Nicht die einzige übrigens. Es gibt noch andere. Ich werde dir eine Liste geben.«

»Ich bin ja nur ab und an zu Besuch hier, also werde ich keine Regeln brauchen.«

Daisy überraschte sie, indem sie leicht errötete und einen Schritt zurückmachte, als wäre sie nervös. »Ja, nun ... Was das betrifft ...«

Sage wurde eiskalt, als ihr klar wurde, dass sie anscheinend vollkommen missverstanden hatte, was ihre Schwester ihr hatte sagen wollen. »Du willst nicht, dass ich euch besuche? Wir sind keine Freundinnen mehr?«

»*Was?* Nein. Natürlich sind wir Freundinnen. Ich wollte nur sagen, dass du ... na ja ... Das Haus ist so riesig, dass du, wenn du hier wohnen möchtest, einen eigenen Flügel bekommen könntest.«

Völlig verblüfft blinzelte Sage. »Das ist nicht dein Ernst.«

»Das *ist* mein Ernst. Absolut. Es ist total vernünftig. Ich habe wegen der Lehrerausbildung recherchiert. Das Programm der *UCLA* ist toll, doch du müsstest noch über ein Jahr warten. Aber wenn du die Weiterbildung an der *USC* beginnen würdest, ginge das auch online, und ich glaube, dass Dad dir wegen der Einschreibung und eines Platzes in dem Programm behilflich sein könnte.« Sie lächelte. »Falls du das noch immer tun willst.«

Sage spürte, wie der Raum sich zu drehen begann. Es war wahrscheinlich eine Kombination aus vielen Faktoren: Sie hatte in letzter Zeit nicht viel gegessen, war geschockt und hatte Wein getrunken. Bevor sie darüber nachdenken konnte, ob sie gleich in Ohnmacht fallen würde, hatte Daisy sie schon aufs Sofa gesetzt. Vornübergebeugt saß Sage nun auf der Couch, den Kopf zwischen den Knien.

»Atmen«, sagte Daisy bestimmt. »Cassidy ist endlich wieder auf den Beinen. Ich möchte nicht, dass du dir eine Kopfverletzung holst.«

»Mir geht es gut.« Sage kam wieder hoch. »Ich habe nur zu wenig gegessen.«

»Ich auch. Wollen wir mal in der Küche nachschauen, was es so gibt?«

Sage nickte und stand auf.

Gemeinsam machten sie sich ein gegrilltes Käsesandwich und Salat. Als sie einander am Tisch gegenübersaßen, lächelte Sage.

»Wir müssen noch über die Miete reden. Wie viel verlangst du?«

Daisy verdrehte die Augen. »Du wirst mir keine Miete bezahlen. Wie kommst du überhaupt darauf? Du bist echt ein Freak, weißt du das?«

»Nicht so ein Freak wie du.«

Daisy nahm ihr Sandwich in die Hände. »Wir müssen uns einige Regeln für die Kinder überlegen, sonst werden sie dich niemals in Ruhe lassen.«

»Ich freue mich schon darauf.« Und sie freute sich darauf, Esmerelda für sich zu gewinnen. »Du gibst mir eine zweite Chance. Dabei bin ich mir gar nicht sicher, ob ich die überhaupt verdient habe.«

»Hast du nicht«, entgegnete Daisy fröhlich. »Doch Cassidy hat mir gesagt, dass ich freizügig sein soll.«

Sage spürte, wie ihre Mundwinkel zuckten.

Daisy funkelte sie an. »Im emotionalen, nicht im körperlichen Sinne. Habe ich schon erwähnt, wie nervig es ist, dass du so dünn bist? Das mag ich an dir nicht besonders.«

»Ich liebe dich.« Sage griff nach ihrem Weinglas. »Wer ist jetzt die Freizügigere von uns beiden?«

Daisy streckte den Arm aus und ergriff Sages Hand. »Willkommen zu Hause, Sage.«

27. KAPITEL

Obwohl sie viel gelernt und sich emotional weiterentwickelt hatte, konnte Sage noch immer all ihre Habseligkeiten in dem Kofferraum ihres Wagens unterbringen. Sie musste zwar ein bisschen schieben und drücken, doch es gelang ihr, all ihre Kleider, Schuhe und Handtaschen in ihren Kofferraum zu bugsieren. Es war sogar noch ein bisschen Platz, sodass sie die wenigen persönlichen Dinge, an denen ihr etwas lag, ebenfalls einpacken konnte.

Ihre Mutter würde das Haus möbliert vermieten. Da es in der Nähe der *UCLA* lag, verlangte sie eine relativ hohe Miete, hatte aber schon einige Interessenten an der Hand.

Sage ging ein letztes Mal durch das Haus und sah sich um, ob sie auch nichts vergessen hatte. Dann trat sie vor die Haustür und schloss ab. Als sie zu ihrem Wagen lief, warf sie noch einen Blick zu Adams Haus und wünschte sich, sie könnte …

Nein, ermahnte sie sich. Sie konnte nichts tun. Sie hatte gesagt, was sie zu sagen gehabt hatte, und nun musste sie Adam in Ruhe lassen. Es war richtig so. Zwar würde sie ihn schrecklich vermissen, sollte aber nichts mehr in dieser Richtung unternehmen. Dass er so leiden musste, bereute sie zutiefst. Eigentlich hatte sie nur ihr eigenes Leben zerstören wollen – und dabei nicht auch noch andere Menschen mit hineinziehen wollen. Leider hatte sie viel zu viele Menschen, die sie liebte, verletzt, und damit würde sie nun klarkommen müssen.

Doch von Daisy hatte sie eine zweite Chance bekommen. Sie wusste nicht genau, warum, aber irgendwie hatte ihre Schwester es übers Herz gebracht, ihr zu vergeben. Und sie hatte ihr sogar einen ganzen Flügel des Hauses angeboten. Nein, dachte sie, als sie nach Bel Air fuhr. Nicht nur das. Daisy hatte ihr ein neues Heim angeboten.

Sage bezweifelte, dass sie an Daisys Stelle genauso großzügig reagiert hätte. Doch sie war dankbar dafür, die Möglichkeit bekommen zu haben, irgendwo dazuzugehören. Und dieses Mal würde sie es nicht verbocken – das hatte sie sich geschworen.

Sie fuhr auf die Zufahrt des vertrauten Anwesens und parkte vor der Tür. Nachdem sie ihr Gepäck aus dem Kofferraum geholt hatte, ging sie zur Eingangstür. Beinahe rechnete sie damit, erneut abgewiesen zu werden. Aber Esmerelda war da und lächelte sie schmallippig an.

»Da sind Sie ja. Ich nehme die Koffer. Sie können gern den Rest holen. Sie wohnen in Cassidys ehemaligen Räumen.«

Sage starrte sie an. »Ich dachte, Sie würden mich hassen. Warum sind Sie so nett zu mir?«

»Wenn Daisy Ihnen vergeben kann, dann habe ich kein Recht dazu, wütend zu sein.« Ihre Miene wurde weicher. »Die Kinder lieben Sie, und Sie lieben die Kleinen.«

Sage entspannte sich. »Gerettet durch die Babys.«

»Kann man so sagen.«

Sie ließ die Koffer stehen und ging zurück zu ihrem Wagen, um den Rest zu holen. Sie hatte gerade einen Stoffbeutel mit Schuhen herausgenommen, als Daisy auftauchte.

»Hey. Du hast es geschafft.« Daisy griff an ihr vorbei nach einigen Mänteln. »Ist deine Mutter schon abgereist?«

»Sie ist bereits letzte Woche ausgezogen.«

Daisy nahm sich noch eine Einkaufstüte voller Sweater und drehte sich zum Haus um. Sie zögerte und starrte Sage an. »Was ist?«, fragte sie. »Du siehst komisch aus.«

Sage lachte unterdrückt. »Ich fühle mich auch komisch.«

»Okay.« Daisy neigte den Kopf zur Seite. »Was ist denn los?«

»Ich bin gerade sehr emotional, weil ich hier einziehen darf …«

»Ich bin eine Heilige. Finde dich damit ab.«

Sage lachte nicht. »Du warst echt lieb zu mir. Es tut mir so leid, dass ich …«

Daisy stopfte alles zurück in den Kofferraum, stemmte die Hände in die Hüften und funkelte ihre Schwester an. »Nein«, sagte sie bestimmt. »Nein. Das ist vorbei. Wir sind eine Familie. Und wir bekommen das hin. Wenn du dich allerdings ständig entschuldigst und mit traurigem oder schuldbewusstem Gesicht durch die Gegend schleichst, werden wir niemals darüber hinwegkommen, was passiert ist. Du hast einen Fehler gemacht, und das war falsch.«

»Stimmt.«

»Und du wirst nie wieder mit Jordan schlafen. Nicht mal, wenn er der letzte Mann auf Erden sein sollte.«

»Ich schwöre es.«

Daisy lächelte sie an. »Dann ist doch alles gut.«

Sage kämpfte gegen die Tränen an, versuchte, sie zurückzudrängen. »Ich liebe dich.«

»Ich liebe dich auch. Und jetzt komm mit und sieh dir an, was wir mit deinen Zimmern gemacht haben.« Erneut schnappte sie sich die Tasche und die Mäntel. »Du meintest doch, du hättest gern eine Strukturtapete mit Ornamenten, oder?«

»Ich kann es kaum erwarten, mir die Zimmer anzusehen.«

Sie gingen hinauf in Cassidys ehemalige Suite. Sage rechnete eigentlich damit, dass sich an den Möbeln und der Wandfarbe nichts geändert hätte. Vielleicht würde irgendwo ein neuer Teppich liegen. Aber als sie die Suite betrat, stellte sie fest, dass die Zimmer völlig neu dekoriert worden waren. Die Vorhänge waren durch weiße Fensterläden ersetzt, die Wände in einem hübschen Hellgrau gestrichen worden. Ein Sofa stand gegenüber vom Kamin, und ein paar Sessel vervollständigten die Sitzgruppe. Doch der Schreibtisch, der unter dem Fenster stand, machte sie schier sprachlos.

Er war groß, hatte viele Schubladen und an der Seite Fächer

für Bücher. Eine Schreibtischlampe spendete sanftes Licht, daneben stand ein Korb mit Büroutensilien.

Sage ließ ihren Koffer fallen und ging zum Schreibtisch.

»Das ist für die Unikurse«, sagte Daisy. »Die Kinder haben mir beim Aussuchen geholfen. Deine Stifte sind also mit Einhörnern verziert. Sorry.«

»Es ist perfekt«, flüsterte Sage und betrachtete die Wand. Ein paar gerahmte Bilder, die Ben und Krissa gemalt hatten, hingen dort. »Ich liebe sie.«

»Beeindruckend, oder? Die beiden haben die Bilder selbst ausgewählt. Nachdem wir sie an die Wand gebracht hatten, habe ich beschlossen, noch ein Original aufzuhängen. Meine Auswahl findest du im Schlafzimmer.«

Sage ging durch die offene Tür in den Schlafbereich. Auf dem breiten Bett lag eine dicke Decke. Auch hier waren nun Fensterläden. Außerdem standen eine Chaiselongue und eine große Kommode in dem Raum. Ein hübsches Bild von einem Wassergarten mit Lilien in wundervollen Blau- und Grüntönen war über dem Bett angebracht worden …

Sage schnappte nach Luft und trat näher. Ihr Herz hämmerte wie wild. »Nein«, hauchte sie und drehte sich zu ihrer Schwester um. »Das ist nicht das, was ich glaube, dass es ist, oder? Das kann nicht sein.«

Daisy lächelte. »Ein Gemälde? Doch, das ist es. Der Maler ist irgendein Franzose. Ich dachte, es würde dir gefallen, weil du doch mal in Paris gelebt hast.«

»Das ist ein Monet.«

Aus dem Lächeln wurde ein zufriedenes Grinsen. »Aha. Bist du dir sicher? Ein Monet?«

»Du bist verrückt. Ich wusste nicht mal, dass du einen Monet besitzt.«

»Ich habe zwei. Ich liebe seine Werke. Und jetzt flipp nicht gleich aus. Ich habe keins der Bilder selbst gekauft. Meine Mom hat die beiden Bilder erstanden. Sie hat Monet sehr verehrt.«

»Du hast einen Monet in mein Schlafzimmer gehängt.«

Daisy lächelte. »Nur geliehen. Komm nicht auf komische Gedanken.«

Sage ließ sich aufs Bett fallen und fing an zu lachen.

An diesem Abend, als die Kinder im Bett lagen und schliefen, setzten Sage und Daisy sich gemeinsam auf die Terrasse. Das Abendessen war laut und chaotisch gewesen. Daisy lächelte glücklich in sich hinein. Sage wieder hier zu haben gab den Kindern etwas Sicherheit und Geborgenheit zurück. Sie und Jordan hatten den Betreuungsplan für die Kinder ausgearbeitet, und jetzt war Sage ebenfalls da. Der Sommer würde wundervoll werden.

»Hast du ausgepackt?«, wollte Daisy wissen. »Brauchst du noch Platz, um Sachen zu lagern? Oder Bücherregale?«

»Ich habe alles ausgepackt, und es ist noch genügend Platz in meinem Schrank.« Sage lächelte sie an. »Und ich liebe meinen Monet.«

»Das freut mich. Also, was wirst du machen, bis im September die Schule für dich beginnt?«

Sage runzelte die Stirn. »Was meinst du damit? Ich werde arbeiten. Ich habe schließlich einen Job.«

»Ich weiß, aber du hast keine hohen monatlichen Fixkosten, und die Arbeit in der Boutique gefällt dir nicht so richtig …«

»Ich behalte meinen Job«, entgegnete Sage bestimmt. »Und ich werde so viel arbeiten, wie ich kann, um etwas Geld anzusparen. Ich weiß es zu schätzen, dass ich hier wohnen darf. Ich weigere mich allerdings, mich von dir aushalten zu lassen.«

»Du bist echt empfindlich.«

»Ich bin ein bisschen anfällig, ja.«

»Offensichtlich.« Daisy streckte den Arm aus und berührte die Hand ihrer Schwester. »Was ist mit Adam?«

Sage zuckte zusammen. »Was soll mit ihm sein?«

»Du solltest mit ihm reden.«

Sage schüttelte den Kopf. »Nein. Das kann ich nicht.«

»Du hast um mich gekämpft. Jetzt solltest du auch um ihn kämpfen.«

Sage sah sie an. »Es ist noch zu frisch. Es geht zu schnell. Er leidet und ist sehr verletzt. Und ich auch. Wenn ich mich jetzt bei ihm melden würde, wäre das irgendwie zu früh, und er könnte sich belästigt und unter Druck gesetzt fühlen. Er braucht Zeit, um für sich zu entscheiden, ob ich es wert bin, mir noch eine Chance zu geben.«

»Das bist du.«

»Vielleicht sieht er das anders. In zwei Monaten werde ich mit ihm reden.«

»Du bist so weise.«

Sage lächelte. »Nein, das bin ich nicht. Doch ich arbeite daran.«

Der späte Augustnachmittag war perfekt – es war sonnig und fast dreißig Grad warm. Daisy entspannte sich auf ihrer Gartenliege unter dem Sonnenschirm, und Sage, Cassidy und ihr Vater spielten mit den Kindern im Pool. Neben Daisy nahm Desean gerade einen Schluck von seiner Limonade und grinste.

»Ist es hier immer so?«

Daisy lachte. »Willst du wissen, ob das Wetter immer so gut ist oder ob hier ständig so viel los ist oder ob wir dauernd so faul sind wie heute?«

»Eigentlich alles. Aber wir können ja mit dem Wetter beginnen. Ich muss sagen, dass mir die feuchte Hitze überhaupt nicht fehlt.«

»So kommt man mit der Sommerhitze besser zurecht«, entgegnete Daisy.

Er warf einen Blick zum Pool, wo Sage gerade applaudierte, als Ben vom Sprungbrett hüpfte.

»Gefällt es dir, mit ihr zusammenzuwohnen?«

Daisy lächelte. »Ja. Es ist völlig unkompliziert, und die Kinder vergöttern sie.«

Sage wohnte nun schon seit fast drei Monaten bei Daisy im Haus. Sie arbeitete noch immer in der Boutique, um Geld zu verdienen und zurückzulegen, doch sie würde in wenigen Wochen aufhören, denn dann fingen die Kurse an. Daisy war überrascht, wie schnell sie gemeinsam einen angenehmen Tagesablauf, eine Routine entwickelt hatten, mit der sie sich alle wohlfühlten. Sage brachte die Kinder für gewöhnlich ins Feriencamp, und Esmerelda holte sie wieder ab. Wallace war vor fünf Wochen aufs Festland zurückgezogen und wohnte ebenfalls bei Daisy, bis seine neue Wohnung nach seinen Wünschen umgebaut worden war.

Bei den Mahlzeiten war es immer laut bei Tisch. Das Essen zog sich in die Länge, weil sie sich über alles Mögliche unterhielten – von der Popkultur im Allgemeinen bis zu dem Spieler mit dem besten Wurf der Liga.

»Vermisst du ihn?«, fragte Desean nun.

Daisy musste nicht nachfragen, wen er damit meinte. Cassidy hatte sie gewarnt, dass sie einfach alles mit Desean besprach.

»Nein«, sagte sie leise. »Ich vermisse Jordan nicht. Ist das nicht traurig? Wir waren fast dreizehn Jahre verheiratet. Ich sollte ihn noch immer lieben und ihn zurückwollen, aber so ist es nicht.«

Sie hatte viel Zeit damit verbracht, darüber nachzudenken, was in ihrer Ehe schiefgelaufen war. Sie wusste, dass auch sie schuld an vielem war. Wie ihr Vater hatte sie sich einfach aus der Beziehung zurückgezogen und hatte Jordan das Gefühl gegeben, dass er keine Rolle mehr spielte und ihr nicht mehr wichtig war. Sie wusste nicht genau, wann ihre Liebe gestorben war. Ein Teil von ihr fürchtete, dass die Liebe von Anfang an nicht sehr groß gewesen war. Vielleicht hatte sie sich vor allem zu ihm hingezogen gefühlt, weil die Beziehung mit Sage gescheitert war. Nicht gerade eine Sternstunde für sie, doch sie versuchte, aus ihren Fehlern zu lernen.

»Spring!«, rief Wallace und breitete die Arme aus.

Krissa wirkte etwas skeptisch, aber sie nahm all ihren Mut zusammen und sprang ins Wasser. Ihr Großvater fing sie auf und wirbelte sie durch die Luft. Sie lachte laut.

»Du hast eine tolle Familie.« Desean lächelte. »Danke, dass ich Teil davon sein darf.«

»Ich freue mich, dass meine Schwester klug genug war, deinen Heiratsantrag doch noch anzunehmen. Wir sind froh, dass du nun dazugehörst, und ich bin so stolz auf sie, dass sie den für sie so großen Schritt gewagt hat.« Sie setzte eine gespielt ernste Miene auf. »Aber wag es ja nicht, ihr das Herz zu brechen.«

»Das werde ich nicht. Sie ist die Richtige. Ich werde an ihrer Seite sein – egal, was auch kommen mag.«

Daisy hoffte, dass es wahr wäre. Die Liebe war kompliziert – schwer zu finden und leicht zu verlieren. Aber wenn es klappte, war sie das Beste, was einem passieren konnte. Ihre Schwestern hatten ihr das bewiesen, und es war eine Lektion, die sie niemals vergessen würde.

Sage saß schon so lange in ihrem Wagen, dass sie fürchtete, die Nachbarn würden jeden Moment die Polizei alarmieren. Irgendwann würde sie ihren Mut zusammennehmen und tapfer sein müssen. Denn das hatte sie sich vorgenommen – sie wollte eine zuverlässige und verantwortungsvolle erwachsene Frau sein, die Wort hielt und zu Ende brachte, was sie sich vorgenommen hatte. Sie wollte nicht mehr lügen, nicht mehr betrügen, nicht mehr so tun, als könnte sie es nicht besser.

»Ich bin hier, um das jetzt durchzuziehen«, sagte sie laut und stieg aus dem Wagen. Sie reckte das Kinn, als sie entschlossen zu Adams Haustür ging und anklopfte.

Eine Stimme in ihrem Kopf rief ängstlich, dass sie ihm vielleicht doch lieber eine Nachricht geschrieben und sich erkundigt hätte, ob es ihm gerade passte. Vielleicht war er gar nicht zu Hause. Oder er hatte Besuch. Es gab unzählige Gründe, ihr Vorhaben in genau diesem Moment abzubrechen.

Doch sie ignorierte die Stimme und wartete. Als die Tür aufging, stockte ihr der Atem. In seiner Cargohose und dem T-Shirt sah Adam einfach unglaublich gut aus. Er musste sich mal wieder rasieren, aber es war sexy. Seine blauen Augen wirkten klar, sein Haar konnte einen Schnitt vertragen.

»Hi«, sagte sie und versuchte zu lächeln. »Ich wollte nur kurz vorbeischauen und fragen, ob wir reden können. Es muss auch nicht sofort sein, falls es dir gerade nicht passt.« Sie zuckte die Achseln. »Ich verspreche dir auch, ruhig und vernünftig zu bleiben. Keine Tränen, kein Drama.«

»Du warst noch nie dramatisch und setzt auch keine Tränen ein, um zu bekommen, was du willst.«

Das klang zwar gut, doch er machte keine Anstalten, zur Seite zu gehen, um sie ins Haus zu lassen.

»Es ist lange her«, sagte er.

»Vier Monate.« Und zwei Wochen und drei Tage, fügte sie stumm hinzu.

Adam trat nun doch zur Seite und machte die Tür ein Stück weiter auf. Sage ging hinein und folgte ihm ins Wohnzimmer.

Das Haus war noch genauso, wie sie es in Erinnerung hatte. Auf dem Couchtisch lag ein Stapel Bücher, und die Fernbedienung befand sich auf der Ablage.

Er wies zum Sofa. Sie setzte sich auf den Rand und atmete tief und bedächtig durch. Sie würde es schaffen. Sie war stärker als jemals zuvor, zielstrebig und verfügte über ein gutes Selbstwertgefühl. Wie auch immer es ausgehen würde, sie würde damit zurechtkommen. Sie brauchte Adams Vergebung nicht, auch wenn sie sich mehr als alles andere auf der Welt wünschte, dass er ihr verzieh.

Er setzte sich ihr gegenüber hin, wirkte steif, und man konnte ihm ansehen, wie unwohl er sich fühlte.

»Wie läuft's bei der Arbeit?«, erkundigte sie sich.

»Gut.«

»Bist du verheiratet?«

Er lachte und entspannte sich. »Nein. Ich bin nicht verheiratet.«

»Ich auch nicht.« Sie lächelte. »Das wollte ich nur geklärt haben.« Sie räusperte sich. »Also, Cassidy und Desean sind verlobt. Sie haben uns letzten Monat besucht, und es war echt lustig und toll. Er versteht sich super mit den Kindern. Ich kann es kaum erwarten, dass sie eigene Kinder bekommen. Ach, und ich bin an der *University of South California* eingeschrieben, um meine Zulassung als Lehrerin zu bekommen.«

»Go, USC Trojans!«

Sie hielt inne und wusste nicht, was er hören wollte. Ihm zu erzählen, dass Daisy und Jordan sich scheiden ließen, würde die Situation zwischen ihnen bestimmt wieder verschärfen. Nicht, dass sie nicht erwähnen wollte, was passiert war, denn sie würde es tun – deshalb war sie ja auch hier. Es war nur …

»Sage«, sagte Adam und riss sie aus ihren Überlegungen. »Warum bist du hier?«

Richtig. Genau. »Ich wollte mich noch einmal dafür entschuldigen, was mit Jordan passiert ist. Ich habe einen Riesenfehler gemacht und dir sehr wehgetan. Das bereue ich zutiefst und übernehme die volle Verantwortung für mein Handeln.« Sie starrte auf den Boden und blickte dann wieder zu ihm. »Ich werde nicht versuchen, mein Verhalten zu rechtfertigen oder zu erklären, warum ich es getan habe, denn es spielt für dich keine Rolle. Ich habe einen Fehler begangen und daraus gelernt. Ich fühle mich anders. Stärker.« Ihre Miene hellte sich auf. »Ob du es glaubst oder nicht – ich wohne bei Daisy. Es macht Spaß, und die Kinder …« Sie atmete aus. »Tut mir leid. Ich sollte zum Punkt kommen.« Sie sah ihn an. »Ich liebe dich noch immer, Adam. Ich bin verliebt in dich und wünsche mir eine zweite Chance, um mich beweisen zu können. Als Frau, nicht als Mädchen.« Sie lächelte leicht. »Ich bin fast vierzig, und irgendjemand hat mir mal gesagt, dass ich kein Mädchen mehr bin.«

Sie sah ihn an und hoffte, irgendwie erkennen zu können, was ihm durch den Kopf ging. Aber seine Miene war undurchdringlich.

»Ich werde es vermutlich vermasseln«, fügte sie hinzu. »Wenn du mir die Chance gibst. Ich bin nicht gut, was Beziehungen betrifft. Ich werde allerdings langsam besser, und wenn ich Fehler mache, stehe ich dazu und bemühe mich, sie nicht zu wiederholen.«

Sie wollte noch mehr sagen, war sich jedoch nicht sicher, ob es noch eine Rolle spielte. Adam sah an ihr vorbei zur Tür, als würde er sich nichts sehnlicher wünschen, als dass sie endlich verschwand.

Die Enttäuschung drohte sie zu überwältigen, wog tonnenschwer, lastete auf ihr. Es kostete sie alle Kraft aufzustehen.

»Okay. Ich verstehe, dass es kein Zurück mehr gibt«, sagte sie und ermahnte sich, jetzt nicht in Tränen auszubrechen. »Ich verstehe das wirklich. Ich habe es wahrscheinlich nicht verdient, dass du mir vergibst. Du warst ein guter Freund, und ich werde die Zeit, die wir zusammen hatten, niemals vergessen und in meinem Herzen tragen. Danke dafür.«

Sie ging zur Tür, die Schultern gestrafft, das Kinn leicht angehoben. Sie hatte das Richtige getan und konnte stolz auf sich sein. Egal, wie schmerzhaft es auch war – sie würde es nicht bereuen, hierhergekommen zu sein. Sie war ehrlich und hatte ihm ihre Gefühle offenbart. Daisy hatte ihr versprochen, dass sie daran wachsen würde – egal, wie es ausgehen mochte.

Zumindest würde sie dieses Mal nicht mit ihrem Kummer allein sein. Sie würde ihre Schwestern und die Kinder und die Hunde und die Katzen und sogar Esmerelda an ihrer Seite haben.

»Sage, warte.«

Er kam ihr hinterher und drehte sie um, damit sie ihn ansah.

»Verdammt noch mal«, stieß er hervor, ehe er ihr Gesicht in beide Hände nahm und sie küsste.

Sie spürte sein Verlangen und den Hunger und schlang ihm die Arme um den Hals. Langsam ließ er die Hände zu ihrer Taille wandern und zog sie an sich, ohne den Kuss zu unterbrechen.

»Ich habe dich vermisst«, sagte er, als sie irgendwann eine Pause machten, um durchzuatmen. »Jeden verdammten Tag. Unzählige Male war ich kurz davor, dich anzurufen, doch ich war mir nicht sicher, ob du ernst gemeint hast, was du gesagt hast.«

»Dass es mir leidtut? Das tut es. Ich habe dich verletzt und hasse die Vorstellung, das getan zu haben.«

Er zog einen Mundwinkel nach oben. »Das meinte ich nicht. Ich war mir nicht sicher, ob du mich tatsächlich liebst.«

»Das tue ich, Adam. Ich liebe dich.«

»Ich liebe dich auch.«

Sie unterdrückte den Impuls, einen kleinen Freudentanz aufzuführen. »Echt?«

»Ja, echt. Wie könnte ich dich nicht lieben? Du bist unwiderstehlich.«

»Ich wünschte, es wäre so, aber es ist schön, dass du so denkst.« Sie blickte ihm in die Augen. »Adam, ich arbeite hart daran, ein besserer Mensch zu werden. Ich mache eine Therapie und besuche eine Selbsthilfegruppe. Ich versuche, meine Probleme in den Griff zu bekommen, doch es braucht alles seine Zeit.«

Er lächelte. »Solange du mich liebst, kannst du dir alle Zeit nehmen, die du brauchst.«

Sie war sich nicht sicher, wie er es schaffte, ihr ihren Fehltritt zu vergeben, aber sie würde für den Rest ihres Lebens dankbar dafür sein.

»Danke. Also können wir jetzt zusammen sein und eine Beziehung aufbauen?«, fragte sie.

»Das wäre schön. Sehr schön sogar.« Er grinste. »Wollen wir direkt damit beginnen?«

Sie lachte. »Sehr gern.«

Er nahm ihre Hand und zog Sage hinter sich her durch den Flur. Sie folgte ihm aufgeregt und freute sich, gleich wieder dort zu sein, wo sie hingehörte – in seinen Armen und in seinem Bett.

»Daisy hat mir aufgetragen, dir zu sagen, dass sie dich, wenn wir uns versöhnen, heute Abend zum Essen erwartet. Wir essen um sechs – wegen der Kinder.«

Er warf einen Blick auf die Uhr. »Da bleiben uns ja nur noch vier Stunden.«

Sie lachte. »Wir Armen. Aber das muss dann wohl reichen.«

Menüvorschlag

Gemischter Salat Bel Air

(als Hauptgericht)

500 g Salatgemüse
1 Scheibe Pancetta, angebraten und gewürfelt
125 g gegrillte Hühnerbrust, gewürfelt
60 g Streusel vom Blauschimmelkäse
1 hart gekochtes Ei, halbiert, dann in Scheiben geschnitten
1 kleine Karotte, in Scheiben geschnitten
60 g Yambohne oder Stangensellerie, in Scheiben geschnitten
1 ganze Frühlingszwiebel, in Scheiben geschnitten
½ Tomate, in Scheiben geschnitten
¼ Avocado, in Scheiben geschnitten
2 Esslöffel kandierte Walnüsse*
Dressing mit Blauschimmelkäse*

Geben Sie den Salat in eine Schüssel. Legen Sie die restlichen Zutaten – außer dem Dressing – in Streifen auf den Salat. Träufeln Sie zum Schluss das Dressing über die Streifen.

* Kandierte Walnüsse

150 g Walnüsse, zerbröselt in ca. 0,5 cm große Stücke
50 g Zucker
1 Esslöffel Butter

Wärmen Sie eine antihaftbeschichtete Pfanne bei mittlerer Hitze vor. Geben Sie die Zutaten in die erwärmte Pfanne. Rühren Sie fünf Minuten lang gut um. Füllen Sie die kandierten Walnüsse dann direkt aus der Pfanne auf ein mit Backpapier ausgelegtes Backblech, damit die Walnüsse nicht zusammenkleben.

* Dressing mit Blauschimmelkäse

60 g zerkleinerten Blauschimmelkäse
50 g Mayonnaise
125 g griechischen Joghurt
2 Esslöffel frischen Schnittlauch
den Saft einer Zitrone
Meeressalz
frisch gemahlenen Pfeffer

Geben Sie alle Zutaten in eine Küchenmaschine und verrühren Sie alles zu einer homogenen Masse.

1. KAPITEL

Acht Jahre nach ihrer Scheidung hatte Sophie Lane den Dreh mit dem Dating immer noch nicht raus. Vermutlich war das allein ihre Schuld – wenn sie sich ein wenig anstrengen würde, wie ihre Cousine Kristine immer sagte, würde sie jemanden finden.

Doch aus Sophies Sicht gab es mit dieser Herangehensweise ein paar Probleme. Zum einen hatte Kristine direkt nach Abschluss der Highschool ihre Jugendliebe geheiratet und war seit sechzehn Jahren glücklich mit ihrem Mann zusammen. Sie war also nicht unbedingt jemand, der Dating-Ratschläge verteilen sollte. Zum anderen fehlte Sophie die Zeit, um sich »anzustrengen«. Ihr gehörte eine Firma, und sie liebte die viele Arbeit, die nötig war, um sie erfolgreich zu führen. Um ehrlich zu sein, fand sie ihr Unternehmen wesentlich interessanter als jeden Mann, was womöglich einer der Gründe für ihr Dating-Problem war. Nun ja, das und das tatsächliche Ausgehen.

Sich zurechtmachen, um sich zum Essen zu treffen und einem Mann drei Stunden lang bei Erzählungen über sich selbst zuzuhören, war nicht die Art, wie sie einen freien Abend verbringen wollte, wenn sie sich nicht gerade um eine Krise in der Firma kümmern musste. Außerdem hatte sie die Regeln nie wirklich verstanden.

Sie war sich ziemlich sicher, dass es nach drei Dates Sex geben sollte, aber so lief das bei ihr nicht. Wenn sie einen Mann mochte und Sex mit ihm haben wollte, warum sollte sie dann warten? Sie hatte viel um die Ohren. Wenn sie beim ersten Date Interesse verspürte, warum sollte sie es nicht einfach tun? Den Kopf freikriegen, sozusagen, und danach fröhlich mit ihrem Leben weitermachen. Denn wenn sie es beim ersten Date nicht tun wollte, war sie beim dritten sicher auch nicht interessiert. Aber bis dahin hatte der Typ ihre Nerven vermutlich bis zum Zerreißen strapaziert.

Deshalb war sie inzwischen auch fest davon überzeugt, dass es ein großer Fehler gewesen war, einem zweiten Date mit Bradley Kaspersky zugestimmt zu haben. Nicht, dass seine sechzigminütige Erklärung an ihrem ersten Abend, wie das Zielen per Laserpeilung funktionierte, nicht faszinierend gewesen wäre … Unter normalen Umständen hätte sie die Sache beendet, nachdem die Rechnung – auf ihren Wunsch getrennt – bezahlt worden war. Sie hätte Bradley erklärt, dass er nichts für sie war, und es trotz des netten Abends kein zweites Date geben würde. Und nein, er sollte sich nicht die Mühe machen, sie anzurufen oder ihr Nachrichten zu schicken.

Genau das hätte sie getan, nur … Sie war einsam. CK war weg, und sie konnte es immer noch nicht richtig fassen. In ihr leeres Apartment zurückzukehren tat ihr körperlich weh. In den letzten Wochen war sie dazu übergegangen, auf dem Sofa in ihrem Büro zu schlafen, um den Erinnerungen aus dem Weg zu gehen. Aber zwischendurch musste sie zum Duschen nach Hause, und sobald sie durch die Tür trat, wollte sie jedes Mal in Tränen ausbrechen.

Aus all diesen Gründen hatte sie Bradley *nicht* abblitzen lassen. Und nun war sie hier, beim zweiten Dinner, und lauschte den praktischen Anwendungen der Laserpeilung. Oder waren es Peilungen? Egal, sie hing fest. Vielleicht sollte sie es einfach klaglos ertragen, dann nach Hause gehen und sich vom Schmerz überwältigen lassen. Denn CK hatte es verdient, betrauert zu werden. Vermutlich würde ihre Therapeutin ihr sagen, dass sie dieses Gefühl schon zu lang vor sich herschob. Vorausgesetzt, sie hätte eine Therapeutin. Was nicht der Fall war. Dabei hatten ihr mehrere Leute gesagt, dass sie eine bräuchte. Normalerweise kam dieser Rat von einer gefeuerten Angestellten, die ihn beim Verlassen des Gebäudes quer durch das offene Foyer der Firma brüllte, und lautete in etwa: »Du bist unmöglich. Du glaubst, du kannst alles. Tja, das kannst du aber nicht. Du bist kein Übermensch. Du *glaubst* nur, dass du besser bist als alle anderen. Du hast ein ernsthaftes Problem, Sophie, und solltest dir dringend Hilfe suchen.« Ungefähr in fünfzig Prozent aller Fälle fiel in diesem Satz dann auch das Wort »Zicke«.

»Sophie?«

»Hm?«

»Dein Handy klingelt.«

»Oh. Tut mir leid. Ich habe vergessen, es auf lautlos zu stellen.«

Sie warf einen Blick auf ihr Handy und bemerkte erst jetzt, dass es klingelnd und vibrierend neben dem Weinglas auf dem Tisch tanzte. Gerade wollte sie die Mailbox rangehen lassen, als sie die Nummer sah.

»Das ist meine Sicherheitsfirma«, erklärte sie. »Das muss ich annehmen.«

Sie schnappte sich Handy und Handtasche und ging in den vorderen Bereich des Restaurants.

»Sophie Lane«, sagte sie knapp. »Benötigen Sie meinen Authentifizierungscode?«

»Ja, Ma'am.«

Sie nannte den Code, dann fragte sie: »Was gibt es für ein Problem?«

»Wir haben die örtliche Feuerwache informiert, dass vor Ort mehrfach Feueralarm ausgelöst wurde. Unsere Sensoren zeigen, dass es brennt, Ms. Lane. Das ist kein Fehlalarm. *CK Industries* steht in Flammen.«

Zwanzig Minuten später, als sie ungeduldig an einer Ampel wartete, die einfach nicht auf Grün umspringen wollte, erinnerte Sophie sich daran, dass sie auf einem Date gewesen war, als der Anruf sie erreicht hatte. Sie schaltete die Freisprechanlage ein und sagte: »Bradley Kaspersky anrufen.«

»Bradley Kaspersky. Handy. Wähle«, bestätigte die automatische Stimme.

Sekunden später hörte sie ein Klingeln, dann: »Du bist einfach gegangen.«

»Bradley, es tut mir so leid. In meiner Firma brennt es. Ich bin gerade auf dem Weg dorthin, um mich vor Ort mit der Feuerwehr zu treffen.«

»Woher weiß ich, dass das stimmt und du mich nicht einfach sitzengelassen hast?«

»Weil … Ich weiß es nicht, Bradley. Wenn du das wirklich glaubst, wird das mit uns nicht funktionieren. Ich muss jetzt auflegen.«

Sie beendete den Anruf und versuchte, Angst und Grauen zu ignorieren, die in ihr aufstiegen. Wenn es wirklich brannte, könnte sie alles verlieren. Ihr Inventar, ihre Aufzeichnungen, ihre Fotos von CK, die auf ihrem Schreibtisch standen.

Vielleicht ist es nicht so schlimm, dachte sie. Vielleicht …

Beinahe wäre sie auf den Wagen vor ihr aufgefahren. In letzter Sekunde trat Sophie auf die Bremse und kam Millimeter vor seiner Stoßstange zum Stehen. Sie blickte auf und sah dunklen Rauch in den Himmel steigen. Nein – *steigen* war das falsche Wort. Er schoss in die Höhe und verkündete eine heimtückische Katastrophe.

An der Ecke bog sie ab, dann fuhr sie einmal links und dreimal rechts, bevor sie vor einer Barrikade anhalten musste, die von zwei Mitgliedern der Polizei von Santa Clarita bewacht wurde. Sie fuhr an den Straßenrand, sprang aus dem Wagen, schnappte sich ihren Firmenausweis und zeigte ihn den Officers.

»Das ist meine Firma«, sagte sie. »Ich bin die Besitzerin. Was ist passiert? War noch jemand im Gebäude? Mein Gott, der Reinigungstrupp. Sind alle rausgekommen?«

Die Polizisten winkten sie durch und zeigten auf einen der Feuerwehrmänner. Er sah eher nach Management als nach jemandem aus, der über eine Leiter aufs Dach klettert.

Für einen Moment konnte sie sich nicht bewegen, konnte nichts anderes tun, als das anzustarren, was einst ein großes Lagerhaus mit Büros gewesen war. Jetzt gab es da nur noch Feuer, Rauch und Hitze.

Geh, ermahnte sie sich. Sie musste sich bewegen.

Sie eilte auf den Mann zu und erklärte noch einmal, wer sie war.

Er nickte. »Nach allem, was wir bisher sagen können, haben die Reinigungsleute das Feuer bemerkt. Sie sind alle rausgekommen. Wir haben das Gebäude so gut es ging durchsucht und niemanden gefunden. Wissen Sie von irgendwelchen Angestellten, die heute lang arbeiten?«

Sophie versuchte, sich auf seine Worte zu konzentrieren, aber es gelang ihr nicht. Nie zuvor hatte sie einen echten Brand gesehen – immer nur im Fernsehen oder im Kino. Und diese zweidimensionalen Bilder hatten sie nicht auf die Realität vorbereitet. Die Hitze war unglaublich. Selbst aus dreißig Metern Entfernung wollte sie einen Schritt zurücktreten, um den steigenden Temperaturen zu entkommen.

Noch überraschender waren die Geräusche. Ein Feuer war wirklich lebendig. Es atmete und brüllte und schrie. Ihr Gebäude wehrte sich nach Kräften, war aber kein Gegner für das Monster, das es verschlang. Während sie zuschaute, röhrte das Feuer siegreich auf, als eine Wand in sich zusammenfiel.

»Ma'am, arbeitet jemand noch spät?«

Der Feuerwehrmann schrie ihr die Frage ins Gesicht, und endlich konnte Sophie ihre Aufmerksamkeit von den Flammen losreißen.

»Nein. Niemand arbeitet spät. Nur ich. Ich mag es nicht, wenn noch Leute im Gebäude sind und ich nicht da bin.« Die Reinigungskräfte waren eine Ausnahme. Denen vertraute sie. Außerdem war alles Wichtige weggeschlossen.

Der Mann sah sie mitfühlend an. »Es tut mir leid. Das Gebäude ist vollständig zerstört.«

Sie nickte, weil sie nicht sprechen konnte. Ihre Kehle brannte, und das nicht nur von dem Rauch und der Asche in der Luft, sondern auch von dem Bemühen, sämtliche Gefühle in sich zu behalten.

Alles, wofür sie gearbeitet hatte, alles, wovon sie geträumt hatte, was sie im Schweiße ihres Angesichts aufgebaut und wofür sie gekämpft hatte, war weg. Einfach weg. Ihre Mom hatte sie immer gewarnt: Wenn sie nicht aufpasste, hatte sie gesagt, würden die Menschen ihr das Herz brechen. Aber niemand hatte sie gewarnt, dass ein Gebäude das Gleiche tun konnte.

Sie drehte sich weg und ging auf ihren Wagen zu. Ihre linke Gehirnhälfte sagte ihr, dass sie ihren Versicherungsmakler und vielleicht einige ihrer Angestellten anrufen sollte. Gott sei Dank waren ihre Buchhaltungsunterlagen und Bestellungen alle extern gespeichert, auch wenn *CK Industries* seine Tore nicht so bald wieder öffnen würde.

Das war die linke Seite. Die rechte Gehirnhälfte registrierte nur Schmerz. Erst CK und jetzt das. Sie konnte es nicht. Sie konnte nicht beides verlieren.

Mit zitternden Fingern scrollte sie durch ihre Kontakte, bis sie eine vertraute Nummer fand und wählte.

»Hey du«, sagte ihre Cousine Kristine. »Das ist ja eine Überraschung. Ich dachte, du wärst heute auf einem Date. Ach Sophie, es ist gerade mal acht Uhr. Du hast ihn doch nicht schon abblitzen lassen, oder? Du bist wirklich unmöglich. Was stimmte mit ihm nicht? War er zu groß? Nicht groß genug? Hat er komisch geatmet? Warte eine Sekunde …«

Kristines Stimme klang gedämpft. »Ja, JJ, du musst deine Hausaufgaben in europäischer Geschichte wirklich machen. Der Erste Weltkrieg ist weder dumm noch langweilig, und du wirst die Informationen später im Leben benötigen.«

Dann klang ihre Stimme wieder normal. »Ich weiß, dass er mich mit dreißig darauf ansprechen wird, dass ich mich bezüglich der Relevanz des Ersten Weltkriegs für den Alltag geirrt habe.«

Irgendwie gelang es Sophie, ihre Stimme wiederzufinden. »Kristine, es ist weg.«

»Was? Sophie, was ist passiert? Wo bist du? Geht es dir gut? Hat dein Date dir was getan? Soll ich die Polizei anrufen?«

»Nein. Es geht nicht um mich.« Erst glaubte Sophie, sie würde zittern, doch dann merkte sie, dass sie so heftig weinte, dass sie kaum stehen oder atmen konnte.

»Es brennt. Im Moment steht das ganze Gebäude in Flammen. Es wird nichts übrigbleiben. Alles ist weg, Kristine, einfach weg.«

»O Gott, ist jemand verletzt worden?«

»Nein. So spät arbeitet niemand mehr, und das Reinigungspersonal hat es rechtzeitig rausgeschafft. Ich weiß nicht, was ich tun soll. Ich kann damit nicht umgehen.«

»Natürlich kannst du das. Wenn es jemand kann, dann du, Süße. Das wissen wir beide. Du stehst unter Schock. Hör mal, ich werde gleich morgen früh den ersten Flieger nehmen. Ich schicke dir die Infos. Wir finden einen Weg. Gemeinsam schaffen wir das.«

Sophie starrte die hungrigen Flammen an und wusste, dass sie besiegt worden war. Sie hatte sich auf eine feindliche Übernahme oder einen Aufstand ihrer Angestellten vorbereitet, aber nicht auf diese totale Auslöschung.

»Das ist alles, was ich habe, und nun ist nichts mehr übrig«, flüsterte sie.

»Das stimmt nicht. Du hast deine Familie, und so wie ich dich kenne, bist du besser versichert als nötig. Das Ganze könnte sich als etwas Gutes herausstellen. Du sprichst doch schon seit Jahren davon, dich mit deinem Unternehmen auf die Insel zurückzuziehen. Jetzt kannst du es. Es wird sein wie damals auf der Highschool. Du wirst schon sehen.«

»Ich hasse es, wenn du so optimistisch bist.«

»Ich weiß. Deshalb mache ich es ja. Und morgen bin ich bei dir.«

Sophie nickte und legte auf, dann öffnete sie die Tür ihres Wagens und ließ sich auf den Fahrersitz sinken. Es gab tausend Dinge, die sie jetzt tun musste. Aber sie konnte nichts anderes tun als zuzuschauen, wie ihre gesamte Welt in Flammen aufging.

Die Entfernung zwischen Valencia in Kalifornien und Blackberry Island in Washington betrug ungefähr eintausendeinhundertdreißig Meilen. Theoretisch war es möglich, die Strecke in zwei Tagen zu schaffen. Also hatte Sophie ihre Kleidung, ihren Laptop, zwei Kartons mit Akten, die sie benötigen würde, sowie eine große Tasche voller Bilder, dazu Decken, ein Katzenkörbchen, eine mit Katzenminze gefüllte Stoffmaus und Spielzeug in ihren Wagen gepackt.

Die Möbelpacker würden alles andere einpacken und es in einer Woche bringen. Sie hatte ihr Apartment möbliert verkauft, sodass es nur um zwanzig oder dreißig Umzugskartons mit ihren persönlichen Sachen ging. Bis diese geliefert wurden, würde sie sich mit dem begnügen, was sie bei sich hatte. Was sowieso ihr neues Mantra war.

CK Industries vorübergehend zu schließen war erstaunlich einfach gewesen. Sie hatte eine Firma für Auftragsabwicklungen engagiert, die sich um die Benachrichtigungen der Kunden kümmerte. Diejenigen, die bereit waren, auf eine Ersatzlieferung zu warten, würden sie bekommen. Und diejenigen Kunden, die ihr Geld zurückhaben wollten, würden ausbezahlt werden. Ihren wichtigsten Mitarbeitern hatte Sophie angeboten, mit ihr nach Blackberry Island zu ziehen. Doch bisher hatte keiner das Angebot angenommen. Immer noch zu betäubt, um davon verletzt zu sein, hatte sie Empfehlungsschreiben und großzügige Abfindungen verteilt und die Krankenversicherung ihrer Angestellten für die nächsten vier Monate im Voraus bezahlt.

Ihre einzigen Freunde in dieser Gegend waren Geschäftspartner gewesen, und nun, ohne Arbeit, verschwanden diese schnell aus Sophies Leben. Am Ende hatte es niemanden gegeben, der sie verabschiedet hatte, und so kämpfte sie sich an diesem Freitagmorgen um sieben Uhr in Richtung des Freeways, der nach Norden führte.

Gegen zehn Uhr rief Kristine an.

»Wo bist du?«, wollte ihre Cousine wissen.

»Nördlich von Grapevine.«

»Du hättest zulassen sollen, dass ich runterfliege und mit dir zusammen herfahre.«

»Ist schon gut. Du musst dich um acht Kinder kümmern. Ohne dich würden sie sterben.«

Kristine lachte. »Es sind nur drei.«

»Es fühlt sich bei meinen Besuchen aber immer nach mehr an.«

»Das liegt daran, dass sie so laut sind.« Der Humor verschwand aus ihrer Stimme. »Geht es dir gut?«

»Es ging mir nie besser.« Vor allem, wenn sie ihr gebrochenes Herz und ihren angeschlagenen Optimismus ignorierte.

»Du lügst.«

»Stimmt, aber das ist in Ordnung.«

Kristine seufzte. »Ich bin froh, dass du nach Hause kommst. Ich mache mir Sorgen um dich.«

»Das musst du nicht.«

»Ich glaube, das Lagerhaus ist immer noch zu vermieten. Sobald du hier bist, schauen wir es uns an. Ich meine, das hier ist Blackberry Island, da gibt es nur ein einziges Lagerhaus. Wenn du es dir nicht schnappst, müsstest du deine Firma auf dem Festland ansiedeln. Und da täglich hinzufahren ist nervig.«

Sophie spürte, dass ihre Traurigkeit ein wenig nachließ. »Ist schon erledigt.«

»Wie bitte?«

»Ich habe den Mietvertrag letzte Woche unterschrieben.«

»Ernsthaft?« Kristine kreischte vor Freude. »Aber du hast es doch noch gar nicht gesehen.«

»Ich weiß, aber du hast gesagt, es wäre super. Außerdem hast du recht, die Auswahl auf der Insel ist begrenzt.«

»Als ich sagte, dass es frei ist, wusste ich nicht, was du brauchst. Was ist, wenn es dir nicht gefällt?«

»Dann werde ich sauer auf dich sein.« Sie lächelte. »Hey, ich kriege das schon hin. Im Moment will ich einfach nur nach Hause.«

»Du mietest ein Lagerhaus, das du noch nie gesehen hast. Puh. Als Nächstes wirst du mir noch erzählen, dass du ein Haus ohne vorherige Besichtigung gemietet hast.«

»Na ja, ich habe mir im Internet Fotos angeschaut.«

»Sophie!«

»Es ist doch nur für ein paar Monate, während ich überlege, wie es weitergeht.«

»Das ist verrückt«, erklärte Kristine. »Ich werde dich wohl nie verstehen. Aber gut, jetzt konzentriere dich aufs Fahren. Ich kann es kaum erwarten, dich morgen hier zu haben. Die Jungs freuen sich auch schon auf dich.«

»Und ich mich auf sie. Es sind sechs, oder?«

»Sophie!«

»Ich hab dich lieb.«

»Ich dich auch.«